MINUIT 2

OUVRAGES DE STEPHEN KING
AUX ÉDITIONS ALBIN MICHEL

Cujo
Creepshow
Christine
Charlie
Simetierre
L'Année du loup-garou
Différentes Saisons
Brume
Ça (deux volumes)
Misery
Les Tommyknockers
La Part des ténèbres

SOUS LE NOM DE RICHARD BACHMAN

La Peau sur les os
Chantier
Running Man
Marche ou crève
Rage

A PARAÎTRE

Minuit 4

Stephen King

MINUIT 2

ROMAN

traduit de l'anglais par
William Olivier Desmond

Albin Michel

Édition originale américaine :

FOUR PAST MIDNIGHT

© 1990, Stephen King

Publié avec l'accord de l'auteur

c/o Ralph M. Vicinanza, Ltd.

Illustrations © Viking Penguin, 1990

Traduction française :

© Éditions Albin Michel S.A., 1991

22, rue Huyghens, 75014 Paris

ISBN : 2-226-05398-0

D ans le désert,
J'ai vu une créature, nue, bestiale,
Accroupie sur le sol,
Elle tenait son cœur dans ses mains
Et le dévorait.

Je lui ai dit, « Est-ce bon, mon amie ? »
« C'est amer, amer », répondit-elle ;
« Mais je l'aime
Parce qu'il est amer
Et parce que c'est mon cœur. »

— Stephen Crane

J e vais t'embrasser, la môme, et tiens-toi bien,
je vais te faire toutes les choses dont je t'ai parlé,
autour de minuit.

— Wilson Pickett

MINUIT UNE

NOTE SUR LES
LANGOLIERS

Les histoires me viennent n'importe où et n'importe quand —
en voiture, sous la douche, pendant une promenade, voire dans la
cohue d'une soirée. Deux me sont venues en rêve. Mais il est très
rare que je me mette à les écrire sur-le-champ, et je ne garde aucun
« carnet de notes à idées ». Ne pas les jeter sur le papier est une
méthode pour s'auto-protéger. Les idées me viennent en foule, mais
sur le lot, il n'y en a qu'un petit nombre de bonnes ; si bien que je
les fourre toutes, indistinctement, dans une sorte de classeur mental
où les mauvaises finissent par s'auto-détruire, comme l'enregistrement émanant de Control au début de chaque épisode de *Mission
impossible*. Les bonnes résistent. De temps à autre, lorsque j'ouvre

ce classeur pour vérifier ce qui s'y trouve encore, ces quelques bonnes idées restantes m'aguichent de leur brillante image centrale.

Dans le cas des « Langoliers », cette image représentait une femme, la main pressée sur une fissure de la paroi, dans la cabine d'un avion à réaction de ligne.

Il ne me servit à rien de me raconter que j'ignorais à peu près tout de l'aviation commerciale, ce que je fis pourtant ; l'image était toujours là, en dépit de tout, à chaque fois que j'ouvrais le classeur pour y balancer une nouvelle idée. J'en arrivai au point d'être capable de sentir le parfum de la femme (L'Envoi), de distinguer ses yeux verts et d'entendre sa respiration rapide et effrayée.

Une nuit, alors que j'étais dans mon lit et sur le point de sombrer dans le sommeil, je pris conscience que cette femme, en réalité, était un fantôme.

Je me souviens de m'être assis, d'avoir posé les pieds sur le plancher et allumé la lumière. Je restai un certain temps dans cette position, sans vraiment penser à grand-chose... au moins en surface. En dessous, en effet, le type qui se tape en réalité tout le boulot pour moi était fort occupé à faire le ménage afin d'être prêt à mettre les moteurs en route. Le lendemain, je (ou lui) commençai à écrire cette histoire. Il me fallut environ un mois, et des deux récits de ce recueil, c'est celui qui me vint le plus facilement, les couches se superposant les unes aux autres avec douceur et naturel au fur et à mesure que je progressais. Il arrive de temps en temps que les bébés et les histoires viennent au monde sans presque connaître les affres de l'accouchement, et « Les Langoliers » sont de celles-ci. Etant donné qu'il s'en dégage une impression d'apocalypse assez similaire à celle d'une de mes anciennes longues nouvelles intitulée « Brume », j'ai fait précéder chaque chapitre du même genre de chapeau démodé et rococo. J'y ai mis le point final en la trouvant presque aussi bien que je me l'imaginais en la commençant... phénomène plutôt rare.

Je suis fort paresseux lorsqu'il s'agit d'effectuer des recherches, mais j'ai essayé de faire convenablement mes devoirs, cette fois-ci. Trois pilotes, Michael Russo, Frank Soares et Douglas Damon, m'ont aidé à mettre en place les détails techniques. Ils se sont montrés très fair-play, une fois qu'ils m'eurent arraché la promesse de ne rien casser.

N'ai-je rien négligé ? J'en doute. Même le grand Daniel Defoe s'est planté : dans *Robinson Crusoe*, son héros se déshabille et retourne à la nage sur le bateau dont il s'est échappé et qu'il retrouve échoué... après quoi, il se remplit les poches de tout ce dont il aura besoin pour survivre sur son île déserte *. Sans parler de ce roman (montrons-nous charitable et évitons de citer l'auteur et le titre ici) dans lequel l'écrivain semble avoir pris pour des toilettes publiques, dans un métro, les petites guérites réservées aux conducteurs de rame.

Mon avertissement se résume ainsi : pour ce qui est exact, tous mes remerciements à Messieurs Russo, Soares et Damon. Pour ce qui ne l'est pas, honte à moi. Ceci n'est pas seulement pure politesse et clause de style creuse. Les erreurs factuelles viennent en général de ce que l'on n'a pas posé la bonne question, et non d'une erreur d'information. J'ai certes pris une ou deux petites libertés avec l'appareil dans lequel vous n'allez pas tarder à embarquer ; mais elles sont minimes et m'ont paru nécessaires à la continuité du récit.

Bon, assez raconté ma vie ; embarquement immédiat.

Envolons-nous pour ces cieux rien moins qu'amicaux.

---

* Stephen King est injuste avec Daniel Defoe : « Je quittai *une partie* de mes habits... » puis, « je remplis mes poches de biscuits, et je les mangeai en continuant ma revue... » (*N.d.T.*)

Chapitre premier

1

A exactement 22 h 14, Brian Engle arrêtait son L1011 American Pride à hauteur de la porte 22 et éteignait l'ordre ATTACHEZ VOS CEINTURES. Il laissa passer un long sifflement entre ses dents et détacha son harnais.

Il ne se souvenait pas d'avoir jamais ressenti une telle impression de soulagement — ni une telle sensation de fatigue — à la fin d'un vol. Il souffrait d'une pénible migraine dont les élancements lui cognaient le crâne, et ses plans pour la soirée étaient définitivement arrêtés. Ni verre dans le salon des pilotes, ni dîner, pas même un bain en arrivant à Westwood. Il se laisserait tomber sur le lit et dormirait quatorze heures.

Le vol numéro 7 d'American Pride Tokyo-Los Angeles avait été retardé tout d'abord par de forts vents debout, puis par l'habituelle congestion de la « cage à oiseaux, » au-dessus de Los Angeles... LAX étant, de l'avis d'Engle, l'un des pires aéroports des Etats-Unis, si l'on exceptait celui de Logan, à Boston. Pour compliquer les choses, il y avait eu un problème de pressurisation pendant la dernière partie du vol. Tout d'abord mineur, il avait peu à peu pris des proportions inquiétantes, pour en arriver à un stade où aurait pu se produire une décompression explosive... stade auquel il s'était cependant miraculeusement stabilisé. Parfois, ce genre de problème se réglait mystérieusement ; c'était ce qui venait de se produire aujourd'hui. Les passagers en cours de débarquement ne se doutaient absolument pas qu'ils avaient été à deux doigts d'être transformés en chair à saucisse sur le vol de Tokyo, mais Brian, lui, le savait... et son fichu mal de tête en était le résultat.

« On va envoyer directement cette salope en diagnostic, dit-il au copilote. Ils savent bien que ça nous pendait au nez et quel est le problème, non ? »

Le copilote acquiesça. « Ça ne leur plaît pas, mais ils sont au courant.

— Je m'en tape, de ce qui leur plaît ou ne leur plaît pas, Danny. On est passé près, cette nuit. »

De nouveau, Danny Keene acquiesça. Il était bien d'accord.

Brian poussa un soupir et se massa le cou de haut en bas. Son mal de tête avait l'intensité d'une rage de dents. « Je me dis que je commence à être un peu trop vieux pour ce genre de boulot. »

C'était exactement ce que n'importe qui disait de temps en temps de son travail, en particulier à la fin d'une telle épreuve, et Brian n'ignorait pas qu'il était loin d'être trop vieux pour ce boulot : à quarante-trois ans, il entrait à peine dans l'âge d'or des pilotes de ligne. Malgré tout, ce soir, il en arrivait presque à le croire. Bon Dieu, qu'il était fatigué !

On frappa un coup contre la porte de la cabine ; Steve Searles, le navigateur, pivota sur son siège et ouvrit sans se lever. Un homme, portant un blazer vert aux armes d'American Pride, se tenait derrière. Il avait l'air d'un agent au sol, mais Brian savait que ce n'était pas le cas ; il s'agissait de John (ou James, peut-être) Deegan, chef délégué d'opérations de la compagnie à LAX.

« Commandant Engle ?

— Oui ? » Son système interne de défense se mit en place, et sa migraine frappa un bon coup. Sa première idée, due non pas à la logique mais à la tension et à la fatigue, fut qu'ils allaient essayer de lui refiler la responsabilité de la fuite sur l'appareil. Parano, d'accord, mais il se trouvait dans un état d'esprit parano.

« Je crains d'avoir de mauvaises nouvelles à vous annoncer, commandant.

— A cause de la dépressurisation ? » Brian avait répondu d'un ton trop véhément, et quelques passagers qui attendaient pour descendre lui jetèrent un coup d'œil ; mais il était trop tard pour se rattraper.

Deegan secoua la tête. « C'est à propos de votre femme, commandant Engle. »

Pendant un instant, Brian n'eut pas la plus petite idée de ce que l'homme voulait dire et il se contenta de le regarder bouche bée, se sentant d'une exquise stupidité. Puis le déclic se fit. Il parlait d'Anne, naturellement.

« Mon ex-femme, vous voulez dire. Nous avons divorcé il y a dix-huit mois. Qu'est-ce qui lui arrive ?

— Il y a eu un accident, répondit Deegan. Il vaudrait peut-être mieux que nous allions dans mon bureau. »

Brian le regarda avec curiosité. Après ces trois dernières longues heures de tension, tout cela lui semblait bizarrement dépourvu de réalité. Il résista à l'envie de déclarer à Deegan que s'il jouait à *La caméra invisible*, il pouvait aller se faire foutre. Mais il était évident que non. Les gros bonnets de la compagnie ne sont pas des rigolos aimant à se payer la tête des gens, et surtout pas celle de leurs commandants de bord lorsqu'ils viennent de frôler un pépin majeur.

« Qu'est-ce qui lui est arrivé ? » s'entendit répéter Brian, d'une voix plus douce, cette fois. Il avait conscience du regard de prudente sympathie que son copilote posait sur lui. « Elle va bien ? »

Deegan se mit à contempler le bout de ses chaussures impeccablement cirées, et Brian comprit que les nouvelles devaient être effectivement très mauvaises, que Anne ne devait pas aller bien *du tout.* Il le comprit, sans pouvoir arriver à le croire. Anne n'avait que trente-quatre ans, elle était en bonne santé, et faisait preuve de prudence en tout. Il lui était arrivé plus d'une fois de penser qu'elle était la seule conductrice raisonnable de tout Boston... voire de tout l'Etat du Massachusetts.

Il s'entendit alors poser une deuxième question ; oui, réellement ainsi, comme si un étranger venait de prendre place dans son cerveau et se servait de sa bouche comme haut-parleur. « Est-ce qu'elle est morte ? »

James ou John Deegan regarda autour de lui, à la recherche de soutien, aurait-on dit, mais il n'y avait qu'un steward à côté de l'écoutille, souhaitant une bonne soirée à Los Angeles aux passagers qui débarquaient, et qui jetait de temps en temps des coups d'œil inquiets en direction de la cabine de pilotage. Sans doute redoutait-il la même chose que ce qui avait traversé l'esprit de Brian — que l'équipage fût, pour une raison ou une autre, considéré comme responsable de la fuite d'air qui avait fait de ces dernières heures de vol un véritable cauchemar. Deegan devait se débrouiller tout seul. Il regarda Brian et acquiesça de la tête. « Oui, j'en ai bien peur. Voulez-vous venir avec moi, commandant Engle ? »

2

A minuit et quart, Brian Engle prenait place dans le siège 5A du vol 29 d'American Pride, Los Angeles-Boston. Dans une quinzaine de minutes, l'avion serait en l'air pour ce vol intérieur connu des habitués comme le vol des « yeux rouges ». Il se souvint d'avoir pensé un peu plus tôt que si LAX n'était pas l'aéroport le plus dangereux des Etats Unis, le pompon revenait sans doute à Logan. Par la plus pénible des coïncidences, il allait donc avoir l'occasion de faire l'expérience des deux en moins d'une demi-journée. L'aéroport de Los Angeles comme pilote, celui de Boston comme passager non payant.

Son mal de tête, qui n'avait fait qu'empirer depuis l'atterrissage du vol 7, franchit un degré de plus.

Un incendie... une saloperie d'incendie. Mais qu'est-ce qui est arrivé aux détecteurs de fumée, bon Dieu de bon Dieu ? Un immeuble flambant neuf ! pensa-t-il.

Il lui vint à l'esprit qu'il n'avait pratiquement jamais pensé à Anne pendant les quatre ou cinq derniers mois. Au cours de la première année du divorce, on eût dit qu'il ne pouvait fixer son attention sur rien d'autre que son ex-femme : ce qu'elle faisait, comment elle était habillée et, bien sûr, qui elle rencontrait. Lorsque la guérison était enfin intervenue, tout s'était passé très vite... comme s'il avait reçu une piqûre d'un tonique pour remonter le moral. Il avait lu suffisamment de choses sur le divorce pour savoir en quoi consistait d'ordinaire cet agent actif : non pas un tonique, mais une autre femme. L'effet de rebond, en d'autres termes.

Mais pour Brian, il n'y avait pas eu d'autre femme, du moins pas encore. Quelques rendez-vous et un seul et prudent rapport sexuel (il en arrivait à croire que tous les rapports sexuels en dehors du mariage, en cette époque du Sida, étaient devenus prudents), mais pas d'autre femme, non. Il avait guéri, tout simplement.

Brian regarda les autres passagers monter à bord. Une jeune femme blonde accompagnait une petite fille affublée de lunettes noires ; la femme lui murmura quelque chose et la fillette se tourna immédiatement vers le son de la voix, dans une attitude qui fit tout de suite comprendre à Brian qu'elle était aveugle : sa façon d'incliner la tête, sans doute. Curieux comme un simple geste pouvait en dire autant, se dit-il.

Anne... ne devrais-je pas penser à Anne ?

Mais son esprit fatigué ne cessait d'échapper à ce sujet... Anne, qui avait été son épouse, Anne la seule femme qu'il eût frappé dans un accès de colère, Anne qui maintenant était morte. Il songea qu'il devrait faire une tournée de conférences ; il s'adresserait à des groupes d'hommes divorcés. Bon Dieu, de femmes divorcées aussi, tant qu'à faire. Son thème serait le divorce comme art de l'oubli.

Les mois qui suivent le quatrième anniversaire du mariage sont l'époque idéale pour divorcer, leur dirait-il. *Prenez mon cas. J'ai passé l'année suivante au purgatoire, à me demander dans quelle mesure c'était ma faute et dans quelle mesure c'était la sienne, à me demander si je n'avais pas eu tort de remettre constamment sur le tapis le sujet des enfants — c'était la grande affaire entre nous, rien de bien dramatique comme la drogue ou l'adultère, rien que le dilemme classique enfants ou carrière —, puis ce fut comme si un ascenseur express était parti de ma tête, avec Anne à l'intérieur.*

Oui. Et l'ascenseur avait disparu dans son puits. Et au cours des derniers mois, il n'avait jamais réellement pensé à Anne... pas même au moment du chèque mensuel de la pension alimentaire. Son montant était tout à fait raisonnable et civilisé, en particulier si l'on considérait qu'Anne gagnait à l'époque quatre-vingt mille dollars par an avant impôt. Son homme de loi se chargeait du versement et ce n'était qu'une ligne de plus dans son relevé mensuel, un petit deux mille dollars entre la note d'électricité et le prélèvement pour le remboursement de l'appartement.

Brian observa un adolescent monté en graine, une boîte à violon sous le bras et une calotte sur la tête, qui s'engageait dans l'allée centrale. Le garçon avait l'air à la fois nerveux et excité, mais tout l'avenir du monde était dans ses yeux. Brian ne put s'empêcher de l'envier.

Il y avait eu beaucoup d'épisodes pleins d'amertume et de colère entre eux, au cours de la dernière année de leur mariage, et finalement, environ quatre mois avant la fin, c'était arrivé : la main de Brian était partie avant que son esprit eût pu dire non. Il n'aimait pas évoquer ce souvenir. Elle avait trop bu, au cours de la soirée d'où ils revenaient, et elle lui était littéralement rentrée dedans une fois à la maison. *Laisse-moi tranquille avec ça, Brian ! Laisse-moi tranquille ! Je ne veux plus entendre parler d'enfants. Si tu veux passer un examen de sperme, va voir un médecin. Mon boulot, c'est la pub, pas la fabrication de morveux. Si tu savais comme j'en ai marre, de toutes tes conneries de macho-*

C'est à ce moment-là qu'il l'avait frappée, durement, en travers de la bouche. Le coup, brutal et net, l'avait coupée dans sa phrase. Ils étaient restés debout, se regardant mutuellement, dans l'appartement où elle devait mourir plus tard, l'un et l'autre plus choqués et effrayés qu'ils ne l'admettraient jamais (sauf peut-être maintenant pour lui : assis dans le siège 5A du vol 29, à regarder l'embarquement des passagers, il l'admettait enfin dans le secret de son cœur). Anne avait touché sa bouche, qui commençait à saigner, puis tendu les doigts vers lui.

Tu m'as frappée, avait-elle dit. Il y avait de la stupéfaction dans sa voix, mais pas de colère. Il avait fugitivement pensé que c'était peut-être la première fois que quelqu'un se permettait de porter brutalement la main sur Anne Quinlan Engle.

Ouais, avait-il répondu. *Tu l'as dit. Et je recommencerai si tu ne la fermes pas un peu. Ta langue de vipère, t'as pas intérêt à la ressortir. Vaudrait mieux la boucler, mon cœur. Je te le dis pour ton propre bien. Les beaux jours sont terminés. Si tu as besoin de donner des coups de pied à quelqu'un dans cette baraque, achète-toi un clébard.*

Le mariage avait tenu encore quelques mois en boitillant, mais il s'était terminé, en réalité, en cet instant où la paume de Brian était entrée sèchement en contact avec le coin de la bouche d'Anne. Il avait été provoqué — Dieu seul savait à quel point il l'avait été — mais il n'en aurait pas moins donné beaucoup pour que ce lamentable instant ne se fût jamais produit.

Tandis que s'amenuisait la file des derniers passagers montant à bord, il se mit à penser, d'une manière presque obsessionnelle, au parfum d'Anne. Il se souvenait parfaitement de son bouquet, mais pas de son nom. Voyons, quelque chose comme Lissome ? Lithsome ? Pourquoi pas Lithium, tant que tu y es ?

Elle me manque, pensa-t-il, morose. *Maintenant qu'elle a disparu à jamais, elle me manque. N'est-ce pas extraordinaire ?*

Lawnboy ? Un nom aussi stupide que ça ?

Oh, arrête un peu, dit-il à son esprit fatigué. *Mets ça dans ta poche et ton mouchoir par-dessus.*

D'accord, répondit son esprit. *Pas de problème, je peux laisser tomber quand je veux ; c'était peut-être Lifebuoy ? Non, ça c'est une marque de savon. Désolé. Lovebite ? Lovelorn ?*

Brian referma d'un claquement sa ceinture de sécurité, s'inclina en arrière, ferma les yeux et respira un parfum qu'il était incapable de nommer.

C'est le moment que choisit une hôtesse pour s'adresser à lui. Evidemment : Brian Engle prétendait qu'on leur enseignait — dans un cours secret spécial, une fois réussis tous les autres concours — une leçon qui s'appelait sans doute « l'art d'agacer le client » — l'art d'attendre que le passager eût fermé les yeux pour lui offrir quelque service n'ayant rien d'essentiel. Bien entendu, ils devaient attendre d'être à peu près sûrs que le passager dormît effectivement avant de lui demander s'il ne désirait pas une couverture ou un oreiller.

« Excusez-moi... », commença-t-elle. Mais elle ne continua pas. Brian vit ses yeux aller des épaulettes de sa veste de pilote à sa casquette, avec ses tortillons dorés absurdes comme des traces de jaune d'œuf, posée sur le siège vide à côté de lui.

Elle se ravisa et prit un nouveau départ.

« Veuillez m'excuser, commandant, désirez-vous du café ou du jus d'orange ? »

Brian ressentit une pointe d'amusement à l'idée de l'avoir un peu troublée. Elle fit un geste en direction de la tablette, sur le devant de la cabine, juste au-dessous de l'écran de cinéma. Deux seaux à glace étaient posés dessus. L'élégant col vert d'une bouteille de vin dépassait de l'un et l'autre. « Bien entendu, j'ai aussi du champagne. »

Engle envisagea un instant la question
(Love Boy, c'est presque ça, mais c'est pas ça)
du champagne. « Non, merci, rien, dit-il. Et rien non plus pendant le vol, s'il vous plaît. Je crois que je vais dormir jusqu'à Boston. Qu'est-ce que dit la météo ?

— Nuages vingt mille pieds au-dessus des Grandes Plaines jusqu'à Boston, mais pas de problème. Nous volerons à trente-six mille pieds. Oh, et on nous signale des aurores boréales au-dessus du désert de Mojave. Vous aurez peut-être envie de rester réveillé pour les voir. »

Brian souleva un sourcil. « Vous blaguez ! Des aurores boréales au-dessus de la Californie ? A cette époque de l'année ?

— C'est ce qu'on nous a dit.

— Y a quelqu'un qui a dû abuser de drogues bon marché », fit Brian. L'hôtesse eut un petit rire. « Je crois que je vais piquer un roupillon, merci.

— Très bien, commandant. (Elle hésita un instant.) C'est bien vous le commandant qui vient de perdre sa femme, n'est-ce pas ? »

La migraine se mit à l'élancer et à montrer les dents, mais il réussit à s'arracher un sourire. L'hôtesse — une toute jeune fille, en réalité — n'avait que de bonnes intentions. « Mon ex-femme, en réalité, mais c'est bien de moi qu'il s'agit.

— Je suis absolument désolée pour vous.

— Merci.

— Ai-je déjà volé avec vous, Monsieur ? »

Son sourire réapparut brièvement. « Je ne pense pas. Cela fait près de quatre ans que je pilote sur les vols transpacifiques. » Et comme cela lui semblait plus ou moins nécessaire, il lui tendit la main. « Brian Engle. »

Elle la lui prit. « Melanie Trevor. »

Engle lui adressa un dernier sourire, puis s'inclina et ferma les yeux. Il se laissa aller à la somnolence, mais non au sommeil : les annonces avant l'envol et les secousses du décollage n'auraient fait que le réveiller. Il aurait tout le temps de dormir lorsqu'ils seraient en l'air.

Le vol 29, comme tous les « yeux rouges », décolla sans tarder, l'un de ses bien rares avantages. L'avion était un 767, un peu plus qu'à moitié plein. Il y avait une demi-douzaine d'autres passagers en première classe. Aucun d'eux ne parut ivre ou tapageur à

Brian. Il apprécia. Peut-être allait-il pouvoir vraiment dormir d'une traite jusqu'à Boston.

Il prit son mal en patience et regarda Melanie Trevor indiquer les issues de secours et faire la démonstration des petites coupes dorées, au cas où se produirait une dépressurisation (une procédure que Brian avait répétée dans sa tête, non sans frémir, il n'y avait pas si longtemps), puis expliquer la façon d'endosser les gilets de sauvetage placés sous les sièges. Lorsque l'avion fut en l'air, la jeune hôtesse vint près de lui et lui redemanda s'il ne voulait rien prendre. Brian secoua la tête, la remercia et appuya sur le bouton qui commandait l'inclinaison du dossier. Puis il ferma les yeux et s'endormit rapidement.

Il ne revit jamais Melanie Trevor.

3

Environ trois heures après le décollage du vol 29, une petite fille du nom de Dinah Bellman s'éveilla et demanda à sa tante Vicky si elle pouvait avoir un verre d'eau.

Tante Vicky ne répondit pas, et Dinah reposa sa question. Comme Tante Vicky restait sans réaction, Dinah tendit la main pour la toucher à l'épaule, mais elle avait déjà la certitude de ne rencontrer que le dossier d'un siège vide, et c'est ce qui se produisit. Le Dr Feldman lui avait expliqué que les enfants aveugles de naissance développent souvent une sensibilité exceptionnelle, presque un radar, à la présence ou l'absence de personnes dans leur environnement immédiat, mais le médecin, en fait, ne lui avait rien appris. Elle savait que c'était vrai. Ça ne marchait pas toujours, mais la plupart du temps, si. En particulier si la personne en question était votre accompagnatrice voyante.

Elle a dû aller aux toilettes, elle ne va pas tarder à revenir, pensa Dinah, ce qui ne l'empêcha cependant pas de ressentir une bizarre et vague impression d'inquiétude. Elle ne s'était pas réveillée d'un seul coup, mais progressivement, comme un plongeur qui remonte à la surface d'un lac. Si Tante Vicky, qui avait le siège à côté du hublot, l'avait frôlée pour gagner l'allée au cours des deux ou trois dernières minutes, Dinah l'aurait sentie passer.

Elle est donc partie depuis plus longtemps. Elle devait probablement avoir à faire les grosses commissions, pas de quoi s'inquiéter,

Dinah, songea-t-elle. *Ou peut-être s'est-elle arrêtée pour bavarder avec quelqu'un en revenant.*

Sauf que Dinah n'entendait pas la moindre conversation dans la cabine principale du gros porteur ; seulement le ronronnement régulier des moteurs à réaction. Son inquiétude ne fit qu'augmenter.

La voix de Miss Lee, sa thérapeute (qui pour Dinah avait toujours été sa maîtresse aveugle), s'éleva dans sa tête : *Tu ne dois pas avoir peur d'avoir peur, Dinah ; tous les enfants ont peur, de temps en temps, en particulier lorsqu'ils se trouvent dans une situation inhabituelle. C'est deux fois pire pour les enfants aveugles... mais ce n'est pas une raison pour se laisser envahir. Au contraire. Reste tranquille et efforce-toi de réfléchir rationnellement. Tu seras surprise de constater que ça marche la plupart du temps.*

... en particulier lorsqu'ils se trouvent dans une situation inhabituelle...

Eh bien, il s'agissait précisément d'une situation inhabituelle ; c'était la première fois que Dinah montait dans quelque chose qui volait, et donc la première fois qu'elle faisait un vol transcontinental dans un gros avion de ligne.

Efforce-toi de réfléchir rationnellement.

Bon. Elle venait de se réveiller dans un endroit étrange et de découvrir que son accompagnatrice voyante était partie. Il y avait évidemment de quoi avoir la frousse, même si l'on savait que cette absence ne pouvait être que temporaire : après tout, l'accompagnatrice en question ne risquait pas d'avoir fait un petit arrêt-buffet au caboulot du coin parce qu'elle avait eu soudain les crocs, dans la mesure où elle était bouclée dans un avion volant à 37 000 pieds de haut. Quant à l'étrange silence qui régnait dans la cabine, eh bien, c'était le vol des « yeux rouges », après tout ; les autres passagers devaient dormir.

Ils dormaient tous ? lui demanda la part d'elle-même inquiète et dubitative. *Absolument tous ? Est-ce possible ?*

Puis la réponse lui vint à l'esprit : le film. Ceux qui étaient réveillés regardaient le film. Evidemment.

Elle fut envahie d'un sentiment de soulagement presque palpable. Tante Vicky lui avait dit qu'il s'agissait de *Quand Harry rencontre Sally*, avec Billy Crystal et Meg Ryan, et qu'elle allait sans doute le regarder, si elle n'avait pas trop sommeil. Dinah fit courir légèrement la main sur le siège de sa tante, à la recherche des écouteurs, qu'elle ne trouva pas. A la place, ses doigts rencontrèrent un livre de poche. L'un de ces romans sentimentaux que Tante Vicky aimait à lire, très certainement, une histoire de cette époque bénie où les hommes étaient des hommes et les femmes des femmes, comme elle disait.

Les doigts de Dinah allèrent un peu plus loin et tombèrent sur quelque chose d'autre : du cuir souple au grain fin. Puis elle sentit les crans d'une fermeture à glissière et enfin la bretelle.

Le sac à main de Tante Vicky.

L'inquiétude saisit de nouveau Dinah, mais deux fois plus fort, cette fois. Elle n'avait pas trouvé les écouteurs, mais par contre le sac à main était là. Avec tous les chèques de voyage et l'argent, excepté le billet de vingt dollars tout au fond de la propre bourse de Dinah — Dinah le savait, parce qu'elle avait entendu Papa et Maman en parler avec Tante Vicky au moment de quitter la maison de Pasadena.

Etait-il possible que Tante Vicky fût allée aux toilettes sans emporter son sac à main ? Aurait-elle fait cela, sachant que sa compagne de voyage non seulement n'avait que dix ans et dormait, mais qu'en outre elle était *aveugle ?*

Dinah pensait que non.

N'essaie pas de nier ta peur mais ne te laisse pas gagner par elle, non plus. Reste tranquillement assise et efforce-toi de réfléchir rationnellement.

Mais elle n'aimait pas ce siège vide, elle n'aimait pas le silence qui régnait dans l'avion. Il n'y avait rien d'absurde à supposer que la majorité des gens dormait et que les autres faisaient aussi peu de bruit que possible pour ne pas les déranger ; néanmoins, ça ne lui plaisait pas du tout. Une bête, une bête armée de crocs et de griffes extrêmement effilés, s'éveilla et commença à retrousser les babines dans sa tête. Elle connaissait le nom de cet animal : il s'appelait panique, et si elle n'en prenait pas très vite le contrôle, elle risquait de faire quelque chose qui les mettrait dans l'embarras, elle et Tante Vicky.

Quand je pourrai voir, quand les docteurs de Boston auront guéri mes yeux, je n'aurai pas à subir des épreuves aussi stupides que celle-là.

Voilà qui était indéniablement vrai, mais ce beau raisonnement ne lui fut pas du moindre secours, sur le moment.

Dinah se souvint soudain qu'une fois assises, Tante Vicky avait pris sa main, replié tous ses doigts sauf l'index et guidé celui-ci vers le côté de son siège. C'est là qu'étaient les boutons de contrôle, peu nombreux, simples et faciles à mémoriser. Deux petites roues commandaient l'une les canaux et l'autre le volume des écouteurs ; le petit interrupteur rectangulaire allumait la lumière au-dessus de son siège. *Tu n'auras pas besoin de celui-là,* lui avait dit Tante Vicky avec un sourire dans la voix. *En tout cas, pas encore.* Le dernier était un bouton carré, grâce auquel on pouvait appeler un steward ou une hôtesse.

Le doigt de Dinah effleura cette dernière commande, glissant sur sa surface légèrement convexe.

Est-ce que tu as réellement envie d'appuyer dessus ? se demanda-t-elle ; la réponse arriva sur-le-champ : *Oh ! oui.*

Elle enfonça le bouton et un léger tintement retentit. Elle attendit.

Personne ne vint.

On n'entendait que le doux grondement chuinté, apparemment éternel, des moteurs du jet. Personne ne parlait. Personne ne riait. *(On dirait que ce film n'est pas aussi amusant que le croyait Tante Vicky,* songea Dinah.) Personne ne toussait. Le siège de Tante Vicky, à côté du sien, était toujours vide et aucune hôtesse ne se penchait sur Dinah, dans un nuage parfumé à l'eau de toilette, au shampooing et aux effluves légers de maquillage, pour lui demander si elle désirait quelque chose — un repas, ou tout simplement un verre d'eau.

Rien que le ronronnement régulier des moteurs.

L'animal panique jappait plus fort que jamais. Pour le combattre, Dinah se concentra sur son pseudo-radar, dont elle fit une sorte de canne invisible avec laquelle elle se mit à sonder les sièges du milieu de la cabine principale. C'était un exercice dans lequel elle se défendait bien ; parfois, si elle se concentrait suffisamment fort, elle en arrivait presque à croire qu'elle voyait au travers des yeux des autres. Pourvu qu'elle y pensât assez fort, qu'elle voulût y penser très fort. Elle avait parlé une fois de cette impression à Miss Lee, mais celle-ci lui avait fait une réponse d'une véhémence inhabituelle. *L'impression de partager la vision d'un voyant est un fantasme fréquent des aveugles. En particulier des enfants aveugles. Ne commets surtout jamais l'erreur de souscrire à ces impressions, Dinah ; tu risques de te*

retrouver à l'hôpital pour avoir raté une marche ou t'être avancée
devant une voiture.

Elle avait donc renoncé à ses efforts de « vision partagée »,
comme les appelait Miss Lee, et les rares fois où s'était manifestée
inopinément cette sensation, par l'intermédiaire des yeux de sa
mère ou de ceux de sa Tante Vicky, elle avait lutté contre elle pour
s'en débarrasser... comme une personne qui craint de perdre l'esprit
pourrait tenter de bloquer le murmure de voix fantômes. Mais en ce
moment elle avait peur, et c'est pourquoi elle partit au contact des
autres, voulant les sentir, sans arriver à les trouver.

Sa terreur prenait maintenant d'inquiétantes proportions et les
hurlements de l'animal panique devenaient insupportables. Elle
sentit un cri s'accumuler dans sa gorge et serra les dents pour lutter
contre lui. Car s'il sortait de sa bouche, ce ne serait pas un cri
ordinaire, mais un hurlement d'épouvante.

Je ne crierai pas, se dit-elle farouchement. *Je ne crierai pas, je ne*
gênerai pas Tante Vicky. Je ne crierai pas pour ne pas réveiller tous
ceux qui dorment, pour ne pas faire peur à ceux qui regardent le
film, pour ne pas qu'ils arrivent en courant et en disant : regardez la
petite fille qui a peur, regardez la petite aveugle qui a peur.

Mais son pseudo-radar (cette partie d'elle-même qui évaluait
toutes sortes de vagues impressions sensorielles et qui parfois lui
donnait le sentiment de voir à travers les yeux des autres, quoi
qu'en eût dit Miss Lee), loin d'atténuer sa peur, ne faisait que
l'aggraver.

Car il lui disait qu'il n'y avait *personne* dans son rayon d'action.

Absolument personne...

4

Brian Engle faisait un très mauvais rêve. Dans celui-ci, il se trouvait
de nouveau aux commandes du vol 7 Tokyo-Los Angeles, mais
cette fois la fuite était beaucoup plus grave. Un sentiment palpable
de catastrophe régnait dans la carlingue ; Steve Searles pleurait en
mangeant une pâtisserie.

Comment peux-tu manger, si tu es à ce point bouleversé?
demanda Brian. Un sifflement aigu de bouilloire allait s'amplifiant
dans la carlingue — le bruit caractéristique d'une fuite de pressurisation. Mais c'était évidemment stupide : les fuites restent presque

parfaitement silencieuses jusqu'à l'explosion. En rêve, cependant, tout est possible, supposa-t-il.

Parce que j'adore ce genre de gâteau, et que je n'en mangerai plus jamais, répondit Steve, avec des sanglots encore plus bruyants.

Puis soudain, le sifflement suraigu s'interrompit. Une hôtesse souriante, l'air soulagé — c'était, en fait, Melanie Trevor — fit son apparition et lui dit qu'on avait trouvé la fuite et qu'elle avait été colmatée. Brian se leva et la suivit à travers l'avion jusque dans la cabine principale où Anne Quinlan Engle, son ex-femme, se tenait dans une petite alcôve d'où l'on avait enlevé les sièges. Au-dessus du hublot qui se trouvait à côté d'elle, était écrite une phrase énigmatique et quelque peu menaçante, ÉTOILES FILANTES SEULE-MENT, en lettres rouges, la couleur du danger.

Anne était habillée de l'uniforme vert foncé des hôtesses d'American Pride ; étrange, de la part d'un chef de publicité qui avait toujours froncé avec mépris son nez aristocratique devant les hôtesses avec lesquelles Brian volait. Sa main pesait sur une fissure du fuselage.

Tu vois, chéri ? lui dit-elle fièrement. *Tout est en ordre. Ça n'a même plus d'importance que tu m'aies frappée. Je t'ai pardonné.*

Ne fais pas cela, Anne ! s'écria-t-il, mais c'était déjà trop tard. Un creux apparut au dos de sa main, reproduisant la forme de la fissure dans le fuselage. Il devenait de plus en plus profond au fur et à mesure que le différentiel de pression aspirait implacablement sa main à l'extérieur. Son majeur passa le premier, puis l'annulaire et l'index, et le petit doigt pour finir. Il y eut un sonore bruit d'éclatement, comme un bouchon de champagne qu'on aurait fait sauter un peu trop brusquement, lorsque toute la main passa à travers la fissure.

Et cependant, Anne continuait de sourire.

C'est L'Envoi, chéri, dit-elle lorsque son bras commença à disparaître à son tour. Ses cheveux s'échappaient de la barrette qui les retenait en arrière, et voletaient autour de son visage en un nuage brumeux. *Je n'ai jamais porté que celui-là, tu t'en souviens ?*

Il s'en souvenait... oui, maintenant il s'en souvenait. Mais ça n'avait plus d'importance.

Anne, reviens ! hurla-t-il.

Elle souriait toujours tandis que son bras était aspiré dans le vide, à l'extérieur de l'appareil. *Ça ne fait absolument pas mal, Brian, crois-moi.*

La manche de son blazer vert American Pride se mit à claquer, et Brian se rendit compte que sa chair était entraînée dans la fissure sous forme d'un liquide épais et blanc. On aurait dit de la colle à papier, celle qui sent l'amande.

L'Envoi, tu te rappelles ? demanda Anne tandis qu'elle était aspirée dans la fissure ; et maintenant Brian l'entendait de nouveau, ce son que le poète James Dickey avait appelé un jour « le vaste sifflement bestial de l'espace ». Il devint progressivement de plus en plus fort, tandis que s'assombrissait le rêve, mais il s'élargissait en même temps, pour devenir non pas le hurlement du vent, mais celui d'une voix humaine.

Le pilote ouvrit brusquement les yeux. Il resta un instant désorienté par la force de son rêve, mais un instant seulement — il était un professionnel du travail à hauts risques et à hautes responsabilités, un travail pour lequel on exigeait (c'était une condition indispensable) des temps de réaction ultra-rapides. Il se trouvait sur le vol 29, non sur le vol 7, et allait non pas de Tokyo à Los Angeles mais de LAX à Boston, où Anne était déjà morte, non pas victime d'un accident de pressurisation mais de l'incendie de son appartement, sur Atlantic Avenue, près du bord de mer. Le bruit, cependant, persistait.

C'était une petite fille, criant à pleins poumons.

5

« S'il vous plaît, quelqu'un peut me répondre ? demanda Dinah Bellman d'une petite voix claire. Je suis désolée, mais ma tante est partie et je suis aveugle. »

Il n'y eut aucune réaction. A quarante rangs devant (sans compter deux cloisons intermédiaires) le commandant Brian Engle rêvait que son navigateur pleurnichait en dévorant une de ses pâtisseries dites danoises.

On n'entendait que le vrombissement régulier des moteurs à réaction.

La panique s'empara de nouveau d'elle et Dinah fit la seule chose qui pût la contenir : elle déboucla sa ceinture de sécurité, se leva et passa dans l'allée.

« Hello ? dit-elle d'une voix plus forte. Y a quelqu'un ? »

Toujours pas de réponse. La fillette commença à pleurer. Elle prit cependant farouchement sur elle-même et s'avança de quelques pas dans l'allée. *N'oublie pas de compter*, l'avertit, frénétique, une partie de son esprit. *N'oublie pas de compter combien de rangées tu passes, sans quoi tu te perdras et ne pourras jamais retrouver ta place.*

Elle s'arrêta à hauteur du siège de la rangée suivante, et se pencha, bras tendu, doigts écartés. Elle s'était préparée à toucher le visage de l'homme endormi qui devait s'y trouver. Car il devait s'y trouver : Tante Vicky et lui avaient échangé quelques mots avant le décollage. Lorsqu'il avait parlé, sa voix lui était parvenue du siège directement devant le sien. Elle en était sûre ; localiser l'origine des voix était un réflexe chez elle, faisant partie de son existence de tous les jours au même titre que respirer. L'homme endormi allait sursauter lorsque Dinah le toucherait, mais au point où elle en était, elle ne s'en souciait plus.

Sauf que le siège était vide.

Entièrement vide.

La fillette se redressa, les joues mouillées, des pulsations de peur dans la tête. Ils ne pouvaient tout de même pas se trouver *ensemble* dans les toilettes ? Non, bien sûr que non.

Mais il y avait peut-être deux toilettes. Dans un avion de cette taille, il devait y en avoir deux, forcément.

Sauf que ça n'avait aucune importance.

Jamais Tante Vicky n'aurait abandonné son sac à main, au grand jamais. C'était une certitude pour Dinah.

Elle commença à marcher lentement, s'arrêtant à hauteur de chaque nouvelle rangée de sièges, tendant la main du côté droit de l'allée, puis du côté gauche.

Sur l'un des sièges, elle reconnut un sac à main ; sur un deuxième, un porte-document ; un bloc de papier et un stylo sur un troisième. Sur deux autres, sa main tâtonnante tomba sur des écouteurs. Elle mit l'index sur quelque chose de gluant lorsqu'elle toucha le second des deux. Elle se frotta les doigts, puis fit une grimace de dégoût et s'essuya contre l'appui-tête de coton posé sur le dossier du siège. Du cérumen ; elle en était sûre. Impossible de se tromper à cette texture poisseuse.

Dinah Bellman poursuivit lentement son chemin dans l'allée, ne prenant plus la peine d'explorer les sièges avec délicatesse. Ça n'avait pas d'importance. Elle n'enfonçait le doigt dans aucun œil, ne pinçait aucune joue, ne tirait pas la moindre mèche de cheveux.

Tous les sièges qu'elle contrôlait étaient vides.

Ce n'est pas possible ! Ça ne peut pas être possible ! Il y en avait partout autour de nous quand nous sommes montées ! Je les ai entendus ! J'ai senti leur présence ! J'ai senti leur odeur ! Où sont-ils donc passés ? Les questions se bousculaient dans sa tête, incohérentes. Elle était incapable d'y répondre, mais le fait était qu'ils avaient tous disparu. Elle en devenait de plus en plus sûre.

A un moment donné, pendant qu'elle dormait, sa tante et tous les autres passagers du vol 29 s'étaient évanouis.

Non ! clamait la partie rationnelle de son esprit avec la voix de Miss Lee. *Non, c'est impossible, Dinah ! Si tout le monde a disparu, qui pilote l'avion ?*

Elle commença à se déplacer plus vite, agrippant les dossiers au passage, ses yeux aveugles démesurément ouverts derrière ses verres teintés, l'ourlet de sa robe rose de voyage lui battant les mollets. Elle avait perdu le compte, mais telle était sa détresse, dans ce silence qui s'éternisait, que cela non plus n'était pas important.

Elle s'arrêta de nouveau, et tendit la main vers le siège à sa droite. Cette fois-ci elle toucha bien des cheveux... mais leur emplacement était aberrant. Ils étaient posés sur le siège — comment était-ce possible ?

Sa main se referma dessus... et souleva la chevelure. En un éclair, aussi terrible que soudain, elle comprit.

L'homme auquel appartiennent ces cheveux a disparu. C'est un cuir chevelu. Je tiens le scalp d'un mort.

C'est à ce moment-là que Dinah Bellman ouvrit la bouche et laissa jaillir les cris qui tirèrent Brian Engle de son sommeil.

6

Albert Kaussner se massait la bedaine contre le bar, un verre de whisky Branding Iron à la main. Les frères Earp, Wyatt et Virgil, se tenaient sur sa droite et Doc Halliday sur sa gauche. Il leva son verre pour porter un toast à l'instant précis où un homme, clopinant sur sa jambe de bois, fit son entrée dans le saloon Sergio-Leone.

« La bande des Dalton ! hurla-t-il. La bande des Dalton vient juste d'arriver à Dodge ! »

Wyatt se tourna calmement vers lui. Il avait un visage étroit, tanné et d'une grande beauté. Il ressemblait beaucoup à Hugh

O'Brian. « Ici t'es à Tombstone, mon pote Muffin, dit-il. T'as intérêt à garder ta grande gueule aussi serrée que ton trou du cul puant.

— Ouais, mais ils arrivent au galop, s'exclama Muffin. Et ils ont l'air cinglé, Wyatt ! Complètement cinglés ! »

Comme pour corroborer ses dires, une fusillade éclata dans la rue, à l'extérieur — le tonnerre profond des calibres 44 de l'armée (probablement volés) se mêlant aux claquements plus secs des fusils Garand.

« Arrête de faire dans tes pantalons, Muffy », l'apostropha Doc Halliday, rejetant son chapeau en arrière. Albert ne fut pas tellement surpris de constater que Doc ressemblait à Robert De Niro. Il avait toujours pensé que si quelqu'un avait vraiment le physique pour jouer le dentiste tubard, c'était bien De Niro.

« Qu'est-ce que vous en dites, les gars ? » demanda Virgil Earp avec un coup d'œil circulaire. Virgil ne ressemblait à personne en particulier.

« Allons-y, dit Wyatt. J'en ai soupé pour la vie, de ces foutus Clanton.

— Pas les Clanton, les Dalton, Wyatt, intervint Albert d'un ton calme.

— J'en ai rien à foutre, que ce soit eux ou John Dillinger ! répliqua Wyatt. Es-tu avec eux ou avec nous, Ace ?

— Avec vous », répondit Albert Kaussner, du timbre de voix tranquille mais chargé de menaces d'un tueur-né. Il laissa tomber une main sur la crosse de son Buntline Special à canon long, portant l'autre un instant à sa tête pour s'assurer que sa calotte était bien en place. Elle l'était.

« D'accord, les gars, dit Doc. Allons un peu chauffer les fesses aux frangins Dalton. »

Ils sortirent ensemble, à quatre de front, par la porte à double battant, exactement à l'instant où la cloche de l'église baptiste de Tombstone sonnait le premier coup de midi.

Les Dalton arrivaient dans Main Street au triple galop, trouant de balles les fenêtres et les frontons factices des maisons. Ils transformèrent le tonneau d'eau, devant le magasin d'armes de Duke, en une véritable fontaine.

Ike Dalton fut le premier à apercevoir les quatre hommes debout dans la rue poussiéreuse, le manteau rejeté en arrière pour dégager la crosse de leurs armes. Ike tira sauvagement sur les rênes et son cheval se cabra, hennissant, une écume épaisse dégoulinant du mors. Ike Dalton ressemblait bougrement à Rutger Hauer.

« Tiens, tiens ! Voyez donc un peu qui se trouve ici ! ricana-t-il. Si ce n'est pas ce vieux Wyatt avec son tonneau de frère, Virgil. »

Emmet Dalton (l'air de Donald Sutherland au bout d'un mois de nuits blanches) arrêta son cheval à côté de celui d'Ike. « Sans oublier leur pédé de copain, le dentiste, ricana-t-il à son tour. Qui a bien pu se mettre avec- » Sur quoi il regarda vers Albert et pâlit. Le sourire moqueur disparut de ses lèvres.

Paw Dalton vint se placer entre ses deux fils. Paw, lui, ressemblait fortement à Slim Pickens.

« Seigneur, murmura Paw, c'est Ace Kaussner ! »

C'était maintenant à Frank James de tirer sur les rênes pour s'arrêter à hauteur des autres. Son visage avait la nuance d'un vieux parchemin crasseux. « C'est quoi cette salade, les gars ? s'écria Frank. Je demande pas mieux que de piller une ville ou deux, les jours où je m'ennuie, mais personne ne m'avait dit qu'on tomberait sur le Juif d'Arizona ! »

Albert « Ace » Kaussner, connu de Sedalia à Steamboat Springs sous le sobriquet de « Juif d'Arizona », fit un pas en avant. Sa main restait suspendue au-dessus de la crosse de son Buntline.

Il expédia de côté une giclée de tabac, sans quitter un instant de ses yeux gris le louche quatuor monté, à moins de dix mètres de lui.

« Vous pouvez commencer à numéroter vos abattis, les mecs, lança le Juif d'Arizona. A c'que je sais, y a encore plein de place en enfer ! »

La bande des Dalton commença à piquer des deux à l'instant précis où sonnait le douzième coup de midi dans l'air brûlant du désert. Ace saisit son arme à la vitesse de l'éclair et fit jouer le chien du plat de la main, envoyant une averse mortelle de balles de calibre 45 sur les Dalton ; une petite fille, qui se trouvait devant le Longhorn Hotel, se mit à pleurer.

Si quelqu'un pouvait empêcher cette môme de brailler, pensa Ace, *ce serait aussi bien. Qu'est-ce qu'elle a donc ? Je contrôle la situation. C'est pas pour rien qu'on m'appelle l'Hébreu le plus rapide à l'ouest du Mississippi.*

Mais le cri continuait et déchirait l'air qu'il assombrissait peu à peu, et tout commença à voler en éclats.

Pendant un instant Albert ne fut nulle part — perdu dans une obscurité dans laquelle les fragments de son rêve tournoyaient, comme pris dans un tourbillon. La seule chose qui demeurait était ce terrible cri, semblable à celui d'une bouilloire en furie.

Il ouvrit les yeux et regarda autour de lui. Il était dans son siège, près de l'avant de la cabine principale, sur le vol 29. Dans l'allée, arrivait de l'arrière de l'avion une fillette de dix ou douze ans, habillée d'une robe rose et portant une paire de lunettes de soleil fantaisie.

Pour qui elle se prend, pour une vedette de cinéma ou quoi? pensa-t-il, sans cependant pouvoir s'empêcher de ressentir une certaine peur. Quelle désagréable façon d'être arraché à son rêve favori!

« Hé! s'écria-t-il — mais en retenant sa voix pour ne pas réveiller les autres passagers. Hé, qu'est-ce qui t'arrive, petite? »

La fillette tourna brusquement la tête dans la direction de cette voix, et son corps suivit une fraction de seconde après; elle heurta l'un des sièges des rangées centrales, cognant des cuisses contre l'appui-bras. Elle rebondit et trébucha en arrière, cette fois-ci contre l'appui-bras du siège côté fenêtre, dans lequel elle s'effondra les jambes en l'air.

« Où sont les gens? se mit-elle à hurler. Au secours, aidez-moi! »

« — Hé, hôtesse! » cria Albert, inquiet. Il défit sa ceinture, se leva, quitta son siège, se tourna vers la fillette... et s'immobilisa. Il faisait maintenant face à l'arrière de l'avion, et le spectacle qu'il avait sous les yeux le laissa pétrifié sur place.

La première pensée qui lui traversa l'esprit, fut : *Après tout, je n'ai pas à m'inquiéter de réveiller les autres passagers, finalement.*

Albert avait l'impression que la cabine principale du 767 était vide de tout occupant.

7

Brian Engle avait presque atteint la cloison séparant les premières de la classe affaires, lorsqu'il se rendit compte que la cabine des premières était complètement vide. Il eut une courte hésitation, puis repartit. Sans doute les autres avaient-ils quitté leur siège pour aller voir ce que signifiait tous ces cris.

En fait, il savait très bien que ce n'était pas le cas; cela faisait longtemps qu'il pilotait des avions de ligne, et il n'ignorait plus grand-chose de la psychologie de groupe. Lorsqu'un passager piquait sa crise, les autres ne bougeaient à peu près jamais. La plupart des voyageurs qui embarquaient dans un avion renonçaient humblement à leur liberté de prendre des décisions : ils s'asseyaient et bouclaient leur ceinture. Cela fait, tout ce qui était problème à résoudre devenait de la responsabilité de l'équipage. Le personnel des compagnies aériennes les appelait des oies, mais en vérité, ils se comportaient en moutons... une attitude qui convenait très bien à la plupart des équipages. Calmer les plus nerveux était d'autant plus facile.

Mais, étant donné que c'était la seule hypothèse vaguement plausible, Brian ne tint pas compte de ce qu'il savait et fonça. Les lambeaux de son rêve embrumaient encore son esprit, et quelque chose en lui restait convaincu que c'était Anne qui criait, qu'il allait la trouver à mi-chemin de la carlingue, la main collée sur une fissure de la paroi, une fissure située sous un avertissement qui disait ÉTOILES FILANTES SEULEMENT.

Il n'y avait qu'un seul passager en classe affaires, un homme d'un certain âge en costume trois-pièces brun. Son crâne chauve luisait doucement à la lumière de sa lampe individuelle, restée allumée. Ses mains déformées par l'arthrite reposaient, impeccablement croisées, sur la boucle de sa ceinture. Il était profondément endormi et ronflait comme un sonneur, inconscient de tout ce raffut.

Brian fit irruption dans la cabine principale, et c'est là qu'un sentiment soudain d'incrédulité stupéfaite arrêta finalement son élan. Il vit un tout jeune homme debout à côté d'une petite fille affalée dans un siège de la rangée côté hublots, non loin de lui. L'adolescent ne la regardait cependant pas ; sa mâchoire inférieure touchant presque le col de son T-shirt Hard Rock Cafe, il contemplait l'arrière de l'avion, bouche bée.

La première réaction de Brian fut identique à celle d'Albert Kaussner : *Mon Dieu, mais tout l'avion est vide !*

Puis il aperçut une femme, dans l'autre allée de l'appareil, qui se levait et s'avançait pour voir ce qui se passait. Elle avait l'air hébété et les traits bouffis de quelqu'un qui vient de se réveiller en sursaut, au plus profond de son sommeil. Au milieu de la cabine, dans l'une des rangées centrales, un jeune homme en polo à col marine tendait le cou dans la direction de la petite fille avec un regard vide et dénué de curiosité. Un autre homme, la soixantaine environ, se leva d'un siège proche de Brian et resta debout, indécis. Il était habillé d'une chemise de flanelle rouge et paraissait totalement ahuri. Ses cheveux se dressaient en mèches tirebouchonnées autour de sa tête, dans le style hirsute « savant fou ».

« Qui c'est qui crie ? demanda-t-il à Brian. Est-ce que l'avion a un problème, Monsieur ? On est en train de se casser la figure ? »

La fillette arrêta de crier. Elle se dégagea du siège sur lequel elle était renversée, mais faillit tomber dans l'autre sens ; l'adolescent la rattrapa juste à temps, réagissant avec une lenteur hébétée.

Mais où sont-ils passés ? se demanda Brian. *Bonté divine, où sont-ils donc tous passés ?*

Ses pieds, pendant ce temps, l'entraînaient vers la fillette et l'adolescent. Il découvrit, avant de les rejoindre, un autre passager endormi, une jeune fille d'environ dix-sept ans. Sa bouche ouverte se tordait disgracieusement et elle respirait à longues goulées sèches.

Le pilote arriva à hauteur de l'adolescent et de la fillette en rose.

« Mais où sont-ils, M'sieur ? » demanda Albert Kaussner. Il avait passé un bras autour des épaules de la gamine en pleurs, mais ne la regardait pas. Ses yeux ne cessaient d'aller et venir en tous sens dans la cabine déserte. « Est-ce que nous avons atterri quelque part pendant que je dormais ?

— Ma tante est partie, sanglota la fillette. Ma tante Vicky ! j'ai cru que l'avion était vide ! J'ai cru que j'étais toute seule ! Où est ma tante, s'il vous plaît ? Je veux ma tante Vicky ! »

Brian s'agenouilla à côté d'elle, et pendant quelques instants, ils se trouvèrent presque à la même hauteur. Il remarqua les lunettes de soleil et se souvint de l'avoir vue, à l'embarquement, accompagnée d'une femme blonde.

« Tu n'as rien, dit-il, tu n'as rien, jeune demoiselle. Quel est ton nom ?

— Dinah, hoqueta-t-elle. Je n'arrive pas à trouver ma tante. Je suis aveugle et je ne peux pas la voir. Je me suis réveillée et son siège était vide...

— Qu'est-ce qui se passe ? » demanda à ce moment-là le jeune homme en polo. Il avait parlé par-dessus les têtes de Brian et Dinah, les ignorant pour s'adresser directement à l'adolescent au T-shirt et à l'homme plus âgé en chemise de flanelle. « Où sont tous les autres ?

— Ça va aller, Dinah, continua Brian. Il y a d'autres personnes, ici. Tu les entends bien, non ?

— Ou-oui, je les entends. Mais où est Tante Vicky ? Et qui a été tué ?

— Tué ? » fit une voix de femme, d'un ton vif. C'était celle qui arrivait de l'autre côté de l'avion. Brian leva les yeux vers elle et vit qu'elle était jeune, brune et jolie. « On a tué quelqu'un ? L'avion a été détourné ?

— Non, on n'a tué personne », répondit Brian. C'était au moins quelque chose à dire. Il en avait le tournis, et son esprit était comme un bateau qui vient de rompre ses amarres. « Calmez-vous, ma mignonne.

— J'ai senti ses cheveux ! insista Dinah. Quelqu'un a coupé ses cheveux ! »

Après tout le reste, c'en était trop, et Brian renonça à éclaircir ce point. La pensée que Dinah s'était formulée un peu auparavant le frappa à son tour, avec une intensité glaciale : qui diable pilotait donc l'avion ?

Il se releva et se tourna vers l'homme âgé en chemise rouge. « Il faut que j'aille à l'avant, dit-il. Restez avec la petite.

— Entendu, répondit l'homme avec bonne volonté. Mais qu'est-ce qui se passe ? »

Un autre homme les rejoignit ; il avait environ trente-cinq ans et portait des jeans repassés et une chemise Oxford. Contrairement aux autres, il paraissait parfaitement calme. Il prit une paire de lunettes à monture d'écaille dans une poche, les secoua pour dégager les branches et se les posa sur le nez. « On dirait qu'il nous manque quelques passagers, non ? » remarqua-t-il. Son accent britannique était aussi impeccable que sa chemise. « Et l'équipage ? Quelqu'un a-t-il une idée ?

— C'est ce que je vais essayer de découvrir », répondit Brian en s'éloignant. Une fois à l'extrémité de la cabine touriste, il se retourna et fit un décompte rapide. Deux autres passagers s'étaient joints au petit groupe massé autour de la fillette en lunettes noires. L'un était l'adolescente qui dormait si profondément, un moment auparavant. Elle oscillait sur ses pieds comme si elle était ivre ou droguée. L'autre était le vieux monsieur, habillé d'un veston sport élimé. En tout, huit personnes. A cela il fallait ajouter lui-même et l'homme qu'il avait vu dormir en classe affaires et qui ne s'était toujours pas réveillé.

Dix personnes.

Pour l'amour du ciel, mais où étaient donc passés les autres ?

Ce n'était cependant pas le moment de s'interroger là-dessus ; il avait un problème plus grave et urgent à résoudre. Brian se dépêcha, et c'est à peine s'il jeta au passage un regard au vieux ronfleur de la classe affaires.

La zone de service, coincée entre l'écran de cinéma et les premières classes, était vide, de même que la cuisine, où Brian vit quelque chose qu'il trouva extrêmement troublant : le chariot à boisson était garé dans un coin, près des toilettes tribord. Un certain nombre de verres ayant servi étaient rangés sur le plateau inférieur.

Ils se préparaient tout juste à servir, songea-t-il. *Lorsque c'est arrivé (quoi que ce fût), ils venaient juste de sortir le chariot. Ces verres sales sont ceux qui ont été ramassés avant qu'on commence à rouler sur la piste. Autrement dit, la « chose » s'est sans doute produite au cours de la demi-heure qui a suivi le décollage, un petit peu plus, peut-être — n'était-il pas question de turbulences au-dessus du désert ? Il me semble. Et ces conneries à propos d'une aurore boréale...*

Pendant un instant, Brian crut que l'aurore boréale n'était qu'une partie de son rêve — il y avait de quoi, tant c'était bizarre — mais en y réfléchissant davantage, il se convainquit que Melanie Trevor, l'hôtesse de l'air, lui en avait réellement parlé.

Laisse tomber ce truc. Qu'est-ce qui a bien pu se passer ? Au nom du ciel, QUOI ?

Il l'ignorait, mais il lui suffisait en revanche de regarder le chariot de boissons abandonné pour éprouver, jusqu'au fond de ses entrailles, un affreux sentiment d'horreur et de terreur superstitieuse. Pendant un instant, il pensa que c'était ce qu'avaient dû ressentir les premiers qui avaient abordé la *Marie-Céleste*, en mettant le pied sur le pont d'un bateau abandonné en pleine mer, voilure dehors, la table du commandant prête pour le déjeuner, tous les cordages impeccablement enroulés et une bouffarde de marin brûlant encore ses derniers brins de tabac sur le gaillard d'avant...

Brian se secoua pour chasser ces pensées paralysantes et dut faire un effort énorme pour avancer jusqu'à la porte qui séparait la zone de service de la cabine de pilotage. Il frappa. Comme il l'avait craint, il n'y eut pas de réaction. Et il avait beau savoir que c'était inutile, il ne put s'empêcher, du poing, de frapper à coups redoublés.

Rien.

Il essaya la poignée. Elle ne bougea pas. Procédure standard, en cette époque de voyages imprévus à La Havane, au Liban ou à Téhéran. Seuls les pilotes pouvaient l'ouvrir. Brian était capable de prendre les commandes de cet appareil : encore fallait-il y avoir accès.

« Hé, cria-t-il, hé, les gars, ouvrez cette porte ! »

Mais il était sans illusion. Le personnel de bord avait disparu ; la plupart des passagers avaient disparu ; Brian Engle était prêt à parier que l'équipage de deux hommes du 767 avait également disparu.

Le vol 29 à destination de Boston naviguait sur le pilote automatique.

CHAPITRE DEUX

1

Brian avait demandé à l'homme âgé en chemise rouge de surveiller Dinah, mais dès que la fillette eut entendu la voix de la femme venue du côté tribord — celle dont le timbre était jeune et agréable — elle se rabattit sur celle-ci avec une effrayante intensité, se pelotonnant contre elle et lui prenant la main avec un geste qui mêlait timidité et détermination. Après des années passées avec Miss Lee, Dinah savait reconnaître la voix d'un professeur. C'est bien volontiers que la jeune femme brune lui rendit son étreinte.

« Tu as bien dit que tu t'appelais Dinah, mon cœur ?

— Oui. Je suis aveugle, mais après mon opération à Boston je pourrai voir. Enfin, je pourrai *probablement* voir. Les docteurs disent que j'ai sept chances sur dix de retrouver un peu de vue et quatre sur dix de la retrouver complètement. C'est quoi, votre nom ?

— Laurel Stevenson », répondit la jeune femme brune. Son regard continuait d'explorer la cabine touriste, et elle paraissait incapable de chasser de son visage l'expression qui s'y était initialement peinte : une incrédulité éberluée.

« Laurel, c'est un nom de fleur, non ? » fit Dinah avec une intensité fiévreuse dans la voix.

— Oui-oui, répondit Laurel.

— Veuillez m'excuser, fit l'homme à lunettes d'écaille et à l'accent britannique. Je vais à l'avant rejoindre notre ami.

— Je vous accompagne, intervint l'homme en chemise rouge.

— J'exige de savoir ce qui se passe ici ! » s'exclama d'un ton abrupt l'homme au polo ras du cou. Les deux taches de ses pommettes, aussi éclatantes que s'il avait mis du rouge, contrastaient violemment avec la pâleur du reste de son visage. « J'exige de savoir sur-le-champ ce qui se passe !

— Je suis tout de même quelque peu surpris moi-même », répondit le Britannique en s'éloignant. L'homme en chemise rouge lui emboîta le pas. L'adolescente à l'air drogué les suivit un instant, puis s'arrêta à la hauteur de la cloison qui séparait la classe touriste de la classe affaires, comme si elle ne savait trop ce qu'elle devait faire.

Le vieux monsieur en veston sport élimé s'approcha d'un hublot du côté bâbord et se pencha pour regarder.

« Que voyez-vous ? lui demanda Laurel.

— De l'obscurité et des montagnes, répondit-il.

— Les Rocheuses ? » demanda Albert.

L'homme en veston élimé acquiesça. « Il me semble bien, mon garçon. »

Albert décida à son tour d'aller à l'avant. Il avait dix-sept ans, était d'une redoutable intelligence, et la question-mystère du banco lui était également venue à l'esprit : qui pilote l'avion ?

Puis il décida qu'elle n'était pas importante... pour le moment au moins. L'avion volait sans heurts, alors on pouvait supposer que quelqu'un le pilotait ; et même si ce quelqu'un s'avérait être *quelque chose* — le pilote automatique, en d'autres termes — il ne pouvait strictement rien y faire. Lui, Albert Kaussner, n'était qu'un violoniste de talent — et non un enfant-prodige — et ce voyage devait l'amener au Berklee College of Music. Mais il était aussi Ace Kaussner (du moins dans ses rêves), l'Hébreu le plus rapide à l'ouest du Mississippi, chasseur de trésors respectant le repos du samedi ; il évitait de poser ses pieds chaussés sur les couvre-lit, sur la piste poussiéreuse il avait toujours un œil sur un grand coup et l'autre sur un bon café cacher. Le personnage d'Ace, supposait-il, avait pour but de le protéger de parents trop aimants qui ne lui avaient pas permis de jouer au base-ball de peur qu'il n'abîmât ses mains, et qui croyaient que le moindre reniflement était le signe avant-coureur de la pneumonie. Violoniste « enfourraillé » — une combinaison intéressante — il ignorait tout du pilotage d'un avion. Et la petite fille avait déclaré quelque chose qui l'avait intrigué tout en lui glaçant les sangs. *J'ai senti ses cheveux... quelqu'un a coupé ses cheveux !*

Il quitta Dinah et Laurel (l'homme en veston sport élimé était passé de l'autre côté de l'appareil pour regarder par un hublot de ce côté-là, et celui en polo ras du cou partait vers l'avant rejoindre les autres, l'œil plissé, combatif) et entreprit de refaire à l'envers le chemin suivi par la fillette.

Quelqu'un a coupé ses cheveux ! avait-elle pleurniché. Albert n'eut pas à parcourir beaucoup de rangées pour comprendre ce qu'elle avait voulu dire.

2

« Je prie le ciel, Monsieur, dit le Britannique, pour que la casquette de commandant que j'ai aperçue en première classe soit la vôtre. »

Brian se tenait devant la porte verrouillée, tête inclinée, réfléchissant furieusement. Lorsque l'Anglais parla derrière lui, il sursauta et se tourna vivement.

« Je ne cherchais pas à vous faire peur, fit l'homme d'un ton conciliant. Je m'appelle Nick Hopewell », ajouta-t-il en tendant la main.

Brian la lui serra. En faisant ce geste, part d'un ancien rituel, il se dit que tout cela devait n'être qu'un rêve. Sans doute provoqué par les frayeurs du vol de Tokyo et l'annonce de la mort d'Anne.

Mais une partie de son esprit savait qu'il n'en était rien, de même qu'une partie de son esprit avait compris que le hurlement de la fillette n'avait rien à voir avec la classe des premières désertées par ses passagers, mais il s'empara de cette idée comme il l'avait fait de la première. Ça soulageait : alors pourquoi pas ? Tout le reste était délirant — tellement délirant, même, que le seul fait d'essayer d'y penser lui enfiévrait l'esprit. En outre, il n'avait pas le temps de penser, absolument pas le temps, et il découvrit qu'au fond, cela était aussi un soulagement.

« Brian Engle, répondit-il. Ravi de vous rencontrer, même si les circonstances sont... » Il haussa les épaules d'un geste d'impuissance. Elles étaient *quoi*, au juste, les circonstances ? Il n'arrivait pas à trouver d'adjectif pour les décrire de manière adéquate.

« Quelque peu bizarres, n'est-ce pas ? vint l'aider Hopewell. Vaut mieux ne pas trop s'y attarder pour le moment. L'équipage a-t-il réagi ?

— Non », fit Brian qui, frustré, ne put se retenir de donner de nouveau du poing contre la porte.

« Doucement, doucement, fit l'Anglais d'une voix apaisante. Parlez-moi de cette casquette, Monsieur Engle. Vous ne sauriez avoir idée de ce que serait ma satisfaction et mon soulagement si je pouvais vous appeler commandant Engle. »

Brian ne put retenir un sourire. « Je suis le commandant Engle, en effet, répondit-il, mais étant donné les circonstances, je crois que vous pouvez aussi bien m'appeler Brian. »

Nick Hopewell s'empara de la main gauche du pilote et l'embrassa de bon cœur. « Je crois que je vais vous appeler notre Sauveur, plutôt. Cela ne vous gêne-t-il pas trop ? »

Brian rejeta la tête en arrière et éclata de rire, imité par Nick. Ils se tenaient encore devant la porte fermée, riant à gorge déployée, lorsque les deux hommes, celui en chemise rouge et celui en polo ras du cou, arrivèrent à leur tour, les regardant comme s'ils étaient l'un et l'autre devenus fous.

3

Albert Kaussner tint la chevelure dans sa main droite pendant un moment, l'air songeur. Elle était noire et brillante, sous la lumière du plafonnier, un vrai scalp d'Indien, et il ne fut nullement surpris qu'elle eût terrifié la fillette. Elle l'aurait tout autant terrifié lui-même s'il n'avait pas été capable de voir.

Il laissa retomber la perruque, jeta un coup d'œil au sac à main du siège voisin, puis regarda plus attentivement ce qui se trouvait à côté de ce sac. Une alliance en or massif. Il la ramassa, l'examina et la remit en place. Puis il repartit lentement vers l'arrière de l'avion. En moins d'une minute, Albert se trouva tellement médusé de stupéfaction qu'il en avait oublié la question de savoir qui pilotait l'appareil ou la façon dont ils atterriraient, s'il était en pilotage automatique.

Les passagers du vol 29 avaient disparu, mais non sans abandonner derrière eux un trésor fabuleux, ayant aussi parfois de quoi rendre perplexe. Albert trouva des bijoux sur presque tous les sièges : des alliances, avant tout, mais aussi des diamants, des émeraudes et des rubis. Il trouva aussi des boucles d'oreilles, dont la plupart étaient en toc mais dont certaines lui parurent de grande valeur. La maman d'Albert possédait quelques belles pièces, mais ce qu'il découvrait les faisait pâlir à côté. Il remarqua également des boutons de manchettes, des colliers, des bracelets, des gourmettes — et des montres, des montres à la pelle. Timex ou Rolex, il semblait y en avoir des centaines, sur les sièges, sur le sol entre les sièges, dans les allées. Elles brillaient dans les lumières.

Il compta au moins soixante paires de lunettes, cerclées d'acier, d'écaille ou d'or. A verres blancs ou teintés, avec ou sans brillants incrustés dans la monture. Des Ray-Ban, des Polaroïd, des Foster Grants.

Des boucles de ceinture, des épingles en tous genres, et des piles de menue monnaie. Aucun billet, mais facilement quatre cents dollars en pièces de vingt-cinq, dix, cinq et un *cent*. Des porte-feuilles — pas autant que de sacs à main, mais une bonne douzaine, tout de même, en cuir de luxe ou en plastique. Des canifs. Et au moins une douzaine de calculatrices de poche.

Sans compter des objets plus étranges. Il ramassa un cylindre de plastique couleur chair et l'examina pendant au moins trente secondes avant de comprendre qu'il s'agissait d'un godemiché et de le reposer précipitamment. Une délicate petite cuillère en or au bout d'une fine chaîne du même métal. Il y avait des petites pièces métalliques brillantes ici et là, la plupart en argent, quelques-unes en or. Il en prit deux ou trois pour vérifier si ce que son esprit abasourdi lui disait était vrai : il y avait quelques couronnes dentaires, mais surtout des plombages. Et, dans l'une des rangées du fond, il découvrit deux minuscules tiges de métal. Il lui fallut un bon moment avant de comprendre qu'il s'agissait de broches chirurgicales et qu'elles appartenaient non pas aux accessoires de l'appareil presque désert, mais au genou ou à l'épaule de quelque passager. Il découvrit enfin un dernier passager, un jeune homme barbu vautré sur deux des sièges de la dernière rangée, qui ronflait bruyamment et dégageait une puissante odeur de brasserie.

A deux sièges de là, il tomba sur un objet qui avait tout l'air d'un pacemaker.

Debout à l'arrière de l'avion, Albert resta un certain temps à contempler le long cylindre vide du fuselage.

« Qu'est-ce qui a bien pu se passer ici, nom d'un chien ? » murmura-t-il d'une voix qui tremblait.

4

« J'exige de savoir ce qui se passe ! » éclata l'homme en polo ras du cou, d'une voix tonnante. Il fit irruption dans la zone de service, en tête de la cabine de première, au pas de charge d'un financier montant une OPA inamicale.

« Actuellement ? Nous sommes sur le point de forcer cette serrure, répondit Nick Hopewell, fixant Ras-du-Cou d'un regard intense. L'équipage semble avoir suivi le même chemin que tous les autres, mais nous avons tout de même de la chance. Ce monsieur, dont je viens de faire la connaissance, est un pilote voyageant avec un billet de faveur-

— De faveur ? Il y a quelqu'un ici qui aurait bien besoin qu'on lui en fasse une, le coupa Ras-du-Cou, et croyez-moi, j'ai la ferme intention de lui mettre la main dessus. » Il passa devant Nick en le bousculant, sans lui jeter un regard, et vint se placer nez à nez avec Brian, aussi agressif qu'un footballeur contestant la décision d'un arbitre. « Est-ce que par hasard, vous travailleriez pour American Pride, mon ami ?

— Oui, répondit Brian, mais ne pourrions-nous pas laisser cela de côté pour l'instant ? Il est important de-

— Je vais vous dire, moi, ce qui est important ! » cria Ras-du-Cou. Un fin brouillard de salive vint se déposer sur les joues du pilote, qui dut réfréner une soudaine et violente envie de prendre ce crétin par le cou et de serrer jusqu'à ce qu'on entendît les os craquer. « J'ai une réunion au siège social de la Prudential avec des représentants de Bankers International à neuf heures demain matin ! A neuf heures pile demain matin ! J'ai réservé un siège sur ce vol sur la foi de son horaire, et je n'ai aucune intention d'être en retard à cette réunion ! J'exige de savoir trois choses : *qui* a autorisé une escale non prévue pendant que je dormais, *où* cette escale a eu lieu, et *pour quelle raison* on l'a décidée !

— Est-ce qu'il vous est arrivé de regarder Star Trek ? » l'interrompit soudain Nick Hopewell.

Empourpré du sang de la colère, le visage de Ras-du-Cou fit un brusque quart de tour. A son expression, il était manifeste qu'il prenait l'Anglais pour un fou.

« Une merveilleuse série américaine, continua Nick. De science-fiction. On y explore des mondes nouveaux et étranges, comme celui qui existe apparemment à l'intérieur de votre tête. Et si vous ne fermez pas votre clapet illico, espèce de pauvre abruti, c'est avec plaisir que je vous ferai une démonstration de la fabuleuse prise à endormir les veaux de Monsieur Spock.

— Vous n'avez pas le droit de me parler sur ce ton ! Savez-vous qui je suis ? gronda Ras-du-Cou.

— Evidemment, répliqua Nick. Vous êtes un sale petit emmerdeur qui prend son billet d'avion pour un certificat proclamant qu'il est le Grand Manitou de la Création. Vous êtes aussi mort de trouille. Il n'y a pas de mal à ça, mais vous vous tenez dans le passage et vous me gênez. »

Le visage de Ras-du-Cou atteignait maintenant une telle intensité de couleur que Brian s'attendait presque à voir sa tête exploser. Il avait eu droit une fois à ce spectacle, dans un film ; il ne tenait pas du tout à ce qu'il se produisît dans la réalité. « Vous n'avez aucun droit de me parler sur ce ton ! Vous n'êtes même pas citoyen américain ! »

Nick Hopewell agit si vite que c'est à peine si Brian comprit ce qui se passait. L'instant d'avant, Ras-du-Cou hurlait à la tête de Nick, lequel, debout à côté de Brian, avait les mains sur les hanches de son jean repassé. L'instant suivant, le nez de Ras-du-Cou se trouvait pris comme dans un étau entre le pouce et l'index de la main droite de l'Anglais.

Ras-du-Cou voulut se dégager. Les doigts de Nick serrèrent plus fort... puis sa main commença à tourner légèrement, du geste de quelqu'un qui remonte un réveille-matin. Ras-du-Cou poussa un mugissement.

« Je peux le casser, dit Nick doucement. C'est la chose la plus simple au monde, croyez-moi. »

Ras-du-Cou essaya de se dégager d'un mouvement sec en arrière. Ses mains battaient inutilement le bras de Nick. Nick tordit un peu plus fort et Ras-du-Cou poussa un nouveau mugissement.

« Vous n'avez pas dû m'entendre. J'ai dit que je pouvais le casser. Vous comprenez ? Si oui, montrez-le-moi. »

Pour la troisième fois, il imprima un mouvement de torsion à ses doigts.

Ras-du-Cou du coup ne mugit pas, mais hurla.

« Oh ! la la ! fit l'adolescente à l'air drogué, derrière eux. Une prise de bec.

— Je n'ai pas le temps de discuter de vos rendez-vous d'affaires, reprit doucement Nick à l'intention de Ras-du-Cou. Ni de m'occuper d'un cas d'hystérie déguisée en agression. Nous sommes en présence d'une situation dramatique et incompréhensible, en ce moment. Vous, Monsieur, ne faites manifestement pas partie de la solution et je n'ai pas la moindre intention de vous laisser devenir une partie du problème. C'est pourquoi je vais vous demander de retourner dans la cabine de la classe touriste. Ce monsieur, ici, en chemise rouge-

— Don Gaffney », dit l'homme en chemise rouge, qui paraissait aussi surpris que Brian.

— Merci », continua Nick. Il tenait toujours le nez de Ras-du-Cou dans la stupéfiante pince de ses doigts, et le pilote voyait maintenant un filet de sang couler de l'une des narines écrasées de l'homme.

Nick l'attira à lui et lui parla sur un ton chaleureux et confidentiel. « Monsieur Gaffney, ici présent, va vous escorter. Une fois en classe touriste, mon petit ami, vous vous assiérez sur un siège et vous attacherez solidement votre ceinture de sécurité. Plus tard, lorsque le commandant ici présent se sera assuré que nous n'allons percuter ni une montagne, ni un bâtiment, ni un autre avion, nous pourrons discuter de notre situation actuelle plus en détail. Pour le moment, néanmoins, votre contribution ne paraît pas souhaitable. Avez-vous bien saisi tout ce que je viens de vous expliquer ?

Ras-du-Cou émit un mugissement de souffrance indigné.

« Si vous avez compris, veuillez s'il vous plaît lever le pouce. »

Ras-du-Cou leva un pouce. L'ongle en était soigneusement manucuré, remarqua Brian.

« Parfait. Encore une chose. Lorsque je vais lâcher votre nez, vous allez peut-être avoir envie de vous venger. C'est bien naturel. Ce serait une très grave erreur, cependant, que de se laisser aller à une telle envie. Je veux que vous sachiez que ce que je viens de faire à votre nez, je peux le faire tout aussi facilement à vos testicules. En fait, je peux leur faire faire tellement de tours que lorsque je vous lâcherai, vous vous mettrez à voler dans la cabine comme un modèle réduit. J'attends de vous que vous partiez tranquillement avec Monsieur...

— Gaffney, répéta l'homme en chemise rouge.

— Gaffney, oui. Désolé. J'attends donc que vous partiez tranquillement avec Monsieur Gaffney. Vous ne protesterez pas. Vous ne vous laisserez pas aller à des tentatives de représailles. En fait, si jamais vous dites un seul mot, vous vous retrouverez en train d'explorer des territoires de souffrance qui vous sont certainement inconnus. Levez le pouce si vous avez bien compris ceci. »

Ras-du-Cou agita son pouce levé avec tant d'enthousiasme qu'il faisait penser à un auto-stoppeur saisi de diarrhée.

« Très bien, dans ce cas », conclut Nick en lâchant le nez de l'homme.

Ras-du-Cou recula d'un pas, foudroyant Nick d'un regard où se mêlaient colère et perplexité : on aurait dit un chat qui vient de recevoir un seau d'eau froide. En elle-même, la colère n'aurait guère ému Brian. C'est la perplexité qui lui fit éprouver un peu de pitié pour Ras-du-Cou. Il se sentait lui-même fichtrement perplexe.

Ras-du-Cou porta la main à son nez, vérifiant qu'il s'y trouvait toujours. Un mince filet de sang, pas plus large que le fil qui sert à ouvrir un paquet de cigarettes, coulait de chacune de ses narines. Il contempla, incrédule, le bout ensanglanté de ses doigts, et il ouvrit la bouche.

« A votre place, je ne dirais rien, Monsieur, intervint Don Gaffney. Ce type est sérieux. Il vaut mieux venir avec moi. »

Il prit Ras-du-Cou par le bras. Un instant, ce dernier résista à la traction modérée de Gaffney, et ouvrit de nouveau la bouche.

« Mauvaise idée, fit alors la jeune fille à l'air drogué. Si vous ne laissez pas tomber, ça va barder. »

Ras-du-Cou referma la bouche et se laissa entraîner vers l'arrière des premières classes. Il regarda une fois par-dessus son épaule, l'œil écarquillé et ahuri, et se tapota de nouveau les narines.

Nick, entre-temps, s'était complètement désintéressé de l'homme. Il regardait par l'un des hublots. « On dirait bien que nous sommes au-dessus des Rocheuses, dit-il, et à une altitude plus que suffisante. »

Brian regarda lui aussi quelques instants l'extérieur. Il s'agissait bien des Rocheuses, en effet, et ils devaient se trouver au milieu de la chaîne, d'après ce qu'il voyait. Il estima leur altitude à 35 000 pieds. Exactement ce que lui avait dit Melanie Trevor. De ce côté-là, c'était parfait. Du moins jusqu'ici.

« Venez, dit-il. Il faut enfoncer cette porte. »

Nick le suivit. « Me permettrez-vous de diriger cette partie des opérations, Brian ? Je dispose d'une certaine expérience.

— Je vous en prie. » Le pilote se prit à se demander d'où exactement Nick Hopewell tenait son expérience de la torsion des nez et de l'enfoncement des portes. Il se dit qu'il devait s'agir d'une longue histoire.

« Il serait précieux de savoir quelle est la solidité de cette serrure, reprit Nick. Si nous cognons trop fort, nous risquons d'être catapultés au milieu de la cabine de pilotage. Je ne voudrais pas heurter quelque chose qu'il ne faudrait pas.

— Je ne sais pas, répondit Brian, sincère. Je ne crois pas qu'elles soient exceptionnellement solides.

— Très bien. Tournez-vous vers moi. Votre épaule droite tournée vers la porte. »

Brian s'exécuta.

— Je vais compter. On va la heurter à trois. Pliez un peu les jambes ; on a plus de chances de faire sauter la serrure en cognant la porte plus bas. Ne mettez pas tout votre poids dans le coup. Disons, la moitié seulement. Si ça ne suffit pas, nous recommencerons. Vu ?

— Bien vu. »

La jeune fille, qui paraissait légèrement plus réveillée et dans le coup, lança : « Il est peu probable qu'ils aient laissé une clef sous le paillasson ou quelque chose dans ce genre, hein ? »

Brian secoua la tête. « J'ai bien peur que non. C'est une précaution contre les terroristes, vous comprenez.

— Evidemment, dit Nick. Evidemment. (Il adressa un clin d'œil à l'adolescente.) Mais ça prouve au moins que vous savez vous servir de votre tête. »

La jeune fille sourit, sans trop savoir comment prendre le compliment.

Nick se tourna vers Brian. « Prêt ?

— Prêt.

— Bien. Un... deux... *trois !* »

Ils foncèrent sur la porte, se baissant dans un synchronisme parfait juste avant de la toucher, et le battant s'ouvrit avec une ridicule facilité. Il y avait un petit rebord (auquel il manquait au moins huit centimètres pour mériter le titre de marche) entre la zone de service et le cockpit. Brian le heurta du pied et aurait basculé en travers de la cabine de pilotage si la main de Nick ne l'avait rattrapé par l'épaule. L'homme était aussi rapide qu'un chat.

« Très bien, dit-il, plus pour lui-même que pour Brian. Voyons un peu ce qui se passe là-dedans, voulez-vous ? »

5

La cabine de pilotage était vide. Brian sentit la chair de poule lui hérisser les bras et la nuque en la parcourant des yeux. C'était très bien de savoir qu'un 767 pouvait voler des milliers de kilomètres en pilotage automatique, à l'aide d'informations introduites dans son système de navigation à inertie — Dieu seul savait le nombre qu'il en avait lui-même parcouru ainsi — mais tout autre chose de voir ces deux sièges vides. C'était *ça,* qui lui donnait la chair de poule. C'était la première fois, dans sa carrière, qu'il avait un tel spectacle sous les yeux.

Les manches à balai bougeaient tout seuls, faisant les infinitésimales corrections nécessaires pour maintenir l'appareil sur la trajectoire prévue jusqu'à Boston. Tous les voyants étaient verts. Les deux petites ailes, sur l'indicateur d'attitude, restaient immobiles au-dessus de l'horizon artificiel. Au-delà des deux fenêtres inclinées, un milliard d'étoiles scintillaient dans le ciel du petit matin.

« Bon sang, fit doucement l'adolescente.

— Ça alors, dit Nick en même temps. Regardez un peu, mon vieux. »

Du doigt, l'Anglais lui montrait une tasse de café à demi vide sur la console de service, à côté de l'appui-bras gauche du siège du pilote. Près de la tasse, se trouvait une pâtisserie danoise entamée. Ce spectacle raviva d'un seul coup le rêve de Brian, qui tressaillit violemment.

« En tout cas, ça s'est passé très vite. Et regardez, ici, et ici », dit-il.

Il indiqua tout d'abord le siège du pilote puis le sol à côté de celui du co-pilote. Deux montres-bracelets brillaient dans la lumière des contrôles ; l'une était une Rolex insensible à la pression, l'autre une Pulsar numérique.

« Si vous voulez des montres, vous n'avez qu'à vous servir, fit une voix dans leur dos. Il y en a des tonnes, là-bas derrière. » Brian regarda par-dessus son épaule et vit Albert Kaussner, l'air propret et bien jeune, avec sa petite calotte noire sur le crâne et son T-shirt Hard Rock Cafe. A côté de lui se tenait le vieux monsieur au veston sport élimé.

« Vous parlez sérieusement ? demanda Nick, qui, pour la première fois, parut un peu désarçonné.

— Des montres, des bijoux, des lunettes. Et aussi des sacs à main. Mais le plus délirant c'est qu'il y a... des trucs qui semblent provenir *de l'intérieur* des gens. Comme des broches chirurgicales et des pacemakers. »

Nick regarda Brian Engle. L'Anglais avait nettement pâli. « En gros, j'avais fait les mêmes suppositions que notre ami si véhément et grossier, dit-il. A savoir que l'avion avait atterri quelque part, pour une raison ou une autre, pendant mon sommeil. Que la plupart des passagers — et le personnel en cabine — avaient quitté l'appareil.

— Je me serais réveillé dès le début de la descente, remarqua Brian. L'habitude. » Il n'arrivait pas à détacher les yeux des sièges vides, de la tasse de café à demi bue et de la pâtisserie marquée de deux coups de dent.

« C'est la même chose pour moi, d'ordinaire, et j'en avais conclu que les boissons étaient droguées. »

Je ne sais pas ce que ce type fait pour gagner sa vie, mais il n'est certainement pas vendeur de voitures d'occasion, songea Brian.

« Personne n'a pu droguer mon verre, dit-il, pour la simple raison que je n'ai rien bu.

— Ni moi non plus, ajouta Albert.

— De toutes les façons, expliqua le pilote, il n'a pu y avoir atterrissage et décollage pendant notre sommeil. On peut faire voler un appareil en pilotage automatique, et le Concorde peut même atterrir en automatique ; mais il faut un être humain pour le faire décoller.

— Autrement dit, nous n'avons pas atterri, dit Nick.

— Et non.

— Dans ce cas, où sont-ils passés, Brian ?

— Aucune idée. » Il s'avança jusqu'au siège du pilote et s'y installa.

6

Le vol 29 était stabilisé à 36 000 pieds, exactement comme le lui avait dit Melanie Trevor, et volait au cap 090. Dans une heure ou deux, ce dernier changerait pour prendre plus au nord. Brian prit le plan de vol du navigateur, jeta un coup d'œil sur l'indicateur de vitesse de l'air, et fit une série de calculs rapides. Puis il mit les écouteurs sur ses oreilles.

« Contrôle Denver, ici le vol 29 d'American Pride, à vous. »

Il appuya sur la touche réception... et n'entendit rien. Absolument rien. Pas de chuintement d'électricité statique ; pas de bavardages ; pas de contrôle au sol ; pas d'autres avions. Il vérifia le calage du transpondeur : 7 700, comme il se devait. Il repassa en position transmission. « Contrôle Denver, répondez s'il vous plaît, ici American Pride, vol 29, je répète American Pride, vol 29, et nous avons un problème, Denver, nous avons un problème. »

Il revint en position réception. Et tendit l'oreille.

Sur quoi Brian fit quelque chose qui provoqua chez Albert Kaussner une bouffée de peur et une accélération du pouls : du tranchant de la main, il porta un coup contre le panneau de contrôle placé en-dessous de l'équipement radio. Ce Boeing 767, dernier-né des ateliers de Seattle, était une machine ultrasophistiquée. On ne pouvait utiliser pareils procédés avec un tel matériel. Le pilote venait de faire exactement comme quelqu'un qui vient d'acheter pour trois fois rien un vieil appareil de radio, lequel, une fois à la maison, refuse de fonctionner.

Brian fit un nouvel appel à la tour de contrôle de Denver. Et n'obtint aucune réaction. Pas la moindre réaction.

7

Jusqu'à cet instant-là, Brian était resté dans un état de perplexité et de stupéfaction à demi hébétée. Il commençait maintenant à avoir également peur — très peur. Jusque-là, il n'avait pas eu le temps d'avoir peur. Il regrettait qu'il n'en fût plus ainsi... mais il fallait s'y résigner. Il enclencha la radio sur la longueur d'onde d'urgence et essaya de nouveau. Toujours aucune réaction. L'impression de faire le 17 ou le 18 au téléphone et de tomber sur un enregistrement qui vous dit que la boutique est fermée pour tout le week-end. Lorsqu'on appelait à l'aide sur la longueur d'onde d'urgence, on avait *toujours* une réponse rapide.

Du moins jusqu'à maintenant, songea Brian.

Il passa alors sur UNICOM, système permettant aux pilotes privés d'obtenir les indications pour atterrir sur les petits aéroports. Pas de réaction non plus. Il écouta... et n'entendit pas le moindre souffle. Ce qui était tout à fait impossible. Les pilotes privés sont aussi bavards que deux adolescentes qui se téléphonent. Le type dans le Piper veut absolument connaître les conditions météo. Celui dans le Cessna va tomber raide dans son siège si quelqu'un ne peut téléphoner à sa femme qu'il rapplique avec trois invités de dernière heure. Et celui du Lear-jet exige que la fille au comptoir de l'aéroport d'Arvada dise aux passagers qui l'attendent qu'il va avoir quinze minutes de retard, mais de ne pas se mettre en pétard : ils arriveront à temps pour la partie de base-ball à Chicago.

Or il n'y avait rien de tout cela. Les pies bavardes s'étaient toutes envolées, aurait-on dit, et les lignes téléphoniques demeuraient vides.

Il revint à la longueur d'onde d'urgence de la FAA. « Denver, parlez ! Denver, Parlez ! *Ici American Pride, vol 29, nom de Dieu, parlez !* »

Nick lui toucha l'épaule. « Calmez-vous, l'ami.

— Ce clébard refuse d'aboyer ! s'exclama Brian, frénétique. C'est impossible, et c'est pourtant ce qui arrive — Seigneur, qu'est-ce qu'ils fabriquent ? C'est la guerre nucléaire, ou quoi ?

— Calmez-vous, Brian, répéta Nick, calmez-vous. Qu'est-ce que ça veut dire, le clébard qui refuse d'aboyer ?

— Je veux parler de la tour de contrôle de Denver ! ces chiens ! Je veux parler du FAA et son service d'urgence ! Ces chiens ! UNICOM, ces chiens aussi ! Je n'ai jamais- »

Il enclencha une autre commande. « Tenez, reprit-il, un ton plus bas, on est dans les longueurs d'ondes moyennes à courtes. Ça devrait sauter dans tous les coins, comme des grenouilles sur un trottoir brûlant, et je n'arrive pas à en capter un seul. »

Il appuya sur un autre commutateur, puis leva les yeux sur Nick et Albert Kaussner, qui s'étaient rapprochés. « Il n'y a même pas de balise VOR à Denver.

— Ce qui veut dire ?

— Ce qui veut dire que je n'ai ni radio ni balise de navigation, et que tous les contrôles me disent qu'il n'y a pas la moindre chose qui cloche. Foutaises. Il faut bien que ce soit des foutaises. »

Une idée épouvantable commença à faire surface dans son esprit, comme un cadavre boursouflé remontant à fleur d'eau dans une rivière.

« Hé, le môme — regarde par le hublot, et dis-moi ce que tu vois. »

Albert Kaussner s'exécuta. Il resta longtemps penché contre la vitre. « Rien, finit-il par dire. Rien du tout. Rien que la fin des Rocheuses et le début des plaines.

— Pas de lumières ?

— Non. »

Brian se mit debout sur des jambes de coton et regarda à son tour vers le sol — longtemps lui aussi.

Finalement, Nick Hopewell déclara d'un ton calme : « Denver a disparu, c'est ça ? »

Brian savait, grâce au plan de vol du navigateur et à son équipement de contrôle, qu'ils auraient dû se trouver à moins de soixante-dix kilomètres au sud de Denver... mais en dessous d'eux, ne s'étendait que le paysage sombre et sans traits saillants qui caractérisait le début de la Grande Plaine.

« Oui, répondit-il. Denver a disparu. »

8

Il y eut un instant de silence absolu dans la cabine, puis Nick Hopewell se tourna vers les spectateurs du poulailler, trois en l'occurrence, l'homme en veste de sport élimée, le jeune homme et la jeune fille. Nick frappa vivement dans ses mains, comme une institutrice de maternelle. Et quand il parla, il en avait même le ton : « Très bien ! Tout le monde retourne s'asseoir à sa place. Je crois que nous avons besoin d'un peu de calme, ici.

— Mais nous *sommes* calmes, objecta l'adolescente, non sans bon sens.

— Je crois que ce que veut dire ce monsieur, en réalité, c'est qu'ils ont besoin de rester entre eux plus que de calme », observa l'homme en veste de sport. Il avait le ton de voix d'une personne cultivée, mais son regard doux et inquiet ne quittait pas Brian.

« C'est précisément ce que je veux dire, confirma Nick. S'il vous plaît.

— Est-ce qu'il va tenir le coup ? demanda l'homme en veste de sport élimée, à voix basse. Il paraît plutôt bouleversé. »

Nick lui répondit sur le même ton confidentiel. « Oui. Ça va aller. J'y veillerai.

— Venez, mes enfants, dit l'homme en veste de sport, passant un bras autour de l'épaule de la jeune fille et l'autre autour de celle d'Albert. Retournons nous asseoir. Notre pilote a du boulot qui l'attend. »

Il n'avait servi à rien de parler à voix basse, même temporairement, en ce qui concernait Brian Engle. Il aurait pu tout aussi bien n'être qu'un poisson dans une rivière pendant qu'un vol d'oiseaux passe loin au-dessus de lui : leurs cris l'atteignent peut-être, mais il n'y attache absolument aucun sens. Brian était trop occupé à parcourir toutes les fréquences radio possibles et imaginables, à passer d'un bouton à l'autre. Effort inutile. Ni Denver, ni Colorado Springs, ni Omaha ne répondaient.

Il sentait la sueur qui lui coulait sur les joues comme des larmes et lui collait la chemise au dos.

Je dois puer comme un putois, songea-t-il, *ou comme...*

L'inspiration frappa alors. Il passa sur les fréquences des appareils militaires, en dépit de l'interdiction formelle faite aux avions civils de les utiliser. Le Strategic Air Command régnait en maître à Omaha. *Eux* étaient forcément à l'écoute. Ils lui diraient peut-être de se tirer vite fait de leur fréquence, menaceraient sans doute de le signaler à la FAA, mais Brian ne serait que trop heureux de les entendre gueuler. Il serait peut-être le premier à leur annoncer qu'apparemment, la ville de Denver venait de prendre congé.

« Contrôle Air Force, contrôle Air Force, ici American Pride, vol 29, nous avons un problème à bord, un gros problème, m'entendez-vous ? Parlez. »

Aucun chien n'aboya, ici non plus.

C'est alors que Brian sentit quelque chose — un peu comme un court-circuit — qui commençait à disjoncter tout au fond de son esprit. Il sentit toute la structure de sa pensée rationnelle se mettre à déraper lentement vers quelque insondable abîme.

9

Nick Hopewell empoigna alors le pilote par l'épaule, tout près du cou. Brian sursauta et faillit crier. Il tourna la tête et vit le visage de Nick à moins de quinze centimètres du sien.

Et maintenant il va me prendre le nez et se mettre à le tordre.

Mais l'homme n'en fit rien. Il lui parla avec intensité, mais calmement, sans quitter un seul instant Brian des yeux. « Je vois quelque chose dans votre regard, mon vieux... mais je n'avais pas besoin de vérifier pour savoir que ça y était. Je l'entends dans votre voix, je le comprends à la manière dont vous êtes assis. Maintenant, écoutez, et écoutez bien : *la panique n'est pas permise.* »

Brian resta pétrifié, paralysé par ce regard bleu.

« M'avez-vous bien compris ? »

Le pilote dut faire un gros effort pour répondre. « On ne laisse pas un type faire le boulot que je fais s'il panique facilement, Nick.

— Je le sais, mais il s'agit d'une situation unique. Vous devez cependant vous rappeler qu'il y a environ une douzaine de personnes à bord de cet appareil et que votre boulot est toujours le même : les ramener à terre en un seul morceau.

— Vous n'avez pas besoin de me l'expliquer ! rétorqua Brian.

— C'est ce que je viens pourtant de faire, j'en ai bien peur, mais vous avez l'air d'aller fichtrement mieux, maintenant, et c'est un sacré soulagement de vous le dire. »

Brian faisait davantage que d'avoir l'air d'aller mieux : il commençait à se sentir mieux. Nick l'avait piqué à l'endroit le plus sensible — son sens des responsabilités. *Exactement là où il avait eu l'intention de me piquer,* songea Brian.

« Dans quelle branche gagnez-vous votre vie, Nick ? » demanda Brian d'une voix qui tremblait légèrement.

L'homme rejeta la tête en arrière et rit. « Attaché-adjoint à l'ambassade de Grande-Bretagne, mon vieux.

— Du pipeau, oui. »

Nick haussa les épaules. « C'est ce qui est écrit sur mes papiers, et je trouve que ça suffit. S'il fallait être plus précis, je suppose qu'on aurait mis Mécanicien de Sa Majesté. J'arrange les choses qui ont besoin d'être arrangées. En ce moment, cela veut dire vous.

— Merci, répondit Brian d'un ton agacé, mais je n'ai pas besoin d'être arrangé.

— Parfait. Dans ce cas, qu'avez-vous l'intention de faire ? Pouvez-vous naviguer sans vos appareils, sans vos balises ? Pouvez-vous éviter les autres appareils ?

— Je peux parfaitement naviguer avec les appareils de bord. Quant aux autres avions (il eut un geste vers l'écran-radar), ce foutu bidule me raconte qu'il n'y en a pas un seul.

— Il pourrait donc y en avoir, remarqua doucement Nick. On peut imaginer que des conditions spéciales ont mis la radio et le radar en rideau, au moins temporairement. Vous avez fait allusion à une guerre nucléaire, Brian. Je pense que s'il y avait eu un échange de coups nucléaires, nous l'aurions su. Mais cela ne veut pas dire qu'il n'y a pas eu un accident, sous une forme ou une autre. Connaissez-vous un peu le phénomène qu'on appelle la pulsation électromagnétique ? »

Brian pensa brièvement à Melanie Trevor. *Oh, et on nous signale des aurores boréales au-dessus du désert de Mojave. Vous aurez peut-être envie de rester réveillé pour les voir.*

Pouvait-il s'agir de cela ? D'un phénomène météo aberrant ?

L'hypothèse ne lui parut pas à exclure. Mais dans ce cas, la radio aurait dû crépiter d'électricité statique, et l'écran radar être zébré d'interférences... Pourquoi ce silence et ce vide ? Et il n'arrivait pas à imaginer comment une aurore boréale pourrait être responsable de la disparition de deux cent cinquante-deux passagers.

« Eh bien ? demanda l'attaché d'ambassade.

— Vous êtes plus ou moins mécanicien, Nick, finit par répondre Brian, mais je ne crois pas qu'il s'agisse d'un problème mécanique. Tous les équipements de l'appareil, y compris le pilote automatique, semblent fonctionner à la perfection. (Il montra l'indicateur de cap.) En cas de pulsation électromagnétique, ce bidule ferait des sauts périlleux. Or il ne bouge pas d'une ligne.

— Bon. Avez-vous l'intention de continuer sur Boston ? »

Avez-vous l'intention de...

La phrase suffit à chasser les derniers restes de panique en lui. *C'est juste*, pensa-t-il. *Je suis maintenant le commandant de bord de cet appareil... en fin de compte, la situation se résume à ça. Vous auriez dû commencer par me le rappeler, on se serait épargné quelques désagréments.*

« L'aéroport Logan à l'aube, sans la moindre idée de ce qui se passe dans le pays, au-dessous, ou dans le reste du monde ? Pas question.

— Dans ce cas, quelle est notre destination ? Ou bien avez-vous besoin de temps pour envisager la question ? »

Brian n'en avait pas besoin. Et les différentes choses qu'il avait à faire se mettaient en place, en bon ordre, dans son esprit.

« Non, je la connais, répondit-il. Et je crois qu'il est temps de parler aux passagers. Du moins à ceux qui restent. »

Il saisit le micro, et c'est à ce moment-là que l'homme chauve qui avait dormi jusqu'ici dans la section « affaires » de l'appareil passa une tête dans la cabine de pilotage. « L'un de vous, Messieurs, pourrait-il avoir l'amabilité de me dire où est passé le personnel de bord de cet avion ? demanda-t-il d'un ton acerbe. J'ai dormi comme un loir... mais j'aimerais bien avoir mon dîner, maintenant. »

10

Dinah Bellman se sentait beaucoup mieux. C'était bon d'avoir d'autres personnes autour d'elle, d'éprouver leur présence réconfortante. Elle était assise avec le petit groupe constitué d'Albert Kaussner, Laurel Stevenson et l'homme en veste sport élimée qui s'était présenté entre-temps : Robert Jenkins. Il était, leur dit-il, l'auteur de plus de quarante romans policiers, et se rendait à Boston pour participer à une convention réunissant les adeptes du genre.

« Et voilà que je me trouve maintenant partie prenante dans un mystère bien plus extravagant que tout ce que j'aurais pu oser écrire. »

Tous quatre étaient installés dans la section centrale, non loin de la cabine principale. L'homme en polo ras-du-cou avait été s'asseoir plusieurs rangées plus loin à tribord et tenait un mouchoir à son nez (lequel ne saignait plus depuis quelques minutes, en réalité), fulminant dans son splendide isolement. Don Gaffney se tenait non loin de lui et le surveillait, mal à l'aise. Il n'avait parlé qu'une fois, pour demander son nom à Ras-du-Cou. Ce dernier n'avait pas répondu. Il s'était contenté de fixer Gaffney avec un regard d'une douloureuse intensité, par-dessus le bouquet froissé de son mouchoir.

Don Gaffney n'avait pas renouvelé sa question.

« Est-ce que quelqu'un a la moindre idée de ce qui se passe ? fit Laurel d'une voix presque suppliante. Mes premières véritables vacances depuis dix ans commencent en principe demain, et maintenant, ça ! »

Albert se trouvait face à elle et la regardait au moment où elle avait parlé. Tandis qu'elle lançait sa remarque sur le fait que c'était ses premières vacances depuis dix ans, il vit ses yeux se détourner à droite et ciller trois ou quatre fois, rapidement, comme si une poussière venait d'y tomber. Une idée si forte lui vint à l'esprit que ce fut une quasi-certitude : cette femme mentait. Pour quelque obscure raison, elle venait de proférer un mensonge. Il la regarda plus attentivement, mais ne vit rien de bien remarquable : une femme dont la relative beauté s'estompait, une femme qui devait frôler l'âge mûr (pour Albert Kaussner, cela voulait dire définitivement trente ans), une femme qui ne tarderait pas à devenir incolore et invisible. Elle avait cependant des couleurs, en ce moment, ses joues en témoignaient vivement. Il ignorait ce que signifiait ce mensonge, mais il constata qu'il lui avait momentanément rendu son charme et qu'elle était presque belle.

Voilà une femme qui devrait mentir plus souvent, songea Albert. Puis, avant que quelqu'un eût le temps de formuler une réponse, leur parvint une voix, par les haut-parleurs.

« Mesdames et Messieurs, c'est votre commandant de bord qui vous parle.

— Commandant mon cul, vociféra Ras-du-Cou.

— La ferme ! » aboya Don Gaffney de l'autre côté de l'allée.

Ras-du-Cou le regarda, surpris, et laissa tomber.

« Comme vous le savez certainement, nous nous trouvons dans une situation extrêmement étrange, continua Brian. Inutile que je vous l'explique ; il vous suffit de regarder autour de vous pour comprendre.

— Je ne comprends rien du tout, oui, grommela Albert.

— Mais il y a d'autres choses que je sais. J'ai bien peur que vous ne les trouviez pas réjouissantes, mais étant donné que nous sommes tous dans le même pétrin, je veux être aussi franc que possible. Je ne dispose d'aucune communication avec le sol. Il y a cinq minutes, nous aurions dû voir clairement les lumières de Denver depuis l'avion. Nous n'avons rien vu. La seule conclusion que je puisse en tirer, pour le moment, est que quelqu'un, là en-bas, a oublié de payer la facture d'électricité. Et tant que nous n'en saurons pas davantage, je crois que c'est la seule conclusion que nous devons nous autoriser à tirer. »

Il fit une pause. Laurel tenait Dinah par la main. Albert émit un sifflement bas et inquiet. Robert Jenkins, l'auteur de romans policiers, regardait rêveusement dans l'espace, les mains sur les cuisses.

« Tout ça, reprit Brian, ce sont les mauvaises nouvelles. Voici les bonnes. L'avion est intact, nous avons une bonne réserve de carburant, et j'ai les qualifications requises pour piloter ce type d'appareil. Ainsi que pour le poser. Je pense que tout le monde sera d'accord pour dire avec moi que notre première priorité est d'atterrir avec un maximum de sécurité. Nous ne pouvons rien faire avant cela, et je tiens à vous assurer que ce sera fait.

La dernière chose que j'ai à vous dire est que l'atterrissage aura lieu à Bangor, dans le Maine. »

Ras-du-Cou se redressa brusquement. « *Quoi ?* » s'étrangla-t-il.

« Notre système de navigation fonctionne cinq sur cinq, mais je ne peux pas en dire autant des balises de navigation dont nous nous servons aussi. Dans ces conditions, j'ai décidé de ne pas tenter de pénétrer dans l'espace aérien de Logan. Je n'ai pu arriver à joindre qui que ce soit, à terre ou dans les airs, par radio. Le matériel radio de l'appareil semble fonctionner normalement, mais je crois que nous ne devons pas nous fier aux apparences, dans notre situation. L'aéroport international de Bangor présente les avantages suivants : l'approche courte se fait au-dessus de la terre et non de la mer ; le trafic aérien, à l'heure prévue de notre arrivée, soit huit heures trente, devrait y être réduit, voire nul ; en plus Bangor, qui a servi de base aérienne pour l'Air Force, possède la piste d'atterrissage la plus longue de toute la côte Est des Etats-Unis. Nos amis anglais et français y posent le Concorde quand ils ne peuvent atterrir à New York. »

Ras-du-Cou se mit à hurler : « *J'ai un rendez-vous d'affaire important à Boston ce matin à neuf heures, et je vous interdis d'aller nous fourrer dans ce trou perdu au fond du Maine !* »

Dinah sursauta et se fit toute petite sur son siège, pressant sa joue contre le sein de Laurel Stevenson. Elle ne pleurait pas — pas encore — mais Laurel sentit que des sanglots commençaient à agiter la poitrine de la fillette.

« *EST-CE QUE VOUS M'ENTENDEZ ?* rugissait Ras-du-Cou. *JE DOIS ETRE À BOSTON POUR UN CONSEIL D'ADMINISTRATION EXCEPTIONNEL, ET J'AI BIEN L'INTENTION D'ARRIVER À L'HEURE !* » Il détacha sa ceinture et commença à se lever. Il avait les joues en feu, le front d'un blanc de cire et un regard vitreux que Laurel trouva extrêmement effrayant. « *EST-CE QUE VOUS M'AVEZ BIEN COMPRIS ?*

— Je vous en prie, protesta Laurel, je vous en prie, Monsieur, vous faites peur à la petite.

Ras-du-Cou tourna la tête et le désagréable regard vitreux tomba sur la jeune femme, qui trouva qu'elle aurait mieux fait de ne rien dire. « *JE LUI FAIS PEUR ? ON NOUS DÉTOURNE VERS UN FOUTU AÉROPORT DE MERDE, ET TOUT CE QUI VOUS INQUIÈTE C'EST-*

— Asseyez-vous et fermez-la, sinon je vous en balance un », lui lança Don Gaffney en se levant. Il avait au moins vingt ans de plus que Ras-du-Cou, mais il était plus lourd, avec une carrure beaucoup plus impressionnante. Il avait remonté les manches de sa chemise de flanelle jusqu'au-dessus des coudes, et quand il serra les poings, les muscles de ses avant-bras se mirent à rouler. Il avait l'air d'un bûcheron sur le point de prendre sa retraite.

La lèvre supérieure de Ras-du-Cou lui découvrit les dents. Cette grimace canine effraya un peu plus Laurel, car elle avait l'impression que l'homme ne se rendait pas compte de la tête qu'il avait. Elle fut la première à se demander s'il n'était pas fou.

« Je ne crois pas que tu pourrais y arriver tout seul, Papi, dit-il.

— La question ne se pose pas, intervint l'homme chauve de la section " affaires ". Je me charge de vous en aligner un moi aussi, si vous ne la fermez pas. »

Albert Kaussner rassembla tout son courage et déclara : « Et moi aussi, espèce de tordu. » Avoir réussi à le dire fut un grand soulagement. Il se sentait comme l'un de ces types, à Alamo, qui avaient franchi la ligne tracée dans le sable par le colonel Travis.

Ras-du-Cou regarda autour de lui. Un tic agita sa lèvre supérieure, lui donnant cet air d'un chien qui retrousse les babines. « Je vois, dit-il, je vois. Vous êtes tous contre moi. Très bien. (Il se rassit et leur jeta un regard de défi.) Mais si vous aviez la moindre idée de ce qui se passe avec les actions du marché sud-américain... » Il n'acheva pas sa phrase. Il y avait un mouchoir en papier sur le bras du siège voisin du sien. Il le prit, le regarda, et commença à le déchirer posément en petits morceaux.

« On ne devrait pas avoir à en venir là, dit Don Gaffney. Je ne suis pas un bagarreur, Monsieur, ni de naissance ni par goût. » Il essayait de prendre le ton de la plaisanterie, pensa Laurel, mais sa voix laissait percer de l'inquiétude, peut-être même de la colère. « Vous devriez vous détendre un peu et prendre les choses comme elles viennent. Voyez-en le bon côté ! La compagnie aérienne vous remboursera le prix du billet. »

Ras-du-Cou adressa un bref coup d'œil à Don Gaffney, puis revint à son mouchoir de papier. Il arrêta d'en arracher de petits bouts pour se mettre à le déchirer en longues bandes.

« Est-ce qu'il y aurait par hasard quelqu'un qui saurait comment faire fonctionner le petit four, dans la cuisine ? demanda Crâne-chauve, comme si de rien n'était. J'aimerais bien manger, moi. »

Personne ne répondit.

« C'est bien ce que je craignais, reprit l'homme. Nous vivons à l'époque de la spécialisation. Une époque bien triste. » Sur cette réflexion philosophique, Crâne-chauve battit derechef en retraite vers la classe affaires.

Laurel abaissa les yeux et se rendit compte qu'au-dessous des lunettes de soleil clinquantes à monture de plastique rouge, les joues de Dinah Bellman étaient mouillées de larmes. Laurel oublia un peu ses propres peurs et sa perplexité, au moins temporairement, et serra la fillette dans ses bras. « Ne pleure pas, ma chérie. Le monsieur s'est énervé, c'est tout. Il est plus calme, maintenant. »

Si l'on peut dire ça d'un type qui a l'air sous hypnose et qui déchire systématiquement un mouchoir en papier, se dit-elle.

« J'ai peur, murmura Dinah. Pour cet homme, on est tous comme des monstres.

— Non, je ne crois pas, protesta la jeune femme, étonnée et un peu prise au dépourvu. Pourquoi dire cela ?

— Je ne sais pas », répondit Dinah. La femme lui plaisait bien (elle lui avait plu dès l'instant où elle avait entendu sa voix), mais elle n'avait nulle intention de lui dire que pendant un instant elle les avait tous vus, elle-même comprise, tournés vers l'homme qui avait vociféré. Elle s'était retrouvée à *l'intérieur* de cet homme (il s'appelait Tooms ou Tunney ou quelque chose comme ça) et, pour lui, les autres n'étaient qu'une bande de trolls méchants et égoïstes.

Si jamais elle racontait quelque chose comme ça à Miss Lee, elle allait la croire folle. Et pourquoi cette femme, dont Dinah venait à peine de faire la connaissance, penserait-elle autrement ?

C'est pour cela que Dinah se tut.

Laurel l'embrassa sur la joue. Elle la sentit chaude sous ses lèvres. « N'aie pas peur, ma chérie. L'avion vole aussi tranquillement que possible ; tu le sens bien, n'est-ce pas ? Dans quelques heures on sera tous sains et saufs à terre.

— Tant mieux. Mais je veux ma tante Vicky. Dites, où est-elle passée ?

— Je l'ignore, ma chérie, répondit Laurel. Pourtant, j'aimerais bien le savoir. »

Dinah repensa aux visages, tels que les avait vus l'homme vociférant ; des visages mauvais et cruels. Elle repensa à son propre visage, tel qu'elle l'avait perçu, une tête porcine de bébé aux yeux cachés par d'énormes lunettes noires. Le découragement s'abattit alors sur elle, et elle se mit à pleurer à gros sanglots enroués qui donnèrent mal au cœur à Laurel. Elle serra la fillette contre elle, parce que c'était la seule chose qu'elle pût faire, et bientôt ne tarda pas à pleurer à son tour. Elles sanglotèrent ainsi pendant près de cinq minutes, puis Dinah commença à se calmer. Laurel leva alors les yeux vers l'adolescent fluet répondant au nom d'Albert ou Alvin, elle ne s'en souvenait pas très bien, et vit qu'il avait également les yeux humides. Surpris par ce regard, il baissa précipitamment les yeux.

Dinah ravala un dernier gros sanglot et resta immobile contre la poitrine de la jeune femme. « Ce n'est pas de pleurer qui va changer quelque chose, hein ?

— Non, je ne crois pas, admit Laurel. Pourquoi ne pas essayer de dormir, Dinah ? »

La fillette soupira, un son humide et mélancolique. « Je ne pourrais pas. Je dormais, *avant*. »

Tu m'en diras tant, pensa Laurel. Et le vol 29 poursuivit sa route vers l'est, à 36 000 pieds d'altitude, volant à plus de cinq cents miles à l'heure au-dessus du centre des Etats-Unis plongé dans l'obscurité.

CHAPITRE TROIS

LA MÉTHODE DÉDUCTIVE.
ACCIDENTS ET STATISTIQUES.
SPÉCULATIONS ET
POSSIBILITÉS. PRESSION
DANS LES TRANCHÉES. LE
PROBLÈME DE BETHANY. ON
ENTAME LA DESCENTE.

1

« La petite a dit quelque chose d'intéressant, il y a une heure ou deux », remarqua soudain Robert Jenkins.

La petite en question s'était entre-temps rendormie, en dépit des doutes qu'elle avait émis. Albert Kaussner avait également somnolé, peut-être pour retourner une fois de plus dans les rues mythiques de Tombstone. Il avait pris sa boîte à violon dans le porte-bagages et la tenait sur ses genoux.

« Hein, quoi ? fit-il en se redressant.

— Désolé, s'excusa Jenkins. Vous dormiez ?

— Pas du tout, protesta le jeune homme. Je suis parfaitement réveillé. » Il tourna deux yeux exorbités et injectés de sang vers son voisin pour le lui prouver. Des cernes s'étaient creusés au-dessous. Robert Jenkins trouva qu'il ressemblait à un raton laveur surpris en train de fouiller dans des poubelles. « Qu'est-ce qu'elle a donc dit ?

— Qu'elle ne pensait pas qu'elle pouvait se rendormir, parce qu'elle dormait *avant*. »

Albert regarda Dinah un instant. « Eh bien, elle s'est pourtant rendormie.

— Je le vois bien, mais là n'est pas la question, jeune homme. Elle n'est pas là du tout. »

Albert envisagea d'expliquer à M. Robert Jenkins que Ace Kaussner, l'Hébreu le plus rapide à l'ouest du Mississippi et le seul Texan à avoir survécu à la bataille d'Alamo, n'appréciait guère d'être traité de « jeune homme », puis décida de laisser tomber... du moins pour le moment. « Alors c'est *quoi*, la question ?

— Moi aussi, je dormais. Je ronflais même avant que le commandant — je veux dire, celui que nous avions au décollage — ait éteint le signal INTERDICTION DE FUMER. C'est comme ça depuis toujours, chez moi : en train, en bus, en avion — je m'endors comme un bébé dès que les moteurs sont lancés. Et vous, jeune homme ?

— Quoi, moi ?

— Dormiez-vous ? Je parie que oui.

— Eh bien, oui.

— Nous dormions tous. Les gens qui ont disparu étaient tous réveillés. »

Albert réfléchit quelques instants. « C'est... possible.

— Absurde ! fit Jenkins, presque joyeusement. Je gagne ma vie en écrivant des histoires à suspense. La déduction est mon pain quotidien, pourrait-on dire. Ne croyez-vous pas que si quelqu'un avait été réveillé au moment où tous ces gens ont disparu, cette personne se serait mise à hurler, nous tirant tous de notre sommeil ?

— Ça semble logique, admit Albert, songeur. Mis à part ce type, là-bas, à l'arrière. J'ai l'impression que même une sirène d'incendie ne le réveillerait pas.

— D'accord, votre cas exceptionnel est dûment enregistré. Mais n'empêche, personne n'a hurlé, n'est-ce pas ? Et personne n'a proposé de nous expliquer ce qui était arrivé. J'en déduis donc que seuls les passagers réveillés se sont évaporés. Avec, évidemment, tout l'équipage.

— Ouais. C'est possible.

— Vous avez l'air troublé, mon cher garçon. A voir votre air dubitatif, j'ai le sentiment qu'en dépit de son attrait, mon hypothèse ne vous séduit pas complètement. Puis-je vous demander pourquoi ? Ai-je manqué quelque chose ? » L'expression de Jenkins signifiait qu'il n'en croyait rien, mais que sa mère lui avait appris à être poli.

« Je ne sais pas, répondit honnêtement Albert. Combien sommes-nous ici ? Onze ?

— Oui. En tenant compte du type à l'arrière — celui qui est en plein coma — nous sommes onze.

— Si vous avez raison, ne devrions-nous pas être plus nombreux ?

— Et pourquoi ? »

Mais Albert garda le silence, soudain frappé par une image, un souvenir très vif remontant de son enfance. Il avait été élevé dans une sorte de vague théologique par des parents qui n'étaient ni pratiquants orthodoxes ni agnostiques. Lui et ses frères avaient grandi en observant la plupart des traditions alimentaires (ou règles, comme l'on voudra), ils avaient fait leur Bar Mitzvah et ils savaient qui ils étaient, ce qu'étaient leurs origines et ce que cela devait signifier pour eux. Et l'histoire dont Albert se souvenait le mieux de l'époque où, enfant, il fréquentait la synagogue, était celle de la dernière des sept plaies d'Egypte, la peste, le terrible tribut prélevé sur Pharaon par l'ange noir de Dieu, l'ange du matin.

En esprit, il voyait cet ange se déplaçant non pas au-dessus de l'Egypte, mais dans la cabine du vol 29 et rassemblant la plupart des passagers contre sa terrible poitrine... non pas parce qu'ils avaient négligé d'enduire le manteau de leur porte (ou le dossier de leur fauteuil, dans le cas présent) avec du sang d'agneau, mais parce que...

Parce que quoi ?

Albert l'ignorait, mais il n'en frissonna pas moins. Et regretta que cette ancienne et épouvantable histoire lui fût revenue à l'esprit. *Moi et mon imagination.* Mais ce n'était pas drôle.

« Albert ? » La voix de Robert Jenkins semblait venir de loin. « Albert, ça va bien ?

— Oui. Je réfléchissais. (Il s'éclaircit la gorge.) Vous comprenez, si tous les passagers endormis ont été, disons, épargnés, nous devrions être au moins soixante. Peut-être plus. Vous savez bien, c'est le vol des yeux rouges.

— Avez-vous jamais remarqué, jeune homme—

— Pourriez-vous m'appeler Albert, Monsieur Jenkins ? C'est mon nom. »

Robert Jenkins tapota l'épaule d'Albert. « Je suis désolé. Vraiment. Je ne voulais pas avoir l'air condescendant. Je suis bouleversé et comme toujours, dans ces cas-là, j'ai tendance à me replier... comme une tortue qui rentre la tête dans sa carapace. Sauf que moi, je bats en retraite dans la fiction. Je crois que je jouais à être Philo Vance. C'est un détective — un grand détective — un personnage créé par le regretté S. S. Van Dyne. Je suppose que vous n'avez jamais rien lu de lui. Comme presque personne, de nos jours. Quel dommage... Toujours est-il que je vous présente mes excuses.

— Ce n'est rien, fit Albert, mal à l'aise.

— Vous vous appelez Albert, et Albert vous serez dorénavant, lui promit Robert Jenkins. Je voulais simplement vous demander si vous aviez déjà pris ce vol, les « yeux rouges ».

— Non, c'est la première fois que je traverse le pays.

— Moi, j'ai souvent fait ce voyage. En de rares occasions, j'ai résisté à ma tendance naturelle à m'endormir et suis resté quelque temps éveillé. Surtout lorsque j'étais jeune, à l'époque où les vols étaient plus bruyants. Après cet aveu, je peux même aller jusqu'à vous dire, ce qui ne va pas me rajeunir, que j'ai effectué mon premier vol d'une côte à l'autre dans un appareil à hélices de la TWA qui devait s'arrêter deux fois... pour faire le plein.

Mes conclusions sont que très peu de personnes s'endorment dans ce genre de vol au cours de la première heure... après quoi, presque tout le monde dort. Pendant la première heure les gens s'occupent ; on parle à son compagnon de voyage, on regarde le paysage par le hublot, on prend un verre ou deux...

— On s'installe, vous voulez dire », suggéra Albert. Ce que lui expliquait M. Jenkins lui semblait parfaitement vraisemblable, même si lui-même n'avait guère consacré de temps à s'installer ; l'idée du voyage qu'il allait faire et de la nouvelle existence qu'il allait mener l'avait tellement excité qu'il n'en avait pas fermé l'œil ou presque durant les deux nuits précédant le départ. Si bien qu'il s'était effondré comme on souffle une lampe dès que le 767 avait décollé.

« Oui, chacun se fait son petit nid, convint Jenkins. Est-ce que par hasard vous auriez remarqué le chariot des boissons, devant la cabine de pilotage, mon ch... Albert ?

— Je l'ai vu, oui. »

Les yeux de Jenkins brillèrent. « Evidemment, vous l'avez vu, puisqu'il fallait le contourner. Mais l'avez-vous vraiment *remarqué* ?

— Sans doute non, si vous avez fait attention à quelque chose de particulier.

— Ce n'est pas l'œil qui remarque, Albert, mais l'esprit. L'esprit formé à la déduction. Je ne suis pas Sherlock Holmes, mais j'ai néanmoins constaté qu'il venait d'être tiré du petit compartiment où il est remisé, et que les verres sales du service d'avant le vol étaient toujours empilés sur l'étagère du bas. De cela, j'ai déduit ce qui suit : l'avion a décollé normalement, il a grimpé jusqu'à son altitude de croisière et, fort heureusement, on a branché le pilotage automatique. Puis le commandant a éteint les signaux des ceintures de sécurité. Cela a dû se produire au bout d'une demi-heure, si je ne me trompe, soit vers une heure du matin. A ce moment-là les hôtesses se sont levées pour s'atteler à leur première tâche : servir des cocktails à quelque cent cinquante passagers, vers 24 000 pieds, alors que l'avion montait encore. Le pilote, entre-temps, avait programmé l'appareil pour qu'il se stabilise à 36 000 pieds selon tel ou tel cap. Quelques passagers — onze, en fait — s'étaient endormis. Parmi les autres, certains somnolaient, peut-être (mais pas assez profondément pour être épargnés par ce qui s'est passé) et le reste était parfaitement réveillé.

— Occupés à faire leur petit nid, dit Albert.

— Exactement ! A faire leur petit nid ! » Jenkins se tut un instant avant d'ajouter, non sans y mettre quelques accents mélodramatiques : « Et c'est alors que c'est arrivé !

— Oui, mais *quoi*, Monsieur Jenkins ? demanda Albert. Avez-vous une idée ? »

Jenkins resta longtemps sans répondre, et lorsqu'il le fit, sa voix avait perdu beaucoup de sa note amusée. A l'écouter, Albert comprit pour la première fois que sous le vernis de désinvolture un peu théâtrale, l'écrivain avait aussi peur que lui. Il n'y voyait pas d'inconvénient ; au contraire, Robert Jenkins et son veston sport usé jusqu'à la corde n'en prenaient que plus d'épaisseur humaine.

« Le mystère de la pièce fermée de l'intérieur est la quintessence de l'art de la déduction, dans le roman policier. J'en ai moi-même écrit quelques-uns — plus que cela, pour être tout à fait honnête — mais je n'aurais jamais imaginé m'y trouver un jour mêlé. »

Albert le regarda, sans savoir que lui répondre. Tout ce qui lui vint à l'esprit fut le souvenir d'une histoire de Sherlock Holmes appelée *La Bande mouchetée*. Dans cette histoire, un serpent venimeux pénétrait dans la fameuse pièce fermée par un conduit de ventilation. L'immortel Sherlock n'avait même pas eu besoin de mettre en branle toutes ses cellules nerveuses pour en venir à bout.

Mais même si les porte-bagages alignés au-dessus de leur tête avaient été bourrés de serpents venimeux, où donc étaient passés les corps ? *Où étaient-ils passés ?* La peur recommença à l'envahir, lui donnant l'impression de remonter par les jambes jusqu'à ses parties vitales. Il se fit la réflexion qu'il ne s'était jamais senti aussi éloigné, de toute sa vie, du célèbre porte-flingue Ace Kaussner.

« S'il ne s'agissait que de l'avion, continua doucement Jenkins, je suppose que je pourrais esquisser un scénario plausible — après tout, c'est comme ça que je gagne ma vie depuis vingt-cinq ans, à peu près. Voulez-vous que je vous en propose un ?

— Avec plaisir, répondit Albert.

— Très bien. Disons que quelque organisme para-gouvernemental travaillant dans l'ombre, comme « la boutique », a décidé de procéder à une expérience, et que nous en sommes les cobayes. Le but de cette expérience, étant donné les circonstances, pourrait être de déterminer les effets d'un stress psychologique et émotionnel violent sur un certain nombre d'Américains moyens. Les scientifiques à l'origine de cette expérience ont fait passer dans le système d'aération de l'appareil une drogue hypnotique indétectable.

— Ça existe, un truc pareil ? demanda Albert, fasciné.

— Parfaitement. La Diazaline, par exemple. Le Méthoprominol, si vous préférez. Je me souviens comment des lecteurs aimant à passer pour des « gens sérieux » se moquaient des romans de Sax Rohmer mettant en scène Fu Manchu. Ils les traitaient de mélodrames échevelés et ridicules. (Jenkins secoua lentement la tête.) Maintenant, grâce à la recherche en biologie et à la parano des organisations à initiale genre CIA ou DIA, nous vivons dans un monde qui pourrait être le pire cauchemar de Sax Rohmer.

» La Diazaline, qui est en réalité un gaz innervant, est ce qui conviendrait le mieux. Elle agit en principe très vite. Une fois lâchée dans l'air, tout le monde s'endort, excepté le pilote qui, lui, respire de l'air normal grâce à un masque.

— Mais- »

Jenkins sourit et leva la main. « Je sais quelle est l'objection que vous allez présenter, Albert, et je peux y répondre. Permettez ? »

Albert acquiesça.

« Le pilote pose l'avion — sur une piste secrète du Nevada, disons. Les passagers qui ont été endormis et le personnel de bord sont transportés à terre par une équipe d'individus sinistres portant des tenues blanches style *Andromeda Strain*. Les passagers déjà endormis — vous et moi entre autres, mon jeune ami — continuent simplement de dormir, encore plus profondément qu'avant. Le pilote repart, remet l'appareil dans la bonne direction, à la bonne vitesse, et enclenche le pilote automatique. Lorsque le vol 29 atteint les Rocheuses, les effets du gaz commencent à s'estomper. La Diazaline a pour particularité de ne pas avoir d'effets secondaires appréciables. Pas de mal au crâne, en d'autres termes. Par l'inter-com, le commandant peut entendre la fillette aveugle crier et réclamer sa tante. Il sait qu'elle va réveiller les autres. L'expérience est sur le point de commencer. Alors il se lève, quitte la cabine de pilotage et referme la porte derrière lui.

— Comment aurait-il pu faire ? Il n'y a pas de bouton à l'extérieur. »

Jenkins rejeta l'argument d'un geste de la main. « C'est la chose la plus simple du monde, Albert. Il se sert d'une bande d'adhésif, collant sur sa face extérieure. Une fois que la porte s'enclenche de l'intérieur, elle est verrouillée. »

Un sourire d'admiration commença d'envahir la figure d'Albert — puis se pétrifia. « Dans ce cas, le pilote est forcément l'un d'entre nous !

— Oui et non. Dans mon scénario, le pilote est le pilote. Celui qui se trouvait justement à bord par hasard, soi-disant, pour regagner Boston. Celui qui était installé en première classe, à moins de dix mètres de la porte de la cabine de pilotage, quand la merde a commencé.

— Le commandant Engle », fit Albert, d'une voix basse et horrifiée.

Jenkins répondit du ton ravi et satisfait d'un professeur de géométrie qui vient d'écrire CQFD au bas d'une démonstration particulièrement ardue. « Oui, le commandant Engle. »

Ni l'un ni l'autre ne remarquèrent Ras-du-Cou qui les observait de son regard brillant et fiévreux. L'homme prit alors le magazine de bord, dans la poche en face de lui, arracha la couverture et se mit à la déchirer lentement, en longues bandes qu'il laissait voleter jusqu'au plancher. Elles y rejoignirent les lambeaux du mouchoir en papier qui s'amassaient autour de ses chaussures marron.

Ses lèvres bougeaient sans émettre de sons.

2

Albert aurait-il été un lecteur du Nouveau Testament qu'il n'eût pas manqué de comprendre ce que Saül, le plus zélé persécuteur des premiers chrétiens, dut ressentir lorsque, sur le chemin de Damas, les écailles lui tombèrent des yeux. Il contemplait Robert Jenkins avec un enthousiasme renouvelé, et les dernières traces de somnolence avaient disparu de son cerveau.

Evidemment, lorsqu'on y réfléchissait — ou du moins quand quelqu'un comme M. Jenkins, qui était manifestement une sacrée tête, veste de sport élimée ou non, y réfléchissait — cela paraissait tellement gros et évident qu'on se demandait comment ça ne vous était pas venu à l'esprit. La totalité du personnel en cabine et presque tout l'équipage du vol 29 s'étaient volatilisés entre le désert de Mojave et la ligne de crête des Rocheuses... et miraculeusement, l'un des rescapés était — surprise, surprise ! — un autre pilote de la compagnie American Pride, qualifié, selon ses propres termes, pour piloter ce modèle d'appareil et le poser.

Jenkins avait observé Albert attentivement. Il sourit, mais il n'y avait guère d'humour dans ce sourire. « C'est un scénario tentant, n'est-ce pas ?

— Il faudra s'emparer de lui dès que nous aurons atterri, dit Albert, se grattant la joue d'une main fébrile. Vous, moi, Monsieur Gaffney et cet Anglais. Il a l'air coriace. Sauf que... et s'il était aussi dans le coup ? Il pourrait être le garde du corps du commandant Engle, par exemple. Juste au cas où quelqu'un s'apercevrait de quelque chose. »

Jenkins ouvrit la bouche pour répondre, mais le jeune homme reprit précipitamment : « Il faudra simplement leur mettre la main dessus. » Il eut un mince sourire, un sourire à la Ace Kaussner. Décontracté, froid, dangereux. Le sourire d'un homme plus rapide que son ombre et qui le sait. « Je ne suis peut-être pas le type le plus malin au monde, Monsieur Jenkins, mais je ne suis le cobaye de personne.

— Sauf que ça ne tient pas la route, voyez-vous, répondit doucement Jenkins.

— Quoi ? protesta Albert en clignant des yeux.

— Le scénario que je viens d'esquisser. Il ne tient pas la route.

— Mais... vous avez dit...

— Que s'il ne s'agissait que de l'avion, je pourrais trouver une explication. Ce que j'ai fait. Cependant, ce n'était même pas une bonne idée : jamais les autorités de l'aviation civile n'auraient accepté qu'un seul pilote reste dans l'avion avec des passagers. Une idée de livre, que mon agent aurait peut-être achetée. Mais surtout, il n'y a pas que l'avion. Denver se trouvait peut-être bien en dessous de nous, mais dans ce cas, il n'y avait pas une seule lumière. J'ai suivi notre itinéraire en surveillant ma montre, et je peux vous dire maintenant qu'il n'y a pas que Denver. Pas la moindre trace d'Omaha ni de Des Moines, mon garçon. En réalité, je n'ai pas vu une seule lumière dans l'obscurité. Pas une ferme, pas un silo à grain, pas un seul carrefour éclairé d'auto-route. Pourtant on les voit bien de nuit, ceux-là, avec leurs lampes à haute intensité, même quand on vole à dix kilomètres d'altitude. L'obscurité est totale sur terre. Je peux à la rigueur admettre qu'une agence gouvernementale soit assez amorale pour tous nous droguer dans le but d'observer nos réactions, et réussisse même à contourner les règlements de l'IATAA. On ne se heurte à aucune impossibilité matérielle. Ce que je ne peux croire, cependant, c'est qu'elle ait réussi à convaincre tout le monde, sur l'itinéraire du vol, de couper les lumières afin de renforcer l'illusion que nous sommes seuls.

— Eh bien... il s'agit peut-être d'une simple supercherie, suggéra Albert. En fait nous sommes peut-être encore au sol, et tout ce que nous pouvons voir par les hublots est projeté sur des écrans. J'ai vu un film comme ça, une fois. »

Jenkins secoua lentement la tête, comme à regret. « Je suis sûr que c'était un bon film, mais ça ne marcherait pas dans la réalité. A moins que nos hypothétiques agents secrets n'aient mis au point un écran total en trois dimensions, ce qui paraît douteux. Quoi qu'il se passe, Albert, ce n'est pas seulement l'appareil qui est en cause, et voilà le point où nos belles déductions s'effondrent.

— Mais le pilote, protesta vigoureusement Albert. Comment expliquez-vous qu'il se soit justement trouvé là au bon moment ?

— Etes-vous amateur de base-ball, Albert ?

— Euh, pas tellement. Il m'arrive de regarder les Dodgers à la télé, des fois, mais c'est tout.

— Alors laissez-moi vous parler des statistiques les plus extraordinaires que l'on ait relevées dans un jeu où elles pullulent. En 1957, Ted Williams revint chaque fois à la base après seize coups de batte consécutifs. Cette série s'est répartie sur six parties. En 1941, Joe DiMaggio avait réussi cinquante-six bons coups d'affilée, mais l'improbabilité d'atteindre un tel score n'est rien à côté de ce qu'a accompli Williams : il avait en gros une chance sur deux milliards de réussir. Les mordus de base-ball disent qu'on ne pourra jamais égaler la série de DiMaggio. Je ne suis pas d'accord. Mais je suis prêt à parier, en revanche, que si on joue encore au base-ball dans mille ans, la série des seize tours complets et à la suite de Williams tiendra encore.

— Tout cela pour démontrer quoi ?

— Je crois que la présence du commandant Engle à bord n'est rien de plus qu'un accident, comme la série de seize de Williams. Et, étant donné les circonstances, je dirais que c'est un accident extrêmement heureux. Si la vie était comme dans les romans, dans lesquels on s'interdit d'utiliser les coïncidences, elle serait moins désordonnée. J'ai cependant découvert que dans la vie les coïncidences, loin d'être l'exception, seraient plutôt la règle.

— Mais alors, qu'est-ce qui se passe ? » murmura Albert.

Jenkins poussa un long soupir gêné. « Ce n'est pas à moi qu'il faut le demander, je le crains. Quel dommage que Larry Niven ou John Varley ne soient pas à bord...

— Qui c'est, ces types ?

— Des écrivains de science-fiction », répondit Jenkins.

3

« J'imagine que vous ne lisez pas de science-fiction ? » demanda soudain Nick Hopewell. Brian se tourna pour le regarder. Nick était resté tranquillement assis dans le siège du navigateur depuis que le pilote avait pris les commandes de l'appareil, près de deux heures auparavant. Il avait écouté sans mot dire pendant que Brian continuait à essayer de joindre quelqu'un — n'importe qui — sur terre ou dans le ciel.

« J'adorais ça quand j'étais môme. Et vous ? »

Nick sourit. « Jusqu'à environ dix-huit ans, je croyais sérieusement que la Sainte Trinité était constituée de Robert Heinlein, John Christopher et John Wyndham. Depuis que je suis assis dans mon coin, je n'ai pas arrêté de ruminer toutes ces histoires, mon vieux. Ni de penser à des choses aussi exotiques que la distorsion temporelle ou spatiale et les descentes d'extra-terrestres. »

Brian acquiesça. On se sent toujours soulagé quand on s'aperçoit que l'on n'est pas le seul à avoir des idées farfelues.

« En fait, nous n'avons strictement aucun moyen de savoir s'il reste quoi que ce soit là en bas, n'est-ce pas ?

— Non, aucun. »

Au-dessus de l'Illinois, des nuages bas, très loin en dessous de l'appareil, dissimulaient la masse sombre de la terre. Il était sûr que la terre était là — les Rocheuses avaient eu pour lui un aspect familier et rassurant, même depuis 36 000 pieds — mais hors de là, nulle certitude. Et la couverture nuageuse pouvait tout aussi bien s'étendre jusqu'à Bangor. Sans la moindre indication du contrôle aérien, il n'avait aucun moyen de le savoir. Brian avait joué avec plusieurs scénarios, dont le plus désagréable était celui-ci : en sortant de la couche nuageuse ils découvriraient que tout signe de vie humaine, y compris l'aéroport où il espérait atterrir, avait disparu. Sur quoi devrait-il alors poser son oiseau ?

« J'ai toujours trouvé que le plus dur était d'attendre », remarqua Nick.

Le plus dur de quoi ? se demanda Brian, sans cependant poser la question.

« Si on descendait vers 5 000 pieds ? proposa soudain Nick Hopewell. Juste pour jeter un coup d'œil rapide. La vue de quelques patelins ou de routes nous tranquillisera peut-être. »

Brian avait déjà envisagé cette manœuvre. Il avait même eu très envie de la mettre à exécution. « C'est tentant, répondit-il, mais je ne peux pas.

— Pourquoi ?

— Les passagers restent ma première responsabilité, Nick. Ils risquent de paniquer, même si je leur explique d'avance ce que je compte faire. Je pense en particulier à notre ami Grande-Gueule, avec son rendez-vous si important au Prudential Center. Celui dont vous avez tordu le nez.

— Je peux le calmer, répliqua Nick. Comme n'importe lequel des autres.

— Je n'en doute pas, mais ce n'est pas la peine de leur faire peur inutilement. Et nous finirons bien par savoir ce qu'il en est, qu'on le veuille ou non. Nous ne pouvons rester éternellement en l'air.

— Ce n'est que trop vrai, mon vieux, fit Nick d'un ton froid.

— Je pourrais cependant le faire, si j'étais sûr de sortir des nuages entre 5 000 et 4 000 pieds, mais sans les renseignements du contrôle aérien, et sans contact avec d'autres avions, comment savoir ? Je n'ai pas la moindre idée du temps qu'il fait là en dessous, et je ne parle pas de conditions météo normales. Je vais peut-être vous faire rire, mais-

— Vous ne me faites pas rire, Brian. Absolument pas.

— Eh bien, en supposant que nous ayons basculé dans une distorsion temporelle, comme dans une histoire de science-fiction... Qu'est-ce qui va arriver si je passe sous les nuages et que nous tombons sur un troupeau de brontosaures en train de brouter dans le champ de Tartampion, avant d'être mis en pièces par un cyclone ou grillés dans une tempête électrique ?

— Pensez-vous réellement que ce soit possible ? » demanda Nick. Brian le regarda attentivement, pour voir si la question n'était pas ironique. Il ne le semblait pas, mais c'était difficile à dire. Les Britanniques sont à juste titre célèbres pour être des pince-sans-rire, non ?

Brian commença à lui dire qu'il avait vu une fois quelque chose de semblable dans un vieil épisode de la série *La Quatrième Dimension*, puis il décida que cela n'ajouterait rien à sa crédibilité. « C'est assez invraisemblable, j'imagine, mais ça donne l'idée générale : nous ne savons tout simplement pas à quoi nous avons affaire. Nous pouvons nous planter contre une montagne qui se trouve maintenant à la place de New York. Ou contre un autre avion — Bon Dieu, pourquoi pas contre une navette spatiale ? Après tout, s'il y a eu un cafouillage temporel, nous pouvons aussi bien nous trouver dans l'avenir que dans le passé. »

Nick regarda par les vitres du cockpit. « On dirait pourtant que le ciel est entièrement à nous.

— Pour le moment, oui. Mais là en bas, qui sait ? Et « qui sait » est une situation très désagréable pour un pilote. J'ai l'intention de survoler Bangor si les nuages tiennent encore, une fois là-bas. Je continuerai jusqu'au-dessus de l'Atlantique et passerai alors sous les nuages, en revenant. Nous aurons davantage de chance si nous faisons notre descente initiale au-dessus de l'eau.

— Autrement dit, pour le moment, nous continuons.

— Exact.

— Et nous attendons.

— Exact aussi. »

Nick soupira. « C'est vous le commandant, hein ? »

Brian sourit. « Comme vous dites. »

4

Au plus profond de tranchées qui entaillent le fond des océans Indien et Pacifique, vivent et meurent des poissons qui n'ont jamais vu, ni même senti, la lumière du soleil. Ces fabuleuses créatures croisent dans ces eaux noires comme de fantomatiques ballons, éclairées de l'intérieur par leur propre rayonnement. En dépit de leur aspect délicat, ce sont des merveilles biologiques, conçues pour résister à des pressions qui aplatiraient un homme comme une galette, et en un clin d'œil. Leur grande force constitue également, néanmoins, leur grande faiblesse. Prisonnières de leurs corps étranges, elles sont pour toujours condamnées à vivre dans les grands fonds. Capturées et remontées à la surface, vers le soleil, elles explosent. Ce n'est pas la pression qui les détruit, mais l'absence de pression.

Craig Toomy avait été élevé dans ses sombres abysses personnelles, avait vécu dans sa propre atmosphère de haute pression. Directeur de la Bank of America, son père, caricature de l'homme à l'éclatante réussite professionnelle, restait loin de chez lui pendant de longues périodes. Il cornaquait son fils unique d'une manière aussi furieuse et impitoyable qu'il se pilotait lui-même. Les histoires qu'il contait à l'enfant avant de s'endormir, quand celui-ci était petit, n'avaient fait que le terrifier. Ce qui n'avait rien de surprenant, car la terreur était précisément le sentiment que Roger Toomy voulait susciter chez Craig. Ces contes tournaient pour la plupart autour d'une espèce de créatures monstrueuses, les langoliers.

Leur boulot, leur mission dans la vie (dans le monde de Roger Toomy, chaque chose avait un boulot, chaque chose avait une mission), consistait à pourchasser les enfants paresseux qui gaspillaient leur temps. A sept ans, Craig était déjà un super-perfectionniste-arriviste, tout comme Papa. Il avait pris sa décision : jamais les langoliers ne l'attraperaient.

Un bulletin scolaire qui ne comportait pas seulement des « A » était un bulletin inacceptable. Un « B » lui valait une mercuriale truffée d'avertissements sur ce que serait sa vie s'il lui fallait creuser des tranchées ou vider les poubelles. Un « C », et c'était la punition, en général une semaine à rester confiné dans sa chambre. Pendant sept jours, Craig ne pouvait sortir que pour aller à l'école et prendre ses repas. Aucun instant de libre pour s'amuser. Les résultats les plus spectaculaires qu'il obtenait, par ailleurs, comme le jour où Craig remporta le décathlon scolaire de l'académie, ne lui valaient pas les félicitations ou les récompenses correspondantes. Lorsque Craig montra à son père la médaille qu'on lui avait remise à cette occasion — devant l'assemblée de tous les étudiants de la région — son père y avait jeté un coup d'œil et était retourné à son journal après un simple grognement. Craig avait neuf ans lorsque l'auteur de ses jours mourut d'une attaque cardiaque. L'enfant fut en réalité soulagé que la version Bank of America du général Patton eût disparu.

Sa mère, alcoolique, contrôlait jusqu'alors sa consommation en fonction de la peur que lui inspirait l'homme qu'elle avait épousé. Une fois Roger Toomy bien à l'abri au fond de son trou, d'où il ne pouvait revenir pour chercher et casser les bouteilles qu'elle planquait, ou pour la gifler et lui dire pour l'amour de Dieu, ressaisis-toi, Catherine, Toomy se lança à corps perdu dans l'œuvre de sa vie. Vis-à-vis de son fils, c'était une alternance de débordements d'affection et de périodes de rejet total, en fonction de la quantité de gin qui l'imprégnait. Son comportement allait du légèrement étrange au franchement bizarre. Le jour où Craig eut dix ans, elle disposa une grosse allumette de bois entre deux des orteils de l'enfant, l'alluma et chanta « Joyeux anniversaire » pendant qu'elle se consumait lentement vers sa peau. Elle lui avait dit que s'il essayait de s'en débarrasser en bougeant, elle le conduirait immédiatement à l'assistance sociale. Lorsque Catherine Toomy était ivre, la menace de l'assistance sociale était fréquemment brandie. « D'ailleurs, je devrais », avait-elle marmonné en mettant le feu à l'allumette, caricature anorexique de bougie d'anniversaire, tandis que l'enfant pleurait. « T'es exactement comme ton père. Il ne savait pas s'amuser. Toi non plus, tu ne sais pas. T'es l'ennui personnifié, Craiggy. » Elle termina la chanson et souffla l'allumette avant que la flamme ne mordît sérieusement la chair des deuxième et troisième orteils de l'enfant, mais Craig n'en oublia jamais la couleur jaune, ni le morceau de bois qui se recourbait au fur et à mesure qu'il se calcinait, ni la chaleur croissante tandis que sa mère ânonnait « Joyeux anniversaire, Craiggy-weggy, joyeux a-a-anniversaire ! » de sa voix fausse et enrouée d'alcoolique.

Pression.

Pression dans les abysses.

Craig Toomy continua de décrocher tous les « A », ainsi que de passer la majeure partie de son temps dans sa chambre. L'endroit qui lui avait tenu lieu de prison était devenu son refuge. La plupart du temps il y travaillait, mais parfois, quand les choses allaient mal, quand il se sentait écrasé contre les parois, il prenait feuille après feuille de papier brouillon et les déchirait en rubans étroits. Il les laissait tomber à ses pieds où ils s'accumulaient comme poussés par le vent, tandis que son regard vide se perdait dans l'espace. Mais ces périodes de décrochage n'étaient pas fréquentes. Pas encore.

Il termina sa scolarité secondaire en ayant l'honneur de prononcer le discours de promotion. Sa mère ne vint pas. Elle était saoule. Il sortit neuvième de l'École supérieure de gestion de l'université de Californie, Los Angeles. Sa mère ne vint pas à la remise des diplômes. Elle était morte. Dans les noires abysses qui existaient au fond de son propre cœur, Craig était convaincu que les langoliers avaient fini par l'avoir.

Craig suivit le programme de formation des cadres supérieurs de la Desert Sun Banking Corporation, et réussit très bien, ce qui n'était pas surprenant ; Craig Toomy avait été conçu et formé, après tout, pour décrocher tous les « A », pour s'épanouir sous les terribles pressions qui règnent au fond des abysses. Et parfois, à la suite de quelque menu revers au travail (et à l'époque, c'est-à-dire cinq ans auparavant, il ne connaissait que de menus revers), il se rendait dans son appartement de Westwood, à moins d'un kilomè-tre du domicile que Brian Engle allait occuper à la suite de son divorce, et se mettait à déchirer des bandes de papier pendant des heures. Les séances de déchirage devinrent peu à peu plus fréquentes.

Au cours de ces cinq années, Craig grimpa les échelons profes-sionnels de la banque à la vitesse d'un lévrier poursuivant un lapin mécanique. Les commérages de cafétéria laissaient entendre qu'il serait peut-être le plus jeune vice-président dans la glorieuse histoire de Desert Sun. Mais certains poissons sont conçus pour s'élever jusqu'à une certaine hauteur, et pas davantage ; ils explosent lorsqu'ils outrepassent leurs limites.

Huit mois auparavant, on avait donné à Craig Toomy la responsabilité de son premier grand projet — équivalent financier d'une thèse de troisième cycle. Ce projet émanait du département des actions. Les actions — actions étrangères et actions pourries (ce sont fréquemment les mêmes) — étaient la spécialité de Craig. Il s'agissait d'acheter un nombre limité d'actions sud-américaines douteuses (celles qui sont liées à la dette du Tiers Monde), selon un calendrier soigneusement calculé. La théorie qui présidait au projet était correcte, étant donné les assurances limitées disponibles pour elles et les avantages fiscaux considérables que l'on pouvait en tirer au bout du compte (l'Oncle Sam faisant de véritables sauts périlleux pour éviter l'effondrement définitif, pour cause de dette, du complexe système financier de l'Amérique du Sud). Il fallait simplement s'y prendre avec le plus grand soin.

Craig Toomy avait présenté un plan audacieux, et plus d'un sourcil inquiet s'était levé. Il tournait autour d'un achat massif de différentes actions argentines, généralement considérées comme les pires d'une famille déjà peu reluisante. Craig avait défendu son projet avec vigueur et persuasion, dans un feu d'artifice de données, de chiffres et de projections prouvant que les actions argentines en question étaient en fait beaucoup plus solides que ce dont elles avaient l'air. D'un seul coup, un coup audacieux, prétendait-il, Desert Sun pouvait devenir l'acheteur le plus important (et le plus riche) d'actions étrangères de tout l'Ouest américain. L'argent qu'ils y gagneraient serait d'ailleurs moins important, avait-il ajouté, que la crédibilité à long terme qu'ils obtiendraient.

Après de longues et parfois âpres discussions, le projet établi par Craig reçut le feu vert. Tom Holby, un vice-président senior de Desert Sun, avait pris Craig à part après la réunion pour le féliciter, mais aussi le mettre en garde. « Si cette affaire tourne comme vous l'avez prévu d'ici à la fin de l'année fiscale, vous allez être le chouchou de tout le monde. Sinon, vous allez avoir affaire à de sérieuses turbulences, Craig. A mon avis, les six prochains mois devraient être une bonne période pour se construire un abri anti-tempête. »

— Je n'en aurai pas besoin, Monsieur Holby, avait répondu Craig, confiant. Après cela, c'est une aile-delta qu'il me faudra...

Cet achat d'actions va être l'affaire du siècle, dans le genre. Comme de trouver des diamants chez un brocanteur. Attendez, vous allez voir. »

Il était rentré tôt chez lui, ce soir-là ; et dès qu'eût été refermée à triple tour la porte, derrière lui, le sourire plein de confiance avait quitté son visage. Remplacé par cette expression vide qui mettait si mal à l'aise. En chemin, il avait acheté les derniers magazines. Il les emporta dans la cuisine, les empila soigneusement devant lui sur la table, et commença à les déchirer en longs et minces rubans. Il continua ainsi pendant six heures d'affilée. Jusqu'à ce que *Newsweek*, *Time* et *US News & World Report* ne fussent plus que lambeaux empilés autour de lui. Ses escarpins Gucci disparaissaient dessous. Il avait l'air de l'unique survivant, après une explosion, d'une fabrique de rubans de télescripteur.

Les actions qu'il projetait d'acheter, en particulier les actions argentines, constituaient un bien plus grand risque que ce qu'il avait prétendu. Il avait soutenu sa proposition en exagérant certains faits, en en passant d'autres sous silence... et même en en inventant certains de toutes pièces. Bon nombre de ces derniers, même. Puis il était rentré chez lui et s'était mis à déchirer ses journaux en se demandant pour quelle raison il avait agi ainsi. Il ignorait tout des poissons des abysses qui vivent leur vie et meurent sans avoir jamais vu le soleil. Il ignorait, de même que pour certains poissons, la *bête noire* *de certains hommes n'est pas la pression, mais l'absence de pression. Il savait seulement qu'il s'était senti un besoin incontrôlable d'acheter ces actions, de coller une cible sur son propre front.

Actuellement, il devait avoir une réunion avec les représentants des services des achats d'action de cinq grandes associations bancaires au Prudential Center de Boston. Il y aurait de longues comparaisons de notes, de nombreuses spéculations sur l'évolution future du marché mondial des actions, d'interminables discussions sur les achats des seize derniers mois et le rendement de ces achats. Mais avant la clôture du premier jour de cette conférence, qui devait en compter trois, tout le monde aurait compris ce que Craig Toomy savait depuis les derniers quatre-vingt-dix jours : les actions qu'il avait achetées valaient maintenant moins de six *cents* par dollar. Et il ne faudrait pas longtemps aux grands patrons de la Desert Sun pour découvrir le reste de la vérité : qu'il s'en était procuré trois fois plus

* En français dans le texte. (*N.d.T.*)

que ce qu'il avait été autorisé à acheter. Il y avait aussi investi jusqu'à ses derniers sous d'économie... ce dont ils se moqueraient éperdument.

Qui sait ce que peut ressentir le poisson des abysses capturé dans un filet, lorsqu'on le remonte rapidement à la surface, vers la lumière d'un soleil dont il n'a jamais soupçonné la présence ? N'est-il pas possible que ses derniers moments soient remplis d'extase plutôt que d'horreur ? Qu'il ne ressente l'écrasante réalité de cette pression qu'au moment où elle disparaît ? Qu'il ne pense (dans la mesure où un poisson en serait capable), pris d'une sorte de frénésie joyeuse, « Enfin libéré de ce poids ! » pendant les secondes qui précéderaient l'explosion ? Probablement pas. Les poissons de ces insondables profondeurs ne ressentent peut-être rien du tout, en tout cas pas sous une forme reconnaissable par nous, et ils ne pensent certainement pas... mais les êtres humains, si.

Au lieu d'éprouver de la honte, Craig Toomy avait avant tout ressenti un énorme soulagement et une sorte de bonheur fiévreux et horrifié en embarquant sur le vol 29 de American Pride pour Boston. Il allait exploser, et il se rendait compte qu'il s'en fichait complètement. En fait, il était même pressé que cela arrivât. Il sentait la pression diminuer au fur et à mesure qu'il montait vers la surface, comme autant de peaux successives qu'il abandonnerait. Pour la première fois, depuis des semaines, il n'y avait eu aucune séance de déchirage de papier. Il s'était assoupi avant même que le vol 29 eût quitté son point d'embarquement, et il avait dormi comme un bébé jusqu'au moment où cette sale gosse aveugle s'était mise à hurler comme si on l'égorgeait.

Et voici qu'on lui disait maintenant que tout était changé, ce qui était parfaitement inadmissible. Non, il ne pouvait l'admettre. Il avait été solidement pris dans le filet, il avait ressenti le vertige de l'ascension et sa peau qui se tendait sous l'effort pour compenser la perte de pression. Ils ne pouvaient pas changer d'avis comme ça et le laisser retomber dans les abysses.

Bangor ?

Bangor, dans le Maine ?

Oh, non. Sûrement pas.

Craig Toomy avait vaguement conscience que la plupart des passagers du vol 29 avaient disparu, mais il s'en fichait. Ils étaient sans importance. Ils ne faisaient pas partie de ce que son père avait l'habitude d'appeler LE GRAND TABLEAU. La réunion au Prudential Center faisait partie, en revanche, du GRAND TABLEAU.

Cette idée insensée de détourner l'avion sur Bangor, dans le Maine... de qui émanait-elle, exactement ?

Du pilote, évidemment. C'était une idée de Brian Engle. Le soi-disant commandant de bord.

Et Engle, au fait... Engle pouvait très bien faire partie du GRAND TABLEAU. Voire être un AGENT DE L'ENNEMI. Craig l'avait soupçonné dans son cœur dès le moment où Engle avait commencé à parler dans l'intercom, mais maintenant il ne se fiait plus seulement à son cœur, n'est-ce pas ? Il venait d'écouter la conversation entre l'adolescent maigrichon et l'homme au veston sport acheté aux puces. L'homme s'habillait avec un goût abominable, mais ce qu'il avait expliqué tenait debout pour Craig Toomy... jusqu'à un certain point, en tout cas.

« *Dans ce cas, le pilote est forcément l'un d'entre nous !* avait dit le môme.

— *Oui et non,* avait répondu l'homme en veston de sport. *Dans mon scénario, le pilote est le pilote. Celui qui se trouvait justement à bord par hasard, soi-disant, pour regagner Boston. Celui qui était installé en première classe, à moins de dix mètres de la porte de la cabine de pilotage, quand la merde a commencé.*

En d'autres termes, Engle.

Et l'autre type, celui qui avait tordu le nez de Craig, était manifestement dans le coup avec lui, sorte de flic du ciel chargé de protéger Engle contre tous ceux qui comprendraient.

Il n'avait pas espionné bien longtemps la conversation entre le môme et l'homme en veston sport-fin-de-série, car l'homme en question s'était mis à dégoiser tout un tas de conneries à propos de Denver, Omaha et Des Moines qui auraient disparu. L'idée que trois grandes villes américaines puissent simplement s'évaporer comme ça était totalement délirante... mais cela ne signifiait pas que tout ce qu'il avait dit l'était.

Evidemment, c'était une expérience ! Cette idée-là était loin d'être idiote, bien au contraire. En revanche, dire qu'ils étaient tous des cobayes était parfaitement grotesque.

C'est moi. C'est moi, le cobaye de cette expérience.

Toute sa vie, Craig s'était senti comme un cobaye dans un genre d'expérience comme celle-ci. *Il s'agit d'une question, messieurs, de rapport entre pression et succès. Le bon rapport produit un facteur*

X. Quel facteur X ? C'est ce que va nous montrer les réactions de notre sujet d'expérience, Monsieur Craig Toomy.

C'est alors que Craig Toomy avait fait quelque chose à quoi ils ne s'étaient pas attendu, quelque chose que leurs rats, leurs chats ou leurs singes capucins n'avaient jamais osé faire : il leur avait dit qu'il laissait tomber.

Mais vous ne pouvez pas ! Vous allez exploser !

Exploser ? parfait.

Et maintenant, tout était clair pour lui, parfaitement clair. Les autres passagers étaient soit des spectateurs innocents, soit des extras engagés pour donner un minimum de vraisemblance à leur stupide petit scénario. Toute l'affaire avait été montée avec un seul objectif : empêcher Craig Toomy d'arriver à Boston, l'empêcher de laisser tomber l'expérience.

Mais je vais leur montrer, pensa Craig. Il arracha une nouvelle page du magazine de bord et la regarda. On y voyait un homme à la mine épanouie, un homme qui n'avait manifestement jamais entendu parler des langoliers, qui ignorait manifestement qu'ils se cachaient derrière chaque buisson et chaque arbre, dans chaque ombre, juste au-delà de l'horizon. L'homme à la mine réjouie roulait sur une route de campagne, au volant de son véhicule Avis de location. La pub expliquait que lorsqu'on arrivait dans un bureau d'Avis avec la carte *Passager Régulier* de American Pride, c'était tout juste si on ne vous donnait pas la voiture, avec par-dessus le marché une mignonne hôtesse pour la conduire. Il commença à déchirer une bande de l'image sur papier glacé. Long, lent, le bruit produisait un effet à la fois atroce et délicieusement apaisant.

Je vais leur montrer, quand je leur dirai que je sors et que je suis sérieux.

Il laissa tomber le ruban sur le sol et en attaqua un deuxième. Il était important de déchirer lentement. Important que chaque ruban fût aussi mince que possible ; mais on ne pouvait les faire trop étroits, car ils risquaient alors de casser avant qu'on eût atteint le bas de la feuille. Toujours réussir exigeait un coup d'œil très sûr et des mains qui ne tremblaient pas. *Et j'ai l'un et les autres. Vous pouvez me croire. Vous avez intérêt à me croire.*

Riiiiip.

Il faudra peut-être tuer le pilote.

Ses mains s'arrêtèrent en milieu de page. Il regarda par le hublot et ne vit que sa longue figure pâle se reflétant sur fond de ténèbres.

Il faudra peut-être aussi tuer l'Anglais.

Craig Toomy n'avait jamais tué personne de sa vie. Pourrait-il y arriver ? Avec un soulagement croissant, il décida que oui. Pas pendant qu'ils seraient encore en l'air, bien sûr ; l'Anglais était très rapide, très fort, et dans l'appareil il n'avait aucune arme sur laquelle compter. Mais une fois au sol ?

Oui, si je dois le faire, je le ferai.

Après tout, la conférence au Prudential Center devait durer trois jours. Il semblait maintenant qu'il ne pourrait faire autrement que d'arriver en retard, mais au moins aurait-il la possibilité de se justifier : il avait été drogué et pris en otage par une agence gouvernementale. Ils en resteraient médusés. Il imaginait les têtes et les yeux exorbités, quand il se présenterait devant les trois cents banquiers venus de tout le pays pour discuter actions et dette du tiers monde, et qu'au lieu de cela ils entendraient la sale vérité sur ce que mijotait le gouvernement. *Mes amis, j'ai été enlevé par...*

Riiiiip.

— *et je n'ai pu m'enfuir que lorsque...*

Riiiiip.

Si je n'ai pas le choix, je peux les tuer tous les deux. En fait, je peux tous les tuer.

Les mains de Craig Toomy recommencèrent à se mouvoir. Il déchira le reste de la bande, la laissa tomber sur le plancher, et attaqua la suivante. Il y avait beaucoup de pages dans la revue, chaque page pouvait donner beaucoup de bandes, et cela lui procurerait beaucoup de travail jusqu'à l'atterrissage. Mais ça ne l'inquiétait pas.

Craig Toomy était du genre qui n'a pas peur du boulot.

5

Laurel Stevenson se laissa glisser dans une légère somnolence, sans se rendormir complètement. Ses pensées, qui s'apparentaient de plus en plus à des rêves, dans cet état mentalement détaché, tournaient autour des raisons qui l'avaient poussée à se rendre à Boston.

Mes premières vacances depuis dix ans commencent en principe demain, avait-elle déclaré, mais c'était un mensonge. Un mensonge qui contenait une petite part de vérité, mais elle n'était pas sûre d'avoir été très crédible ; elle n'avait pas été habituée à en proférer, dans l'éducation qu'elle avait reçue, et sa technique n'était guère au point. Non pas que les autres passagers du vol 29 s'en fussent beaucoup soucié, supposa-t-elle. Pas dans une telle situation. Le fait qu'elle se rendait à Boston pour rencontrer un homme qu'elle n'avait jamais vu — et sans doute aussi pour coucher avec lui — perdait tout aspect sensationnel lorsqu'on volait vers l'est dans un appareil dont la plupart des passagers et tout l'équipage avait disparu.

Ma chère Laurel,
Il me tarde tellement de vous rencontrer ! Vous n'aurez pas besoin de vérifier ma photo en descendant de l'avion. J'aurai tellement de papillons dans l'estomac qu'il vous suffira de repérer le type qui flotte juste au-dessous du plafond...

Il s'appelait Darren Crosby.
Elle n'aurait pas besoin de regarder sa photographie ; cela, au moins, était vrai. Elle avait son visage en mémoire, comme la plupart de ses lettres. La question était de savoir *pourquoi*. A cette question, elle n'avait aucune réponse à donner. Pas même un indice. Ce n'était qu'une preuve supplémentaire apportée à l'observation de Tolkien : faites bien attention à chaque fois que vous franchissez le seuil de votre maison, car votre allée est en réalité une route, et la route vous conduit toujours plus loin. Si vous ne faites pas attention, vous risquez de vous retrouver... eh bien... tout bêtement perdu, étranger dans un pays étrange, sans la moindre idée de la manière dont vous y êtes arrivé.

Laurel avait dit à tout le monde où elle allait, mais n'avait confié à personne les raisons de ce voyage. Diplômée de l'université de Californie, elle possédait une maîtrise en bibliothéconomie. Sans être un mannequin, elle était bien faite et fort agréable à regarder. Elle avait un petit cercle de bons amis, et tous auraient été abasourdis par ses intentions : aller rejoindre à Boston un homme qu'elle ne connaissait que par correspondance, un homme avec lequel elle était entrée en contact par l'intermédiaire des petites annonces d'un journal spécialisé dans les rencontres d'âmes seules, *Friends and Lovers*.

Elle en était, à vrai dire, abasourdie elle-même.
Darren Crosby mesurait un mètre quatre-vingt-cinq, pesait

quatre-vingt-un kilos, avait les yeux bleu foncé. Il préférait le scotch (modérément), avait un chat du nom de Stanley, se disait hétérosexuel convaincu et était un parfait gentleman (du moins le prétendait-il). Il trouvait que Laurel était le prénom le plus charmant qu'une femme pût porter. Les photos qu'il avait envoyées montraient un homme au visage ouvert et agréable, à l'air intelligent. Elle soupçonnait qu'il faisait partie de ceux qui ont une tête sinistre s'ils ne se rasent pas deux fois par jour. Et c'était en fait tout ce qu'elle savait.

Laurel était entrée en correspondance avec une demi-douzaine d'hommes au cours d'une demi-douzaine d'années (une façon de se distraire, se disait-elle), sans jamais s'imaginer qu'elle franchirait l'étape suivante... cette étape-ci. Elle supposait que l'humour spécial de Darren, fondé sur l'auto-dérision, était une partie de l'attrait qu'il exerçait, mais elle avait conscience, à son grand chagrin, que les raisons qui l'avaient poussée à agir tenaient beaucoup plus à elle-même qu'à lui. Ce qui l'avait vraiment attiré n'était-il pas son incapacité à comprendre ce puissant désir de changer de personnage ? De s'envoler vers l'inconnu, avec l'espoir d'être frappée par le bon coup de foudre ?

Qu'es-tu en train de faire ? se demanda-t-elle de nouveau.

L'avion passa dans un secteur de légères turbulences, puis reprit sa stabilité. Laurel sortit de sa somnolence et regarda autour d'elle. Elle vit que la jeune fille était installée non loin d'elle et regardait par le hublot.

« Que voyez-vous ? lui demanda Laurel.

— Eh bien, le soleil est levé, mais c'est tout.

— Et le sol ? » Laurel n'avait pas envie de se lever et d'aller vérifier par elle-même. La tête de Dinah reposait toujours contre elle, et elle ne voulait pas la réveiller.

« Invisible. Il y a des nuages partout. » Elle détourna la tête du hublot. Ses yeux s'étaient éclaircis et un peu de couleur (très peu en vérité) était revenue à ses joues. « Je m'appelle Bethany Simms. Et vous ?

— Laurel Stevenson.

— Vous croyez qu'on va s'en tirer ?

— Oui, répondit Laurel, non sans ajouter à contrecœur, je l'espère.

— J'ai peur de ce qui peut se trouver sous ces nuages, reprit Bethany ; mais de toute façon, j'avais peur. D'aller à Boston. Ma mère a tout d'un coup décidé que ce serait une excellente idée que j'aille passer deux semaines chez ma tante Shawna, alors que l'école commence dans dix jours. Je m'imaginais déjà descendant de l'avion, comme le petit agneau de Mary, et que tante Shawna se mettait à tirer les ficelles.

— Quelles ficelles ?

— Ne passez pas par la case départ, ne touchez pas les deux mille dollars, allez directement en prison et commencez à vous désintoxiquer », repartit Bethany. Elle passa la main dans sa chevelure noire et courte. « Les choses étaient tellement dingues, déjà, reprit-elle, que ce qui se passe ne me paraît pas extraordinaire. » Elle regarda Laurel attentivement et ajouta, avec le plus grand sérieux : « Ça se passe vraiment, n'est-ce pas ? Je veux dire, je me suis déjà pincée. Plusieurs fois. Rien n'a changé.

— C'est bien réel.

— Ça ne paraît pas réel. On dirait un de ces films-catastrophes idiots. *Airport 1990*, quelque chose comme ça. Je m'attends à chaque instant à voir apparaître des vieux acteurs comme Wilford Brimley ou Olivia de Havilland. Ils sont supposés se rencontrer pendant les événements et tomber amoureux l'un de l'autre, vous vous en souvenez ?

— Je ne crois pas qu'ils soient dans l'avion », répondit Laurel gravement. Les deux femmes se regardèrent quelques instants et faillirent éclater de rire. Elles auraient pu devenir amies si cela s'était produit… mais cela n'arriva pas. Pas tout à fait.

« Et vous, Laurel ? Avez-vous un problème de film-catastrophe ?

— J'ai bien peur que non », répondit la jeune femme… et c'est alors qu'elle éclata de rire. Car la pensée qui lui traversa l'esprit, en néon rouge, fut : *Espèce de menteuse !*

Bethany plaça une main devant sa bouche et pouffa.

« Seigneur, dit-elle au bout d'un moment, c'est tout de même un comble, non ? »

Laurel acquiesça, puis lui demanda après quelques instants : « Avez-vous besoin d'une cure de désintoxication, Bethany ?

— Je ne sais pas. » Elle se tourna pour regarder de nouveau par la fenêtre. Son sourire avait disparu et son ton était morose. « Sans doute que oui. Je me disais que c'était simplement pour me marrer, mais maintenant je ne sais pas. Je crois que je ne le contrôle plus. Mais se faire expédier de cette manière… j'ai l'impression d'être un porc qu'on vient de balancer dans la trappe, à l'abattoir.

— Je suis désolée », dit Laurel. Mais elle était aussi désolée pour elle-même. La petite aveugle l'avait déjà adoptée ; elle n'avait pas besoin d'une deuxième orpheline. Maintenant qu'elle était parfaitement réveillée, elle se sentait envahie par la peur, une peur terrible. Elle ne voulait pas se trouver derrière la benne de cette môme quand elle allait faire basculer un gros tas d'angoisse sur le mode film-catastrophe. Cette métaphore la fit sourire. C'était vraiment un comble. Vraiment.

« Moi aussi, je suis désolée, répondit Bethany. Ce n'est peut-être pas le bon moment pour s'inquiéter de ça, hein ?

— Peut-être pas, en effet.

— Le pilote n'a jamais disparu dans l'un de ces films, n'est-ce pas ?

— Non, pour autant que je m'en souvienne.

— Il est près de six heures. Encore deux heures de vol.

— Oui.

— Si la terre est encore là en dessous, ce sera déjà quelque chose. (L'adolescente étudia un instant Laurel.) Je suppose que vous n'avez pas de hasch avec vous ?

— Non. »

Bethany haussa les épaules et adressa à Laurel un sourire fatigué et étrangement vainqueur. « Eh bien, dit-elle, vous avez une longueur d'avance sur moi. Moi, j'ai peur, c'est tout. »

6

Un peu plus tard, Brian Engle vérifia à nouveau son plan de vol, la direction, la vitesse relative, les cartes. Puis il regarda sa montre. Huit heures deux.

« Eh bien, dit-il à Nick sans se retourner, Je crois que le moment est venu. Quand faut y aller... »

Il tendit la main et enclencha le signal ATTACHEZ VOS CEINTURES. Le carillon, léger et agréable, retentit. Puis il brancha l'intercom et prit le micro.

« Bonjour, Mesdames et Messieurs. Votre commandant de bord à nouveau. Nous sommes actuellement au-dessus de l'Atlantique, à environ trente miles à l'est de la côte du Maine, et je vais très bientôt commencer notre descente vers Bangor. Dans des circonstances ordinaires, je n'aurais pas branché le signal ATTACHEZ VOS CEIN-

TURES aussi tôt, mais les circonstances ne sont pas ordinaires, et mon papa m'a souvent répété que prudence était mère de sûreté. Dans cet esprit, je veux que vous vérifiiez que vos ceintures sont bien attachées. Les conditions météo, au-dessous, ne paraissent pas menaçantes, mais étant donné que je n'ai aucune information ni aucun contact-radio, il faut peut-être s'attendre à quelques surprises. J'avais espéré que la couche nuageuse allait se disperser, quand j'ai aperçu quelques trous au-dessus du Vermont, mais j'ai bien peur qu'elle ne se soit reconstituée. Mon expérience de pilote me permet de dire que les nuages que nous apercevons ne laissent pas présager des conditions particulièrement mauvaises. Temps couvert et légères précipitations, voilà quel devrait être le tableau au-dessus de Bangor. J'entame maintenant la descente. Gardez votre calme, s'il vous plaît ; tous mes voyants sont au vert et la procédure que je suis est celle de tous les jours. »

Brian n'avait pas programmé le pilotage automatique pour cette manœuvre, qu'il prit lui-même en main. Il fit décrire un grand cercle à l'appareil, et le siège s'inclina sous lui en avant lorsque le 767 commença son lent piqué vers les nuages, à 4 000 pieds.

« Très rassurant tout ça, mon vieux, remarqua Nick. Vous auriez dû faire de la politique.

— Je ne suis pas sûr qu'ils se sentent beaucoup rassurés en ce moment, répondit Brian. Pour ma part, je ne le suis pas tellement. »

En réalité, il n'avait jamais eu aussi peur de sa vie, aux commandes d'un avion. La baisse de pression sur le vol 7 de Tokyo lui paraissait n'être qu'un détail mineur comparé à la situation dans laquelle il se trouvait. Son cœur battait lentement et avec force dans sa poitrine, comme un tambour funèbre. Il avala sa salive ; sa gorge émit un petit bruit. Le vol 29 passa en dessous de 30 000 pieds. Les nuages blancs aux formes imprécises se rapprochaient. Ils s'étendaient d'un horizon à l'autre, comme le plancher d'une immense et étrange salle de bal.

« J'ai une frousse terrible, mon vieux », fit Nick Hopewell d'une voix étranglée. J'ai vu des mecs claquer aux Falklands, j'ai pris moi-même une balle dans la jambe, j'ai même un genou en Teflon pour le prouver, à un poil près je sautais avec un camion piégé à Beyrouth — en 82 — mais je n'ai jamais eu autant la frousse qu'aujourd'hui. J'ai comme une envie de vous attraper par la peau du cou et de vous faire remonter, aussi haut que peut voler cet engin.

— Ça n'arrangerait rien », répliqua Brian. Sa propre voix avait perdu son assurance ; ses battements de cœur y glissaient des trémolos qui la faisaient trembloter. « N'oubliez pas ce que je vous ai déjà dit : nous ne pourrons pas rester éternellement en l'air.

— Je le sais bien. Mais j'ai peur de ce qu'il y a sous ces nuages. Ou de ce qu'il n'y a pas.

— Eh bien, on va découvrir ça ensemble.

— Peux pas vous donner un coup de main, mon vieux ?

— Non, pas le moindre. »

Le 767 passa en dessous de 25 000 pieds et continua de descendre.

7

Tous les passagers se trouvaient dans la cabine principale ; même l'homme chauve, qui s'était opiniâtrement accroché à son siège de la classe affaires pendant l'essentiel du vol, les avait rejoints en classe économique. Et ils étaient tous réveillés, à l'exception du barbu, tout au fond de l'avion. Ils l'entendaient qui ronflait comme un bienheureux, et Albert Kaussner ressentit une pointe de jalousie — le désir de ne se réveiller, lui aussi, qu'une fois qu'ils auraient rejoint le sol en toute sécurité comme ce serait très certainement le cas pour le barbu, et de pouvoir dire, comme l'autre le ferait certainement en ouvrant un œil hébété : *Mais où diable sommes-nous ?*

Le seul autre bruit était les faibles *riiiip... riiiip...* de Craig Toomy, réduisant en pièces la revue de la compagnie. Ses souliers disparaissaient sous la pile des rubans de papier.

« Ça ne vous ennuierait pas d'arrêter un peu ? lui lança Don Gaffney, d'une voix tendue et contenue. Je vais grimper aux rideaux si vous continuez, mon pote. »

Craig tourna la tête. Contempla Don Gaffney avec deux yeux largement ouverts, doux, vides. Puis son cou pivota de nouveau. Il souleva la page sur laquelle il travaillait, qui se trouvait être la partie orientale de la carte où figurait l'itinéraire du vol.

Riiiip.

Don Gaffney ouvrit la bouche pour dire quelque chose, puis la referma et serra les mâchoires.

Laurel avait passé un bras autour des épaules de Dinah. La fillette tenait dans ses deux menottes la main libre de Laurel.

Albert était assis à côté de Robert Jenkins, juste devant Don

Gaffney. Devant eux était installée la fille aux cheveux noirs et courts. Elle regardait par la fenêtre, le corps tellement droit et raide qu'on l'aurait dit maintenu par un corset de fer. L'homme chauve s'était assis sur le siège juste devant elle.

« Eh bien, on pourra au moins avoir quelque chose à bouffer ! » dit-il à voix haute.

Personne ne répondit. Une chape de tension semblait s'être abattue sur la cabine de la classe économique. Albert Kaussner sentait tous les poils de son corps se hérisser ; il voulut aller s'abriter sous le manteau confortable de Ace Kaussner, prince du désert, baron des Basfonds, mais ne put le trouver. Ace venait de prendre des vacances.

Les nuages se rapprochaient. Ils avaient perdu leur aspect de tapis. Laurel apercevait maintenant leurs courbes duveteuses, leurs petites dépressions douces que remplissaient les ombres du matin. Elle se demanda si Darren Crosby se trouvait toujours là en bas, l'attendant patiemment à l'aéroport Logan, au-delà de la porte numéro tant... Ce ne fut pas une surprise extraordinaire de se rendre compte qu'il lui était à peu près égal qu'il fût là ou non. Son regard fut de nouveau attiré par les nuages et elle oublia complètement Darren Crosby, lequel aimait le scotch (mais modérément) et prétendait être un parfait gentleman.

Elle imagina une main, une gigantesque main verte, surgissant soudain d'entre ces nuages et venant saisir le 767 comme un enfant en colère attrapant un jouet. Elle imagina cette main qui se repliait et serrait, vit le carburant exploser en flammes orange entre les énormes articulations, et ferma un instant les yeux.

Ne descendez pas là en bas, s'il vous plaît, ne descendez pas là en bas ! avait-elle envie de crier.

Mais avaient-ils seulement le choix ?

« J'ai très peur », fit Bethany Simms d'une voix brouillée et mouillée. Elle passa sur l'un des sièges de la rangée centrale, attacha sa ceinture et serra les bras contre son corps. « Je crois que je vais tomber dans les pommes. »

Craig Toomy lui lança un coup d'œil, puis entreprit de déchirer une nouvelle bande dans la carte. Au bout de quelques instants, Albert se détacha, se leva, et alla s'asseoir à côté de Bethany, où il boucla de nouveau sa ceinture. Aussitôt, la jeune fille lui agrippa la main. Sa peau était aussi froide que du marbre.

« Ça va aller », lui dit-il, déployant de grands efforts pour avoir l'air dur et sans peur, pour prendre les intonations décontractées de l'Hébreu le plus rapide à l'ouest du Mississippi. Mais au lieu de cela, il s'exprima simplement comme Albert Kaussner, un apprenti violoniste de dix-sept ans qui se sentait sur le point de pisser dans son pantalon.

« J'espère- » commença-t-elle, mais à ce moment-là le vol 29 se mit à tanguer. Bethany hurla.

« Qu'est-ce qui ne va pas ? demanda Dinah à Laurel d'une toute petite voix inquiète. Y a quelque chose qui ne va pas avec l'avion ? On va s'écraser ?

— Je ne- »

La voix de Brian leur parvint par les haut-parleurs. « Restez calmes, les amis. Ce ne sont que des turbulences normales. On pourrait même être davantage secoués quand nous arriverons au milieu des nuages. La plupart d'entre vous ont déjà connu ça, j'en suis sûr. Alors pas de panique. »

Riiiip.

Don Gaffney regarda en direction de l'homme en polo ras du cou et se sentit pris du besoin presque irrésistible de lui arracher des mains ce qui restait du magazine, et de frapper ce tordu de salopard avec.

On était maintenant tout près des nuages. Robert Jenkins apercevait l'ombre portée du 767 filant à leur surface, juste au-dessous de l'avion. Bientôt, l'appareil allait plonger dans son ombre et y disparaître. Lui qui n'avait jamais eu de pressentiment au cours de sa vie se sentit envahi d'une prémonition d'une stupéfiante netteté. *Quand nous aurons traversé ces nuages, nous allons voir quelque chose qu'aucun être humain n'a encore vu. Quelque chose de complètement incroyable... et cependant, nous serons forcés de le croire. Nous n'aurons pas le choix.*

Ses mains se contractèrent en poings sur les bras de son siège. Une goutte de sueur coula jusque dans son œil. Au lieu de lever la main pour la chasser, Jenkins cilla pour lutter contre le picotement. Il avait l'impression d'avoir les bras cloués au fauteuil.

« Est-ce que ça va aller ? » demanda frénétiquement Dinah. Ses mains étreignaient celle de Laurel. De petites mains, mais qui faisaient mal à la jeune femme tant elles la serraient. « Est-ce que ça va vraiment aller ? »

Laurel regarda par le hublot. Le 767 effleurait les nuages, maintenant, et les premières torsades de barbe à papa se mirent à défiler devant ses yeux. L'avion fut secoué par une série de turbulences et elle dut serrer les lèvres pour réprimer le gémissement qui montait de sa gorge. Pour la première fois de sa vie, elle se sentit physiquement malade de terreur.

« Je l'espère, ma chérie, je l'espère, mais vraiment, je n'en sais rien. »

8

« Quelque chose sur le radar, Brian ? demanda Nick. Quelque chose d'anormal ? *Quelque chose*, au moins ?

— Non. Il me dit que le monde est bien là au-dessous, et c'est tout. Nous sommes-

— Attendez », le coupa l'Anglais. Il parlait d'une voix tendue, étranglée, comme si sa gorge se réduisait à une ouverture grosse comme une tête d'épingle. « Remontez. Prenons le temps de réfléchir. Attendons que les nuages se dissipent-

— Pas le temps, pas assez de carburant, Nick. » Les yeux du pilote ne quittaient pas les instruments. L'appareil fut de nouveau secoué par une série de turbulences. Brian fit automatiquement les corrections. « Accrochez-vous. On y va. »

Il poussa le manche en avant. L'aiguille de l'altimètre commença à tournoyer rapidement derrière son cercle de verre. Le vol 29 se glissa dans les nuages. La queue dépassa un instant de la masse duveteuse, semblable à l'aileron d'un requin. Puis elle disparut à son tour, et le ciel se retrouva vide... comme si jamais aucun avion n'y avait volé.

CHAPITRE QUATRE

*DANS LES NUAGES.
BIENVENUE À BANGOR.
TONNERRE
D'APPLAUDISSEMENTS. LE
TOBOGGAN ET LA COURROIE
CONVOYEUSE. LE SILENCE
ASSOURDISSANT DES
TÉLÉPHONES QUI NE SONNENT
PAS. CRAIG TOOMY FAIT UN
LÉGER DÉTOUR.
L'AVERTISSEMENT DE LA
PETITE AVEUGLE.*

1

La cabine principale passa de la lumière éclatante du soleil à une pénombre crépusculaire lorsque l'avion se mit à se cabrer plus sèchement. Après un cahot particulièrement violent, Albert sentit une pression contre son épaule droite. Il baissa les yeux et vit la tête de Bethany posée contre lui, aussi lourde qu'une citrouille bien mûre d'octobre. Elle venait de s'évanouir.

L'avion fit un nouveau bond, et un coup sourd et puissant leur parvint des premières classes. Cette fois-ci, ce fut Dinah qui hurla, et Gaffney ne put retenir un cri : « *Bon Dieu, qu'est-ce qui se passe ?*

— Le chariot des boissons », expliqua Robert Jenkins d'une voix basse et dure. Il essaya de parler plus fort pour que tout le monde pût l'entendre, mais en fut incapable. « On a laissé le chariot dans le passage, vous vous rappelez ? Il a dû rouler d'un bord à l'autre- »

L'avion leur fit alors le coup des montagnes russes, donnant l'impression de tomber en chute libre. Cette fois-ci, le chariot se renversa dans un grand bruit de verre brisé. Dinah poussa un nouveau hurlement.

« Ça va bien, lui dit Laurel d'un ton de voix affolé. Ne me serre pas autant, ma chérie, tu me fais mal, ça va bien-

— Je vous en supplie ! Je veux pas mourir, je veux pas mourir !

— Rien que des turbulences normales, les amis. » La voix de Brian, dans les haut-parleurs, paraissait calme... mais Bob Jenkins crut y déceler une note de terreur difficilement contrôlée. « Gardez votre- »

Nouveau saut en l'air, nouvelle vertigineuse plongée. Nouveau bruit de verre cassé en provenance du chariot renversé.

« ... calme », acheva Brian.

De l'autre côté de l'allée, sur la gauche de Don Gaffney : *riiiip.*

Gaffney se tourna dans cette direction : « Arrêtez ça tout de suite, espèce d'enfoiré, où je vous fais bouffer ce qui reste de ce magazine. »

Craig lui adressa un regard totalement inexpressif. « Essaie donc un peu, grande gueule. »

L'avion continua la partie de montagnes russes. Albert se pencha par-dessus Bethany, en direction du hublot. Les seins de la jeune fille se trouvèrent pressés contre son bras, et pour la première fois depuis l'éveil de sa sexualité, la sensation ne suffit pas à chasser immédiatement toute autre idée de son esprit. Il regarda par le hublot, cherchant désespérément une ouverture dans les nuages, essayant d'en créer une par la seule force de sa pensée.

Mais il n'y avait rien que des nuances de gris sombre.

2

« A quelle hauteur le plafond, mon vieux ? » demanda Nick. Maintenant que l'appareil était dans les nuages, l'Anglais paraissait plus calme.

« Je ne sais pas, répondit Brian. En tout cas, plus bas que ce que j'espérais, c'est sûr.

— Qu'est-ce qui va se passer si on manque de place ?

— Si mes instruments se sont décalés, même légèrement, on ira boire la tasse, répondit-il sobrement. Je ne le crois pas, pourtant. Si j'arrive à cinq cents pieds et qu'on est toujours dans la purée, je remonterai pour aller chercher l'aéroport de Portland.

— On devrait peut-être prendre tout de suite cette direction, non ? »

Brian secoua la tête. « Le temps est presque toujours pire là-bas qu'ici.

— Et Presque Isle ? Est-ce qu'il n'y a pas une base du Strategic Air Command ? »

Brian eut tout juste le temps de penser que ce type en savait beaucoup plus qu'il n'aurait dû. « C'est hors de portée. On s'écraserait dans les bois.

— Alors Boston est aussi hors de portée.

— Je vous le fais pas dire.

— Je commence à croire que c'était une mauvaise décision, mon vieux. »

L'avion se heurta à un nouveau courant de turbulences invisibles et le 767 frissonna comme un chien pris d'une mauvaise fièvre. Brian entendit des cris atténués en provenance de la cabine alors même qu'il faisait les corrections nécessaires ; il aurait aimé pouvoir leur dire que ce n'était rien, que l'appareil pouvait encaisser des turbulences vingt fois pires. Le seul problème était la hauteur du plafond.

« On n'est pas encore foutu. » L'altimètre indiquait 2 200 pieds.

« Mais on commence à manquer d'espace.

— On n- » Brian n'acheva pas. Une vague de soulagement le parcourut comme une onde fraîche. « Eh bien voilà, dit-il. On en sort. »

A l'avant du nez noir du 767, les nuages s'effilochaient rapidement. Pour la première fois depuis qu'ils avaient survolé le Vermont, Brian vit une déchirure diaphane dans la masse cotonneuse gris-blanc. A travers, il aperçut la couleur plombée de l'Atlantique.

Par le micro, Brian dit : « Nous atteignons le plafond, Mesdames et Messieurs. Ces turbulences mineures vont probablement cesser une fois que nous serons en dessous. Dans quelques minutes, vous entendrez un coup sourd venant du plancher de l'appareil ; ce sera le train d'atterrissage en train de se mettre en place et de se verrouiller. Je continue notre descente dans le secteur de Bangor. »

Il coupa le micro et se tourna un instant vers l'homme assis dans le fauteuil du navigateur.

« Souhaitez-moi bonne chance, Nick.

— Oh, je ne fais rien d'autre, croyez-moi, mon vieux. »

3

Laurel regarda par le hublot et sa respiration s'arrêta. Les nuages se dissipaient rapidement. Elle aperçut l'océan dans une série d'instantanés : des vagues, des brisants qui moutonnaient, puis un gros bloc rocheux dépassant de l'eau comme le croc d'un monstre mort. Elle crut voir aussi une tache orange qui pouvait être une bouée.

Ils passèrent au-dessus d'une petite île emmitouflée d'arbres et, se penchant et se tordant le cou, elle découvrit la côte, droit devant l'appareil. De fines torsades nuageuses embrumèrent la vue pendant quarante-cinq interminables secondes. Quand elles se dissipèrent, l'appareil était de nouveau au-dessus de la terre ferme. Ils survolèrent un champ ; un morceau de forêt ; une sorte d'étang.

Mais où sont les maisons ? Où sont les routes, les voitures, les bâtiments, les lignes à haute tension ?

Puis un cri jaillit de sa gorge.

« Qu'est-ce que c'est ? fit Dinah d'un ton qui frôlait l'hystérie. Qu'est-ce que c'est, Laurel ? Qu'est-ce qui ne va pas ?

— Rien, rien ! » répondit-elle triomphalement. En bas, elle voyait une route étroite conduisant à un petit village du bord de mer. D'où elle se trouvait, on aurait dit un modèle réduit, tout comme les véhicules garés le long de la rue principale. Elle aperçut aussi un clocher, une gravière, un petit terrain de base-ball. « Au contraire, tout va bien ! *Tout est là ! tout est toujours là !*

De derrière elle, Robert Jenkins parla. D'un ton de voix calme et uni, mais profondément consterné. « Madame, dit-il, j'ai bien peur que vous ne vous trompiez complètement. »

4

Un long jet commercial passait majestueusement au-dessus du sol à cinquante kilomètres à l'est de l'aéroport international de Bangor.

Les chiffres 767 étaient imprimés en grands caractères altiers sur
l'empennage arrière. Sur le fuselage, les mots AMERICAN PRIDE se
déroulaient en lettres inclinées pour donner une impression de
vitesse. Des deux côtés du nez figurait le symbole de la compagnie :
un grand aigle rouge. Leurs ailes étendues étaient parsemées
d'étoiles ; leurs serres étaient découvertes et leur tête légèrement
ployée. Comme l'appareil qu'ils décoraient, les aigles semblaient
s'apprêter à atterrir.

L'avion ne projetait aucune ombre sur le sol, tandis qu'il se
dirigeait vers le groupe de villes ; il ne pleuvait pas, mais la matinée
était grise et sans soleil. Le ventre de l'appareil s'ouvrit ; le train
d'atterrissage bascula et se verrouilla à sa place.

Le vol 29 d'American Pride glissa le long de son chemin invisible
vers Bangor. Il s'inclina légèrement à gauche ; le commandant Engle
pouvait maintenant corriger l'assiette à vue, ce qu'il fit.

« Je le vois, s'écria Nick. Je vois l'aéroport ! Mon Dieu, quel beau
spectacle !

— Si vous le voyez, c'est que vous avez quitté votre siège »,
répliqua Brian sans se retourner. (Ce n'était pas le moment.)
« Bouclez votre ceinture et fermez-la. »

Mais cette unique et longue piste d'atterrissage offrait, en effet,
un spectacle splendide.

Brian pointa le nez de l'appareil dessus et continua sa descente,
passant de 1 000 à 800 pieds. En dessous des ailes du 767, glissait
une forêt de pins qui paraissait ne pas vouloir finir. Elle laissa la
place à un ensemble de bâtiments (les yeux inquiets de Brian
enregistrèrent automatiquement l'habituel fouillis de motels, de
stations d'essence et de restaurants fast-food) puis ils franchirent la
rivière Penobscot et entrèrent dans l'espace aérien de Bangor. Brian
vérifia son tableau de bord, nota les feux verts de ses volets et essaya
une dernière fois de contacter l'aéroport... bien que sachant que ce
serait inutile.

« Contrôle Bangor, ici vol 29, atterrissage d'urgence, je répète,
atterrissage d'urgence. Si vous avez du trafic sur la piste, virez-le de
là. J'arrive. »

Il jeta un coup d'œil à l'indicateur de vitesse, et vit qu'il tombait
en dessous de 220, la vitesse à laquelle, théoriquement, il devait
toucher le sol. En dessous de lui, les arbres s'éclaircirent et
laissèrent la place à un terrain de golf. Il aperçut du coin de l'œil
l'enseigne verte d'un hôtel Holiday Inn avant de voir les lumières

qui indiquaient la fin de la piste — avec un 33 peint en énormes chiffres blancs — se précipiter vers lui.

Les lumières n'étaient ni rouges ni vertes.

Mais simplement éteintes.

Pas le temps de s'en inquiéter. Pas le temps de penser à ce qui arriverait si un Learjet ou un lourd petit sauteur de flaques comme un Doyka s'engageait à une vitesse de tortue sur la piste, devant lui. Il n'avait le temps de rien faire, sinon de poser l'oiseau.

Ils passèrent au-dessus d'une courte étendue d'herbe et de graviers, puis la piste en béton commença à se dérouler à trente pieds en dessous de l'appareil. Ils passèrent au-dessus d'une première série de marques blanches, puis les premières traces noires d'atterrissage (probablement laissées par les avions à réaction de l'Air National Guard) firent leur apparition.

Brian rapprocha le 767 de la piste. La seconde série de marques blanches passa en un éclair... un instant plus tard, il y eut une légère secousse au moment où le train principal touchait le sol. Le vol 29 filait maintenant à deux cents à l'heure sur la piste 33, le nez encore légèrement relevé, les ailes pas encore parallèles au sol. Brian releva complètement les volets et inversa le flux des moteurs. Il y eut une deuxième secousse, encore plus légère que la première, lorsque le nez s'abaissa.

Puis l'appareil ralentit ; sa vitesse tomba de deux cents à cent cinquante, puis à cent, puis à soixante. Bientôt, il roulait à la vitesse d'un homme qui court.

C'était fini. Ils avaient atterri.

« Atterrissage de routine, déclara Brian. Rien à dire. » Sur quoi il laissa échapper un long soupir chevrotant. Puis il immobilisa complètement le 767 à quatre cents mètres de la première piste de délestage. Son corps mince fut soudain agité d'une série de frissons. Lorsqu'il porta la main à son visage, elle se trouva immédiatement mouillée d'une sueur chaude. Il regarda sa paume et émit un petit rire.

Une main vint peser sur son épaule. « Ça va, Brian ?

— Oui, répondit-il, reprenant le micro. Mesdames et Messieurs, bienvenue à Bangor. »

Un chœur de cris joyeux lui répondit de loin, et il rit plus fort.

Nick Hopewell, lui, ne riait pas. Penché par-dessus l'épaule de Brian, il scrutait le paysage à travers les vitres du cockpit. Rien ne bougeait sur l'entrecroisement de pistes de décollage et de délestage. Aucun camion de sécurité n'allait et venait. On apercevait quelques véhicules, un appareil de transport de l'armée — un C-12 — garé sur une piste extérieure ainsi que, non loin de là, un Delta 727 ; mais tous étaient aussi pétrifiés que des statues.

« Merci pour l'accueil, mon vieux, dit doucement Nick. Je l'apprécie d'autant plus qu'il semble bien que vous allez être le seul à nous souhaiter la bienvenue. Cet endroit est complètement désert. »

5

En dépit du silence radio absolu, Brian répugnait à accepter le jugement de Nick... mais le temps de faire rouler l'appareil jusqu'à un point situé entre deux terminaux de débarquement, il trouvait de plus en plus impossible de le réfuter. Cela ne tenait pas seulement à l'absence de gens, non plus qu'au fait qu'aucun véhicule de sécurité ne se fût précipité pour voir d'où sortait ce 767 que l'on n'attendait pas ; mais surtout à l'impression d'une totale absence de vie, comme si cela faisait mille ans, voire dix mille ans que l'aéroport international de Bangor avait été abandonné. Un train de chariot à bagages, encore chargé de quelques valises et colis, était garé en dessous de l'aile du Delta. Les yeux de Brian ne cessaient d'y retourner tandis qu'il rapprochait le vol 29 aussi près que possible du terminal, avant de l'immobiliser. La quelque douzaine de bagages avait l'air aussi antique que des artefacts exhumés sur le site d'une ancienne et fabuleuse ville mythique. *Je me demande si le type qui a découvert la tombe de Toutankhamon a ressenti la même impression que moi,* pensa-t-il.

Il coupa les moteurs et resta quelques instants immobile sur son siège. Il n'y avait plus aucun bruit, sinon le murmure presque imperceptible de l'une des quatre génératrices auxiliaires, à l'arrière de l'appareil. La main de Brian s'approcha d'une touche sur laquelle était marqué CIRCUIT ÉLECTRIQUE INTERNE ; il l'effleura même avant de retirer sa main. Il n'eut plus envie, soudain, d'arrêter complètement l'avion. Sans raison particulière, mais la voix de l'instinct fut la plus forte.

De toute façon, je ne crois pas qu'il y ait personne dans le coin pour me faire des histoires sous prétexte que je gaspille du carburant... pour le peu qu'il reste à gaspiller.

Il détacha sa ceinture de sécurité et se leva.

« Qu'est-ce qu'on fait, maintenant, Brian ? » demanda Nick, qui s'était également levé ; pour la première fois, le pilote remarqua que l'Anglais mesurait bien dix centimètres de plus que lui. Il songea : *C'était moi le patron. Depuis que ce truc invraisemblable est arrivé, depuis l'instant où nous avons découvert qu'il était arrivé, pour être plus précis, c'est moi qui ai pris les décisions. Quelque chose me dit que cela risque de changer très vite.*

Il se rendit compte qu'il s'en moquait. La traversée de la couche nuageuse avait épuisé toutes ses réserves de courage, mais il n'attendait aucun remerciement pour avoir gardé la tête froide et fait son boulot ; il était payé, entre autres, pour avoir du courage. Il se souvenait qu'un collègue lui avait un jour déclaré : « Ils nous paient cent mille dollars ou plus par an, Brian, et cela pour une unique raison. Ils savent que dans la carrière d'un pilote, il y a trente ou quarante secondes qui peuvent faire toute la différence. Ils nous paient pour qu'on ne reste pas paralysé lorsque cela nous arrive. »

Certes, votre cerveau pouvait très bien vous expliquer qu'il fallait descendre, nuages ou pas, qu'il n'y avait tout simplement pas le choix ; mais ça n'empêchait pas vos terminaisons nerveuses de vous hurler l'immémorial avertissement, de vous télégraphier des ondes de terreur survoltée — la terreur de l'inconnu. Même Nick, en dépit de tout ce qu'il était et de tout ce qu'il pouvait bien faire sur le plancher des vaches, avait voulu remonter lorsqu'était arrivé le moment de vérité. Lui, comme les autres passagers, avait eu besoin que Brian incarnât le courage qui leur faisait défaut. Ils se trouvaient maintenant au sol, et aucun monstre ne s'était caché en dessous des nuages ; seul régnait ce bizarre silence, alors qu'un train de chariots attendait, abandonné, sous les ailes du Delta 727.

Si bien que si vous voulez prendre le commandement des opérations, mon ami tordeur de nez, vous avez ma bénédiction. J'irai même jusqu'à vous laisser ma casquette, si cela vous chante. Mais tant que nous ne serons pas descendus de l'avion, tant que vous et le reste des pékins n'aurez pas mis pied à terre, vous êtes sous ma responsabilité.

Mais Nick lui avait posé une question, et Brian considérait qu'il méritait une réponse.

« Maintenant ? Nous descendons de l'avion et allons voir ce qui se passe », répondit-il en frôlant l'Anglais au passage.

Nick posa une main sur son épaule pour l'arrêter. « Pensez-vous- »

Une bouffée de colère, chose rare chez lui, s'empara du pilote. D'une secousse il se débarrassa de la main de Nick. « Je pense que nous devons descendre de l'appareil. Je pense qu'il n'y a personne pour manœuvrer les couloirs mobiles ou pour faire rouler un escalier jusqu'à nous. Je pense donc que nous allons utiliser les toboggans d'urgence. Après cela, vous penserez, *vous*. Mon vieux. »

Il fonça vers les premières classes... et faillit s'étaler sur le chariot à boissons renversé. Il y avait du verre brisé, et l'odeur d'alcool était tellement forte qu'elle piquait les yeux. Il enjamba les débris. Nick le rattrapa au bout de la section des premières classes.

« Si j'ai dit quelque chose qui vous a offensé, Brian, je vous prie de m'excuser. Vous venez de faire un sacré bon boulot.

— Vous ne m'avez pas offensé. Simplement, au cours des dix dernières heures, j'ai eu à me colleter avec une fuite de pressurisation au-dessus du Pacifique, avec la nouvelle que mon ex-épouse venait de périr dans un stupide incendie d'appartement à Boston, et avec la nécessité de piloter dans les conditions d'un mauvais film-catastrophe. Je me sens légèrement rétamé. »

Il traversa la classe affaires, et arriva dans la cabine de la classe économique. Pendant quelques instants, régna un silence absolu ; ils restaient assis, immobiles, le regardant, blêmes, l'air perplexe.

Puis Albert Kaussner commença à applaudir.

Bientôt imité par Robert Jenkins... puis par Don Gaffney... puis par Laurel Stevenson. L'homme au crâne dégarni regarda autour de lui, exhiba une collection de dents trop blanches et régulières pour être autre chose qu'un dentier, et commença aussi à applaudir.

« Qu'est-ce qu'il y a ? demanda Dinah à Laurel. Qu'est-ce qui se passe ?

— C'est le commandant, répondit la jeune femme. Le commandant qui nous a ramenés à terre sains et saufs. »

Alors Dinah, à son tour, se mit à applaudir.

Brian les regardait, interloqué. Derrière lui, Nick s'était joint aux autres. Ils débouclèrent leur ceinture de sécurité et continuèrent à l'applaudir debout. Seules trois personnes ne participèrent pas à cette manifestation : Bethany, encore évanouie, le barbu qui ronflait toujours au fond de la cabine, et Craig Toomy ; ce dernier les parcourut un instant de son regard lunaire avant de se remettre à déchirer un nouveau ruban de papier.

6

Brian se sentit rougir. C'était trop idiot. Il leva les mains mais ils continuèrent tout de même à applaudir pendant un moment.

« Mesdames et Messieurs, je vous en prie... je vous en prie ... c'était un atterrissage de routine, je vous assure...

— Ben voyons, m'dam, c'était tout naturel », lança Bob Jenkins dans une imitation acceptable de Gary Cooper. Albert éclata de rire. A côté de lui, Bethany battit des paupières, ouvrit les yeux, et regarda autour d'elle d'un air somnambulique.

« On s'en est sortis, hein ? dit-elle. Mon Dieu, c'est super ! je croyais qu'on y était tous passés !

— Je vous en prie », dit Brian, qui leva les bras plus haut et se sentit soudain bêtement comme Richard Nixon acceptant la nomination de son parti pour quatre ans de plus. Il dut lutter pour ne pas se mettre à hurler de rire. Il ne pouvait se laisser aller à ça ; les passagers ne l'auraient pas compris. Ils voulaient un héros, et il avait été choisi. Autant accepter ce rôle... et s'en servir. Il fallait encore les faire descendre de l'avion. « Une minute d'attention, s'il vous plaît ! »

Ils arrêtèrent d'applaudir les uns après les autres, et attendirent, curieux — tous, à l'exception de Craig, qui jeta ce qui restait du magazine d'un geste soudain et décidé. Il déboucla sa ceinture, se leva et passa dans l'allée, dispersant au passage un monceau de rubans de papier. Il se mit à fouiller dans le compartiment à bagage, au-dessus de son siège, la concentration lui fronçant les sourcils.

« Vous avez regardé par les hublots, et vous en savez donc autant que moi, dit Brian. La plupart des passagers et tout l'équipage ont disparu pendant que nous dormions. C'est déjà assez délirant, mais il semble que nous ayons maintenant affaire à quelque chose d'encore plus délirant. On dirait qu'un tas d'autres personnes ont également disparu... mais la logique voudrait que les personnes en question se trouvent tout de même quelque part. Nous avons survécu à la chose que je ne sais comment qualifier, et d'autres ont donc dû aussi y survivre. »

Robert Jenkins, l'écrivain de romans policiers, murmura quelque chose dans sa barbe. Albert l'entendit, sans pouvoir distinguer ses paroles. Il se tourna à demi dans la direction de l'homme, qui répéta les deux mots qu'il avait prononcés. Cette fois, Albert les saisit. *Fausse logique.*

« La meilleure façon de savoir ce qu'il en est, je crois, est de franchir les étapes une à une. La première consiste à descendre de l'appareil.

— J'ai acheté un billet pour Boston, dit alors Craig Toomy d'une voix calme et raisonnable. C'est à Boston que je veux aller. »

Nick, resté derrière Brian jusqu'ici, passa devant le pilote. Craig lui lança un coup d'œil, et ses yeux se rétrécirent. Pendant un instant, il eut l'air d'un chat en colère. Nick lui adressa un geste — deux doigts avec un mouvement de ciseaux — qui rappelait clairement l'épisode du nez pincé. Craig Toomy, jadis forcé de rester avec une allumette enflammée entre les orteils pendant que sa mère lui chantait « Joyeux anniversaire », saisit immédiatement le message. Il avait toujours appris vite. Et il pouvait attendre.

« Il va falloir utiliser les toboggans de secours, expliqua Brian. Nous allons donc auparavant répéter les procédures. Ecoutez attentivement, puis mettez-vous à la file indienne et suivez-moi à l'avant de l'avion. »

7

Quatre minutes plus tard, la porte avant du vol 29 de American Pride s'ouvrait vers l'intérieur. Un murmure de conversation en sortit et parut aussitôt mourir dans l'air froid et immobile. Puis il y eut un sifflement et un gros paquet de tissu orange se mit à jaillir du seuil. Pendant un moment, il ressembla à un étrange hybride de tournesol ; puis il s'étira et prit, en retombant, sa forme de toboggan côtelé et rebondi. L'extrémité vint frapper le sol en dur de la piste avec un petit bruit sourd et s'immobilisa, sorte de matelas pneumatique géant et de couleur criarde.

Brian et Nick se tenaient à la tête de la petite file qui attendait à la porte des premières classes.

« L'air a quelque chose de bizarre là dehors, remarqua Nick à voix basse.

« — Que voulez-vous dire ? demanda le pilote, d'une voix encore plus étouffée. Empoisonné ?

— Non... du moins, je ne crois pas. Mais il n'a aucune odeur, aucun goût.

— Vous êtes cinglé, fit Brian, mal à l'aise.

— Non, pas du tout, mon vieux. C'est un *aéroport*, ici, pas un champ de blé. Il devrait y avoir des odeurs d'essence et d'huile. Les sentez-vous ? Moi pas. »

Brian huma l'air. Et en effet, il ne sentit rien. Si l'air était empoisonné (il ne le croyait pas, mais comment savoir ?), l'action de la toxine était lente. Ses poumons paraissaient s'en accommoder parfaitement bien. Mais Nick avait raison. Il n'y avait pas la moindre odeur. Et cette autre qualité plus fugace que le British avait appelée le goût... elle n'était pas là non plus. L'air, à l'extérieur de la porte, avait un goût d'une neutralité absolu. De l'air en boîte.

« Quelque chose ne va pas ? demanda Bethany Simms, anxieuse. Je ne suis pas bien sûre de vouloir le savoir, mais-

— Non-non. Tout va bien », la coupa Brian. Le pilote compta les têtes et se tourna vers Nick. « Le type à l'arrière dort toujours. Croyez-vous que nous devrions le réveiller ? »

Nick réfléchit un instant, puis secoua la tête. « Vaut mieux pas. Je crois qu'on a assez de problèmes comme ça sur les bras sans avoir à materner un gugusse qui sort d'une cuite. »

Brian sourit. C'était exactement ce qu'il se disait. « Oui, je suis d'accord. A vous l'honneur, Nick. Vous vous mettrez au pied du toboggan. Moi, je les aiderai d'ici.

« Il vaudrait peut-être mieux que vous descendiez en premier. Au cas où notre ami grande-gueule la ramènerait une fois de plus sur le changement de destination. »

Brian jeta un coup d'œil à l'homme en polo ras du cou. Il était le dernier de la file et tenait à la main un porte-document plat à monogramme, son regard hébété tourné vers le plafond. Il avait sur le visage une expression aussi éveillée que celle d'un mannequin dans une vitrine. « Je n'aurai aucun problème avec lui, répondit-il. Il peut bien faire ce qu'il veut, rester ou descendre, j'en ai rien à foutre.

— Exactement ce que je pense, fit Nick avec un sourire. Que commence le grand exode !

— Vous avez enlevé vos chaussures ? »

Nick exhiba une paire de richelieu noire en chevreau.

« Parfait, en voiture. (Brian se tourna vers Bethany.) Regardez bien, Miss. Ce sera votre tour, ensuite.

— Oh, mon Dieu ! J'ai ces conneries en horreur. »

La jeune fille n'en vint pas moins à la hauteur du pilote pour regarder, non sans appréhension, Nick Hopewell s'élancer sur le toboggan. Il sauta, levant les deux jambes comme un adepte du trampoline s'apprêtant à rebondir sur les fesses. Il atterrit correctement et glissa jusqu'en bas. Une figure impeccable : c'est à peine si le bas du toboggan avait bougé. Il toucha le tarmac des pieds, se releva, fit prestement demi-tour et leur adressa une ironique courbette, bras tendus derrière lui, comme s'il saluait.

« Facile comme bonjour ! leur lança-t-il. Client suivant !

— C'est à vous, Miss, dit Brian. Bethany, je crois ?

— Oui, répondit-elle nerveusement. Je crois que je vais pas y arriver. J'ai feinté la gym pendant les trois derniers semestres, et ils ont même fini par me laisser rentrer chez moi, à la fin.

— Vous vous en sortirez très bien », l'encouragea Brian, qui se disait que les gens utilisaient le toboggan sans se faire prier et avec beaucoup plus d'enthousiasme quand le danger était plus pressant ou visible — un trou dans le fuselage ou un début d'incendie, par exemple. « Les souliers ? »

Bethany avait effectivement enlevé ses chaussures (une paire de tennis roses), mais elle n'en essayait pas moins de battre en retraite à la vue du toboggan d'un orange éclatant. « Si seulement je pouvais boire quelque chose avant-

— Monsieur Hopewell tient l'extrémité du toboggan. Tout va aller très bien », insista Brian, qui commençait à se demander s'il n'allait pas lui donner une bourrade. Il n'en avait pas envie, mais il s'y résoudrait, s'il le fallait. Il n'allait pas les laisser retourner à la queue les uns après les autres, en attendant que le courage leur revînt. Il ne fallait surtout pas se laisser prendre dans ce genre de marchandage, sans quoi tous les autres allaient vouloir se mettre à la queue.

« Allez-y, Bethany », dit soudain Albert. Il avait pris son étui à violon et le tenait fermement sous le bras. « J'ai une frousse terrible de sauter, mais si vous y allez, je serai bien obligé d'en faire autant. »

Elle le regarda, l'air surpris. « Et pourquoi ? »

Albert était devenu rouge comme une pivoine. « Parce que vous êtes une fille, répondit-il sans détour. Je sais bien que c'est parler comme un phallocrate, mais c'est comme ça. »

Bethany le regarda encore un instant, éclata de rire et se tourna vers le toboggan. Brian avait décidé de la pousser si elle hésitait encore, mais il n'en eut pas besoin. « Bon sang, si seulement j'avais un peu d'herbe... », dit-elle au moment où elle sautait.

Elle avait vu comment Nick s'y était pris et savait ce qu'il fallait faire, mais au dernier moment, saisie de peur, elle tenta de ramener ses jambes sous elle, ce qui eut pour résultat de la faire glisser de côté lorsqu'elle toucha la surface élastique du toboggan. Brian était sûr qu'elle allait rouler sur elle-même, mais la jeune fille avait compris le danger et réussit à se redresser. Elle dégringola sur le côté, une main au-dessus de la tête, tandis que le frottement lui retroussait la blouse presque jusqu'au cou. Puis Nick l'attrapa et l'aida à se remettre sur pied.

« Oh, bon Dieu, fit-elle, essoufflée, exactement comme lorsqu'on était gosse.

— Rien de cassé ? lui demanda Nick.

— Non. J'ai bien peur d'avoir un peu mouillé ma petite culotte, mais ça va. »

Nick lui sourit et revint se poster au bas du toboggan.

Albert eut un regard gêné et tendit son étui à violon à Brian. « Est-ce que ça vous ennuierait de me le tenir ? Si jamais je tombe mal, je risque de le casser, et mes parents me tueraient. C'est un Gretch. »

Brian le prit. Il avait une expression calme et sérieuse, mais il souriait intérieurement. « Est-ce que je peux le voir ? J'ai moi aussi joué du violon, il y a des siècles...

— Bien sûr », repondit Albert.

L'intérêt manifesté par Brian eut un effet calmant sur le garçon... ce qui était exactement l'objectif du pilote. Il fit sauter les trois crochets et ouvrit le boîtier. A l'intérieur, le violon était effectivement un Gretch, et pas des moins bonnes séries, en outre. On pouvait sans doute s'acheter une petite voiture pour le prix de cet instrument, calcula Brian.

« Superbe », dit-il en faisant quelques pizzicati. Les cordes sonnaient admirablement. Brian referma l'étui. « Je vais en prendre soin, soyez sans crainte.

— Merci. » Albert s'avança dans l'encadrement de la porte, prit une profonde inspiration, puis souffla. « Geronimo ! » lança-t-il d'une petite voix en sautant. Il se mit les mains sous les aisselles — protéger ses mains en toute situation lui avait été inculqué depuis si longtemps que c'était devenu un réflexe. Il retomba en position assise sur le toboggan et glissa impeccablement jusqu'en bas.

« Parfait ! le félicita Nick.

— Pas de quoi en faire tout un plat », grommela Ace Kaussner en se relevant d'un air dégagé — manquant aussitôt de trébucher sur ses propres pieds.

« Albert, lança Brian, attrapez ! » Il s'inclina, posa l'étui à violon au milieu du toboggan et le laissa glisser. Albert le rattrapa à plus d'un mètre du bas, le mit sous son coude et s'éloigna.

Jenkins ferma les yeux lorsqu'il sauta, et arriva de travers, sur l'une de ses maigres fesses. Nick se déplaça prestement sur le côté et rattrapa l'écrivain au moment où il allait basculer, lui épargnant d'aller heurter brutalement la piste.

« Merci, jeune homme.

— La moindre des choses, mon vieux. »

Don Gaffney suivit, puis l'homme chauve au dentier étincelant. Ce fut ensuite au tour de Laurel et de la petite Dinah.

— J'ai peur, fit Dinah d'un filet de voix tremblotant.

— Tu verras, ma puce, ça va aller très bien, » lui dit Brian. Il posa les mains sur les épaules de la fillette et la fit pivoter face à lui, tournant le dos au toboggan. « Donne-moi les mains, je vais te descendre en douceur.

— Pas vous. Je veux que ce soit Laurel, » répondit Dinah en mettant les mains derrière le dos.

Brian regarda la jeune femme aux cheveux sombres. « Cela ne vous ennuie pas ?

— Non, répondit-elle, si vous me dites comment m'y prendre.

— Vous l'installez sur le toboggan en la tenant par les mains. Lorsqu'elle sera assise dessus, les pieds bien droits, elle descendra toute seule. »

Les mains de Dinah étaient glacées dans celles de la jeune femme. « J'ai la frousse, répéta-t-elle.

— Tu verras, c'est exactement comme un toboggan de jardin d'enfants, ma chérie, lui dit Brian. L'homme à l'accent anglais t'attend en bas pour te rattraper. Il se tient exactement comme un joueur de base-ball. Lui manque que le gant. » Le pilote se dit que tout ça ne devait pas signifier grand-chose pour la fillette.

Celle-ci tourna vers lui ses yeux aveugles, comme s'il racontait n'importe quoi. « Ce n'est pas de ça que j'ai peur, mais de cet endroit. Il a une drôle d'odeur. »

Laurel qui, en dehors des effluves de sa propre transpiration due à la nervosité, ne sentait rien de particulier, regarda Brian avec une expression d'impuissance.

« Ma chérie, fit le pilote en s'agenouillant pour être à hauteur de la petite aveugle, nous devons descendre de l'avion. Tu le sais, n'est-ce pas ? Il n'y a personne ici. »

Brian et Laurel échangèrent un regard.

« Euh, reprit Brian, nous n'en serons sûrs que lorsque nous aurons vérifié, évidemment.

— Je le sais déjà, répondit Dinah. On ne sent absolument rien et on n'entend absolument rien. Mais... mais...

— Mais quoi, Dinah ? » demanda Laurel.

La fillette hésita. Elle voulait les persuader que la manière dont elle devait quitter l'avion n'était vraiment pas ce qui l'inquiétait. Elle avait déjà glissé sur des toboggans et faisait confiance à Laurel. Laurel ne l'aurait pas lâchée s'il y avait eu du danger. Pourtant quelque chose allait de travers ici, vraiment de travers, et c'était de cela qu'elle avait peur. Ce n'était ni le calme ni le vide qui régnaient. Ça avait peut-être un rapport, mais il s'agissait de plus que cela.

Quelque chose qui clochait sérieusement.

Mais les adultes ne croient jamais les enfants, en particulier lorsqu'ils sont aveugles et encore plus spécialement quand ce sont de petites filles aveugles. Elle avait envie de leur dire qu'il ne fallait pas rester ici, qu'il était dangereux de s'y attarder, qu'il fallait repartir avec l'avion. Mais comment allaient-ils réagir ? Oui, d'accord, Dinah a raison, tout le monde rembarque ? Ça ne risquait pas.

Ils vont s'en rendre compte. Ils vont voir que c'est vide, et ils reviendront dans l'avion pour qu'on parte ailleurs. Un endroit qui ne soit pas un simulacre comme ici. Il y a encore le temps.

J'espère.

« Ça ne fait rien, Laurel. Faites-moi descendre, » dit-elle d'un ton de voix résigné.

La jeune femme s'y prit avec soin. L'instant suivant, la fillette la regardait — *sauf qu'elle ne me regarde pas, elle ne peut rien regarder,* songea-t-elle — ses pieds nus tendus derrière elle sur la toile caoutchoutée.

— Ça va, Dinah ?

— Non, il n'y a rien qui va, ici. » Et avant que Laurel eût le temps de réagir, Dinah lâcha ses mains et se libéra. Elle glissa jusqu'en bas, où Nick la rattrapa.

Laurel sauta ensuite avec précision, tenant sa jupe serrée pudiquement contre elle tout le long de la descente. Ne restaient plus dans l'appareil que Brian, l'ivrogne cuvant son vin au fond de la cabine et l'olibrius grand amateur de séance de déchirage de papier, M. Ras-du-Cou soi-même.

Il peut bien faire ce qu'il veut, rester ou descendre, j'en ai rien à foutre, avait déclaré Brian. Il se rendait compte, maintenant, que ce n'était pas tout à fait vrai. Il manquait quelques cases à ce personnage. Brian soupçonnait que même la petite aveugle, en dépit de sa cécité, s'en rendait compte. Qu'allait-il se passer s'ils le laissaient derrière eux et que la lubie lui prenne de tout casser ? Et si jamais il s'attaquait à la cabine de pilotage ?

Et alors ? On n'ira nulle part. Les réservoirs sont presque vides.

L'idée, cependant, ne lui plaisait guère, et pas seulement parce que le 767 était un appareil valant plusieurs millions de dollars. Ce qu'il ressentait n'était peut-être que l'écho atténué de ce qu'il avait deviné dans le visage de Dinah, lorsqu'elle s'était tournée vers lui depuis le toboggan. Quelque chose clochait ici, et l'expression était faible... Ça fichait la frousse, car il ne voyait pas comment les choses pouvaient clocher encore davantage. L'avion, par ailleurs, était impeccable. Même avec ses réservoirs presque vides, il demeurait un univers qu'il connaissait et comprenait.

« A votre tour, mon ami, dit-il aussi courtoisement que possible.

— Vous savez que je vais faire un rapport circonstancié sur vous pour cela, n'est-ce pas ? lui demanda Craig Toomy d'une voix étrangement douce. Vous savez que j'envisage de réclamer trente millions de dommages et intérêts à votre compagnie, et que je vous tiendrai pour l'un des principaux responsables devant les tribunaux ?

— C'est votre droit, Monsieur...

— Toomy. Craig Toomy.

— Monsieur Toomy (Brian hésita un instant)... Vous êtes-vous rendu compte, Monsieur Toomy, de ce qui nous est arrivé ? »

L'homme regarda un instant par la porte ouverte — regarda les pistes désertes et les baies vitrées légèrement polarisées du deuxième niveau de l'aérogare, derrière lesquelles ne se tenaient ni parents ni amis, impatients d'embrasser les passagers qui venaient d'arriver ni, non plus, de voyageurs impatients d'embarquer.

Bien entendu, il le savait. C'était les langoliers. Les langoliers étaient venus s'emparer de tous ces insensés paresseux, comme son père avait toujours dit qu'ils le feraient. De la même voix douce, Craig reprit : « Au département Action de la Desert Sun Banking Corporation, on me connaît sous le surnom de la Locomotive. Saviez-vous cela ? » Il se tut un instant, attendant apparemment une réaction de la part de Brian. Comme celui-ci ne disait rien, il continua : « Bien sûr que non. Pas plus que vous ne savez à quel point est importante cette réunion du Prudential Center à Boston. D'ailleurs, vous vous en fichez. Mais laissez-moi vous dire quelque chose, Commandant : le destin économique de nations peut dépendre des résultats de cette réunion — cette réunion où je ne serais pas lorsqu'elle commencera.

— Tout cela est très intéressant, Monsieur Toomy, mais je n'ai vraiment pas le temps-

— Le temps ! se mit soudain à hurler l'homme d'affaires. Qu'est-ce que vous croyez donc savoir du temps ? Demandez-le moi, demandez-le moi ! Je sais ce que c'est que le temps, moi ! Je sais tout ce qui concerne le temps ! On a peu de temps, Monsieur ! On a fichtrement peu de temps ! »

Qu'il aille se faire foutre, je vais le balancer en bas, cet enfoiré, pensa Brian. Mais avant qu'il eût fait un geste, Craig Toomy s'était tourné et avait sauté. Il exécuta une figure parfaite, tenant le porte-document serré contre sa poitrine, et Brian se rappela soudain la vieille publicité de Hertz, à la télé, dans laquelle on voyait un homme en costume et cravate survolant un aéroport.

« Le temps est foutrement court ! » hurla Craig en glissant, le porte-document devant sa poitrine comme un bouclier, les canons de son pantalon relevés et exhibant des chaussettes montantes de nylon noir haut de gamme.

« Quel emmerdeur, ce cinglé, » murmura Brian. Il resta un instant debout au-dessus du toboggan, jeta un dernier coup d'œil au monde connu et rassurant de l'appareil... puis sauta.

8

Dix personnes se tenaient en deux petits groupes sous l'aile géante du 767 à l'aigle rouge et bleu peint sur l'avant. Dans l'un se trouvaient Brian, Nick, l'homme chauve, Bethany Simms, Albert Kaussner, Robert Jenkins, Dinah, Laurel Stevenson et Don Gaffney. Légèrement à part et constituant à lui seul le deuxième, se tenait Craig Toomy, alias la Locomotive. Ce dernier se baissa et arrangea les plis de son pantalon avec un soin maniaque, à l'aide de sa main gauche ; la droite étreignait fermement la poignée de son porte-document. Puis il se redressa et regarda autour de lui, les yeux écarquillés, mais l'expression indifférente.

« Et maintenant que fait-on, commandant ? demanda Nick d'un ton énergique.

— A vous de me le dire. De *nous* le dire. »

Nick l'observa un instant, le sourcil relevé d'un cran, comme pour demander si Brian était sérieux. Le commandant inclina la tête d'un centimètre ou deux. Cela suffit.

« Eh bien, on va déjà commencer par explorer le terminal, je crois, dit Nick. Quel est le moyen le plus rapide de s'y rendre ? Avez-vous une idée ? »

Brian fit un mouvement de tête en direction d'une rangée de chariots à bagages garés sous l'auvent du terminal principal. « Je crois que le plus rapide, dans la mesure où nous n'avons aucun couloir d'accès, serait de passer par le carrousel, le convoyeur de bagages.

— Très bien. Rendons-nous jusque là, Mesdames et Messieurs, d'accord ? »

Ce ne fut qu'une courte marche mais Laurel, qui tenait Dinah par la main, songea qu'elle n'en avait jamais fait d'aussi étrange de toute sa vie. Elle imaginait leur groupe vu de dessus, moins de douze petits points se déplaçant lentement sur une vaste plaine bétonnée. Pas le moindre souffle d'air ; pas le plus petit chant d'oiseau. Aucun ronflement lointain de moteur, aucune autre voix humaine pour rompre le silence anormal qui régnait. Même le bruit de leurs pas avait quelque chose de bizarre. Elle portait des talons hauts, mais au lieu de leur cliquetis sec habituel, ils semblaient rendre un son mat étouffé.

Semblaient, c'est le mot-clef. La situation est tellement étrange que TOUT se met à nous paraître étrange. C'est le ciment, c'est tout. Les talons hauts ne font pas le même bruit sur du ciment.

Mais elle avait déjà marché auparavant sur du béton avec des talons hauts, et ne se souvenait pas d'un son qui fût précisément celui-ci. Il était... décoloré, si l'on peut dire. Sans force.

Ils atteignirent les trains de chariots à bagages remisés. Nick, à la tête du groupe, louvoya entre eux et s'arrêta devant un convoyeur arrêté émergeant d'une ouverture d'où pendaient des bandes de caoutchouc. Le carrousel décrivait un grand cercle à l'extérieur, là où le personnel chargeait ou déchargeait normalement les bagages, avant de pénétrer à nouveau dans le bâtiment par une autre entrée masquée aussi de bandes de caoutchouc.

« A quoi servent-elles ? demanda Bethany, nerveuse, en montrant les bandes.

— A éviter les courants d'air par temps froid, je suppose, répondit Nick. Je vais passer la tête à l'intérieur et jeter un coup d'œil. N'ayez pas peur ; je n'en ai que pour un instant. » Personne n'avait eu le temps de répondre qu'il bondissait déjà sur le carrousel et s'avançait, dos courbé, vers l'une des ouvertures du bâtiment. Une fois là, il se mit à genoux et glissa la tête entre les bandes de caoutchouc.

On va entendre un sifflement et un bruit sourd, pensa follement Albert, *et quand il reculera, il n'aura plus de tête.*

Il n'y eut ni sifflement ni bruit sourd, et la tête de Nick se trouvait encore solidement plantée sur ses épaules quand il se retira ; mais son visage présentait une expression songeuse. « La piste est dégagée, dit-il (mais Albert trouva que son ton joyeux manquait de naturel). En avant, les amis. Quand un macchab rencontre un autre macchab, et ainsi de suite. »

Bethany eut un mouvement de recul. « Il y a des cadavres ? Il y a des gens morts là-dedans ?

— Pas à ma connaissance, Miss, répondit Nick sans essayer, cette fois, de prendre un ton badin. Je ne faisais que parodier la chanson de ce vieux Bobby Burns pour être drôle. J'ai bien peur d'avoir fait davantage preuve de mauvais goût que d'humour. Le fait est que je n'ai vu personne. Mais c'est plutôt à cela que nous nous attendions, n'est-ce pas ? »

C'était vrai : n'empêche, cela les atteignit tout de même de plein fouet. Nick le premier, au ton de sa voix.

Les uns après les autres, ils grimpèrent sur le carrousel et rampèrent derrière lui pour franchir les bandes de caoutchouc pendantes.

Dinah marqua un instant d'arrêt juste à l'extérieur de l'ouverture et tourna la tête vers Laurel. Des reflets de lumière atténués firent briller ses lunettes noires et les transformèrent momentanément en miroirs.

« Ça ne colle vraiment pas, par ici, » répéta-t-elle avant de se glisser de l'autre côté.

9

Un par un, ils émergèrent dans le terminal de l'aéroport international de Bangor, bagages exotiques rampant sur un convoyeur bloqué. Albert aida Dinah à en descendre et ils se retrouvèrent tous debout, regardant autour d'eux, silencieux et stupéfaits.

L'état de choc hébété dans lequel ils s'étaient retrouvés, après s'être réveillés dans un avion dont les trois quarts des passagers avaient magiquement disparu, s'était estompé ; à l'abasourdissement avaient succédé les désordres d'un état dissocié. Aucun d'eux ne s'était jamais retrouvé dans un aéroport aussi totalement désert. Personne derrière les guichets des loueurs de véhicules. Les tableaux ARRIVÉE/DÉPART ne scintillaient pas. Personne non plus aux comptoirs de Delta, de United, de Northwest Air-Link, de Mid-Coast Airways. L'énorme aquarium qui trônait au milieu, sous sa banderole « Achetez le homard du Maine »,était rempli d'eau, mais sans un seul homard. Les lampes fluo du plafond étaient coupées, et le peu de lumière qui pénétrait par les portes, à l'autre bout du vaste hall, n'en éclairait que la moitié et laissait le petit groupe de passagers du vol 29 massé dans une désagréable caverne d'ombres.

« Bon, très bien », dit Nick. Il s'efforçait de prendre un ton décidé, sans y parvenir. « Essayons toujours les téléphones. »

Pendant qu'il se dirigeait vers la rangée de cabines, Albert alla faire un tour au comptoir de Budget Rent A Car. Dans les casiers, sur le mur du fond, il vit des dossiers avec des noms : Briggs, Handleford, Marchant, Fenwick, Pestelman. Chacun d'eux contenait sans aucun doute un contrat de location de voiture, ainsi qu'une carte des routes du Maine sur laquelle une flèche indiquait la situation de l'aéroport, près de Bangor.

Mais où sommes-nous, en réalité ? se demanda Albert. Et où sont donc passés Briggs, Handleford et les autres ? Ont-ils été transportés dans une autre dimension ? Ce sont peut-être les Grateful Dead. Les Dead jouent quelque part en ville et tout le monde est allé voir le spectacle.

Il y eut un bruit de frottement sec, juste derrière lui. Albert sursauta violemment, et exécuta un demi-tour ultra-rapide en tenant son étui à violon comme un gourdin. Bethany se tenait derrière lui, présentant une allumette à la cigarette qu'elle avait aux lèvres.

Elle leva les sourcils. « Je vous ai fait peur ?

— Un peu, » admit Albert qui abaissa l'étui et lui adressa un petit sourire embarrassé.

« Désolée. » Elle secoua l'allumette, la laissa tomber à terre et inspira une profonde bouffée. « Voilà. Ça va mieux comme ça. Je n'ai pas osé, dans l'avion. J'avais peur de faire sauter quelque chose. »

Robert Jenkins arriva vers eux d'un pas lent. « Vous savez, cela fait environ dix ans que j'ai arrêté, dit-il.

— Pas de leçons de morale, répliqua Bethany. J'ai l'impression que si l'on sort de là vivants et sains d'esprit, je suis bonne pour un bon mois de leçons. En béton. »

Jenkins souleva un sourcil mais ne demanda pas d'explications. « En fait, répondit-il, j'allais vous demander de m'en offrir une. Je trouvais l'occasion rêvée pour renouer avec une vieille habitude. »

Bethany sourit et lui offrit une Marlboro. Jenkins la prit, et la jeune fille lui donna du feu. Il inhala, puis fut pris d'une quinte de toux qui lui fit exhaler des signaux de fumée.

« On voit que ça fait longtemps », constata-t-elle sobrement.

Jenkins acquiesça. « Mais je vais vite me réhabituer. C'est ça qui est terrible, avec ce truc. Dites, avez-vous remarqué l'horloge ?

— Non », répondit Albert.

Jenkins leur montra celle qui se trouvait sur le mur, au-dessus de l'entrée des toilettes. Elle était arrêtée à 4 : 07.

« Ça colle, dit-il. Nous savons que nous étions en l'air lorsque — disons l'événement, faute de mieux — lorsque l'événement s'est produit. 4 : 07, heure avancée de l'Est correspond à 1 : 07 PDT. Nous savons donc maintenant à quel instant précis c'est arrivé.

— Oh ! là là, c'est très juste, fit Bethany.

— Oui », admit Jenkins, soit qu'il n'avait pas remarqué, soit qu'il préférait ignorer la légère intonation narquoise de la réponse. « Mais il y a tout de même quelque chose qui cloche. Si seulement on voyait le soleil... alors on pourrait être sûr.

— Que voulez-vous dire ? demanda Albert.

— Les horloges, du moins les horloges électriques, sont hors d'usage : pas de jus. Mais s'il y avait du soleil, on pourrait calculer approximativement l'heure grâce à la longueur et à la direction de nos ombres. D'après ma montre, il serait bientôt neuf heures et quart, mais elle ne m'inspire pas confiance. J'ai l'impression qu'il est plus tard que cela. Je n'ai aucune preuve, aucun argument, mais l'impression est la plus forte. »

Albert réfléchit, regarda autour de lui, revint sur Jenkins. « Je ressens la même chose, figurez-vous. On dirait qu'il est l'heure de déjeuner. C'est fou, non ?

— Mais non, c'est juste une histoire de décalage horaire, objecta Bethany.

— Je ne suis pas d'accord. Nous avons voyagé d'ouest en est, ma jeune demoiselle, observa Jenkins. Les désorientations temporelles que subit un voyageur allant dans cette direction vont en sens inverse ; ils ont l'impression qu'il est plus tôt, et non le contraire.

— Je voudrais vous poser une question à propos de quelque chose que vous avez dit dans l'avion, intervint Albert. Lorsque le commandant nous a expliqué qu'il devait y avoir d'autres personnes ici, vous avez murmuré, « fausse logique ». En fait, vous l'avez même répété. Moi, ça me paraît au contraire très juste. Nous étions tous endormis, et nous sommes tous ici. Et si la chose est arrivée (Albert jeta un coup d'œil à l'horloge murale) à 4 : 07, heure de Bangor, presque tout le monde, en ville, aurait dû dormir-

— En effet, dit Jenkins. Justement, où sont-ils donc ? »

Albert se trouva court. « Eh bien... »

Il y eut un claquement sec lorsque Nick raccrocha rageusement le dernier taxiphone de la longue rangée ; il les avait tous essayés. « C'est la débâcle, s'exclama-t-il. Pas un seul ne fonctionne, pas plus les appareils à pièces que les lignes directes. Vous pouvez ajouter les téléphones qui ne sonnent pas aux chiens qui n'aboient pas, Brian.

— Alors, que faisons-nous, maintenant ? » demanda Laurel. Elle entendit l'intonation pitoyable de sa voix, et elle se sentit soudain toute petite et bien perdue. A côté d'elle, Dinah décrivait lentement de petits cercles. Elle avait l'air d'un radar humain.

« Allons à l'étage, proposa l'homme chauve. C'est là que doit se trouver le restaurant. »

Tout le monde se tourna vers lui. Don Gaffney eut un reniflement. « Vous, quand vous avez une idée dans la tête, mon vieux ! »

L'homme chauve le regarda, les sourcils levés. « Tout d'abord, je m'appelle Rudy Warwick, pas « mon vieux », répliqua-t-il. Ensuite, on réfléchit mieux lorsqu'on a l'estomac plein. (Il haussa les épaules.) C'est une loi de la nature.

— Je crois que Monsieur Warwick a tout à fait raison, dit Jenkins. Nous pourrions tous manger quelque chose... et si nous allons au premier, nous pourrons peut-être trouver d'autres indices expliquant ce qui s'est passé. Je pense même que nous devons le faire. »

Nick haussa les épaules. Il eut soudain l'air fatigué et désorienté. « Pourquoi pas ? Je commence à me sentir comme cette vieille noix de Robinson Crusoé. »

Ils se dirigèrent en ordre dispersé vers l'escalier mécanique, lequel ne fonctionnait pas non plus. Albert, Bethany et Robert Jenkins fermaient la marche ensemble.

« Vous savez quelque chose, n'est-ce pas ? lui demanda soudain Albert. Qu'est-ce que c'est ?

— Il se peut que je sache quelque chose, mais je peux aussi bien me tromper, le corrigea Jenkins. Pour le moment, je n'en dirai pas davantage... mis à part un petit conseil.

— Quoi ?

— Il n'est pas pour vous, mais pour la jeune demoiselle. (Il se tourna vers Bethany.) Economisez vos allumettes. C'est ma suggestion.

— Quoi ? fit la jeune fille.

— Vous m'avez entendu.

— Oui, bien sûr, mais je ne comprends pas. Il y a probablement un bureau de tabac ou un marchand de journaux, en haut. Il doit y avoir plein de boîtes d'allumettes. Aussi des cigarettes et des briquets jetables.

— Probablement. Mais je vous conseille tout de même d'épargnez vos allumettes.

Il est en train de jouer les Sherlock Holmes, se dit Albert. Il était sur le point d'en faire la remarque et de rappeler à l'écrivain qu'ils ne se trouvaient pas dans l'un de ses romans, lorsque Brian Engle s'arrêta si brusquement au pied de l'escalier roulant que Laurel dut tirer Dinah par la main pour l'empêcher de le heurter.

« Faites attention à ce que vous faites, d'accord ? lui lança la jeune femme. Au cas où vous ne l'auriez pas remarqué, la petite ne voit pas. »

Brian l'ignora. Il parcourait des yeux le petit groupe de réfugiés.
« Où est Monsieur Toomy ?

— Qui ? demanda Warwick, l'homme chauve.

— Le type qui avait ce rendez-vous si important à Boston.

— Qui s'en soucie ? demanda Don Gaffney. Bon débarras,
oui. »

Mais Brian restait mal à l'aise. Il n'aimait pas se dire que Toomy
s'était esquivé et se baladait tout seul. Il ignorait pour quelle raison,
mais cette idée, décidément, lui déplaisait au plus haut point. Il jeta
un coup d'œil à Nick. Celui-ci haussa les épaules puis secoua la
tête. « Je ne l'ai pas vu partir, mon vieux. Je faisais joujou avec les
téléphones. Désolé.

« Toomy ! cria Brian. Où êtes-vous, Craig Toomy ? »

Il n'y eut aucune réaction. Seulement cet étrange et oppressant
silence. Et Laurel remarqua quelque chose, quelque chose qui lui
glaça les sangs. Brian avait mis ses mains en porte-voix et crié à
pleins poumons dans l'escalier roulant. Dans un lieu avec un
plafond aussi haut, il y aurait dû y avoir un certain écho.

Or il n'y en avait eu aucun.

Pas le moindre écho.

10

Pendant que les autres erraient au rez-de-chaussée — les deux ados
et le vieux schnock du côté des stands de location de voitures, les
autres regardant ce voyou d'Anglais essayer les téléphones — Craig
Toomy avait grimpé l'escalier mécanique arrêté aussi silencieusement qu'une souris. Il savait exactement où il voulait aller, il savait
exactement ce qu'il voulait chercher une fois qu'il y serait.

Il traversa d'un pas vif la vaste salle d'attente, le porte-document
se balançant au bout de son bras ; il ignora les chaises vides, tout
comme le bar désert Red Baron. A l'autre bout de la salle, un
panneau était suspendu au-dessus de l'entrée d'un grand corridor
sombre. On y lisait :

PORTE 5 ARRIVÉE LIGNES INTERNATIONALES
BOUTIQUES DÉTAXÉES
DOUANES AMÉRICAINES
SERVICES DE SÉCURITÉ

Il avait presque atteint l'entrée lorsqu'il jeta un coup d'œil par les vastes fenêtres qui donnaient sur les pistes... son pas se fit hésitant. Il s'approcha lentement du vitrage et regarda dehors.

Il n'y avait rien à voir, sinon le béton désert et le ciel blanc, immobile ; mais ses yeux ne s'en agrandirent pas moins et il sentit la peur s'immiscer dans son cœur.

Ils arrivent, lui dit soudain une voix défunte. La voix de son père, qui s'élevait depuis un petit mausolée hanté, enfoui dans l'un des coins les plus sombres du cœur de Craig Toomy.

« Non », souffla-t-il. Le mot dessina une petite fleur de buée sur la vitre, en face de sa bouche. « Personne ne vient. »

Tu as été méchant. Pis que ça, tu as été paresseux.

« Non ! »

Si. Tu avais un rendez-vous, et tu l'as manqué. Tu t'es enfui. Tu as fichu le camp à Bangor, dans le Maine. Comme endroit idiot, on ne fait pas mieux...

« Ce n'était pas ma faute ,» balbutia-t-il. Il serrait la poignée de son porte-document au point de se faire mal à la main. « On m'y a amené de force. J'ai... j'ai été drogué et enlevé ! »

Pas de réaction de la voix intérieure. Seulement des ondes de désapprobation. Et une fois de plus Craig perçut la pression à laquelle il était soumis, la terrible et incessante pression, le poids des abysses. La voix intérieure n'avait pas besoin de lui dire qu'il était sans excuse ; Craig le savait. Depuis toujours.

ILS étaient là... et ils vont revenir. Tu le sais bien, n'est-ce pas ?

Oui, il le savait. Les langoliers allaient revenir. Ils allaient revenir pour lui. Il le sentait. Il ne les avait jamais vus, mais savait à quel point ils étaient horribles. Etait-il cependant le seul à le savoir ? Il pensait que non.

Il pensait que, peut-être, la petite fille aveugle se doutait de quelque chose sur les langoliers.

Mais ça n'avait pas d'importance. La seule chose qui en avait était d'arriver à Boston — arriver à Boston avant que les langoliers, se ruant hors de leur tanière immonde, ne fondissent sur Bangor pour le dévorer tout cru en hurlant. Il fallait aller à cette réunion au Prudential Center, il fallait leur dire ce qu'il avait fait, après quoi il serait...

Libre.

Oui, il serait libre.

Craig s'arracha à la fenêtre, au vide et à l'immobilité du paysage, et plongea dans le corridor, en dessous du panneau. Il longea les boutiques vides sans y jeter un seul coup d'œil. Au-delà se trouvait la porte qu'il cherchait ; elle s'ornait d'une petite plaque rectangulaire, juste au-dessus d'un œilleton : sécurité de l'aéroport, y lisait-on.

Il devait s'introduire à l'intérieur. D'une manière ou d'une autre, il fallait y entrer.

Tout cela... toute cette folie... il n'y a aucune raison que ça me concerne. Je n'ai pas à m'en occuper. Plus maintenant.

Craig tendit la main vers la poignée de la porte. Une expression de grande détermination remplaçait maintenant le regard vide dans ses yeux.

J'ai été soumis pendant longtemps, très longtemps, à une pression constante. Depuis l'âge de sept ans... non. Je crois que ça a commencé avant. Le fait est que j'ai toujours connu le stress, aussi loin que remontent mes souvenirs. Ce dernier épisode de folie délirante n'est qu'une nouvelle variation. Il s'agit probablement de ce qu'a supposé l'homme au veston élimé : une expérience. Les agents d'un organisme secret d'État ou d'une sinistre puissance étrangère procèdent à une expérience. Mais j'ai décidé de ne plus participer à ce genre de chose. Que ce soit mon père, ma mère, le recteur de l'école de gestion ou le conseil d'administration de la Desert Sun Banking Corporation qui en aient la responsabilité, je m'en fiche. J'ai décidé de ne pas y participer. Je choisis de m'échapper. Je choisis d'aller à Boston et d'achever ce que j'ai commencé le jour où j'ai lancé le projet des actions argentines. Sinon...

Mais il savait ce qui se passerait, dans ce cas.

Il deviendrait fou.

Craig tourna la poignée. Elle ne bougea pas sous sa main, mais lorsque, frustré, il lui imprima une légère poussée, la porte céda. Soit elle avait été mal refermée, soit elle s'était déverrouillée au moment où la coupure du courant avait rendu inactifs les systèmes de sécurité. Craig s'en moquait. L'important était qu'il n'aurait pas à chiffonner son costume en rampant dans un conduit d'aération ou quelque chose de ce genre. Il était toujours bien déterminé à se présenter à la réunion avant la fin de la journée, et il ne voulait pas arriver avec des vêtements tachés de graisse ou de poussière. L'une des plus simples vérités de la vie, une vérité ne souffrant aucune exception, était celle-ci : un individu dans un costume sale n'a aucune crédibilité.

Il poussa complètement le battant et entra dans la pièce.

11

Brian et Nick arrivèrent les premiers en haut de l'escalier mécanique, bientôt rejoints par les autres. Ils se trouvaient dans la principale salle d'attente de l'aéroport de Bangor, grande boîte carrée remplie de sièges moulant en plastique (dont certains étaient équipés de télés à péage vissées au bras), et dominée par un mur de vitrage polarisé. Tout de suite à leur gauche, se trouvaient le bureau d'information de l'aéroport ainsi que le poste de sécurité donnant accès à la porte 1 ; toute la longueur de la salle, sur leur droite, était occupée par le Red Baron Bar et un restaurant, le Cloud Nine. Au-delà, s'ouvrait le corridor qui conduisait au bureau des services de sécurité de l'aéroport et à l'annexe réservée aux vols internationaux.

« Allons-y, on va- commença Nick.

— Attendez ! » l'interrompit Dinah.

Elle avait parlé d'un ton ferme et pressant, et tous se tournèrent avec curiosité vers elle.

Dinah lâcha la main de Laurel pour porter les siennes en coupe à ses oreilles, le pouce passé derrière le lobe et les doigts écartés en éventail. Puis elle resta là, aussi immobile qu'un poteau, dans cette étrange et étonnante posture d'écoute.

« Qu'est-ce que- » voulut demander Brian, mais elle le coupa d'un « chuuuut » sibilant définitif.

Elle se tourna légèrement sur la gauche, s'immobilisa à nouveau, puis pivota dans l'autre direction, jusqu'à ce que la lumière blanche qui provenait des fenêtres l'éclairât directement et transformât son visage, déjà très pâle, en une apparition quasi-spectrale. Elle enleva ses lunettes noires. Elle avait dessous de grands yeux bruns, nullement inexpressifs.

« Là », fit-elle d'une voix basse aux intonations rêveuses. Laurel eut l'impression que les doigts glacés de la terreur venaient caresser son cœur. Elle ne fut pas la seule à la ressentir. Bethany se serrait contre elle d'un côté, tandis que Don Gaffney se rapprochait de la jeune femme de l'autre. « Là... je peux sentir la lumière.

Ils disent que c'est comme ça qu'ils savent que je peux voir. Je peux toujours sentir la lumière. C'est comme une chaleur dans ma tête.

— Dinah, peux-tu- » commença Brian.

Nick le poussa du coude. L'Anglais avait les traits tirés, le front sillonné de rides. « Attendez, mon vieux.

— La lumière est... là. »

Elle s'éloigna d'eux à pas lents, les mains toujours en éventail à hauteur des oreilles, les coudes tendus devant elle pour toucher tout objet qui pourrait se trouver sur son chemin. Elle ne s'arrêta que lorsqu'elle fut à environ cinquante centimètres de la fenêtre. Elle tendit alors lentement les mains jusqu'à ce que ses doigts touchassent la vitre. On aurait dit deux étoiles de mer noires, à contre-jour devant le ciel blanc. Elle laissa échapper un petit murmure malheureux.

« Quelque chose cloche aussi dans le verre, dit-elle, toujours du même ton rêveur.

— Dinah- fit Laurel.

— Chuuut... » Elle ne s'était pas retournée pour intimer silence à la jeune femme. Elle se tenait devant la fenêtre comme une petite fille qui attend le retour de son papa à la maison. « J'entends quelque chose. »

Ces paroles, à peine murmurées, provoquèrent un éclair d'horreur indéfinissable dans l'esprit d'Albert Kaussner. Il ressentit une sorte de pression sur ses épaules et, baissant les yeux, s'aperçut qu'il avait croisé les bras et s'étreignait lui-même avec force.

Les autres ne percevaient rien, mais, comme le remarqua Brian, elle l'avait entendu parler avec Nick, alors qu'ils étaient à l'autre bout de la salle. « Elle possède une ouïe exceptionnelle. Si elle dit qu'elle entend quelque chose...

— Savez-vous de quoi il s'agit, ma jeune demoiselle ? demanda Don Gaffney d'un ton hésitant. Ça pourrait nous aider.

— Non répondit Dinah. Mais c'est déjà plus près. Il faut que nous partions d'ici. Vite. Parce qu'il y a quelque chose qui vient. Une chose mauvaise, qui fait un bruit de crépitement.

« Dinah, dit Brian, il n'y a presque plus de carburant dans l'avion avec lequel nous sommes venus.

— *Alors il faut que vous fassiez le plein !* s'écria la fillette d'une voix suraiguë. *Ça vient,* vous ne comprenez pas ? Et si nous ne sommes pas partis quand ça arrivera ici, nous mourrons tous ! *Nous allons tous mourir !* »

Sa voix se brisa et elle éclata en sanglots. Ce n'était ni une sibylle ni un médium, mais simplement une petite fille obligée de vivre ses terreurs dans une obscurité quasi absolue. Elle revint vers eux d'un pas chancelant, ayant perdu toute son emprise sur elle-même. Laurel la rattrapa avant qu'elle ne trébuchât sur le cordon qui matérialisait le passage vers le contrôle de sécurité, et la serra étroitement contre elle. Elle essaya de calmer la fillette, mais les derniers mots que celle-ci avait prononcés résonnaient dans son esprit, où leur onde de choc se propageait encore. *Et si nous ne sommes pas partis quand ça arrivera ici, nous mourrons tous !*
Nous allons tous mourir !

12

Craig Toomy entendit la petite morveuse se mettre à hululer quelque part, mais n'y prêta pas attention. Il avait trouvé ce qu'il cherchait dans le troisième casier qu'il venait d'ouvrir, celui sur lequel était apposé, en lettres à impression en relief, le nom Markey. Le déjeuner de M. Markey — un sandwich genre sous-marin qui dépassait d'un sac en papier brun — occupait l'étagère du haut. Les chaussures de ville de M. Markey étaient soigneusement rangées côte à côte sur celle du bas. Au milieu, accroché à la même patère qu'une chemise blanche, pendait un ceinturon avec son étui-revolver. Et de cet étui dépassait la crosse de l'arme de service de M. Markey.

Craig défit la lanière de sécurité et prit le revolver. Il n'y connaissait pas grand-chose en armes de poing — il aurait pu s'agir d'un calibre 32, 38 ou même 45 — mais il était loin d'être sot, et après avoir tâtonné quelques temps, il fut capable de basculer le barillet. Les six chambres étaient occupées. Il repoussa le barillet à sa place, acquiesça d'un léger mouvement de tête en l'entendant s'encliqueter, puis inspecta le chien et les côtés de la crosse. Il cherchait un système de sécurité, mais apparemment il n'y en avait pas. Il passa un doigt sur la queue de détente et pressa, jusqu'à ce qu'il eût vu le chien et le cylindre bouger légèrement. Il acquiesça plus vigoureusement, satisfait.

Il fit demi-tour. C'est alors que, sans avertissement, lui tomba dessus un sentiment de solitude d'une intensité qu'il n'avait jamais connue au cours de toute sa vie d'adulte. L'arme se fit plus lourde dans sa main, qui retomba. Il se tenait maintenant les épaules voûtées, le porte-document pendant au bout de sa main droite, la courroie de sécurité du revolver au bout de sa main gauche. Une expression d'absolue et abjecte souffrance envahit son visage. Et soudain, un souvenir lui revint en mémoire, souvenir qu'il n'avait pas évoqué depuis des années : Craig Toomy allongé sur son lit, secoué de frissons et pleurant à chaudes larmes. Dans l'autre pièce, la stéréo jouait à fond et sa mère chantait en même temps que Merrilee Rush, de sa voix monocorde et fausse, *« Just call me angel... of the morning, bay-bee... just touch my cheek... before you leave me, bay-bee... ».*

Allongé sur le lit. Frissonnant. Pleurant. Sans faire le moindre bruit, mais songeant : *Pourquoi ne peux-tu pas m'aimer et me laisser tranquille, Maman ? Pourquoi ne peux-tu pas juste m'aimer et me laisser tranquille ?*

« Je ne veux faire de mal à personne, balbutia Craig Toomy au milieu de ses larmes. Je ne veux pas, mais ça.... ça, c'est intolérable. »

De l'autre côté de la pièce, se trouvait une batterie d'écrans télé, tous éteints. Pendant un instant, tandis qu'il les regardait, la réalité de ce qui s'était passé, de ce qui continuait à se passer, parut vouloir l'envahir. Pendant un instant, elle faillit rompre le complexe système de boucliers névrotiques qui protégeait le bunker dans lequel il vivait sa vie.

Tout le monde a disparu, Craigy-weggy. Le monde entier a disparu, mis à part toi et les autres personnes qui se trouvaient dans l'avion.

« Non », gémit-il avant de s'effondrer sur l'une des chaises qui entouraient la table en formica, au milieu de la pièce. « Non, ce n'est pas vrai. Ce n'est tout simplement pas vrai. Je réfute cette idée. Je la réfute entièrement.

Les langoliers étaient ici, et ils vont revenir, dit son père. Sa voix couvrait celle de sa mère, comme elle l'avait toujours fait. *Tu as intérêt à être ailleurs quand ils vont débarquer... sinon, tu sais ce qui t'attend.*

Il le savait, aucun doute. Ils le dévoreraient. Les langoliers le dévoreraient.

« Mais je ne veux faire de mal à personne », répéta-t-il d'une voix lugubre et désespérée. Posé sur la table, il y avait un emploi du temps photocopié et couvert de poussière. Craig posa son porte-document sur le sol et son revolver à côté de lui. Puis il prit la feuille qu'il contempla un moment sans la voir, et commença à la déchirer en un long ruban, en commençant par la gauche.

Riiiiip.

Il ne tarda pas à sombrer dans un état hypnotique tandis qu'une pile de rubans étroits — peut-être les plus minces qu'il ait jamais réussi à faire ! — s'amoncelaient sur la table. Mais même alors, il n'arriva pas à faire complètement taire la voix glaciale de son père :

Sinon, tu sais ce qui t'attend.

CHAPITRE CINQ

1

Finalement, le silence pétrifié qui suivit l'avertissement de Dinah fut rompu par Robert Jenkins. « Nous avons un problème, fit-il d'un ton sec de conférencier. Si Dinah a entendu quelque chose — et après l'étonnante démonstration qu'elle vient de faire, je suis enclin à penser qu'on peut la croire — il serait fort utile de savoir ce que c'est. Mais nous l'ignorons. Le manque de carburant de l'avion constitue un deuxième problème.

— Il y a le 727 qui attend là-dehors, bien tranquille au bout de son tunnel d'embarquement articulé. Sauriez-vous le piloter, Brian ?

— Oui », répondit le commandant.

Nick tendit une main en direction de Bob et haussa les épaules comme pour dire : *Vous voyez ? En voilà déjà un de réglé.*

« Mais en admettant que nous décollions avec, quelle serait notre destination ? continua Robert Jenkins. C'est un troisième problème.

— Il faut partir loin, intervint immédiatement Dinah. Loin de ce bruit. Il faut absolument fuir ce bruit, et fuir la chose qui le fait.

— D'après toi, de combien de temps disposons-nous ? lui demanda Bob doucement. Combien de temps avant que ça arrive ici ? En as-tu une idée, Dinah ?

— Non, répondit-elle, toujours serrée dans les bras sécurisants de Laurel. Je crois que c'est encore loin. Je crois que nous avons encore le temps. Pourtant...

— Alors je suggère que nous fassions exactement comme l'a proposé Monsieur Warwick, poursuivit Bob. Allons au restaurant, mangeons un morceau et discutons de ce que nous allons faire. Se nourrir a effectivement un effet bénéfique sur ce que Hercule Poirot aime appeler nos petites cellules de matière grise.

— Nous ne devrions pas attendre, protesta Dinah d'un ton maussade.

— Un quart d'heure, pas davantage, proposa Bob. Et même à ton âge, Dinah, tu devrais savoir qu'une bonne réflexion doit toujours précéder une action réussie. »

Albert se rendit soudain compte que l'écrivain de romans policiers avait ses propres raisons pour vouloir aller au restaurant. Les petites cellules de matière grise de Robert Jenkins étaient en parfait état de marche — ou du moins le croyait-il — mais, à la suite de sa démonstration dans l'évaluation de leur situation, à bord du 767, Albert voulait au moins lui donner le bénéfice du doute. *Il veut nous montrer quelque chose, ou nous prouver quelque chose*, se dit-il.

« Nous avons bien quinze minutes, tout de même ?

— Eh bien..., fit Dinah à contrecœur. Je crois que oui...

— Parfait, enchaîna vivement Bob. C'est décidé. » Sur quoi il partit à grands pas en direction du restaurant, comme s'il tenait pour acquis que les autres le suivraient.

Brian et Nick se regardèrent.

« On ferait mieux d'y aller, suggéra Albert. Je crois qu'il sait ce qu'il fait.

— Et il fait quoi, au juste ? demanda Brian.

— Je ne le sais pas exactement, mais quelque chose me dit que ça vaut la peine d'aller voir. »

Albert suivit Bob, Bethany suivit Albert, et les autres leur emboîtèrent le pas, Laurel tenant Dinah par la main. La fillette était très pâle.

2

Le Cloud Nine n'était en fait qu'une cafétéria équipée de réfrigérateurs contenant des boissons et des sandwichs, à l'arrière d'un comptoir en acier inox courant le long d'une unité de chauffe divisée en compartiments ; ceux-ci étaient tous vides et d'une propreté impeccable. Il n'y avait pas la moindre trace de graisse sur le gril. Les verres — ces solides verres de cafétéria aux flancs cannelés — s'empilaient en pyramides symétriques sur les étagères du fond, à côté d'un assortiment de vaisselle de restaurant encore plus résistante.

Robert Jenkins se tenait près de la caisse enregistreuse. Comme Albert et Bethany s'approchait, il demanda : « Puis-je avoir une autre cigarette, Bethany ?

— Ma parole, vous êtes un vrai tapeur, » répondit-elle, mais d'un ton bon enfant. Elle sortit son paquet de Marlboro et lui tendit une cigarette, qu'il prit. Il lui toucha la main quand elle voulut lui offrir sa pochette d'allumettes :

« Je vais plutôt me servir de l'une de celles-ci. » Il y avait sur le comptoir une coupe pleine de pochettes d'allumettes publicitaires, vantant les mérites de l'école de commerce La Salle. Nous sommes tout feu tout flamme pour nos hôtes, proclamait une affichette à côté du récipient. Bob en prit une, l'ouvrit et arracha une allumette de carton.

« Si vous voulez, dit Bethany. Mais pourquoi ?

— C'est ce que nous allons découvrir », répondit-il. Il jeta un coup d'œil aux autres. Ils se tenaient en demi-cercle et observaient la scène — tous à l'exception de Rudy Warwick, qui était passé derrière le comptoir et inspectait le contenu des chambres froides.

Bob frotta l'allumette. Elle laissa une petite trace blanchâtre sur la bande marron, mais ne s'enflamma pas. Il recommença, avec le même piètre résultat. Au troisième essai, l'allumette de carton plia. De toute façon, elle avait perdu l'essentiel de sa partie inflammable.

« Tiens, tiens, tiens..., fit-il d'un ton de grande surprise. Elles doivent être humides. Essayons une pochette prise en dessous. Elle sera certainement sèche. »

Il enfouit la main dans la coupe, ce qui fit déborder un certain nombre de pochettes sur le comptoir. Toutes paraissaient parfaitement sèches aux yeux d'Albert. Derrière lui, Nick et Brian échangèrent un nouveau regard.

Bob sélectionna une nouvelle pochette, en arracha une allumette et essaya de lui faire prendre feu. Sans plus de succès.

« Nom d'un chien, on dirait que nous venons de tomber sur un autre problème. Puis-je vous emprunter les vôtres, Bethany ? »

La jeune fille lui tendit sa pochette sans un mot.

« Attendez une minute, mon vieux, intervint Nick. Que savez-vous, au juste ?

— Seulement que cette situation présente des implications qui vont beaucoup plus loin que ce que nous avons tout d'abord cru », répondit l'écrivain. Son regard était calme, mais son visage décomposé. « Et j'ai dans l'idée que nous avons commis une grosse erreur. Bien compréhensible, étant donné les circonstances... mais tant que nous n'aurons pas corrigé notre évaluation des choses, je ne pense pas que nous puissions faire le moindre progrès. On pourrait appeler cela une erreur de perspective. »

Warwick revint vers eux, un sandwich et une bouteille de bière à la main. Ses acquisitions semblaient avoir eu un effet décisif sur son humeur. « Qu'est-ce qui se passe, les amis ? lança-t-il d'un ton joyeux.

— Que je sois pendu si je le sais, répondit Brian, mais c'est loin de me plaire. »

Robert Jenkins prit une allumette de la pochette de Bethany et la frotta. Elle s'alluma du premier coup. « Ah », dit-il en la portant à l'extrémité de sa cigarette. Brian trouva que la fumée dégageait une odeur à la fois extrêmement âcre et extrêmement douce ; après un instant de réflexion, il conclut que cela tenait à ce que c'était, en dehors du parfum de Laurel et de l'eau de toilette de Nick Hopewell, la seule odeur qu'il arrivait à sentir. Il se rendit compte, également, qu'il captait l'odeur de transpiration de ses compagnons.

Bob tenait toujours l'allumette enflammée à la main. Il replia à l'envers l'enveloppe de la pochette qu'il avait prise dans la coupe, exposant toutes les allumettes ; puis il en approcha la flamme. Rien ne se produisit pendant un certain temps. L'écrivain fit aller et venir la flamme sur les têtes soufrées, mais elles ne prirent pas feu. Les autres regardaient, fascinés.

Finalement, il y eut un maigre sifflement, *fsssss*, et quelques-unes des allumettes s'animèrent momentanément d'une vie larvaire. Elles ne brûlèrent pas réellement ; après avoir émis une faible lueur, elles s'éteignirent. Quelques volutes de fumée s'élevèrent... une fumée qui semblait n'avoir aucune odeur.

Bob parcourut le groupe des yeux, un sourire sinistre aux lèvres. « C'est même pire que ce que je pensais.

— Très bien, dit Brian, dites-nous ce que vous savez. Je- »

A ce moment-là, Rudy Warwick émit un rugissement de dégoût. Dinah poussa un petit cri et se serra davantage contre Laurel. Albert sentit son cœur bondir dans sa poitrine.

Rudy venait de déballer son sandwich (salami et fromage, estima Brian) et d'y mordre à pleines dents. Il cracha la bouchée sur le sol en faisant la grimace.

« Il est avarié ! s'écria l'homme chauve. Nom de dieu, c'est ignoble !

— Avarié ? » fit vivement Robert Jenkins. Ses yeux brillaient comme deux étincelles électriques bleues. « Oh, j'en doute. Les viandes industrielles sont tellement bourrées de conservateurs, de nos jours, qu'il faut au moins huit heures en plein soleil avant qu'elles ne se gâtent. Et grâce à l'horloge, nous savons que ces réfrigérateurs ont été privés de courant il y a moins de cinq heures.

— Peut-être pas, intervint Albert. C'est vous qui avez remarqué cette impression qu'il était plus tard.

— Oui, mais je ne crois pas... Le réfrigérateur était-il encore froid, Monsieur Warwick ?

— Pas vraiment froid, mais très frais, répondit Rudy. N'empêche, ce sandwich est une vraie saloperie — excusez-moi, mesdames. Tenez (il le tendit). Si vous pensez qu'il n'est pas gâté, essayez-le vous-même. »

Bob examina le sandwich, parut rassembler tout son courage, et prit une petite bouchée dans la partie non entamée. Albert vit une expression de dégoût traverser son visage, mais il ne recracha pas immédiatement la nourriture. Il mâcha une fois... deux fois... puis se tourna et cracha la bouchée dans sa main avant de la jeter dans la poubelle, sous l'étagère à condiments. Le reste du sandwich suivit bientôt.

« Elle n'est pas avariée, dit-il. Simplement, elle n'a pas de goût.

Mais il y a autre chose. On dirait qu'elle n'a pas de texture. (Sa bouche prit une involontaire expression de répulsion.) Nous parlons de nourriture fade, des fois — riz blanc sans sel et sans assaisonnement, pommes de terre bouillies — mais même le plus fade des aliments possède un certain goût, il me semble. Celui-là n'en avait aucun. J'avais l'impression de mâcher du papier. Pas étonnant que vous l'ayez cru avarié.

— Il était avarié, s'entêta Warwick.

— Essayez donc votre bière. Elle ne devrait pas être abîmée, elle. Elle a encore sa capsule, et une bière qui n'a pas été ouverte n'a aucune raison de se gâter, même non réfrigérée. »

Rudy examina, songeur, la bouteille de Budweiser qu'il avait gardée à la main, puis secoua la tête et la tendit à l'écrivain. « Ça ne me dit plus rien. » Il jeta un coup d'œil sinistre à la chambre froide, comme s'il soupçonnait Jenkins de lui avoir joué quelque mauvais tour.

« Je vais la goûter s'il le faut, dit Bob, mais j'ai déjà offert une fois mon corps à la science. Quelqu'un d'autre veut-il essayer cette bière ? Je crois que c'est très important.

— Donnez-la moi, dit Nick.

— Non, laissez-moi faire, intervint Don Gaffney. La bière, ça me connaît. Ce sera pas la première fois que j'en boirai une tiède, et jamais je n'en ai été malade. »

Il prit la bouteille, dévissa le capuchon et la porta aux lèvres. L'instant suivant, il faisait un brusque demi-tour et recrachait sur le sol la gorgée qu'il venait de prendre.

« Seigneur Jésus ! s'exclama-t-il. Plate ! Plate comme une crêpe !

— Vraiment ? fit vivement Bob. Bon ! Parfait ! Quelque chose que nous pouvons tous constater ! » Il fit le tour du comptoir à toute allure et prit l'un des verres sur l'étagère. Gaffney avait posé la bouteille à côté de la caisse enregistreuse et Brian l'observa attentivement, tandis que Robert Jenkins la prenait. On ne voyait aucune mousse se former dans le col. *Il pourrait aussi bien y avoir de l'eau*, pensa-t-il.

Ce que Bob versa, cependant, ressemblait à de la bière et non à de l'eau ; mais à de la bière éventée. Pas de faux col. Quelques petites bulles s'accrochaient à l'intérieur du verre, mais aucune ne venait pétiller à la surface du liquide.

« Très bien, fit Nick lentement, cette bière est plate, éventée, comme vous voudrez. Ça arrive parfois. La capsule a été mal fermée à la brasserie, et le gaz s'est échappé. Tout le monde est tombé sur une bière éventée, un jour ou l'autre.

— Mais lorsqu'on y ajoute le sandwich au salami sans le moindre goût, c'est significatif, non ?

— Significatif de quoi ? explosa Brian.

— Dans un instant, dit Bob. Examinons tout d'abord les réserves soumises par Monsieur Hopewell, d'accord ? » Il se tourna et prit à deux mains des verres sur la pile (un ou deux tombèrent et se brisèrent sur le sol), puis commença à les ranger sur le comptoir avec l'agilité d'un barman expérimenté. « Faites-moi passer d'autres bières. Des boissons non alcoolisées, aussi, tant que vous y êtes. »

Albert et Bethany, accroupis devant les réfrigérateurs bas, sortirent chacun quatre ou cinq bouteilles prises au hasard.

« Il est pas un peu cinglé ? demanda Bethany à mi-voix.

— Je ne crois pas. » Albert se doutait vaguement de ce que l'écrivain essayait de leur montrer... et n'aimait pas trop la forme que cela prenait dans son esprit. « Vous vous rappelez, quand il vous a dit d'économiser vos allumettes ? Il sentait que quelque chose de cet ordre allait se produire. C'est pourquoi il tenait tant à tous nous entraîner au restaurant. Il voulait nous faire voir. »

3

La feuille d'emploi du temps se trouva réduite en trois douzaines de fins rubans de papier, et les langoliers se rapprochaient.

Craig les sentait qui arrivaient par une pression plus forte au fond de son esprit.

Un poids encore plus insupportable.

Il était temps d'y aller.

Il prit le revolver d'une main, son porte-document de l'autre, se leva et quitta la pièce du service de sécurité. Il marchait lentement, et répétait dans sa tête : *Je ne tiens pas à vous tirer dessus, mais je le ferai s'il le faut. Emmenez-moi à Boston. Je ne tiens pas à vous tirer dessus, mais je le ferai s'il le faut. Emmenez-moi à Boston.*

« Je le ferai s'il le faut », murmura-t-il tout en se dirigeant vers la salle d'attente. « Je le ferai s'il le faut. » Son pouce trouva le chien de l'arme, et le releva.

A mi-chemin, son attention fut encore attirée par la lumière blême tombant des baies vitrées, vers lesquelles il se tourna. Il les sentait, là-bas. Les langoliers. Ils avaient dévoré tous les gens paresseux et inutiles, et maintenant ils revenaient pour lui. Il fallait qu'il aille à Boston, il fallait qu'il détruise sa carrière. C'était le seul moyen qu'il connaissait de sauver ce qui restait de lui... car leur mort serait horrible. Absolument horrible.

Il s'avança lentement jusqu'au vitrage et regarda à l'extérieur sans s'intéresser — pour l'instant — au murmure des autres passagers, un peu plus loin.

4

Robert Jenkins versa un peu de chacune des bouteilles dans son propre verre. A chaque fois, le contenu était aussi plat et éventé que la première bière. « Etes-vous convaincu ? demanda-t-il à Nick.

— Oui. Mais si vous savez ce qui se passe ici, mon vieux, expliquez-vous, s'il vous plaît. Expliquez-vous tout de suite.

— J'ai une hypothèse, reprit Bob. Elle n'est pas... j'ai bien peur qu'elle ne soit pas très rassurante, mais je fais partie de ces gens qui estiment que savoir vaut mieux (et est plus sûr) à long terme, que rester dans l'ignorance. Aussi épouvanté que l'on puisse se sentir quand on se trouve mis pour la première fois en face de certains faits. Est-ce que vous me comprenez ?

— Non », dit aussitôt Don Gaffney.

Bob haussa les épaules et lui adressa un petit sourire narquois. « Quoi qu'il en soit, je m'en tiens à cette conception des choses. Mais avant de continuer, je vous demanderai à tous d'étudier cet endroit et de me dire ce que vous voyez. »

Ils regardèrent tous autour d'eux, se concentrant avec une telle intensité sur le petit groupe de tables et de chaises que personne ne remarqua Craig Toomy qui, à l'autre bout de la salle, leur tournait le dos, perdu dans la contemplation des pistes.

« Rien, finit par dire Laurel. Je suis désolée, mais je ne remarque rien de spécial. Vos yeux doivent être meilleurs que les miens, Monsieur Jenkins.

— Nullement. Je vois ce que vous voyez : rien. Mais les aéroports sont ouverts vingt-quatre heures sur vingt-quatre. Quand cette chose — l'Événement — s'est produite, on était probablement au moment où l'activité était la plus réduite ; je trouve cependant difficile d'admettre qu'il n'y ait pas eu au moins quelques personnes ici. Des gens prenant le café ou un petit déjeuner anticipé. Du personnel des services d'entretien ou de ceux de l'aéroport. Voire une poignée de passagers ayant choisi d'économiser une chambre d'hôtel en restant ici entre minuit et six heures, au lieu d'aller dans le motel voisin. Lorsque je suis descendu du carrousel à bagages, je me suis senti complètement dérouté. Pourquoi ? Parce que les aéroports ne sont jamais complètement déserts, de même que les commissariats de police ou les casernes de pompiers. Maintenant, regardez autour de vous et posez-vous la question : où sont passés les repas inachevés, les verres à moitié vides ? Vous souvenez-vous du chariot à boissons, dans l'avion, avec les verres sales sur l'étagère du bas ? Du sandwich à demi mangé à côté du siège du pilote ? Il n'y a rien de semblable ici. *Où se trouve le moindre signe qu'il y avait des gens ici, lorsque l'Événement s'est produit ?* »

Albert regarda de nouveau autour de lui, puis dit lentement : « Il n'y a pas de pipe sur le gaillard d'avant, n'est-ce pas ? »

Bob l'étudia attentivement. « Quoi ? Qu'est-ce que vous racontez, Albert ?

— Quand nous étions dans l'avion, reprit Albert, toujours avec lenteur, j'ai pensé à l'histoire de ce bateau à voile que j'avais lue quelque part. Il s'appelait la *Marie-Céleste,* et un autre bateau l'avait trouvé, flottant à la dérive. Peut-être pas exactement à la dérive puisque, d'après le livre, il avait toutes ses voiles dehors ; mais lorsqu'on monta à bord de la *Marie-Céleste,* on ne trouva personne. Absolument personne. Toutes les affaires de l'équipage étaient là, pourtant. De la nourriture cuisait sur un fourneau. On découvrit même une pipe sur le gaillard d'avant. Une pipe dans laquelle brûlait encore du tabac.

— Bravo ! » s'écria fiévreusement Bob. Tout le monde le regardait, maintenant, et personne ne remarqua Craig Toomy qui s'avançait lentement vers eux. Le revolver qu'il avait trouvé ne pointait plus vers le sol.

« Bravo, Albert ! Vous avez mis le doigt dessus ! Et il existe un autre cas célèbre de disparition. Toute une colonie d'émigrants qui venaient de s'installer sur l'île Roanoke... au large de la côte de Caroline du Nord, je crois. Tous disparus, mais il restait leurs feux de camps, un groupe de maisons et le tas de fumier. Maintenant, Albert, allons plus loin. En quoi ce terminal diffère-t-il encore de notre avion ? »

Pendant quelques instants, Albert parut d'une grande perplexité

— puis son visage s'éclaira. « Les bagues ! cria-t-il. Les porte-feuilles ! L'argent ! Les broches chirurgicales ! Il n'y a rien de tout ça ici !

— Exact, dit Bob doucement. Exact à cent pour cent. Il n'y a en effet rien de semblable ici. Et pourtant, c'était bien dans l'avion quand nous, les survivants, nous nous sommes réveillés, non ? Il y avait même une pâtisserie entamée et une tasse de café dans la cabine de pilotage. L'équivalent de la pipe allumée sur le gaillard d'avant.

— Votre hypothèse est que nous sommes passés dans une autre dimension, n'est-ce pas ? fit Albert d'une voix étranglée par une terreur mêlée d'émerveillement. Comme dans une histoire de science-fiction... »

Dinah inclina la tête sur le côté et, pendant un instant, ressembla étonnamment à Nipper, le chien sur les vieilles étiquettes de *La Voix de son Maître*.

« Non, dit Bob, je crois-

— Attention ! s'écria la fillette. J'entends quelqu- »

Mais il était trop tard. Une fois rompue la paralysie qui l'avait jusqu'ici retenu, Craig Toomy commença à bouger, et vite. Brian et Nick eurent à peine le temps de se retourner qu'il passait un bras autour de la gorge de Bethany et la tirait en arrière, le canon de son arme pointé sur la tempe de la jeune fille. Celle-ci émit un gémissement étranglé, où se mêlaient terreur et désespoir.

« Je ne tiens pas à la tuer, mais je le ferai s'il le faut », déclara Craig, haletant. « Emmenez-moi à Boston. » Ses yeux avaient perdu toute leur vacuité. Ils lançaient, dans toutes les directions, des regards trahissant une intelligence paranoïaque terrifiée. « Vous m'avez entendu ? Je veux aller à Boston ! »

Brian voulut se diriger vers lui, mais Nick l'arrêta d'un geste du bras, sans quitter Craig des yeux. « Ne bougez pas, mon vieux, fit-il à voix basse. Ce serait dangereux. Notre ami est complètement cinglé. »

Bethany se tortillait sous la prise de Craig. « Vous m'étouffez ! Arrêtez de m'étouffer, je vous en prie ! gargouilla-t-elle.

— Qu'est-ce qui se passe ! gémit Dinah. Qu'est-ce que c'est ?

— Arrête ça ! hurla Craig à Bethany. Arrête de gigoter comme ça ! Tu vas me forcer à faire quelque chose que je n'ai pas envie de faire ! » Il pressa le canon de son revolver plus fort contre la tempe de la jeune fille. Celle-ci continua de se débattre et Albert comprit soudain : elle ignorait qu'il tenait une arme. Elle n'avait pas interprété ce que signifiait cette pression contre son crâne.

« Arrêtez de bouger, petite ! cria Nick d'un ton de voix autoritaire. Arrêtez de vous débattre ! »

Pour la première fois de sa vie (sa vie éveillée), Albert se retrouva non seulement en train de penser comme le Juif le plus rapide de l'Arizona, mais sur le point, peut-être, de devoir *agir* comme le fabuleux personnage. Sans détacher un seul instant son regard du cinglé en polo ras du cou, il commença lentement à soulever son étui à violon. Il laissa la poignée et prit la boîte rigide à deux mains, par la partie étranglée. Toomy ne le regardait pas : ses yeux ne cessaient d'aller et venir de Nick à Brian, et il avait les mains occupées — au sens propre — à maintenir Bethany.

« Je ne veux pas la tuer- » répéta Craig. A ce moment-là, son bras glissa vers le haut, tandis que la jeune fille se cambrait puis donnait un coup de fesses dans l'entrejambes de l'homme. Elle en profita pour le mordre au poignet, et il se mit à hurler.

Il relâcha sa prise et Bethany se coula sous son bras. Albert bondit en avant, brandissant son étui à violon, lorsque Craig voulut pointer son arme sur la jeune fille. La souffrance et la colère tordaient le visage de l'homme.

« *Non, Albert !* » rugit Nick.

Craig Toomy vit venir le jeune homme et dirigea le canon de son arme vers lui. Pendant un instant, Albert regarda dans ce trou noir, et ça ne ressemblait ni à ses rêves ni à ses fantasmes. Plonger le regard dans cette gueule était comme le plonger dans une tombe ouverte.

J'ai peut-être commis une erreur, songea-t-il, tandis que Craig pressait la détente.

5

Au lieu d'une forte détonation, il n'y eut qu'un fort bruit de bouchon qui saute — tout au plus celui d'une vieille carabine à air comprimé asthmatique. Albert sentit quelque chose heurter son T-shirt Hard Rock Cafe à hauteur de la poitrine, eut le temps de prendre conscience qu'on venait de lui tirer dessus et abattit l'étui à violon sur la tête de Craig. Il y eut un coup sourd et brutal dont la vibration lui remonta jusque dans les bras — la même impression que lorsqu'on reçoit une balle de base-ball lancée en trajectoire tendue — et la voix indignée de son père s'éleva soudain dans sa tête : *Qu'est-ce qui te prend, Albert ? Ce n'est pas comme ça que l'on traite un instrument de cette valeur !*

Il y eut une autre protestation — *broïnk !* — en provenance de l'intérieur de l'étui, dans lequel le violon rebondit. L'une des serrures en laiton s'enfonça dans le front de Toomy et le sang se mit à jaillir en quantité stupéfiante. Puis les genoux de l'homme flageolèrent et il s'effondra devant Albert à la vitesse d'un ascenseur express. On vit apparaître le blanc de ses yeux et il resta par terre, inconscient, aux pieds du jeune homme.

Une idée stupide, mais d'une certaine manière merveilleuse, vint un instant à l'esprit d'Albert : *Mon Dieu, jamais je n'ai aussi bien joué de ma vie !* c'est alors qu'il se rendit compte qu'il n'arrivait pas à reprendre sa respiration. Il se tourna vers les autres, et les coins de sa bouche remontèrent pour esquisser un sourire indécis. « Je crois que je me suis fait plomber », réussit à dire Ace Kaussner. Sur quoi le monde se décolora et devint grisâtre, tandis qu'à leur tour ses genoux se mettaient à flageoler. Il s'écroula sur le sol, l'étui à violon sous lui.

6

Il resta évanoui pendant moins de trente secondes. Lorsqu'il reprit connaissance, Brian lui donnait de petites claques sur les joues, l'air anxieux. Bethany était agenouillée à côté de lui et le regardait avec écrit « mon héros » dans les yeux. En retrait, Dinah Bellman pleurait toujours dans les bras de Laurel. Albert rendit son regard à Bethany et sentit son cœur — apparemment encore en un seul morceau — se dilater dans sa poitrine. « Le Juif d'Arizona court encore, balbutia-t-il.

— Quoi, Albert ? » demanda-t-elle en lui caressant la joue. Elle avait une main merveilleusement douce, merveilleusement fraîche. Albert décida qu'il était amoureux.

« Rien, répondit-il — sur quoi Brian lui donna une nouvelle claque.

— Ça va bien, mon garçon ? lui demanda le pilote. Vous vous sentez bien ?

— Je crois, répondit Albert. Arrêtez ça, voulez-vous ? Et je

m'appelle Albert. Ace, pour les intimes. Suis-je blessé gravement ?
Avez-vous pu arrêter l'hémorragie ? »

Nick Hopewell s'accroupit à côté de Bethany. Il y avait sur son
visage un sourire incroyablement amusé. « Quelque chose me dit
que vous survivrez, mon vieux. Je n'ai jamais rien vu de pareil de
toute ma vie... et pourtant, j'en ai vu pas mal. Vous autres
Américains, vous êtes trop cinglés pour ne pas aimer. Ouvrez la
main : je vais vous donner un petit souvenir. »

Albert tendit une paume que la réaction faisait trembler de
manière incontrôlable, et Nick y laissa tomber quelque chose.
Albert mit l'objet à hauteur de ses yeux et vit qu'il s'agissait d'une
balle.

« Je viens de la ramasser par terre, reprit Nick. Elle n'est même
pas déformée. Elle vous a frappé de plein fouet dans la poitrine — il
y a même une trace de poudre sur votre chemise — et elle a rebondi.
La cartouche a fait long feu. Le bon Dieu doit bougrement tenir à
vous, mon vieux.

— Je pensais aux allumettes, fit Albert d'une voix faible. Je me
disais que le coup pourrait ne pas partir.

— Très courageux mais aussi bien téméraire, mon garçon »,
intervint Robert Jenkins. Il était blême et avait l'air d'être lui-même
sur le point de s'évanouir. « Il ne faut jamais faire confiance à un
écrivain. Vous pouvez les écouter, c'est très bien, mais il ne faut
jamais leur faire confiance. Mon Dieu, et si je m'étais trompé ?

— On n'en était pas loin, remarqua Brian en aidant Albert à se
remettre sur pied. C'est comme lorsque vous avez mis le feu aux
autres allumettes — celles de la coupe. L'explosion a été juste assez
forte pour pousser la balle hors du revolver. Un peu plus puissante,
et Albert se serait retrouvé avec un poumon perforé. »

Une nouvelle onde de vertige traversa Albert. Il oscilla sur lui-
même, et Bethany passa aussitôt un bras autour de sa taille. « Je
trouve que c'était rudement courageux », dit-elle en levant sur lui
des yeux dans lesquels on lisait cette conviction profonde : Albert
Kaussner était un évadé de la planète Krypton. « Je veux dire,
incroyablement courageux.

— Merci, fit Ace avec un sourire décontracté (bien qu'un peu
incertain). C'était rien du tout. » L'Hébreu le plus rapide à l'ouest
du Mississippi avait nettement conscience qu'un sacré morceau de
fille se pressait très fort contre lui, et que la fille en question
dégageait un parfum à peine supportable tant il était délicieux.

Soudain, il se sentit bien. En fait, il eut l'impression de ne s'être jamais senti aussi bien de toute sa vie. Puis il se souvint de son violon, se baissa, et ramassa l'étui. Un des côtés était nettement bosselé et l'une des serrures avait sauté. Des cheveux et du sang étaient restés collés dessus, et Albert sentit son estomac se soulever paresseusement. Il ouvrit l'étui et regarda à l'intérieur. L'instrument n'avait pas l'air d'avoir souffert, et il poussa un petit soupir de soulagement.

Puis il pensa à Craig Toomy, et l'inquiétude remplaça le soulagement. « Dites, je ne l'ai pas tué, ce type, au moins ? J'ai tapé rudement fort. » Il regarda dans la direction de l'homme, allongé près de l'entrée du restaurant, Don Gaffney agenouillé à côté de lui. Albert se sentit soudain près de s'évanouir à nouveau. Tout le front et le visage de Craig était ensanglanté.

« Il est vivant, lui répondit Don, mais complètement dans les vapes. »

Albert, qui dans ses rêves avait descendu plus d'affreux que l'Homme sans Nom lui-même, sentit sa gorge se soulever. « Bon Dieu, il y a tellement de *sang* !

— Ça ne veut rien dire, le rassura Nick. Les blessures au crâne ont tendance à beaucoup saigner. » Il alla rejoindre Don, prit le poignet de Craig et lui tâta le pouls. « Faudrait pas oublier qu'il tenait un revolver contre la tempe de cette jeune fille, mon vieux. S'il avait appuyé sur la détente à bout portant, il aurait très bien pu la tuer. Vous vous rappelez l'acteur qui s'est tué d'une balle à blanc, il y a quelques années ? Monsieur Toomy est entièrement responsable de ce qui lui est arrivé ; ne vous sentez pas coupable. »

Nick lâcha le poignet de Craig et se releva.

« D'ailleurs, continua-t-il en tirant plusieurs serviettes en papier du distributeur de l'une des tables, son pouls est fort et régulier. A mon avis, il va se réveiller dans quelques minutes avec un bon mal de tête. Je pense également qu'il serait prudent de prendre nos dispositions en vue de ce joyeux événement. Monsieur Gaffney, les tables de ce charmant établissement semblent comporter des nappes — cela paraît étrange, mais c'est pourtant vrai. Pourriez-vous avoir l'obligeance d'en récupérer une paire ? Il serait peut-être sage d'attacher les mains de ce cher Monsieur Faut-que-j'aille-à-Boston dans le dos.

— Est-ce vraiment indispensable ? demanda calmement Laurel. Cet homme est inconscient et perd son sang, après tout. »

Nick pressa sa compresse improvisée contre la blessure au front de Toomy, puis regarda la jeune femme. « Vous vous appelez bien Laurel, n'est-ce pas ?

— Oui.

— Eh bien, Laurel, ne finassons pas. Cet individu est fou. J'ignore si c'est notre aventure qui l'a mis dans cet état ou s'il l'était déjà avant, comme Topsy, mais je sais par contre qu'il est dangereux. Il aurait pris Dinah à la place de Bethany, si elle avait été plus près. Si on lui laisse toute liberté de mouvement, c'est aussi bien ce qu'il fera la prochaine fois. »

Craig grogna et agita faiblement les mains. Bob Jenkins s'écarta aussitôt de lui, bien que le revolver fût en sécurité, passé dans la ceinture de Brian Engle ; Laurel fit comme lui, entraînant Dinah avec elle.

« Est-ce que quelqu'un est mort ? demanda la fillette. Personne, n'est-ce pas ?

— Non, personne, ma chérie.

— J'aurais dû l'entendre arriver plus tôt, mais j'écoutais le monsieur qui parle comme un professeur.

— Tout va bien, Dinah, expliqua Laurel. Ça s'est bien terminé. » Puis elle regarda le grand terminal désert et ses propres paroles lui parurent dérisoires. *Rien* n'allait bien, ici. Rien du tout.

Don revint, une nappe à carreaux rouges et blancs dans chaque main.

« Merveilleux », dit Nick. Il en prit une et la tordit en corde, rapidement et avec habileté. Il plaça le milieu dans sa bouche, serrant les dents pour l'empêcher de se dérouler, et retourna Craig sur lui-même comme une crêpe.

L'homme gémit et ses paupières battirent.

« Avez-vous besoin d'être aussi brutal ? » lui demanda Laurel.

Nick se contenta de la fixer un instant du regard, et la jeune femme baissa aussitôt les yeux. Elle ne pouvait s'empêcher de comparer les yeux de l'Anglais avec ceux des photos que Darren Crosby lui avait envoyées. Clairs, largement espacés, dans un visage agréable, même s'il n'avait rien de remarquable. Mais les yeux n'avaient rien de remarquable non plus, au fond ? Et est-ce que ceux de Darren n'avaient pas quelque chose à voir, peu ou prou, avec le fait qu'elle se fût lancée dans ce voyage ? N'avait-elle pas conclu, après les avoir longuement étudiés de près, que c'était les yeux d'un homme qui saurait bien se tenir ? Un homme qui battrait gentiment en retraite si on le lui demandait ?

Elle s'était embarquée sur le vol 29 en se disant qu'elle allait vivre l'aventure de sa vie, connaître son grand épisode romantique — fuite transcontinentale impulsive pour aller se jeter dans les bras de cet étranger grand et brun. Mais on se retrouvait parfois dans l'une de ces pénibles situations où il n'est plus possible de fermer les yeux sur la vérité, et Laurel devait admettre que celle-ci était simple : elle avait choisi Darren Crosby pour avoir compris, grâce à ses photos et à ses lettres, qu'il n'était guère différent des jeunes gens et des hommes avec lesquels elle était sortie depuis l'âge de quinze ans, jeunes gens et hommes qui apprenaient rapidement à s'essuyer les pieds sur le paillasson lorsqu'ils rentraient par un soir pluvieux, jeunes gens et hommes qui prendraient un torchon et essuieraient la vaisselle sans qu'il fût besoin de le leur demander, jeunes gens et hommes qui la laisseraient tranquille si elle l'exigeait d'un ton de voix suffisamment autoritaire.

Aurait-elle pris place sur le vol 29, s'il y avait eu sur les photos les yeux bleu foncé de Nick Hopewell au lieu de ceux, noisette, de Darren Crosby ? Elle ne le pensait pas. Elle lui aurait sans doute écrit un mot gentil mais impersonnel — *Merci beaucoup pour votre réponse et les photos, Monsieur Hopewell, mais quelque chose me dit que nous ne sommes pas faits l'un pour l'autre...* — et elle aurait continué à chercher un homme dans le genre de Darren. Sans compter qu'elle doutait fort que M. Nick Hopewell lût les journaux comportant des annonces matrimoniales, sans parler des annonces en question. C'est avec lui, n'empêche, qu'elle se retrouvait dans cette bizarre situation.

Eh bien... elle avait voulu vivre une aventure, au moins une, avant d'arriver pour de bon dans l'âge mûr. Vrai ou faux ? Vrai. Et regardez donc où elle se retrouvait, parfaite illustration de la mise en garde de Tolkien — elle avait franchi le seuil de sa porte, la veille au soir, le même bon vieux seuil de porte, et voilà où elle en était : dans une version étrange et lugubre du pays d'Alice. Mais pour une aventure, c'en était une... Atterrissage d'urgence... aéroport désert... un fou armé d'un revolver ! Oui, une sacrée aventure. Une phrase qu'elle avait lue des années auparavant lui revint soudain à l'esprit : *Faites attention à ce que vous demandez dans vos prières, car vous pourriez bien l'obtenir.*

Fort juste.

Et fort perturbant.

Il n'y avait rien de perturbé dans le regard de Nick Hopewell... mais il n'y avait pas trace de miséricorde, non plus. Et il n'y avait rien de romantique dans le frisson qu'elle éprouvait à cette idée.

En es-tu bien sûre ? murmura une voix que Laurel fit taire sur le champ.

Nick tira les mains de Craig, et les joignit par les poignets dans le bas de son dos. Craig grogna à nouveau, plus fort cette fois, et commença à se débattre faiblement.

« Doucement, doucement, ma vieille branche », dit Nick d'un ton de voix apaisant. Il enroula deux fois la nappe autour des poignets de l'homme et fit un nœud serré. Craig agita les coudes et émit un cri étrange et faible. « Voilà ! lança l'Anglais en se relevant. Aussi bien troussé que la dinde de Noël du Père John. Il nous en reste une deuxième si celle-là se révèle insuffisante. (Il s'assit sur le bord d'une table et se tourna vers Robert Jenkins.) Bon. Que disiez-vous, lorsque nous avons été si grossièrement interrompus ? »

Bob écarquilla les yeux, stupéfait et incrédule. « Quoi ?

— Poursuivez », dit Nick, du ton de quelqu'un qui assiste à une intéressante démonstration, alors que, appuyé à une table de restaurant, dans un aéroport déserté, il avait à ses pieds un homme entravé gisant dans une flaque de son propre sang. « Vous disiez que le vol 29 faisait penser à ce qui était arrivé à la *Marie-Céleste*. Une intéressante comparaison.

— Et vous voulez... que je continue ? demanda Bob, toujours incrédule. Comme si rien ne s'était passé ?

— Laissez-moi me lever ! » cria Craig. Il avait la voix un peu étouffée par l'épaisse moquette industrielle qui couvrait le sol du restaurant, mais il paraissait néanmoins remarquablement éveillé pour quelqu'un qui venait de se faire matraquer à coup d'étui à violon moins de cinq minutes auparavant. « Laissez-moi me relever tout de suite ! J'exige que vous- »

C'est alors que Nick fit quelque chose qui les scandalisa tous, même ceux qui avaient vu l'Anglais tordre le nez de Craig comme s'il s'était agi d'un robinet de baignoire. Il donna un coup de pied sec dans les côtes de l'homme étendu. Il se retint au dernier moment... mais pas beaucoup. Craig émit un gémissement de douleur et se tut.

« Hé ! s'écria Don Gaffney, abasourdi, pourquoi lui donner ce-

— Ecoutez-moi bien ! » l'interrompit Nick en parcourant le petit groupe des yeux. Son vernis de courtoisie avait, pour la première fois, complètement disparu ; la colère et l'urgence faisaient vibrer sa voix. « Faudrait vous réveiller un peu, tout le monde, et je n'ai pas le temps de m'y prendre en douceur. La petite fille, Dinah, nous dit que nous sommes en situation dangereuse, ici, et je la crois. Elle dit qu'elle entend quelque chose, quelque chose qui vient dans notre direction, et j'ai tendance à le croire, aussi. Moi j'entends que dale, mais j'ai les nerfs qui frétillent comme de la graisse sur un gril chaud, et j'ai l'habitude d'en tenir compte, quand ça arrive. Je crois que quelque chose se pointe, et à mon avis, ce n'est pas pour nous vendre un aspirateur ou le dernier modèle d'assurance sur la vie. On peut maintenant faire toutes les simagrées civilisées que vous voulez sur ce fichu cinglé, ou bien essayer de comprendre ce qui nous arrive. Comprendre ne nous sauvera pas forcément la vie, mais je suis de plus en plus convaincu que ne pas comprendre est la garantie qu'on va y laisser la peau, et vite. (Ses yeux se portèrent sur Dinah.) Dis-moi si je me trompe, Dinah, si c'est ton avis. Je t'écouterai avec joie.

— Je ne veux pas que vous fassiez du mal à Monsieur Toomy, mais je pense aussi que vous avez raison, répondit Dinah d'une petite voix hésitante.

— Très bien. Parfaitement correct. Je ferai de mon mieux pour ne pas l'esquinter davantage... mais je ne promets rien. Commençons par le plus simple. Ce type que je viens de ficeler-

— Toomy, intervint Brian. Il s'appelle Craig Toomy.

— Très bien. Monsieur Toomy est fou. Peut-être, si nous réussissons à retrouver notre monde, ou l'endroit où sont passés tous les autres, pourrons-nous obtenir de l'aide pour lui. Mais pour le moment, la seule manière de l'aider est de le mettre hors d'état de bouger — ce que j'ai fait, avec l'aide généreuse et quelque peu téméraire d'Albert — pour pouvoir nous occuper sérieusement de notre problème. Quelqu'un a-t-il une objection à formuler ? »

Il n'y eut pas de réponse. Les autres passagers du vol 29 regardaient Nick, mal à l'aise.

« Très bien. Poursuivez s'il vous plaît, Monsieur Jenkins.

— Je... je ne suis pas habitué..., commença Bob, déployant visiblement de grands efforts pour recouvrer son calme. Dans mes livres, j'ai dû tuer assez de gens pour remplir l'avion qui nous a amenés ici, mais ce qui vient de se passer est le premier acte de

violence dont j'ai été personnellement témoin. Je suis désolé si je...
si je me suis mal comporté.

— Je trouve que vous vous en sortez magnifiquement, Monsieur
Jenkins, dit Dinah. Et j'aime bien vous écouter. Ça me fait me
sentir un peu mieux. »

Bob la regarda avec gratitude et sourit : « Merci, Dinah. » Il
fourra les mains dans ses poches, jeta un regard troublé à Craig
Toomy, puis contempla le vaste hall désert, au-delà de leur petit
groupe.

« Je crois avoir parlé d'une erreur fondamentale dans notre
raisonnement, reprit-il au bout de quelques instants. La voici : nous
sommes tous partis de l'idée, lorsque nous avons commencé à
mesurer les dimensions réelles de l'Evénement, que quelque chose
était arrivé au *reste du monde*. Cet a priori est bien facile à
comprendre, dans la mesure où nous n'avons rien et où tous les
autres — y compris les passagers qui ont embarqué avec nous à
l'aéroport de Los Angeles — semblent avoir disparu. Mais les
indices dont nous disposons ne permettent pas de s'y tenir. Ce qui
est arrivé nous est arrivé à nous, et à nous seuls. Je suis convaincu
que le monde tel que nous le connaissons continue à aller
tranquillement son bonhomme de chemin.

C'est nous, les passagers manquants du vol 29 ainsi que les onze
survivants, qui sommes perdus. »

7

« Je suis peut-être idiot, mais je ne vois pas où vous voulez en venir,
dit Warwick au bout d'un instant.

— Moi non plus, ajouta Laurel.

— Nous avons fait allusion à deux disparitions célèbres »,
continua Bob calmement. Même Craig Toomy, à ce moment-là,
paraissait l'écouter avec attention... au moins avait-il arrêté de se
débattre. « La première, l'affaire de la *Marie-Céleste*, eut lieu en
pleine mer ; la deuxième, celle de l'île Roanoke, eut lieu près de la
mer. Ce ne sont pas les seules. On peut en citer au moins deux
autres impliquant des avions : la disparition de l'aviatrice Amelia
Earhart au-dessus du Pacifique, et celle de plusieurs appareils de
l'Air Force dans cette partie de l'Atlantique connue sous le nom des
Triangle des Bermudes. Cette dernière a eu lieu en 1946 ou 1947, je

crois. Il y eut un message brouillé de la part du chef d'escadrille ; on envoya immédiatement des avions de recherche depuis une base de Floride, mais ils n'ont pas retrouvé la moindre trace de la patrouille.

— J'en ai entendu parler, dit Nick. C'est cette histoire qui a servi de fondement à la désastreuse réputation du Triangle, je crois.

— Non, il y a quantité de bateaux et d'autres avions qui ont aussi disparu dans ce coin, intervint Albert. J'ai lu le livre de Charles Berlitz sur la question. Très intéressant. (Il jeta un coup d'œil circulaire.) Je n'aurais jamais imaginé me trouver mêlé à ça, si vous voyez ce que je veux dire. »

Jenkins reprit la parole. « Je ne sais pas si des avions ont déjà disparu au-dessus du continent américain, mais-

— C'est arrivé très souvent à de petits avions, dit Brian, et une fois, il y a environ trente-cinq ans, à un avion commercial de ligne. Il y avait plus de cent passagers à bord. En 55 ou 56. La compagnie était la TWA ou la Monarch, je ne sais plus exactement. L'appareil était parti de San Francisco et devait rejoindre Denver. Le pilote prit un contact radio avec la tour de contrôle de Reno — contact de pure routine — et on n'en entendit plus jamais parler. Il y eut évidemment des recherches, mais... rien. »

Brian se rendit compte que tous le regardaient avec une sorte de fascination horrifiée dans les yeux.

« Histoires de fantôme à la sauce aviateur, ajouta-t-il d'un ton d'excuse. On dirait une légende bonne pour un dessin de Gary Larson.

— Je suis prêt à parier qu'ils sont tous passés au travers », murmura l'écrivain. Il s'était mis de nouveau à se gratter machinalement la joue. Il paraissait désolé, presque horrifié. « A moins qu'on ait retrouvé les corps ?

— Je vous en prie, dites-nous ce que vous savez, ou ce que vous croyez savoir, lui demanda Laurel. L'effet de... de cette chose... commence à me porter sur les nerfs. Si je n'ai pas rapidement une réponse, je serai bonne pour qu'on m'attache à côté de Monsieur Toomy.

— Ne vous vantez pas », lança Craig. Sa voix était nette, si son propos restait obscur.

Bob lui lança un autre regard gêné et parut rassembler ses

pensées. « Il n'y a ni désordre ni saleté, ici ; c'est le contraire dans l'avion. Il n'y a pas d'électricité ici, mais il y en a dans l'avion. Cela n'est pas concluant, bien entendu, puisque l'appareil dispose de ses propre réserves d'énergie, alors que l'aéroport est desservi en électricité par une centrale quelconque. Mais voyez les allumettes. Bethany était dans l'avion, et ses allumettes s'enflamment très bien. Celles que j'ai prises ici dans la coupe, non. Le revolver que Monsieur Toomy a sans doute trouvé dans le bureau des services de sécurité a fait long feu. Je crois que si l'on essayait une torche électrique, on s'apercevrait qu'elle ne fonctionne pas davantage. Ou qu'elle ne fonctionnerait que peu de temps.

— Vous avez raison, remarqua Nick, et nous n'avons même pas besoin d'une lampe de poche pour vérifier votre théorie. » Du doigt, il montra un éclairage de secours installé sur le mur, dans la cuisine du restaurant. Il était éteint, tout comme les lumières du hall. « Ces lampes marchent sur batterie, poursuivit l'Anglais ; une cellule photosensible les déclenche en cas de panne de secteur. Normalement, avec la pénombre qui règne ici, elle devrait fonctionner. Ce qui signifie que soit la cellule photosensible est en panne, soit que la batterie est morte.

— Quelque chose me dit que ce sont les deux, dit Robert Jenkins. » Il se dirigea d'un pas lent vers l'entrée du restaurant et regarda à l'extérieur. « Nous nous trouvons dans un monde qui semble intact et en assez bon ordre, mais c'est également un monde qui paraît aux limites de l'épuisement. Les boissons gazeuses y sont plates. La nourriture n'y a aucun goût. L'air est sans odeur. Nous dégageons encore des odeurs, nous — on peut sentir le parfum de Laurel ou l'eau de toilette du commandant, par exemple — mais tout le reste semble avoir perdu son arôme. »

Albert prit l'un des verres où Bob avait versé de la bière et le renifla profondément. Il y avait bien une odeur, conclut-il, mais elle était très, très faible. Un pétale de fleur pressé pendant de nombreuses années entre les pages d'un livre aurait pu dégager le même souvenir lointain d'un parfum.

« C'est aussi vrai pour les sons, poursuivit Bob. Ils sont plats, à une dimension, sans le moindre écho. »

Laurel pensa au *cleup-cleup* apathique de ses talons hauts sur le ciment, et à l'absence de tout écho lorsque le commandant Engle, les mains en porte-voix devant la bouche, avait appelé M. Toomy dans l'escalier roulant.

« Albert, est-ce que je peux vous demander de jouer quelque chose sur votre violon ? » demanda Bob.

Le jeune homme jeta un coup d'œil à Bethany. Elle lui sourit et acquiesça.

« D'accord. Avec plaisir. A la vérité, il me tarde de savoir ce qu'il donne après... (Il eut un coup d'œil pour Toomy.) Vous voyez ce que je veux dire. »

Il ouvrit l'étui avec une grimace lorsque ses doigts touchèrent la serrure qui avait entamé le crâne de Craig Toomy, et en retira le violon. Il le caressa un instant, vérifia l'accord, prit l'archet dans la main droite et glissa l'instrument sous son menton. Il resta ainsi quelques instants, songeur. Quelle était la musique qui convenait dans ce monde nouveau et étrange où les téléphones ne sonnaient pas, où les chiens n'aboyaient pas ? Ralph Vaughan Williams ? Stravinsky ? Mozart ? Dvorak, peut-être ? Non. Aucun ne convenait. Puis l'inspiration frappa, et il commença à jouer *Someone in the Kitchen with Dinah*.

Au bout de quelques mesures, il releva son archet.

« Vous avez sans doute dû esquinter votre violon, lorsque vous avez tapé sur la tête de ce type, dit Don Gaffney. On dirait qu'on l'a bourré de coton hydrophile.

— Non, répondit lentement Albert. Mon violon est dans un état parfait. Je le sais à la manière dont je le sens vibrer sous mes doigts... mais il y a quelque chose d'autre. Approchez-vous, Monsieur Gaffney... Maintenant, tenez-vous aussi près que possible du violon... Pas comme ça, je pourrais vous mettre l'archet dans l'œil... Bien, c'est parfait. Et maintenant, écoutez. »

Albert se remit à jouer, chantant les paroles dans sa tête comme il le faisait toujours lorsqu'il se lançait dans cet air stupide à manger du foin, mais infiniment joyeux :

Singing fee-fi-fiddly-I-oh,
Fee-fi-fiddly-I-oh-oh-oh,
Fee-fi-fiddly-I
Strummin' on the old Banjo.

« Avez-vous senti la différence ? demanda-t-il lorsqu'il eut fini.

— Le son est bien meilleur de près, si c'est ce que vous voulez dire », répondit Don Gaffney. Il regardait Albert avec un réel respect. « Vous jouez bien, mon garçon. »

Albert lui sourit, mais c'est en réalité à Bethany qu'il s'adressa. « Parfois, quand je suis sûr que mon prof n'est pas dans le coin, je m'amuse à jouer de vieux airs des Led Zeppelin. Vous ne pouvez pas savoir combien ça rend, au violon. (Il se tourna vers Bob.) En tout cas, ça concorde avec ce que vous disiez. Plus on est près du violon, meilleur est le son. C'est dans *l'air* que ça cloche. L'instrument n'y est pour rien. L'air ne conduit pas les sons comme il le devrait, et ce qui en sort est dans le même état que la bière.

— Plat », dit Brian.

Albert acquiesça.

« Merci, Albert, dit Bob.

— Oh, de rien. Je peux le ranger ?

— Bien sûr. » Pendant qu'Albert rangeait le violon dans l'étui, et se servait de mouchoirs en papier pour nettoyer la serrure, Bob reprit sa démonstration. « Les goûts et les bruits ne sont pas les seuls éléments désaccordés de la situation dans laquelle nous nous trouvons. Prenez les nuages, par exemple.

— Qu'est-ce qu'ils ont, les nuages ? demanda Rudy Warwick.

— Ils n'ont pas bougé depuis que nous sommes arrivés, et je ne crois pas qu'ils vont bouger. J'ai l'impression que les changements météorologiques auxquels nous sommes habitués se sont arrêtés ou vont le faire, comme une vieille montre dont le ressort est complètement détendu. »

L'écrivain marqua un temps de silence ; il avait soudain l'air vieux, pitoyable et effrayé.

« Comme le dirait Monsieur Hopewell, ne finassons pas. Tout, ici, sonne faux. C'est peut-être Dinah, dont les autres sens (y compris cette chose vague que l'on appelle le sixième sens) sont plus développés que les nôtres, qui l'a ressenti le plus fortement, mais j'ai le sentiment de l'avoir moi aussi éprouvé. Les choses, ici, sont archi-fausses. Et maintenant, nous en arrivons au cœur du problème. »

Il se tourna pour leur faire face.

« J'ai dit, il n'y a pas quinze minutes, que j'avais l'impression d'être à l'heure du déjeuner. J'éprouve maintenant celle d'être bien plus tard. Ce n'est pas pour son repas de midi que gargouille mon estomac, en ce moment, mais pour son thé de cinq heures. J'ai la terrible impression qu'il pourrait commencer à faire nuit alors que nos montres indiqueraient à peine dix heures et quart.

— Où voulez-vous en venir, mon vieux ?

— Je crois que c'est une question de *temps,* répondit Bob avec calme. Non pas de dimension, comme l'a suggéré Albert, mais de temps. Supposons, qu'ici et là, apparaissent des trous dans le flot du temps ? Non pas une distorsion temporelle, mais une *déchirure* temporelle. Un trou dans le tissu du temps.

— Jamais entendu de conneries aussi délirantes de toute ma vie ! s'exclama Don Gaffney.

— Amen, le seconda Craig depuis le sol.

— Non, répliqua sèchement Bob. Ce qui est délirant, c'est ce que vous entendiez quand vous étiez à deux mètres du violon d'Albert. Et vous n'avez qu'à regarder autour de vous, Monsieur Gaffney. Simplement qu'à regarder autour de vous. Ce qui nous arrive... la chose dans laquelle nous sommes pris... c'est ça, qui est délirant. »

Don fronça les sourcils et enfonça les mains dans ses poches.

« Continuez, dit Brian.

— Très bien. Je ne prétends pas avoir élucidé ce qui se passe ; je propose simplement une hypothèse qui cadre avec la situation dans laquelle nous nous trouvons. Disons que ces déchirures dans la trame temporelle se produisent de temps en temps, au-dessus de zones inhabitées dans la plupart des cas... j'entends par là notamment les océans, bien entendu. Je suis incapable de dire pour quelle raison, mais cette hypothèse paraît logique, puisque c'est dans ces zones qu'ont eu lieu le plus grand nombre de disparitions, apparemment.

— Les phénomènes météo sont presque toujours différents au-dessus des terres et au-dessus des mers, remarqua Brian. Ceci pourrait expliquer cela. »

Bob acquiesça. « Vrai ou faux, c'est une bonne manière d'envisager la question, car nous la plaçons ainsi dans un contexte qui nous est familier. On pourrait rapprocher ce phénomène d'autres manifestations météorologiques rares, comme les tornades à l'envers, les arcs-en-ciel circulaires, les étoiles visibles en plein jour. Il se peut que ces déchirures temporelles apparaissent et disparaissent au hasard, ou bien qu'elles se déplacent à la manière d'un anticyclone ou d'un front froid, mais elles se manifestent rarement au-dessus de la terre.

» Un statisticien, cependant, nous ferait remarquer qu'un phénomène qui peut se produire finit un jour ou l'autre par le faire ; disons donc que la nuit dernière, il a eu lieu au-dessus des terres... et que nous avons eu la malchance de plonger dedans. Une loi inconnue, ou une propriété de cette fabuleuse monstruosité météo veut qu'il soit impossible à tout être vivant de la traverser à moins d'être profondément endormi.

— Bon sang, c'est un vrai conte de fée ! s'exclama Gaffney.

— Je suis tout à fait d'accord, dit Craig depuis le sol.

— Ferme ton clapet ! » rétorqua Don. Craig cilla, et sa lèvre supérieure se souleva en un ricanement silencieux.

« Ça tient debout, admit Bethany à voix basse. On a l'impression d'être... décalé par rapport à tout.

— Qu'est-il arrivé à l'équipage et aux autres passagers ? demanda Albert, d'un ton de voix abattu. Si l'avion a traversé le phénomène, et nous avec, que sont devenus les autres ? »

Son imagination lui proposa une réponse, sous la forme d'une image dont il ne put se débarrasser : des centaines de personnes tombant du ciel, pantalons et cravates claquant au vent, robes relevées révélant culottes et porte-jarretelles, souliers arrachés de leur pied, stylos (ceux qui n'étaient pas restés dans l'avion, du moins) jaillissant des poches, les gens faisant des moulinets désespérés des bras et des jambes et essayant de hurler dans l'air raréfié ; des gens ayant laissé portefeuilles, sacs à main, monnaie et, au moins dans un cas, pacemaker derrière eux. Il les vit heurter le sol comme des bombes factices, aplatissant les buissons, soulevant de petits nuages de poussière et imprimant la forme de leur corps sur le sol du désert.

« Je suppose qu'ils ont été vaporisés, répondit Bob. Complètement dématérialisés. »

Dinah ne comprit pas tout de suite. Puis elle pensa au sac à main de Tante Vicky avec les chèques de voyage encore dedans et se mit à pleurer doucement. Laurel passa un bras par-dessus les épaules de la petite aveugle et la serra contre elle. Albert, de son côté, remerciait fébrilement Dieu que sa mère eût changé d'avis au dernier moment, et renoncé à l'accompagner dans l'Est.

« Dans de nombreux cas, leurs objets sont partis avec eux, continua l'écrivain. Ceux qui ont laissé portefeuilles et sacs à main ne les avaient peut-être pas avec eux au moment de... l'Evénement. C'est difficile à dire, néanmoins. Ce qui a disparu et ce qui est resté — je pense en particulier à la perruque — tout cela semble n'avoir ni rime ni raison.

— C'est juste, convint Albert. La broche chirurgicale, par

exemple. Difficile de croire que le type qui la portait se l'est enlevée de l'épaule ou du genou pour jouer avec elle parce qu'il s'ennuyait.

— Je suis d'accord, dit Warwick. Le vol n'avait pas encore duré assez longtemps pour qu'on s'ennuie à ce point. »

Bethany le regarda, surprise, et éclata de rire.

« Je suis originaire du Kansas, reprit Bob, et les circonstances capricieuses me rappellent les cyclones qu'il nous arrivait d'avoir parfois en été. Ils étaient capables de balayer entièrement un bâtiment de ferme et de laisser la cabane des chiottes debout au fond du jardin, ou de démolir complètement une grange sans toucher à un seul bardeau du silo voisin.

— Si on sautait aux conclusions, mon vieux ? le coupa Nick. Quelle que soit la mauvaise passe dans laquelle nous sommes, je ne peux pas m'empêcher de penser qu'il commence à se faire tard. »

Brian pensa à Craig Toomy, l'homme qui devait impérativement se rendre à Boston, debout devant le toboggan de secours et s'écriant : *On a peu de temps, Monsieur, on a fichtrement peu de temps !*

« Très bien, dit Bob. Mes conclusions. Supposons qu'il existe des choses comme les déchirures temporelles, et que nous en ayons traversé une. Je crois que nous sommes retournés dans le passé et que nous venons de découvrir cette désagréable vérité première du voyage dans le temps : on ne peut retourner au Texas Book Depository de Dallas le 22 novembre 1963 et empêcher l'assassinat de Kennedy ; on ne peut assister à l'édification des pyramides ou au sac de Rome ; on ne peut aller étudier les dinosaures vivants. »

Il leva les bras, mains tendues, comme pour embrasser tout l'espace de silence qui les entourait.

« Regardez bien autour de vous, mes compagnons dans ce voyage à travers le temps. Ceci est le passé. Il est vide, il n'y a pas un bruit. Nous sommes dans un monde — voire un univers — qui a autant de signification qu'un vieux pot de peinture desséchée. Je crois que nous n'avons fait qu'un saut ridiculement court dans le passé, un quart d'heure, peut-être, au moins initialement. Mais le monde, autour de nous, se dissout irrémédiablement. Les données sensorielles s'amenuisent. L'électricité a déjà disparu. La météo est restée ce qu'elle était lorsque nous avons sauté dans le passé. Mais il me semble cependant que pendant que l'univers se désagrège, le temps lui-même se développe en une espèce de spirale... se ramasse sur lui-même.

— Et si nous étions dans l'avenir ? » demanda Albert d'un ton prudent.

Bob Jenkins haussa les épaules. Il parut soudain très fatigué. « Je ne suis pas sûr du contraire, évidemment. Comment le pourrais-je ? Mais je ne crois pas. Cet endroit dans lequel nous sommes sent le passé, donne une impression de stupidité, de faiblesse, d'absurdité. Une impression... je ne sais pas... »

C'est alors que Dinah parla, et tous la regardèrent.

« L'impression d'être au bout du rouleau, dit-elle doucement.

— Oui. Merci, Dinah. C'est l'expression que je cherchais.

— Monsieur Jenkins ?

— Oui ?

— Le bruit dont je vous ai déjà parlé... Je l'entends encore. (Elle marqua un temps d'arrêt.) Et il se rapproche. »

8

Tous se turent, l'oreille tendue. Brian crut entendre quelque chose, puis décida que c'était le bruit de son propre cœur. Ou simplement son imagination.

« Il faut retourner près des baies vitrées », déclara soudain Nick. Il passa par-dessus le corps allongé de Craig sans même y jeter un coup d'œil, et sortit à grands pas du restaurant sans ajouter un mot.

« Hé ! lui cria Bethany, moi aussi, je veux y aller ! »

Albert la suivit, et presque tous les autres en firent autant. « Et vous deux ? demanda Brian à Laurel et Dinah.

— Je ne veux pas y aller, répondit Dinah. Je l'entends très bien d'ici... mais je crois que je vais l'entendre de mieux en mieux si on ne part pas d'ici très vite. »

Brian jeta un coup d'œil à Laurel Stevenson.

« Je reste avec Dinah, dit-elle calmement.

— Très bien. Ne vous approchez pas de Monsieur Toomy.

— Ne vous approchez pas de Monsieur Toomy ! » le singea Craig d'un ton furieux. Il tourna péniblement la tête et roula des yeux pour apercevoir Brian. « Vous ne pourrez jamais vous en tirer, commandant Engle. Vraiment jamais. Je ne sais pas à quel jeu vous croyez jouer, vous et votre rosbif de copain, mais vous ne vous en sortirez pas. Je vais vous dire ce que sera votre prochain boulot de pilote : partir de nuit de Colombie sur des coucous chargés de cocaïne. Vous pourrez dire sans mentir à vos amis que vous êtes un pilote de crack, à défaut d'être un crac de pilote. »

Brian fut sur le point de répondre à ce laborieux jeu de mots, puis y renonça. Nick avait dit que cet homme était fou, au moins temporairement, et le pilote partageait cette opinion. Tenter de parler raison avec un fou était une inutile perte de temps.

« Nous garderons nos distances, ne vous inquiétez pas », dit Laurel. Elle entraîna Dinah jusqu'à une table où elle la fit asseoir à côté d'elle. « On sera très bien ici.

— D'accord. Criez si jamais il essaie de se détacher. »

Laurel lui adressa un faible sourire. « Comptez sur moi. »

Brian se baissa, vérifia le nœud qui entravait Craig, puis partit rejoindre les autres, alignés aux pieds des immenses baies vitrées, à travers la salle d'attente.

9

Il commença à l'entendre alors qu'il n'était qu'à la moitié du hall ; le temps d'arriver à hauteur du petit groupe, il n'était plus possible de croire à une hallucination auditive.

L'ouïe de cette gamine est absolument remarquable, songea le pilote.

Le bruit était très faible — à son oreille, du moins — mais il était bien là, et paraissait arriver de l'est. Dinah avait dit qu'il ressemblait au pétillement des céréales, quand on versait le lait dedans. Brian avait davantage l'impression d'un chuintement d'électricité statique — celui, particulièrement fort, que l'on capte parfois dans des périodes d'activité solaire intenses. Il était cependant d'accord au moins sur un point avec la fillette : ce son avait quelque chose de maléfique.

A l'écouter, il sentait les courts cheveux de sa nuque se redresser. Il regarda les autres, et vit sur chacun des visages une même expression identique d'épouvante. Nick était celui qui se contrôlait le mieux, et la jeune fille qui avait hésité à sauter sur le toboggan — Bethany — celle qui avait l'air le plus terrifié, mais tous décryptaient la même signification dans ce bruit.

Maléfique.

Quelque chose d'horrible qui progressait. Qui *se pressait.*

Nick se tourna vers lui. « Qu'est-ce que vous en pensez, Brian ? Avez-vous une idée ?

— Non, pas la moindre. Tout ce que je sais, c'est qu'il n'y a pas un seul autre bruit en ville.

— Il n'a pas encore atteint la ville, remarqua Don, mais il ne va pas tarder, à mon avis. Si seulement nous savions le temps que cela va lui prendre... »

De nouveau ils se turent, écoutant le crépitement chuinté qui venait de l'est. Et Brian songea : *J'ai l'impression de connaître ce bruit, il me semble. Ce n'est pas le lait dans les céréales, l'électricité statique dans la radio, mais... quoi ? Si seulement il était un peu plus fort...*

En fait, il n'avait pas envie de savoir. Il s'en rendit soudain compte, de manière aveuglante. Il ne voulait absolument pas savoir. Le bruit le remplissait de la plus profonde aversion.

« Il faut absolument qu'on se tire de là ! » s'écria Bethany, d'une voix forte mais tremblante. Albert passa un bras autour de sa taille, et elle prit la main libre du jeune homme dans les siennes, la serrant avec une violence née de sa panique. « Il faut se tirer de là tout de suite !

— Oui, admit Bob Jenkins, elle a raison. Ce bruit... je ne sais pas ce que c'est, mais il est horrible. Il faut partir d'ici. »

Tous les regards s'étaient tournés vers Brian, et celui-ci songea : *On dirait que je suis de nouveau le commandant. Mais pas pour longtemps.* Parce qu'ils ne comprenaient pas. Même Jenkins, en dépit de la finesse de certaines de ses déductions, ne semblait pas comprendre qu'ils n'iraient nulle part.

Quelle que fût la chose qui émettait ce son, elle était lancée, et c'était sans importance, parce qu'ils seraient toujours sur place quand elle arriverait. Aucune issue ne leur était offerte. Il comprenait pour quelle raison il en était ainsi, si personne d'autre n'en avait pris conscience... et Brian Engle sut tout d'un coup ce que devait ressentir un animal pris dans un piège, lorsqu'il entendait le pas sourd et régulier du chasseur se rapprochant.

CHAPITRE SIX

*JETÉS À LA CÔTE. LES
ALLUMETTES DE BETHANY.
UNE CIRCULATION À DOUBLE
SENS. L'EXPÉRIENCE
D'ALBERT. CRÉPUSCULE. LES
TÉNÈBRES ET LA LAME.*

1

Brian se tourna pour regarder l'écrivain. « Vous affirmez que nous devons partir d'ici, c'est bien ça ?

— Oui. Et le plus vite possible.

— Et pour nous rendre où ? A Atlantic City ? A Miami Beach ? Au Club Med, peut-être ?

— Vous avez l'air de penser, commandant, que nous n'avons nulle part où aller. Je crois pour ma part — *j'espère* — que vous vous trompez sur ce point. J'ai mon idée là-dessus.

— Qui est ?

— Dans une minute. Tout d'abord, répondez à cette question. Pouvez-vous faire le plein de l'appareil ? Est-ce possible, même sans électricité ?

— Vraisemblablement, oui. Disons qu'avec l'aide de quelques personnes valides, on doit pouvoir. Ensuite ?

— Alors nous décollerons », répondit Bob. De petites gouttes de sueur perlaient sur son visage creusé de rides profondes. On aurait dit de l'huile claire. « Ce bruit, ce bruit de broyage nous arrive de l'est. La déchirure temporelle s'est produite à des milliers de miles à l'ouest d'ici. Si nous arrivons à revenir exactement sur nos pas... Pouvez-vous faire cela ?

— Oui », dit Brian sans hésiter. Il avait laissé tourner le moteur auxiliaire, ce qui signifiait que le programme de vol, dans l'ordinateur, était toujours actif. Il avait en mémoire l'itinéraire exact du vol 29, depuis son décollage en Californie du Sud jusqu'au moment où il avait touché le sol dans le Maine. Il suffisait de procéder à deux opérations très simples : appuyer sur une première touche qui donnerait à l'ordinateur l'ordre de prendre ce plan de vol à l'envers ; puis une fois en l'air, d'appuyer sur une deuxième touche, pour brancher le pilote automatique sur le programme inversé. Le système Teledyne de navigation par inertie reconstituerait tout le vol, jusque dans ses plus infimes variations. « Oui, c'est faisable, mais pourquoi ?

— Parce que la déchirure peut se trouver encore sur cet itinéraire. Ne comprenez-vous pas ? *Nous avons une chance de la franchir en sens inverse.* »

Nick se mit soudain à scruter Bob avec une attention nouvelle, puis se tourna vers Brian. « Il tient peut-être quelque chose là, mon vieux. Peut-être quelque chose ! »

Les réflexions d'Albert Kaussner se tournaient vers une autre séquence d'événements, sans rapport réel avec leur problème, mais fascinante : si la déchirure se trouvait toujours là, et si le vol 29 avait emprunté un couloir aérien fréquenté, alors peut-être d'autres avions, l'ayant utilisé après eux et jusqu'à maintenant (quel que soit ce *maintenant*), se trouvaient-ils cloués comme eux au sol sur d'autres aéroports américains, leurs passagers et leur équipage errant comme eux, abasourdis...

Non. La chance a voulu que nous ayons un pilote à bord. Un pilote qui dormait. Quelles sont les chances que cela arrive deux fois ?

Il pensa à ce que M. Jenkins avait expliqué à propos des seize circuits complets exécutés d'affilée par Ted Williams, et frissonna.

« L'idée est peut-être bonne, reconnut Brian, mais c'est sans importance, parce que nous n'irons nulle part avec cet appareil.

— Pourquoi pas ? demanda Rudy. Si vous pouvez refaire le plein, je ne vois pas...

— Vous vous souvenez des allumettes ? Celles qui sont dans la coupe du restaurant ? Celles qui ne veulent pas s'enflammer ? »

Rudy parut ne pas comprendre, mais c'est une expression de désespoir infini qui se peignit sur le visage de Bob Jenkins. Il porta une main à son front et fit un pas en arrière. Il donnait l'impression de se rapetisser devant eux.

« Quoi ? » demanda Don. Ses épais sourcils froncés, il regardait Brian avec des yeux qui exprimaient la perplexité et le soupçon. « Qu'est-ce que cela a à voir avec- »

Nick, lui, le savait.

« Ne voyez-vous pas ? demanda-t-il d'un ton calme. Si les batteries sont mortes, si les allumettes refusent de s'enflammer-

— Alors le kérosène ne brûlera pas davantage, acheva Brian. Il sera dans le même état d'épuisement que tout le reste, dans ce monde. Autant mettre de la mélasse dans les réservoirs. »

2

« Est-ce que vous avez jamais entendu parler des langoliers, l'une ou l'autre, charmantes dames ? » demanda soudain Craig. Il avait parlé d'un ton léger, presque enjoué.

Laurel sursauta et regarda nerveusement en direction des autres, qui discutaient toujours près de la fenêtre. Dinah tourna simplement le visage dans la direction de l'homme, pas du tout surprise, apparemment.

« Non, répondit-elle avec calme. C'est quoi ?

— Ne lui parle pas, Dinah, souffla Laurel.

— Je vous ai entendue, fit Craig du même ton de voix léger. Dinah n'est pas la seule à avoir l'ouïe fine, vous savez. »

Laurel sentit la chaleur lui monter au visage.

« De toute façon, je n'aurais fait aucun mal à la petite, continua l'homme. Pas plus que je n'aurais fait du mal à la jeune fille. J'ai juste très peur. Pas vous ?

— Oui, rétorqua sèchement Laurel, mais moi, je ne prends pas les gens en otages et je ne tire pas sur des adolescents, quand j'ai peur.

— Vous ne vous trouviez pas en face de ce qui semblait être toute la première ligne d'une équipe de rugby lancée sur vous, objecta Craig. Et cet Anglais... » Il éclata de rire. Le son de ce rire, dans cet endroit si calme, avait quelque chose d'inquiétant par son côté joyeux et *normal*. « Tout ce que je peux dire, c'est que si vous pensez que moi, je suis fou, c'est que vous ne l'avez pas bien regardé, *lui*. Ce type-là a une moulinette à chair à saucisse dans chaque œil. »

Laurel ne savait que répondre. Elle se rendait bien compte que les choses ne s'étaient pas passées de la manière présentée par Craig Toomy, mais il avait une manière convaincante de parler... et ce qu'il avait dit à propos de l'Anglais était trop proche de la vérité. Les yeux de cet homme... et ce coup de pied qu'il lui avait donné dans les côtes après l'avoir attaché... Laurel frissonna.

« C'est quoi, les langoliers, Monsieur Toomy ? demanda Dinah.

— Eh bien, figure-toi que j'avais toujours cru jusqu'ici que c'était une invention, répondit Craig sans se départir de son ton de bonne humeur. Maintenant, je me pose la question... parce que je l'entends aussi, ce bruit, ma jeune demoiselle. Oui, je l'entends.

— Le bruit ? Ce bruit est celui des langoliers ? »

Laurel posa une main sur l'épaule de Dinah. « Je préférerais vraiment que tu ne lui parles pas, ma chérie. Il me rend nerveuse .

— Pourquoi ? Il est attaché, non ?

— Oui, mais-

— Et vous pouvez facilement appeler les autres ?

— Ecoute, je crois-

— Je veux savoir, pour les langoliers. »

Péniblement, Craig tourna la tête pour les regarder... et Laurel ressentit un peu de ce qui faisait le charme et la force de la personnalité de Craig, ce qui lui avait permis de toujours rester dans le peloton de tête et de supporter le scénario sous haute pression rédigé pour lui par ses parents. Elle le ressentit alors même qu'il gisait sur le sol, mains attachées dans le dos, son propre sang séchant sur son front et sa joue gauche.

« Mon père prétendait que les langoliers étaient de petites créatures qui vivaient dans les placards, les égouts, et tous les endroits sombres.

— Comme des elfes ? » demanda Dinah.

Craig rit et secoua la tête. « Rien d'aussi charmant, j'en ai bien peur. Il disait qu'ils n'étaient que boules de poils et de dents, avec de petites jambes très rapides, et qu'ils pouvaient rattraper les petits enfants méchants, même s'ils déguerpissaient à toute vitesse.

— Arrêtez ça, le coupa sèchement Laurel. Vous faites peur à la petite.

— Non, il ne me fait pas peur. Je sais bien reconnaître les histoires inventées. C'est intéressant, c'est tout. » Mais le visage de la fillette disait que c'était plus qu'intéressant ; elle paraissait fascinée.

« Vraiment intéressant, non ? reprit Craig, apparemment ravi de sa curiosité. Je crois que ce que voulait dire Laurel, c'est que c'est à elle que je fais peur. Est-ce que j'ai gagné le cigare, Laurel ? Si oui, j'aimerais bien un El Producto, s'il vous plaît. Pas une de ces cochonneries à bon marché genre White Owl. » Il éclata de nouveau de rire.

Laurel ne répondit pas et Craig reprit ses explications au bout de quelques instants.

« Mon papa disait qu'il y avait des milliers de langoliers. Il disait qu'il le fallait bien, parce qu'il y avait des millions de méchants garçons et de méchantes filles qui déguerpissaient partout dans le monde. C'est toujours comme ça qu'il les présentait. Mon père n'a jamais vu un enfant courir de sa vie : ils déguerpissaient toujours. Je pense qu'il aimait ce mot, parce qu'il exprimait un mouvement sans signification, sans but et improductif. Mais les langoliers eux... ils courent. Ils ont un but. En fait, on pourrait dire que les langoliers sont la personnification d'un objectif.

« Qu'est-ce que ces enfants faisaient de si mal, demanda Dinah, pour que les langoliers leur courent après ?

— Sais-tu, je suis content que tu me poses la question. Parce que lorsque mon père disait de quelqu'un qu'il était mauvais ou méchant, cela voulait dire en fait paresseux. Une personne paresseuse ne pouvait faire partie du GRAND TABLEAU. Absolument pas. Chez moi, soit on faisait partie du GRAND TABLEAU, soit ON DORMAIT À CÔTÉ DE SON BOULOT. Il disait que si l'on ne faisait pas partie du GRAND TABLEAU, les langoliers viendraient et vous emporteraient définitivement hors du tableau. Il disait qu'on se retrouverait un soir dans son lit et qu'on les entendrait venir... s'ouvrant le chemin vers vous à coups de dent... et que même si on essayait de déguerpir, ils vous auraient. A cause de leurs petites jambes rapi-

— *Ça suffit,* maintenant, le coupa sèchement Laurel.

— N'empêche, le bruit est là, au-dehors », dit Craig. Il la regardait d'un œil vif, presque narquois. « Vous ne pouvez pas le nier. Le bruit est vraiment-

— Arrêtez ou c'est moi qui vais vous taper avec quelque chose !

— D'accord. » L'homme roula sur le dos, fit la grimace, puis rampa un peu plus loin d'elles. « On finit par se lasser d'être frappé, quand on est par terre et ficelé comme un saucisson. »

Laurel sentit son visage s'empourprer encore plus vivement, cette fois. Elle se mordit la lèvre et ne répondit rien. Elle avait envie de pleurer. Comment devait-elle se comporter, dans une telle situation ? Comment ? Tout d'abord l'homme lui avait donné l'impression d'être fou braque, et voilà qu'il lui donnait maintenant celle d'être aussi parfaitement sain d'esprit qu'on peut le souhaiter. Et en attendant, le monde entier — y compris le GRAND TABLEAU de M. Toomy — était parti au diable.

« Je parie que vous aviez peur de votre père, n'est-ce pas, Monsieur Toomy ? »

Craig, pris de court, regarda Dinah par-dessus son épaule. Il sourit de nouveau, mais différemment. Un sourire pitoyable et blessé. Rien de conquérant ou de charmeur dedans. « Ce coup-ci, c'est toi qui as gagné le cigare, petite, répondit-il. Il me terrifiait.

— Il est mort ?

— Oui.

— Est-ce qu'il DORMAIT À CÔTÉ DE SON TRAVAIL ? Ce sont les langoliers qui l'ont eu ? »

Craig réfléchit longtemps. Il se souvenait de ce qu'on lui avait dit : que son père était mort d'une crise cardiaque dans son bureau. Lorsque sa secrétaire avait sonné chez lui pour sa réunion de dix heures, il n'avait pas répondu ; elle l'avait trouvé raide mort sur la moquette, les yeux exorbités, de l'écume en train de sécher à la bouche.

Quelqu'un t'a-t-il raconté cela ? se demanda-t-il soudain. *Qu'il avait les yeux exorbités et l'écume à la bouche ? Est-ce que quelqu'un te l'a réellement dit — ta mère, peut-être, quand elle était saoule — ou bien est-ce que tu l'as rêvé ?*

« Alors, Monsieur Toomy, ils l'ont eu ?

— Oui, répondit Craig, pensif. Je crois que c'est ça. Ils l'ont eu.

— Monsieur Toomy ?

— Oui ?

— Je ne suis pas comme vous me voyez. Je ne suis pas affreuse . Personne ici n'est affreux. »

Il la regarda attentivement, surpris. « Comment connais-tu la manière dont je te vois, alors que tu es aveugle ?

— Vous seriez étonné », répondit Dinah.

Laurel se tourna vers elle, soudain plus mal à l'aise que jamais.. mais, bien entendu, il n'y avait rien à voir. Les lunettes noires de Dinah décourageaient toute curiosité.

3

Les autres passagers se tenaient toujours de l'autre côté de la salle d'attente, l'oreille tendue vers cette trépidation à peine perceptible, ne disant mot. Il semblait qu'il n'y eût plus rien à dire.

« Et maintenant, finit par demander Don, que faisons-nous ? » Il paraissait s'être fané dans sa chemise de bûcheron à carreaux rouges. Albert eut l'impression que la chemise elle-même avait perdu quelque chose de son joyeux éclat macho.

« Aucune idée », avoua Brian. Il sentait les remous d'une horrible impuissance s'agiter péniblement dans ses entrailles. Il regarda l'avion, l'avion qui avait été le sien pendant quelques heures, et fut soudain frappé par la pureté de ses lignes et sa beauté lisse. En comparaison, le 727 garé à hauteur du terminal, sur sa gauche, avait l'air d'une matrone mal fagotée. *Il te paraît si beau parce qu'il ne pourra jamais revoler, c'est tout. C'est comme apercevoir une femme superbe, un instant, à l'arrière d'une grosse voiture — elle a l'air encore plus belle qu'elle ne l'est vraiment parce que tu sais qu'elle n'est pas à toi et ne le sera jamais.*

« Combien reste-t-il de carburant, Brian ? demanda soudain Nick. Le taux de consommation n'est peut-être pas le même par ici ; peut-être en avons-nous plus que vous ne le pensez.

— Toutes les jauges fonctionnent au quart de poil, répondit le pilote. Lorsque nous avons atterri, il restait moins de six cents livres. Pour revenir à l'endroit où ça s'est produit, il en faut au moins cinquante mille. »

Bethany prit une cigarette et tendit son paquet à Bob. Celui-ci secoua la tête. La jeune fille détacha une allumette de sa pochette et la gratta.

L'allumette ne prit pas feu.

« Oh ! oh ! » dit-elle.

Albert la regarda. Elle gratta de nouveau l'allumette... une fois... deux fois... Rien ne se passa. Elle regarda le jeune homme, de la peur dans les yeux.

« Laissez-moi essayer », fit-il en tendant la main.

Albert prit les allumettes et en détacha une deuxième qu'il frotta sur la bande marron. Il ne se passa rien.

« Même si on ne sait toujours pas ce que c'est, ça gagne », remarqua Rudy Warwick.

Bethany éclata en sanglot, et Bob lui offrit son mouchoir.

« Attendez une minute », dit Albert, qui fit une autre tentative. Cette fois-ci, l'allumette s'enflamma... mais mollement et sans enthousiasme. Il tendit la flamme pâlotte vers l'extrémité tremblante de la cigarette de Bethany, lorsque soudain une image lui remplit l'esprit : celle d'un panneau de signalisation devant lequel il était passé à bicyclette chaque jour, depuis trois ans, lorsqu'il se rendait à la High School de Pasadena. ATTENTION : CIRCULATION À DOUBLE SENS, disait le panneau.

Qu'est-ce que ça peut bien vouloir dire ?

Il l'ignorait... au moins pour le moment. Tout ce qu'il savait, c'est qu'une idée essayait de se manifester, mais que pour l'instant elle restait coincée quelque part.

Albert secoua l'allumette pour l'éteindre. Il n'eut pas à secouer bien fort.

Bethany tira sur sa cigarette, puis fit la grimace. « Beurk ! On dirait une Carlton ou un truc comme ça.

— Soufflez-moi la fumée dans le visage, lui demanda Albert.

— Quoi ?

— Vous m'avez bien compris. Soufflez. »

Elle s'exécuta, et Albert renifla la fumée. Son arôme, auparavant douceâtre, avait changé.

Même si on ne sait toujours pas ce que c'est, ça gagne.

ATTENTION : CIRCULATION À DOUBLE SENS.

« Je retourne au restaurant », dit Nick. Il paraissait déprimé. « Notre Cassius a un côté fuyant... je n'aime pas le laisser trop longtemps seul avec les dames. »

Brian lui emboîta le pas, bientôt suivi par les autres. Albert trouva que ces mouvements de marée avaient quelque chose d'amusant — ils se comportaient comme un troupeau de vaches qui sent monter l'orage.

« Allons-y », dit Bethany en laissant tomber sa cigarette à demi consumée dans un cendrier. Elle s'essuya les yeux avec le mouchoir de Bob et prit Albert par la main.

Ils étaient au milieu de la salle d'attente et Albert contemplait le dos de la chemise rouge de Don Gaffney lorsque de nouveau lui revint à l'esprit, plus fort que jamais : *ATTENTION : CIRCULATION À DOUBLE SENS.*

« Attendez une minute ! » s'exclama-t-il. Il passa soudain un bras autour de la taille de Bethany, l'attira à lui, enfouit son visage dans le creux de son cou et respira profondément.

« Voyons ! c'est à peine si nous nous connaissons », s'écria la jeune fille. Puis elle se mit à pouffer, prise d'un fou-rire incontrôlable, passant un bras autour du cou d'Albert. Celui-ci, qui d'habitude ne perdait sa timidité naturelle que dans ses rêves éveillés, n'y fit même pas attention. Il prit une deuxième et profonde inspiration par le nez. L'odeur mêlée de ses cheveux, de sa transpiration et de son parfum était bien là, mais atténuée, très atténuée.

Tous s'étaient retournés, mais Albert avait déjà relâché Bethany et courait vers les baies vitrées.

« Oh ! la la ! » fit Bethany. Elle riait encore un peu, rougissant jusqu'aux oreilles. Vous parlez d'un type ! »

Albert examina leur appareil et constata ce que Brian avait remarqué quelques minutes auparavant : son aspect impeccable et lisse. On aurait presque dit qu'il vibrait dans le calme morne qui régnait à l'extérieur.

Soudain l'idée lui vint à l'esprit. Elle lui donna l'impression d'exploser comme un feu d'artifice sous son crâne. Le concept central était une éclatante boule de feu, dont rayonnaient en flèches aveuglantes les implications ; pendant quelques instants, il en oublia de respirer.

« Albert ? lui demandait Bob. Qu'est-ce que—
— Commandant Engle ! » hurla le jeune homme. Dans le restaurant, Laurel se raidit brusquement sur sa chaise, et Dinah lui étreignit le bras comme avec une serre. Craig Toomy se tordit le cou pour voir. « Venez voir, commandant Engle ! »

4

A l'extérieur, le bruit était plus fort.

Pour Brian, il évoquait le grésillement d'un bruit de fond de radio. Pour Nick Hopewell, un fort vent agitant des herbes tropicales desséchées. Pour Albert, qui avait travaillé dans un McDonald l'été précédent, le pétillement des frites plongées dans l'huile bouillante, et pour Bob Jenkins, un froissement de papier que l'on entendrait d'une autre pièce.

Tous quatre passèrent en rampant les bandes de caoutchouc qui masquaient la sortie du carrousel à bagages, qu'ils quittèrent à l'extérieur, l'oreille tendue vers ce bruit lointain que Craig Toomy attribuait aux langoliers.

« De combien s'est-il rapproché, d'après vous ? demanda Nick à Brian.

— Peux pas dire. Il paraît plus proche, mais évidemment, nous étions jusqu'ici à l'intérieur.

— Dépêchons-nous, fit Albert d'un ton impatient. Comment remonte-t-on à bord ? Par le toboggan ?

— Ce ne sera pas nécessaire, répondit Brian avec un geste de la main. » Un escalier mobile attendait de l'autre côté de la porte 2. Ils se dirigèrent par là, dans un bruit de pas étouffé.

« Vous savez, Albert, nous avons à peine une chance sur cent..., fit Brian sans achever sa phrase.

— Peut-être, mais-

— Une chance sur cent vaut mieux que pas de chance du tout, acheva Nick pour le jeune homme.

— Je voulais simplement qu'il ne soit pas trop déçu au cas où on se planterait.

— Ne vous inquiétez pas, intervint Bob doucement. Il sera bien assez déçu pour nous tous. L'idée du gosse est logique. Elle devrait marcher... Evidemment, Albert, vous vous rendez compte qu'il y a peut-être des facteurs qui nous sont restés inconnus, n'est-ce pas ?

— Bien sûr. »

Brian, en deux coups de pied, déverrouilla les freins qui bloquaient l'escalier mobile. Nick prit position à la rampe de gauche, Brian à celle de droite.

« J'espère qu'il roule encore, dit Brian.

— Il devrait, observa Bob Jenkins. Certains — peut-être même la plupart — des composants physiques et chimiques ordinaires de la vie semblent conserver leurs propriétés ; nos poumons respirent normalement, les portes s'ouvrent et se ferment-

— N'oubliez pas la gravité, ajouta Albert. Nous sommes toujours collés au sol.

— Arrêtons de philosopher et poussons là-dessus », les interrompit Nick.

L'escalier roula sans difficulté. Les deux hommes le poussèrent sur le tarmac, en direction du 767, tandis qu'Albert et Bob les suivaient. L'une des roues grinçait à intervalles réguliers. Le seul autre bruit était le fond sonore incessant de broyage de gravier qui leur parvenait de l'horizon à l'est.

« Regardez-le, dit Albert alors qu'ils se rapprochaient de l'appareil, mais regardez-le ! Ne voyez-vous pas à quel point il... il existe plus que tout le reste ? »

Il n'y avait nul besoin de répondre, et personne ne le fit. Tous le voyaient, en effet. Et à contrecœur, presque contre sa volonté, Brian commença à se dire que le gamin avait peut-être mis le doigt sur quelque chose.

Ils placèrent l'escalier mobile de biais entre le fuselage et le toboggan ; la plus haute marche était à une grande enjambée du seuil de la porte ouverte. « Je vais monter le premier, dit Brian. Je replierai le toboggan, après quoi vous mettrez l'escalier en position correcte.

« A vos ordres, commandant », dit Nick, avec un énergique petit salut, la main au front.

Brian prit un air dégoûté. « Attaché adjoint », fit-il en s'élançant dans l'escalier. Il ne lui fallut qu'un moment pour hisser le toboggan, à l'aide de ses haubans, jusque dans l'appareil. Puis il se pencha par la porte pour surveiller Nick et Albert qui manœuvraient l'escalier avec précaution.

5

C'était maintenant Rudy Warwick et Don Gaffney qui montaient la garde auprès de Craig Toomy. Bethany, Laurel et Dinah, alignées devant la baie vitrée, regardaient dehors — les deux premières du moins. « Qu'est-ce qu'ils font ? demanda Dinah.

— Ils ont enlevé le toboggan et placé un escalier devant la porte, dit Laurel. Maintenant ils montent tous (elle se tourna vers Bethany.) Vous êtes sûre de ne pas avoir compris ce qu'ils veulent faire ? »

La jeune fille secoua la tête. « Tout ce que je sais, c'est que Ace — Albert, je veux dire — est devenu comme fou. J'aurais bien aimé que ce soit à cause d'une irrésistible pulsion sexuelle, mais ce n'était pas ça.... » Elle se tut un instant, sourit, et ajouta : « En tout cas, pas encore. Il a dit quelque chose à propos de l'avion qui serait davantage *présent...* et à propos de mon parfum qui le serait moins, ce qui ne ferait sûrement pas plaisir à Coco Chanel. Il a aussi parlé de circulation à double sens. Je n'ai rien compris à ce qu'il baragouinait.

— Je parie que je le sais, dit la fillette.

— Et qu'as-tu deviné ? »

Dinah secoua la tête. « J'espère qu'ils vont faire vite. Parce que le pauvre Monsieur Toomy a raison. Les langoliers arrivent.

— Voyons, Dinah, c'est juste une histoire inventée par son père.

— C'*était* peut-être une histoire inventée, répondit Dinah en tournant ses yeux aveugles vers le vitrage, mais elle est vraie, maintenant. »

6

« Très bien, Ace, dit Nick, en avant pour le spectacle. »

Le cœur d'Albert cognait dans sa poitrine et ses mains tremblaient, tandis qu'il disposait les quatre éléments de son expérience sur une étagère du compartiment des premières classes, où, mille ans auparavant et de l'autre côté du continent, une hôtesse de l'air du nom de Melanie Trevor avait eu en charge un carton de jus d'orange et deux bouteilles de champagne.

Brian observa attentivement Albert tandis que celui-ci disposait la pochette d'allumettes, la bouteille de Budweiser, la boîte de Pepsi et le sandwich au beurre d'arachide et à la gelée qui provenaient des réfrigérateurs du restaurant. Le sandwich était scellé dans du plastique transparent.

« Parfait, dit le jeune homme en prenant une profonde inspiration. Voyons un peu ce que nous avons ici. »

7

Don quitta le restaurant et se rendit auprès des baies vitrées. « Qu'est-ce qui se passe ?

— On ne le sait pas », lui répondit Bethany. Elle avait réussi à tirer une flamme d'une autre de ses allumettes et fumait de nouveau. Lorsqu'elle enleva la cigarette de sa bouche, Laurel s'aperçut qu'elle avait arraché le filtre. « Ils sont montés dans l'avion, ils sont encore dans l'avion — fin de l'histoire. »

Don resta quelques instants en contemplation devant le vitrage. « On dirait que c'est différent, dehors. Je ne pourrais pas dire au juste pourquoi, mais c'est l'impression que ça donne.

— La lumière baisse, intervint Dinah. C'est ça, qui est différent. » Elle avait parlé d'un ton parfaitement calme, mais son visage trahissait des sentiments de solitude et de peur. « Je la sens diminuer, ajouta-t-elle.

— Elle a raison, dit Laurel. Il n'a fait clair que deux ou trois heures, et pourtant on dirait que le jour tombe.

— Je n'arrête pas de me dire que c'est un rêve, vous savez. De me dire que c'est le pire cauchemar que j'ai jamais eu, et que je vais me réveiller bientôt... »

Laurel acquiesça. « Comment est Monsieur Toomy ? »

Don partit d'un petit rire sans joie. « Vous ne le croiriez pas.

— Qu'est-ce qu'on ne croirait pas ? lui demanda Bethany.

— Il s'est endormi. »

8

Craig Toomy, évidemment, ne dormait pas. Les gens qui s'endorment dans les moments critiques, comme ce type qui était supposé garder un œil sur Jésus pendant qu'il priait dans le jardin de Gethsémani, ces gens-là ne font définitivement pas partie du GRAND TABLEAU.

Il avait observé attentivement les deux hommes entre ses paupières mi-closes et souhaité de toutes ses forces que l'un d'eux s'éloignât. Ou les deux. Finalement, le type en chemise rouge était parti. Warwick, le chauve au dentier chromé, s'approcha de Craig et se pencha sur lui. Craig garda les yeux fermés.

« Hé, dit Warwick en lui soufflant une haleine de dentier mal entretenu au visage, hé, vous êtes réveillé ? »

Craig ne bougea pas, n'ouvrit pas les yeux et continua de respirer au même rythme. Il envisagea même d'émettre un petit ronflement, puis y renonça.

Warwick le poussa sur le côté.

Craig continua son manège.

Chauve-au-dentier se redressa, enjamba le corps du dormeur et alla regarder les autres depuis la porte du restaurant. Craig n'ouvrit les yeux que d'une ligne, et vérifia que Warwick avait bien le dos tourné. Alors, le plus silencieusement possible et avec le plus grand soin, il commença à faire jouer ses poignets de haut en bas à l'intérieur du nœud serré en huit formé par la nappe. Déjà, celle-ci était un peu détendue.

Il ne faisait que de petits mouvements, surveillant le dos de Warwick, prêt à fermer les yeux et à cesser de bouger dès que l'autre ferait mine de se retourner. De toute sa volonté, il envoya des messages télépathiques pour qu'il ne se retournât pas. Il fallait être libre avant que les autres trous du cul ne revinssent de l'avion. En particulier le trou du cul anglais, celui qui lui avait tordu le nez et donné un coup de pied quand il était par terre. Le trou du cul anglais en question l'avait rudement bien ficelé, mais grâce à Dieu, à l'aide d'une nappe et non d'une corde en nylon. Dans ce cas, il n'aurait pas eu la moindre chance, mais là...

L'un des nœuds se détendit, et Craig put faire tourner ses poignets sur place. Il entendait les langoliers se rapprocher. Il avait bien l'intention d'être hors d'ici et en route pour Boston avant leur arrivée. A Boston, il serait en sécurité. Lorsqu'on se trouvait dans une salle de conseil d'administration pleine de banquiers, il n'était pas permis de déguerpir.

Et que Dieu vienne en aide à quiconque, homme, femme ou enfant, qui tenterait de se mettre sur son chemin.

9

Albert prit la pochette d'allumettes qui venait de la coupe du restaurant. « Preuve à conviction numéro 1, déclara-t-il. Allons-y. »

Il arracha une allumette et la frotta. Il fut trahi par le tremblement de ses mains et heurta la pochette au-dessus du frottoir. L'allumette se plia.

« Merde ! jura Albert.

— Est-ce que vous voulez... ? commença Nick.

— Laissez-le faire, intervint Brian. C'est sa démonstration.

— Prenez votre temps, Albert », conseilla Bob.

Le jeune homme détacha une autre allumette, adressa un sourire contraint à la ronde et la frotta.

Elle ne prit pas feu.

Il frotta de nouveau.

Elle ne prit pas feu.

« Je crois que c'est concluant, commença Brian. Il n'a -

— Je la sens, le coupa Nick, je sens l'odeur du soufre ! Essayez-en une autre, Ace ! »

Au lieu de cela, Albert passa pour la troisième fois l'allumette sur le frottoir... et cette fois-ci, elle s'enflamma. Elle ne se contenta pas de brûler la tête soufrée et de s'éteindre ; au contraire, la flamme s'éleva, bien droite, bleue à la base, jaune au bout, et attaqua la tige cartonnée.

Albert leur adressa un sourire féroce. « Vous voyez ? *Vous voyez ?* »

Il secoua l'allumette, la laissa tomber et en prit une autre. Celle-ci prit feu du premier coup. Il replia la pochette à l'envers et effleura les autres allumettes avec celle qui brûlait, comme Robert Jenkins avait fait dans le restaurant. Cette fois-ci elles flamboyèrent toutes ensemble avec un bruit sec, *fssss !* Albert les souffla comme les bougies d'un gâteau. Il lui fallut s'y reprendre à deux fois.

« Vous voyez ? répéta-t-il. Vous voyez ce que ça signifie ? Circulation à double sens ! *Nous avons emporté avec nous notre propre temps !* C'est le passé, là dehors... et partout à l'est, je suppose, du trou par lequel nous sommes passés... mais le présent se trouve toujours ici ! *Il est toujours pris à l'intérieur de l'avion !*

— Je me demande... », murmura Brian ; mais soudain, tout semblait redevenir possible. Il ressentit une envie folle, presque incontrôlable, de prendre l'adolescent dans ses bras et de lui donner de grandes claques dans le dos.

« Bravo, Albert ! dit Bob. La bière, maintenant. Essayons la bière ! »

Albert dévissa la capsule, pendant que Nick allait repêcher un verre intact au milieu du naufrage du chariot.

« Où est la fumée ? demanda Brian.

— La fumée ? demanda Bob, intrigué.

— Euh, je ne crois pas que ce soit exactement de la fumée, mais lorsqu'on ouvre une bière, il en sort en général un petit nuage de quelque chose. »

Albert renifla, puis tendit la bouteille en direction de Brian. « Sentez donc. »

Le pilote s'exécuta et se mit à sourire. Il ne pouvait s'en empêcher. « Bon Dieu, ça sent bien comme de la bière, fumée ou pas. »

Nick présenta son verre, et Albert constata avec un certain plaisir que la main de l'Anglais n'était guère plus assurée que la sienne. « Allez-y, versez ! Dépêchez-vous, mon vieux, mon médecin m'a dit que le suspense était mauvais pour le cœur. »

Albert versa la bière et leurs sourires s'évanouirent.

La bière était éventée. Tout à fait éventée. Dans son verre à whisky, elle donnait l'impression d'un échantillon d'urine, se dit Nick.

10

« Seigneur Tout-Puissant, mais la nuit tombe ! »

Le groupe debout auprès de la baie vitrée se tourna vers Rudy Warwick qui venait de les rejoindre.

« Vous devriez surveiller le cinglé, en principe », lui fit remarquer Don.

Rudy eut un geste d'impatience. « Il dort comme une souche. A mon avis, le gnon qu'il a reçu a dû lui secouer la tirelire un peu plus que ce qu'on a cru tout d'abord. Qu'est-ce qui se passe, ici ? Et pourquoi la nuit tombe-t-elle si vite ?

— On n'en sait rien, répondit Bethany. C'est comme ça, c'est tout. Vous croyez qu'il est dans le coma, notre barjot ?

— Aucune idée. Mais si oui, c'est un souci de moins, vous ne trouvez pas ? Bon Dieu, ce bruit a de quoi vous ficher la frousse ! On dirait une armée de termites camés en train de bouffer un planeur en balsa. » Pour la première fois, Warwick semblait avoir oublié son estomac.

Dinah tourna le visage vers Laurel. « Je crois qu'il vaudrait mieux aller voir comment va Monsieur Toomy, dit-elle. Il m'inquiète. Je suis sûre qu'il a très peur.

— S'il est inconscient, Dinah, il n'y a rien que-

— Il n'est pas inconscient, je ne crois pas. Je parie même qu'il ne dort pas. »

Laurel regarda quelques instants la fillette, songeuse, et lui prit la main. « D'accord, allons-voir. »

11

La nappe nouée par Nick Hopewell autour des poignets de Craig finit par se desserrer suffisamment ; il put libérer sa main droite et se débarrasser de son lien. Il se mit rapidement debout. Un élancement douloureux lui traversa le crâne, et il vacilla sur place pendant quelques instants. Des vols de points noirs se poursuivaient dans son champ visuel, qui s'éclaircit peu à peu. Il se rendit alors compte que l'obscurité gagnait dans le terminal. Une nuit précoce tombait. Il entendait beaucoup plus clairement le broyage de gravier des langoliers, maintenant, soit que son oreille fût devenue plus sélective, soit qu'ils fussent plus proches.

De l'autre côté du terminal, il aperçut deux silhouettes, une grande et une petite, se détacher du groupe et se diriger vers le restaurant. La femme qui n'arrêtait pas de râler et la petite aveugle à la sale gueule boudeuse. Pas question de leur laisser donner l'alerte. Ce serait une catastrophe.

Craig s'éloigna de la tache ensanglantée de la moquette, sans quitter des yeux les deux silhouettes qui se rapprochaient. Il n'arrivait pas à comprendre comment la nuit pouvait tomber aussi rapidement.

Il y avait des pots remplis de couverts, sur le comptoir, à côté de la caisse enregistreuse, mais ce n'était que des cochonneries en plastique, rien d'utilisable. Craig fit le tour de la caisse et vit quelque chose de mieux : un coutelas de boucher, posé près du gril. Il le prit et s'accroupit derrière la caisse pour les regarder approcher. Il observait la petite fille avec plus d'anxiété que la femme. Elle en savait beaucoup ... trop, même, peut-être. Comment était-elle parvenue à en savoir autant ?

Question passionnante, non ?

N'est-ce pas ?

12

Nick regarda tour à tour Albert et Bob. « Ainsi, les allumettes sont normales, mais pas la bière. (Il se tourna pour poser le verre sur le petit comptoir.) Est-ce que ça signi- »

Tout d'un coup, un petit nuage en forme de champignon et constitué de bulles se forma au fond du verre. Il s'éleva rapidement, s'élargit et explosa en une fine couche de mousse à la surface. Les yeux de l'Anglais s'élargirent.

« Apparemment, fit Bob avec une pointe d'ironie, il faut laisser aux choses le temps de se refaire. » Il prit le verre, en but une gorgée, et claqua les lèvres. « Excellente. » Tous regardaient le dessin compliqué de dentelle de mousse, dans le verre. « Je déclare sans mentir que je n'ai jamais bu une bière aussi bonne de toute ma vie. »

Albert remplit de nouveau le verre. Cette fois-ci, la bière moussa aussitôt, puis déborda. Brian tendit la main.

« Vous êtes bien sûr que vous allez la goûter, mon vieux ? fit Nick avec un sourire. Est-ce que vous n'avez pas un dicton de pilote qui dit : " Vingt-quatre heures pour aller de la bouteille au zinc " ?

— Il ne s'applique pas aux voyages dans le temps, répliqua Brian, vous pouvez vérifier. » Il leva le verre, but et éclata de rire. « Vous avez raison, dit-il à Bob. C'est la meilleure bière que j'ai jamais bue, moi aussi. Essayez donc le Pepsi, Albert. »

Albert fit sauter la patte métallique de la boîte, et tout le monde entendit le *pop-hiss* caractéristique de centaines de boissons de ce genre. Il en avala une grande rasade. Quand il reposa la boîte, il souriait... mais il avait les larmes aux yeux.

« Messieurs, notre Pepsi-Cola est également excellent aujourd'hui », déclara-t-il, en prenant les intonations respectueuses d'un maître d'hôtel. Tous éclatèrent de rire.

13

Don Gaffney rattrapa Laurel et Dinah au moment où elles entraient dans le restaurant. « J'ai pensé qu'il valait mieux..., commença-t-il, avant de s'arrêter brusquement. Oh merde, où est-il passé ?

— Je ne sais- » voulut dire Laurel, mais Dinah lui demanda de se taire.

Sa tête pivota lentement, comme la tête d'une torche lumineuse éteinte. Pendant quelques instants, il n'y eut pas le moindre bruit dans le restaurant... du moins, rien que l'oreille de Laurel pût détecter.

« Par là, dit enfin Dinah, avec un geste vers la caisse enregistreuse. Il se cache par là. Derrière quelque chose.

— Comment le sais-tu ? lui demanda Don d'un ton sec et nerveux. Je n'entends-

— Moi si, l'interrompit calmement la fillette. J'entends ses ongles sur le métal. Et j'entends son cœur. Il bat très vite et très fort. Il a affreusement peur. Je le plains beaucoup, beaucoup. »

Soudain, elle lâcha la main de Laurel et s'élança.

« Dinah, non ! » cria Laurel.

La fillette n'en tint pas compte. Elle se dirigea vers la caisse, mains tendues vers d'éventuels obstacles ; l'ombre eut l'air de s'emparer d'elle et de l'engloutir dans ses bras avides.

« Monsieur Toomy ? Je vous en prie, sortez. On ne veut pas vous faire de mal. N'ayez pas peur, s'il vous plaît- »

Un bruit s'éleva de derrière le comptoir. Un cri funèbre et suraigu. Un mot, ou quelque chose qui cherchait à être un mot, mais qui ne trahissait que de la démence.

« *Vouououououou...* »

Craig se redressa, les yeux lançant des éclairs, le couteau de boucher brandi ; il venait brusquement de comprendre qui *elle* était, à savoir l'une des *leurs*, que derrière ses lunettes noires elle faisait partie d'*eux*, qu'elle n'était pas seulement un langolier, mais qu'elle en était le chef, celle qui appelait les autres, qui les appelait grâce à ses yeux aveugles.

« *Vouououououou...* »

Il se jeta sur elle en hurlant. Don Gaffney bouscula Laurel, manquant de peu la renverser, et bondit en avant. Il avait réagi vite, mais pas suffisamment. Craig Toomy était cinglé et se déplaçait à la vitesse des langoliers eux-mêmes. Il fonçait sur Dinah comme un fauve sur sa proie : il ne déguerpissait pas, lui.

La fillette ne fit rien pour l'éviter. Levant son regard aveugle sur l'homme aveuglé par sa folie, elle écarta les bras, comme pour le prendre contre elle et le consoler.

« -*ououououououou...*

— N'ayez pas peur, Monsieur Toomy, n'ayez pas peur- » C'est alors que Craig enfonça le couteau dans la poitrine de Dinah, avant de se ruer dans le terminal, ignorant Don et Laurel, et sans cesser un instant de hurler.

Dinah resta quelques instants debout où elle se trouvait. Sa main trouva le manche de bois qui dépassait du devant de sa robe, et ses doigts papillonnèrent autour, en explorant la forme. Puis elle s'effondra doucement et avec grâce sur le sol, réduite à une simple nouvelle ombre parmi les ombres de plus en plus denses.

CHAPITRE SEPT

1

Chacun à son tour, Albert, Brian, Bob et Nick mordirent dans le sandwich au beurre de cacahuète et à la gelée... ce qui faisait deux bouchées par personne. Mais tandis qu'il mâchait, Albert se dit qu'il n'avait jamais mordu dans nourriture aussi délicieuse de toute sa vie. Son estomac se réveilla, du coup, et se mit à en réclamer davantage.

« Je crois que c'est ce que notre ami déplumé, Monsieur Warwick, va apprécier le plus », remarqua Nick en avalant. Il regarda Albert. « Vous êtes un génie, Ace. Vous le savez, n'est-ce pas ? Rien qu'un pur génie. »

Albert, ravi, se mit à rougir. « Ce n'était pas grand-chose, pourtant. Rien que l'application de ce que Monsieur Jenkins appelle la méthode déductive. Si deux flux coulant dans des directions différentes se rencontrent, ils se mélangent et forment un tourbillon. J'ai vu ce qui arrivait aux allumettes de Bethany, et j'en ai conclu qu'il se passait peut-être quelque chose de semblable ici. Il y avait aussi la chemise d'un rouge vif de Monsieur Gaffney. Elle commençait à perdre de sa couleur. Je me suis donc dit que si les choses commencent de se dissoudre lorsqu'on n'est plus dans l'avion, peut-être qu'en les ramenant dedans-

— Il faut que je vous interrompe, fit doucement Brian. Je crois que si nous avons l'intention de faire ce vol de retour, nous devrions commencer dès que possible. Le bruit que nous entendons m'inquiète, mais il y a aussi autre chose qui m'inquiète. Cet avion n'est pas un système clos. Je crois qu'il y a des chances pour qu'il commence à un moment ou l'autre à perdre lui-même son... sa...

— Son intégrité temporelle ? suggéra Albert.

— Oui. Bien dit. Le carburant que nous chargerons maintenant dans ses réservoirs a une chance de brûler... mais dans quelques heures, il peut se révéler inerte. »

Une idée désagréable vint à l'esprit de Brian : le kérosène s'arrêtant de brûler alors que l'appareil serait à 30 000 pieds. Il ouvrit la bouche pour le leur dire... puis la referma. Quel avantage à leur mettre pareille idée en tête, alors qu'ils ne pourraient rien y faire ?

« Comment s'y prend-on, Brian ? » demanda Nick de son ton net et précis.

Brian revit tout le processus en esprit. La méthode ne serait pas très orthodoxe, en particulier dans la mesure où il devrait travailler avec une équipe dont l'expérience ne devait pas dépasser la fabrication d'un modèle réduit, dans le meilleur des cas, mais il pensait que c'était possible.

« Nous commencerons par lancer les moteurs pour nous rapprocher le plus possible du Delta 727. Une fois là, j'arrêterai le moteur tribord et laisserai tourner le moteur bâbord. Ce 767 est équipé de réservoirs d'ailes et d'un système APU * qui- »

Un hurlement suraigu de panique leur parvint à ce moment-là, et masqua un instant le bruit de fond de broyage, comme une craie

---

* Auxiliary Power Unit : moteurs auxiliaires produisant l'énergie nécessaire aux équipements d'un appareil. (*N.d.T.*)

grinçant sur un tableau noir. Il fut suivi d'un bruit de pas sur l'escalier mobile. Nick se tourna dans cette direction et leva les mains dans un geste qu'Albert identifia sur-le-champ : il avait vu des fondus d'arts martiaux le pratiquer, dans son école. Il s'agissait simplement de la position défensive classique du Tae Kwon Do. L'instant suivant, le visage blême et terrifié de Bethany apparaissait dans l'encadrement de la porte et Nick laissa retomber ses mains.

« Venez ! hurla-t-elle, il faut que vous veniez ! » Hors d'haleine, haletante, elle vacilla et recula sur la plateforme. Un instant, Albert et Brian crurent qu'elle allait dégringoler l'escalier à la pente raide et se rompre le cou. Puis Nick bondit en avant, lui passa une main sous la nuque et l'attira à l'intérieur de l'appareil. La jeune fille ne semblait même pas se rendre compte de ce qui avait failli lui arriver. Ses yeux sombres brillaient dans l'ovale décoloré de son visage. « Je vous en prie, venez ! Il lui a donné un coup de couteau ! Je crois qu'elle va mourir ! »

Nick posa les mains sur ses épaules et se pencha vers elle comme s'il s'apprêtait à l'embrasser. « Qui a donné un coup de couteau à qui ? demanda-t-il d'un ton très calme. Qui va mourir ?

— Je... elle... Monsieur T-T-Toomy-

— Bethany ? Dites *teacup*. »

Elle ouvrit de grands yeux, hagarde, sans comprendre. Brian regardait l'Anglais comme si celui-ci était devenu fou.

« Dites *teacup*. Tout de suite.

— *T-T-Teacup*.

— *Teacup* et *saucer*.

— *Teacup* et *saucer*.

— Très bien. Ça va mieux ? »

Elle acquiesça. « Oui.

— Bon. Si vous perdez encore les pédales, dites *teacup* et ça ira aussitôt mieux. Qui a reçu un coup de couteau ?

— La petite aveugle, Dinah.

— Bordel de merde. Très bien, Bethany. Simplement- » Nick éleva brutalement la voix lorsqu'il vit Brian se déplacer derrière la jeune fille, en direction de l'escalier, Albert dans son sillage. « Non ! lança-t-il d'un ton sec et dur qui les arrêta immédiatement. Ne bougez pas, nom de Dieu ! »

Brian, qui avait fait deux séjours au Vietnam et savait reconnaître un ordre définitif quand il en recevait un, s'arrêta si brusquement qu'Albert vint donner du nez contre son dos. *Je le savais,* songea le pilote. *Je savais qu'il prendrait la direction des opérations. Ce n'était qu'une question de temps et de circonstances.*

« Savez-vous ce qui s'est passé et où se trouve notre salopard de compagnon de voyage, maintenant ? demanda Nick à Bethany.

— Le type... le type en chemise rouge a dit... »

— Très bien. Laissez tomber. (Il jeta un bref coup d'œil à Brian. Il avait les yeux rouges de colère.) Ces foutus idiots l'ont laissé tout seul. J'aurais parié ma pension là-dessus ! Eh bien, ça ne se reproduira plus. Notre Monsieur Toomy vient de nous jouer son dernier tour. »

Il regarda de nouveau la jeune fille. Elle avait la tête inclinée ; ses cheveux pendaient en désordre devant son visage et elle respirait à grands à-coups chevrotants.

« Vit-elle encore, Bethany ? demanda-t-il doucement.

— Je... je... je...

— Dites *teacup*, Bethany.

— *Teacup !* cria-t-elle en levant sur lui des yeux rougis et pleins de larmes. Je n'en sais rien ! Elle était encore en vie quand je... quand je suis venue vous chercher. Elle est peut-être morte, maintenant. Il ne l'a pas ratée. Seigneur, pourquoi faut-il qu'on aie ce foutu parano sur les bras ? On était déjà bien assez dans la merde comme ça !

— Et aucun d'entre vous, qui étiez chargés de le surveiller, n'a la moindre idée de la direction qu'il a prise après l'attaque, c'est bien ça ? »

Bethany porta une main à son visage et se mit à sangloter. La réponse leur suffisait.

« Ne soyez pas aussi dur avec elle », dit avec douceur Albert, qui passa un bras autour de la taille de la jeune fille. Elle posa la tête contre son épaule et se mit à pleurer plus fort encore.

Nick les repoussa délicatement de côté. « Si je devais être dur avec quelqu'un, ce serait avec moi-même, Ace. J'aurais dû rester là-bas. »

Il se tourna vers Brian.

« Je retourne au terminal. Vous, non. Monsieur Jenkins a très certainement raison : nous n'avons pas beaucoup de temps. Je n'aime pas trop m'attarder sur ce que cela veut dire exactement. Faites partir les moteurs, mais ne déplacez pas l'appareil. Si la gosse est vivante, nous aurons besoin de l'escalier pour la faire monter. Bob, placez-vous au pied de l'escalier. Surveillez le coin au cas où ce salopard de Toomy... Albert, suivez-moi. »

Puis il ajouta quelque chose qui les glaça tous.

« J'espère presque qu'elle est morte, Dieu me pardonne. Ça nous ferait gagner du temps. »

2

Dinah n'était pas morte ; elle n'était même pas inconsciente. Laurel lui avait enlevé ses lunettes de soleil pour essuyer la transpiration qui inondait son visage ; les yeux de Dinah, d'un brun profond, très grands, regardaient sans voir dans ceux bleu-vert de Laurel. Derrière elle, Don et Rudy se tenaient épaule contre épaule, dévorés d'anxiété.

« Je suis désolé, répéta Rudy pour la cinquième fois. Je croyais vraiment qu'il était KO. Complètement KO. »

Laurel l'ignora. « Comment te sens-tu, Dinah ? » demanda-t-elle doucement. Elle ne voulait pas regarder le manche de bois qui dépassait de la robe de la fillette, mais ses yeux ne cessaient d'y revenir. Très peu de sang avait coulé, du moins jusqu'à maintenant : il formait un demi-cercle de la taille d'une soucoupe autour de la blessure, et c'était tout.

Pour l'instant.

« Ça fait mal, murmura Dinah. C'est dur de respirer. Et c'est brûlant.

— Tu vas voir, ça va aller, Dinah », dit Laurel ; mais ses yeux, une fois de plus, se portèrent sur le manche. La fillette était toute menue, elle n'arrivait pas à comprendre comment la lame ne l'avait pas transpercée de part en part. Et par quel miracle elle n'était pas encore morte.

« ... hors d'ici », souffla Dinah. Elle fit la grimace et un filet de sang épais s'échappa lentement du coin de sa bouche avant de couler sur sa joue.

« N'essaie pas de parler, ma chérie, lui dit Laurel en repoussant les boucles mouillées de sueur du front de la fillette.

— Il faut que vous partiez d'ici, insista Dinah d'une voix à peine perceptible. Et il ne faut pas en vouloir à Monsieur Toomy. Il est... il a peur, c'est tout. Il a peur d'eux. »

Don jeta autour de lui des regards sinistres. « Si je trouve ce salopard, il va avoir encore plus peur », gronda-t-il en serrant les poings. Une chevalière brilla à l'une de ses phalanges, dans la pénombre grandissante. « Il regrettera de n'être pas né dans la peau d'un rat d'égout. »

Nick arriva à ce moment-là dans le restaurant, suivi d'Albert. Il bouscula Rudy Warwick au passage et, sans s'excuser, s'agenouilla à côté de Dinah. Son regard brillant s'arrêta quelques instants sur le manche du couteau, puis se porta sur le visage de la fillette.

« Salut, mon chou. » Il avait parlé sur un ton joyeux, mais ses yeux étaient devenus plus sombres. « Je vois que tu as eu droit à l'air conditionné. Ne t'inquiète pas ; en un rien de temps, tu seras aussi solide qu'une chevrette. »

Dinah esquissa un sourire. « C'est quoi, une chevrette ? Une petite chèvre ? » murmura-t-elle. Encore un peu de sang coula de sa bouche, et Laurel en aperçut sur ses dents. La jeune femme sentit son estomac se nouer paresseusement.

« Je ne sais pas, mais c'est quelque chose de mignon, j'en suis sûr, répondit Nick. Je vais te tourner la tête de côté. Reste aussi immobile que tu peux.

— D'accord. »

Nick lui fit pivoter très doucement la tête, jusqu'à ce que sa joue touchât la moquette ou presque. « Ça fait mal ?

— Oui, souffla Dinah. Ça brûle. Fait mal de... respirer. » Son filet de voix avait pris un timbre rauque, craquelé. Un fin filet de sang coula de sa bouche et vint s'étaler sur la moquette, à moins de trois mètres de l'endroit où séchait le sang de Craig Toomy.

De dehors leur parvint soudain le gémissement à haute pression d'un moteur d'avion qu'on lance. Don, Rudy et Albert regardèrent dans cette direction. Nick ne quitta pas un instant la fillette des yeux. Il parla d'un ton doux. « Est-ce que tu as envie de tousser, Dinah ?

— Oui... non... je ne sais pas.

— Il ne vaudrait mieux pas, reprit-il. Si tu ressens cette espèce de chatouillis, tu sais, essaie de l'ignorer. Et ne dis plus rien, d'accord ?

— Ne faites... pas de mal... à Monsieur Toomy. » En dépit de sa voix affaiblie, il y avait beaucoup de force et d'insistance dans ses paroles.

« Non, ma chérie, il n'en est pas question. Fais-moi confiance.

— Vous... fais pas... confiance... »

Il se pencha, l'embrassa sur la joue et murmura à son oreille :

« Mais si, tu peux — tu peux me faire confiance. Pour le moment, il faut surtout ne pas bouger et nous laisser nous occuper du reste. »

Il se redressa et regarda Laurel. « Vous n'avez pas essayé de lui retirer le couteau ?

— Je... non. » La jeune femme déglutit. Elle avait l'impression d'avoir une boule brûlante et rêche dans le fond de la gorge. Elle n'arrivait pas à avaler. « J'aurais dû ?

— Si vous l'aviez fait, nous n'aurions guère de chance. Avez-vous une expérience quelconque d'infirmière ?

— Non.

— Très bien, je vais vous dire ce qu'il faut faire... mais je voudrais tout d'abord savoir si la vue du sang — de pas mal de sang — ne va pas vous faire tomber dans les pommes. Et c'est la vérité que je veux.

— Je n'ai jamais réellement vu beaucoup de sang depuis le jour où on se courait après, ma sœur et moi, et où elle s'est cassé deux dents contre une porte. Ce jour-là, en tout cas, je ne me suis pas évanouie.

— Bien. Et vous ne vous évanouirez pas davantage aujourd'hui. Monsieur Warwick, apportez-moi une demi-douzaine de nappes que vous trouverez dans ce grotesque bistrot, à côté. (Il sourit à la fillette.) Donne-moi une minute ou deux, Dinah, et je crois que tu te sentiras beaucoup mieux. Tu ne peux pas savoir comme le jeune docteur Hopewell peut être gentil avec les dames, en particulier quand elles sont jeunes et jolies. »

Laurel éprouva un désir soudain, aussi violent qu'absurde, de toucher les cheveux de Nick.

Mais qu'est-ce qui te prend, ma grande ? Cette petite fille est probablement en train de mourir, et tout ce que tu te demandes, c'est quel effet ça te ferait de toucher ses cheveux ? Arrête ça ! Tu es trop stupide !

Voyons un peu... stupide au point d'avoir traversé le continent pour retrouver un homme rencontré par les petites annonces d'un magazine spécialisé ? Stupide au point d'avoir envisagé de coucher avec lui pourvu qu'il soit raisonnablement présentable... et qu'il n'ait pas mauvaise haleine, évidemment ?

Oh, arrête ça, Laurel, arrête ça tout de suite !

D'accord, admit l'autre voix dans sa tête. *Tu as absolument raison, il est ridicule de penser à des choses pareilles en des moments pareils, et je vais arrêter... mais je me demande comment le jeune*

*Dr Hopewell se comporterait, dans un lit ? Je me demande s'il serait
aussi doux, ou bien...*

Laurel frissonna, inquiète à l'idée qu'il s'agissait peut-être des
signes avant-coureurs d'une dépression nerveuse.

« Ils se rapprochent, souffla Dinah. Il faut vraiment... » Elle
toussa, et une grosse bulle sanglante se forma entre ses lèvres. Elle
explosa, maculant ses joues. Don Gaffney grommela quelque chose
et se détourna. « ... vous dépêcher », acheva-t-elle.

Nick ne se départit pas un instant de son sourire joyeux. « Je le
sais », répondit-il.

3

Craig fonça à travers le terminal, sauta adroitement par-dessus la
rampe de l'escalier roulant immobilisé et dévala les marches
métalliques, la panique roulant et grondant dans sa tête comme une
tempête sur l'océan ; elle arrivait même à noyer cet autre bruit, ce
masticage implacable, cet incessant broyage des langoliers. Personne ne le vit s'enfuir. Il courut à travers le hall du rez-de-
chaussée, vers l'une des portes de sortie... contre laquelle il s'écrasa.
Il avait tout oublié, y compris que les portes commandées par un
faisceau optique ne pouvaient s'ouvrir en cas de panne d'électricité.

Il rebondit, le souffle coupé, et tomba sur le sol. Il respirait
comme un poisson pris au filet. Il resta ainsi quelques instants,
essayant désespérément de rassembler ses idées éparses, et se
retrouva en train de contempler sa main droite. Elle se réduisait à
une forme blanche, dans l'obscurité grandissante, mais on devinait
de petites taches sombres dessus. Il savait ce qu'elles étaient : le
sang de la fillette.

Sauf que ce n'était pas une petite fille. Elle avait l'air *d'une petite
fille, mais c'était le chef des langoliers. Elle morte, les autres ne
pourront pas... ne pourront pas...*

Ne pourront pas quoi ?

Le trouver ?

Il entendait pourtant toujours le grondement affamé qui trahissait leur approche : ce bruit de mâchoire à rendre fou, comme si
quelque part, à l'est, était en marche une monstrueuse armée
d'insectes géants à l'insatiable appétit.

Son esprit vacilla. Oh, il était tellement embrouillé...

Craig aperçut une porte plus petite conduisant à l'extérieur et partit dans cette direction. Puis il s'arrêta. Il y avait bien une route, là dehors, et celle-ci devait certainement conduire à Bangor. Mais Bangor ne faisait définitivement pas partie du GRAND TABLEAU. C'était à *Boston* qu'il devait se rendre. S'il parvenait à rejoindre cette ville, tout irait bien. Et qu'est-ce que cela signifiait ? Son père l'aurait su, lui. Cela signifiait qu'il fallait arrêter de DÉGUERPIR dans tous les coins et S'EN TENIR AU PROGRAMME.

Son esprit s'empara de cette idée comme un naufragé s'empare d'un espar — n'importe quoi, pourvu que ça flotte, même si c'est la porte des chiottes : c'est toujours bon à prendre. S'il pouvait arriver à Boston, tout ce qu'il venait de vivre serait... serait...

« Balayé », balbutia-t-il.

A ce mot, un brillant rayon de lumière rationnelle parut percer les nuages ténébreux qui avaient envahi son esprit, et une voix (qui aurait pu être celle de son père) s'écria *OUI ! !* avec enthousiasme.

Mais comment s'y prendre ? Boston était trop loin pour s'y rendre à pied, et les autres ne le laisseraient pas embarquer sur l'unique avion qui fonctionnait encore. Pas après ce qu'il avait fait à leur petite mascotte aveugle.

« Mais ils ne savent pas, murmura-t-il, ils ne savent pas quel cadeau je leur ai fait, parce qu'ils ne savent pas qui elle est. » Il hocha la tête d'un air entendu. Ses yeux, agrandis et embués, brillaient dans la pénombre.

Faufile-toi en cachette dans l'avion, lui souffla la voix de son père.

Oui, ajouta la voix de sa mère. *Passager clandestin ! C'est la solution, Craiggy-weggy ! Et en plus, tu n'auras même pas besoin d'un billet !*

Craig, incertain, regarda en direction du carrousel à bagages. Il pouvait passer par là pour regagner les pistes, mais si jamais ils avaient placé une sentinelle auprès de l'avion ? Cette idée ne serait jamais venue à l'esprit du pilote — une fois hors de son cockpit, ce n'était qu'un imbécile, à l'évidence — mais l'Anglais, lui, y aurait certainement pensé.

Que fallait-il donc faire ?

Si ni le côté Bangor ni le côté pistes de l'aéroport n'étaient bons, que devait-il faire, et où devait-il se rendre ?

Craig regarda nerveusement l'escalier roulant immobilisé. Ils n'allaient pas tarder à se lancer à sa poursuite — avec l'Anglais à la tête de la meute, sans aucun doute — et il se tenait en plein milieu du hall, aussi exposé qu'une effeuilleuse qui vient de jeter au public son soutien-gorge et sa petite culotte.

Il faut que je me cache, au moins pour le moment.

Il avait entendu le démarrage des moteurs, mais cela ne l'inquiétait pas ; il avait assez d'expérience, comme passager, pour savoir que le commandant Engle ne pouvait repartir sans avoir fait le plein. Il n'avait pas à s'inquiéter qu'ils partent sans lui.

Du moins, pas pour le moment.

Cache-toi, Craiggy-weggy. C'est ce que tu dois faire pour le moment. Te cacher avant qu'ils se lancent à tes trousses.

Il tourna lentement sur lui-même, à la recherche du meilleur emplacement, plissant les yeux dans l'obscurité. Il aperçut alors un panneau au-dessus d'une porte, entre les comptoirs d'Avis et de l'agence de voyage de Bangor : SERVICES DE L'AÉROPORT, y lisait-on. Ce qui pouvait signifier à peu près tout ce qu'on voulait.

Craig se dépêcha de gagner cette issue, jetant des coups d'œil nerveux derrière lui, et en essaya la poignée. Comme dans le cas de la porte des services de sécurité, la poignée refusa de bouger, mais la porte s'ouvrit sous sa poussée. Il jeta un dernier regard par-dessus son épaule, ne vit personne, et referma la porte derrière lui.

Une obscurité totale l'engloutit sur-le-champ ; il était, dans cet endroit, aussi aveugle que la petite fille qu'il avait frappée. Craig s'en moquait. Il n'avait pas peur du noir ; en réalité, il aimait même cela. A moins d'être en compagnie d'une femme, personne n'attend de vous que vous fassiez quelque chose de réellement significatif dans les ténèbres. Dans les ténèbres, la notion de performance perdait beaucoup de sa valeur.

Avantage supplémentaire, le bruit des langoliers n'y parvenait qu'étouffé.

Craig avança lentement à tâtons, mains tendues, traînant les pieds. Après trois ou quatre pas, sa cuisse entra en contact avec un objet dur, qui lui fit penser au rebord d'un bureau. De la main, il vérifia. Il ne s'était pas trompé. Il l'explora du bout des doigts pendant quelques instants, réconforté de retrouver le matériel familier d'un col-blanc américain : une pile de feuilles de papier, un panier pour les documents en partance, le bord d'un buvard, une boîte de trombones, un pot pour les crayons et les stylos. Il contourna le bureau, et sa hanche heurta le bras d'un fauteuil. Il se glissa entre le siège et le bureau et s'assit. Il se sentait déjà mieux, du seul fait d'être installé derrière un bureau. Il avait l'impression d'être davantage lui-même — calme, maître de la situation. Il tâtonna pour trouver la poignée du tiroir du haut et l'ouvrit, à la recherche d'une arme, ou au moins de quelque chose de pointu. Presque tout de suite, ses mains tombèrent sur un coupe-papier.

Il le prit, referma le tiroir, et posa l'instrument à portée de sa main droite.

Il resta ainsi assis pendant un certain temps, l'oreille tendue vers le *ta-boum* étouffé de son cœur ainsi que vers le ronflement atténué des moteurs de l'avion. Puis ses mains partirent de nouveau à la recherche de la pile de papier. Il s'empara de la première feuille et la ramena vers lui, sans qu'il pût apercevoir le moindre reflet blanc.... même lorsqu'il la tenait devant ses yeux.

C'est très bien, Craiggy-weggy. Tu attends bien tranquillement dans le noir. Tout le temps qu'il faudra jusqu'au moment où il conviendra de bouger. Et lorsque ce moment viendra...

Je te le dirai, acheva son père d'un ton sinistre.

« C'est parfait », dit Craig à haute voix. Ses doigts avancèrent comme une araignée jusqu'au coin en haut à droite de la feuille de papier. Et commencèrent à la déchirer délicatement de haut en bas.

Riiiiip.

Comme une eau bleue, pure et rafraîchissante, un calme bienfaisant l'envahit. Il laissa tomber le ruban invisible sur le bureau invisible, et ses doigts remontèrent jusqu'en haut de la feuille. Tout allait se passer de manière impeccable. Parfaitement impeccable. Il commença à fredonner à voix basse une sorte de refrain sans musique.

« *Just call me angel... of the mor-ning, ba-by...* »

Riiiiip.

« *Just touch my cheek before you leave me... ba-by...* »

Maintenant calmé, en paix, Craig attendit, assis, que son père lui dise, comme il l'avait fait tant de fois lorsqu'il était petit, ce qu'il devait faire ensuite.

4

« Ecoutez-moi bien, Albert, dit Nick. Il faut la faire monter à bord de l'avion, mais pour cela nous aurons besoin d'une civière.

Il n'y en a certainement pas à bord, mais il doit forcément s'en trouver une ici. Où ?

— Bon sang, Monsieur Hopewell, le commandant Engle doit mieux savoir-

— Sauf qu'il n'est pas ici, fit Nick patiemment. Il va falloir nous débrouiller tout seul. »

Albert fronça les sourcils.... puis pensa au panneau qu'il avait vu au rez-de-chaussée. « Services de l'aéroport ? demanda-t-il. Ça ne serait pas ça ?

— Et comment donc ! s'exclama Nick. Où l'avez-vous vu ?

— En bas. A côté des comptoirs de location de voitures.

— Parfait, dit Nick. Voilà comment nous allons procéder. Vous et monsieur Gaffney êtes dorénavant chercheurs et porteurs de civière. Monsieur Gaffney, je vous conseille d'aller près du gril, derrière le comptoir. Je suppose que vous y trouverez des couteaux bien aiguisés. Je suis sûr que c'est là que notre désagréable ami a trouvé le sien. Prenez-en un pour vous et un pour Albert. »

Don passa derrière le comptoir sans dire un mot. Rudy Warwick revint à ce moment-là du bar, les bras chargés de nappes à carreaux rouges et blancs.

« Je suis vraiment désolé- » commença-t-il encore, mais Nick, d'un geste, lui coupa la parole. Il regardait toujours Albert, dont le visage se réduisait maintenant à un ovale pâle, au-dessus de la masse plus sombre du petit corps de la fillette. L'obscurité devenait de plus en plus profonde.

« Vous ne verrez probablement pas Monsieur Toomy ; à mon avis, il s'est enfui sans arme, pris de panique. Soit il s'est trouvé un trou où il se terre, soit il a quitté le terminal. Si jamais vous lui tombez dessus, je vous conseille très vivement de ne pas vous attaquer à lui, sauf si son comportement l'exige. (Il tourna la tête vers Don, qui revenait avec un coutelas de boucher dans chaque main.) N'oubliez pas quelle est votre priorité, tous les deux. Votre mission n'est pas de capturer Monsieur Toomy pour le déférer à la justice. Elle se réduit à trouver une civière et à la ramener ici aussi vite que possible. Il faut que nous fichions le camp d'ici. »

Don tendit un des coutelas à Albert, mais celui-ci secoua la tête et se tourna vers Warwick. « Puis-je avoir une de ces nappes, à la place ? »

Don le regarda comme s'il était devenu fou. « Une nappe ? Au nom du ciel, pour en faire quoi ?

— Vous allez voir. »

Albert s'était agenouillé près de Dinah. Il se releva et passa derrière le comptoir. Il regarda tout autour de lui, ne sachant pas très bien ce qu'il cherchait, mais sûr de le reconnaître lorsqu'il le verrait. C'est ce qui se produisit. Il y avait un grille-pain deux-tranches, un modèle ancien, dans un coin du comptoir. Il s'en saisit, arracha la prise, enroula le cordon autour en serrant bien, et revint auprès des autres. Il prit alors l'une des nappes, posa le grille-pain dans un coin et l'emballa comme s'il voulait faire un cadeau de Noël. Il élabora enfin un gros nœud bien serré en oreilles de lapin. Lorsqu'il prit la nappe par ces oreilles et se redressa, le grille-pain enroulé était transformé en un caillou posé dans une fronde de fortune.

« Lorsque j'étais môme, fit Albert d'un ton d'excuse, on jouait à Indiana Jones avec mon frère David. Un jour, j'ai fabriqué un truc dans ce genre, en disant que c'était un fouet, et c'est tout juste si je ne lui ai pas cassé le bras. J'avais mis dans une vieille couverture un contre-poids trouvé au fond de notre garage. Plutôt débile, j'en ai bien peur. Je ne me doutais pas à quel point ça pouvait faire mal. Ça m'a valu une sacrée raclée. D'accord, c'est une arme qui ne paie pas de mine, mais elle est assez efficace. Elle l'a été au moins une fois, en tout cas. »

Nick regarda l'arme improvisée d'Albert d'un air dubitatif mais ne dit rien. Si le jeune homme devait se sentir plus à l'aise avec un grille-pain enroulé dans une nappe pour descendre au rez-de-chaussée, c'était parfait.

« Alors c'est bon. Maintenant, allez nous chercher une civière et revenez. S'il n'y a rien dans ce service, cherchez ailleurs. Si vous n'avez rien trouvé d'ici quinze minutes non, dix, plutôt — revenez, et nous la porterons.

— Vous ne pouvez faire ça ! protesta Laurel sans élever la voix. Si jamais il y a une hémorragie interne... »

Nick la regarda. « Il y a déjà une hémorragie interne. Et dix minutes, c'est plus de temps que nous ne pouvons en gaspiller. »

Laurel ouvrit la bouche pour répondre, pour discuter, mais le murmure enroué de Dinah l'arrêta. « Il a raison. »

Don glissa le coutelas dans la ceinture de son pantalon. « Allons-y, fiston, » dit-il. On a des choses à faire. » Ils traversèrent le hall côte à côte, puis empruntèrent l'escalier mécanique. En chemin, Albert enroula les pointes de la nappe autour de son poignet.

5

Nick retourna son attention vers la fillette qui gisait sur le sol. « Comment te sens-tu, Dinah ?

— Ça fait mal, répondit-elle faiblement.

— Oui, bien sûr, ça fait mal. Et j'ai bien peur de devoir te faire encore plus mal, au moins pendant quelques secondes, ma chérie. Mais le couteau est dans ton poumon, et il faut l'en sortir. Tu le comprends, n'est-ce pas ?

— Oui. » Ses yeux sombres et aveugles se tournèrent vers lui « J'ai peur...

— Moi aussi, Dinah, moi aussi. Mais il faut le faire. Tu es prête ?

— Oui.

— Tu es une bonne fille. » Nick se pencha et posa un baiser léger sur sa joue. « Bonne et courageuse. Ça ne durera pas longtemps, je te le promets. Il faut que tu bouges le moins possible et que tu essaies de ne pas tousser. Tu comprends ce que je veux dire ? C'est très important. *Essaie de ne pas tousser.*

— J'essaierai.

— Il y aura un moment ou deux pendant lesquels tu auras l'impression de ne plus pouvoir respirer. Peut-être même d'avoir une fuite, comme un pneu crevé. C'est une impression pénible, ma chérie, et tu auras peut-être envie de bouger ou de crier. Il ne faut pas. Il ne faut ni bouger ni tousser. »

Dinah répondit, mais personne ne put distinguer ses paroles.

Nick déglutit, essuya d'un geste rapide du dos de la main la sueur qui lui mouillait le front, et se tourna vers Laurel. « Pliez deux des nappes en carrés aussi épais que vous pourrez. Mettez-vous à genoux à côté de moi. Aussi près que possible. Warwick, enlevez votre ceinture.

L'homme s'exécuta aussitôt.

Nick regarda de nouveau Laurel. Elle fut une fois de plus frappée (mais, cette fois, ce n'était pas désagréable) par la puissance de ce regard. « Je vais prendre le couteau par le manche et le sortir. Si la lame n'est pas prise dans une côte — et à en juger par sa position, je ne le crois pas — elle devrait venir lentement et régulièrement. Dès qu'elle sera sortie, je me reculerai, pour vous libérer l'accès. Vous poserez l'une de vos compresses sur la blessure et vous appuierez.

Très fort. Ne craignez pas de lui faire mal ou de l'empêcher de respirer. Elle a au moins une perforation du poumon, et probablement deux, je suis prêt à le parier. C'est de ça qu'il faut s'occuper. Est-ce clair ?

— Oui.

— Quand vous aurez placé la compresse, je vais la soulever contre la pression que vous exercerez. Monsieur Warwick glissera alors l'autre compresse en dessous d'elle si nous voyons du sang au dos de sa robe. Ensuite, nous maintiendrons les deux compresses en place à l'aide de la ceinture de Monsieur Warwick. (Il jeta un coup d'œil à Rudy.) Quand je vous la demanderai, mon ami, passez-la-moi. Ne m'obligez pas à vous la demander deux fois.

— Ce sera pas la peine.

— Voyez-vous suffisamment pour y arriver, Nick ? s'inquiéta Laurel.

— Je crois. Je l'espère. (Il regarda de nouveau la fillette.) Prête, Dinah ? »

Elle murmura quelque chose.

« Très bien, dit Nick, qui prit une profonde inspiration. Que Dieu me vienne en aide. »

Il replia ses longs doigts minces autour du manche, comme un joueur qui prend une batte de base-ball. Il tira. Dinah cria. Sa bouche recracha un gros caillot de sang. Laurel, tendue, s'était penchée en avant, et se retrouva le visage baigné de sang. Elle eut un mouvement de recul.

« Non ! la fustigea Nick sans détourner les yeux. C'est pas le moment de faire la poule mouillée, vous entendez ? *C'est pas le moment !* »

Laurel se pencha de nouveau en avant. Pendant un instant, elle vit le sang couler hors de la blessure de Dinah, puis la blessure disparut sous la compresse improvisée ; celle-ci devint presque immédiatement humide et tiède sous ses mains.

« Plus fort ! gronda Nick. Appuyez plus fort ! Il faut colmater la plaie ! La colmater ! »

Laurel comprenait maintenant l'expression « perdre les pédales » : elle avait l'impression d'être sur le point de les perdre elle-même. « Je peux pas ! Je vais lui casser les côtes si-

— *Rien à foutre, de ses côtes !* Il faut boucher ce trou ! »

Laurel, pivotant sur ses genoux, s'inclina davantage en avant et

se mit à peser de tout son poids. Elle sentit le liquide qui filtrait entre ses doigts, en dépit de l'épaisseur de la nappe repliée.

L'Anglais jeta le couteau de côté et se pencha sur Dinah presque jusqu'à lui toucher le visage. Elle avait les yeux clos. Il souleva l'une de ses paupières. « Je crois qu'elle s'est évanouie, dit-il. Peux pas être sûr, avec les yeux bizarres qu'elle a, mais je prie le ciel qu'elle le soit. » Une mèche de cheveux était retombée sur son front ; il la rejeta impatiemment d'un mouvement de la tête et regarda Laurel. « Vous vous en tirez bien. Continuez, d'accord ? Je vais la tourner, maintenant. Gardez tout le temps la pression.

— Il y a tellement de sang, grogna Laurel. Elle pourrait se noyer, non ?

— Je ne sais pas. Gardez la pression. Prêt, Monsieur Warwick ?

— Seigneur Jésus, je crois que oui, coassa Rudy Warwick.

— Bien. Allons-y. » Nick passa les mains sous l'omoplate droite de Dinah et fit la grimace. « C'est pire que ce que je pensais, grommela-t-il. Bien pire. Elle est pleine de sang. » Il commença à soulever lentement Dinah contre la pression exercée par Laurel. La fillette émit un gémissement rauque comme un râle. Un caillot de sang jaillit de sa bouche et alla souiller la moquette. Laurel entendait aussi une pluie de sang tomber du dos de Dinah.

Soudain le monde se mit à vaciller autour d'elle.

« Gardez la pression ! cria Nick. Ne la relâchez pas ! »

Mais elle s'évanouissait.

C'est parce qu'elle se doutait de ce que Nick Hopewell penserait d'elle si jamais elle défaillait, qu'elle agit comme elle le fit alors. Elle tira la langue, comme un enfant qui fait la grimace, et se la mordit aussi fort qu'elle le put. Une exquise douleur en éclats de verre lui emplit la bouche en même tant que le goût salé du sang... mais la sensation que le monde s'éloignait d'elle comme un gros poisson paresseux dans un aquarium disparut. Elle était de nouveau là.

Du rez-de-chaussée leur parvint soudain un hurlement de douleur et de surprise. Il fut suivi d'un cri rauque, puis, aussitôt, d'un nouveau hurlement perçant.

Rudy et Laurel tournèrent la tête dans cette direction. « Le garçon ! s'exclama Rudy. Lui et Gaffney ! Ils-

— Ils ont trouvé Toomy, en fin de compte », dit Nick. Son visage n'était qu'un masque compliqué de tensions. Les tendons de son cou ressortaient comme des câbles. « Il faut simplement espérer- »

Il y eut un coup sourd, suivi d'un terrible hurlement d'angoisse, puis une série de pas étouffés et précipités.

« ... qu'ils ont eu le dessus. On ne peut rien y faire, maintenant. Si nous nous arrêtons, nous condamnons la petite à mort.

— Mais on aurait dit le gosse !

— On n'y peut rien, Warwick ! Glissez la compresse dessous et tout de suite, sinon je vous fais une tête au carré dont vous vous souviendrez chaque fois que vous vous raserez. »

6

Don prit la tête dans l'escalier. Une fois en bas, il s'arrêta un instant pour fouiller dans sa poche. Il en sortit un objet carré qui brilla faiblement dans la pénombre. « C'est mon Zippo, dit-il. Pensez-vous qu'il marchera encore ?

— Je ne sais pas, dit Albert. Peut-être, pendant un moment. Il vaut mieux n'essayer que lorsque ce sera absolument nécessaire. J'espère bien qu'il va marcher. Sans quoi, nous n'y verrons rien du tout.

— Où c'est, ce truc des services de l'aéroport ? »

Albert indiqua la porte par laquelle Craig Toomy était passé cinq minutes auparavant. « Juste ici.

— Vous pensez qu'elle est fermée ?

— Il n'y a qu'un moyen de le savoir », répondit Albert.

Ils traversèrent le grand hall, Don ouvrant toujours le chemin, son briquet à la main.

7

Craig les entendit arriver — encore des esclaves des langoliers, sans aucun doute. Il s'était débarrassé de la chose déguisée en petite fille aveugle et il allait aussi se débarrasser des autres. Il referma la main sur le coupe-papier, se leva, et fit le tour du bureau.

« Vous pensez qu'elle est fermée ?

— Il n'y a qu'un moyen de le savoir. »

Pour ce qui est de savoir, vous allez savoir quelque chose, songea Craig. Il atteignit le mur à côté de la porte. Des étagères encombrées de papiers s'alignaient devant. De la main, il tâtonna pour vérifier la présence des gonds. Parfait. En s'ouvrant, la porte le cacherait... de toute façon, ils n'avaient guère de chances de le voir : il faisait noir comme dans le cul d'une mûle, là-dedans. Il brandit le coupe-papier à hauteur d'épaule.

« La poignée ne tourne pas. » Craig se détendit un peu... mais un instant seulement.

« Essayez en poussant. » Ça, c'était le petit génie du violon.

La porte commença à s'ouvrir.

8

Don s'avança d'un pas, clignant des yeux dans le noir. Du pouce, il décapuchonna le briquet, le souleva, et battit la roue. Il y eut une étincelle, et la mèche prit aussitôt, produisant une petite flamme. Ils aperçurent ce qui était apparemment à la fois un bureau et une réserve. On voyait un tas de bagages empilés en désordre dans un coin et une photocopieuse dans un autre. Des étagères, remplies de documents divers, masquaient le mur du fond.

Don fit un autre pas dans la pièce, brandissant son briquet comme un spéléologue une bougie vacillante dans une grotte obscure. Il montra le mur de droite. « Hé, mon gars ! Ace ! regardez ! »

Sur une affiche, on voyait un type ivre en costume d'affaires qui sortait d'un bar en titubant et regardait sa montre. « Le travail est la malédiction de la classe ouvre-bière », lisait-on au-dessous. A côté, était fixée dans le mur une boîte en plastique blanc portant une grosse croix rouge. Et juste au-dessous, appuyée à la paroi, il y avait une civière repliée... le modèle avec roues.

Albert, cependant, ne regardait ni l'affiche, ni l'armoire à pharmacie, ni la civière. Ses yeux étaient fixés sur le bureau, au milieu de la pièce.

Dessus, il y avait un tas de rubans de papier emmêlés.

« *Attention !* cria-t-il. *Attention, il est dans la-* »

Craig Toomy jaillit de derrière la porte et frappa.

9

« Ceinture », dit Nick.

Rudy ne bougea pas, ne répondit pas. Il avait la tête tournée vers la porte du restaurant ; le tapage avait cessé, en bas. On n'entendait que le bruit lointain de broyage et le grondement régulier des moteurs de l'avion venant de l'extérieur.

Nick donna une ruade de cheval qui porta sur le tibia de Rudy.

« Aïe !

— La ceinture ! Tout de suite ! »

L'homme s'agenouilla maladroitement et se rapprocha de Nick, qui tenait Dinah d'une main et pressait une deuxième épaisseur de nappe dans son dos.

« Glissez-la sous la compresse. » L'Anglais haletait, et son visage ruisselait de sueur. « Vite ! Je ne vais pas pouvoir la tenir cent sept ans comme ça ! »

Rudy fit ce qu'il lui demandait. Nick reposa partiellement Dinah, passa une main sous son épaule gauche et la maintint relevée, le temps de dégager la ceinture de l'autre côté du petit corps. Puis il la boucla sur sa poitrine, serra, et tendit la pointe libre à Laurel. « Gardez la pression, dit-il en se relevant. On ne peut pas se servir de la boucle. Elle est beaucoup trop menue.

— Allez-vous en bas ?

— Oui. Ça me paraît nécessaire.

— Faites attention. Faites très attention. »

Il sourit à la jeune femme, et toutes ces dents blanches qui brillaient soudain dans la pénombre lui firent un effet... un effet surprenant, mais pas effrayant, découvrit-elle. Plutôt le contraire.

« Bien sûr. C'est comme ça que je m'en sors. » Il posa la main sur son épaule et serra légèrement. Il s'en dégageait une sensation de chaleur et un petit frisson la parcourut à ce contact. « Vous vous en êtes bien sortie, Laurel. Merci. »

Il était sur le point de faire demi-tour lorsqu'une petite main vint en tâtonnant le saisir par l'ourlet de son jeans. Il baissa la tête et vit que Dinah avait de nouveau les yeux ouverts.

« Surtout... », commença-t-elle, interrompue par un éternuement étouffé. Du sang gicla de son nez en fines gouttelettes.

« Dinah, il ne faut pas-

— Ne le... tuez pas ! » dit-elle. Même dans l'obscurité, Laurel sentit le fantastique effort qu'elle faisait pour parler.

Nick la contemplait, perplexe. « Ce salopard t'a donné un coup de couteau. Pourquoi tiens-tu tant à l'épargner ? »

La petite poitrine se tendit contre la ceinture. La nappe imbibée de sang se souleva. Elle lutta et réussit à dire encore quelque chose. Tous entendirent ; Dinah avait le plus grand mal à parler clairement. « Tout... ce que je sais... avons encore... besoin de lui », murmura-t-elle avant de refermer les yeux.

10

Craig enfonça le coupe-papier dans la nuque de Don Gaffney. Don hurla et lâcha le briquet. Celui-ci heurta le sol et s'immobilisa, mais sa flamme continua à vaciller, anémique. Albert cria de surprise en voyant Craig se jeter sur Don, lequel chancelait vers le bureau et tentait d'atteindre d'une main affaiblie l'objet qui dépassait de son cou.

Mais Craig, plus rapide, s'en empara avant lui, s'appuyant de l'autre main contre le dos de Don. Tandis qu'il tirait et poussait simultanément, Albert entendit un bruit de broche que l'on retire coléreusement d'une dinde à point. Don hurla de nouveau, plus fort cette fois, et s'effondra sur le bureau. Au passage, l'un de ses bras balaya le panier et la pile de formulaires des bagages perdus que Craig avait déchirés.

Craig se tourna alors vers Albert, et des gouttelettes de sang volèrent de la lame du coupe-papier. « Vous en faites partie aussi, haleta-t-il. Eh bien, tant pis pour vous. Je dois aller à Boston, et vous ne m'en empêcherez pas. Ni vous ni personne ! » Sur quoi le Zippo s'éteignit, et ils se trouvèrent plongés dans une obscurité totale.

Albert recula d'un pas et sentit une bouffée d'air chaud contre son visage, au moment où Craig frappait à l'endroit où il se trouvait une seconde auparavant. Il tâtonna derrière lui de sa main libre, terrifié à l'idée de reculer dans un coin où Craig pourrait se servir sans difficulté de son poignard (à la lueur vacillante du Zippo, il avait cru voir une arme démesurée), tandis que sa propre arme serait aussi inefficace que ridicule. Ses doigts ne rencontrèrent que le vide, et il passa à reculons du bureau au hall de l'aéroport. Il ne se sentait pas maître de lui ; il ne se sentait pas comme l'Hébreu le plus rapide à l'ouest comme à l'est du Mississippi ; il ne se sentait pas plus rapide que son ombre. Il se sentait comme un môme effrayé ayant choisi un jouet d'enfant au lieu d'une arme véritable pour ne pas avoir pu arriver à croire — à croire réellement, sérieusement — qu'il faudrait en venir là, en dépit de ce que ce salopard meurtrier avait fait à la petite, là-haut. Sa propre odeur lui parvenait. Même dans cet air sans vie, elle lui parvenait. C'était l'arôme rance de pisse de singe de la peur.

Craig se glissa par la porte, le coupe-papier brandi. Il se déplaçait comme une ombre dansante dans l'obscurité. « Je te vois, fiston, souffla-t-il. Je te vois aussi bien qu'un chat. »

Il se remit à progresser. Albert continua de reculer. En même temps, il commença à imprimer un mouvement de pendule au grille-pain, conscient qu'il ne pourrait porter qu'un seul coup efficace avant que Toomy ne vînt lui planter sa lame dans le cou ou la poitrine.

Et si jamais le grille-pain se barre de ce foutu sac avant de l'atteindre, je suis cuit. Non, grillé, ah, ah !

11

Craig se rapprocha, se dandinant du buste comme un serpent qui sort de son panier. Un léger sourire lui relevait la commissure des lèvres et creusait deux petites fossettes dans ses joues, lui donnant un air absent. *C'est bien,* fit la voix sinistre de son père, depuis l'inébranlable forteresse qu'il occupait dans la tête de Craig. *Si tu dois les avoir un par un, tu peux y arriver. EPT, Craig, tu t'en souviens ? L'Effort Paie Toujours.*

C'est vrai Craiggy-weggy, intervint la voix plus flûtée de sa mère. *Tu peux y arriver et tu dois y arriver.*

« Je suis désolé, murmura Craig, toujours souriant, à l'adolescent au visage blême. Je suis vraiment, vraiment désolé, mais il faut que je le fasse. Si vous pouviez voir les choses comme je les vois, vous me comprendriez. »

12

Albert jeta un bref coup d'œil derrière lui et se rendit compte qu'il se rapprochait du comptoir de United Airlines. S'il continuait, il n'aurait plus assez de place pour balancer le grille-pain. Il devait faire vite. Il commença à accélérer le mouvement de pendule, sa main en sueur agrippée au nœud de la nappe.

Craig devina un mouvement, dans l'obscurité, mais sans pouvoir dire ce que balançait le gosse. Sans importance. Pas question, même, d'y donner de l'importance. Il replia les jarrets et bondit en avant.

« *J'irai à Boston !* hurla-t-il. *J'irai à Bos-* »

Les yeux d'Albert s'étaient habitués à l'obscurité, et il vit le mouvement de Craig. Le grille-pain était dans la partie arrière de sa courbe. Au lieu de le renvoyer en avant d'un coup de poignet, pour le faire changer de direction, il laissa son bras continuer, tiré par le poids du grille-pain, le faisant passer par-dessus sa tête d'un geste exagéré de lanceur de base-ball. En même temps, il fit un pas sur la gauche. La masse, au fond de la nappe, décrivit un cercle court dans l'air, fermement maintenue par la force centrifuge. Craig y mit du sien en se jetant sous l'arc descendant du grille-pain, qui le heurta au front et au nez avec un bruit dur et sans timbre.

Craig poussa un hurlement de douleur et lâcha le coupe-papier ; il porta les mains au visage et recula d'un pas vacillant. Du sang jaillissait de son nez brisé avec autant de force que l'eau d'une borne-fontaine cassée. Terrifié par ce qu'il venait de faire, Albert l'était encore davantage à l'idée de ne pas continuer, maintenant que Toomy était blessé. Il fit un autre pas vers la gauche et balança de nouveau son arme de fortune. Elle vint s'abattre, avec un bruit sourd, au milieu de la poitrine de Craig. L'homme tomba à la renverse, sans cesser de pousser des hurlements.

Albert « Ace » Kaussner n'avait plus qu'une seule idée en tête ; tout le reste n'était qu'un tourbillon indiscipliné de couleurs, d'images et d'émotions fragmentées.

Je dois l'assommer définitivement, sans quoi il va se relever et me tuer. Je dois l'assommer définitivement, sans quoi il va se relever et me tuer.

Au moins Toomy avait-il lâché son arme ; il l'apercevait qui luisait sur la moquette du hall. Albert posa le pied dessus et porta un nouveau coup de grille-pain. Lorsque l'arc revint vers l'avant, il se pencha comme un maître d'hôtel à l'ancienne mode saluant un membre de la famille royale. La masse, au fond de son sac, vint frapper la bouche grande ouverte de Toomy. Il y eut un bruit comme pourrait en faire un verre brisé dans un mouchoir.

Mon Dieu, c'était ses dents !

Craig s'écroula complètement et se mit à se tortiller sur le sol. C'était un spectacle affreux, peut-être plus affreux encore à cause de la pénombre. Il y avait quelque chose de monstrueux dans son horrible vitalité — celle d'un insecte géant impossible à écraser.

Sa main se referma sur l'une des chaussures d'Albert. Avec un cri de répulsion, Albert fit un saut de côté qui révéla le coupe-papier. Craig essaya de s'en emparer. Entre ses yeux, son nez n'était plus que masse de chairs éclatées. C'est à peine s'il pouvait voir son adversaire ; un éblouissement occupait presque tout son champ visuel. Une note aigue et insistante retentissait sans relâche dans sa tête, rappelant les essais de son d'une télé, le volume à fond.

Il était hors d'état de nuire, mais Albert ne le savait pas. Dans sa panique, il abattit une fois de plus le grille-pain sur la tête de Craig. Il y eut un vacarme métallique à l'intérieur de la nappe : les éléments électriques cédaient.

Craig arrêta de bouger.

Albert se tenait au-dessus de lui, haletant, cherchant sa respiration, la nappe avec le grille-pain pendant au bout de son bras. Puis il fit deux longues enjambées flageolantes en direction de l'escalier mécanique, s'inclina une fois de plus très bas et vomit sur le sol.

13

Brian se signa en repoussant le capot de plastique noir qui protégeait l'écran, sur le terminal de l'ordinateur de vol du 767. Il s'attendait presque à le trouver vide et au point mort. Il le regarda de près... et poussa un soupir de soulagement.

DERNIER PROGRAMME COMPLET

lut-il en lettres bleu-gris et dessous :

NOUVEAU PROGRAMME ? O N

Brian tapa O, puis :

INVERSER AP 29 : LAX / LOGAN

L'écran resta vide pendant quelques instants, avant d'afficher :

INTEGRATION DIVERSION DANS PROGRAMME
INVERSĒ AP 29 ? O N

Brian tapa O.

PROGRAMME INVERSĒ

l'informa l'écran, puis, cinq secondes après :

PROGRAMME INSTALLĒ

« Commandant Engle ? »

Il se retourna. Bethany se tenait dans l'entrée du cockpit. Elle paraissait pâle et hagarde dans la lumière crue de la cabine de pilotage.

« Je suis un peu occupé pour le moment, Bethany.

— Pourquoi ils ne reviennent pas ?

— Je ne sais pas.

— J'ai demandé à Bob — à Monsieur Jenkins — s'il voyait quelque chose bouger dans le terminal, et il m'a dit qu'il ne distinguait rien. Et s'ils étaient tous morts ?

— Certainement pas. Si vous devez vous sentir mieux, pourquoi ne pas aller le rejoindre au bas de l'escalier mobile ? J'ai encore du travail à faire ici. » *Du moins, je l'espère.*

« Avez-vous peur ? demanda-t-elle.

— Oui, bien sûr. »

Elle esquissa un sourire. « Ça me rassure un peu. C'est affreux d'avoir peur toute seule dans son coin... Je vais vous laisser, maintenant.

— Merci. A mon avis, ils ne vont pas tarder. »

Elle partit. Brian se tourna vers l'écran et tapa :

PROBLEMES AVEC CE PROGRAMME ?

Il tapa « ent ».

AUCUN PROBLEME - MERCI D'AVOIR CHOISI
AMERICAN PRIDE

« Tu parles », murmura Brian en s'essuyant le front de sa manche.

Et maintenant, pourvu que le kérosène brûle...

14

Bob entendit un bruit de pas en haut de l'escalier et se tourna vivement. Ce n'était que Bethany qui descendait lentement, d'un pas prudent, mais il se sentait toujours nerveux. Le bruit en provenance de l'est devenait régulièrement plus fort.

Plus proche.

« Salut, Bethany. Puis-je vous emprunter encore une cigarette ? »

Elle lui tendit son paquet, qui commençait à se vider, avant d'en prendre une elle-même. Elle avait glissé la pochette d'allumettes expérimentales d'Albert sous l'emballage de cellophane, et quand elle en craqua une, elle prit aussitôt feu.

« Toujours aucun signe de leur part ?

— Heu ! ça dépend de ce que vous entendez par " signe ", répondit Bob avec circonspection. J'ai eu l'impression d'entendre crier juste avant que vous ne descendiez. » En réalité, ce qu'il avait entendu relevait davantage du hurlement que du cri — un hurlement de bête, pour dire les choses crûment —, mais il ne trouvait pas nécessaire d'en informer la jeune fille. Elle avait l'air d'avoir aussi peur que lui (tout en le montrant davantage) et il se doutait qu'elle éprouvait un petit faible pour Albert.

« J'espère que Dinah va s'en sortir, mais je ne suis pas optimiste. Il ne l'a pas ratée.

— Avez-vous vu le commandant ? »

Elle acquiesça. « Il m'a plus ou moins virée. Je crois qu'il programme ses instruments, ou quelque chose comme ça. »

Bob Jenkins hocha à son tour la tête et répondit, laconique : « Espérons-le. »

La conversation s'arrêta. Tous deux regardaient vers l'est. Un nouveau bruit, encore plus menaçant, se distinguait maintenant en dessous du grondement de broyage : un cri suraigu et sans âme, étrangement mécanique, qui évoquait pour Bob une boîte de transmission automatique n'ayant presque plus d'huile.

« C'est beaucoup plus près maintenant, non ? »

Bob acquiesça à contrecœur. Il tira sur sa cigarette, et l'éclat de son brasillement illumina un instant deux yeux fatigués et terrifiés.

« D'après vous, de quoi s'agit-il, Monsieur Jenkins ? »

Il secoua lentement la tête. « Ma chère enfant, j'espère que nous n'aurons jamais à le découvrir. »

15

A mi-chemin de l'escalier roulant, Nick aperçut une silhouette pliée en deux, en face de l'enfilade des cabines téléphoniques inutilisables. Impossible de dire s'il s'agissait d'Albert ou de Craig Toomy. L'Anglais mit la main droite dans une de ses poches de devant, appuyant dessus avec la main gauche pour éviter tout tintement et, au toucher, sélectionna deux pièces de vingt-cinq *cents*. Il referma ensuite sa main droite en poing et glissa les deux pièces entre les phalanges pour constituer un semblant de coup-de-poing américain. Puis il reprit sa progression vers le rez-de-chaussée.

La silhouette près des téléphones se redressa à l'approche de Nick, qui reconnut Albert. « Ne marchez pas dans le dégueulis », dit-il d'un ton faible.

Nick remit les pièces dans sa poche et hâta le pas en direction de l'adolescent qui se tenait les mains appuyées au-dessus des genoux, comme un vieillard qui vient de surestimer de beaucoup ses capacités de faire de l'exercice. Il sentit l'odeur forte et âcre du vomi — ainsi que la puanteur d'une suée de peur, effluves qu'il ne connaissait que trop bien. Depuis les Falklands et plus intimement encore depuis l'Irlande du Nord. Il passa le bras gauche autour des épaules du garçon, qui se redressa très lentement.

« Où sont-ils, Ace ? demanda Nick d'un ton calme. Gaffney et Toomy, où sont-ils ?

— Monsieur Toomy est là, répondit-il avec un geste vers la forme recroquevillée sur le sol, et Monsieur Gaffney dans le bureau des services de l'aéroport. Derrière la porte, je crois. Il a tué Monsieur Gaffney parce que Monsieur Gaffney est entré le premier. Si ç'avait été moi, il m'aurait tué pareil. »

Albert déglutit péniblement.

« Après j'ai tué Monsieur Toomy. Je n'avais pas le choix. Il m'a couru après, vous comprenez ? Il a trouvé encore un couteau quelque part et il m'a couru après. » Il parlait d'un ton que l'on aurait pu prendre pour de l'indifférence, mais Nick ne s'y trompa pas. Et ce n'était pas de l'indifférence qu'il devinait sur le visage du jeune homme, noyé dans la pénombre.

« Est-ce que tu penses pouvoir te maîtriser, Ace ? demanda Nick.

— Je ne sais pas. Je n'avais ja-jamais tué quelqu'un avant, et... » Il laissa échapper un sanglot étranglé et malheureux.

« Je comprends, dit Nick. C'est horrible, mais on peut le surmonter. Et il faut le surmonter, Ace. Nous avons encore un sacré kilométrage à faire avant de pouvoir aller au lit, et on n'a pas le temps de commencer une psychothérapie. Le bruit est plus fort. »

Il laissa Albert et alla s'accroupir au-dessus de la forme affaissée. Craig Toomy gisait sur le côté, un bras lui cachant partiellement le visage. Nick le fit rouler sur le dos, regarda et siffla doucement. Toomy était encore en vie — on entendait sa respiration pénible et rauque — mais l'Anglais n'aurait pas hésité à parier toutes ses économies qu'il ne faisait pas semblant, ce coup-ci. Son nez n'avait pas seulement l'air cassé : on l'aurait cru vaporisé. Sa bouche n'était plus qu'une ouverture sanguinolente bordée de quelques chicots. Et la profonde dépression au centre du front de Toomy laissait penser qu'Albert s'était livré à un réaménagement créatif de la boîte crânienne de l'homme.

« Et il a fait tout ça avec un grille-pain ? murmura Nick pour lui-même. Jésus, Marie, Joseph et tous les saints ! » Il se releva et, plus fort, lança : « Il n'est pas mort, Ace. »

Albert s'était de nouveau plié en deux lorsque Nick l'avait laissé. Il se redressa une fois de plus lentement et fit un pas en avant. « Non ?

— Ecoutez vous-même. Il est KO, aucun doute, mais pas définitivement hors-jeu. » *Pas pour longtemps, cependant. Il suffit d'entendre sa respiration.* « Allons voir ce qui est arrivé à Monsieur Gaffney. Il a peut-être eu de la chance, lui aussi ? Et au fait, la civière ?

— Hein ? » Albert regarda Nick comme s'il lui avait parlé en chinois.

« Je dis, la civière, répéta Nick patiemment tandis qu'ils se dirigeaient vers la porte ouverte des Services de l'aéroport.

— Nous l'avons trouvée, finit par répondre Albert.

— Vraiment ? Super ! »

Albert s'arrêta sur le seuil. « Attendez une minute », marmonnat-il. Il se mit à quatre pattes pour explorer le sol à tâtons, à la recherche du briquet de Don Gaffney. Il le trouva rapidement. Il était encore chaud. Il se releva. « Je crois que Monsieur Gaffney est passé de l'autre côté du bureau. »

Ils commencèrent à le contourner, trébuchant sur les piles de documents tombées à terre. Albert tenait le briquet haut levé, et dut le battre par cinq fois avant de faire prendre la mèche, qui ne se consuma faiblement que pendant trois ou quatre secondes. Cela avait suffi, cependant. Nick avait même eu le temps d'en voir assez à la lueur des étincelles produites par les essais infructueux d'Albert, mais il avait préféré ne rien dire. Don Gaffney gisait sur le dos, les yeux ouverts, une expression de terrible surprise encore dessinée sur le visage. Il n'avait pas eu de chance, en fin de compte. Pas la moindre chance.

« Comment se fait-il que Toomy ne vous ait pas eu aussi ? demanda Nick au bout d'un instant.

— Je savais qu'il était là. Même avant qu'il frappe Monsieur Gaffney, je le savais. » Il parlait encore d'un ton de voix sec et tremblant, mais il se sentait un petit peu mieux. Maintenant qu'il avait vu le pauvre M. Gaffney — dans les yeux, si l'on peut dire — il se sentait un petit peu mieux.

« Vous l'avez entendu ?

— Non, j'ai vu les rubans de papier déchiré, sur le bureau, dit-il avec un geste vers le tas tombé au sol, presque invisible.

— Encore une chance. » Nick passa un bras autour des épaules d'Albert. « Vous méritez d'être en vie, camarade. Vous avez gagné ce droit de haute lutte. D'accord ?

— Je vais essayer.

— Faites donc ça, fiston. Ça vous épargnera une foule de cauchemars. Vous parlez à quelqu'un qui s'y connaît. »

Albert acquiesça.

« Tenez le coup, Ace. C'est tout ce qu'il y a à faire — tenez le coup et tout se passera bien.

— Monsieur Hopewell ?

— Oui ?

— Cela vous ennuierait-il de ne plus m'appeler comme ça ? Je... (Sa voix s'étrangla et il s'éclaircit violemment la gorge.) Je crois que je n'aime plus trop ce nom. »

16

Ils émergèrent trente secondes plus tard des ténèbres du bureau, Nick portant la civière pliée par sa poignée. Lorsqu'ils arrivèrent à hauteur des cabines téléphoniques, l'Anglais tendit la civière à Albert, qui la prit sans poser de question. La nappe gisait sur le sol à moins de deux mètres de Toomy, qui ronflait à grands coups soudains et irréguliers.

Le temps manquait, le temps manquait foutrement, mais Nick voulait voir ça. Il le fallait.

Il ramassa la nappe et en retira le grille-pain. L'une des résistances s'était prise dans l'ouverture destinée au pain ; l'autre dégringola sur le sol. Le minuteur et la manette que l'on abaissait pour lancer l'appareil se détachèrent aussi. L'un des coins du grille-pain était tout déformé. Tout son côté gauche était profondément enfoncé, selon une forme à peu près circulaire.

C'est sans doute la partie qui est entrée en collision avec le pif de l'ami Toomy. Stupéfiant. Il secoua le grille-pain et entendit cliqueter d'autres parties cassées, à l'intérieur.

« Un grille-pain, s'émerveilla-t-il. J'ai des amis, Albert — des professionnels — qui ne le croiraient pas. J'ai du mal à le croire moi-même. Tout de même... un grille-pain ! »

Albert avait détourné la tête. « Jetez-le, dit-il d'une voix rauque. Je ne veux plus le voir. »

Nick s'en débarrassa et vint taper le jeune homme à l'épaule. « Apportez la civière là-haut. Je vous rejoins tout de suite.

— Qu'est-ce que vous allez faire ?

— Voir s'il n'y a rien d'autre qui pourrait nous servir dans ce bureau. »

Albert le regarda quelques instants, mais il n'arrivait pas à bien distinguer les traits de Nick dans l'obscurité. « Je ne vous crois pas, finit-il par dire.

— Rien ne vous y oblige, lui répondit l'Anglais d'un ton étrangement doux. Allez, partez, Ace... je veux dire, Albert. Je vous rejoins. Et n'oubliez pas : ne vous retournez pas. »

Albert le regarda encore deux ou trois secondes, puis entreprit de se hisser sur l'escalier immobilisé, la tête basse, la civière se balançant comme une valise à sa main droite. Il ne se retourna pas.

17

Nick attendit que l'obscurité eût englouti le garçon. Il se dirigea alors vers l'endroit où gisait Craig Toomy et s'accroupit à côté de lui. L'homme était encore évanoui, mais sa respiration paraissait un peu plus régulière. Nick pensa qu'avec une ou deux semaines dans une unité de soins intensifs, il pourrait peut-être s'en tirer. Il avait au moins prouvé une chose : qu'il possédait un crâne d'une solidité phénoménale.

Dommage que la cervelle qu'il abrite soit aussi ramollie. Il tendit les mains, avec l'intention de recouvrir la bouche de Toomy avec l'une et son nez (ou ce qu'il en restait) avec l'autre. Il lui faudrait moins d'une minute, et ils n'auraient plus à s'inquiéter de M. Toomy. Les autres auraient été convulsés d'horreur devant un tel acte — n'y voyant qu'un assassinat commis de sang-froid — mais Nick le considérait comme une police d'assurance, ni plus, ni moins. Toomy était sorti une fois de ce qui paraissait une totale inconscience, et voyez le résultat : un mort, une autre personne gravement, peut-être mortellement blessée. Il aurait été absurde de continuer à courir ce risque.

Il y avait plus. S'ils laissaient Toomy en vie, qu'est-ce qui l'attendait, exactement ? Une brève existence de spectre dans un monde mort ? Une chance de respirer un air stagnant sous un ciel immobile dans lequel les phénomènes météo étaient paralysés ? Une occasion de se trouver en face de ce qui approchait de l'est... qui approchait avec le grondement de ce qui semblait être un bataillon de fourmis titanesques en maraude ?

Non. Autant lui épargner cela. Il ne souffrirait pas, et il faudrait qu'il s'en contentât.

« C'est encore mieux que ce que mérite ce salopard », murmura Nick ; mais il hésitait toujours.

Il se souvenait de la fillette tournant vers lui des yeux sombres qui ne voyaient pas.

Ne le tuez pas ! Non pas une prière, mais un ordre. Elle avait rassemblé le peu de forces qui lui restaient, ses ultimes réserves, afin de lui donner cet ordre. *Tout ce que je sais, c'est que nous avons besoin de lui.*

Pourquoi diable tient-elle tellement à le protéger ?

Il resta accroupi encore quelques instants, regardant le visage ravagé de Craig Toomy. Et lorsque Rudy Warwick l'interpella du haut de l'escalier mécanique, il sursauta comme s'il avait vu le diable en personne.

« Monsieur Hopewell ? Nick ? Vous venez ?

— J'arrive ! » répondit-il par-dessus son épaule. Il tendit de nouveau les mains vers le visage de Toomy et de nouveau il s'arrêta, se souvenant des yeux bruns.

Nous avons besoin de lui.

Il se releva brusquement, laissant Craig Toomy livrer son douloureux combat pour respirer. « J'arrive ! » répéta-t-il en s'élançant d'un pas léger dans l'escalier.

CHAPITRE HUIT

1

Bethany venait de jeter sa cigarette, presque dépourvue de goût, et se trouvait à mi-chemin de l'escalier mobile, lorsque Bob Jenkins lui lança : « Je crois qu'ils arrivent ! »

Elle fit demi-tour et dégringola les marches. Une série de formes sombres émergeait du tunnel à bagages, rampant sur le carrousel. Bob et Bethany coururent à leur rencontre.

Dinah était attachée à la civière. Rudy tenait une extrémité, Nick l'autre. Ils avançaient à genoux et Bethany entendait la respiration irrégulière et rauque du chauve.

« Laissez-moi vous aider », lui dit-elle. Rudy lui passa bien volontiers les poignées de la civière.

« Essayez de ne pas trop la secouer, dit Nick tout en descendant du tapis roulant. Albert, allez avec Bethany pour nous aider à monter l'escalier. Il faut que la civière reste aussi horizontale que possible.

— Comment va-t-elle ? demanda Bethany à Albert.

— Très mal. Inconsciente, mais encore en vie. C'est tout ce que je sais.

— Où sont Gaffney et Toomy ? » demanda Bob pendant qu'ils progressaient en direction de l'avion. Il avait légèrement élevé la voix pour se faire entendre ; le grondement de broyage s'intensifiait, et la note sous-jacente d'une boîte de transmission manquant d'huile se faisait insistante, affolante.

« Gaffney est mort, et Toomy ne vaut guère mieux, répondit Nick. Nous en parlerons plus tard, si vous voulez bien. Pour le moment, nous n'en avons pas le temps. (Ils firent halte au pied de l'escalier mobile.) Prenez bien garde de ne pas lâcher, vous deux. »

Ils firent monter la civière lentement, avec le plus grand soin, Nick marchant à reculons, plié en deux, à l'extrémité avant, Albert et Bethany, hanche contre hanche dans l'étroit escalier, tenant leur poignée respective à hauteur de la tête, à l'extrémité arrière. Bob, Laurel et Rudy suivaient. Laurel n'avait ouvert la bouche qu'une fois depuis qu'Albert et Nick étaient revenus, pour demander si Toomy était mort. Lorsque Nick lui avait répondu que non, elle l'avait regardé attentivement, avant de hocher la tête avec soulagement.

Brian se tenait à la porte lorsqu'ils arrivèrent en haut et il aida Nick à faire entrer la civière dans l'appareil.

« On va la mettre en première classe, dit Nick, en disposant la civière de manière qu'elle ait la tête relevée. Est-ce possible ?

— Aucun problème. On calera la civière à l'aide des ceintures de sécurité. Vous voyez comment ?

— Oui, répondit Nick, ajoutant, à l'adresse de Bethany et d'Albert : Allons-y. Vous vous en sortez très bien. »

A la lumière de la cabine, le sang qui barbouillait les joues et le menton de Dinah ressortait de manière brutale sur sa peau laiteuse. Elle avait les yeux fermés, et les paupières d'une délicate nuance lavande. Sous la ceinture (dans laquelle Nick avait pratiqué un nouveau trou, très loin des autres), la compresse improvisée était rouge sombre. Brian l'entendait respirer avec un bruit de paille aspirant les dernières gouttes d'un verre presque vide.

« Elle va mal, n'est-ce pas ? demanda Brian à mi-voix.

— Elle a été touchée au poumon mais pas au cœur ; cependant, il ne se remplit pas de sang aussi vite qu'on aurait pu le craindre... mais elle est de toute façon très mal, oui.

— Survivra-t-elle jusqu'à notre retour ?

— Nom de Dieu, comment pourrais-je le savoir, *moi* ? explosa soudain Nick. Je suis un soldat, pas un foutu toubib ! »

Les autres restèrent pétrifiés, lui jetant des regards inquiets. Laurel sentit de nouveau la chair de poule lui hérisser la peau.

« Je suis désolé, bredouilla Nick. Les voyages dans le temps, c'est plutôt mauvais pour les nerfs, n'est-ce pas ? Je suis vraiment désolé.

— Inutile de vous excuser, dit Laurel en lui touchant le bras. Nous sommes tous à cran. »

Il lui adressa un petit sourire et porta la main aux cheveux de la jeune femme. « Vous êtes adorable, Laurel, et prenez-le en bonne part. Allons. Attachons la petite et voyons ce que nous pouvons faire pour foutre le camp d'ici. »

2

Cinq minutes plus tard, la civière de Dinah se retrouvait fixée en position inclinée, la tête en haut, entre deux sièges de première classe. Le reste des passagers se pelotonnait en un groupe serré autour de Brian, dans la partie de service des premières classes.

« Nous devons maintenant refaire le plein. Je vais commencer par lancer le second moteur et m'avancer aussi près que possible du 727-400, fit Brian avec un geste en direction du Delta, simple masse grise dans l'obscurité. Comme notre appareil est plus haut sur pattes, je vais pouvoir faire passer notre aile droite au-dessus de son aile gauche. Pendant ce temps, vous quatre, vous ramènerez un véhicule d'avitaillement. J'en ai aperçu un à hauteur du deuxième débarcadère, avant qu'il ne fasse nuit.

— On pourrait peut-être réveiller la Belle au Bois Dormant, là-bas au fond de l'avion et lui demander un coup de main », suggéra Bob.

Brian réfléchit un instant, puis secoua la tête. « La dernière chose dont nous ayons besoin en ce moment, c'est d'un passager terrifié et complètement perdu sur les bras... sans parler de la gueule de bois qu'il doit tenir. D'ailleurs nous n'aurons pas besoin de lui. Deux hommes solides peuvent pousser un tel véhicule. Je l'ai déjà vu faire. Vérifiez simplement que le levier de vitesses est au point mort et le frein desserré. Vous le placerez exactement au-dessous des deux ailes. Pigé ? »

Ils acquiescèrent tous. Brian les regarda et décida que Rudy et Bethany paraissaient encore trop fatigués d'avoir porté la civière pour être bien efficaces. « Nick, Bob et Albert, vous pousserez. Vous, Laurel, vous tiendrez le volant. D'accord ? »

De nouveau, ils acquiescèrent.

« Alors, allez-y. Bethany, Monsieur Warwick, accompagnez-les. Vous écarterez l'escalier roulant, et lorsque j'aurai déplacé l'avion, vous viendrez me reprendre à la porte avant de le placer à l'endroit où les deux ailes seront l'une au-dessus de l'autre. Vu ? »

Troisième acquiescement. Parcourant les visages du regard, Brian vit des yeux clairs et brillants pour la première fois depuis qu'ils avaient atterri. *Evidemment. Ils ont quelque chose à faire. Et moi aussi, grâce à Dieu.*

3

Tandis qu'ils approchaient du véhicule chargé de tuyaux, à gauche du débarcadère inoccupé, Laurel se rendit compte qu'elle arrivait à le distinguer. « Mon Dieu, dit-elle, le jour revient déjà ! Cela fait combien de temps que la nuit est tombée ?

— Moins de quarante minutes, à en croire ma montre, dit Bob, mais j'ai l'impression qu'elle perd sa précision dès que nous quittons l'avion. Quelque chose me dit aussi que le temps n'a pas beaucoup d'importance ici, de toute façon.

— Qu'est-ce qui va arriver à Monsieur Toomy ? » demanda Laurel.

Ils venaient d'atteindre le véhicule spécial. C'était un engin de petite taille avec un réservoir à l'arrière, une cabine ouverte et de gros tuyaux noirs enroulés de chaque côté. Nick passa un bras autour de la taille de la jeune femme et la fit tourner vers lui. Un instant, elle fut traversée de l'idée folle qu'il allait l'embrasser, et elle sentit son cœur s'accélérer.

« Ce qui va lui arriver, je l'ignore, répondit-il. Tout ce que je sais c'est que lorsque j'ai eu à me décider, j'ai choisi de faire ce que voulait Dinah. Je l'ai laissé inconscient sur le sol. Ça va comme ça ?

— Non, répliqua-t-elle d'une voix légèrement incertaine, mais je me dis qu'il faudra bien. »

Il sourit légèrement, acquiesça et la serra brièvement à la taille. « Aimeriez-vous venir dîner avec moi si jamais nous réussissons à revenir à Los Angeles ?

— Oui, répondit-elle aussitôt. C'est quelque chose qui me plairait beaucoup. »

Il hocha de nouveau la tête. « A moi aussi. Mais tant que nous n'aurons pas fait le plein de cet avion, nous n'irons nulle part. (Il regarda dans la cabine ouverte du véhicule.) Pourrez-vous trouver le point mort ? »

Laurel jeta un coup d'œil sur le levier de changement de vitesses. « Je n'ai jamais conduit que des voitures à boîte automatique, j'en ai peur.

— Je vais le faire. » Albert sauta sur le siège du conducteur, appuya sur la pédale de débrayage, puis examina le diagramme gravé sur la poignée du levier. Derrière lui, le deuxième moteur du 767 s'anima, puis le grondement de l'appareil prit de l'ampleur comme Brian mettait les gaz. Le bruit était infernal, mais Laurel s'aperçut que ça lui était égal. Il dissimulait l'autre bruit, au moins temporairement. Elle ne cessait d'avoir envie de regarder Nick. Ne l'avait-il pas invitée à dîner ? Elle avait déjà du mal à le croire.

Albert tripota le levier de vitesses. « Ça y est, dit-il en sautant à terre. A vous, Laurel. Une fois que nous commencerons à rouler, vous tournerez le volant à fond à droite pour décrire un cercle.

— D'accord. »

Elle regarda nerveusement les trois hommes qui s'alignaient à l'arrière du véhicule, Nick au milieu.

« Prêt, tout le monde ? demanda l'Anglais.

— Oui, répondirent Albert et Bob en chœur.

— Alors, allons-y. Tous ensemble ! »

Bob s'était préparé à pousser de toutes ses forces, et au diable les douleurs dans les lombaires qui le travaillaient maintenant depuis dix ans : mais le véhicule d'avitaillement s'ébranla avec une déconcertante facilité. Laurel dut tirer de toutes ses forces sur la direction, raide et dure. Le véhicule jaune décrivit un cercle sur le tarmac et commença à rouler en direction du 767, en train de prendre lentement position sur le côté droit du Delta.

« La différence entre les deux appareils est incroyable, remarqua Bob.

— Oui, dit Nick. Vous aviez raison, Albert. Nous nous sommes peut-être égarés dans le passé, mais bizarrement, l'avion est plus ou moins resté dans le présent.

— Comme nous, ajouta Albert. Du moins jusqu'ici. »

Les turbines du 767 cessèrent de gronder, et l'on n'entendit plus que le ronronnement bas et régulier des moteurs auxiliaires — Brian laissait tourner les quatre dont disposait l'appareil. Ils n'étaient pas assez bruyants pour couvrir la rumeur montant de l'est. Auparavant, celle-ci se présentait comme un bruit uniforme ; mais au fur et à mesure qu'elle se rapprochait, elle se différenciait, comme s'il y avait des sons divers — leur somme, cependant, commençait à paraître horriblement familière.

Des animaux à l'heure du repas, songea Laurel avec un frisson. *Voilà à quoi ça ressemble. Le boucan d'animaux en train de bâfrer, enregistré et poussé à de grotesques proportions par un amplificateur géant.*

Un nouveau et violent frisson la secoua, et elle sentit la panique commencer à la titiller — une force élémentaire qu'elle ne pouvait pas davantage contrôler qu'elle ne pouvait contrôler la chose qui produisait ce bruit.

« Si on pouvait voir ce que c'est, peut-être qu'on pourrait y faire face », observa Bob tout en continuant à pousser le véhicule.

Albert lui jeta un bref coup d'œil et répondit : « Je ne crois pas. »

4

Brian apparut à la porte avant du 767 et fit signe à Bethany et Rudy d'avancer l'escalier roulant jusqu'à lui. Une fois sur la plate-forme, il leur montra les ailes superposées. Tandis qu'ils le poussaient dans cette direction, il tendit l'oreille vers le bruit qui se rapprochait, et le souvenir d'un film vu longtemps auparavant lui revint à l'esprit. Charlton Heston y possédait une énorme plantation en Amérique du Sud, et celle-ci était attaquée par un véritable tapis roulant de fourmis-soldats, des fourmis qui dévoraient tout sur leur passage — arbres, herbe, bâtiments, vaches et hommes. Quel était son titre, déjà ? Brian n'arrivait pas à se le rappeler ; l'image qui lui revenait était celle de Charlton Heston essayant désespérément toutes sortes d'artifices pour détruire ou au moins retarder les fourmis géantes. Avait-il gagné, à la fin ? Brian l'avait oublié, mais un fragment de son rêve surgit soudain dans son esprit, troublant par son manque de rapport avec quoi que ce soit : un menaçant signal rouge sur lequel on lisait : ÉTOILES FILANTES SEULEMENT.

« C'est bon ! » cria-t-il à Rudy et Bethany.

Ils arrêtèrent de pousser, et Brian descendit jusqu'à ce qu'il eût la tête à la hauteur du dessous de l'aile du Delta. Les deux appareils étaient équipés d'un unique orifice de remplissage sur l'aile gauche. Il étudiait maintenant la petite trappe carrée sur laquelle était écrit ACCÈS AUX RÉSERVOIRS et VÉRIFIEZ LA VALVE DE REFOULEMENT AVANT DE REFAIRE LE PLEIN. Un petit malin avait collé au-dessus une de ces têtes rondes et jaunes affichant un sourire idiot — la touche surréaliste finale.

Albert, Bob et Nick avaient poussé le véhicule d'avitaillement au-dessous de l'aile et s'étaient tournés vers Brian, leurs visages formant autant de cercles gris dans la pénombre en train de se dissiper. Brian se pencha vers eux et cria à Nick : « Il y a deux tuyaux, un de chaque côté, comme vous avez vu. Passez-moi le plus court. »

Nick le dégagea et le lui tendit. Tenant la rampe et l'ajutage du tuyau d'une seule main, Brian se pencha sous l'aile et ouvrit la trappe de chargement. A l'intérieur, se trouvait une connexion mâle dont un élément dépassait comme un doigt. Brian se pencha un peu plus... et glissa. Il se rattrapa vivement à la rampe.

« Tenez bon, mon vieux ! dit Nick en escaladant les marches. Les secours arrivent. » Il s'arrêta un peu au-dessous de Brian qu'il saisit par la ceinture. « J'ai une faveur à vous demander, reprit-il.

— Oui ? Laquelle ?

— Ne pétez pas.

— J'essaierai, mais je ne promets rien. »

Il se pencha de nouveau et vit les autres ; Rudy et Bethany venaient de rejoindre Bob et Albert sous l'aile. « Sortez de là, à moins que vous ne vouliez prendre une douche au kérosène ! leur cria-t-il. Je ne peux pas contrôler la valve de refoulement du Delta, et elle risque de fuir ! » Tandis qu'il attendait de les voir s'écarter, il songea : *Bien entendu, elle peut ne pas fuir. Pour ce que j'en sais, les réservoirs de ce truc sont aussi à sec qu'un puits dans le désert.*

Cette fois-ci, lorsqu'il se pencha, il put se servir de ses mains, Nick l'agrippant solidement, et il réussit à enfoncer l'ajutage sur sa contrepartie mâle. Il y eut une courte projection de kérosène — une douche bienvenue, étant donné les circonstances — puis un bruit métallique sec. Brian donna un quart de tour à droite, verrouillant l'ajutage en place, et entendit avec satisfaction le carburant courir dans le tuyau jusqu'au véhicule, où une valve d'arrêt le contiendrait.

« Bon, dit-il avec un soupir, en se redressant par-dessus la rampe. Jusqu'ici, ça va.

— Et maintenant, mon vieux ? Comment fait-on tourner la pompe ? A partir de l'avion ?

— Je ne suis pas sûr qu'on y arriverait, même si quelqu'un avait pensé au câblage de secours, répondit Brian. Heureusement, elle n'a pas besoin de tourner. Cet appareil est avant tout un système qui sert à filtrer et à transférer le carburant. Je vais me servir des moteurs auxiliaires du 767 pour pomper le kérosène du Delta, un peu comme on aspire de la limonade avec une paille.

— Ça va nous prendre combien de temps ?

— Dans les conditions idéales — c'est-à-dire avec une pompe fonctionnant sur le secteur — on pourrait charger deux mille livres de carburant à la minute. Mais dans celles dans lesquelles nous sommes, c'est difficile à dire. Je ne me suis encore jamais servi des moteurs auxiliaires pour transférer du kérosène de toute ma vie de pilote. Au moins une heure. Peut-être deux. »

Nick regarda pendant quelques instants vers l'est, l'air anxieux ; lorsqu'il répondit, ce fut à mi-voix. « Faites-moi plaisir, mon vieux. N'en parlez pas aux autres.

— Pourquoi ?

— Parce que je ne pense pas que nous disposions de deux heures. Peut-être même pas d'une. »

5

Seule en première classe, Dinah Catherine Bellman ouvrit les yeux.

Et vit.

« Craig », murmura-t-elle.

6

Craig.

Mais il ne voulait plus entendre prononcer son nom. Lorsqu'on l'appelait par son nom, il lui arrivait toujours quelque chose de très désagréable. *Toujours.*

Craig! Allez debout, Craig!

Non. Il ne se lèverait pas. Sa tête s'était transformée en une vaste ruche, dans chaque rayon de laquelle la souffrance rugissait et battait la campagne, explorant les moindres recoins, les passages les plus tortueux. Les abeilles étaient arrivées. Les abeilles l'avaient cru mort. Elles avaient envahi sa tête et l'avait transformée en rayons de cire. Et maintenant... maintenant...

Elles sondent mes pensées et cherchent à les piquer à mort, se dit-il. Il émit un grognement sourd et angoissé. Ses mains pleines de sang s'ouvraient et se refermaient spasmodiquement sur la moquette rase qui recouvrait le sol. *Laissez-moi mourir, s'il vous plaît, laissez-moi mourir, c'est tout ce que je demande!*

Craig, il faut que tu te relèves, tout de suite!

C'était la voix de son père, la voix à laquelle il avait toujours cédé, celle qu'il n'avait jamais été capable de faire taire. Mais il allait lui résister, maintenant; il allait la faire taire.

« Va-t'en! coassa-t-il. Je te hais. Va-t'en! »

La douleur explosa dans sa tête en sonnerie discordante de trompettes. Des nuages d'abeilles, furieuses, venimeuses, s'envolèrent des pavillons.

Oh, laissez-moi mourir... laissez-moi mourir. C'est l'enfer, ici, un enfer peuplé d'abeilles et de trompettes...

Lève-toi, Craiggy-weggy. C'est ton anniversaire, et devine quoi? Dès que tu vas te lever, quelqu'un va te donner une bière et te taper sur la tête... Cette matraque, elle est pour toi!

« Non! non, plus de coups... » Sa main se traîna sur la moquette. Il fit un effort pour ouvrir les yeux, mais le sang séché maintenait ses paupières collées. « Tu es morte. Vous êtes morts tous les deux. Vous ne pouvez plus me frapper, vous ne pouvez plus m'obliger à faire des choses. Vous êtes morts tous les deux, et moi aussi je veux être mort. »

Mais il était encore vivant. Quelque part au-delà de ces voix spectrales, il entendait le sifflement des moteurs... et cet autre bruit. Le bruit des langoliers qui avançaient. *Qui couraient.*

Craig, lève-toi. Il faut que tu te lèves.

Il se rendit compte que ce n'était ni la voix de son père ni celle de sa mère. Ce n'était que son pauvre esprit blessé qui se jouait des tours à lui-même. C'était une voix qui lui provenait de... de...

(dessus?)

... d'un autre endroit, un endroit élevé où la douleur n'était qu'un mythe et la pression qu'un rêve.

Craig, ils sont venus te chercher — tous les gens que tu voulais voir. Ils ont quitté Boston et sont venus jusqu'ici. Tu te rends compte à quel point tu es important pour eux? Tu peux encore le faire, Craig. Tu peux encore tirer ton épingle du jeu. Tu as encore le temps de rassembler tes papiers et de fuir l'armée de ton père... si tu es vraiment un homme, évidemment.

Si tu es vraiment un homme, tu peux.

« Vraiment un homme? coassa-t-il. Vraiment un homme? Je sais pas qui vous êtes, mais vous vous foutez de ma gueule. »

Il essaya de nouveau d'ouvrir les yeux. Le caillot de sang céda légèrement, mais pas complètement. Il réussit à ramener l'une de ses mains à son visage. Il effleura les restes de son nez et émit un petit cri épuisé de douleur. A l'intérieur de sa tête, les trompettes claironnèrent et les abeilles bourdonnèrent rageusement. Il attendit que la douleur fût un peu passée, puis, à l'aide de deux doigts, força ses paupières à s'entrouvrir.

La couronne de lumière aveuglante, en forme de mandorle, était toujours là. Elle dessinait une silhouette vaguement évocatrice dans la pénombre.

Lentement, par une succession de minuscules mouvements, Craig leva la tête.

Et la vit.

Elle se tenait à l'intérieur de la mandorle de lumière.

C'était la petite fille, mais sans ses lunettes noires; elle le regardait, et il y avait de la bonté dans ses yeux.

Allez, Craig, lève-toi. Je sais que c'est dur, mais il faut que tu te lèves, il le faut absolument. Parce qu'ils sont tous ici... parce qu'ils t'attendent tous... mais ils n'attendront pas éternellement; les langoliers y veilleront.

Elle se tenait maintenant devant lui. Il vit que ses chaussures semblaient flotter à quelques centimètres au-dessus du sol et que la lumière brillante l'entourait. Un rayonnement spectral l'entourait.

Allez, Craig. Lève-toi.

Il commença à lutter pour se mettre sur ses pieds. C'était très dur. Il avait presque complètement perdu le sens de l'équilibre et il avait de la peine à tenir la tête droite — à cause, bien entendu, des abeilles en colère qui l'emplissaient. Par deux fois il retomba, par deux fois il se releva, hypnotisé par la fillette rayonnante aux doux yeux et sa promesse d'une libération définitive.

Ils attendent tous, Craig. C'est toi qu'ils attendent.
Toi.

7

Dinah gisait sur la civière, regardant de ses yeux aveugles Craig Toomy mettre un genou à terre, retomber, puis tenter de se hisser de nouveau sur ses pieds. Elle avait le cœur plein d'une lugubre pitié pour cet homme brisé et souffrant, ce poisson meurtrier qui ne demandait qu'à exploser. Sur son visage ravagé et ensanglanté, elle déchiffra un effrayant mélange d'émotions : terreur, espoir, et une sorte d'impitoyable détermination.

Je suis désolée, Monsieur Toomy. En dépit de ce que vous avez fait, je suis désolée. Mais nous avons besoin de vous.

Puis elle l'appela encore, l'appela avec son propre esprit en train de mourir :

Lève-toi, Craig ! Dépêche-toi ! Il est presque trop tard !

Et elle sentait qu'elle disait vrai.

8

Une fois le plus long des deux tuyaux passé sous le ventre du 767 et branché à son réservoir, Brian retourna au cockpit, fit tourner les moteurs auxiliaires à régime normal et entreprit d'assécher les réservoirs du 727-400. Tandis qu'il surveillait l'aiguille du niveau, laquelle montait lentement vers le chiffre de 24 000 livres, il attendait, tendu, que les moteurs auxiliaires se mettent à avoir des ratés ou à baisser de régime, dans leur effort pour pomper un carburant qui ne brûlerait pas.

Le réservoir de droite venait d'atteindre le niveau de 8 000 livres lorsqu'il entendit changer la plainte des petits moteurs, qui se fit rauque et laborieuse.

« Qu'est-ce qui se passe, mon vieux ? » demanda Nick, qui s'était installé dans la place du copilote. Il avait les cheveux en désordre, et sa chemise, naguère impeccable, était maculée de graisse.

« Les auxiliaires sont en train de goûter le kérosène du 727 et n'aiment pas ça, répondit Brian. J'espère que la magie d'Albert fonctionnera, Nick, mais je n'en suis pas sûr. »

Juste avant que l'aiguille n'atteigne les 9 000 livres dans le réservoir de droite, le premier moteur auxiliaire déclara forfait. Une lumière rouge MOTEUR COUPÉ apparut sur le tableau de bord. Brian coupa le contact.

« Qu'est-ce que vous pouvez faire ? demanda Nick en se penchant vers le tableau de bord.

— Me servir des trois autres auxiliaires pour faire marcher les pompes, et espérer. »

Le deuxième auxiliaire s'arrêta trente secondes plus tard, et le troisième l'imita alors que Brian n'avait pas encore eu le temps de le couper. Les lumières du cockpit s'éteignirent ; on n'entendait plus que les halètements irréguliers des pompes hydrauliques, et on ne voyait plus que les lumières vacillantes du tableau de bord de l'appareil. Le ronron du dernier auxiliaire était irrégulier, avec des accélérations et des ralentissements qui secouaient l'avion.

« Je vais tout couper », dit Brian. Il sentit tout ce que son ton avait de dur et de tendu — le ton d'un homme qui se hisse d'un gouffre et que gagne rapidement la fatigue. « Il va falloir attendre que le carburant du Delta rejoigne notre plan temporel, ou cadre temporel — appelez cette connerie comme vous voulez. On ne peut pas continuer comme ça. Une reprise trop puissante avant la coupure du dernier auxiliaire, et tout le système de navigation peut sauter. Voire devenir inutilisable. »

Mais alors que Brian tendait la main vers le bouton, le ronronnement reprit soudain sa note régulière. Il se tourna vers Nick et le regarda, incrédule. Nick le regarda aussi, et un grand sourire vint lentement animer son visage.

« La chance va peut-être nous sourire enfin, mon vieux. »

Brian leva les mains, croisa deux fois deux doigts et les agita en l'air. « Espérons », répondit-il en retournant au tableau de bord. Il poussa les interrupteurs marqués MA1, MA3 et MA4. Ils démarrèrent sans à-coups. Les lumières de la cabine se rallumèrent ; le carillon retentit. Nick poussa un hululement et donna une claque sur le dos de Brian.

Bethany apparut derrière eux, à l'entrée du cockpit. « Qu'est-ce qui se passe ? Tout va bien ?

— Je crois, répondit Brian sans se retourner, qu'on va pouvoir faire voler ce taxi. »

9

Craig réussit finalement à se mettre debout. La fillette lumineuse se tenait maintenant juste au-dessus du carrousel à bagages. Elle le regardait avec une douceur surnaturelle et... quelque chose d'autre. Quelque chose qu'il avait désiré toute sa vie. Qu'était-ce donc ?

Il chercha, l'esprit tâtonnant, et finit par trouver.

La compassion.

Il regarda autour de lui et se rendit compte que l'obscurité s'atténuait. Cela signifiait qu'il était resté évanoui toute la nuit, non ? Il l'ignorait. Et c'était sans importance. La chose qui importait était que la fillette les lui avait amenés : les investisseurs, les spécialistes des actions, les agents de change, les boursiers. Ils étaient ici, et ils voudraient savoir quelle idée avait eue en tête le jeune Monsieur Craiggy-weggy Toomy-Woomy. Et extatique, il répondrait la vérité : *j'ai bidonné !* C'était ça qu'il avait eu en tête, monter des kilomètres et des kilomètres de coups bidon. Et lorsqu'il leur dirait cela...

« Il faudra bien qu'ils me fichent la paix, n'est-ce pas ? »

Oui, répondit-elle. *Mais tu dois te dépêcher, Craig. Tu dois te dépêcher avant qu'ils ne changent d'avis et s'en retournent.*

Craig entama sa lente progression. Les pieds de la fillette ne bougèrent pas, mais comme il se rapprochait du carrousel, elle parut s'éloigner, flottant comme un mirage, vers les bandes de caoutchouc qui pendaient entre le hall de récupération des bagages, à l'intérieur, et le dock de chargement, à l'extérieur.

Et... oh, merveille : elle souriait.

10

Ils étaient maintenant tous de retour dans l'avion, mis à part Bob et Albert, assis sur les marches à l'écoute du grondement qui roulait vers eux comme un lent raz de marée.

Laurel Stevenson se tenait devant la porte ouverte et regardait le terminal, se demandant toujours ce qu'ils allaient faire pour M. Toomy, lorsque Bethany la tira par la manche.

« Dinah parle dans son sommeil. Je me demande si elle ne délire pas. Pouvez-vous venir ? »

Laurel la suivit. Rudy Warwick était assis à côté de la fillette et lui tenait une main, la regardant avec anxiété.

« J'suis pas sûr, dit-il, inquiet. J'suis pas sûr, mais elle pourrait bien être en train de partir. »

Laurel posa la main sur le front de Dinah. Il était sec, très chaud. L'hémorragie s'était ralentie ou avait complètement cessé, mais elle aspirait l'air par courtes bouffées sibilantes et pitoyables. Une croûte de sang semblable à un coulis de fraise desséché s'était formée autour de sa bouche.

Laurel commença une phrase, mais la fillette dit alors, d'un ton clair : « Tu dois te dépêcher avant qu'ils ne changent d'avis et s'en retournent. »

Laurel et Bethany échangèrent un regard intrigué et effrayé.

« Je crois qu'elle rêve à ce type, Toomy, expliqua Rudy à Laurel. Elle a cité son prénom, une fois.

— Oui », continua Dinah. Elle avait les yeux fermés, mais sa tête s'était légèrement déplacée et elle avait l'air de tendre l'oreille. « Oui, je le serai. Si tu le veux, je le serai. Mais dépêche-toi. Je sais que ça te fait mal, mais il faut te dépêcher.

— Elle... elle délire, n'est-ce pas ? murmura Bethany.

— Non, répondit Laurel. Je ne pense pas. Je crois plutôt qu'elle... qu'elle rêve. »

Mais ce n'était pas du tout ce que pensait Laurel. Sa conviction intime était que Dinah, peut-être,

(voyait)

faisait quelque chose d'autre. Elle avait l'impression de ne pas trop vouloir savoir ce que pouvait être ce quelque chose, même si une vague idée virevoltait au fond de son esprit. Laurel sentait

qu'elle pourrait l'obliger à se préciser, si elle le désirait — mais justement, elle ne le désirait pas. Parce que quelque chose d'inquiétant mijotait, quelque chose d'extrêmement inquiétant, et qu'elle n'arrivait pas à s'enlever de l'idée que ça avait à voir avec
(ne le tuez pas... nous avons besoin de lui)
M. Toomy.
« Laissez-la tranquille, dit-elle d'un ton abrupt et sec. Laissez-la tranquille et laissez-la
(faire ce qu'elle doit lui faire)
dormir.
— Mon Dieu, pourvu qu'on décolle vite d'ici ! » fit Bethany d'un ton pitoyable. Rudy passa un bras amical autour de ses épaules.

11

Craig atteignit le tapis roulant et s'effondra dessus. Un voile blanc d'angoisse ondula dans sa tête, son cou, sa poitrine. Il tenta de se rappeler ce qui lui était arrivé, mais sans succès. Il avait descendu en courant l'escalier mécanique immobilisé, il s'était caché dans une petite pièce, il avait commencé à déchirer une feuille de papier en rubans dans le noir ... et là s'arrêtaient ses souvenirs.

Il releva la tête, les cheveux dans les yeux, et regarda la fillette lumineuse, maintenant assise en tailleur devant les rubans de caoutchouc, à trois centimètres au-dessus du carrousel. Jamais il n'avait rien vu d'aussi beau de toute sa vie ; comment avait-il pu penser qu'elle faisait partie de la bande ?

« Etes-vous un ange ? » demanda-t-il de sa voix cassée.

Oui, répondit la fillette lumineuse ; et Craig sentit la joie engloutir la douleur en lui. Sa vision se brouilla et des larmes, les premières qu'il laissait couler de sa vie d'adulte, commencèrent à rouler doucement le long de ses joues. Soudain, lui revint la voix douce, monotone et enivrée de sa mère, quand elle chantait la vieille chanson.

« Etes-vous un ange du matin ? Serez-vous *mon* ange du matin ? »

Oui, je le serai. Si tu le veux, je le serai. Mais dépêche-toi. Je sais que ça te fait mal, Craig, mais il faut te dépêcher.

« Oui », dit l'homme dans un sanglot. Il commença à ramper

impatiemment dans sa direction, sur le tapis roulant immobile. Chaque mouvement déclenchait en lui des élancements douloureux en dents de scie ; du sang tombait goutte à goutte de son nez broyé et de sa bouche en lambeaux. Il allait néanmoins aussi vite qu'il le pouvait. Devant lui, la fillette disparut à travers les rubans de caoutchouc, mystérieusement, sans les faire bouger.

« Touche simplement ma joue avant de me quitter, chérie », dit Craig, répétant la phrase de la chanson. Un renvoi lui fit remonter un caillot spongieux de sang dans la gorge. Il le cracha sur le mur, où il resta collé comme une grosse araignée écrasée. L'homme essaya de ramper plus vite.

12

A l'est de l'aéroport, un long craquement furieux remplit l'air de cette délirante matinée. Bob et Albert se trouvaient assis sur les marches ; ils se levèrent d'un même mouvement, blêmes, le visage exprimant une interrogation identique.

« Qu'est-ce que c'était ? demanda Albert.

— Un arbre, je crois, répondit Bob en se passant la langue sur les lèvres.

— Mais il n'y a pas de vent !

— Non. Pas le moindre souffle. »

Le bruit s'était maintenant transformé en une barricade mouvante de craquements sinistres. A l'instant où on croyait les avoir identifiés, les sons se brouillaient dans la masse générale. A un moment donné, Albert aurait juré avoir entendu aboyer ; puis les aboiements... ou les jappements... ou ce qui y ressemblait furent engloutis par un bref bourdonnement acide, comme une coléreuse décharge d'électricité en court-circuit. Les seuls bruits permanents étaient le broyage et le sifflement de perforation.

« Qu'est-ce qui se passe ? lança derrière eux Bethany d'une voix aiguë.

— Rien de- » commença Albert. Mais à cet instant, Bob le prit par l'épaule et montra l'horizon de l'autre main.

« Regardez ! cria-t-il. Regardez par là ! »

Loin en direction de l'est, sur la ligne d'horizon, se succédaient les pylônes d'une ligne à haute tension allant nord-sud, le long d'une haute crête boisée. Sous les yeux d'Albert, l'un des pylônes oscilla comme un jouet et se renversa, entraînant avec lui un fouillis de câbles. Quelques instants plus tard, un deuxième pylône s'effondrait, puis un autre, puis un autre.

« Ce n'est pas tout, fit Albert d'une voix atone. Regardez les arbres ! Ils s'agitent là-bas comme des buissons. »

Mais ils ne faisaient pas que s'agiter. Sous leurs yeux, ils commençaient à tomber et à disparaître.

Criic, crooc, bam, craaaac !

Criic, bam, crooc, craaaaac !

« Il faut ficher le camp d'ici ! » s'écria Bob. Il étreignit le bras d'Albert à deux mains. Il ouvrait deux yeux démesurés à l'expression absurdement avide, comme pris d'une sorte de terreur idiote. Le contraste était saisissant et pénible à voir, sur ce visage étroit et intelligent. « Je crois qu'il faut ficher *tout de suite* le camp d'ici. »

A l'horizon, distante peut-être d'une quinzaine de kilomètres, une élégante tour portant une antenne radio se mit à trembler, puis bascula et s'écroula pour disparaître entre les arbres qui tremblaient. Ils commençaient maintenant à sentir la terre elle-même vibrer, une vibration qui remontait par l'escalier mobile et les secouait par la semelle de leurs chaussures.

« Faites que ça s'arrête ! » hurla soudain Bethany depuis la porte de l'avion, au-dessus d'eux. Elle porta vivement les mains à ses oreilles. « Je vous en prie, faites que ça s'arrête ! »

Mais l'onde sonore roulait vers eux : le bruit de broyage, avec ses craquements, ses grincements, ses éclatements. La rumeur des langoliers dévoreurs de monde.

13

« Je n'aime pas jouer les casse-pieds, Brian, mais combien de temps, encore ? » La voix de Nick était tendue. « Il y a une rivière à environ six kilomètres d'ici — je l'ai vue au moment de l'atterrissage — et j'ai l'impression que le truc qui se ramène se trouve juste de l'autre côté. »

Brian jeta un coup d'œil aux jauges de carburant. 24 000 livres dans l'aile droite ; 16 000 dans la gauche. Il allait plus vite, maintenant qu'il n'était pas obligé de pomper le kérosène du Delta vers l'aile opposée.

« Quinze minutes, » répondit-il. Il sentait de grosses gouttes de sueur s'accumuler sur son front. « Il faut en pomper davantage, Nick, ou bien c'est la panne sèche au-dessus du désert de Mojave. Plus dix minutes pour débrancher, boucler et gagner la piste d'envol.

— Vous êtes sûr qu'on ne peut pas faire plus vite ? Vous en êtes sûr ? »

Brian secoua la tête et revint à ses jauges.

14

Craig rampa lentement entre les bandes de caoutchouc ; il les sentit glisser sur son dos comme des doigts sans force. Il émergea dans la lumière blanche et morte d'une nouvelle journée — une journée amputée de beaucoup de sa durée. Le bruit était terrifiant et le submergeait, invasion d'une armée de cannibales. Le ciel lui-même paraissait trembler, et pendant un moment, la peur le cloua sur place.

Regarde, dit son ange du matin, avec un geste de la main.

Craig regarda... et oublia sa peur. Au-delà de l'American Pride 767, dans un triangle d'herbe chétive limité par deux pistes d'accès et une piste d'envol, se dressait une grande table de conseil d'administration en acajou. Elle brillait avec éclat dans la lumière sourde du jour. Devant chaque place se trouvait un bloc-note de papier jaune, un pichet d'eau glacée et un verre Waterford. Une douzaine d'hommes en costumes trois-pièces sobres étaient assis autour, et tous pivotèrent sur leur siège pour le voir.

Ils se mirent soudain à applaudir. Oui, ils se levèrent, tournés vers lui, et applaudirent son arrivée ! Craig sentit un immense sourire de gratitude lui étirer le visage.

15

On avait laissé Dinah seule en première classe. Sa respiration se faisait de plus en plus laborieuse et sa voix n'était plus qu'un murmure étouffé, étranglé.

« Cours vers eux, Craig ! Vite ! Vite ! »

16

Craig dégringola du carrousel, heurta rudement le sol en béton et rebondit sur ses pieds. La douleur de ses os ébranlés ne comptait plus, maintenant. L'ange les lui avait amenés ! Bien entendu, elle les avait amenés ! Les anges sont comme les fantômes dans cette histoire de M. Scrooge : ils peuvent faire tout ce qu'ils veulent ! La mandorle qui l'entourait avait commencé à s'estomper, mais ça ne faisait rien. Elle lui avait apporté le salut : le filet dans lequel il allait être enfin miséricordieusement pris.

Cours vers eux, Craig ! Contourne l'avion ! Eloigne-toi de l'avion ! Cours vers eux tout de suite !

Craig se mit à courir, en foulées traînantes qui se transformèrent rapidement en un sprint d'infirme. Tandis qu'il fonçait, sa tête ne cessait de hocher comme celle d'un tournesol sur sa tige cassée. Il courait vers les hommes implacables et sans humour qui étaient son salut, des hommes qui auraient pu être des pêcheurs dans leur bateau au-delà d'un ciel d'argent insoupçonnable, occupés à remonter leur filet pour voir quelle fabuleuse prise ils ramenaient.

17

L'aiguille de la jauge du réservoir de gauche commença à ralentir sa progression lorsqu'elle atteignit 21 000 livres ; elle s'arrêta pratiquement à hauteur de 22 000. Brian comprit ce qui se passait et coupa rapidement deux circuits, ceux qui commandaient les pompes hydrauliques. Le 727-400 leur avait donné tout ce qu'il pouvait, soit un peu plus de 46 000 livres de kérosène. Il allait falloir faire avec.

« Très bien, dit-il en se relevant.

— Très bien quoi ? demanda Nick, qui se leva aussi.

— On se débranche et on fout le camp d'ici. »

Le bruit atteignait un niveau assourdissant. On distinguait maintenant, entre la basse obligée du broyage et le gémissement de boîte de vitesses sans huile, le craquement des arbres qui tombaient, le grondement sourd des immeubles qui s'effondraient. Juste avant de couper les pompes, ils avaient entendu une série d'explosions suivies d'un vacarme d'éclaboussement. Nick pensa que le pont qu'il avait aperçu venait de tomber dans la rivière.

« Monsieur Toomy, s'écria soudain Bethany. C'est Monsieur Toomy ! »

Nick fut le premier à franchir la porte donnant dans la cabine des premières classes, mais ils arrivèrent ensemble à celle de l'avion, à temps pour voir en effet Craig qui courait, de la démarche scabreuse d'un paralytique venant de retrouver miraculeusement l'usage de ses jambes ; il avait l'air de vouloir traverser la piste et d'ignorer complètement l'avion. Il semblait se diriger vers un triangle herbeux et vide, entouré d'un entrecroisement de pistes d'accès.

« Qu'est-ce qu'il fabrique ? s'exclama Rudy.

— Ne vous occupez pas de lui, dit Brian. On n'a pas le temps. Nick ? Descendez l'échelle devant moi. Vous me tiendrez pendant que je débrancherai le tuyau. » Le pilote avait l'impression d'être comme un homme qui se trouve au bord d'une plage, nu, alors qu'au loin se profile la gigantesque bosse d'un raz de marée qui va se précipiter vers lui.

Nick précéda donc Brian et l'agrippa par la ceinture pendant qu'il se penchait et deverrouillait l'ajutage. L'instant suivant, il l'arrachait à l'embout mâle et le laissait tomber sur le ciment, où le collier métallique retentit sourdement. Puis il referma la trappe.

« Allons-y », dit-il après que Nick l'eut ramené. Son visage avait pris une teinte gris sale.

Mais Nick ne bougea pas. Il était pétrifié sur place, les yeux tournés vers l'est. Il avait la peau couleur de papier, et une expression d'horreur rêveuse s'était peinte sur son visage. Sa lèvre supérieure tremblait. Il avait l'air, en cet instant, d'un chien qui est trop terrifié pour seulement gronder.

Brian se tourna lentement dans la même direction, avec l'impression d'entendre les tendons de son cou grincer comme les ressorts rouillés d'une vieille porte moustiquaire. Et quand il eut tourné la tête, il vit les langoliers faire leur entrée en scène.

Finalement.

18

« Donc vous voyez, dit Craig, qui se rapprocha du fauteuil vide au bout de la table et resta debout devant les hommes assis autour, les agents de change avec lesquels j'ai fait affaire n'étaient pas seulement dépourvus de scrupules ; beaucoup d'entre eux étaient en fait des agents de la CIA infiltrés, dont le travail consistait à contacter, pour les coincer, des banquiers comme moi — des hommes cherchant à remplir des portefeuilles vides en quelques coups. En ce qui les concerne, la fin, c'est-à-dire empêcher le communisme de s'installer en Amérique du Sud, justifie les moyens, tous les moyens.

« Quelles procédures avez-vous adoptées pour vous débarrasser de ces gens ? lui demanda un homme habillé d'un coûteux costume bleu. Vous êtes-vous servi d'une compagnie d'assurances boursière, ou votre banque a-t-elle engagé les services d'un enquêteur spécialisé dans ce genre d'affaires ? » Le visage rond à grosses bajoues de Costard-bleu était parfaitement rasé ; la santé, ou quarante ans de whisky soda, faisait briller sa peau ; ses yeux se réduisaient à deux fragments de glace, bleus et impitoyables. Des yeux merveilleux ; les yeux de son père.

De quelque part, loin de cette salle de conseil d'administration située à moins de deux étages du sommet du Prudential Center, provenait un vacarme infernal. Travaux de voirie, se dit-il. On était toujours en train de refaire la chaussée, à Boston, la plupart du temps inutilement, soupçonnait-il : toujours la même histoire, les sans-scrupules se gobergeant aux frais des naïfs. Rien à voir avec lui. Absolument rien à voir. Son boulot consistait à traiter avec Costard-bleu, et ne souffrait aucun délai.

« Nous attendons, Craig », intervint le président de sa propre institution bancaire. Craig éprouva un instant de surprise — M. Parker ne devait pas assister, en principe, à cette réunion — puis un sentiment de bonheur chassa la surprise.

« Aucune procédure, rien ! s'écria-t-il joyeusement devant tous les visages médusés. J'ai juste acheté, acheté, acheté ! Je n'ai pas suivi la moindre procédure ! »

Il était sur le point de continuer, de détailler ce qu'il avait fait, d'*exposer* tous les aspects de sa machination, lorsqu'un bruit l'arrêta. Un bruit qui n'était pas à des kilomètres, mais qui paraissait proche, très proche ; peut-être même dans la salle du conseil elle-même.

Ça tailladait, ça geignait, ça croquait, comme des dents affamées que rien ne lubrifiait.

Craig ressentit soudain un irrésistible besoin de déchirer une feuille de papier — n'importe laquelle ferait l'affaire. Il tendit la main vers le bloc-note posé devant lui, mais le bloc-note avait disparu. La table aussi. Les banquiers également. Et même *Boston*.

« Mais... où suis-je ? » demanda-t-il d'une petite voix perplexe en regardant autour de lui. Et tout d'un coup, il s'en rendit compte... tout d'un coup, il les vit.

Les langoliers arrivaient.

Ils étaient venus le chercher.

Craig Toomy se mit à hurler.

19

Brian les voyait, mais sans comprendre ce qu'il avait sous les yeux. Par quelque étrange phénomène, ils paraissaient défier la vision, et il sentit son esprit, dans une surtension frénétique, tenter de changer les informations qu'il recevait, de transformer les formes qui avaient commencé à apparaître à l'extrémité est de la piste 21 en quelque chose de compréhensible.

Il n'y eut tout d'abord que deux formes, l'une noire, l'autre d'un rouge tomate foncé.

Des boules ? se demanda-t-il, plein de doute. *Pourrait-il s'agir de boules ?*

Il eut l'impression que quelque chose *cliquait* dans son esprit et que oui, il s'agissait bien de boules. Comme des ballons de plage, mais des ballons dont la surface était parcourue de vagues et de plissements, et qui se contractaient et se dilataient tour à tour, comme s'il les avait vus à travers une brume de chaleur. Les boules arrivèrent en roulant depuis les hautes herbes mortes à l'extrémité de la piste 21, laissant derrière elles des tranches de ténèbres. Elles paraissaient tondre l'herbe-

Non, le contredit à contrecœur son esprit. *Elles ne se contentent pas de couper l'herbe, et tu le sais bien. Elles coupent bien autre chose que l'herbe.*

Les boules laissaient derrière elles d'étroits sillons d'une noirceur absolue. Et maintenant, tandis qu'elles couraient, joueuses, sur le ciment lessivé du bout de la piste, elles laissaient toujours d'étroits sillons noirs derrière elle, qui brillaient comme du goudron frais.

Non, intervint à regret, une fois de plus, l'autre partie de son esprit. *Pas comme du goudron, frais ou pas. Tu sais ce que représente cette noirceur. Le néant. Le néant absolu. Elles dévorent bien plus que la surface de la piste.*

Il y avait quelque chose de méchamment gai dans leur comportement. Leurs chemins se recoupaient et laissaient des X irréguliers sur la piste extérieure d'accès. Elles bondirent en l'air, s'entrecroisant, puis coururent droit sur l'avion.

Brian cria ; à côté de lui, Nick cria aussi. Des *visages* se cachaient sous la surface des boules folles — des visages monstrueux, n'ayant rien d'humain ou même de terrestre. Ils scintillaient, tressaillaient et ondulaient comme s'ils avaient été constitués de ces gaz méphitiques luminescents qui montent des marécages. Les yeux n'étaient que deux dépressions rudimentaires, mais les bouches, énormes, formaient des cavités circulaires bordées de dents grinçantes.

Elles dévoraient au fur et à mesure qu'elles avançaient, rembobinant d'étroites bandes d'univers.

Un camion-citerne Texaco se trouvait garé sur la piste extérieure de délestage. Les langoliers se jetèrent dessus, dans un tourbillon vertigineux de dents qui croquaient et saillaient des corps aux formes brouillées. Ils passèrent au travers sans marquer de pause. L'un d'eux creusa un tunnel directement à travers les roues arrière et pendant un instant, avant que les pneus ne s'effondrent, Brian distingua la silhouette qu'ils avaient découpée : un trou de souris de bande dessinée dans une plinthe de bande dessinée.

L'autre bondit très haut, disparut un bref moment derrière la masse de la citerne puis jaillit au travers, laissant un trou bordé de métal d'où se mit à jaillir un flot de kérosène couleur ambrée. Ils retombèrent à terre, rebondirent comme s'ils étaient montés sur ressort, se croisèrent encore et foncèrent vers l'avion. Ils laissaient derrière eux une réalité comme pelée de toute substance, quoi que ce fût qu'ils touchent ; et comme ils s'approchaient, Brian comprit qu'ils faisaient davantage que détricoter l'univers : ils l'enfouissaient pour l'éternité dans d'insondables béances.

Ils atteignirent l'extrémité du tarmac et s'immobilisèrent avant de se trémousser sur place pendant quelques instants, comme ces balles qui rebondissent en suivant les notes d'un air, dans certains vieux dessins animés.

Puis ils se tournèrent et partirent dans une autre direction. Pour détricoter dans la direction de Craig Toomy qui, debout sur son carré d'herbe, les regardait en hurlant sous le ciel blanc.

Brian dut faire un terrible effort pour sortir de la paralysie qui le pétrifiait. Il donna un coup de coude à Nick, tout aussi incapable de bouger que lui. « Allez, vite ! » Nick resta immobile, et Brian le heurta d'un autre coup de coude en plein front, plus violent cette fois. « J'ai dit, on y va ! Magnez-vous le train, bon sang ! *On se tire d'ici !* »

D'autres boules rouges et noires commencèrent à apparaître aux limites de l'aéroport. Elles rebondirent, dansèrent, décrivirent des cercles.... et foncèrent sur eux.

20

Impossible de leur échapper, lui avait dit son père, *à cause de leurs jambes. Leurs petites jambes rapides.*

Craig, néanmoins, essaya.

Il fit demi-tour et se précipita en direction du terminal, jetant des regards horrifiés et grimaçants derrière lui. Ses chaussures raclaient le béton. Il ignora le vol 29, dont les moteurs montaient de nouveau en régime et courut en direction de l'aire de manutention des bagages.

Non, Craig. Tu t'imagines peut-être que tu cours, mais tu te trompes. Tu sais ce que tu fais, en réalité ? Tu déguerpis !

Derrière lui les deux grosses boules accélérèrent, réduisant sans effort, joyeusement, la distance qui les séparait. Elles entrecroisèrent par deux fois leur course, juste histoire de faire un petit numéro dans un monde mort, laissant derrière elles des zigzags pointus de ténèbres. Elles roulaient derrière Craig séparées par vingt-cinq centimètres, ce qui formait une sorte de trace négative de skieur derrière leur étrange corps chatoyant. Elles le rattrapèrent à moins de dix mètres du carrousel à bagages et lui engloutirent les pieds en un millième de seconde. A un moment donné, ses pieds étaient là, décampant énergiquement ; l'instant suivant, Craig mesurait quinze centimètres de moins ; ses coûteux richelieus Bally avaient simplement cessé d'exister, avec tout leur contenu. Pas de sang ; le passage brûlant des langoliers cautérisait instantanément la blessure.

Craig ne savait pas encore qu'il n'avait plus de pieds. Il continua de déguerpir sur les moignons de ses chevilles ; et comme le premier élancement douloureux cisaillait ses jambes, les langoliers décrivirent un virage serré et revinrent, roulant côte à côte sur le tarmac. Leurs chemins se croisèrent par deux fois, ce coup-ci, créant un croissant de ciment bordé de noir, comme une représentation de la lune dans un livre d'enfant à colorier. Si ce n'est que ce croissant se mit à s'enfoncer, non pas dans la terre (car il semblait ne rien y avoir en dessous de la surface) mais dans un néant complet.

Cette fois-ci les langoliers rebondirent dans un synchronisme parfait et coupèrent Craig à hauteur des genoux. Il tomba de quarante centimètres, sans cesser de s'évertuer à courir, puis s'étala par terre, ses moignons de jambes s'agitant toujours. Sa carrière de déguerpisseur touchait à son terme.

Non, non, Papa, non ! Je serai sage ! Je t'en supplie, fais-les partir ! Je travaillerai, JE TE JURE QUE JE SERAI TOUJOURS SAGE ET TRAVAILLEUR SI TU LES FAIS PAR-

Les langoliers se ruèrent alors sur lui avec des piaillements jacassants et des bourdonnements geignards : il eut à cet instant la vision brouillée de leurs dents mécaniques, tournant comme sur une chaîne de tronçonneuse circulaire et sentit, une fraction de seconde avant qu'ils ne se missent à le découper, le souffle brûlant de leur aveugle et frénétique vitalité.

Comment leurs petites jambes peuvent-elles aller aussi vite ? Ils n'ont p- fut sa dernière pensée.

21

C'est par dizaines que les choses noires surgissaient maintenant, Laurel comprit qu'elles n'allaient pas tarder à être des centaines, des milliers, des millions, des milliards. Même dans le vacarme des moteurs du 767 poussés presque à fond, dans la manœuvre qu'entamait Brian pour se dégager du Delta et de l'escalier, elle entendait, par la porte toujours ouverte, leurs hurlements inhumains. De grandes boucles de ténèbres se croisaient et se recroisaient à l'extrémité de la piste 21 — puis les traces convergeaient vers le terminal, dans leur précipitation pour rejoindre Craig Toomy.

Je parie qu'ils n'ont pas souvent de chair vivante à se mettre sous la dent, pensa-t-elle, soudain prise d'une envie de vomir.

Nick Hopewell fit claquer la porte avant après un dernier coup d'œil incrédule et la verrouilla. Il recula d'un pas titubant dans l'allée, zigzaguant d'un côté à l'autre comme s'il était ivre. Ses yeux lui dévoraient le visage. Du sang lui coulait sur le menton ; il s'était profondément mordu la lèvre inférieure. Il passa ses bras autour des épaules de Laurel et enfouit sa tête au creux du cou de la jeune femme. Elle le prit à son tour dans ses bras et le serra contre lui.

22

Dans le cockpit, Brian poussa les moteurs aux limites de ce qui était possible et lança le 767 sur la piste de délestage à une vitesse suicidaire. La partie orientale de l'aéroport était maintenant noire d'envahisseurs sphériques ; l'extrémité de la piste 21 avait complete ment disparu et le monde, au-delà, partait en lambeaux. Dans cette direction, le ciel blanc et immobile se recourbait sur un univers de lignes noires emmêlées comme un gribouillis incohérent et d'arbres abattus.

Comme l'avion s'approchait du bout de la piste, Brian s'empara brusquement du micro et hurla : « Les ceintures ! Attachez vos ceintures ! Si vous ne les avez pas, accrochez-vous ! »

Il ralentit à peine, et fit pivoter le 767 sur la piste 33. Pendant la manœuvre, il aperçut quelque chose qui fit se recroqueviller et gémir son esprit : d'énormes portions du monde qui s'étendait à l'est de la piste, de gigantesques portions de la réalité elle-même, s'effondraient dans le néant sous-jacent à la vitesse d'ascenseurs en chute libre, laissant derrière elles d'énormes blocs absurdes de vide.

Ils dévorent le monde. Mon Dieu, mon Dieu, ils dévorent le monde !

Puis il eut en face de lui tout l'espace de l'aéroport, et le vol 29 se trouva de nouveau pointé en direction de l'ouest ; devant le nez de l'appareil s'étirait la piste 33, longue et déserte.

23

Les ompartiments à bagages s'ouvrirent brusquement lorsque le 767 vira vers la piste, recrachant une grêle mortelle de bagages à main dans la cabine principale. Bethany, qui n'avait pas eu le temps de boucler sa ceinture, se trouva projetée sur les genoux d'Albert Kaussner. Albert ne remarqua ni qu'une jolie fille occupait ses genoux ni le porte-document qui alla caramboler la paroi incurvée de l'appareil, à moins de trois mètres de son nez. Il ne vit qu'une chose, les formes noires ondoyantes qui, à leur gauche, se précipitaient sur la piste 21 et les sillons noirs et brillants qu'elles laissaient. Ces sillons convergeaient tous vers la zone de manutention des bagages — ou ce qu'il en restait.

Elles sont attirées par M. Toomy, songea-t-il. *Ou par l'endroit où il se trouvait. S'il n'était pas sorti du terminal, elles auraient choisi l'avion, à la place. Elles l'auraient bouffé, et nous avec, en commençant par les roues.*

Derrière lui, Robert Jenkins parla, d'une voix tremblante et pleine d'effroi. « Nous savons, maintenant, n'est-ce pas ?

— Et quoi ? » s'écria Laurel d'une voix étrange et privée de souffle qu'elle ne reconnut pas. Un sac de toile atterrit sur ses genoux ; Nick leva la tête, lâcha la jeune femme et le repoussa d'un air absent dans l'allée. « Qu'est-ce que nous savons donc ?

— Eh bien, ce qui arrive à aujourd'hui quand il devient hier, ce qui arrive au présent lorsqu'il devient le passé. Il attend, mort, vide, déserté. Il *les* attend. Il attend les gardiens du temps de l'éternité qui courent toujours derrière et nettoient toutes les cochonneries avec la plus grande efficacité imaginable... en les dévorant.

— Monsieur Toomy savait quelque chose là-dessus. » La voix de Dinah s'éleva, claire, rêveuse. « Monsieur Toomy les appelait les langoliers. » Puis les moteurs du 767 rugirent, poussés à fond, cette fois, et l'avion chargea sur la piste 33.

24

Brian vit deux boules couper la piste devant lui, épluchant la surface de la réalité en une paire de lignes parallèles qui brillaient comme de l'ébène polie. Il était trop tard pour s'arrêter. Le 767 s'ébroua comme un chien en passant sur les deux saignées, mais Brian réussit à le maintenir dans le bon axe. Il écrasa la manette des gaz de la main sans qu'elle allât plus loin, et regarda l'indicateur de vitesse au sol se rapprocher du point de décollage.

Même en ce moment, il arrivait à entendre le vacarme de ce frénétique masticage, de cette gloutonnerie sans nom... Si ce n'est qu'il ne savait plus s'il l'entendait réellement ou dans son esprit en déroute. Il s'en fichait.

25

Penché au-dessus de Laurel pour regarder par le hublot, Nick vit l'aéroport international de Bangor coupé, tranché, débité, détaillé en cubes et lanières de plus en plus fins. Il se mit à vaciller, pièces d'un puzzle sur une mer qui se lève, et commença à s'effondrer dans de délirantes abysses de ténèbres.

Bethany Simms cria. Une ligne noire courait parallèlement au 767, dévorant les limites de la piste. Elle obliqua brutalement à droite et disparut sous l'avion.

Il y eut une autre secousse terrifiante.

« Est-ce qu'il nous a eus ? s'écria Nick, est-ce qu'il nous a eus ? »

Personne ne lui répondit. Toutes les têtes, pâles, terrifiées, étaient tournées vers les hublots, et personne ne lui répondit. Les arbres fonçaient à leur rencontre, masse gris-vert brouillée par la vitesse. Dans le cockpit, Brian était assis dans une tension extrême, penché en avant, s'attendant à voir l'une de ces boules rebondir en face de lui et s'élancer comme un boulet de canon à travers la vitre. Rien de tel ne se produisit.

Sur le tableau de bord, les derniers voyants rouges passèrent au vert. Brian tira sur le manche à balai, et le 767 vola de nouveau.

26

Dans la cabine principale, un homme barbu aux yeux injectés de sang s'avança dans l'allée d'un pas plus qu'incertain, clignant des yeux comme une chouette en examinant ses compagnons de voyage. « Nous arrivons bientôt à Boston ? demanda-t-il à la cantonade. Je l'espère, parce que j'ai rudement envie d'aller me coucher. Je me tiens un foutu mal au crâne... »

CHAPITRE NEUF

*AU REVOIR BANGOR. EN
ROUTE POUR L'OUEST PAR
MONTS-JOURS ET VAUX-
NUITS. EN VOYANT PAR LES
YEUX DES AUTRES. LE NÉANT
SANS FIN. LA DÉCHIRURE.
L'AVERTISSEMENT. LA
DÉCISION DE BRIAN.
ATTERRISSAGE. ÉTOILES
FILANTES SEULEMENT.*

1

L'avion vira sèchement sur l'aile en direction de l'est, et l'homme à la barbe noire se trouva projeté entre deux rangées de sièges, sur les deux tiers du fuselage. Il regarda autour de lui les places vides, ouvrant de grands yeux effrayés qu'il referma bientôt de toutes ses forces. « Seigneur Jésus, grommela-t-il. Encore ce delirium. Ce foutu delirium. (Il ouvrit de nouveau les yeux.) Après, ce sont les petites bébêtes. Où sont ces enfoirées de petites bébêtes ? »

Non, pas de petites bébêtes, pensa Albert, *mais attends un peu de voir les boules. Tu vas les adorer.*

« Asseyez-vous quelque part et bouclez votre ceinture, mon vieux, dit Nick. Et ferm- »

Il s'interrompit, à la vue de l'aéroport... ou plutôt de ce qui avait été l'emplacement de l'aéroport. Les bâtiments principaux avaient disparu, et la base de la Garde nationale, à l'extrémité ouest, était en bonne voie d'en faire autant. Le 767 survolait des abysses de ténèbres de plus en plus vastes, une citerne éternelle qui paraissait sans fin.

« Oh, Seigneur Jésus, Nick ! » dit Laurel d'une voix tremblante avant de se cacher les yeux.

Tandis qu'ils survolaient la piste 33 à 1 500 pieds, Nick vit entre soixante et cent lignes parallèles qui couraient sur le béton ; les longues lanières ainsi découpées s'enfonçaient ensuite dans le néant. Les bandes lui firent penser à Craig Toomy :

Riiiiip.

De l'autre côté de l'allée, Bethany fit descendre violemment le volet devant le hublot, à côté du siège d'Albert.

« Et ne vous avisez pas de le rouvrir ! lui dit-elle d'un ton de réprimande hystérique.

— Ne vous inquiétez pas », répondit-il. Soudain, Albert se souvint qu'il avait laissé son violon là en bas. A l'heure actuelle, il ne devait plus rien en rester... Il porta lui aussi brusquement les mains à son visage.

2

Avant que Brian ne reprît la direction de l'ouest, il aperçut ce qu'il y avait à l'est de Bangor. Rien. Le néant total. Un fleuve titanesque de ténèbres s'étendait, immobile, d'un horizon à l'autre sous le dôme blanc du ciel. Les arbres avaient disparu, la ville avait disparu, la terre elle-même avait disparu.

Voilà l'impression que doivent donner les vols inter-stellaires, pensa-t-il, sentant ses capacités rationnelles baisser d'un cran, comme pendant le voyage vers l'est. Il se raccrochait désespérément à ce qu'il en restait et s'obligea à se concentrer sur le pilotage de l'appareil.

Il monta rapidement, voulant se retrouver dans les nuages, voulant effacer du paysage cette vision infernale. Puis le vol 29 se trouva de nouveau pointé en direction de l'ouest. Dans les quelques instants qui précédèrent leur entrée dans les nuages, il aperçut les collines, les bois et les lacs à l'ouest de la ville ; il les vit brutalement déchiquetés par des milliers de lignes, formant comme une toile d'araignée noire. Il vit d'énormes morceaux de la réalité glisser sans bruit dans la gueule insondable des abysses, et il fit quelque chose qu'il n'avait jamais fait auparavant dans une cabine de pilotage.

Il ferma les yeux.

Lorsqu'il les rouvrit, ils se trouvaient dans les nuages et la vision infernale, au-dessous d'eux, avait disparu.

3

Il n'y eut presque pas de turbulences, cette fois ; comme Bob Jenkins l'avait prévu, les phénomènes météorologiques paraissaient être comme une vieille horloge au ressort épuisé. Le vol 29 émergea dans un monde d'un bleu éclatant à l'altitude de 18 000 pieds. Les passagers commençaient à se regarder les uns les autres nerveusement, lorsque la voix de Brian leur parvint par l'intercom.

« Nous y sommes, dit-il simplement. Nous savons tous ce qui se passe, maintenant : nous revenons exactement par le chemin pris à l'aller, en espérant que le seuil que nous avons accidentellement franchi se trouve toujours au même endroit. Si c'est le cas, nous essaierons de passer au travers. »

Il se tut quelques instants, puis reprit le micro.

« Notre vol de retour devrait prendre entre quatre heures et demie et six heures. J'aimerais être plus précis, mais je ne peux pas. Dans des circonstances habituelles, le vol en direction de l'ouest prend plus de temps, à cause de vents dominants contraires ; mais si j'en crois mes instruments, pour le moment il n'y a pas le moindre souffle d'air... En dehors de nous, absolument rien ne bouge », reprit-il après un silence. L'intercom resta branché encore un moment, comme s'il voulait ajouter quelque chose. Puis il le coupa.

4

« Mais au nom du ciel, qu'est-ce qui se passe ? » demanda l'homme à la barbe noire d'une voix qui tremblait.

Albert le regarda un instant avant de lui répondre : « Je crois que vous préféreriez ne pas le savoir.

— Est-ce que je suis encore à l'hôpital ? » fit l'homme qui

regardait l'adolescent avec des clignements d'yeux craintifs. Albert se sentit pris d'une soudaine sympathie pour lui.

« Pourquoi ne pas le croire, si ça doit vous aider ? »

L'homme à la barbe noire continua de le fixer, plein d'une fascination horrifiée, et annonça : « Je vais me rendormir. Tout de suite. » Il inclina son siège et ferma les yeux. En moins d'une minute, sa poitrine s'élevait et s'abaissait avec une parfaite régularité. Il ronflait même légèrement.

Albert l'envia.

Nick donna à Laurel une brève étreinte, puis détacha sa ceinture et se leva. « Je vais à l'avant, dit-il. Vous venez ? »

Laurel secoua la tête et fit un geste en direction de Dinah, de l'autre côté de l'allée. « Je vais rester avec elle.

— Vous ne pouvez plus rien faire pour elle, j'en ai peur. C'est entre les mains de Dieu, maintenant.

— Je le sais, mais je veux rester tout de même.

— Très bien, Laurel. (Il effleura ses cheveux de la paume de la main.) C'est un si joli prénom. Vous le méritez. »

Elle leva le visage vers lui et sourit. « Merci.

— Nous avons rendez-vous pour un dîner, vous n'avez pas oublié, n'est-ce pas ?

— Non, répondit-elle sans cesser de sourire. Je ne l'ai pas oublié et je ne l'oublierai pas. »

Il se pencha sur elle et vint effleurer ses lèvres. « Parfait, moi non plus. »

Il partit pour l'avant de l'appareil, et elle appuya légèrement les doigts sur sa bouche, comme pour maintenir le baiser à la place qui lui revenait de droit. Un dîner avec Nick Hopewell, ce mystérieux et ténébreux étranger... Peut-être aux chandelles, avec une bonne bouteille de vin. Puis d'autres baisers, ensuite, de véritables baisers. Tout cela ressemblait beaucoup à un scénario de roman d'amour de la série Harlequin comme elle en lisait parfois. Et alors ? D'agréables histoires, pleines de rêves agréables et inoffensifs. Ça ne faisait pas de mal de rêver un peu, non ?

Bien sûr que non. Mais pourquoi éprouvait-elle tellement l'impression que ce rêve-là ne se réaliserait jamais ?

Elle se détacha, traversa l'allée et posa la main sur le front de la fillette. La chaleur fiévreuse qu'elle avait détectée auparavant s'était dissipée ; la peau de Dinah présentait maintenant la fraîcheur de la cire.

Je crois qu'elle part, avait déclaré Rudy peu de temps avant le décollage en catastrophe de l'appareil. Les mots lui revenaient, maintenant, et résonnaient dans sa tête avec une cruelle réalité. Dinah aspirait l'air par petites bouffées, et c'est à peine si sa poitrine se soulevait et s'abaissait sous la ceinture qui maintenait la compresse improvisée contre sa plaie. Laurel repoussa les cheveux retombés sur le front de la fillette avec une infinie tendresse, et repensa à cet étrange moment, dans le restaurant, lorsque Dinah avait saisi Nick par l'ourlet de son pantalon. *Ne le tuez pas... nous avons besoin de lui.*

Nous aurais-tu sauvés, Dinah ? As-tu fait quelque chose à Monsieur Toomy qui nous a sauvés ? L'as-tu aidé de quelque manière mystérieuse à échanger sa vie contre les nôtres ?

Elle songea que c'était peut-être quelque chose comme cela qui s'était produit... et se dit, que, si c'était vrai, l'enfant, aveugle et gravement blessée, avait pris une terrible décision dans ses ténèbres.

Elle se pencha en avant et déposa un baiser sur chacune des paupières baissées de Dinah. « Tiens bon, murmura-t-elle, je t'en prie, Dinah, tiens bon. »

5

Bethany se tourna vers Albert, le prit par les mains et lui demanda : « Qu'est-ce qui se passera si le carburant redevient mauvais ? »

Albert la regarda avec sérieux et bonté. « Vous connaissez la réponse à cette question, Bethany.

— Vous pouvez m'appeler Beth, si vous voulez.

— D'accord. »

Elle chercha ses cigarettes, vit le signe INTERDICTION DE FUMER allumé et remit le paquet à sa place. « Ouais, reprit-elle, je la connais. On s'écrasera. Point final. Et vous savez quoi ? »

Il secoua la tête, souriant un peu.

« Si on ne peut pas retrouver ce trou, j'espère que le commandant Engle n'essaiera même pas de poser l'avion. Qu'il choisira une jolie petite montagne et nous écrasera dessus. Vous avez vu ce qui est arrivé à ce pauvre fou ? Je ne veux pas terminer comme lui. »

Elle frissonna, et Albert passa un bras autour de ses épaules. Elle le regarda droit dans les yeux. « Aimeriez-vous m'embrasser ?

— Oui.

— Eh bien, qu'est-ce que vous attendez ? Il n'est jamais trop tard pour bien faire. »

Albert se décida. Ce n'était que la troisième fois de sa vie que l'Hébreu le plus rapide à l'ouest du Mississippi embrassait une fille, et il trouvait cela fabuleux. Il se sentait capable de passer tout le voyage de retour la bouche collée aux lèvres de la jeune fille en se souciant du reste comme d'une guigne.

« Merci, dit-elle en posant sa tête sur l'épaule du jeune homme. J'en avais besoin.

— Eh bien, si cela vous reprend, vous n'avez qu'à demander. »

Elle le regarda, amusée. « Avez-vous *besoin* d'attendre que je vous le demande, Albert ?

— Pour sûr que non », répliqua le Juif de l'Arizona avec l'accent paysan. Il se remit au travail.

6

Avant de gagner la cabine de pilotage, Nick s'était arrêté pour parler avec Robert Jenkins ; une idée extrêmement désagréable lui était venue à l'esprit et il voulait interroger l'écrivain à son propos.

« Pensez-vous qu'on risque de rencontrer ces... choses, ici en haut ? »

Bob réfléchit un moment. « A en juger par ce que nous avons vu à Bangor, je dirais que non. Mais c'est difficile de se prononcer, n'est-ce pas ? Dans une histoire de ce genre, tout est possible.

— Oui, en effet. Tout est possible. » A son tour, Nick réfléchit quelques instants. « Et votre hypothèse de déchirure temporelle ? Quelles sont les chances que nous avons de la retrouver ? »

Robert Jenkins secoua lentement la tête.

De derrière eux leur parvint la voix de Rudy Warwick, et tous deux sursautèrent. « Vous ne m'avez rien demandé, mais ça ne m'empêchera pas de vous dire ce que j'en pense. A mon avis, nous avons une chance sur mille. »

Nick resta un moment songeur. Puis un sourire radieux, illumina son visage. « Ce n'est pas si mal que ça, en fin de compte. Si l'on considère l'alternative. »

7

Moins de quarante minutes plus tard, le ciel bleu à travers lequel se déplaçait le 767 commença à prendre une nuance plus foncée. Il passa lentement à l'indigo, puis au violet sombre. Assis sur son siège dans le cockpit, surveillant ses instruments et rêvant d'une bonne tasse de café, Brian se remémora une vieille chanson : *When the deep purple falls... over sleepy garden walls...*

Il n'y avait pas de murs de jardin ici, mais la couleur était la bonne, et il voyait les premiers éclats glacés des étoiles au firmament. Il y avait quelque chose de rassurant et d'apaisant dans ces vieilles constellations qui réapparaissaient une à une à leur place familière. Il se demandait comment elles pouvaient être encore identiques lorsque tant de choses étaient si décalées, mais il se réjouit de les voir.

« Ça va plus vite, hein ? » fit la voix de Nick derrière lui.

Brian se tourna pour lui faire face. « Oui, en effet. Au bout d'un moment, les jours et les nuits vont alterner aussi vite qu'un appareil-photo peut prendre de clichés, je parie. »

Nick soupira : « Et maintenant, c'est le plus dur. Attendre et voir ce qui va se passer. En faisant quelques prières aussi, je suppose.

— Ça ne peut pas faire de mal. » Brian jeta à Nick un long coup d'œil évaluateur. « J'étais en route pour Boston parce que mon ex-femme habitait là, et qu'elle venait de mourir dans un incendie stupide. Dinah était dans ce vol, parce qu'une équipe médicale lui avait promis de lui rendre la vue. Bob se rendait à une convention d'écrivains, Albert dans une école de musique, et Laurel prenait des vacances. Pour quelles raisons alliez-vous à Boston, Nick ? Déballez tout. Il se fait tard. »

Nick le regarda longtemps, l'expression songeuse, puis finit par éclater de rire. « Après tout, pourquoi pas ? (Brian était assez fin pour comprendre que la question ne s'adressait pas à lui, et ne répondit rien.) Qu'est-ce que ça signifie, " ultra-secret ", lorsqu'on vient de voir des bataillons de boules hirsutes qui vous démontent l'univers comme on réenroule un tapis de cirque ? »

Il rit de nouveau.

« On ne peut pas dire que les Etats-Unis dominent le marché pour ce qui est des sales coups foireux et des opérations clandestines, reprit-il. Nous autres, Rosbifs, avons manigancé plus d'un tour de cochon que ce que vous autres, Ricains, avez pu jamais imaginer. On a fait des entourloupes en Inde, en Afrique du Sud, en Chine et dans cette partie de la Palestine devenue Israël. On s'est peut-être trompé d'adversaire cette fois, non ? Malgré tout, nous autres Britanniques sommes de farouches partisans de la guerre de l'ombre et le mythique MI5 n'est que la partie visible de l'iceberg. J'ai passé dix-huit ans dans les services armés, Brian, et les dernières cinq années dans les opérations spéciales. Depuis lors, j'ai effectué différents boulots bizarres, certains inoffensifs, d'autres fabuleusement dégueulasses. »

L'obscurité était maintenant complète à l'extérieur, et les étoiles brillaient avec l'intensité de paillettes sur une robe du soir.

« Je me trouvais à Los Angeles — en vacances, tout simplement — lorsqu'on m'a contacté et demandé de partir pour Boston. Dans les délais les plus brefs, il faut le dire, et après quatre jours passés à crapahuter dans les montagnes de San Gabriel, j'étais mort de fatigue. C'est ce qui explique que je dormais comme un loir lorsque s'est produit l'Evénement de Monsieur Jenkins.

» Voyez-vous, il y a un homme à Boston... ou il y avait... ou il y aura — les voyages dans le temps rendent les vieilles conjugaisons bougrement aléatoires, non ? — un homme, donc, qui est un politicien relativement important. Le genre de type qui agit derrière la scène et dispose de beaucoup d'influence. Cet individu — que nous appellerons O'Banion pour les besoins de la conversation — est extrêmement riche, et soutient avec enthousiasme la cause de l'IRA. Il a donné des millions de dollars à ce que certains aiment appeler les œuvres charitables préférées de Boston, et il a pas mal de sang sur les mains. Non pas seulement celui de soldats britanniques, mais aussi celui d'enfants massacrés dans des écoles, de femmes tuées dans des magasins, et de bébés déchiquetés dans leurs langes. C'est un idéaliste du genre le plus dangereux : de ceux qui ne sont jamais obligés de voir de leurs propres yeux le carnage, les jambes coupées traînant dans le caniveau, et qui ne sont jamais contraints de reconsidérer leur action à la lumière de cette expérience.

— Vous étiez supposé supprimer cet O'Banion ?

— Non, sauf à y être obligé par les circonstances, répondit calmement Nick. Il est très riche, mais ce n'est pas le seul problème. C'est un véritable politicien, voyez-vous, et il a d'autres doigts aux mains que celui dont il se sert pour remuer la merde en Irlande. Il dispose de nombreux amis américains influents, et certains des amis en question sont nos amis... telle est la nature de la politique ; un panier de crabes fabriqué par des types qui passent l'essentiel de leur temps dans des pièces capitonnées. Tuer M. O'Banion constituerait un grand risque politique. Mais il a une faiblesse, une petite mignonne qu'il entretient. C'était *elle* que je devais tuer.

— Comme avertissement, fit Brian à voix basse, fasciné.

— Oui, comme avertissement. »

Les deux hommes restèrent silencieux pendant presque une minute, sans se quitter du regard. Le seul bruit était celui qui provenait du ronron hypnotique des moteurs. Il y avait de la stupéfaction et quelque chose de juvénile dans les yeux du pilote, mais on ne lisait que la fatigue dans ceux de Nick.

« Si jamais nous nous en sortons, finit par dire Brian, si nous nous tirons de là, est-ce que vous remplirez cette mission ? »

Nick secoua la tête. Il le fit lentement, mais avec beaucoup de conviction. « Je crois qu'il m'est arrivé ce que ces cinglés d'adventistes aiment appeler une conversion de l'âme, mon vieux. Finis, les filatures nocturnes et les boulots très sales pour le fiston à Madame Hopewell, pour le petit Nicholas. Si nous nous en sortons — hypothèse qui me paraît quelque peu optimiste — je crois que je prendrai ma retraite.

— Pour faire quoi ? »

Nick le regarda, retrouvant son expression songeuse, puis répondit : « Eh bien... je crois que je prendrai des leçons de pilotage. »

Brian éclata de rire. Au bout d'un moment, le fiston à Madame Hopewell l'imita.

8

Trente-cinq minutes plus tard, la lumière du jour commença à s'infiltrer de nouveau dans la cabine principale du *767*. Trois minutes encore, et on se trouvait en milieu de matinée ; quinze minutes, et c'était midi.

Laurel regarda autour d'elle et s'aperçut que Dinah avait les yeux ouverts.

Ne voyaient-ils vraiment rien ? Il y avait quelque chose en eux, quelque chose qui échappait à toute définition, qui lui faisait se poser la question. La jeune femme sentit monter en elle un sentiment de crainte mystérieuse, un sentiment qui frôlait la peur.

Elle prit délicatement l'une des mains de Dinah dans les siennes. « N'essaie pas de parler, lui dit-elle d'une voix douce. Si tu es réveillée, Dinah, n'essaie pas de parler ; écoute, simplement. Nous avons réussi à décoller, et nous sommes sur le chemin du retour. Tu vas t'en sortir, je te le promets. »

La main de la fillette se contracta et, au bout d'un moment, Laurel se rendit compte qu'elle tentait de l'attirer à elle. Laurel se pencha sur la civière attachée. Dinah parla d'un filet de voix minuscule, modèle réduit parfait, sembla-t-il à Laurel, de sa voix normale.

« Ne vous en faites pas pour moi, Laurel. J'ai eu... ce que je voulais.

— Dinah, tu ne devrais pas- »

Les yeux bruns aveugles se tournèrent vers la bouche qui parlait. Un léger sourire s'esquissa sur les lèvres ensanglantées. « J'ai *vu*, dit-elle de sa voix aussi fragile que du verre filé, j'ai vu à travers les yeux de Monsieur Toomy. Au début, et puis à la fin, aussi. C'était mieux à la fin. Au début tout lui paraissait affreux et méchant. C'était mieux à la fin. »

Laurel la contemplait, saisie d'émerveillement.

La fillette lâcha Laurel et leva une main hésitante pour la toucher à la joue. « Il n'était pas si mauvais que ça, vous savez. » Elle toussa. De petites particules de sang giclèrent de sa bouche.

« S'il te plaît, Dinah », dit Laurel. Elle eut soudain la sensation qu'elle arrivait presque à voir par les yeux de la petite aveugle, ce qui provoqua chez elle une vague de panique étouffante. « S'il te plaît, n'essaie plus de parler. »

Dinah sourit. « Je vous ai *vue*, Laurel. Vous êtes belle. Tout était beau... même les choses mortes. C'était tellement merveilleux de... vous comprenez... simplement de *voir*. »

Elle prit l'une de ses infimes respirations, expira, et ne prit pas la suivante. Ce fut tout. Ses yeux aveugles avaient maintenant l'air de regarder loin au-delà de Laurel Stevenson.

« Je t'en prie, Dinah, respire ! » dit Laurel. Elle prit dans les siennes la main de la fillette et se mit à l'embrasser à plusieurs reprises, comme si ses baisers avaient pu rappeler à la vie ce qui n'y était plus accessible. Il était injuste que Dinah meure après les avoir tous sauvés ; aucun Dieu ne pouvait exiger un tel sacrifice, pas même pour des personnes qui avaient accompli quelques pas en dehors du temps lui-même. « Respire, je t'en prie, respire, Dinah, je t'en prie, respire... »

Mais Dinah ne respira pas. Au bout d'un long moment, Laurel reposa la main de la fillette sur son corps et regarda fixement sa figure pâle et immobile. La jeune femme attendit que ses yeux se remplissent de larmes, mais les larmes ne vinrent pas. Cependant, un chagrin violent lui étreignait le cœur, et dans son esprit hurlait un cri de protestation outragé : *Oh, non ! C'est pas juste ! C'est pas juste ! Dieu, rends-la-nous ! Rends-la-nous, bon sang, c'est tout ce qu'on te demande !*

Mais Dieu ne la rendit pas. Les moteurs à réaction vrombissaient régulièrement, le soleil brillait sur la manche ensanglantée de la jolie robe de voyage de Dinah, dessinant une forme oblongue éclatante, mais Dieu ne la rendit pas. Laurel regarda de l'autre côté de l'allée, et vit Albert et Bethany qui s'embrassaient. Albert caressait l'un des seins de la jeune fille à travers son T-shirt, avec légèreté et délicatesse, presque religieusement. Ils semblaient procéder à une cérémonie rituelle, donner une représentation symbolique de la vie et de cette inaltérable et opiniâtre étincelle qui maintient la vie en face des pires revers et des tours les plus grotesques que peut jouer le destin. Laurel se tourna de nouveau vers Dinah, pleine d'espoir... mais Dieu ne la lui avait pas rendue.

Dieu ne la leur avait pas rendue.

Laurel embrassa les pommettes immobiles et approcha la main de la figure de Dinah. Ses doigts s'arrêtèrent à deux ou trois centimètres seulement de ses paupières.

J'ai vu à travers les yeux de Monsieur Toomy. Tout était beau... même les choses qui étaient mortes. C'était tellement merveilleux de voir...

« Oui, murmura Laurel, je peux vivre avec cela. »

Elle laissa ouverts les yeux de Dinah.

9

Le vol 29 d'American Pride volait vers l'ouest dans l'alternance des jours et des nuits, passant de l'ombre à la lumière et de la lumière à l'ombre comme s'il traversait la vaste parade aux évolutions paresseuses d'un bataillon de gros cumulus. Chaque cycle paraissait plus court que le précédent.

Peu après trois heures de vol, les nuages se dispersèrent au-dessous de l'appareil, à l'endroit exact où ils avaient commencé lors du vol aller. Brian était prêt à parier que le front n'avait pas bougé d'un seul pied depuis. Les grandes plaines s'étendaient au-dessous, plate immensité couleur de rouille.

« Aucun signe de leur présence là au-dessous, constata Rudy Warwick, sans avoir besoin de préciser de qui ou de quoi il parlait.

— En effet, dit Robert Jenkins. On dirait que nous les avons distancés, dans l'espace ou dans le temps.

— Ou dans l'un et l'autre, observa Albert.

— Oui, ou dans l'un et l'autre. »

Mais ils se trompaient. Au moment où le 767 commença à survoler les Rocheuses, ils commencèrent à revoir les lignes noires au-dessous de l'appareil, fines comme des cheveux à l'altitude où ils naviguaient. Elles allaient et venaient, bondissantes, sur les pentes escarpées, et dessinaient des motifs qui ne paraissaient pas complètement dépourvus de signification dans le tapis végétal gris-vert. Nick se tenait à la porte avant, regardant par le hublot qui s'y trouvait ménagé. Celui-ci avait la particularité de produire un étrange effet grossissant et il ne tarda pas à se rendre compte qu'il y voyait mieux, en réalité, qu'il ne l'aurait souhaité. Sous ses yeux, deux des lignes noires se séparèrent, contournèrent un sommet déchiqueté couvert de neige et se rejoignirent de l'autre côté, puis se croisèrent et dévalèrent la pente dans des directions divergentes. Derrière elles, tout le sommet de la montagne s'effondra sur lui-même, laissant quelque chose comme ce qui reste d'un volcan après son explosion, une vaste caldeira non point remplie d'eau, mais de ténèbres.

« Par le petit Jiminy Jésus », bredouilla Nick en passant une main tremblante sur son front.

Tandis qu'ils survolaient le flanc occidental en direction de l'Utah, l'obscurité retomba de nouveau. Le soleil couchant lança un rayon orangé aveuglant sur un paysage infernal, fragmenté, que personne ne put contempler longtemps ; un par un, ils suivirent tous l'exemple de Bethany et abaissèrent le volet devant leur hublot. Nick retourna à son siège sur des jambes mal assurées, et laissa tomber son front dans sa main contractée et glacée. Au bout de quelques instants, il se tourna vers Laurel qui le prit sans un mot dans ses bras.

Brian était obligé de voir. Il n'existait pas de volet dans le cockpit.

Le Colorado occidental et l'Utah oriental dégringolèrent, morceau déchiqueté par morceau déchiqueté, dans le puits sans fond de l'éternité. Montagnes, mesas, buttes et cols cessèrent un à un d'exister au fur et à mesure que les langoliers découpaient la trame usée du passé enfui, les détachaient les uns des autres et les expédiaient dans le néant sans fin et sans soleil. Aucun son ne leur parvenait, et d'une certaine manière, c'était ce qu'il y avait de plus horrible. Au-dessous d'eux, la terre disparaissait aussi silencieusement que de la poussière.

L'obscurité fut comme un acte de miséricorde, et pendant un court moment, il put se concentrer sur les étoiles. Il s'y accrochait avec la violence de la panique, comme à la seule chose réelle demeurant dans ce monde horrible : Orion, le chasseur ; Pégase, le grand cheval chatoyant de minuit ; Cassiopée dans son siège d'étoiles.

10

Une demi-heure plus tard, le soleil se levait de nouveau et Brian sentit ce qui lui restait de santé mentale frissonner et faire un pas de plus vers ses propres abysses. Le monde au-dessous d'eux avait disparu, entièrement et définitivement disparu. Le ciel d'un bleu profond s'incurvait en dôme au-dessus d'un océan cyclopéen de l'ébène la plus pure et la plus profonde.

L'univers avait été arraché sous les ailes du 767.

La pensée exprimée par Bethany avait également traversé l'esprit du pilote ; s'il fallait en venir là, si le pire devenait inévitable, il s'était dit qu'il pourrait toujours se jeter sur une montagne. Tout serait terminé en une fraction de seconde. Mais il n'y avait plus de montagnes sur lesquelles se jeter.

Il n'y avait même plus de *terre* sur laquelle écraser l'appareil.

Que va-t-il se passer, se demanda-t-il, si nous ne retrouvons pas la déchirure ? Que va-t-il se passer si nous arrivons au bout de nos réserves de carburant ? N'essayez pas de me faire croire que nous allons nous écraser ; on ne s'écrase pas contre le néant. Je crois que nous allons tout simplement tomber.... tomber... tomber. Pendant combien de temps ? Sur quelle distance ? Jusqu'où peut-on dégringoler dans le néant ?

N'y pense pas.

Mais comment, exactement, peut-on y arriver ? Comment refuser de penser au néant ?

Il retourna délibérément à ses feuilles de calculs. Il travailla sur eux, se référant fréquemment aux cadrans du système de navigation par inertie, jusqu'à ce que de nouveau l'obscurité eût regagné le ciel. Il calcula que le temps qui séparait maintenant le lever et le coucher du soleil était d'environ vingt-huit minutes.

Il tendit la main vers l'interrupteur qui commandait l'intercom et ouvrit le circuit.

« Nick ? Pouvez-vous venir ? »

L'Anglais apparut à la porte du cockpit moins de trente secondes après.

« Est-ce que tout le monde a baissé son volet, sur les hublots, là-bas derrière ? demanda tout de suite Brian.

— Vous pouvez être tranquille. Ils sont tous baissés.

— Très judicieux de leur part. Je vous conseille pour le moment d'éviter de regarder là en bas, si vous le pouvez. Je vais vous demander de regarder dans quelques minutes, et une fois que vous l'aurez fait, je ne crois pas que vous pourrez éviter de recommencer, mais je vous conseille de retarder cet instant le plus longtemps possible. Ce n'est pas... très beau.

— Tout a disparu, c'est ça ?

— Oui, tout.

— La petite fille aussi a disparu. Laurel était avec elle à la fin. Elle ne le prend pas trop mal. Elle aimait beaucoup cette gamine. Moi aussi. »

Brian acquiesça. Il n'était pas surpris — la blessure de Dinah était de celles qui exigent une intervention immédiate en salle d'opération, et même alors le pronostic serait sans doute resté réservé — mais il sentit une pierre rouler sur son cœur. Lui aussi avait bien aimé la fillette, et il partageait la conviction de Laurel : Dinah était plus que quiconque responsable du fait qu'ils étaient encore en vie. D'une manière ou d'une autre. Elle avait fait quelque chose à M. Toomy, elle l'avait utilisé d'une manière insolite... et Brian allait même jusqu'à penser que quelque part au fond de lui, il aurait été égal à Toomy de savoir qu'il avait été utilisé ainsi. S'il fallait voir un présage dans sa mort, il était des plus sinistres.

« Elle n'aura jamais eu son opération, dit-il.

— Non.

— Mais Laurel tient le coup ?

— Plus ou moins.

— Elle vous plaît, non ?

— Oui. J'ai des copains que ça ferait rigoler, mais elle me plaît. Elle a un peu facilement la larme à l'œil, mais elle a aussi du cran. »

Brian acquiesça. « Eh bien, si jamais nous revenons, tous mes vœux de bonheur.

— Merci. » Une fois de plus, Nick s'installa dans le siège du copilote. « J'ai repensé à cette question que vous m'avez posée. Sur ce que j'allais faire lorsque nous serions tirés de ce merdier... en dehors d'inviter la ravissante Laurel au restaurant, ça va de soi. Je me dis qu'après tout, je me mettrai peut-être aux trousses de cet O'Banion. Comme je vois les choses, il n'est guère différent de notre ami Monsieur Toomy.

— Dinah vous a demandé d'épargner Toomy, lui fit remarquer Brian. C'est peut-être un élément que vous devriez introduire dans votre équation. »

A son tour, Nick acquiesça. Il le fit comme si sa tête était tout d'un coup devenue trop lourde pour lui. « Peut-être.

— Ecoutez, Nick. Je vous ai appelé dans le cockpit parce que si la déchirure dans le temps de Bob existe, nous devrions nous approcher de l'endroit où elle se trouve. On va donc monter ensemble dans le nid-de-pie ; vous vous occuperez du côté tribord et du centre droit ; moi je surveillerai bâbord et le centre gauche. Si vous voyez quoi que ce soit qui ressemble à une déchirure temporelle, sonnez l'alarme. »

Nick fixa sur Brian des yeux où on ne lisait que la plus parfaite candeur. « Devons-nous nous attendre à une déchi-temps bobdéliromorphe, ou à une variété nettement plus foutrakédélique, d'après vous ?

— Très drôle. » Malgré lui, Brian sentit qu'il esquissait un sourire. « Je n'ai évidemment pas la moindre idée de ce à quoi ça peut ressembler ; je ne sais même pas si c'est quelque chose de seulement *visible*. Si ce n'est pas le cas, nous allons nous trouver dans une sacrée panade, au cas où le trou aurait dérivé d'un côté ou de l'autre, ou si son altitude a changé. Retrouver une aiguille dans une meule de foin serait un jeu d'enfant, en comparaison.

— Et le radar ? »

Brian eut un geste en direction de l'écran de contrôle en couleur RCA/TL. « Le vide, comme vous pouvez voir. Rien de surprenant. Si l'équipage d'origine avait vu ce foutu truc sur l'écran, croyez bien qu'ils auraient évité de se jeter dedans, pour commencer.

— Ils ne s'y seraient pas davantage jetés s'ils l'avaient vu à l'œil nu, observa Nick d'un ton sombre.

— Ce n'est pas forcément vrai. Ils ont pu le voir trop tard pour l'éviter. Les avions à réaction se déplacent très vite, et l'équipage ne passe pas tout son temps à explorer le ciel à la recherche de bidules bizarres, Nick. Ce n'est d'ailleurs pas nécessaire ; c'est à ça que servent les tours de contrôle. Au bout de trente ou trente-cinq minutes, les pilotes ont terminé l'essentiel de leur tâche. L'oiseau est en l'air, il a quitté l'espace aérien de L. A., la sonnerie anti-collision est branchée et lance son bip toutes les 90 secondes pour montrer qu'elle fonctionne bien. Le SNI est programmé — il l'était déjà avant même le décollage — et dit au pilote automatique tout ce qu'il doit faire. D'après ce que l'on a découvert dans le cockpit, le pilote et le copilote en étaient à la pause-café. Ils se trouvaient probablement assis ici, se faisant face, parlant du dernier film qu'ils avaient vu ou du fric qu'ils avaient claqué à Hollywood Park. Si l'une des hôtesses s'était trouvée avec eux, juste avant l'Evénement, cela aurait pu faire une paire d'yeux supplémentaires, mais nous savons qu'il n'y en avait pas. Les pilotes mangeaient leur pâtisserie et le personnel de cabine s'apprêtait à servir l'apéritif aux passagers lorsqu'il s'est produit.

— Voilà un scénario extrêmement détaillé, remarqua Nick. Est-ce vous ou moi que vous essayez de convaincre ?

— A ce stade, je dirais que j'essaie de convaincre n'importe qui. »

Nick sourit et se tourna vers la vitre tribord. Son regard se dirigea involontairement vers le bas, là où se trouvait normalement le sol. Son sourire se figea, puis disparut de son visage.

« Nom de Dieu de nom de Dieu, fit-il d'une minuscule voix déconfite.

— Pas très réjouissant, le spectacle, n'est-ce pas ? »

Nick se tourna vers le pilote. Ses yeux donnaient l'impression de flotter dans son visage blême. « Toute ma vie, répondit-il, j'ai pensé à l'Australie quand j'entendais les gens parler d'un grand vide sans rien, mais je me foutais le doigt dans l'œil. Le véritable grand vide sans rien, il est juste là, au-dessous. »

Une fois de plus, Brian vérifia toutes les données du plan de vol.

Sur l'une de ses cartes, il avait tracé un petit cercle ; ils étaient maintenant sur le point de pénétrer dans l'espace aérien qu'il représentait. « Pourrez-vous faire ce que je vous ai demandé ? Sinon, dites-le tout de suite. Nous ne pouvons nous payer le luxe de-

— Bien sûr, je le peux », murmura Nick. Il avait arraché son regard du gigantesque puits qui défilait sous l'appareil, et parcourait le ciel des yeux. « Si seulement je savais ce que je dois trouver...

— Je crois que vous le saurez lorsque vous le verrez... si vous le voyez jamais. »

11

Robert Jenkins était assis les bras croisés et serrés contre lui, comme s'il avait froid. Il ressentait bien une impression de froid, mais elle n'était pas physique. Ce qui le glaçait provenait de sa tête.

Quelque chose allait de travers.

Il ne savait pas quoi, mais il y avait une erreur quelque part. Quelque chose ne correspondait pas... ou était perdu... ou était oublié. On avait commis une faute, ou on allait en commettre une. Cette impression le narguait un peu comme une douleur trop diffuse pour pouvoir être localisée et identifiée. Elle se cristallisait presque en une pensée, puis s'évanouissait comme va se terrer un petit animal pas encore apprivoisé.

Quelque chose clochait.

Quelque chose n'était pas à sa place.

Ou bien on l'avait perdu.

Oublié, peut-être.

Devant lui, Albert et Bethany fleuretaient sans complexe. Derrière, Rudy Warwick, les yeux fermés, agitait les lèvres en silence. Il étreignait un chapelet dans sa main droite. De l'autre côté de l'allée, Laurel Stevenson, assise à côté de Dinah, tenait une des mains de la fillette qu'elle caressait doucement.

Ça clochait.

Bob souleva le volet coulissant de son hublot, jeta un coup d'œil au-dehors et le referma sèchement. Ce qui s'étendait au-dessous de l'avion avait tout du cauchemar d'un fou au stade terminal.

Il faut que je les avertisse. Il le faut absolument. On est reparti sur la base de mon hypothèse, mais si mon hypothèse est erronée — et donc dangereuse — il faut nécessairement que je les avertisse.

Oui, mais de quoi ?

Une fois de plus l'impression vint effleurer la surface de son esprit conscient, avant de replonger, ombre parmi les ombres... mais avec des yeux brillants de prédateur.

Il défit brusquement sa ceinture de sécurité et se leva.

Albert le regarda. « Où allez-vous ? »

— A Cleveland », répondit Bob d'un ton bourru. Puis il descendit l'allée en direction de l'arrière de l'appareil, sans cesser un instant de traquer l'origine de cette sonnerie d'alarme qui retentissait quelque part au fond de lui.

12

Brian quitta des yeux le ciel qui de nouveau commençait à s'éclaircir, pour vérifier les instruments de navigation du pilote automatique et le cercle sur sa carte. Ils en atteignaient maintenant la périphérie. Si la déchirure temporelle existait toujours à cet endroit-là, ils n'allaient pas tarder à la voir. Sinon, il repasserait en pilotage manuel pour faire un autre passage à une altitude légèrement différente et en décalant légèrement le cercle qu'il décrirait. Ce serait évidemment catastrophique pour leurs réserves de carburant, lesquelles s'amenuisaient déjà sérieusement, mais étant donné que leur situation était désespérée, de toute façon, peu importait qu'elle-

« Brian ? dit Nick d'une voix mal assurée. Je crois que je vois quelque chose, Brian. »

13

Robert Jenkins atteignit l'arrière de l'appareil, fit demi-tour, et remonta les rangées de sièges vides. Il regardait les objets qui gisaient dessus ou par terre : des sacs à main... des lunettes... des montres-bracelets... une montre de gousset... deux morceaux de métal en forme de croissant, usés, des fers de chaussures, sans doute... des plombages... des alliances...

Quelque chose clochait vraiment.

Oui ? En était-il vraiment ainsi, ou bien n'était-ce pas un tour de son esprit trop tendu, s'excitant avec acharnement sur rien du tout ?

Il avait beau se dire *laisse tomber*, il n'y arrivait pas.

Si j'ai vraiment commis une erreur de raisonnement quelque part, comment se fait-il que je ne la voie pas ? Ne me suis-je pas vanté devant le garçon que la déduction était mon pain quotidien ? N'ai-je pas écrit quarante romans policiers, dont une douzaine sont pas mal du tout ? Newgate Callender n'a-t-il pas dit de The Sleeping Madonna *que c'était un chef-d'œuvre de logique lorsqu'il-*

Bob Jenkins s'arrêta brusquement. On aurait dit que les yeux allaient lui sortir de la tête. Il regardait fixement l'homme à la barbe noire, assis vers l'avant de la cabine du côté bâbord, qui, une fois de plus aux abonnés absents, ronflait voluptueusement. Dans la tête de Bob, le petit animal farouche commença à pointer son nez dans la lumière. Sauf qu'il n'était pas si petit que ça, comme il l'avait cru. Telle avait été son erreur. Il arrivait que l'on ne pût voir certaines choses parce qu'elles étaient trop petites, mais on pouvait aussi parfois les ignorer du fait de leur énormité. Ou de leur évidence.

The Sleeping Madonna, la Madone endormie.

L'homme endormi.

Il ouvrit la bouche pour crier, il voulut crier, mais aucun son n'en sortit. Il avait la gorge paralysée. La terreur lui écrasait la poitrine, comme un gros animal qui se serait assis dessus. Il tenta une deuxième fois de crier, mais ne put émettre qu'un couinement sans force.

La madone endormie, l'homme endormi.

Eux, les survivants, étaient tous endormis, lorsque...

Maintenant, à l'exception du barbu, aucun d'eux ne dormait.

Bob ouvrit une fois de plus la bouche, essaya une fois de plus de crier... sans résultat.

14

« Nom d'un petit bonhomme en bois », souffla Brian.

La déchirure temporelle se trouvait à environ cent cinquante kilomètres d'eux, à sept ou huit degrés à tribord du nez du 767. Si elle avait dérivé, ce n'était pas de beaucoup. Brian pensait qu'il s'agissait plutôt d'une erreur mineure de navigation.

Elle se présentait comme un trou de forme oblongue, mais non comme un vide noir. Elle était entourée d'une lumière rose-mauve étouffée, semblable à celle d'une aurore boréale. Brian apercevait bien les étoiles au-delà, mais elles semblaient onduler. Un long ruban de vapeur dérivait lentement hors de la déchirure suspendue dans le ciel. On aurait dit quelque étrange autoroute d'éther.

Il n'y a qu'à la suivre, pensa Brian, surexcité. *C'est encore mieux qu'une balise ILS**.

« C'est parti ! s'exclama-t-il avec un rire idiot, secouant un poing en l'air.

— Ça doit bien faire trois kilomètres de large, murmura Nick. Mon Dieu, Brian, combien d'avions ont-ils pu s'engouffrer là-dedans ?

— Aucune idée, mais je suis prêt à parier mes bottes et mon cheval que nous sommes les seuls à faire le voyage de retour. »

Il ouvrit l'intercom.

« Mesdames et Messieurs, nous avons trouvé ce que nous cherchions, lança-t-il d'une voix où se mêlaient triomphe et soulagement. J'ignore ce qui se passera ensuite, mais toujours est-il que nous venons de repérer quelque chose qui ressemble à un vaste, très vaste portail grand ouvert dans le ciel. Je vais faire passer l'avion en plein milieu. Nous découvrirons ensemble ce qui se trouve de l'autre côté. Pour l'instant, j'aimerais que vous attachiez vos ceintures- »

C'est à ce moment-là que Robert Jenkins se précipita comme un fou dans l'allée, hurlant de toute la force de ses poumons. « Non, non ! Nous allons tous mourir si vous y passez ! Faites demi-tour ! Il faut faire demi-tour ! »

Brian se tourna sur son siège et échangea un regard intrigué avec Nick.

L'Anglais défit sa ceinture et se leva. « C'est Bob Jenkins. On dirait qu'il était en train de nous piquer une crise de nerfs. Continuez, Brian, je m'occupe de lui.

— Entendu. Contentez-vous de l'empêcher de me déranger. Je ne tiens pas à ce qu'il me saute dessus à la dernière seconde et qu'on se retrouve à la périphérie de ce truc. »

Brian débrancha le pilote automatique et reprit le contrôle du 767. L'appareil s'inclina doucement sur la droite et prit la direction de la brillante forme oblongue, devant eux. Elle parut glisser dans le ciel et venir se placer exactement dans l'axe de

---

* Instrument Landing System : système d'atterrissage aux instruments. (*N.d.T.*)

l'avion. Il entendait maintenant un autre son se mêler au grondement des moteurs — une profonde pulsation, comme celle d'un
énorme diesel qui tournerait au ralenti. Tandis qu'ils se rapprochaient de la rivière de vapeur — laquelle coulait vers le trou et n'en
sortait pas, comme il l'avait tout d'abord cru — il commença à
apercevoir des éclairs de couleur qui voyageaient avec le nuage :
verts, bleus, violets, rouges, rose bonbon. *Ce sont les premières
véritables couleurs que je vois dans ce monde,* pensa-t-il.

Derrière lui, Robert Jenkins sprintait à travers la cabine de
première classe, et... tomba droit dans les bras de Nick quand il
arriva dans la zone de service.

« On se calme, mon vieux, dit l'Anglais d'une voix apaisante.
Tout va aller très bien, maintenant.

— Non ! » protesta Bob en se débattant sauvagement ; mais
Nick n'avait pas plus de mal à le contenir que s'il n'avait été qu'un
petit chat. « Non, vous ne comprenez pas ! Il faut absolument qu'il
fasse demi-tour avant qu'il ne soit trop tard ! »

Nick éloigna l'écrivain de la porte donnant sur le cockpit et
l'entraîna en première classe. « Nous allons bien sagement nous
asseoir ici et boucler notre ceinture, d'accord ? reprit-il de sa voix
amicale apaisante. Ça risque de secouer un peu. »

Pour Brian, la voix de Nick n'était qu'un murmure lointain et
indistinct. Au moment où il se glissa au milieu du vaste fleuve de
vapeur qui s'engouffrait dans la déchirure temporelle, il eut
l'impression qu'une main titanesque s'emparait de l'appareil et
l'entraînait vivement en avant. Cela lui fit penser à la fuite de
pression sur le vol entre Tokyo et L.A., et à quel point l'air fusait
rapidement par un trou, dans une zone pressurisée.

*Comme si tout cet univers... ou du moins ce qu'il en reste, fuyait
par cette ouverture.* Puis lui revint à l'esprit cette phrase insolite et
menaçante de son rêve : ÉTOILES FILANTES SEULEMENT.

La déchirure s'ouvrait droit devant le nez du 767, et s'élargissait
rapidement.

On va passer, pensa-t-il. *Dieu nous vienne en aide, on va
vraiment passer là-dedans.*

15

Bob continua à se débattre tandis que Nick le clouait sur l'un des sièges de première classe d'une main et, de l'autre, tentait de boucler la ceinture autour de lui. Bob était un homme de petite taille, maigre, qui ne devait pas peser plus de soixante-cinq kilos tout mouillé, mais la panique lui avait rendu des forces, et il ne facilitait pas les choses à l'Anglais.

« Vous allez voir, mon vieux, tout va aller très bien, insista Nick, qui finit par refermer la ceinture. Tout s'est bien passé la première fois, non ?

— *On dormait tous, lorsqu'on est passé la première fois, espèce de crétin !* lui hurla Bob en plein visage. *Vous comprenez, maintenant ? Nous étions tous complètement endormis ! Il faut l'arrêter* TOUT DE SUITE *!* »

Nick resta pétrifié et ne finit pas de boucler sa propre ceinture. Le sens de ce que Bob disait — de ce qu'il avait essayé de lui dire depuis le début — lui tomba dessus comme un chargement de briques mal arrimé.

« Oh, mon Dieu, murmura-t-il, mon Dieu, à quoi avons-nous pensé ? »

Il bondit de son siège et se précipita dans le cockpit.

« Brian ! arrêtez ! Demi-tour ! *Demi-tour !* »

16

Brian n'avait cessé de contempler la déchirure depuis qu'il avait mis le cap dessus, presque hypnotisé. Il n'y avait aucune turbulence, mais la sensation d'être emporté sur un fleuve puissant ou par un flot d'air sous pression passant par un trou, n'avait cessé d'augmenter. Il abaissa les yeux sur les instruments et constata que la vitesse du 767 augmentait rapidement. C'est alors que Nick commença de crier ; l'instant suivant, l'Anglais le saisissait aux épaules, regardant, les yeux écarquillés, la déchirure qui grandissait en face de l'appareil. Les couleurs, plus intenses, maintenant, couraient sur son front et sur ses joues, et il ressemblait à un homme qui contemple un vitrail qu'illumine un rayon de soleil. La sourde pulsation s'était transformée en un roulement grave de tonnerre. « *Demi-tour, Brian, il faut faire demi-tour !* »

Nick avait-il une bonne raison de s'exciter ainsi, ou était-il victime de la panique contagieuse de Bob ? Il n'avait pas le temps de prendre une décision sur des bases rationnelles ; seulement une fraction de seconde pour consulter ce que lui dictait silencieusement son instinct.

Brian Engle saisit le manche à balai à pleine main et vira sèchement sur bâbord.

17

Nick se trouva projeté contre une des parois du cockpit. Il y eut un craquement sinistre lorsque son bras cassa. Dans la cabine principale, les bagages qui avaient dégringolé de leurs casiers, lorsque Brian avait brutalement viré pour s'engager sur la piste d'envol, recommencèrent leur ronde folle, précipités en une grêle sauvage contre les parois incurvées et les hublots. L'homme à la barbe noire se trouva projeté hors de son siège et eut le temps d'émettre un glapissement étranglé avant d'entrer en collision avec un bras de fauteuil et de s'effondrer au milieu de l'allée, dans un emmêlement désordonné de bras et de jambes. Bethany poussa un hurlement et Albert la serra davantage contre lui. Deux rangées en arrière, Rudy Warwick contracta encore plus fort ses paupières, étreignit encore plus fort son chapelet et pria plus vite, tandis que son siège prenait une gîte effrayante sous lui.

Il y avait des turbulences, maintenant. Le vol 29 venait de se transformer instantanément en une planche de surf, chahutée en tous sens dans une atmosphère instable. Les mains de Brian lâchèrent même un bref instant le manche à balai avant de s'en ressaisir. Il poussa en même temps les gaz jusqu'au maximum et les turbos de l'appareil répondirent par un hurlement grave que l'on n'a que rarement l'occasion d'entendre en dehors des sites expérimentaux des constructeurs. Les turbulences augmentèrent ; l'avion était secoué de féroces coups de boutoir, et le grincement mortel du métal soumis à de trop fortes tensions lui parvint de quelque part.

En première classe, Robert Jenkins étreignit les bras de son siège, plein d'une gratitude hébétée pour l'Anglais qui l'avait bouclé où il se trouvait. Il avait l'impression d'être attaché à un bâton à ressort géant manié par un fou. L'avion fit un nouveau bond prodigieux, passa pratiquement à la verticale côté bâbord, et l'écrivain sentit son dentier se détacher.

Allons-nous y passer ? Seigneur Jésus, allons-nous y passer ?

Aucune idée. Il ne savait qu'une chose : le monde se résumait à ce panier à salade secoué dans tous les sens, à ce cauchemar de montagnes russes... mais il en faisait encore partie.

Du moins, pour le moment.

18

Les turbulences continuèrent à augmenter lorsque Brian commença à couper le vaste fleuve de vapeur qui s'engouffrait dans la déchirure. Maintenant sur sa droite, elle continuait à grandir comme s'ils dérapaient toujours vers tribord. Puis, après une dernière ruade particulièrement violente, ils sortirent des rapides et retrouvèrent un air plus tranquille. La déchirure temporelle disparut sur tribord. Ils l'avaient manquée... de combien ? Brian préférait ne pas le savoir.

Il garda l'appareil incliné, mais sous un angle moins prononcé. « Nick ! cria-t-il par-dessus son épaule, ça va, Nick ? »

L'Anglais se remit lentement sur pied, tenant de la main gauche son bras droit contre lui. Il avait le visage couleur de craie et les mâchoires serrées dans une grimace de douleur. Deux petits filets de sang coulait de ses narines.

« Il m'est arrivé de me sentir mieux, mon vieux. Je crois bien que j'ai le bras cassé. C'est pas la première fois, le pauvre... On y a échappé ?

— On y a échappé », lui confirma Brian. Il continua de faire décrire un vaste cercle à l'appareil. « Mais il va falloir me dire maintenant *pourquoi* nous avons dû y échapper, alors que nous avons fait tout ce chemin pour la trouver. Et l'explication a intérêt à être bonne, bras cassé ou pas. »

Il tendit la main vers l'interrupteur de l'intercom.

19

Laurel ouvrit les yeux au moment où Brian commença à parler, et découvrit que la tête de Dinah reposait sur ses genoux. Elle lui caressa doucement les joues avant de la remettre en place dans la civière.

« Ici le commandant Engle, les gars. Désolé pour ce qui vient de se passer. Il s'en est fallu d'un cheveu, mais tout va bien, rien que des voyants au vert sur le tableau de bord. Je me permets de répéter que nous avons trouvé ce que nous cherchions, mais... »

Il coupa soudain le micro.

Les autres attendirent. Bethany Simms pleurait contre la poitrine d'Albert. Derrière eux, Rudy récitait toujours son rosaire.

20

Brian avait coupé le micro lorsqu'il s'était aperçu que Robert Jenkins se tenait près de lui. L'écrivain tremblait ; une tache humide maculait son pantalon, et sa bouche présentait un profil concave que le pilote n'avait pas remarqué jusqu'ici. Il semblait néanmoins avoir repris le contrôle de lui-même. Nick s'était effondré dans le siège du copilote avec une grimace de douleur, et continuait de se tenir le bras — lequel commençait à enfler.

« A quoi rime tout ce cirque, bon sang ? demanda Brian à Bob d'un ton dur. Un poil de plus de turbulence, et cette bécane volait en mille morceaux !

— Est-ce que je peux parler là-dedans ? demanda Bob avec un geste vers le micro.

— Oui, mais-

— Alors, laissez-moi faire. »

Brian faillit protester, puis se ravisa. Il enclencha l'intercom. « Allez-y, vous êtes branché. Et l'explication a intérêt à être bonne, répéta-t-il.

— Ecoutez-moi, tout le monde ! » cria Bob d'une voix de stentor.

De derrière lui leur parvint un faible murmure de protestation. « Nous-

— Parlez tout simplement d'un ton de voix normal, lui conseilla Brian. Sinon vous allez leur crever le tympan. »

Bob fit un effort visible pour se maîtriser et adopta un ton de voix moins strident. « Il a fallu faire demi-tour, ce qu'a réussi à accomplir le commandant Engle. De la plus extrême justesse, d'après ce qu'il vient de me dire. Nous avons eu beaucoup de chance... ce qui n'empêche pas que nous nous soyons montrés fichtrement stupides. Nous avons oublié un facteur primordial, élémentaire, alors que nous l'avions tout le temps sous le nez. Lorsque nous sommes passés dans la déchirure temporelle, à l'aller, *tous ceux qui ne dormaient pas, dans l'avion, ont disparu.* »

Brian sursauta sur son siège. Il eut l'impression d'avoir reçu un coup de poing. A la pointe du 767, à une cinquantaine de kilomètres de distance, la forme ovale à l'éclat atténué lui était apparue dans le ciel comme quelque gigantesque pierre semi-précieuse. Il éprouvait le sentiment d'avoir été victime d'une mystification.

« Or nous sommes tous réveillés. (Dans la cabine principale, Albert eut un coup d'œil pour le barbu qui gisait dans l'allée, assommé, et pensa, *à une exception près*.) La logique nous suggère de prendre en considération que le même phénomène risque fort de se produire dans l'autre sens. (Il réfléchit un instant.) C'est tout. »

Brian coupa l'intercom d'un geste automatique. A côté de lui, Nick partit d'un rire douloureux et incrédule.

« Quoi, c'est tout ? C'est foutrement tout ? Qu'est-ce que nous allons faire, maintenant ? »

Brian le regarda sans lui répondre. Non plus que Robert Jenkins.

21

Bethany leva la tête et regarda le visage tendu et éberlué d'Albert. « Il va falloir nous endormir ? Mais comment faire ? Je ne me suis jamais sentie autant réveillée de toute ma vie !

— Je ne sais pas. » Il jeta un regard plein d'espoir à Laurel, de l'autre côté de l'allée. Mais elle secouait déjà la tête. Elle aurait aimé pouvoir dormir, rien que dormir pour faire disparaître de son esprit ce cauchemar insensé ; cependant, comme Bethany, elle en avait rarement eu aussi peu envie de toute sa vie.

22

Bob s'avança légèrement et regarda par la vitre du cockpit, gardant un silence fasciné. « C'est donc à ça que ça ressemble. »

Les paroles d'une musique de rock and roll revinrent soudain à l'esprit de Brian : *You can look, but you better not touch*, tu peux regarder, mais vaut mieux pas toucher. Il regarda ses niveaux de carburant. Ce qu'il lut ne fit rien pour lui rendre le calme, et il leva deux yeux impuissants vers Nick. Comme les autres, jamais il ne s'était autant senti réveillé de toute sa vie.

« Je ne sais pas ce que nous allons faire, maintenant, dit-il, mais si nous devons forcer le passage, nous n'avons guère de temps. Le carburant qui nous reste peut nous faire tenir une heure en l'air, un peu plus, peut-être. Avant cela, faudra trouver une solution. Une idée, quelqu'un ? »

Nick baissa la tête, sans lâcher son bras cassé. Au bout de quelques instants il la releva. « Eh bien oui. Pour tout dire, j'en ai une. Le gens qui prennent l'avion placent rarement leurs médicaments dans les bagages de soute. Ils préfèrent les avoir à portée de main au cas où leurs valises iraient échouer à l'autre bout de la planète et mettraient plusieurs jours à revenir. Il suffit de fouiller les bagages à main : je suis sûr qu'on va trouver une gamme complète de sédatifs. On n'aura même pas à sortir les bagages des compartiments. A en juger au bruit, la plupart gisent déjà sur le sol... Quoi, qu'est-ce qui ne va pas là-dedans ? »

Cette dernière apostrophe était adressée à Bob Jenkins, qui avait commencé à secouer la tête dès que Nick avait mentionné les médicaments.

« Vous y connaissez-vous en sédatifs et somnifères ?

— Un peu, répondit Nick, sur la défensive. Oui, un peu.

— Eh bien moi, je m'y connais beaucoup, répliqua Bob sèchement. Je les ai étudiés de A à Z, c'est-à-dire du All-Nite au Xanax. L'assassinat aux barbituriques a toujours été très prisé des auteurs de romans policiers, comprenez-vous. Même si le hasard vous faisait trouver quelques-uns des produits les plus puissants dans le premier sac à main que vous fouilleriez, ce qui est déjà improbable, vous ne pourriez administrer une dose suffisamment rapide pour ne pas être dangereuse.

— Et pourquoi donc ?

— Parce qu'il faudrait environ quarante minutes pour que le médicament fasse son effet... et je doute fort de son efficacité, dans les conditions dans lesquelles nous sommes. La réaction naturelle aux somnifères d'un esprit soumis à de très fortes tensions est de lutter — de refuser de se laisser aller. Il n'existe aucun moyen de combattre une telle réaction, Nick... vous auriez autant de chances que d'essayer de réguler vous-même vos battements de cœur. Tout ce que vous risquez de faire — toujours en supposant que vous trouviez un médicament puissant en quantité suffisante — c'est d'administrer des doses mortelles et de transformer l'avion en une morgue volante. Nous passerions peut-être la déchirure, mais nous serions tous morts.

— Quarante minutes, dit Nick. Bon Dieu ! En êtes-vous sûr ? Absolument sûr ?

— Absolument », lui confirma Bob sans hésiter.

Brian reporta les yeux sur la forme oblongue qui luisait dans le ciel ; il avait programmé l'appareil de manière à ce qu'il décrivît des cercles, et le trou était sur le point de disparaître de nouveau sur tribord. Il n'allait pas tarder à réapparaître sur bâbord, mais ils n'en seraient pas plus proches pour autant.

« Je n'arrive pas à y croire, dit Nick d'un ton écœuré. Franchir tous les obstacles que nous avons franchis... avoir réussi à décoller dans des conditions acrobatiques et avoir fait tout ce chemin... découvrir miraculeusement la foutue déchirure... et se rendre compte alors que nous ne pouvons pas retourner dans notre propre temps, uniquement parce que nous sommes incapables de nous endormir !

— De toutes les façons, nous n'avons pas quarante minutes, ajouta Brian d'un ton calme. Si nous attendons tout ce temps, l'avion s'écrasera à cent kilomètres à l'est de l'aéroport.

— Il y a certainement d'autres terrains-

— Oui, mais pas assez longs pour accueillir un appareil comme le nôtre.

— Et si nous repartions vers l'est dès la déchirure franchie ?

— Il y a bien Las Vegas, mais il sera hors de portée dans (Brian regarda ses instruments)... moins de huit minutes. A mon avis, c'est LAX qu'il faut tenter. Il me faudra trente-cinq minutes pour le rejoindre, minimum. Et encore, en admettant que je fasse une approche parfaite et qu'on me dégage la piste. Ce qui nous donne...

(il regarda de nouveau son chronomètre)... vingt minutes, dans le meilleur des cas, pour trouver une solution et franchir la déchirure. »

Bob regardait l'Anglais, songeur. « Dites-moi, Nick, et vous ?

— Que voulez-vous dire ?

— Je vous soupçonne d'être un soldat... mais pas un soldat ordinaire. Je vous vois bien appartenant au SAS, par exemple. »

Le visage de Nick se tendit. « Et qu'est-ce que ça changerait, mon vieux ?

— Vous connaissez peut-être des techniques qui nous endormiraient, acheva Bob. Ce sont bien des trucs qu'on vous enseigne dans les forces spéciales, non ? »

Brian se rappela brusquement le premier face à face entre Nick et M. Toomy. *Est-ce qu'il vous est arrivé de regarder Star Trek ?* avait demandé l'Anglais. *Une merveilleuse série américaine... et si vous ne fermez pas votre clapet illico, espèce de pauvre abruti, c'est avec plaisir que je vous ferai une démonstration de la fabuleuse prise à endormir les veaux de Monsieur Spock.*

« Qu'en dites-vous, Nick ? demanda doucement le pilote. Si nous avons besoin de la fameuse prise à endormir les veaux de Monsieur Spock, c'est bien maintenant. »

Nick regarda tour à tour Brian et Bob, incrédule. « Je vous en prie, ne me faites pas rire, messieurs. J'ai encore plus mal au bras.

— Qu'est-ce que ça signifie ? demanda Bob.

— Je me suis complètement planté avec les somnifères, hein ? Eh bien laissez-moi vous dire que vous vous êtes complètement plantés sur mon compte. Je ne suis pas James Bond. Il n'y a d'ailleurs jamais eu de James Bond, dans la réalité. Je suppose que je pourrais vous tuer d'une manchette, Bob, mais il est plus probable que vous vous retrouveriez paralysé pour le reste de vos jours. Je risque même de pas vous assommer complètement. Et puis, il y a ça, ajouta-t-il en soulevant son bras droit qui enflait à vue d'œil. Il se trouve que ma bonne main est au bout d'un bras que je viens de me casser, une fois de plus. Je pourrais peut-être me défendre avec la main gauche, disons contre un adversaire sans entraînement, mais ce dont vous parlez ? Jamais de la vie. Jamais.

— Vous oubliez le plus important », observa une voix féminine.

Les trois hommes se tournèrent. Laurel Stevenson, blême, le visage hagard, se tenait dans l'encadrement de la porte. Elle gardait les bras croisés sur la poitrine comme si elle avait froid, les mains sous les aisselles.

« Si nous sommes tous endormis, qui pilotera l'avion ? demanda-t-elle. Qui nous posera à L.A. ? »

Tous trois la regardèrent sans rien dire. Personne ne prit attention à la pierre semi-précieuse oblongue de la déchirure temporelle qui, derrière eux, redevenait visible.

« On est foutu, dit Nick calmement. Vous voulez que je vous dise ? Complètement et définitivement foutu. » Il partit d'un petit rire qui tourna court — son estomac tressautant contre son bras cassé.

« Peut-être pas », intervint Albert, qui, accompagné de Bethany qu'il tenait par la taille, avait suivi Laurel. La sueur collait des boucles de cheveux au front du jeune homme, mais on lisait de la détermination dans ses yeux sombres. Ils étaient tournés vers Brian. « Je crois que *vous* pouvez nous endormir. Et que *vous* pourrez poser tout de même l'appareil.

— De quoi voulez-vous parler ? demanda rudement Brian.

— De quoi ? de la pression. Exactement, de la pressurisation. »

23

Le rêve de Brian lui revint alors à l'esprit, mais avec une telle intensité qu'il avait l'impression de le revivre : Anne, la main collée à la fente dans la carlingue de l'avion, la fente avec la mention **Etoiles filantes seulement** apposée au-dessus en lettres rouges.

La pression.

Tu vois, chéri ? Tout est en ordre...

« Qu'est-ce qu'il veut dire, Brian ? demanda Nick. A voir votre tête, je vois bien qu'il tient quelque chose. Quoi ? »

Brian l'ignora. Il regardait sans ciller cet étudiant en musique de dix-sept ans qui venait peut-être de trouver le moyen de les tirer de là.

« Et après ? demanda-t-il. Une fois que nous l'avons franchie ? Comment faire pour me réveiller et poser l'avion ?

— Est-ce que quelqu'un va prendre la peine de nous expliquer... ? » supplia Laurel. Elle s'était rapprochée de Nick, qui lui avait passé son bras valide autour de la taille.

« Albert propose d'utiliser ceci, répondit Brian en tapotant un rhéostat du panneau de contrôle, au-dessus duquel était marqué PRESSION EN CABINE, afin de tous nous envoyer dans les pommes.

— Est-ce possible ? Pourriez-vous réellement faire ça, mon vieux ?

— Oui. J'ai connu des pilotes — des pilotes de charter — qui l'ont fait, lorsque des passagers ayant pris un coup de trop se sont mis à faire les idiots et à devenir dangereux pour eux-mêmes et l'équipage. Assommer un ivrogne de cette manière n'est pas difficile. Pour des personnes sobres, il faudra abaisser un peu plus la pression... à la moitié de celle du niveau de la mer, à peu près. C'est comme grimper à une altitude de trois mille sans masque. Boum ! Dans les vapes.

— Si c'est si facile, comment se fait-il qu'on ne l'ait jamais utilisé contre les terroristes ? demanda Bob.

— A cause des masques à oxygène, non ? suggéra Albert.

— Exact. Le personnel de cabine en fait la démonstration au départ de chaque vol commercial — mettez le masque sur votre visage et respirez normalement, vous savez bien. Ils tombent automatiquement lorsque la pression de la cabine passe au-dessous de douze psi. Si un pilote détourné par des terroristes essayait de s'en débarrasser par cette méthode, les terroristes n'auraient qu'à prendre les masques, respirer, et commencer à tirer. Sur des appareils plus petits, comme les Lear, c'est différent. Si la pression tombe brusquement, le passager doit ouvrir lui-même le compartiment au-dessus de sa tête. »

Nick regarda le chronomètre. Il leur restait maintenant quatorze minutes.

« Je crois qu'on ferait mieux d'arrêter de parler et de s'y mettre, dit-il. Le temps nous presse.

— Pas encore. » Le pilote regarda de nouveau Albert. « Je peux nous mettre dans l'axe de la déchirure, et commencer à diminuer la pression. Il est possible de contrôler la pressurisation de la cabine avec une grande précision, et je suis à peu près sûr de n'avoir aucun problème à vous mettre tous hors circuit avant que nous franchissions le trou. Mais la question de Laurel reste toujours valable : qui pilotera l'avion ensuite ? »

Albert ouvrit la bouche, puis la referma et secoua la tête.

Bob Jenkins prit alors la parole. Il s'exprimait d'un ton froid, sans inflexion, celui d'un juge qui prononce une peine capitale.

« Je crois que *vous* pouvez nous ramener, Brian. Mais quelqu'un d'autre devra mourir pour cela.

— Comment ? » demanda Nick nerveusement.

Robert Jenkins s'expliqua. Cela ne lui prit pas longtemps. Au moment où il finissait, Rudy Warwick rejoignit le petit groupe qui se tenait dans l'encadrement de la porte.

« Ça peut marcher, Brian ? demanda Nick.

— Il n'y a pas de raison », répondit le pilote, l'air absent. Nouveau coup d'œil au chronomètre. Onze minutes. Onze minutes pour passer de l'autre côté de la déchirure. A peu près tout le temps qu'il lui faudrait pour mettre l'avion dans la bonne direction, programmer le pilote automatique et parcourir les quelque cinquante kilomètres de l'approche. « Mais qui va le faire ? Allez-vous tirer à la courte-paille, ou quoi ?

— Inutile », fit Nick. Il avait parlé d'un ton léger, presque indifférent. « Je vais le faire.

— Non ! » s'exclama Laurel. Ses yeux, agrandis, étaient soudain très sombres. « Pourquoi vous ? Pourquoi faut-il que ce soit vous ?

— La ferme, siffla Bethany. S'il est volontaire, ça le regarde ! »

Albert jeta un regard malheureux à Bethany, à Laurel, puis à Nick. Une voix — pas très puissante, à vrai dire — lui murmurait que c'était lui qui aurait dû se porter volontaire, que c'était là un boulot pour le Juif d'Arizona, l'unique survivant d'Alamo. Mais le Juif d'Arizona, par ailleurs, n'avait que trop conscience de beaucoup aimer la vie... et de n'avoir aucune envie qu'elle s'achevât maintenant. Si bien qu'il ouvrit la bouche, mais la referma sans avoir proféré un mot.

« Pourquoi vous ? répéta Laurel sur un ton précipité. Pourquoi ne tirerions-nous pas à la courte paille ? Pourquoi pas Bob ? Ou Rudy ? Ou moi ? »

Nick la prit par le bras. « Venez un instant avec moi.

— Nick, on n'a plus le temps », objecta Bob. Il tenta de garder un ton de voix uni, mais il entendit le désespoir — sinon la panique — la faire trembler.

« Je sais. Commencez tout de suite la manœuvre que vous avez à faire. »

Nick entraîna Laurel.

24

Elle lui résista un instant, puis le suivit. Il s'arrêta dans la niche qui servait à préparer les plateaux et lui fit face. A ce moment-là, alors que son visage n'était qu'à vingt centimètres du sien, elle prit conscience d'une affligeante vérité : il était l'homme qu'elle avait espéré rencontrer à Boston. Cet homme avait été dans l'avion dès le début de son voyage. Il n'y avait rien de romantique dans cette découverte : la situation la rendait horrible.

« Je crois qu'il aurait pu se passer quelque chose, entre vous et moi, dit-il. Est-ce que je me trompe ? Répondez, on n'a pas le temps de faire des manières. Absolument pas.

— Non, vous avez raison, admit-elle d'une voix sèche, inégale.

— Mais nous ne savons pas. Nous ne pouvons pas savoir. Tout ça, c'est une histoire de temps, non ? Le temps.... dormir... et ne pas savoir. Mais il faut que ce soit moi, Laurel. J'ai essayé de tenir des comptes sur ce que j'ai fait, et je suis partout dans le rouge — très moche, côté débit. C'est pour moi l'occasion ou jamais de rétablir l'équilibre, et j'ai bien l'intention de la prendre.

— Je ne comprends rien à ce-

— Mais moi, si. » Il parlait vite, avalant les mots. Il la prit par les avant-bras, de sa main gauche, et l'attira encore plus près de lui. « Vous étiez sur le point de nouer une liaison, non, Laurel ?

— Je ne vois pas ce que- »

Il la secoua sèchement. « Je viens de vous dire que nous n'avions pas le temps de faire des manières ! Aviez-vous une aventure ?

— Je... oui.

— Nick ! » appela Brian depuis le cockpit.

L'Anglais jeta un coup d'œil dans cette direction. « J'arrive ! » cria-t-il. Puis il revint à Laurel. « Je vais vous expédier vers une nouvelle aventure. Si vous vous en tirez, cela va de soi, et si vous êtes d'accord. »

Elle se contenta de le regarder, les lèvres tremblantes. Elle ne savait que lui répondre. Son esprit était en déroute. Il lui serrait très fort le bras, mais elle ne s'en rendit compte que beaucoup plus tard, quand elle vit les bleus laissés par ses doigts ; sur le moment, l'emprise de son regard fut bien plus forte.

« Ecoutez. Ecoutez-moi bien. » Il se tut un instant, puis reprit, avec un ton particulier de conviction mesurée. « J'allais laisser tomber. Je m'étais décidé.

— Laisser tomber quoi ? » fit-elle d'une petite voix chevrotante.

Il secoua la tête d'un geste impatient. « Pas d'importance. Ce qui compte, c'est que vous me croyiez ou non. Alors ?

— Je ne sais pas de quoi vous parlez, mais je crois que vous êtes sincère.

— Nick ! lança Brian d'une voix pressante, nous fonçons droit dessus ! »

L'Anglais lança un nouveau coup d'œil vers le cockpit, le regard brillant sous ses paupières rétrécies. « J'arrive ! » Lorsqu'il la regarda de nouveau, Laurel se dit que jamais, de toute sa vie, elle n'avait été l'objet d'une attention aussi férocement intense. « Mon père vit dans un village, Fluting, au sud de Londres. Demandez-le chez n'importe quel commerçant de la rue principale. Monsieur Hopewell. Les anciens l'appellent encore le Patron. Allez le voir et dites-lui que je m'étais décidé à laisser tomber. Il faudra insister ; il a tendance à tourner le dos et à jurer comme un charretier quand il entend prononcer mon nom. Genre j'ai-plus-de-fils. Serez-vous assez opiniâtre ?

— Oui. »

Il acquiesça et eut un sourire sinistre. « Bien ! Répétez ce que je viens de vous dire, et dites-lui que vous m'avez cru. Dites-lui que j'ai fait de mon mieux pour racheter ce jour, derrière l'église de Belfast.

— L'église de Belfast.

— Oui. Et s'il n'y a pas moyen de le contraindre à écouter autrement, dites-lui qu'il *doit* écouter, à cause des marguerites. Du jour où j'ai apporté les marguerites.

— Le jour où vous lui avez apporté les marguerites. »

Nick parut sur le point d'éclater de rire — mais elle n'avait jamais vu visage davantage rempli de tristesse et d'amertume. « Non. Pas à lui, mais ça fait rien. C'est votre aventure. Le ferez-vous ?

— Oui... mais...

— Bien, Laurel, merci. » Il lui prit la nuque de sa main valide, attira son visage vers le sien et l'embrassa. Il avait la bouche froide et son haleine exhalait la peur.

L'instant suivant, il était parti.

25

« Est-ce qu'on va avoir l'impression de... de s'étouffer, de suffoquer ? demanda Bethany.

— Non », répondit Brian. Il s'était à demi levé pour voir si Nick arrivait, et se laissa retomber sur son siège lorsque l'Anglais se présenta, suivi d'une Laurel Stevenson très secouée. « Vous allez sentir la tête vous tourner... l'impression va augmenter... puis plus rien. (Il jeta un coup d'œil à Nick.) Jusqu'à votre réveil.

— Exactement ! fit Nick d'un ton joyeux. Et qui sait ? Je serai peut-être encore là. Les mauvais sujets ont la peau dure, n'est-ce pas, Brian ?

— Tout est possible, je crois. » Le pilote poussa légèrement la manette des gaz. Le ciel redevenait brillant. La déchirure se présentait droit devant eux. « Allez vous asseoir, tous. Nick, mettez-vous à ma droite. Je vais vous montrer ce que vous aurez à faire... et quand le faire.

— Une seconde, s'il vous plaît », l'interrompit Laurel. Elle se mit sur la pointe des pieds et planta un baiser sur la bouche de Nick.

« Merci, fit-il, grave.

— Fluting, au sud de Londres. Vous vous étiez décidé. Et s'il ne veut pas écouter, les marguerites. Exact ?

— Parfait, mon amour, absolument parfait. » Il sourit, passa son bras valide autour de ses épaules et lui donna un long et intense baiser. Lorsqu'il la lâcha, un sourire doux et songeur flottait encore sur ses lèvres. « Pour la route, dit-il. Parfait. »

26

Trois minutes plus tard, Brian branchait l'intercom. « Je commence à baisser la pression. Vérifiez vos ceintures. »

Ils s'exécutèrent. Albert, crispé, tendait l'oreille vers un bruit — le sifflement de l'air qui s'échappe, par exemple — mais il n'entendit que le grondement régulier des moteurs. Il se sentait plus réveillé que jamais.

« Albert ? fit Bethany d'une petite voix effrayée, tu veux bien me tenir ?

— Oui, si tu me tiens aussi. »

Derrière eux, Rudy Warwick récitait de nouveau son rosaire. De l'autre côté de l'allée, Laurel Stevenson s'accrocha aux bras de son siège. Elle avait l'impression de sentir encore sur sa bouche la chaude pression des lèvres de Nick. Elle leva la tête, regarda le compartiment à bagages, et commença à prendre de profondes et lentes inspirations. Elle s'attendait à voir tomber les masques... lesquels, environ quatre-vingt-dix secondes plus tard, s'éjectèrent comme prévu.

N'oublie pas non plus le jour, derrière l'église de Belfast. Et qu'il a voulu expier. Un acte...

Son esprit plongea au milieu de cette pensée.

27

« Vous savez... ce que vous avez à faire ? » demanda une fois de plus Brian. Il avait parlé d'une voix rêveuse, étouffée. Devant eux, la déchirure temporelle s'agrandissait dans le ciel. L'aube l'éclairait, maintenant, et une gamme fantastique de couleurs nouvelles se tordait et ondulait avant de se couler dans ses étranges profondeurs.

« Oui, je le sais », répondit Nick. Il était debout à côté de Brian, et le masque à oxygène étouffait sa voix. Au-dessus, ses yeux étaient calmes et clairs. « Ne craignez rien, Brian. Ça baigne. Pioncez un bon coup. Faites de beaux rêves, et patati et patata. »

Brian plongeait à son tour. Il se sentait partir... et cependant il s'accrochait, contemplant la gigantesque faille dans la trame de la réalité. Elle paraissait gonfler en direction des vitres du cockpit, vouloir toucher l'avion. *C'est tellement beau, mon Dieu, c'est tellement beau !* pensa-t-il.

Il sentit la grande main invisible s'emparer de l'avion et le tirer de nouveau en avant. Pas de demi-tour, cette fois.

« Nick », dit-il. Il lui fallait déployer un effort colossal pour parler, maintenant. Il avait l'impression que sa bouche se trouvait à des centaines de kilomètres de son cerveau. Il leva la main ; on aurait dit qu'elle s'étirait au bout d'un long bras en guimauve.

« Dormez, répondit Nick en lui prenant la main. Ne luttez pas, à moins que vous ne vouliez venir avec moi. Ce ne sera plus très long.

— Je voulais juste vous dire... merci. »

Nick sourit et donna une brève pression à la main du pilote. « Je vous en prie, mon vieux. Voilà le genre de vol dont on se souvient, même s'il n'y a pas eu de séance de cinéma et aucune distribution de mimosa. »

Brian reporta les yeux vers la déchirure. Un fleuve de couleurs somptueuses s'y écoulait. Elles tourbillonnaient... se mélangeaient... et paraissaient former des mots sous son regard hébété et stupéfait :

ÉTOILES FILANTES SEULEMENT

« C'est... ce que nous sommes ? » demanda-t-il, curieux ; sa voix lui parvenait maintenant d'une distance incalculable.

Les ténèbres l'engloutirent.

28

Nick se trouvait seul, maintenant ; la seule personne éveillée, à bord du vol 29, était un homme qui avait abattu autrefois trois garçons, derrière une église de Belfast. Trois mômes qui l'avaient bombardé de pommes de terre peintes en gris pour les faire ressembler à des grenades. Pour quelle raison avaient-ils agi ainsi ? S'étaient-ils lancé une sorte de défi ? Il n'avait jamais pu le savoir.

Il n'avait pas peur, mais se sentait rempli d'un intense sentiment de solitude. Un sentiment qui n'avait rien de nouveau. Ce n'était pas la première fois qu'il se retrouvait seul à monter la garde, avec entre les mains la vie de ses compagnons.

Devant lui, la déchirure croissait toujours. Il posa la main sur le rhéostat qui contrôlait la pressurisation de la cabine.

C'est magnifique, pensa-t-il. Il lui semblait que les couleurs qui flamboyaient dans le gouffre étaient l'antithèse même de tout ce qu'ils avaient vécu au cours des dernières heures ; il plongeait le regard dans le creuset d'une nouvelle vie, d'une nouvelle animation des choses.

Pourquoi cela ne serait-il pas beau ? Voici le lieu où la vie — toute vie, peut-être — commence. Le lieu où la vie est renouvelée chaque seconde de chaque jour ; le berceau de la création, la source vivante du temps. Aucun langolier toléré au-delà de ce point.

Les couleurs couraient sur ses joues et son front en une fontaine jaillissante de nuances : vert jungle, orange lave et jaune tropical éclatant se remplaçaient les uns les autres pour laisser ensuite la place à bleu glacial d'océan nordique. Le grondement des moteurs semblait étouffé et lointain ; il baissa les yeux et ne fut pas surpris de voir le corps affaissé et endormi de Brian Engle dévoré de couleurs, ses traits recomposés en permanence par un kaléidoscope chatoyant. On aurait dit quelque fabuleux fantôme.

Nick ne fut pas non plus surpris de découvrir que ses mains et ses bras étaient aussi décolorés que de l'argile. *Ce n'est pas Brian, le fantôme, mais moi.*

La déchirure emplissait le ciel.

Le bruit des moteurs étaient maintenant noyé dans un autre rugissement ; on aurait dit que le 767 se précipitait dans un tunnel de soufflerie rempli de plumes. Soudain, directement en face de l'appareil, une vaste nova de lumière explosa comme un feu d'artifice céleste. Nick Hopewell y vit des couleurs qu'aucun homme n'aurait pu imaginer ; elles ne remplissaient pas seulement la déchirure temporelle, elles se diffusaient dans son esprit, ses muscles, ses nerfs, ses os, même, en un gigantesque brasier scintillant.

« *Oh mon Dieu, c'est si beau !* » s'écria-t-il ; et tandis que le vol 29 s'engouffrait dans la déchirure, il remit le rhéostat de la cabine sur la position normale.

Une fraction de seconde plus tard, les plombages de ses dents vinrent crépiter sur le sol de la cabine de pilotage. Il y eut aussi un bruit plus sourd, celui du disque en teflon qui lui servait de genou — souvenir d'un conflit légèrement moins déshonorant que celui d'Irlande du Nord. Ce fut tout.

Nick Hopewell avait cessé d'exister.

29

Les deux premières choses dont Brian reprit conscience furent le retour de son mal de tête et la sueur qui détrempait sa chemise.

Il se redressa lentement sur son siège, avec une grimace à l'élancement douloureux qui lui traversa le crâne, et essaya de se rappeler qui il était, où il se trouvait et pour quelle raison il éprouvait un besoin aussi impératif et violent de se réveiller. Qu'était-il donc en train de faire de si important ?

La fuite. Il y a une fuite de pression dans la cabine principale, et si on ne la stabilise pas, il va y avoir-

Non, ce n'était pas ça. On avait stabilisé la fuite — ou bien elle s'était mystérieusement stabilisée toute seule — et il avait fait un atterrissage impeccable à LAX. Puis l'homme en blazer vert était arrivé, et-

Bon Dieu, c'est l'enterrement d'Anne ! J'ai dormi trop longtemps !

Ses yeux s'ouvrirent grand, mais il n'était ni dans une chambre de motel ni dans la chambre d'ami de l'appartement du frère d'Anne, à Revere. Il regardait un ciel plein d'étoiles à travers les vitres d'un cockpit.

Et soudain tout lui revint, d'un seul coup.

Il se rassit bien droit, mais trop brusquement. Une tempête de protestation s'éleva dans son crâne douloureux. Du sang lui coula du nez et vint asperger la console centrale de contrôle. Il baissa les yeux et constata que sa chemise en était également imprégnée. Il y avait bien eu une fuite — mais sur lui.

Evidemment. C'est un effet fréquent de dépressurisation. J'aurais dû avertir les passagers... au fait, combien de passagers me reste-t-il ?

Il ne s'en souvenait pas. Trop de brouillard dans la tête, encore. Il jeta un coup d'œil sur les jauges de carburant, et constata que la situation n'allait pas tarder à devenir critique. Puis il vérifia le SNI. Ils se trouvaient exactement là où ils devaient être, descendant rapidement vers L.A., et ils pouvaient d'un instant à l'autre faire irruption dans l'espace aérien d'un autre appareil.

Au fait, quelqu'un partageait *son* espace aérien à l'intérieur de la cabine, juste avant son évanouissement... qui ?

Son esprit tâtonna, et tout lui revint. Nick, évidemment. Pas si mauvais sujet que ça, dans le fond. Il avait fait son boulot, sans quoi Brian ne serait pas réveillé, maintenant.

Il se précipita sur la radio.

« LAX contrôle, LAX contrôle, ici American Pride, vol... » il s'arrêta. Quel vol était-ce, au fait ? Il l'avait oublié. Le brouillard n'était pas complètement dissipé.

« 29, n'est-ce pas ? fit derrière lui une voix féminine hébétée et chevrotante.

— Merci, Laurel, dit Brian sans bouger la tête. Maintenant retournez vous asseoir et attachez-vous. Je vais peut-être devoir faire faire des sauts périlleux à cet avion. »

Il parla de nouveau dans le micro.

« American Pride, vol 29, je répète, deux neuf. Mayday, contrôle, demande atterrissage d'urgence, priorité absolue. Dégagez tout devant moi, j'arrive au cap 85 et je n'ai plus de carburant. Prévoyez la mousse carbonique et-

— Oh ! vous fatiguez pas, lança Laurel dans son dos d'un ton morne. Laissez tomber. »

Brian se tourna d'un geste brusque, sans s'occuper du nouvel élancement douloureux qui lui traversa le crâne, ni des gouttes de sang qui jaillirent de son nez. « Allez-vous vous asseoir, nom de Dieu ! Nous débarquons sans nous annoncer dans une zone de trafic intense. Si vous ne voulez pas que nous nous cassions le cou-

— Aucun trafic intense, là-dessous. Pas de trafic du tout, l'interrompit Laurel du même ton désespéré. Pas besoin de mousse carbonique. Nick est mort pour rien, et je n'aurai jamais l'occasion de transmettre son message. Regardez donc vous-même. »

Brian regarda. Et, alors qu'ils se trouvaient déjà au-dessus de la banlieue de Los Angeles, il ne vit rien que l'obscurité.

On aurait dit qu'il n'y avait personne là en bas.

Absolument personne.

Derrière lui, Laurel Stevenson éclata en sanglots violents et rageurs où se mêlaient terreur et frustration.

30

Un long jet commercial passait majestueusement au-dessus du sol à vingt-cinq kilomètres à l'est de l'aéroport international de Los Angeles. Les chiffres 767 étaient imprimés en grands caractères altiers sur l'empennage arrière. Sur le fuselage, les mots AMERICAN PRIDE se déroulaient en lettres inclinées pour donner une impression de vitesse. Des deux côtés du nez figurait le symbole de la compagnie : un grand aigle rouge. Leurs ailes étendues étaient parsemées d'étoiles ; leurs serres étaient découvertes et leur tête légèrement ployée. Comme l'appareil qu'ils décoraient, les aigles semblaient s'apprêter à atterrir.

L'avion ne projetait aucune ombre sur le réseau entrecroisé de rues désertes qu'il survolait ; l'aube ne se lèverait que dans une heure. Au-dessous, pas une voiture ne roulait, pas un lampadaire n'était allumé.

Le ventre de l'appareil s'ouvrit. Le train d'atterrissage se déploya et se verrouilla en place.

American Pride, vol 29 glissait le long d'un invisible couloir en direction de LAX. Il s'inclina légèrement sur la droite ; Brian était maintenant capable de corriger sa trajectoire à vue. Ils passèrent au-dessus d'un groupe de motels et pendant un instant, Brian put voir le monument qui s'élevait près du centre du terminal, un tripode gracieux dont les piliers incurvés abritaient un restaurant. Ils passèrent au-dessus d'une courte étendue d'herbe desséchée, puis la piste en béton commença à se dérouler, dix mètres au-dessous de l'appareil.

Il n'avait pas le temps de se poser en douceur, cette fois ; les jauges de carburant étaient toutes à zéro et l'oiseau sur le point de se transformer en un projectile inerte. Il l'écrasa brutalement, comme un traîneau chargé de briques. Il y eut une violente secousse qui le fit claquer des dents et provoqua une nouvelle hémorragie nasale. Son harnais de poitrine se bloqua. Laurel, qui s'était assise dans le siège du copilote, ne put retenir un cri.

Puis il sortit les aéro-freins et inversa le flux des moteurs au maximum. L'avion commença à ralentir. Il roulait à un peu plus de cent soixante kilomètres à l'heure lorsque les deux réacteurs s'arrêtèrent ; la lumière rouge MOTEURS COUPÉS se mit à pulser. Il s'empara du micro.

« Accrochez-vous ! Ça va cogner ! Accrochez-vous !

Les moteurs auxiliaires continuèrent à tourner encore quelques instants, puis s'arrêtèrent à leur tour. Le vol 29 se précipitait sur la piste dans un silence surnaturel, seulement ralenti par les aéro-freins. Brian, impuissant, voyait courir la piste en béton sous l'appareil et défiler l'entrecroisement des pistes de délestage. Puis, droit devant, il vit un court-courrier de Pacific Airways.

Le 767 roulait encore à au moins cent dix kilomètres à l'heure. Brian le fit obliquer sur la droite, s'arc-boutant de toutes ses forces sur le manche à balai. L'avion réagit mollement, et passa à moins de deux mètres du jet mal garé. Ses hublots défilèrent comme une rangée d'yeux aveugles.

Il se retrouva alors en train de rouler en direction du terminal de United, où au moins une douzaine d'appareils se trouvaient parqués au bout de leur jetée mobile, comme des enfants en nourrice. La vitesse du 767 venait de passer tout juste au-dessous de cinquante à l'heure.

« Accrochez-vous ! » hurla cette fois Brian dans l'intercom, oubliant momentanément que son appareil était aussi mort qu'eux et que les haut-parleurs ne fonctionnaient plus. « Attention à la collision ! Att- »

American Pride, vol 29 alla s'écraser dans la porte 29 du terminal de United Airlines à la vitesse d'environ quarante-cinq kilomètres à l'heure. Il y eut une bruyante explosion qui résonna avec un son creux, suivie de craquements métalliques et de crépitements de verre. Brian se trouva une fois de plus projeté contre les sangles de son harnais, puis renvoyé dans son siège. Il resta assis, immobile, raide, pendant quelques instants, attendant la déflagration... puis se rappela qu'il n'y avait plus une goutte de carburant dans les réservoirs.

Il coupa tous les interrupteurs du tableau de bord — celui-ci était hors d'usage, mais l'habitude prévalut — et se tourna vers Laurel, pour voir comment elle s'en était tirée. La jeune femme le regarda avec une expression morne et apathique.

« Pour être de justesse, c'était de justesse, dit Brian, la voix étranglée.

— Vous auriez dû nous laisser nous écraser. Tout ce que nous avons essayé... Dinah... Nick... tout ça pour rien. C'est exactement pareil, ici. Exactement. »

Brian détacha son harnais et se leva, les jambes flageolantes. Il prit un mouchoir dans l'une de ses poches et le lui tendit. « Mouchez-vous. Vous saignez du nez. »

Laurel prit le mouchoir et le regarda comme si elle n'en avait jamais vu auparavant.

Brian passa devant elle et s'avança d'un pas lourd vers la cabine principale. Il resta sur le seuil, comptant les nez. Ses passagers — ce qu'il en restait, à vrai dire — paraissaient ne pas avoir trop souffert. Bethany avait la tête enfouie contre la poitrine d'Albert et sanglotait bruyamment. Rudy Warwick défit sa ceinture, se leva, se cogna la tête contre le porte-bagage et se rassit. Il regardait Brian avec une expression d'incompréhension hébétée. Le pilote se prit à se demander si Rudy avait toujours faim. Il pensa que non.

« Sortons de l'avion », dit-il.

Bethany leva la tête. « Quand c'est qu'ils vont venir ? demanda-t-elle sur un ton hystérique. Combien de temps avant qu'ils arrivent, cette fois ? Est-ce que quelqu'un les entend déjà ? »

Un violent élancement éblouit Brian, qui oscilla sur ses pieds, soudain convaincu qu'il allait s'évanouir.

Un bras le prit solidement par la taille et il se retourna, surpris. C'était Laurel.

« Le commandant Engle a raison, dit-elle. Descendons de l'appareil. La situation n'est peut-être pas aussi dramatique qu'elle en a l'air. »

Bethany éclata d'un rire hystérique qui avait tout de l'aboiement. « Pas aussi dramatique ! Qu'est-ce qu'il vous faut !

— Il y a quelque chose de différent », l'interrompit soudain Albert. Il regardait par un hublot. « Quelque chose de changé. Je ne saurais dire ce que c'est, mais Laurel a peut-être raison. (Il regarda tour à tour la jeune femme, Brian et Bethany.) Elle a peut-être raison. »

Brian se pencha à côté de Robert Jenkins et regarda par le hublot. Il ne voyait pas beaucoup de différence avec l'aéroport de Bangor — davantage d'avions, bien sûr, mais tout y était aussi désert, aussi mort — et néanmoins, il avait l'impression qu'Albert avait peut-être senti quelque chose. *Senti* davantage que vu. Une différence essentielle qu'il n'arrivait pas à saisir tout à fait. Elle dansotait à la limite de sa portée, comme avait fait le nom du parfum de son ex-femme.

C'est L'Envoi, mon chéri. Celui que j'ai toujours porté. Tu ne t'en souviens pas ?

Tu ne t'en souviens pas ?

« Venez, dit-il. Cette fois, on empruntera la sortie du cockpit. »

31

Brian ouvrit le panneau qui se trouvait juste au-dessous de la saillie du tableau de bord, et essaya de se souvenir pour quelle raison il ne s'en était pas servi pour faire descendre ses passagers, à l'aéroport de Bangor ; c'était fichtrement plus facile que le toboggan. De raison, il ne semblait pas y en avoir. Il n'y avait pas pensé, probablement parce qu'il était entraîné à réagir en terme d'évacuation d'urgence, synonyme de toboggan.

Il se laissa glisser dans le trou d'homme avant, se coula sous des paquets de câbles électriques et détacha la trappe inférieure dans le plancher avant du 767. Albert le rejoignit et aida Bethany à descendre. Brian aida Laurel, puis Rudy (avec le renfort d'Albert) qui se mouvait comme si ses membres étaient devenus de verre ; il tenait toujours son chapelet dans sa main crispée. On commençait à être sérieusement à l'étroit dans le petit espace, et Robert Jenkins, penché sur l'ouverture, attendit avant de descendre à son tour. Brian prit l'échelle, qui n'avait pas bougé de son berceau, l'installa et, un par un, ils descendirent sur le tarmac, Brian le premier, Bob en dernier.

Comme Brian posait le pied par terre, il se sentit pris de la folle envie de mettre ses mains sur sa tête et de hurler : *Je proclame que cette terre de lait tourné et de miel amer appartient dorénavant aux survivants du vol 29... au moins jusqu'à l'arrivée des langoliers !*

Il ne dit rien, cependant, et se contenta de rester debout avec les autres, sous le nez du long-courrier, sentant une légère brise lui caresser les joues tandis qu'il regardait autour de lui. Au loin, il entendit un bruit. Ce n'était pas le vacarme bestial dont il avait progressivement pris conscience à Bangor — non, rien à voir — mais il n'arrivait pas à discerner de quel son il s'agissait.

« Qu'est-ce que c'est ? demanda Bethany. Ce bourdonnement... On dirait de l'électricité.

— Non, ce n'est pas de l'électricité, fit Bob, songeur. On dirait... » Il secoua la tête.

« Ça ne ressemble à rien de ce que j'ai entendu jusqu'ici », déclara Brian, sans être bien sûr de dire la vérité. Encore une fois, il eut la sensation de quelque chose qu'il savait ou aurait dû savoir dansant juste hors de portée de son esprit.

« Ce sont eux, n'est-ce pas ? fit Bethany, reprise d'une nouvelle poussée d'hystérie. Ce sont eux qui viennent. Les langoliers, comme disait Dinah.

— Je ne crois pas. Ce n'est pas du tout le même bruit. » Il n'en sentait pas moins la peur lui nouer l'estomac.

« Et maintenant ? demanda Rudy, d'un ton de voix aussi rude qu'un croassement de corbeau. Est-ce que tout recommence à partir de zéro ?

— Au moins, nous n'aurons pas besoin de passer par le carrousel à bagages, observa le pilote. La porte de service est ouverte. » Il s'avança, quittant l'ombre du 767, et fit un geste. La brutalité de leur arrivée avait bousculé l'escalier mobile, mais il serait facile de le replacer devant la porte. « Venez. »

Le groupe s'avança.

« Albert, venez m'aider à pousser l'es-

— Attendez », intervint Bob.

Brian tourna la tête et vit Bob qui regardait autour de lui, avec une curieuse expression d'émerveillement prudent sur le visage. Et quelque chose aussi dans les yeux... n'était-ce pas de l'espoir ?

« Qu'est-ce qu'il y a, Bob ? Que voyez-vous ?

— Rien qu'un aéroport désert, encore une fois. Non, c'est ce que je *sens.* » Il porta une main à sa joue... puis la tint en l'air comme quelqu'un qui fait de l'auto-stop.

Brian voulut lui demander ce qu'il voulait dire, mais se rendit compte qu'il le savait déjà. Ne l'avait-il pas remarqué lui-même, lorsqu'ils s'étaient retrouvés sous le nez de l'appareil ?

Une brise venait effleurer son visage. A peine un souffle, en vérité, mais enfin, une brise.

« Nom d'un chien ! » s'exclama Albert, qui mouilla un doigt et le tint en l'air. Un sourire d'incrédulité se dessina sur ses traits.

« Et ce n'est pas tout, remarqua Laurel. Ecoutez ! »

Elle partit en courant sous l'aile du 767 et revint vers eux de la même manière, cheveux au vent. Ses talons hauts claquaient avec une netteté aiguë sur le béton.

« Avez-vous entendu ? demanda-t-elle. Avez-vous entendu ? »

Ils avaient entendu. Les sons avaient perdu leur tonalité plate et étouffée. Maintenant, rien qu'en écoutant Laurel, Brian se rendit compte qu'à Bangor, ils avaient tous eu l'air de parler comme s'ils avaient eu la tête sous une cloche coulée dans un métal aussi peu sonore que du plomb.

Bethany se mit soudain à frapper dans ses mains, en suivant le rythme de ce classique des vieux routards, *Let's Go.* Chaque claquement était aussi net et sonore qu'un pétard d'enfant. Un sourire de ravissement envahit son visage.

« Qu'est-ce que ça signi- commença Rudy.

— L'avion ! » s'écria Albert, la voix haut perchée et joyeuse ; pendant un instant, Brian pensa bêtement au petit bonhomme de cette vieille série télévisée, *L'Île mystérieuse.* Il faillit éclater de rire.

« Je sais ce qui est différent ! Regardez l'avion ! Maintenant il est exactement comme les autres ! »

Tous se retournèrent et regardèrent. Pendant un long moment, personne ne dit rien ; aucun, peut-être, n'était capable de parler. Le Delta 727 de Bangor leur avait paru terne et fragile, à côté du jet d'American Pride, comme s'il avait possédé moins de réalité. Tandis que maintenant tous les appareils — le vol 29 comme les avions de United Airlines alignés derrière lui — paraissaient tous aussi neufs, aussi brillants. Même dans la pénombre, leurs couleurs et leurs symboles semblaient briller.

« Qu'est-ce que ça signifie ? demanda Rudy à Bob. Qu'est-ce que ça signifie ? Si les choses sont redevenues normales, où est l'électricité ? Où sont les gens ?

— Et ce bruit, enchaîna Albert, qu'est-ce que c'est ? »

Le bruit en question était déjà plus proche, déjà plus clair. Un bourdonnement, comme l'avait dit Bethany, mais qui n'avait rien d'électrique. On aurait dit du vent s'engouffrant dans un tuyau, ou un chœur inhumain entonnant à l'unisson la même voyelle ouverte : *aaaaaaaaa...*

Bob secoua la tête. « Je ne sais pas, dit-il en se détournant. Mettons l'escalier en place et allons- »

Laurel le prit par l'épaule.

« Vous savez quelque chose ! dit-elle d'une voix où la fatigue le disputait à la tension. Je le vois bien. Pourquoi ne pas nous le dire ? »

L'écrivain eut un instant d'hésitation, puis secoua la tête. « Je ne suis pas prêt à le dire tout de suite, Laurel. Je préfère commencer par aller voir comment ça se passe à l'intérieur. »

Ils durent se contenter de cela. Brian et Albert remirent l'escalier mobile en place. L'un des montants était légèrement plié, et Brian le tint pendant que les autres montaient. Tous l'attendirent en haut, et c'est ensemble que le groupe remonta le couloir d'accès surélevé, pour rejoindre le terminal proprement dit.

Ils se retrouvèrent dans une grande salle circulaire, avec des portes d'embarquement placées à intervalle régulier dans l'unique paroi incurvée. Les rangées de sièges vides avaient un aspect fantomatique, les suspensions de l'éclairage se réduisaient à des rectangles noirs, et pourtant Albert avait l'impression de *sentir* une odeur, celle d'autres personnes... comme si une foule s'était évaporée quelques secondes avant que les survivants du vol 29 n'émergent dans le hall circulaire.

A l'extérieur, le bourdonnement de la chorale continuait de grossir et de se rapprocher comme une vague invisible : *aaaaaaaaaaaa...*

« Suivez-moi, fit Bob Jenkins, prenant sans effort la direction du groupe. Vite, s'il vous plaît. »

Il se dirigea vers la galerie sur laquelle s'ouvrait le terminal de United Airlines, et les autres lui emboîtèrent le pas. Albert et

Bethany marchaient ensemble en se tenant par la taille. Une fois quitté le sol moquetté du hall de United pour celui, dallé, de la galerie, leurs pas résonnèrent, clairs et sonores, comme s'ils étaient une douzaine et non seulement six. Ils passèrent devant des affiches publicitaires sombres et floues : Regardez CNN, la chaîne des infos ; Fumez des Marlboro ; Hertz, voitures sans chauffeur ; Lisez *Newsweek* ; Visitez Disneyland.

Le bruit, pendant ce temps-là, ce bourdonnement d'une chorale chantant bouche grande ouverte, ne cessait de croître. A l'extérieur, Laurel avait éprouvé la certitude qu'il provenait de l'ouest. Maintenant, elle avait le sentiment qu'il les entourait de partout, comme si les chanteurs — s'il s'agissait de chanteurs — étaient déjà arrivés. Le bourdonnement ne lui faisait pas réellement peur, mais l'impressionnait cependant au point de lui donner la chair de poule.

Ils atteignirent un restaurant du genre cafétéria, et Bob les précéda à l'intérieur. Sans s'arrêter, il fit le tour du comptoir et prit une pâtisserie industrielle sous cellophane dans une pile. Il voulut déchirer l'emballage avec les dents... et se souvint alors que celles-ci étaient restées dans l'avion. Il émit un petit bruit dépité et jeta le gâteau à Albert, par-dessus le comptoir.

« Allez-y, dit-il, les yeux brillants. Allez-y, ouvrez-le, vite !

— Dépêchons, mon garçon, y' a l'téléphon' qui son' ! » répondit Albert avec un rire idiot. Il déchira la cellophane et regarda Bob, qui acquiesça. Puis il prit la pâtisserie et mordit dedans. Un peu de crème et de confiture de framboise déborda sur les côtés. Albert sourit. « Délicieux ! » s'exclama-t-il d'une voix étouffée et non sans recracher quelques miettes. « Absolument délicieux ! » Il tendit la pâtisserie à Bethany, qui en prit une bouchée encore plus grosse.

D'où elle était, Laurel sentait le parfum de framboise et son estomac se mit à gargouiller énergiquement. Elle rit. Elle se sentit soudain enivrée, joyeuse, un peu partie. Les brouillards restés de l'expérience de la dépressurisation s'étaient complètement dissipés ; elle avait la tête comme une pièce du premier étage qu'une brise de mer est venue rafraîchir, après une journée poisseuse de canicule. Elle pensa à Nick, qui ne se trouvait pas parmi eux, qui était mort pour que les autres pussent se trouver ici, et se dit que l'Anglais ne lui en aurait pas voulu de cette joie.

La note tenue de la chorale enflait toujours ; un son sans direction, sans origine, un soupir chanté qui s'élevait de partout autour d'eux :

AAAAAAAAAAAAAAAAAAAA

Robert Jenkins revint précipitamment de derrière le comptoir et prit un virage tellement raide autour de la caisse qu'il faillit perdre l'équilibre, et dut se rattraper au chariot de condiments pour rester debout ; il ne tomba pas, mais le chariot s'effondra avec un vacarme retentissant, superbe, envoyant en tous sens son chargement de couverts en plastique, de moutardes en sachets individuels, de ketchup et de sauces.

« Vite ! nous ne pouvons pas rester ici ! Ça risque d'arriver bientôt, d'un instant à l'autre, peut-être, et nous ne pouvons pas rester ici, ça pourrait être dangereux !

— Bon sang, qu'est-ce qu'il rac- » commença Bethany ; mais Albert la prit par les épaules et l'entraîna dans le sillage de Bob, lancé dans son tour guidé digne du lapin d'Alice. Déjà, l'écrivain franchissait la porte de la cafétéria.

Tous coururent dehors et le suivirent jusque dans le hall d'embarquement de United Airlines. Le bruit de leurs pas devenait maintenant presque indistinct dans le puissant bourdonnement qui emplissait le terminal désert, se répercutant en échos démultipliés dans les nombreuses gorges des galeries disposées en rayons.

Brian remarqua que la vaste note unique commençait à se scinder. Non pas comme si elle se brisait, ou changeait de nature : elle se *mettait au point* (comme l'image dans un objectif, songea-t-il), de la même manière que le vacarme des langoliers s'était précisé lorsqu'ils s'étaient rapprochés de Bangor.

Au moment où il entrait de nouveau dans le hall d'embarquement, il vit une lumière éthérée jouer au-dessus des sièges vides, des tableaux d'affichage électroniques DÉPARTS et ARRIVÉES noirs et des comptoirs d'embarquement. Du bleu, puis du rouge, puis du jaune, puis du vert. Quelque chose de riche et d'exotique paraissait mijoter dans l'air. Un frisson le traversa ; il sentit tous les poils de son corps se hérisser. Il fut pris d'une conviction lumineuse comme un rayon de soleil matinal : *Nous sommes sur le point d'assister à quelque chose — quelque chose de fabuleux.*

« Par ici ! » tonna Bob. Il les entraîna vers le mur qui jouxtait le couloir par lequel ils étaient arrivés dans le terminal. C'était une zone réservée aux passagers et délimitée par un cordon de velours rouge. Bob sauta par-dessus aussi facilement que le coureur de cent dix mètres haies qu'il avait peut-être été au temps de ses études. « Tous contre le mur !

— Tous contre le mur, bande d'enfoirés ! » rugit Albert, pris d'une crise soudaine et incontrôlable de fou rire.

Suivi des autres, il rejoignit Bob, et tous se pressèrent contre la paroi ; on aurait dit une bande de suspects alignés par la police. Dans le hall circulaire désert qui s'étendait devant eux, les couleurs flamboyèrent quelques instants... puis commencèrent à s'estomper. Le bruit, néanmoins, ne cessa ni de croître, ni de prendre de plus en plus de réalité. Brian crut distinguer des voix, des bruits de pas, des cris de bébé.

« Je ne sais pas ce qui se passe, s'écria Laurel, mais c'est merveilleux ! » Elle riait et pleurait à la fois. « J'adore ça !

— Pourvu que nous soyons en sécurité, ici, dit Bob, qui dut élever la voix pour être entendu. Mais je crois que oui. Nous nous trouvons en dehors des zones les plus encombrées.

— Qu'est-ce qui se passe ? demanda Brian. Que savez-vous, au juste ?

— Lorsque nous avons franchi la déchirure temporelle, à l'aller, nous avons remonté le temps vers le passé... sur pas plus de quinze minutes, peut-être, cria Bob. Je vous l'avais dit, vous vous en souvenez ? »

Brian acquiesça et le visage d'Albert s'éclaira soudain.

« Cette fois-ci, le passage par la déchirure nous a amenés dans l'avenir ! s'exclama le jeune homme. C'est ça, hein ? C'est bien ça ? Dans l'avenir !

— C'est ce que je crois ! » répondit Bob sur le même ton. Un sourire irrépressible lui tirait les lèvres. « Et au lieu d'arriver dans un monde mort, un monde qui a continué d'avancer sans nous, nous venons de débarquer dans un monde qui va naître bientôt ! Un monde aussi frais et nouveau qu'une rose sur le point de s'ouvrir ! C'est ce qui se passe en ce moment, à mon avis. C'est ce que nous entendons, c'est ce que nous sentons... c'est ce qui nous remplit malgré nous de cette joie merveilleuse. Je crois que nous allons assister à un spectacle dont jamais encore un être humain n'a été le témoin. Nous avons vu comment mourait l'univers ; nous allons sans doute voir maintenant comment il naît. Je crois que le présent est en train de nous rattraper. »

De même que les couleurs avaient quelques instants flamboyé avant de s'estomper, de même s'estompa soudain le bruit, dans ses aspects les plus retentissants. En même temps, les voix qui s'y trouvaient comme enkystées devinrent plus fortes et plus claires, et Laurel s'aperçut qu'elle distinguait des mots, et même des fragments de phrase.

« ... il faut que je l'appelle avant qu'elle décide... »

« ... Je ne crois vraiment pas que cette option soit viable... »

« ... si seulement on pouvait refiler le bébé à la société mère... »

Cette dernière phrase leur parvint directement d'en face d'eux, de l'autre côté du cordon rouge.

Brian Engle éprouva l'impression qu'une sorte d'extase montait en lui et l'inondait dans une lumière éclatante d'émerveillement et de bonheur. Il prit la main de Laurel et lui sourit, tandis que la jeune femme lui rendait farouchement son étreinte. A côté d'eux, Albert serra soudain Bethany dans ses bras ; l'adolescente se mit à le couvrir de baisers tout en riant aux éclats. Bob et Rudy se souriaient avec ravissement, comme deux anciens amis que le hasard fait se rencontrer, après de nombreuses années, dans un invraisemblable trou perdu.

Au-dessus de leur tête, les rectangles fluorescents commencèrent à briller les uns après les autres en partant du centre, en une série de cercles concentriques ; ils inondèrent le hall et la galerie et dissipèrent les dernières ombres — troupeau de brebis noires s'égaillant et s'évanouissant.

Les odeurs frappèrent tout aussi brusquement les narines de Brian : transpiration, parfums, lotions après-rasage, eaux de cologne, fumée de cigarettes, savon, désinfectant industriel.

Quelques instants encore, le vaste cercle du terminal resta désert : un lieu hanté par les voix, le bruit de pas et les odeurs des pas-tout-à-fait vivants. Et Brian songea : *Je vais voir ça se produire, je vais voir le présent mobile se verrouiller sur ce futur stationnaire et l'entraîner, à la manière dont les crochets, sur les trains express, cueillaient les sacs postaux qui pendaient au bout de leur perche, dans les petites villes endormies du Sud et de l'Ouest. Je vais voir le temps lui-même s'ouvrir comme une rose par un matin d'été.*

« Accrochez-vous, mumura Bob. Il y aura peut-être une secousse. »

Une seconde plus tard à peine, Brian sentit en effet quelque chose qui le secoua, non pas seulement au niveau des pieds, mais de tout le corps. En même temps, une main invisible sembla lui donner une forte poussée dans le milieu du dos. Il se plia en deux, et vit Laurel en faire autant. Albert dut rattraper Rudy pour l'empêcher de tomber. Mais l'homme parut s'en moquer ; son grand sourire crétin ne le quitta pas un instant.

« Regardez ! s'exclama Laurel, la voix étranglée, Brian, regardez ! »

Il regarda... et eut la respiration coupée.

Tout le hall d'embarquement était rempli de fantômes.

Des formes éthérées, transparentes, allaient et venaient dans la partie centrale ; des hommes en costume trois-pièces, le porte-documents à la main, des femmes en tenue de voyage élégante, des adolescents en Levi's et T-shirt ornés des symboles de groupes de rock. Il vit un père fantôme conduire deux petits enfants fantômes, au travers desquels il aperçut d'autres fantômes assis sur les sièges, lisant des exemplaires transparents de *Cosmopolitan, Esquire, US News & World report*. Puis les couleurs plongèrent vers les formes dans un jaillissement de comètes, les solidifiant, tandis que les voix chargées d'échos se réduisaient au prosaïque brouhaha stéréophonique de voix humaines réelles.

Etoiles filantes, pensa Brian, stupéfait. *Etoiles filantes seulement.*

Il se trouva que les deux enfants furent les seuls à regarder directement dans la direction des survivants du vol 29, lorsque se produisit le changement ; les seuls qui virent quatre hommes et deux femmes apparaître à un endroit où, l'instant précédent, il n'y avait eu qu'un mur.

« Papa ! s'exclama le petit garçon en tirant sur la main droite de son père.

— Papa ! s'exclama la petite fille en tirant sur la gauche.

— Qu'est-ce qu'il y a ? leur demanda-t-il, impatienté. Je cherche votre mère !

— Des nouveaux ! dit la petite fille avec un geste vers le pilote et son quintette dépenaillé de passagers, des gens nouveaux ! »

L'homme examina un instant Brian et les autres, et sa bouche se raidit nerveusement. Ce doit être le sang, supposa Brian. Laurel et Bethany, comme lui-même, avaient saigné du nez. L'homme serra plus fermement les petites mains et entraîna rapidement ses enfants. « Oui, très intéressant. Maintenant, aidez-moi donc à chercher votre mère. Quelle pagaille, tout de même !

— Mais ils n'étaient pas là avant ! protesta le petit garçon. Ils sont- »

Puis ils disparurent dans la foule qui se pressait.

Brian jeta un coup d'œil aux tableaux d'affichage et constata qu'il était 4:17.

Il y a trop de monde ici, se dit-il, *et je parie que je sais pourquoi.*

Comme pour lui donner raison, les haut-parleurs retentirent : *Tous les vols en partance de Los Angeles en direction de l'est continuent à être retardés à cause de conditions météorologiques inhabituelles au-dessus du désert de Mojave. Nous sommes désolés de ce contretemps, mais nous vous prions de faire preuve de compréhension et de patience, tant qu'est maintenue cette mesure de sécurité. Je répète, tous les vols... »*

Des conditions météorologiques inhabituelles, songea Brian. *Oh ! oui. Sacrément inhabituelles, je peux vous le garantir.*

Laurel se tourna vers Brian et le regarda droit dans les yeux. Des larmes coulaient sur ses joues et elle ne faisait aucun effort pour les retenir. « Avez-vous entendu ? demanda-t-elle. Avez-vous entendu ce qu'a dit la petite fille ?

— Oui.

— Des nouveaux... est-ce que nous sommes des nouveaux, Brian ?

— Je ne sais pas, mais c'est l'impression que ça donne.

— C'était merveilleux, intervint Albert. Mon Dieu, c'était absolument merveilleux.

— Complètement craquant ! s'exclama Bethany, qui se remit à battre la mesure de *Let's Go.*

— Que faisons-nous maintenant, Brian ? demanda Bob. Avez-vous une idée ? »

Le pilote parcourut des yeux la foule qui se pressait dans le hall de départ, et répondit : « J'ai envie de sortir et de respirer un peu d'air frais. Et de regarder le ciel.

— Ne devrions-nous pas informer les autorités que-

— Nous le ferons plus tard — le ciel d'abord.

— On pourrait peut-être manger un morceau en passant, non ? » demanda Rudy, une note d'espoir dans la voix.

Brian éclata de rire. « Pourquoi pas ?

— Ma montre s'est arrêtée », remarqua Bethany.

Brian regarda son poignet et constata que la sienne en avait fait autant. Toutes les montres s'étaient arrêtées.

Brian détacha la sienne, la laissa tomber avec indifférence sur le sol et passa un bras autour de la taille de Laurel. « Tirons-nous d'ici, à moins que quelqu'un d'autre ne préfère attendre le prochain départ en direction de l'est ?

— Pas aujourd'hui, répondit Laurel, mais bientôt. Jusqu'en Angleterre. Il y a là-bas quelqu'un que je dois voir à... (pendant un horrible instant, le nom ne lui revint pas) ... à Fluting. Je n'aurai qu'à demander à n'importe quel commerçant de la rue principale. Les gens du pays l'appellent simplement le Patron.

— Qu'est-ce que vous racontez ? demanda Albert.

— Une histoire de marguerites, répondit-elle avec un rire. Je crois que c'est une histoire de marguerites. Bon, allons-y. »

Bob eut un grand sourire qui exposa des gencives roses de bébé. « Quant à moi, je crois que la prochaine fois que j'irai à Boston, je prendrai le train. »

Du bout du pied, Laurel poussa la montre de Brian et demanda : « Vous êtes sûr de vouloir vous en débarrasser ? C'est un modèle cher, on dirait. »

Brian sourit, secoua la tête et l'embrassa sur le front. L'odeur de ses cheveux étaient incroyablement douce. Il se sentait mieux que bien : il avait l'impression d'être né une seconde fois, que tout en lui, des pieds à la tête, était neuf et frais, sans aucune marque du monde. L'impression, en fait, qu'il lui suffirait d'étendre les bras pour se mettre à voler sans avoir besoin de moteurs. « Tout à fait sûr, répondit-il. L'heure, je la connais.

— Ah ? Et quelle heure est-il ?

— La demie de *maintenant*. »

Albert lui donna une claque sur l'épaule.

Ils quittèrent la salle d'embarquement en se frayant un chemin au milieu des passagers retardés et de mauvaise humeur. Beaucoup les regardèrent avec curiosité, et pas seulement parce que certains d'entre eux avaient récemment saigné du nez ou parce qu'ils riaient au milieu d'une cohue furieuse.

Ils les regardèrent parce que ces six personnes répandaient plus *d'éclat* que n'importe qui d'autre dans le hall encombré.

Ils étaient... plus réels.

Davantage présents.

Etoiles filantes seulement, pensa Brian, qui se souvint soudain qu'il restait un passager dans l'avion — l'homme à la barbe noire.

Voilà un lendemain de cuite qu'il ne sera pas près d'oublier. Brian sourit à cette idée, et entraîna Laurel au pas de course. Elle rit et le serra contre elle.

Tous les six coururent ainsi dans la galerie d'accès jusqu'aux escaliers roulants, puis vers le monde extérieur, au-delà.

Vue imprenable sur jardin secret

A CHUCK VERRIL

Minuit Deux

J e fais partie de ces gens qui croient que la vie est une série de cycles : des roues à l'intérieur d'autres roues, certaines engrenées entre elles, certaines tournant toutes seules, mais toutes remplissant quelque fonction définie et répétitive. J'aime cette représentation abstraite de la vie sous forme d'une machine industrielle efficace, probablement parce que notre vie réelle, vue de près, nous paraît si désordonnée et si étrange. Il est agréable de prendre de temps en temps un peu de recul et de se dire : « Il y a une logique là-dedans, après tout ! Je ne comprends pas très bien ce qu'elle signifie, mais je la vois, au moins ! »

Toutes ces roues semblent arriver à une fin de cycle à peu près en même temps, et lorsque cela se produit — environ tous les vingt ans, telle est mon estimation — nous traversons une période où s'achèvent les choses. Les psychologues ont même pondu un terme très parlementaire pour décrire ce phénomène : ils l'appellent la clôture.

J'ai maintenant quarante-deux ans, et si j'étudie les quatre dernières années de ma vie, j'y découvre toutes sortes de clôtures. Elles sont apparentes dans mon œuvre, tout comme ailleurs. Dans *Ça*, il m'a fallu une scandaleuse quantité de pages pour venir à bout de ce que j'avais à dire sur les enfants et les vastes perceptions qui illuminent leur vie intérieure. L'année prochaine, j'ai l'intention de publier le dernier roman ayant Castle Rock pour cadre, *Needful Things* [Choses utiles] (la dernière histoire de cette série de quatre nouvelles *, « Sun, le molossolaire », constitue un prologue à ce roman). Et cette histoire-ci constitue, je crois, la dernière portant sur les écrivains et cet étrange territoire inhabité, ce « no man's land », qui existe entre la réalité et le « il était une fois ». Je crois que bon nombre de mes fidèles lecteurs, qui ont dû supporter avec patience ma fascination pour ce thème, seront soulagés de l'apprendre.

Il y a quelques années, j'ai publié un roman, *Misery*, dans lequel j'ai essayé de décrire, au moins en partie, le haut degré d'emprise que peut atteindre la fiction sur l'esprit du lecteur. L'an dernier, j'ai publié *La Part des ténèbres*, effort pour illustrer l'inverse : le degré d'emprise que peut atteindre la fiction sur l'auteur. Alors que ce dernier livre était encore à l'état de brouillon, j'ai commencé à penser qu'il existait peut-être un moyen de raconter les deux histoires en même temps, en abordant certains des éléments de l'intrigue de *La Part des ténèbres* d'un point de vue totalement différent. Ecrire, me semble-t-il, est un acte secret — autant que rêver — et c'était là l'un des aspects de cet art étrange et dangereux sur lequel je ne m'étais jamais beaucoup attardé.

Je sais que des écrivains, de temps en temps, retouchent d'anciens ouvrages — c'est ce qu'a fait John Fowles avec *Le Mage* et ce que j'ai fait moi-même avec *The Stand* — mais ce n'était pas de cela qu'il était question. Je voulais utiliser des éléments familiers et les redisposer d'une manière entièrement différente. C'est ce que j'avais déjà tenté au moins une fois, en restructurant et modernisant

---

* Les deux dernières nouvelles paraîtront dans un prochain volume.

les éléments de base du *Dracula* de Bram Stoker pour créer *Salem,* et cette idée me souriait.

Un jour de l'automne 1987, et alors que ce thème me trottait dans la tête, j'allai dans la lingerie de notre maison mettre une chemise au sale. Notre lingerie est une petite pièce étroite du premier étage ; je jetai la chemise dans la machine à laver et m'avançai vers l'une des deux fenêtres de la pièce. Simple curiosité, sans plus. Cela faisait maintenant onze ou douze ans que nous vivions dans cette maison, mais je n'avais jamais vraiment observé avec attention ce que l'on voyait depuis cette fenêtre particulière. La raison en était parfaitement simple : ouverte à hauteur du plancher, presque entièrement cachée par le sèche-linge et bloquée par le panier de linge à repasser, c'est une fenêtre par laquelle il est difficile de regarder.

Je me faufilai, malgré tout, et jetai un coup d'œil au-dehors. Cette fenêtre donne sur une sorte de petite cour dallée, prise entre la maison et le porche ensoleillé auquel le bâtiment est relié. C'est un endroit que je vois à peu près tous les jours. Mais le *point de vue* était nouveau. Ma femme y avait disposé une demi-douzaine de pots de fleurs, afin que les plantes puissent profiter du soleil de ce début de novembre, je suppose, et le résultat était un charmant petit jardin que moi seul pouvais voir. La phrase qui me vint à l'esprit est bien entendu celle qui sert de titre à cette histoire*. Cette métaphore me paraît tout à fait en valoir une autre pour décrire ce que les écrivains — en particulier les écrivains de fantastique — font de leurs jours et de leurs nuits. S'asseoir devant une machine à écrire ou prendre un stylo est un acte physique ; son analogue mental consiste à regarder par une fenêtre que l'on a presque complètement oubliée, une fenêtre qui vous propose une vue habituelle sous un angle entièrement différent... un angle qui rend le banal extraordinaire. Le travail de l'écrivain consiste à regarder par cette fenêtre et à rapporter ce qu'il voit.

Mais parfois, la fenêtre se fracasse. C'est cela, plus que toute autre chose, qui constitue le moteur de cette histoire : qu'arrive-t-il à l'observateur aux yeux écarquillés, lorsque la fenêtre qui sépare réel et irréel explose et que les morceaux de verre commencent à voler en tous sens ?

---

* La traduction littérale du titre en anglais est : *Fenêtre secrète, jardin secret.*

1

« Vous m'avez volé mon histoire, déclara l'homme sur le seuil de la porte. Vous m'avez volé mon histoire et il faut faire quelque chose. Ce qui est juste est juste, ce qui est correct est correct, et il faut faire quelque chose. »

Morton Rainey, qui venait juste de se réveiller d'un petit somme et clignait des yeux avec l'impression de n'avoir encore qu'un pied dans le monde de la réalité, n'avait pas la moindre idée de ce qu'il devait répondre. Cela ne lui arrivait jamais lorsqu'il travaillait, malade ou bien portant, parfaitement réveillé ou à demi endormi ; il était écrivain, et jamais à court d'idées lorsqu'il s'agissait de placer une réplique bien sentie dans la bouche de l'un de ses protagonistes.

Rainey ouvrit la sienne, ne trouva aucune réplique bien sentie (pas même une qui le fût mal, en fait) et la referma donc.

Il pensa : *Cet homme n'a pas l'air tout à fait réel. On dirait un personnage sorti d'un roman de William Faulkner.*

Même si elle était indéniablement juste, cette réflexion ne l'aida en rien à résoudre la situation. L'homme qui avait sonné à la porte de Morton Rainey (il habitait au fin fond du Maine occidental) paraissait avoir dans les quarante-cinq ans. Il était très mince. Son visage calme, presque serein, était creusé de rides profondes. Elles se déplaçaient horizontalement sur son front haut, en vagues régulières, se plissaient verticalement entre la commissure de ses lèvres fines et sa mâchoire inférieure, et rayonnaient en pattes d'oie au coin de ses yeux. Des yeux brillants, d'un bleu intense. Rainey n'aurait su dire la couleur de ses cheveux ; l'homme arborait un chapeau noir à large bord et à calotte ronde, enfoncé jusqu'aux oreilles sur le crâne. Un chapeau dans le genre de ceux que portent les Quakers. Il n'avait pas de favoris, non plus, et pour ce que Morton Rainey en savait, il aurait pu, sous ce large feutre, être aussi chauve que Telly Savalas lui-même.

Il était habillé d'une chemise de travail bleue, boutonnée jusqu'à la peau flasque et rougie par le feu du rasoir de son cou ; il n'avait cependant pas de cravate. Les pans de sa chemise disparaissaient dans des blue-jeans qui paraissaient un peu trop grands pour lui ; ils se terminaient par des revers impeccables s'appuyant sur une paire de chaussures de travail d'un jaune délavé ; des croquenots qui semblaient conçus pour marcher dans des sillons de terre retournée, à un mètre derrière le cul d'une mule.

« Eh bien ? demanda-t-il, comme Rainey continuait de garder le silence.

— Je ne vous connais pas », finit par dire l'écrivain. C'était les premières paroles qu'il proférait depuis qu'il s'était levé du canapé pour venir répondre au coup de sonnette, et il les trouva lui-même d'une sublime stupidité.

« Ça, je le sais, dit l'inconnu. Ça n'a aucune importance. Mais moi, je vous connais, Monsieur Rainey. Voilà ce qui compte. » Puis il répéta : « Vous avez volé mon histoire. »

Il tendit la main, et pour la première fois Rainey se rendit compte que l'homme tenait quelque chose. Des feuilles de papier. Mais pas n'importe quel genre de feuilles de papier : un manuscrit. Avec un peu de métier, pensa-t-il, on reconnaît toujours un manuscrit. En particulier un manuscrit que l'on n'a pas demandé. Puis, à retardement, il se dit : *Encore heureux qu'il n'ait pas tenu un revolver, Morton, mon garçon. Tu te serais retrouvé en enfer avant de savoir que tu étais mort.*

Et, encore plus à retardement, il comprit qu'il avait affaire à un représentant de la ligue des Doux Dingues. Une visite qu'il aurait dû recevoir depuis longtemps, d'ailleurs ; alors qu'il en était à son troisième best-seller, c'était la première fois qu'un membre de la mythique tribu sonnait à sa porte. Il éprouva un mélange de peur et de chagrin, et ses pensées se réduisirent à une seule et unique préoccupation : comment se débarrasser de ce type, le plus vite et de la manière la moins désagréable possible.

« Je ne lis pas les manuscrits- commença-t-il.

— Vous avez déjà lu celui-ci », le coupa d'un ton calme l'homme au visage buriné de paysan. Vous l'avez volé. » Il s'exprimait comme s'il établissait un simple constat : il fait un beau soleil, et la journée est superbe.

Mort ne pensait qu'à retardement, cet après-midi, semblait-il ; pour la première fois, il prit conscience du fait qu'il était seul, très seul, ici. Il avait débarqué dans la maison de Tashmore Glen au début d'octobre, après deux mois épouvantables passés à New York ; son divorce n'avait été prononcé que la semaine précédente.

La maison, certes grande, n'était cependant qu'une résidence d'été, comme Tashmore Glen n'était qu'une station estivale. Il y avait peut-être une vingtaine de cottages le long de cette route particulière qui longeait la rive nord du lac Tashmore ; en juillet ou août, ils auraient presque tous été occupés... mais on était en octobre. Fin octobre, même. Personne n'entendrait la détonation d'un coup de fusil. Ou si quelqu'un l'entendait, on penserait qu'un chasseur venait de tirer un faisan ou un perdreau ; c'était la saison.

« Je peux vous assurer-

— Je sais que vous le pouvez, le coupa une deuxième fois l'homme, sur le même ton empreint d'une surnaturelle patience. Je le sais bien. »

Au-delà de lui, Mort apercevait la voiture dans laquelle il était venu. Un vieux break qui avait l'air d'avoir fait plusieurs tours de compteur, et encore, sur des routes en mauvais état, la plupart du temps. D'où il était, il voyait que la plaque n'était pas celle du Maine, sans qu'il pût dire de quel Etat il venait ; cela faisait un moment qu'il aurait dû aller voir son oculiste et se faire faire des lunettes plus fortes, il le savait ; il avait même envisagé de s'infliger cette petite corvée au début de l'été dernier. Mais lorsque Henry Young l'avait appelé, un beau jour d'avril, et lui avait demandé qui était ce type qu'il avait vu en compagnie d'Amy sur la promenade — un parent, peut-être ? — et que ses soupçons avaient abouti à un divorce à l'amiable conclu à une vitesse surnaturelle, le merdier dans lequel il s'était retrouvé avait dévoré tout son temps pendant les derniers mois. Une période au cours de laquelle il était déjà heureux de penser à changer de sous-vêtements : alors, évidemment, des activités aussi ésotériques qu'un rendez-vous avec un oculiste...

« Si vous voulez vous plaindre à quelqu'un d'une injustice dont vous pensez être victime, commença Mort d'une voix incertaine (et détestant le ton pompeux qu'il prenait ainsi que son style communiqué de presse, mais ne sachant comment faire autrement), vous pouvez vous adresser à mon ag-

— C'est une affaire entre vous et moi », fit patiemment l'homme sur le seuil de la porte. Bump, le matou de Mort, qui prenait le soleil sur le petit abri construit contre le mur de la maison (il était prudent de ranger ses poubelles dans un endroit fermé, si l'on ne voulait pas voir les ratons laveurs rappliquer dans la nuit et tout mettre à sac), sauta à terre et vint se couler sinueusement entre les jambes de l'étranger. Les yeux d'un bleu de porcelaine de celui-ci ne quittèrent pas un instant le visage de Mort. « Nous n'avons pas besoin d'une tierce personne, Monsieur Rainey. C'est strictement entre vous et moi.

— Je n'apprécie guère d'être accusé de plagiat, si c'est bien de cela qu'il s'agit », répliqua Mort. En même temps, quelque chose en lui l'avertissait : il faut se montrer très prudent lorsqu'on a affaire à la tribu des Doux Dingues. Les ménager ? Eh oui. Celui-ci, cependant, ne paraissait pas armé et Mort devait bien peser vingt kilos de plus que lui. *Sans compter que je dois bien avoir aussi cinq ou dix ans de moins, à vue de nez.* Il avait lu quelque part qu'un authentique Doux Dingue pouvait faire preuve d'une vigueur insoupçonnée, lorsque de doux il devenait irascible, mais il n'allait tout de même pas rester ici tranquillement, à écouter ce type qu'il n'avait jamais vu de sa vie l'accuser lui, Morton Rainey, d'avoir volé une de ses histoires. Non mais ! Pas sans l'avoir envoyé sur les roses, au moins.

« Je comprends que ça ne vous fasse pas plaisir », reprit l'homme au chapeau noir. Son ton n'avait pas changé : patient et serein. Il parlait, songea Mort, comme un thérapeute qui s'adresse à un petit enfant légèrement retardé. « Il n'empêche, vous l'avez fait. Vous avez volé mon histoire.

— Bon, maintenant, partez. » Mort, parfaitement réveillé, ne se sentait plus aussi désorienté ni pris au dépourvu. « Je n'ai rien à vous dire.

— Oui, je vais partir, dit l'homme. Nous aurons l'occasion d'en reparler. » Il lui présenta le manuscrit, et Mort se retrouva en train de tendre la main. Il la rabaissa juste avant que cet hôte indésirable n'eût le temps de le déposer dedans, comme un huissier remettant enfin une citation à comparaître à un justiciable récalcitrant.

« Je ne vais pas prendre ça », dit Mort, tandis qu'au fond de lui-même, il s'émerveillait : quel animal accommodant que l'homme, tout de même ! Il suffisait que quelqu'un vous tendît quelque chose, et votre premier réflexe était de le prendre. Peu importait qu'il s'agît d'un chèque de dix mille dollars ou d'un bâton de dynamite avec la mèche allumée — le premier réflexe était de prendre.

« Ça ne servira à rien de jouer au petit malin avec moi, Monsieur Rainey, dit l'homme d'une voix douce. Cette affaire doit être réglée.

— En ce qui me concerne, elle l'est », rétorqua Mort qui referma la porte sur ce visage creusé de rides, usé, et d'une certaine manière sans âge.

Il n'avait éprouvé qu'un ou deux instants de peur, lorsqu'il avait commencé à comprendre, alors qu'il était désorienté et hébété par le sommeil, ce que l'homme voulait lui dire. Puis la colère l'avait emporté — colère d'être dérangé pendant sa sieste, colère encore plus forte de l'avoir été par un représentant des Doux Dingues.

Une fois la porte refermée, la peur revint. Il serra les lèvres et attendit que l'homme se mette à cogner contre le battant. Cela ne se produisit pas, mais il restait convaincu que l'inconnu se tenait là dehors, aussi immobile qu'une pierre (et aussi patient), attendant qu'il rouvrît la porte... ce qu'il devrait finir par faire, tôt ou tard.

Puis il entendit un bruit sourd, suivi de pas légers sur le plancher du porche. Mort passa dans la chambre à coucher. Elle comportait deux fenêtres, dont l'une donnait sur l'allée et l'épaulement de la colline, au-delà, et l'autre sur la pente qui descendait vers l'étendue bleutée et pleine de charme du lac Tashmore. Les deux fenêtres étaient réflectorisées, ce qui signifiait qu'il pouvait regarder dehors, mais que quiconque essaierait de regarder à travers de l'extérieur n'y verrait que sa propre image déformée, sauf à coller le nez à la vitre, les mains en coupe pour supprimer tout reflet.

Il vit l'homme en chemise de travail et jeans à ourlet cousu regagner son vieux break. Sous cet angle, il arrivait à distinguer le nom de l'Etat ayant délivré les plaques : le Mississippi. Lorsque l'inconnu ouvrit la porte, Mort pensa : *Oh, merde ! L'arme doit être dans la voiture. Il ne l'avait pas sur lui parce qu'il croyait pouvoir me raisonner... et peu importe ce qu'il entend par là. Mais maintenant il va la prendre et revenir. Elle est probablement dans la boîte à gants ou sous le siège-*

Mais l'homme s'installa derrière le volant, prenant simplement le temps d'enlever son chapeau noir et de le jeter sur le siège arrière. Tandis qu'il claquait la porte et lançait le moteur, Mort songea : *Il y a quelque chose qui manque.* Mais ce ne fut que lorsque son indésirable visiteur de l'après-midi eut fait marche arrière dans l'allée et eut disparu derrière l'écran épais des buissons (que Mort oubliait régulièrement de tailler) qu'il sut ce que c'était.

Lorsque l'homme était monté dans la voiture, il ne tenait plus le manuscrit à la main.

2

Il était abandonné sur le porche de derrière, un caillou dessus pour empêcher les pages volantes de se disperser dans la brise légère. Le coup sourd qu'il avait entendu provenait sans doute du caillou, au moment où l'homme l'avait posé.

Mort resta debout sur le seuil de la porte, les mains dans les poches de son pantalon kaki, contemplant le manuscrit. Il savait que la folie n'était pas contagieuse (sauf, peut-être, en cas d'exposition prolongée, supposait-il), mais il n'avait cependant aucune envie de toucher le foutu document. Il se dit qu'il devrait finir par le faire, cependant. Il ne savait pas combien de temps il resterait encore ici — un jour, une semaine, un mois ou une année, au point où il en était, tout paraissait possible — mais il ne pouvait laisser cette connerie de manuscrit traîner là. Déjà Greg Castairs, l'homme qui lui gardait la maison, devait passer aujourd'hui pour lui donner une estimation de certains travaux (renouvellement d'une partie des bardeaux de la toiture), et l'homme allait se demander ce que c'était.

Pis encore, il imaginerait probablement que le manuscrit appartenait à Mort, ce qui provoquerait davantage d'explications que n'en
méritait cette saloperie.

Il resta là jusqu'à ce que le ronronnement de la voiture de son
visiteur se fût confondu avec le bourdonnement faible et paresseux
de l'après-midi. Il sortit alors sous le porche, posant ses pieds nus
avec précaution sur les planches (cela faisait au moins un an qu'il
aurait fallu les repeindre, et le bois sec était hérissé d'échardes
potentielles) et jeta le caillou dans la rigole envahie de genévriers,
sur la gauche. Il ramassa la mince pile de feuilles et l'examina. Un
titre s'étalait sur la première :

VUE IMPRENABLE SUR JARDIN SECRET
par John Shooter

Malgré lui, Mort éprouva un certain soulagement. Il n'avait
jamais entendu parler d'un John Shooter, et il n'avait jamais lu *ni*
écrit de sa vie une nouvelle portant ce titre.

Il jeta le manuscrit dans la poubelle de la cuisine en rentrant dans
la maison, puis prit la direction du canapé du séjour sur lequel il se
recoucha ; cinq minutes après, il s'était rendormi.

Il rêva d'Amy. Il dormait beaucoup et rêvait beaucoup d'Amy,
ces temps derniers, et se réveiller au bruit de ses propres cris
enroués n'était plus une surprise. Il se disait que ça finirait bien par
passer.

3

Le lendemain matin le trouva assis devant son traitement de texte,
dans la petite alcôve, au fond du séjour, qui lui avait toujours servi
de bureau lorsqu'ils venaient séjourner ici. L'écran était allumé,
mais Mort contemplait le lac à travers la fenêtre. Deux bateaux à
moteur s'y promenaient, laissant chacun un grand sillage blanc
derrière eux. Il avait tout d'abord cru qu'il s'agissait de pêcheurs,
mais ils ne ralentissaient jamais et s'amusaient à se couper mutuellement la route en décrivant de grandes courbes. Des gosses. Des
gosses qui s'amusent, conclut-il, c'est tout.

Ils ne faisaient rien de bien intéressant — tout comme lui,
d'ailleurs. Il n'avait rien écrit de valable depuis qu'il s'était séparé
d'Amy. Il restait assis en face de son ordinateur entre neuf et onze

heures, tous les matins, exactement comme il l'avait fait tous les jours au cours des trois dernières années (et pendant au moins mille ans auparavant devant la vieille Royal, modèle de bureau), mais pour tout le bénéfice qu'il en retirait, il aurait pu tout aussi bien l'échanger contre un bateau à moteur et aller jouer à poigne-moi-le-cul avec les mômes, sur le lac.

Aujourd'hui, il avait écrit ces trois lignes de prose immortelle durant sa séance de deux heures :

> Quatre jours après que George eut la
> satisfaction de se voir confirmer ce
> qu'il craignait, à savoir que sa femme
> le trompait, il décida d'attaquer.
> "Il faut que je te parle, Abby", dit il.

C'était mauvais.

Trop proche de la réalité pour être bon.

Il n'avait jamais été très bon lorsqu'il se trouvait confronté à la vie réelle. C'était peut-être une partie du problème.

Il coupa le traitement de texte, se rendant compte un quart de seconde trop tard qu'il avait oublié de sauvegarder le document. Eh bien, parfait comme ça ! Qui sait même si ce n'était pas le Morton critique, au fond de son inconscient, qui lui avait soufflé que le document ne valait pas la peine d'être sauvegardé ?

Au premier, Mme Gavin devait avoir terminé ; le ronflement de l'Electrolux avait enfin cessé. Elle venait faire le ménage tous les mardis, et elle était tombée dans un mutisme scandalisé, tout à fait extraordinaire de sa part, lorsque Mort lui avait annoncé, deux semaines auparavant, qu'Amy et lui étaient maintenant séparés. Il la soupçonnait d'apprécier beaucoup plus Amy que lui. Mais elle continuait néanmoins à venir, et c'était déjà ça.

Il se leva et passa dans le séjour au moment où Mme Gavin descendait par l'escalier principal. Elle tenait le tuyau de l'aspirateur et tirait la petite machine cylindrique derrière elle. L'aspirateur dégringolait les marches bruyamment, l'air d'un petit chien mécanique. *Si jamais j'essayais de tirer l'aspirateur comme elle, je me le collerais dans les chevilles et il irait rouler jusqu'en bas. Je me demande comment elle arrive à faire ça. Encore un secret de la parfaite femme de ménage, sans doute. Oui, ça doit être ça.*

« Bonjour, Madame Gavin », dit-il en prenant la direction de la porte de la cuisine. Il avait envie d'un Coke. Ecrire des conneries lui donnait toujours soif.

« Bonjour, Monsieur Rainey. » Il avait essayé de la convaincre de l'appeler Mort, mais il n'y avait pas eu moyen. Même pas Morton. Mme Gavin était une femme à principes, lesquels ne l'avaient néanmoins jamais empêchée d'appeler Amy par son prénom.

Je devrais peut-être lui dire que j'ai surpris Amy au lit avec un autre homme, dans l'un des plus chics motels de Derry, se dit Mort, en poussant de la main la porte battante. *Du coup, elle l'appellerait peut-être à nouveau Madame Rainey, au moins.*

C'était là une pensée affreuse et méchante, le genre de choses qui, soupçonnait-il, se trouvaient à la racine de son blocage d'écrivain ; mais il ne paraissait pas capable de s'en empêcher. Cela finirait peut-être par passer... comme les rêves. Pour une raison inconnue, cette idée lui fit penser à un auto-collant qu'il avait aperçu un jour sur le pare-choc d'une très vieille Coccinelle : CONSTIPÉ — ÇA PASSE PAS, lisait-on.

Pendant que battait la porte de la cuisine, la voix de Mme Gavin s'éleva : « J'ai trouvé l'une de vos histoires dans la poubelle, Monsieur Rainey. J'ai pensé que c'était peut-être une erreur, alors je l'ai posée sur le comptoir.

— Très bien », répondit-il, sans avoir la moindre idée de ce qu'elle voulait dire. Il n'avait pas l'habitude de jeter les mauvais manuscrits ou même des pages dans la poubelle de la cuisine. Quand il accouchait d'une merde — et depuis quelque temps, il en produisait plus que sa part — elle allait soit directement au paradis des données non sauvegardées, soit dans le classeur circulaire placé à la droite de son ordinateur.

L'image de l'homme au visage buriné et au chapeau rond de Quaker ne lui vint même pas à l'esprit.

Il ouvrit le réfrigérateur, déplaça deux petits bacs Tupperware remplis de restes impossibles à identifier, découvrit une bouteille de Pepsi et l'ouvrit tout en refermant la porte du frigo d'un coup de hanche. Au moment de jeter la capsule dans la poubelle, il découvrit le manuscrit (la page de titre était tachée par ce qui semblait être du jus d'orange, mais à part cela, il était intact), posé sur le comptoir à côté du silex. C'est alors que la mémoire lui revint. John Shooter, ouais. Membre d'honneur du Club des Doux Dingues, section du Mississippi.

Il prit une gorgée de Pepsi, puis ramassa le manuscrit. Ou plutôt, le tapuscrit. Il fit passer la page de titre en dessous et lut l'en-tête de la première page :

John Shooter
Poste restante
Dellacourt. Mississippi

30 pages
Environ 7 500 mots
Droits de première édition à vendre. Amérique du Nord.

VUE IMPRENABLE SUR JARDIN SECRET
par John Shooter

Le texte avait été tapé sur un papier de bonne qualité, mais avec une machine en bien triste état. Un vieux modèle de bureau, et mal entretenu, en plus. La plupart des lettres étaient aussi de travers que les dents d'un vieillard.

Il lut la première phrase, puis la seconde, puis la troisième ; et pendant un moment, il lui fut impossible de penser clairement.

Todd Dowey estimait qu'une femme qui vous dépouillait de votre amour alors que celui-ci était tout ce que vous possédiez n'était pas digne du nom de femme. Il décida donc de la tuer. Il le ferait dans l'angle mort entre la maison et la grange, là où les deux édifices se rejoignaient selon un profond angle aigu : il le ferait là où elle avait son jardin.

« Oh, merde ! » murmura Mort en reposant le tapuscrit. Son bras heurta la bouteille de Pepsi ; elle se renversa, et le liquide moussa et pétilla sur le comptoir, avant de s'écouler le long de la porte du placard, au-dessous. « Oh, merde ! » cria-t-il plus fort.

Mme Gavin arriva précipitamment, évalua la situation et dit : « Mais ce n'est rien ! A vous entendre, j'avais l'impression que vous veniez de vous couper la gorge. Poussez-vous un peu, voulez-vous, Monsieur Rainey ? »

Il obtempéra, et le premier geste de la femme de ménage fut de ramasser le tapuscrit et de le lui mettre dans les mains. Rien n'avait été mouillé ; le soda avait coulé dans l'autre direction. Il ne manquait pas de sens de l'humour naguère — c'était du moins ce qu'il avait toujours cru — mais tandis qu'il contemplait la petite pile de papier, entre ses mains, il ne put faire mieux que de ressentir une certaine ironie amère. *C'est comme l'histoire du chat, dans cette chanson pour enfants. Le chat qui ne cesse de revenir.*

« Si vous essayez de détruire ça, fit Mme Gavin avec un mouvement de la tête vers le tapuscrit, tout en prenant un chiffon sous l'évier, vous êtes sur la bonne voie.

— Il n'est pas à moi », dit-il — mais c'était comique, non ? Hier, lorsqu'il avait failli prendre le manuscrit que l'inconnu lui tendait, il s'était fait la réflexion que l'homme était un animal bigrement accommodant. Apparemment, ce besoin de complaire aux autres s'étendait dans toutes les directions, car la culpabilité était la première chose qu'il avait ressentie en lisant ces trois lignes... et n'était-ce pas précisément ce que Shooter (si tel était son nom véritable) avait voulu qu'il éprouvât ? Bien sûr que si. *Vous avez volé mon histoire,* avait-il déclaré ; or les voleurs sont supposés éprouver des remords, non ?

« Excusez-moi, Monsieur Rainey », dit Mme Gavin, brandissant son torchon.

Il s'écarta de deux pas pour qu'elle pût accéder à la flaque et il répéta : « Il n'est pas à moi », avec une certaine insistance.

« Oh, je croyais. » Elle essuya le comptoir puis alla tordre le chiffon au-dessus de l'évier.

« Voyez le nom : John Shooter », dit-il en remettant la première page à sa place.

La femme de ménage y jeta le plus bref des coups d'œil que permettait la politesse et entreprit d'essuyer la porte du placard. « Je croyais que c'était — comment vous dites, déjà ? Un pseudo-mime, ou nyme. Un nom de plume, quoi.

— Je ne m'en sers pas et je ne m'en suis jamais servi. »

Cette fois-ci c'est à lui qu'elle adressa un bref coup d'œil — un coup d'œil matois et légèrement amusé très campagnard — avant de s'agenouiller pour faire disparaître la flaque sur le sol. « Et même si vous le faisiez, je suppose que vous me le diriez pas.

— Désolé pour la bouteille renversée, dit-il en battant en retraite vers la porte.

— Mon boulot », répondit-elle laconiquement. Elle ne leva pas les yeux ; Mort comprit l'allusion et sortit.

Il resta quelques instants dans le séjour, perdu dans la contemplation de l'aspirateur abandonné au milieu du tapis. Dans sa tête, il entendait l'homme au visage buriné qui lui disait patiemment :

C'est une affaire entre vous et moi. Nous n'avons pas besoin d'une tierce personne, Monsieur Rainey. C'est strictement entre vous et moi.

Mort réfléchit à ce visage, l'évoquant avec précision dans son esprit, un esprit ayant l'habitude de se rappeler les visages et les actes. *Ce n'était pas simplement un moment passager d'aberration, ou une manière bizarre de rencontrer un auteur qu'il considère ou non comme célèbre. Il reviendra.*

Il retourna soudain dans son coin-bureau, roulant le tapuscrit sur lui-même tout en marchant.

4

Trois des quatre murs disparaissaient sous des étagères de livres ; l'une d'elles était consacrée aux diverses éditions, en anglais et en traductions, de ses œuvres. Il avait publié en tout six livres : cinq romans et un recueil de nouvelles. Les nouvelles et ses deux premiers romans avaient reçu un accueil favorable de sa famille et de quelques amis. Son troisième roman, *The Organ-Grinder's Boy*, était immédiatement devenu un best-seller. On avait republié ses premières œuvres après ce succès, et elles avaient fort bien marché, quoique sans jamais atteindre les tirages de ses derniers livres.

Le recueil de nouvelles portait le titre de *Everybody Drops the Dime* ; presque toutes avaient tout d'abord été publiées dans des magazines pour hommes, entre des photos de jeunes femmes davantage dissimulées par une bonne couche de maquillage que par leurs vêtements. L'une de ces nouvelles était cependant parue dans *Ellery Queen's Mystery Magazine*, sous le titre « Sowing Season. » C'était celle-ci qu'il recherchait.

Une femme qui vous vole votre amour lorsque votre amour est tout ce que vous possédez n'est pas digne du nom de femme — telle était du moins l'opinion de Tommy Havelock. Il décida de la tuer. Il savait même à quel endroit il le ferait, l'endroit exact : dans le petit bout de jardin qu'elle entretenait dans l'angle très fermé constitué par la maison et le mur de la grange.

Mort s'assit et fit une lecture parallèle des deux histoires, allant et venant de l'une à l'autre. Il n'en avait pas lu la moitié qu'il comprenait déjà l'inutilité de poursuivre davantage. Elles comportaient un certain nombre de variantes dans les termes et les constructions de phrases ; mais en beaucoup d'endroits, il s'agissait rigoureusement du même récit, mot à mot. A ces variantes près, c'était exactement la même histoire. Dans l'une et l'autre nouvelle, la femme était une garce froide et sans amour, qui ne s'intéressait qu'à son jardin et à ses conserves. Dans l'une et l'autre, l'assassin enterrait son épouse dans le jardin dont il se mettait ensuite à s'occuper, obtenant une récolte spectaculaire. Dans la version de Morton Rainey, de haricots ; dans celle de Shooter, du maïs doux. Dans l'une et l'autre, le meurtrier finissait par devenir fou ; la police le découvrait occupé à dévorer des quantités phénoménales du légume en question, en jurant qu'il se débarrasserait d'elle, qu'à la fin il s'en débarrasserait.

Mort ne s'était jamais considéré lui-même comme un écrivain d'histoires d'horreur, et d'ailleurs, « Sowing Season » ne comportait aucun aspect surnaturel ; mais la nouvelle n'en avait pas moins un côté inquiétant. Lorsque Amy l'avait achevée, elle avait frissonné et dit : « Je suppose que c'est bon, mais l'esprit de cet homme... mon Dieu, Mort, quel grouillement d'asticots ! »

Voilà qui avait parfaitement résumé ses propres sentiments, à l'époque. Les paysages de « Sowing Season » n'étaient pas de ceux au milieu desquels il aurait aimé voyager souvent, et ce récit ne trahissait aucune obsession secrète chez lui. Il pensait cependant avoir bien réussi dans sa description de l'état dépressif et homicide de Tom Havelock. Son directeur littéraire s'était montré du même avis, ainsi que les lecteurs, comme le montrait leur courrier, favorable dans l'ensemble. L'éditeur lui en avait demandé d'autres, mais Mort n'avait plus jamais rien produit qui fût, de près ou de loin, de la même veine que « Sowing Season ».

« ... Je sais que je peux y arriver, dit Todd Downey, en prenant un autre épi de maïs dans la casserole fumante. Je suis sûr qu'en y mettant le temps, il ne restera plus rien d'elle. »

Cela, c'était la fin de la version Shooter.

« ... Je suis bien tranquille que je peux y arriver, leur dit Tom Havelock en se servant une nouvelle portion de haricots

qu'il puisa dans la casserole fumante. Je suis sûr qu'avec le
temps, sa mort sera un mystère, même pour moi. »

Telle était la fin de la version de Mort Rainey.

Mort referma son exemplaire de *Everybody Drops the Dime* et
le replaça, songeur, sur l'étagère des premières éditions.

Puis il s'assit et se mit à fouiller les tiroirs de son bureau
lentement, mais de manière exhaustive. C'était un gros meuble,
tellement encombrant que les déménageurs avaient dû le trans-
porter en pièces détachées, et il comptait de nombreux tiroirs ; il
était son domaine exclusif ; ni Amy ni Mme G. n'y avait jamais
touché, et dix années de documents et d'objets divers s'y étaient
accumulées. Cela faisait quatre ans que Mort avait arrêté de
fumer, et si des cigarettes se trouvaient encore dans la maison, ce
ne pouvait être qu'ici. Qu'il tombât sur un vieux paquet et il en
fumerait une. Il se sentait pris d'une envie irrésistible de fumer.
Ce serait aussi très bien s'il n'en trouvait pas : le seul fait de
fourrager dans ce désordre avait un effet calmant. Vieilles lettres
qu'il avait mises de côté pour y répondre sans jamais le faire et
qui lui faisaient l'effet d'antiquités proprement mystérieuses alors
qu'elles lui avaient paru autrefois si importantes ; cartes postales
achetées et jamais envoyées ; fragments de manuscrits à des stades
divers d'élaboration ; moitié d'un sac de Doritos vraiment très
anciens ; enveloppes, trombones, chèques annulés... De véritables
couches géologiques s'étaient accumulées ainsi, chaque été ayant
déposé la sienne, qui s'était pétrifiée sur place. Et cela lui faisait
du bien. Une fois un tiroir terminé, il passait au suivant sans
cesser de penser, pendant ce temps, aux effets qu'avaient eus sur
lui John Shooter et l'histoire de John Shooter — non, *son*
histoire, nom de Dieu !

L'effet le plus évident était, bien entendu, ce brusque besoin
d'une cigarette. Ce n'était pas la première fois, depuis quatre ans,
qu'il l'éprouvait ; il y avait eu des moments où le seul fait de voir
un type exhaler de la fumée dans une voiture rangée à côté de la
sienne, à un feu rouge, lui avait donné, un instant, l'envie folle
d'en allumer une. Mais le mot-clé était « un instant ». Ce désir
passait aussi rapidement que ces averses rageuses que balaie un
coup de vent : cinq minutes après, le soleil brille de nouveau. Il
n'avait jamais éprouvé le besoin de s'arrêter au premier bureau de
tabac venu pour assouvir ce désir... ni même de fouiller dans la

boîte à gants de la voiture comme il le faisait maintenant dans les tiroirs de son bureau, à la recherche d'une ou deux cigarettes rescapées.

Il se sentait coupable, ce qui était absurde. Et le mettait en rage. Il n'avait pas volé l'histoire de John Shooter, et il le savait très bien ; si jamais il y avait eu vol (et il y avait eu nécessairement vol : les deux histoires étaient trop proches pour que l'un des deux protagonistes n'ait pas eu connaissance du travail de l'autre), alors c'était *Shooter* le voleur, et non lui.

Evidemment.

Aussi évident que le nez au milieu de la figure... ou le chapeau rond sur la tête de Shooter.

Et néanmoins il se sentait bouleversé, mal à l'aise, coupable... Il se sentait pris d'une perplexité étrange, qu'il n'aurait su définir. Et pourquoi ? Eh bien, parce que...

A ce moment-là, Mort souleva un exemplaire photocopié du manuscrit de *The Organ-Grinder's Boy*, sous lequel se trouvait un paquet de L & M. Fabriquait-on encore seulement ces cigarettes ? Il l'ignorait. Un paquet vieux, froissé, mais loin d'être complètement aplati. Il le prit et le regarda. Il songea qu'il avait dû l'acheter en 1985, s'il fallait en croire cette science approximative des stratifications que l'on pourrait appeler, par manque d'un mot meilleur, la bureaulogie. *The Organ-Grinder's Boy* avait été publié en janvier 1986, et le manuscrit se trouvait *sur* le paquet de cigarettes.

Il regarda à l'intérieur et vit trois clous de cercueil bien rangés. *Des voyageurs du temps venus d'un autre âge.* Il porta l'une des cigarettes à la bouche, puis se rendit à la cuisine pour y prendre les allumettes. *Des voyageurs du temps venus d'un autre âge, patients petits cylindres dont la mission était d'attendre, de persévérer, de durer jusqu'au jour où viendrait le moment de me remettre sur la route du cancer du poumon. Et ce moment semblait être revenu.*

« A tous les coups, elle va avoir un goût dégueulasse », dit-il tout haut (Mme Gavin avait depuis longtemps quitté la maison) ; puis il l'alluma. Mais elle n'avait pas un goût dégueulasse. Au contraire, même : délicieux. Il revint à son bureau avec derrière lui un sillage de fumée, une agréable impression de légèreté dans la tête. *Ah, l'horrible persévérance de la dépendance...* Comment Hemingway disait-il, déjà ? Pas ce mois d'août, pas ce mois de septembre, cette année, tu fais comme tu as envie. Mais le moment revient toujours. Tôt ou tard, on se colle quelque chose au coin de sa grande vieille gueule stupide. Un verre, une sèche — à moins que ce ne soit le canon d'un fusil. Pas ce mois d'août, pas ce mois de septembre.. ... malheureusement, on était en octobre.

Au cours de sa prospection, il avait retrouvé une boîte de cacahuètes Planters. Il doutait qu'elles fussent comestibles, mais le couvercle ferait un cendrier convenable. Il s'assit derrière son bureau, regarda vers le lac (les bateaux, comme Mme G., avaient eux aussi disparu) et savoura cette plongée dans son ancien vice. Il découvrit alors qu'il pouvait penser à John Shooter et à son histoire avec une plus grande égalité d'âme.

L'individu appartenait évidemment à la catégorie des Doux Dingues, c'était maintenant prouvé noir sur blanc, si jamais il y avait eu besoin de preuves. Quant à l'état dans lequel l'avait mis l'incident, en découvrant la similitude des deux textes...

Eh bien, en un sens, une histoire est une chose, une chose réelle — on pouvait l'envisager ainsi, en particulier lorsque quelqu'un vous l'achète — mais en un autre sens, plus important, elle n'est pas une chose. Elle n'est nullement comme une chaise, un vase, une automobile. Il y a de l'encre et du papier, mais une histoire n'est ni de l'encre ni du papier. Les gens lui demandaient parfois d'où il sortait ses idées ; la question avait beau avoir le don de le faire ricaner, il se sentait vaguement honteux, vaguement mystificateur. On aurait dit qu'ils croyaient à l'existence d'une vaste Décharge Centrale des Idées, quelque part (comme on peut croire aux cimetières d'éléphants ou aux villes d'or, ailleurs), et qu'il disposait d'une carte secrète lui permettant d'y aller et d'en revenir ; mais Mort ne se faisait pas ce genre d'illusion. Il arrivait à se rappeler *où* il avait eu certaines de ses idées, et savait que celles-ci étaient souvent le résultat d'un tour d'esprit lui permettant de voir ou de sentir d'étranges rapports entre des objets, des événements ou des gens entre lesquels on n'en aurait imaginé aucun jusqu'ici — mais c'était tout. Quant à savoir ce qui lui permettait de voir ces rapports ou ce qui le poussait à en tirer des histoires... il n'en avait pas la moindre idée.

Si John Shooter était venu lui dire : « Vous avez volé ma voiture », au lieu de : « Vous avez volé mon histoire », Mort aurait su tout de suite ce qu'il fallait répondre et faire. Même si les deux véhicules avaient été de la même marque, du même type, de la même couleur et de la même année. Il aurait montré à l'homme au chapeau noir la carte d'immatriculation, et l'aurait invité à comparer les numéros de série des moteurs avant de l'envoyer sur les roses.

Mais lorsqu'une idée d'histoire vous vient à l'esprit, personne ne vous en donne un droit d'exploitation sur papier timbré. On ne peut en justifier l'origine. Et pourquoi le faudrait-il ? On n'établit jamais de reçu pour des choses données. On produit en revanche une facture en bonne et due forme à quiconque veut vous acheter cette chose — et comment, et on sale l'addition tant qu'on peut, pour se venger de toutes les fois où on s'est fait avoir —, magazines, journaux, éditeurs, compagnie de cinéma. Mais l'idée, elle ? Elle vous est arrivée comme ça, librement, sans entraves. Voilà le pourquoi du comment, décida-t-il. Voilà pourquoi il se sentait coupable alors même qu'il savait ne jamais avoir plagié l'histoire du fermier John Shooter ; il se sentait coupable parce que écrire des histoires relevait un peu du vol, de l'effraction, et qu'il en serait toujours ainsi. John Shooter était simplement le premier à faire son apparition dans l'encadrement de sa porte pour l'en accuser sans détour. Il pensa que, inconsciemment, il s'attendait depuis des années à quelque chose de semblable.

Mort écrasa sa cigarette et décida de faire un petit somme. Puis il se dit que c'était une mauvaise idée. Il serait plus sain, physiquement et mentalement, de manger quelque chose, de lire pendant une demi-heure, puis d'aller faire une longue marche au bord du lac. Il dormait trop, et trop dormir était un signe de dépression. Sur le chemin de la cuisine, il obliqua vers le long canapé placé près de la baie vitrée du séjour. *Au diable tout ça*, pensa-t-il, plaçant un coussin sous son cou, un autre à sa tête. *JE SUIS* déprimé.

Sa dernière pensée avant de sombrer fut une idée qu'il avait déjà eue : *Il n'en a pas fini avec moi. Oh, non, pas ce type. Il reviendra.*

5

Il rêva qu'il était perdu dans un grand champ de maïs. Il allait au petit bonheur d'une rangée à l'autre, et le soleil faisait briller les montres qu'il portait — une demi-douzaine à chaque avant-bras, chacune indiquant une heure différente.

Je vous en prie, aidez-moi! Quelqu'un, s'il vous plaît! Je suis perdu et j'ai peur!

Devant lui, les tiges de maïs, des deux côtés, s'agitèrent et bruissèrent. Amy apparut à droite, John Shooter à gauche. L'un et l'autre tenaient un couteau à la main.

Je suis sûr que je peux y arriver, déclara Shooter tandis que tout deux avançaient vers lui, couteau brandi. *Je suis sûr qu'avec le temps, ta mort sera un mystère même pour nous.*

Mort se retourna pour s'enfuir mais une main — celle d'Amy, il en était sûr — l'attrapa par la ceinture et le retint. Puis les couteaux, lançant des reflets brillants dans la lumière brûlante du soleil qui éclairait ce jardin secret-

6

Le téléphone le tira de son sommeil, une heure et quart plus tard. Il lutta pour s'extraire d'un rêve horrible — quelqu'un le poursuivait, c'était tout ce dont il se souvenait — et se redresser sur le canapé. Il avait horriblement chaud ; on aurait dit qu'il ruisselait de tous les pores de son corps. Le soleil avait tourné et l'inondait de ses rayons par la baie vitrée depuis Dieu sait combien de temps.

Mort se dirigea vers la table du téléphone, dans le vestibule, du pas lent et mal assuré d'un scaphandrier avançant à contre-courant sur le fond d'une rivière. Des élancements paresseux lui trouaient le crâne et il avait dans la bouche un arrière-goût de crotte de lapin. A chaque enjambée qu'il faisait, le vestibule paraissait s'éloigner d'autant et Mort songea (ce n'était pas la première fois) que l'enfer devait ressembler à la manière dont on se sentait après avoir dormi trop longtemps et trop profondément par une chaude après-midi. Le pire, dans cet état, n'était pas physique ; il était dans cette impression consternante et déboussolante d'être en dehors de soi-même — comme un observateur regardant par les objectifs de deux caméras de télévision mal mises au point.

Il souleva le combiné en se disant qu'il devait s'agir de Shooter.

Ouais, à tous les coups, c'est lui. La seule personne au monde avec laquelle je ne devrais pas parler avec la garde basse et la moitié de mon esprit déconnectée de l'autre. Evidemment, c'est lui. Qui d'autre pourrait m'appeler ?

« Allô ? »

Ce n'était pas Shooter, mais lorsqu'il reconnut la voix qui répondit à son invite, à l'autre bout du fil, il découvrit qu'il y avait au moins une deuxième personne au monde avec laquelle il ne devait surtout pas s'entretenir dans un état psychologique de vulnérabilité.

« Salut, Mort, dit Amy. Comment ça va ? »

7

Un peu plus tard, ce même après-midi, Mort enfila la chemise de flanelle trop grande de deux tailles qui lui servait de veste au début de l'automne et partit pour la marche qu'il aurait dû faire plus tôt. Bump, le chat, le suivit assez longtemps pour être sûr qu'il était sérieux, puis s'en retourna à la maison.

L'écrivain marchait lentement et posément ; la journée était exquise, tout en ciel bleu, feuilles rouges et lumière dorée, semblait-il. Il avançait les mains dans les poches, s'efforçant de laisser le calme du lac le pénétrer par tous les pores et le calmer, comme il l'avait toujours fait jusqu'ici ; il soupçonnait d'ailleurs que telle était la raison qui l'avait poussé à venir ici au lieu de rester à New York, comme s'y était attendue Amy, pendant les pénibles démarches du divorce. Mais il avait fait ce choix parce que Tashmore Glen était un lieu magique, en particulier en automne, et il avait éprouvé le sentiment que s'il existait une âme en peine ayant besoin en ce moment d'un peu de magie, sur la planète, c'était bien lui. Et si le vieux charme lui faisait défaut, maintenant que son écriture se gâtait tellement, il n'était pas sûr de ce qu'il allait faire.

Il s'avéra qu'il n'aurait pas dû s'inquiéter autant. Au bout d'un certain temps, le silence et cette étrange atmosphère de temps suspendu qui paraissait s'emparer du lac Tashmore lorsqu'avec l'arrivée de l'automne, les estivants s'en allaient enfin, commencèrent à produire leur effet sur lui, comme les mains d'un masseur sur un dos trop tendu. Mais maintenant, il avait un autre sujet de préoccupation que John Shooter, et cet autre sujet s'appelait Amy. On aurait presque dit qu'elle voulait le voir revenir.

« Bien sûr, je vais bien », avait-il répondu avec autant de soin dans son élocution qu'un ivrogne qui tente de convaincre les gens qu'il est à jeun. A la vérité, il était tellement hébété qu'il avait l'impression d'être effectivement un peu ivre. Les contours des mots semblaient trop grands pour sa bouche, comme des morceaux d'une roche molle et friable, et il avait procédé avec la plus grande prudence au cours des échanges formels, ouvertures et gambits, de cette conversation téléphonique. « Et toi, comment ça va ?

— Oh, très bien, je vais très bien », avait-elle répondu avec ce petit rire en trilles rapides qui signifiait d'habitude qu'elle était d'humeur aguicheuse, ou bien nerveuse au dernier degré ; or Mort doutait qu'elle tentât de l'aguicher — du moins pas à ce stade. Il se sentit plus à l'aise lorsqu'il se rendit compte qu'elle devait être nerveuse, elle aussi. « C'est simplement que tu es tout seul là-bas et qu'il pourrait arriver n'importe quoi sans que personne- » Elle s'interrompit abruptement.

« Oh, je ne suis pas vraiment tout seul ; Madame Gavin était là ce matin et Greg Carstairs est passé hier pour voir les bardeaux à remplacer.

— Ah, oui, j'avais oublié. »

Un instant, il s'émerveilla du ton naturel avec lequel elle avait répondu, un ton naturel de non-divorcée. *A nous écouter*, pensa Mort, *jamais on ne penserait qu'il y a un salopard d'agent immobilier dans mon lit... ou du moins dans ce qui était mon lit.* Il attendit que revînt la colère — la colère blessée et jalouse de celui qui se sent trahi — mais seul un fantôme se manifesta mollement là où ces sentiments désagréables flamboyaient à vif auparavant.

« Eh bien, Greg, lui, n'avait pas oublié. Il est venu vers quatre heures trente et a passé une heure et demie à ramper sur le toit.

— C'est en si mauvais état que ça ? »

Il lui expliqua, et ils passèrent les cinq minutes suivantes à parler du vieux toit, ce qui permit à Mort de se réveiller peu à peu ; il en était question comme s'ils allaient passer le prochain été sous les bardeaux de cèdre neufs, de même qu'ils avaient passé les neuf étés précédents sous les anciens. Mort songea : *Donnez-moi un toit, donnez-moi des bardeaux, et je peux parler à cette salope jusqu'à la fin des temps.*

Tandis qu'il s'entendait donner les répliques appropriées, une impression de plus en plus forte d'irréalité l'envahit. Impression aussi de retomber dans cet état de zombie à demi réveillé, à demi endormi dans lequel il était au moment de décrocher. Il finit par ne plus pouvoir le supporter. S'il s'agissait de se livrer à une sorte de concours pour voir lequel des deux pourrait faire semblant le plus longtemps de croire que les événements des six derniers mois n'avaient pas eu lieu, il était prêt à lui concéder la victoire. Plus que prêt.

Elle lui demandait à quel moment Greg allait attaquer les travaux et s'il devait engager du personnel lorsque Mort craqua. « Pourquoi m'as-tu appelé ? » la coupa-t-il.

Il y eut quelques instants de silence pendant lesquels il sentit qu'elle passait des réponses en revue, les rejetant les unes après les autres, comme une femme qui essaie des chapeaux ; *ça,* ça réveilla complètement sa colère. C'était l'une des choses — l'une des rares choses, à la vérité — qu'il haïssait chez elle. Cette duplicité totalement inconsciente.

« Je viens de te le dire, finit-elle par répondre. Pour savoir si tu allais bien. » Elle paraissait de nouveau troublée et peu sûre d'elle, ce qui signifiait en général qu'elle disait la vérité. Lorsque Amy mentait, c'était avec autant d'assurance que si elle vous affirmait que la Terre était ronde. « J'ai eu l'un de mes pressentiments — je sais bien que tu n'y crois pas, mais je t'en ai souvent parlé, et moi j'y crois... tu le sais bien, Mort ? » Son ton n'avait rien de son affectation habituelle ; aucune colère défensive, non plus. Voilà ce qui était frappant. On aurait presque dit qu'elle le suppliait.

« Ouais, je le sais.

— Eh bien, j'en ai eu un. J'étais en train de me faire un sandwich et j'ai eu l'impression... l'impression que tu n'allais pas très bien. J'ai résisté pendant un moment, en me disant que ça allait passer, mais non. C'est pourquoi j'ai fini par appeler. Tu vas vraiment bien, n'est-ce pas ?

— Oui.

— Et il ne t'est rien arrivé ?

— Eh bien, si, quelque chose », répondit-il après un bref débat intérieur. Il pensa qu'il était possible, voire même probable, que John Shooter (*si tel est bien son nom,* ne put-il s'empêcher d'ajouter en lui-même) eût essayé de le contacter à Derry avant de venir jusqu'ici. C'est à Derry qu'il habitait d'habitude à cette époque de l'année, après tout. Qui sait si ce n'était pas Amy elle-même qui le lui avait envoyé ?

— Je le *savais,* dit-elle. Tu ne t'es pas blessé, au moins, avec cette saleté de tronçonneuse ? Ou-

— Non-non. Rien qui exige une hospitalisation, répondit-il avec un léger sourire. Juste un petit ennui. Est-ce que le nom de John Shooter te dit quelque chose, Amy ?

— Non, pourquoi ? »

Il laissa échapper un petit soupir sifflant d'irritation entre ses dents serrées. Amy était une femme brillante, mais on aurait dit qu'il y avait un court-circuit (au sens propre) entre son cerveau et sa bouche. Il se souvenait d'avoir imaginé qu'elle aurait dû porter un T-shirt avec écrit dessus JE PARLE D'ABORD, JE PENSE ENSUITE. « Ne me dis pas non tout de suite. Prends le temps d'y réfléchir. Un type assez grand, plus d'un mètre quatre-vingts, dans les quarante-cinq ans. Son visage le vieillit, mais il *bouge* comme quelqu'un de moins de cinquante ans. Une tête de campagnard ; des couleurs, des rides profondes dues au soleil. En le voyant, j'ai pensé à un personnage de Faulk-

— Où veux-tu en venir, Mort ? »

Brusque reflux de sentiments ; il comprenait maintenant pour quelles raisons, tout blessé et perdu qu'il était, il avait résisté au besoin impulsif (surtout la nuit) de lui demander s'ils ne pourraient pas au moins *essayer* de se réconcilier. Il avait soupçonné qu'elle aurait accepté, pourvu qu'il fît preuve de suffisamment d'insistance et d'opiniâtreté. Mais la dure réalité était la dure réalité : leur mariage était devenu boiteux pour bien d'autres raisons que l'intrusion de l'agent immobilier d'Amy. Le ton perforant de sa voix lui était revenu — autre symptôme de ce qui les avait tués. *Qu'est-ce que tu as encore fait ?* voilà en réalité ce qu'elle avait voulu demander... Non, ce qu'elle avait exigé de savoir. *Dans quel pétrin t'es-tu encore fourré ? Explique-toi.*

Il ferma les yeux et expira une fois de plus entre ses dents serrées avant de répondre. Puis il lui parla de John Shooter, de son soi-disant tapuscrit, de sa propre nouvelle. Amy déclara se souvenir parfaitement de « Sowing Season », mais n'avoir jamais entendu parler d'un John Shooter (ce n'était pas le genre de nom que l'on oubliait*, ajouta-t-elle, et Mort était enclin à la croire) de toute sa vie. En tout cas, elle ne l'avait jamais rencontré.

« Tu en es bien sûre ? insista Mort.

— Absolument. » Elle paraissait s'irriter des doutes de Mort. « Je te le répète, je n'ai rencontré personne comme ça, depuis que nous sommes séparés. Et avant que tu me dises encore de réfléchir avant de parler, permets-moi d'ajouter que j'ai un souvenir très clair d'à peu près tout ce qui est arrivé depuis ce moment-là. »

---

* « Shooter » signifie « tireur ». (*N.d.T.*)

Elle se tut, et il se rendit compte qu'elle venait de parler avec effort, ressentant probablement une réelle souffrance. Ce qu'il y avait de mesquin et méchant en lui s'en réjouit. Mais le reste de ce qu'il était — l'essentiel —, loin de s'en réjouir, fut dégoûté de sentir qu'il y avait au fond de lui-même quelque chose capable de tirer une satisfaction de sa douleur. Cette réaction du Mort noble et généreux était néanmoins sans effet sur le Mort mesquin. Ce dernier pouvait être mis en minorité, mais il paraissait insensible aux tentatives de l'autre Mort, le Mort majoritaire, pour se débarrasser de lui.

« Ted l'a peut-être vu », lança-il. Ted Milner était l'agent immobilier. Mort trouvait toujours dur à avaler qu'elle lui eût préféré un vendeur de baraques, et il supposait que cela aussi faisait partie du problème : que sa vanité blessée n'avait fait qu'aggraver les choses. Il n'allait tout de même pas prétendre, en particulier devant le tribunal de sa conscience, qu'il avait été blanc comme neige dans cette affaire, non ?

« Est-ce qu'il s'agit d'une plaisanterie ? » La voix d'Amy trahissait à la fois de la honte, du chagrin et de la méfiance.

« Non. » Il commençait de nouveau à se sentir fatigué.

« Ted n'est pas ici, reprit-elle. Il ne vient que rarement. C'est... c'est moi qui vais chez lui. »

Merci de partager ça avec moi, Amy, fut-il sur le point de répondre. Il se retint à temps. Comme il serait agréable d'avoir toute une conversation sans échanger d'accusations... Il ne la remercia donc pas du renseignement, il ne lui dit pas : « ça va changer », et surtout il ne lui demanda pas : « Mais bon Dieu qu'est-ce qui ne va pas, Amy ? »

Surtout pour la bonne raison qu'elle aurait pu lui retourner la question.

8

Elle lui avait suggéré d'appeler Dave Newsome, le constable de Tashmore — après tout, cet individu pouvait être dangereux. Mort lui répondit que ça ne lui paraissait pas nécessaire, en tout cas pas pour le moment, mais que si John Shooter revenait à la charge, il passerait un coup de fil à Dave. Après quelques derniers échanges polis et contraints, ils raccrochèrent. Il savait qu'elle était encore piquée au vif par sa suggestion indirecte que Ted aurait pu se trouver assis dans le fauteuil de Morty-chéri et dormir dans le lit de Morty-chéri, mais il ne savait pas, honnêtement, comment il aurait pu éviter de mentionner le nom de Ted Milner à un moment ou un autre. Le personnage faisait maintenant partie de la vie d'Amy, après tout. Et c'était lui, Mort, qu'elle venait d'appeler. Elle avait eu l'un de ses bizarres pressentiments et l'avait appelé, *lui*.

Mort atteignit l'endroit où le chemin fait un embranchement ; la branche de droite grimpait la pente raide qui conduit à Lake Drive. C'est celle-ci qu'il choisit, marchant lentement, tout au plaisir des couleurs de l'automne. Lorsqu'il arriva dans le dernier virage et en vue de la chaussée goudronnée de Lake Drive, il ne se sentit pas tellement surpris de découvrir le break poussiéreux aux plaques du Mississippi garé là, comme un chien souvent fouetté enchaîné à un arbre, non plus que la carcasse dégingandée de John Shooter appuyée contre l'aile avant, bras croisés sur la poitrine.

Mort se prépara à sentir son pouls s'accélérer et l'adrénaline affluer dans son organisme ; mais son cœur continua de battre normalement et ses glandes à ne sécréter que ce qui leur paraissait nécessaire, à savoir les doses ordinaires.

Caché depuis un moment derrière un nuage, le soleil reparut et les couleurs de l'automne, déjà éclatantes, donnèrent l'impression de flamboyer. Il vit se matérialiser sa propre ombre, sombre, allongée, nettement découpée. Le chapeau rond et noir de Shooter paraissait plus noir que jamais, sa chemise bleue plus bleue, et l'air était tellement limpide que l'homme semblait avoir été découpé aux ciseaux dans une réalité plus intense et vivante que celle que Mort connaissait en règle générale. Il comprit alors qu'il s'était trompé sur les raisons qu'il avait données de ne pas appeler Dave Newsome — qu'il avait autant menti à lui-même qu'à Amy. La vérité était qu'il tenait à traiter cette affaire en personne. *Ne serait-ce que pour me prouver qu'il y a des choses que je peux encore régler tout seul.*

Sur quoi il reprit son chemin en direction du sommet de la colline, où John Shooter l'attendait, appuyé contre sa voiture.

9

Sa promenade au bord du lac avait duré d'autant plus longtemps qu'il ne s'était pas pressé, et le coup de téléphone d'Amy n'était pas la seule chose à laquelle il avait pensé lorsqu'il s'était frayé un chemin autour d'un tronc d'arbre couché ou arrêté pour ramasser un caillou plat et faire des ricochets sur l'eau (enfant il arrivait à en faire une dizaine, alors qu'aujourd'hui quatre était son meilleur score). Il avait aussi réfléchi à la meilleure manière de contrer Shooter quand celui-ci reviendrait à la charge — si jamais il y revenait.

Il était exact qu'il avait ressenti une culpabilité passagère — et peut-être pas si passagère que ça — lorsqu'il avait constaté à quel point les deux histoires se ressemblaient, mais il avait fini par s'en débarrasser ; elle ne se réduisait plus qu'à la vague culpabilité générale que, supposait-il, devaient éprouver tous les auteurs de fiction, de temps en temps. Quant à Shooter lui-même, les seuls sentiments qu'il lui inspirait étaient l'ennui, la colère... et une certaine forme de soulagement. Il se sentait déborder d'une rage sans objet, et cela depuis des mois. Il était agréable d'avoir un bouc émissaire sur le dos duquel coller toute cette merde.

Mort avait entendu parler de cette vieille scie selon laquelle, si quatre cents singes attachés à quatre cents machines à écrire tapaient dessus au hasard pendant quatre millions d'années, l'un d'eux finirait par produire les œuvres complètes de Shakespeare. Il ne le croyait pas. Même si c'était vrai, John Shooter n'était pas un singe et n'avait pas vécu aussi longtemps, loin s'en faut, en dépit des profondes rides de son visage.

Shooter avait donc copié son histoire. Les raisons pour lesquelles il avait choisi « Sowing Season » étaient au-delà des capacités de déduction de Mort Rainey, mais il savait que les choses s'étaient passées ainsi : la possibilité d'une coïncidence étant exclue, il savait fichtrement bien que, si lui-même l'avait volée dans la Grande Banque à Idées de l'Univers, il ne l'avait en tout cas pas dérobée à M. Shooter, du Grand Etat du Mississippi.

Où donc Shooter l'avait-il copiée ? Mort pensait que là se trouvait la question la plus importante ; ses chances de démontrer que Shooter était un mystificateur et un faussaire se dissimulaient peut-être dans la réponse à cette question.

Il n'y en avait que deux possibles, « Sowing Season » n'ayant été publiée que deux fois, la première dans la revue *Ellery Queen's Mystery Magazine*, et la deuxième dans le recueil *Everybody Drops the Dime*. Les dates de publication des nouvelles figurent en général avec les copyrights, au début du livre, et cette disposition avait été respectée pour le recueil. Il avait vérifié, et constaté que la première publication datait du numéro de juin 1980 de *EQMM*. *Everybody Drops the Dime*, de son côté, avait été publié par St Martin Press en 1983. On avait procédé à de nouveaux tirages depuis — tous en livre de poche, sauf un — mais cela n'avait aucune importance. Les dates importantes étaient 1980 et 1983... Il avait l'espoir que ce fait, qui n'est en général remarqué que par les avocats des maisons d'édition, était passé inaperçu aux yeux de Shooter.

C'est donc en espérant que le paysan du Mississippi aurait considéré comme acquis (à l'instar de la plupart des lecteurs) qu'une histoire qu'il lisait dans un recueil était auparavant inédite, que Mort s'approcha de l'homme et s'arrêta devant lui, au bord du chemin.

10

« Vous avez certainement eu le temps de lire mon histoire, depuis hier. » Shooter s'était exprimé du même ton que s'il avait parlé de la pluie et du beau temps.

« Oui. »

L'homme acquiesça gravement. « J'imagine que ça a dû vous dire quelque chose, non ?

— Sans aucun doute, répondit Mort, ajoutant d'un ton négligeant : Et quand l'avez-vous écrite ?

— J'étais sûr que vous me le demanderiez. » Il eut un petit sourire entendu, mais n'ajouta plus rien. Il gardait les bras croisés, les mains à plat contre ses flancs, sous les aisselles. Il avait l'air d'un homme qui se satisferait pleinement de rester où il se trouvait pour le reste de ses jours, ou du moins jusqu'au moment où le soleil passerait au-dessous de l'horizon et cesserait de lui chauffer le visage.

« Eh bien, évidemment, continua Mort sur le même ton indifférent. Il le faut bien, vous comprenez. Lorsque deux types arrivent avec la même histoire, c'est une affaire sérieuse.

— Sérieuse, opina Shooter d'un ton de voix profondément méditatif.

— Et la seule manière de voir clair dans un cas comme celui-ci, continua Mort, et de découvrir qui a copié qui, consiste à déterminer lequel des deux l'a écrite le premier. » Il continua de regarder sans ciller les yeux bleu porcelaine de Shooter. Un peu plus loin, une mésange pépia d'un ton affairé dans un fourré puis se tut. « N'êtes-vous pas d'accord ?

— Je suppose que si. Je suppose que c'est pour cette raison que j'ai fait tout ce chemin depuis le Mississippi. »

Mort entendit le grondement d'un véhicule qui s'approchait. Ils se tournèrent tous deux dans cette direction, et le quatre-quatre de Tom Greenleaf apparut au sommet de la colline la plus proche, entraînant derrière lui un cyclone miniature de feuilles mortes. Tom, un natif de Tashmore vigoureux et au teint hâlé, âgé de soixante-dix ans passés, était le gardien de la plupart des maisons, de ce côté-ci du lac, dont Greg Carstairs n'avait pas la charge. Tom leva la main au passage pour le saluer ; Mort lui rendit son bonjour. Shooter retira une main de dessous son bras et leva le pouce en direction de Tom d'un geste amical qui, d'une manière obscure, trahissait de très nombreuses années passées à la campagne, et le nombre incalculable de fois où il avait salué les conducteurs de camionnettes, de tracteurs, de faneuses et de moissonneuses de ce même geste désinvolte. Puis, lorsque se fut éloigné le quatre-quatre de Tom, il remit sa main à la même place et se retrouva les bras croisés. Tandis que les feuilles bruissaient en retombant sur la route, son regard patient, fixe, presque éternel, revint une fois de plus vers le visage de Morton Rainey. « De quoi parlions-nous, déjà ? dit-il, avec une sorte de douceur.

— Nous nous efforcions d'établir la question de l'antériorité, dit Mort. Ce qui signifie...

— Je sais ce que cela signifie, le coupa Shooter avec un regard dont le calme se doublait d'une pointe de léger mépris. Je sais que je porte des frusques de bouseux, et ça fait peut-être bien un bouseux de moi, mais pas nécessairement un bouseux *stupide*.

— En effet, admit Mort. Mais ce n'est pas parce qu'on est intelligent que l'on est *nécessairement* honnête, non plus. En fait, je crois même que la tendance irait à l'inverse.

— C'est exactement ce que j'aurais pu dire en pensant à vous, si je vous avais connu avant », répliqua sèchement Shooter. Mort se sentit rougir. Il n'appréciait guère de se faire mettre en boîte, et cela ne lui arrivait que rarement, mais c'était pourtant ce que Shooter venait de faire avec l'aisance décontractée d'un tireur expérimenté au pigeon d'argile.

Son espoir de piéger Shooter s'évanouit — pas complètement, mais il s'en fallait de peu. Intelligence et ruse n'étaient pas la même chose, mais Mort commençait à se dire que l'homme possédait l'une et l'autre. Il n'y avait cependant aucune raison de faire traîner les choses. Il ne tenait nullement à rester plus qu'il ne le fallait dans la compagnie de Shooter. Bizarrement, il avait attendu cette confrontation avec impatience, une fois sûr qu'elle serait inévitable, peut-être simplement parce qu'elle constituait une rupture dans une routine déjà ennuyeuse et désagréable. Il voulait maintenant en terminer. Il n'était plus aussi sûr que Shooter était fou — pas complètement, en tout cas — mais en revanche, il commençait à le croire peut-être dangereux. Il était si fichtrement implacable ! Il décida d'employer sa botte secrète et d'en finir : assez tergiversé.

« Quand avez-vous écrit votre histoire, Monsieur Shooter ?

— Mon nom n'est peut-être pas Shooter, répondit l'homme, l'air légèrement amusé. Qui sait si ce n'est pas simplement un nom de plume ?

— Je vois. Quel est votre véritable nom ?

— Je n'ai pas dit que ça ne l'était pas — j'ai dit " peut-être ". De toute façon, ça ne vous regarde pas. » Il s'exprimait avec sérénité, donnant l'impression de s'intéresser davantage à un nuage solitaire qui dérivait lentement dans le vaste ciel bleu en direction du soleil déclinant.

« D'accord, mais la date à laquelle vous avez écrit cette histoire me regarde.

— Je l'ai écrite il y a sept ans », dit-il sans cesser d'étudier le nuage — lequel frôlait le soleil et commençait à se franger d'or. « En 1982. »

Bingo. Vieux salopard rusé ou non, il a quand même foncé droit dans le piège. Il a trouvé l'histoire dans le recueil de nouvelles, évidemment. Et étant donné qu'il est sorti en 1983, il s'est dit que toute date antérieure pouvait être bonne. T'aurais dû lire la page des copyrights, mon vieux.

Il s'attendait à éprouver un sentiment de triomphe, mais rien ne vint. Seulement une impression diffuse de soulagement à l'idée qu'il pourrait envoyer ce cinglé se faire joyeusement voir sans autre forme de procès. Il n'en restait pas moins curieux ; telle est la malédiction de la gent écrivante. Par exemple, pourquoi avoir choisi cette histoire-ci, une histoire tellement différente de son inspiration habituelle, tellement atypique ? Et si le type voulait l'accuser de plagiat, pourquoi sélectionner une obscure nouvelle alors qu'il aurait pu tout aussi bien contrefaire le même genre de manuscrit presque identique à partir d'un best-seller comme *The Organ-Grinder's Boy*? Voilà qui aurait été juteux ; tandis que *ça*, c'était presque une plaisanterie.

Sans doute se taper tout un roman aurait été trop de travail, pensa Mort.

« Pourquoi avoir attendu si longtemps ? demanda-t-il. Mon livre a été publié en 1983, il y a six ans. Bientôt sept.

— Parce que je ne savais pas. » Il quitta le nuage des yeux et tourna vers l'écrivain ce regard déconcertant de léger mépris qu'il avait déjà eu. « Un homme comme vous, un homme dans votre genre, ça s'imagine que tout le monde le lit, en Amérique, et peut-être tout le monde dans les autres pays où il est publié.

— Je ne me fais pas ce genre d'illusion, croyez-moi, répliqua Mort sèchement à son tour.

— Mais ce n'est pas vrai », continua Shooter, qui ignora la réponse de Mort. Il parlait toujours sur le même ton parfaitement monocorde et d'une effrayante sérénité. « Pas vrai du tout. Ce n'est qu'au milieu du mois de juin que je l'ai lue. Ce mois de juin. »

Mort eut envie de rétorquer : *Tiens donc ! Eh bien, figurez-vous, mon vieux, que je n'avais jamais vu ma femme au lit avec un autre avant le milieu du mois de mai !* Est-ce que cela désarçonnerait Shooter, s'il disait à voix haute quelque chose de ce genre ?

Il regarda le visage de l'homme et décida que non. La sérénité s'était évanouie dans ces yeux bleu porcelaine comme s'évanouit la brume du matin, par une journée qui s'annonce caniculaire. Shooter avait maintenant l'air d'un prédicateur fondamentaliste qui s'apprête à déverser, sur ses ouailles tremblantes et tête baissée, des charretées d'infernales imprécations. Pour la première fois, Mort Rainey eut réellement peur de l'homme. Il n'en était pas moins en colère. La pensée qu'il avait eue vers la fin de leur première rencontre lui revint à l'esprit : frousse ou pas, il n'allait tout de même pas rester sans rien faire devant ce type qui l'accusait de vol — en particulier maintenant qu'il venait lui-même de lui donner la preuve de la fausseté de cette accusation.

« Laissez-moi deviner, dit Mort. Un type comme vous est sans doute trop délicat dans le choix de ses lectures pour s'intéresser au genre de merdes que j'écris. Vous vous en tenez à des auteurs comme Marcel Proust ou Thomas Hardy, pas vrai ? Le soir, après la traite des vaches, vous allumez l'une de ces bonnes vieilles lampes de campagne au kérosène, vous la posez au milieu de la table de la cuisine, laquelle est bien entendu recouverte d'une nappe à carreaux rouges et blancs bien de chez nous, et vous relisez quelques pages de *Tess* ou de *A la recherche du temps perdu*. Pendant le week-end, vous vous laissez peut-être aller à des choses un peu plus faciles et sortez un Erskine Caldwell ou un Annie Dillard. C'est l'un de vos amis qui vous a rapporté que j'avais copié la nouvelle que vous aviez si patiemment et honnêtement élaborée. C'est bien ça, non, Monsieur Shooter ? Ou Monsieur Je-ne-sais-qui ?

— Pas du tout. Je n'ai pas d'amis. » Shooter avait parlé du ton neutre de quelqu'un qui constate simplement un fait. « Pas d'amis, pas de femme, pas de famille. Je possède une petite propriété à environ trente kilomètres au sud de Perkinsburg, et j'ai en effet une nappe à carreaux sur la table de la cuisine, comme vous dites. Par contre, j'ai l'électricité. Je ne sors la lampe à kérosène que pendant les tempêtes, lorsque la ligne est coupée.

— Très content pour vous. »

Shooter ignora le sarcasme. « Je tiens la ferme de mon père et je l'ai agrandie grâce à un peu d'argent venu de ma grand-mère. J'ai effectivement un troupeau de vaches, environ vingt laitières, vous aviez aussi raison là-dessus, et le soir, j'écris des histoires. Je suppose que vous vous servez d'un de ces ordinateurs avec un écran et tout le bazar ; moi je me contente d'une vieille machine à écrire portable. »

Il se tut, et pendant un moment, on n'entendit plus que le froissement sec des feuilles dans la légère brise de fin d'après-midi qui venait de se lever.

« Pour ce qui est de la manière dont j'ai découvert que votre histoire était la même que la mienne, je n'ai eu besoin de personne. Voyez-vous, j'avais envisagé de vendre la ferme. Je me disais qu'avec un peu d'argent, je pourrais écrire le jour, l'esprit encore frais, au lieu d'être obligé d'attendre le soir. L'agent immobilier de Perkinsburg voulait me faire rencontrer un gars de Jackson qui possède de nombreuses fermes d'élevage laitier dans le Miss'ippi. Je déteste conduire plus de quinze ou vingt kilomètres de suite — ça me fiche mal à la tête, en particulier lorsqu'il faut rouler en ville, là où tous les cinglés sont lâchés — et j'ai donc pris l'autocar. Au moment d'y monter, je me suis rendu compte que je n'avais rien emporté à lire. Et j'ai horreur d'un long voyage en bus sans quelque chose à lire. »

Mort se rendit compte qu'il acquiesçait involontairement. Lui aussi détestait voyager, que ce fût en car, en train, en avion ou comme passager en auto, sans quelque chose à lire et quelque chose de plus substantiel que le journal du matin.

« Il n'y a pas de station de bus à Perkinsburg — le Greyhound s'arrête juste cinq minutes au Rexall, c'est tout. J'étais déjà à la porte et attaquais la première marche lorsque je me suis rendu compte que je n'avais rien. J'ai demandé au chauffeur de m'attendre et il m'a répondu qu'il en avait rien à foutre, qu'il était déjà en retard et qu'il redémarrait dans trois minutes, montre en main. Si j'étais dans le bus à ce moment-là, parfait, sinon je pouvais lui baiser le cul la prochaine fois qu'on se rencontrerait. »

Il parle comme un conteur, pensa Mort. *Un vrai conteur, bon Dieu.* Il aurait bien voulu oublier cette idée — elle n'était pas des meilleures à avoir pour le moment — mais il n'y arriva pas.

« Alors, j'ai couru dans le drugstore. Vous savez, dans le Rexall de Perkinsburg, ils ont de ces vieux présentoirs à livres de poche, de ceux qui tournent sur eux-mêmes, comme dans le petit magasin général, pas loin d'ici.

— Des tourniquets. »

Shooter acquiesça. « C'est ça. Bref, j'ai pris le premier qui me tombait sous la main. Ça aurait pu être la Bible en poche, vu que j'ai même pas regardé la couverture. Mais pas du tout. C'était votre livre de nouvelles, *Everybody Drops the Dime*. Et pour autant que je sache, toutes ces nouvelles sont de vous. Sauf une. »

Faut arrêter ce type tout de suite. Il est en train de se monter la tête et la vapeur commence à lui sortir par les naseaux. Faut arrêter ça tout de suite.

Mais il découvrit qu'il n'en avait pas envie. Shooter était peut-être bien un écrivain. Il en possédait deux des principales vertus : il racontait l'histoire que vous aviez envie d'entendre jusqu'à la fin, même si l'on se faisait une idée assez juste de ce que serait cette fin, et il était tellement merdeux que l'odeur était insoutenable.

Au lieu de lui balancer ce qu'il aurait dû, à savoir que même si Shooter (et il fallait une furieuse imagination pour se figurer ça) disait la vérité, lui, Mort, avait écrit cette misérable histoire deux ans auparavant, il répondit : « Vous avez donc lu " Sowing Season " dans le car Greyhound lorsque vous êtes allé à Jackson vendre votre ferme, en juin dernier.

— Non. En fait, je l'ai lu au retour. J'ai vendu la ferme et j'ai repris le Greyhound avec un chèque de soixante mille dollars dans la poche. J'avais lu une demi-douzaine d'histoires à l'aller. Peux pas dire que je les ai trouvées extraordinaires, mai ça faisait passer le temps.

— Merci. »

Shooter l'étudia brièvement. « Ce n'était pas vraiment un compliment.

— Comme si je ne m'en doutais pas. »

L'homme réfléchit quelques instants puis haussa les épaules. « Toujours est-il que j'en ai lu deux autres sur le chemin du retour... et puis celle-ci. Mon histoire. »

Il regarda le nuage, maintenant transformé en une masse aérienne dorée et scintillante, puis reporta les yeux sur Mort. Son visage exprimait toujours aussi peu de passion, mais l'écrivain comprit soudain qu'il s'était complètement fourvoyé lorsqu'il avait cru que Shooter jouissait le moindrement de la paix et de la sérénité. Il avait été trompé par le contrôle impitoyable que l'homme exerçait sur lui-même pour se retenir d'étrangler Morton Rainey avec ses mains nues. Aucune passion ne se lisait sur son visage, mais dans ses yeux, en revanche, brillait la fureur la plus profonde et la plus sauvage que Mort eût jamais vue. Il comprit qu'en prenant ce chemin, il s'était peut-être précipité vers ce qui pouvait être sa propre mort. En face de lui se tenait un homme suffisamment fou — fou et furieux, oui, fou furieux — pour tuer.

« Je suis surpris que personne ne vous en ait fait la remarque — cette histoire ne ressemble en rien aux autres. » La voix de Shooter gardait son ton uni, mais Mort y sentait les intonations d'un homme qui déploie des efforts prodigieux pour ne pas frapper, poignarder, étrangler, peut-être ; les intonations d'un homme qui sait qu'il n'aurait besoin, pour franchir la ligne qui sépare parler de tuer, que d'entendre sa propre voix commencer à s'élever en spirales vers les registres de la colère et de la frustration ; les intonations d'un homme qui sait combien il serait mortellement facile de se faire justice soi-même.

Mort se sentit soudain comme un homme prisonnier d'une pièce sombre dans laquelle s'entrecroisent des fils, fins comme des cheveux et reliés à des bâtons de dynamite. Il avait de la peine à admettre que, quelques instants auparavant, il se fût cru maître de la situation. Ses problèmes — Amy, son impuissance à écrire — se réduisaient maintenant à des traits secondaires, dans un paysage sans importance. En un sens, ils avaient même tout à fait cessé d'être des problèmes. Il n'en avait plus qu'un, maintenant, rester en vie suffisamment longtemps pour pouvoir retourner chez lui et voir le soleil passer sous l'horizon.

Il ouvrit la bouche, puis la referma. Il n'osait rien dire, pour le moment. Rien. La pièce était pleine de fils invisibles.

« Je suis *très* surpris », répéta Shooter de cette voix lourdement égale qui lui faisait maintenant l'effet d'une hideuse parodie de calme.

Mort s'entendit dire : « Ma femme... ma femme ne l'a pas aimée. Elle m'a dit que ça ne ressemblait à rien de ce que j'avais écrit jusqu'ici.

— Comment êtes-vous tombé dessus ? demanda Shooter avec lenteur et sauvagerie. C'est ça et pas autre chose que je veux savoir. Comment un trou du cul d'écrivain qui fait plein de fric comme vous a-t-il pu débarquer dans une cambrousse comme Perkinsburg pour me voler ma foutue histoire ? J'aimerais savoir aussi *pourquoi*, à moins que vous n'ayez aussi volé les autres, mais pour le moment, je me contenterai du comment. »

Tant de monstrueuse mauvaise foi ranima brusquement toute la colère de Mort, comme une soif qui n'a pas été apaisée. Il oublia qu'il se trouvait sur Lake Drive, seul avec ce fou furieux débarqué de son Mississippi.

« Laissez tomber, dit-il d'un ton rude.

— Laisser tomber ? demanda Shooter avec un regard de stupéfaction embarrassée. Laisser tomber ? Qu'est-ce que vous voulez dire, laisser tomber ?

— Vous avez dit que vous avez écrit votre histoire en 1982. Je crois avoir écrit la mienne à la fin de 1979. Je ne peux pas me rappeler la date exacte, mais je sais qu'elle a été publiée pour la première fois dans le numéro de juin 1980 d'un magazine. Je vous bats de deux années, Monsieur Shooter ou Monsieur Trucmuche. Si quelqu'un a le droit de faire du ramdam et de crier au plagiat, c'est bien moi. »

Mort ne vit pas exactement l'homme bouger. A un moment donné ils se tenaient à côté de la voiture de Shooter, se fusillant du regard ; l'instant suivant, Mort se retrouvait collé contre la portière du conducteur, les mains de Shooter lui écrasant le haut des bras, son front pressé contre le sien. Entre ces deux positions, il n'y avait eu que la sensation brouillée d'être saisi et bousculé.

« Vous mentez ! » gronda Shooter. Une bouffée sèche d'haleine parfumée à la cannelle parvint à l'écrivain.

— Tu parles, si je mens », fit Mort en s'arc-boutant pour repousser le poids de l'homme.

Celui-ci était fort, certainement plus fort que Mort Rainey ; mais ce dernier était plus jeune et il pouvait s'adosser à la vieille bagnole bleue pour pousser. Il réussit à faire lâcher prise à Shooter, qui trébucha en arrière de deux ou trois pas.

Ça va être ma fête, maintenant, pensa Mort. Bien qu'il ne se fût pas battu depuis les bagarres du cours moyen, dans la cour de récré, il se sentait l'esprit clair et nullement paniqué, à son grand étonnement. *Nous allons nous foutre sur la gueule à cause de cette connerie d'histoire à la gomme. Eh bien, d'accord ; de toute façon, je n'avais rien d'autre à faire aujourd'hui.*

Mais cela ne se passa pas ainsi. Shooter leva les mains ; il vit qu'il avait les poings serrés... et il se força à les ouvrir. Mort sentit l'effort que l'homme s'imposait pour réendosser sa carapace de contrôle, et en éprouva une sorte de terreur admirative. Shooter porta l'une de ses paumes ouvertes à la bouche et s'essuya les lèvres, très lentement et délibérément.

« Prouvez-le, dit-il.

— Très bien. Revenez avec moi à la maison. Je vous montrerai la date du copyright sur la première page du livre.

— Non, dit Shooter. Le livre, je m'en fiche. Je m'en fiche complètement. Montrez-moi l'*histoire*. Montrez-moi le magazine dans laquelle se trouve l'histoire, pour que je puisse vérifier moi-même.

— Je n'ai pas le magazine ici. »

Il était sur le point d'ajouter autre chose, mais Shooter leva la tête vers le ciel et émit un bref aboiement de rire. Un bruit aussi sec que celui d'une hache qui fend du petit bois. « Bien entendu », dit-il. La fureur continuait à flamboyer dans ses yeux, mais il paraissait de nouveau maître de lui. « Je l'aurais parié, que vous ne l'aviez pas.

— Ecoutez-moi. D'habitude, nous ne venons dans cet endroit que pour les vacances d'été, ma femme et moi. J'ai des exemplaires de mes livres ici, ainsi que des éditions étrangères, mais j'ai aussi beaucoup publié dans des magazines ; des histoires, ainsi que des articles et des essais. Ces revues se trouvent à notre domicile habituel, c'est-à-dire à Derry.

— Alors qu'est-ce que vous fichez ici ? »

Mort lut dans son regard un mélange d'incrédulité et d'exaspérante satisfaction : manifestement, Shooter s'était attendu à une manœuvre dilatoire de ce genre, et dans son esprit, l'écrivain faisait justement cela. Ou essayait.

« Je suis ici parce que — mais au fait, comment avez-vous su que j'y étais ?

— Je n'ai eu qu'à regarder au dos du livre que j'ai acheté », répondit Shooter. Mort comprit et, frustré, fut sur le point de se donner une claque sur le front. Evidemment. Il y avait une photo de lui sur la quatrième de couverture de *Everybody Drops the Dime*, aussi bien dans l'édition normale que dans celle en livre de poche. C'est Amy qui l'avait prise, et le cliché était excellent. On voyait la maison à mi-distance et le lac Tashmore dans le fond. La légende disait simplement : *Morton Rainey chez lui, dans le Maine occidental.* Shooter était donc venu dans le Maine occidental sur la foi de ce document et n'avait pas dû avoir besoin de faire la tournée de beaucoup de bistrots ou de drugstores, dans le coin, avant de se faire dire par quelqu'un : « Mort Rainey ? Bon Dieu, oui ! Il habite à Tashmore. C'est un ami à moi, en fait ! »

Voilà au moins qui répondait à une question.

« Je suis ici parce que ma femme et moi venons de divorcer. Le jugement date de quelques jours. Elle est restée à Derry. Une autre année, vous n'auriez trouvé personne ici. »

L'homme vrilla Mort du regard.

« Je vous aurais trouvé même si vous aviez déménagé au Brésil.

— Je vous crois. Malgré tout, vous vous trompez. Ou vous essayez de m'avoir. Je vais vous faire la faveur de croire qu'il ne s'agit que d'une erreur, parce que vous me paraissez sincère...

Oh, bon Dieu, oui !

— ... mais j'ai publié cette histoire deux ans avant la date à laquelle vous dites l'avoir écrite. »

Mort aperçut l'éclair de folie briller un bref instant dans l'œil de Shooter, puis il s'évanouit. Pas complètement éteint pour autant, mais maté pour le moment. Comme un dresseur de chiens materait une bête particulièrement mauvaise.

« Vous dites que ce magazine est à votre autre domicile ?

— Oui.

— Et que l'histoire est dedans ?

— Oui.

— Et que la date de ce magazine est juin 1980 ?

— Oui. »

Au début, Mort avait senti croître son impatience, d'autant que des silences prolongés et songeurs avaient séparé les questions, mais maintenant, il reprenait un peu espoir ; on aurait dit que l'homme essayait de digérer la vérité de ce qu'il lui avait dit... une vérité, pensa Mort, que « John Shooter » devait avoir connue depuis le début, car la quasi-identité des deux histoires excluait toute possibilité de coïncidence. L'écrivain s'en tenait toujours fermement à cette version, à ceci près qu'il se demandait maintenant si Shooter n'aurait plus, par hasard, aucun souvenir conscient de son plagiat. Car l'homme était manifestement fou.

Il n'avait plus tout à fait aussi peur qu'au moment où il avait vu pour la première fois la haine et la fureur danser dans les yeux de Shooter, comme les reflets d'un embrasement que rien ne peut éteindre. Lorsqu'il l'avait poussé, l'homme avait trébuché et Mort songea qu'en cas de combat, il pourrait probablement lui tenir tête... voire même avoir le dessus.

Il valait toutefois mieux ne pas en arriver là. D'une manière insolite et biscornue, il commençait à se sentir un peu désolé pour Shooter.

Le cher homme, néanmoins, poursuivait son inquisition, inébranlable.

« Cette autre maison, celle qui appartient maintenant à votre femme, elle se trouve aussi dans le Maine ?

— Oui.

— Elle y est, en ce moment ?

— Oui. »

Le silence se prolongea davantage, cette fois. D'une certaine manière, Shooter lui faisait penser à un ordinateur ayant à faire face à une surcharge d'informations. Finalement il ajouta : « Je vous donne trois jours.

— C'est trop généreux de votre part ! » répliqua Mort.

Shooter retroussa sa longue lèvre supérieure sur des dents trop bien rangées pour ne pas être un dentier commandé par correspondance. « Vous auriez tort de ne pas me prendre au sérieux, fiston. Je fais de mon mieux pour ne pas me mettre en colère, et je ne m'en sors pas si mal, mais-

— Ça alors, c'est la meilleure ! explosa Mort. Et moi, donc ? C'est incroyable ! Vous débarquez de je ne sais où et lancez de but en blanc l'accusation la plus grave que l'on puisse lancer à l'encontre d'un écrivain, et quand je vous dis que j'ai la preuve ou que vous vous trompez ou que vous racontez un foutu mensonge, vous vous félicitez d'être capable de ne pas vous mettre en colère ! Mais c'est incroyable ! »

Shooter plissa les paupières, ce qui lui donna une expression rusée. « La preuve ? je ne vois pas de preuve, moi. Vous parlez, vous parlez, mais ce n'est pas une preuve, ça.

— Je vous l'ai dit ! cria Mort, pris d'un sentiment d'impuissance, comme s'il essayait de boxer contre des toiles d'araignée. Je vous ai *tout* expliqué ! »

Shooter regarda longuement Mort, puis se tourna et se pencha à l'intérieur de son véhicule, par la vitre baissée.

« Qu'est-ce que vous faites ? » demanda l'écrivain, la voix tendue. C'était *maintenant* qu'il sentait l'adrénaline fouetter son organisme, le préparant à combattre ou à s'enfuir... probablement à s'enfuir, si Shooter sortait le gros fusil de chasse que son imagination lui faisait déjà voir.

« Je prends mes cigarettes, c'est tout. Pas la peine de pisser dans votre falzar. »

Lorsqu'il se dégagea de la voiture, il tenait un paquet rouge de Pall Mall à la main : il venait de les prendre sur le tableau de bord. « Vous en voulez une ?

— J'ai les miennes », répliqua Mort d'un ton plutôt boudeur. Il sortit le vieux paquet de L & M de la poche de sa chemise de flanelle.

Chacun alluma la sienne.

« Si nous continuons comme ça, on va finir par se battre, dit finalement Shooter, et je ne veux pas.

— Bon Dieu, moi non plus !

— Une partie de vous, si », le contredit Shooter. Il continuait d'observer Mort à travers ses paupières plissées, avec toujours cette expression de paysan madré. « Il y a une partie de vous-même qui ne demande que ça. Mais je ne crois pas que ce soit juste moi et mon histoire qui vous donnent envie de vous bagarrer. Il y a une autre abeille qui vous tourmente sous votre couverture, et *ceci* rend *cela* plus difficile. Une partie de vous a envie de se battre, mais ce que vous ne comprenez pas est que si nous commençons à nous sauter dessus, ça ne se terminera que par la mort de l'un de nous deux. »

Mort chercha sur le visage de son interlocuteur des signes

trahissant son besoin d'exagérer et n'en découvrit aucun. Une impression de froid se coula soudain le long de son épine dorsale. « C'est pourquoi je vais vous donner trois jours. Vous appellerez votre ex, et vous lui demanderez de vous envoyer le magazine avec la nouvelle en question, si ce magazine existe. Et je reviendrai. Ce magazine n'existe pas, évidemment ; je crois que nous le savons tous les deux. Mais je crois aussi que vous avez besoin de réfléchir longtemps et à fond. »

Il regardait Mort avec une déconcertante expression de pitié sévère.

« Vous n'avez jamais cru qu'on vous attraperait un jour, n'est-ce pas ? demanda-t-il. Non, vous ne l'avez jamais cru.

— Si je vous montre le magazine, est-ce que vous me ficherez la paix ? » Mort parlait davantage pour lui-même qu'à l'intention de Shooter. « Je crois que ce que je veux vraiment savoir, c'est si ça en vaut la peine. »

Shooter ouvrit brusquement la portière de sa voiture et se glissa derrière le volant. Mort trouvait inquiétante la vitesse à laquelle l'homme se déplaçait. « Trois jours. Utilisez-les comme vous voulez, Monsieur Rainey. »

Il lança le moteur. Il tournait avec le halètement bas caractéristique de soupapes ayant besoin d'un bon rodage, et l'odeur âpre de l'huile qui montait du vieux pot d'échappement polluait l'air de cette fin d'après-midi. « Juste, c'est juste, correct, c'est correct. La première chose, c'est vous coincer de telle manière que vous vous rendiez compte que je vous tiens vraiment, et que vous ne pouvez pas vous tirer en douce de ce merdier, comme vous avez probablement dû toujours le faire pendant toute votre vie. La première chose. »

Il regarda Mort, le visage inexpressif, par la vitre ouverte.

« La seconde chose, ajouta-t-il, est la véritable raison de ma venue.

— Et c'est quoi ? » s'entendit demander Mort. Bizarre et rien moins que rageant, mais la sensation de culpabilité recommençait à l'envahir sournoisement, comme s'il avait réellement commis l'acte dont l'accusait ce cinglé de cul-terreux.

« Nous en reparlerons », répondit Shooter en passant une vitesse sur son vieux tacot. « En attendant, réfléchissez un peu à ce qui est juste et à ce qui est correct.

— Vous êtes cinglé ! » lui cria Mort, mais Shooter roulait déjà sur Lake Drive, en direction du carrefour où la voie donnait sur la Route 23.

Il suivit le véhicule du regard jusqu'à ce qu'il eût disparu puis revint à pas lents vers la maison. Il se sentait l'esprit de plus en plus vide au fur et à mesure qu'il s'en rapprochait. La rage et la peur avaient disparu. Il avait froid, il était fatigué et il éprouvait la nostalgie d'un foyer qui n'existait plus et qui, commençait-il à croire, n'avait jamais existé.

11

Le téléphone commença à sonner alors qu'il était à mi-chemin de l'allée qui reliait la maison à Lake Drive par une pente raide. Mort se mit à courir, non sans se douter qu'il n'y arriverait pas, mais courant tout de même, se maudissant pour sa réaction insensée. Parlez-moi donc du chien de Pavlov !

Il avait ouvert la porte-moustiquaire et tripotait maladroitement la poignée de la porte intérieure lorsque le téléphone se tut. Il entra, referma le battant derrière lui et regarda l'appareil, posé sur une petite table ancienne qu'Amy avait dégottée au marché aux puces de Mechanic Falls. Il n'eut pas de peine à imaginer, sur le coup, le téléphone lui rendant son regard avec une impatience mécanique étudiée : *Ne me demandez rien, patron. Je ne fabrique pas les nouvelles, je ne fais que les transmettre.* Il songea qu'il devrait s'acheter l'un de ces appareils enregistreurs... ou peut-être pas. Lorsqu'il y réfléchissait sérieusement, il devait s'avouer que le téléphone n'était pas son gadget préféré. Si les gens voulaient vraiment vous joindre, ils rappelaient forcément.

Il se prépara un sandwich et un bol de soupe, pour se rendre compte finalement qu'il n'en avait pas envie. Il se sentait seul, malheureux et quelque peu contaminé par la démence de John Shooter. Il ne fut pas tellement surpris de constater que la somme de ces impressions était une envie de dormir. Il commença à couver le canapé des yeux.

Bon, d'accord, lui murmura une voix intérieure. *N'oublie pas cependant que si tu peux courir, tu ne peux pas te cacher. Ce merdier sera toujours présent à ton réveil.*

On ne peut plus vrai, mais en attendant, le merdier en question serait évanoui, pfuit ! comme ça. La seule chose que l'on puisse porter définitivement au crédit des solutions à court terme est qu'elles sont mieux que rien. Il décida d'appeler à la maison (son esprit persistait à dire « la maison » lorsqu'il pensait à son ancien domicile de Derry, et il soupçonnait qu'il mettrait longtemps à changer), de demander à Amy de trouver l'exemplaire de « Sowing Season » et de le lui envoyer par courrier express. Après quoi il irait se vautrer sur le canapé pendant deux petites heures. Il se réveillerait vers sept heures, retournerait ragaillardi dans son bureau, et écrirait de nouvelles conneries.

Et avec une attitude pareille, tu n'écriras en effet que des conneries, lui reprocha la voix intérieure.

« Va te faire foutre », répliqua Mort. L'un des rares avantages de vivre seul, pour autant qu'il pût en juger, était de pouvoir se parler à voix haute sans que personne se demande si vous êtes fou ou quoi.

Il décrocha le combiné et composa le numéro de Derry. Il entendit les cliquetis habituels des liaisons à longue distance, puis le plus irritant de toute la gamme des bruits téléphoniques : dah-dah-dah — occupé. Amy parlait à quelqu'un, et quand Amy était pendue au téléphone, la conversation pouvait durer des heures. Des jours, même.

« Oh, et puis merde ! » s'écria Mort, qui reposa si sèchement le combiné sur la fourche que l'appareil tinta.

Bon, et maintenant, mon petit bonhomme ?

Il aurait évidemment pu appeler Isabelle Fortin, qui habitait de l'autre côté de la rue ; mais l'effort lui parut soudain démesuré, sans compter que ça lui cassait les pieds. Isabelle s'était déjà si profondément impliquée dans leur divorce qu'elle était prête à faire n'importe quoi. En plus, il était déjà cinq heures passées et le paquet ne pourrait commencer son voyage par les canaux de la poste, en réalité, que demain matin, quelle que soit l'heure à laquelle Amy le déposerait. Il essaierait de la rappeler plus tard, ce soir, et s'il tombait encore sur une ligne occupée (qui sait, toujours avec le même correspondant), il appellerait Isabelle et lui laisserait le message. Pour le moment, le chant de sirène qui montait du canapé, dans le séjour, était trop fort pour qu'il y résistât.

Mort sortit la prise du téléphone — la personne qui l'avait appelé un instant auparavant attendrait un peu plus longtemps, voilà tout — et se rendit dans l'autre pièce.

Il disposa les oreillers comme d'habitude, un sous son cou, un sous sa tête, et regarda en direction du lac, sur lequel se couchait le soleil, à l'autre extrémité d'une spectaculaire allée dorée. *Je ne me suis jamais senti aussi seul ni dans un état aussi horrible de toute ma vie*, pensa-t-il avec une certaine stupéfaction. Puis ses paupières s'abaissèrent avec lenteur sur ses yeux légèrement injectés de sang, et Mort Rainey, à qui il restait encore à découvrir toute l'horreur de ce qui se passait, s'endormit.

12

Il rêva qu'il était en classe.

Une classe qu'il connaissait bien, sans qu'il sût pour quelle raison. Il se trouvait en compagnie de John Shooter. Celui-ci tenait un sac en papier kraft d'épicerie au creux d'un bras. Il y prit une orange et se mit à la faire sauter dans sa main, l'air songeur. Il regardait dans la direction de Mort, mais pas Mort lui-même ; il paraissait fixer quelque chose derrière l'épaule de l'écrivain. Mort se tourna ; il vit un mur de parpaing, un tableau noir ainsi qu'une porte dont le panneau supérieur était en verre dépoli. Au bout d'un moment, il put décrypter ce qui était écrit, à l'envers pour lui, sur ce panneau.

BIENVENUE À L'ÉCOLE DES COUPS DURS

lisait-on. Le texte du tableau était plus facile à déchiffrer :

SOWING SEASON
Nouvelle de Morton Rainey

Soudain, quelque chose siffla à l'oreille de Mort, le manquant de peu. L'orange. Mort eut un geste de recul, et elle s'écrasa contre le tableau noir, où elle éclata avec un bruit répugnant de fruit pourri, maculant de ses débris ce qui était écrit là.

Il se tourna vers Shooter. *Arrêtez ça !* cria-t-il d'une voix furieuse et mal assurée.

Shooter plongea de nouveau la main dans le sac en papier. *Qu'est-ce qu'il y a ?* demanda-t-il de sa voix calme et sévère. *Etes-vous incapable de reconnaître une orange sanguine quand vous en voyez une ? Quel genre d'écrivain êtes-vous donc ?*

Il en jeta une deuxième qui éclaboussa de violet le nom de Mort avant de dégouliner lentement le long du tableau et du mur.

Arrêtez ! hurla Mort, mais Shooter, implacable, continua de puiser sans se presser dans le sac. Ses doigts longs et calleux s'enfoncèrent dans la peau de l'orange qu'il en sortit et du sang, sous la forme de fines gouttelettes, commença à sourdre.

Arrêtez ! Arrêtez ! Je vous en prie, arrêtez ! Je le reconnais, je reconnaîtrai tout ce que vous voudrez, tout, si vous arrêtez ! Tout ce que vous voudrez si-

13

« Vous arrêtez, si vous arrêtez- »

Il tombait.

Mort empoigna le rebord de sa couche juste à temps pour s'épargner une chute qui n'aurait probablement rien eu d'agréable sur le sol du séjour. Il roula vers le fond du canapé et resta ainsi pendant un moment, agrippé à son oreiller, tremblant, s'efforçant de recoller les lambeaux de son rêve.

Une histoire de salle de classe, d'oranges sanguines, non, de sang, et d'école des coups durs. Même cela s'évanouissait, comme le reste. Et pourtant le rêve avait été réel, quel qu'il eût été, bien trop réel.

Finalement il ouvrit les yeux, mais il n'y avait à peu près rien à voir ; il avait dormi bien au-delà du coucher du soleil. Il était pris d'une horrible raideur, en particulier à la nuque, et il commença à se dire qu'il avait dû dormir au moins quatre heures, sinon cinq. Il se rendit d'un pas prudent jusqu'à l'interrupteur, réussissant pour une fois à ne pas se cogner à la table à café octogonale à plateau de verre (il la soupçonnait d'être à demi vivante, et de se déplacer légèrement pendant la nuit afin de mieux lui taper dans les tibias). Puis il retourna dans le vestibule pour tenter de rappeler Amy. Il regarda sa montre : dix heures et quart. Il avait dormi plus de cinq heures.

... Ce n'était pas la première fois. Et il n'aurait même pas à en souffrir, en passant la moitié de la nuit à se retourner dans son lit. A en juger par ses expériences passées, il s'endormirait dès que sa tête aurait touché l'oreiller.

Il décrocha le combiné, resta un moment intrigué par son silence, puis se rappela qu'il avait arraché le foutu croc de l'engin. Il tira le fil entre ses doigts jusqu'à la prise, se tourna pour le brancher... et s'immobilisa. D'où il se tenait, par la petite fenêtre, à la gauche de la porte, il voyait une partie du porche de derrière, celui où le mystérieux et désagréable M. Shooter avait laissé son manuscrit sous un caillou, hier. Il distinguait également l'abri à poubelles ; il y avait quelque chose dessus — ou plutôt, deux quelque chose. Un truc blanc, un truc noir. Le truc noir lui faisait une sale impression ; pendant une fraction de seconde, il crut même qu'une araignée géante se tenait tapie là.

Il laissa retomber le cordon du téléphone et ouvrit précipitamment la lumière extérieure. Il se passa un certain temps — combien de temps, il n'aurait su le dire et ça ne l'intéressait pas — pendant lequel il fut incapable d'un seul mouvement.

Le truc blanc était une feuille de papier à machine, de format commercial, parfaitement ordinaire. Le dessus de l'abri à poubelles avait beau se trouver à cinq bons mètres de lui, les mots avaient été écrits en grandes lettres et il les déchiffra facilement. Il pensa que Shooter avait dû se servir soit d'un crayon très gras, soit d'un fusain de dessinateur. N'OUBLIEZ PAS, VOUS AVEZ 3 JOURS. JE NE PLAISANTE PAS.

Le truc noir, c'était Bump. Apparemment, Shooter lui avait cassé le cou avant de le clouer sur le toit de l'abri avec un tournevis pris dans le propre atelier de Mort.

14

Il ne se rendit pas compte du moment où il réussit à rompre la paralysie qui le clouait sur place. A un moment donné, il se tenait pétrifié dans le vestibule, à côté du téléphone, les yeux fixés sur ce pauvre vieux Bump avec ce manche de tournevis qui avait l'air d'avoir poussé au milieu de sa poitrine, là où il avait une touffe de fourrure blanche — son bavoir, comme l'appelait Amy. L'instant suivant il se trouvait sous le porche, l'air frisquet de la nuit transperçant sa chemise fine, et s'efforçait de regarder dans six directions différentes à la fois.

Il s'obligea à s'arrêter. Shooter devait être parti depuis longtemps. C'est pour cette raison qu'il avait laissé le mot. Et ce n'était pas le genre de fou à vouloir jouir du spectacle de Mort en proie à des sentiments de peur et d'horreur. Un fou certes, mais tombé d'un autre arbre. Il s'était simplement servi de Bump contre Mort, comme un paysan se sert d'une barre à mine pour éliminer un rocher récalcitrant dans son champ. Rien de personnel là-dedans : juste un boulot qu'il fallait faire.

Puis il pensa aux yeux de Shooter, l'après-midi, et frissonna violemment. Non, c'était bel et bien personnel. On ne peut plus personnel.

« Il croit que je l'ai fait », murmura Mort dans la nuit froide du Maine. Les mots sortirent de sa bouche émiettés par le claquement de ses dents. « Ce foutu salopard croit vraiment que je l'ai fait. »

Il s'approcha de l'abri à poubelles et sentit son estomac jouer au yo-yo. Une sueur froide vint inonder son front, et il ne fut pas sûr d'être capable de faire ce qu'il fallait. Rejetée loin vers la gauche, la tête de Bump présentait une grotesque expression interrogative. Ses dents, petites, nettes et effilées, étaient découvertes. Il y avait un peu de sang autour de la tige du tournevis à l'endroit où il s'enfonçait dans la

(*bavette*)

fourrure, mais pas beaucoup. Bump était un chat amical ; il n'avait pas dû s'enfuir lorsque Shooter s'en était approché, se dit Mort en essuyant la mauvaise sueur qui perlait à son front. Il avait pris le chat dans ses bras, lui avait cassé le cou entre ses doigts comme on casse le bâtonnet d'un esquimau, puis il l'avait cloué sur le toit en pente de l'abri, tout cela pendant que Mort Rainey dormait, sinon du sommeil du juste, du moins de celui de l'inconscient.

L'écrivain froissa la feuille de papier qu'il fourra dans une poche, puis posa la main sur le chat. Le corps, qui n'était ni raide ni complètement froid, bougea un peu. Mort sentit son estomac se soulever une nouvelle fois, mais il se força à saisir le manche en plastique jaune de son autre main et à tirer.

Il jeta le tournevis sur le porche et tint le pauvre Bump dans sa main droite, comme une poignée de chiffons. Le mouvement de yo-yo de son estomac avait atteint son amplitude maximum, maintenant. Il souleva l'un des deux couvercles qui formaient le dessus de l'abri à poubelles, et le fixa au crochet qui évitait que la lourde planche ne retombât sur la tête ou les bras de quelqu'un déposant des ordures. Trois poubelles s'alignaient à l'intérieur. Mort ôta le couvercle de celle du milieu, et déposa doucement le corps de Bump à l'intérieur. Il gisait sur un sac de papier fort vert olive, comme une étole de fourrure.

Mort se sentit pris d'une fureur soudaine contre Shooter. S'il avait surgi dans l'allée à cet instant-là, Mort l'aurait chargé sans hésiter, jeté à terre et étranglé s'il avait pu.

Doucement — voilà que ça te gagne.

Possible. Et il s'en fichait peut-être. Ce n'était pas seulement le fait que Shooter eût tué le seul compagnon de sa solitude, dans cette maison isolée ; c'était d'avoir accompli son geste pendant que Mort dormait, et de telle manière que ce pauvre vieux Bump était devenu un objet de répulsion, quelque chose qui donnait envie de vomir.

Et pis que tout, il avait été obligé de jeter son brave chat dans une poubelle, comme n'importe quel débris sans valeur.

Je l'enterrerai demain. Là-bas, dans ce coin de terre meuble sur la gauche de la maison. En face du lac.

Oui, mais Bump allait passer la nuit dans ce lieu indigne, une poubelle, et tout ça parce qu'un type — une espèce de cinglé et un beau salopard — traînait dans le coin, furieux contre Mort à cause d'une nouvelle à laquelle l'écrivain n'avait même pas pensé depuis cinq ans ou à peu près. Cet homme était fou, et par conséquent Mort craignait d'enterrer Bump de nuit, au cas où Shooter serait dans les parages.

J'ai envie de le tuer. Et si ce fumier m'asticote encore, je crois que je risque d'essayer. Vraiment.

Il retourna à l'intérieur, claqua la porte et mit le verrou. Puis il fit systématiquement le tour de la maison, verrouillant portes et fenêtres. Cela fait, il retourna à la fenêtre qui donnait sur le porche, dans l'entrée, et contempla l'obscurité, pensif. Il apercevait le tournevis sur les planches et le trou noir et rond que la pointe avait laissé dans le couvercle de l'abri, lorsque Shooter l'avait enfoncée.

Tout d'un coup, il se souvint qu'il avait essayé de joindre Amy.

Il rebrancha le téléphone, composa rapidement le numéro qu'il connaissait si bien et qui était synonyme de foyer, et se demanda s'il allait parler de Bump à Amy.

Il y eut un long silence anormal, après les cliquetis préliminaires habituels. Il était sur le point de raccrocher lorsqu'un *clic* plus fort — brutal, même — se produisit, suivi d'une voix mécanique l'avertissant que le numéro qu'il venait d'appeler n'était plus en service.

« Merveilleux, grommela-t-il. Qu'est-ce que tu as bien pu fabriquer, Amy ? Tu t'en es tellement servi qu'il a fini par casser ? »

Il reposa le combiné, se faisant à l'idée qu'il allait devoir appeler Isabelle Fortin ; mais pendant qu'il s'efforçait de se souvenir de son numéro, le téléphone se mit à sonner sous sa main.

Il ne s'était pas rendu compte à quel point il était à cran jusqu'à cet instant-là. Il émit un petit cri étranglé et recula d'un pas, laissant tomber l'appareil sur le sol et manquant de peu de trébucher contre le foutu banc qu'Amy avait acheté pour le mettre à côté de la petite table, un banc que personne, y compris Amy, n'utilisait jamais.

Sa main virevolta, s'accrocha aux étagères de livres, et il ne tomba pas. Puis il ramassa le téléphone et s'écria : « Allô ? C'est toi, Shooter ? » Car en ce moment, alors que l'univers tout entier paraissait vouloir se mettre lentement mais sûrement sens dessus dessous, il ne pouvait imaginer que quelqu'un d'autre voulût l'appeler.

« Mort ? » C'était Amy, prête à hurler. Il connaissait très bien ce ton, qu'il avait eu le loisir d'étudier au cours des deux dernières années de leur mariage. Frustration ou fureur — plutôt fureur. « Mort, c'est bien toi ? Pour l'amour du ciel, Mort ! Mort ?

— Oui, c'est moi, répondit-il soudain gagné par la fatigue.

— Mais où étais-tu passé, bon sang ? Cela fait trois heures que j'essaie de te joindre ! *Trois heures !*

— Je dormais.

— Tu as enlevé la prise. » Elle avait le ton de voix déprimé et accusateur de quelqu'un qui a déjà vécu ça. « On peut dire que tu as bien choisi ton moment, l'artiste.

« J'ai essayé de t'appeler vers cinq-

— J'étais chez Ted.

— Eh bien, il y avait pourtant quelqu'un là-bas. Peut-être-

— Qu'est-ce que tu veux dire, il y avait quelqu'un ? rétorqua-t-elle. *Qui* donc était là ?

— Mais bon Dieu, comment veux-tu que je le sache, Amy ? C'est toi qui es à Derry, tu te souviens ? Toi Derry, moi Tashmore. Tout ce que je sais, c'est que la ligne était occupée lorsque j'ai essayé de t'appeler. Si tu étais chez Ted, alors je suppose qu'Isabelle-

— Je suis *toujours* chez Ted, le coupa-t-elle d'une voix étrangement plate. Et je crois que je vais y rester pas mal de temps, que ça te plaise ou non. Quelqu'un a fichu le feu à notre maison, Mort. Elle a brûlé jusqu'au plancher. » Et brusquement, Amy éclata en sanglots.

15

Il était tellement obnubilé par John Shooter que sa réaction immédiate, tandis qu'il se tenait, hébété, dans le vestibule de la dernière maison restante des Rainey, l'écouteur vissé à l'oreille, fut de se dire que c'était lui l'incendiaire. Mobile ? Mais bien sûr, monsieur l'inspecteur. Il a brûlé la maison, un édifice victorien restauré valant environ 800 000 dollars, tout cela pour se débarrasser d'un magazine. Pour être précis, le numéro de juin 1980 du *Ellery Queen's Mystery Magazine*.

Mais était-ce possible ? Sûrement pas. Il y avait plus de cent soixante kilomètres entre Derry et Tashmore ; or le corps de Bump était encore chaud et souple, le sang autour du tournevis poisseux et pas encore desséché.

En se dépêchant-

Oh ! laisse tomber, veux-tu ? A ce train-là tu ne vas pas tarder à rendre Shooter responsable de ton divorce et à te dire que si tu dors seize heures par jour, c'est parce qu'il a mis du somnifère dans ta bouffe. Et ensuite ? Tu pourras te mettre à envoyer des lettres aux journaux pour dire que le caïd américain de la drogue est un certain John Shooter de Bled-pommé, au fond du Mississippi. Qu'il a tué Jim Hoffa et que c'est lui, le deuxième tireur dans l'assassinat de Kennedy, en 1963. D'accord, ce type est cinglé... Mais crois-tu sérieusement qu'il aurait fait cent soixante kilomètres et foutu le feu à ta satanée maison juste pour détruire un magazine ? En particulier, dans la mesure où il doit y en avoir des tas d'autres exemplaires disséminés un peu partout aux Etats Unis ? Soyons sérieux.

Tout de même... en se dépêchant...

Non, c'était ridicule. Mais, songea tout d'un coup Mort, il n'allait pas être en mesure de lui exhiber sa foutue preuve, du coup, n'est-ce pas ? A moins que...

Le bureau était tout au fond de la maison, dans ce qui avait été autrefois un grenier au-dessus d'une remise.

« Amy, commença-t-il.

— C'est tellement horrible ! sanglota-t-elle. J'étais chez Ted lorsque Isabelle a appelé... Elle a dit qu'il y avait au moins quinze voitures de pompiers... des lances à eau... une foule... des badauds... des curieux... Tu sais combien j'avais horreur que les gens viennent se planter devant la maison pour la regarder, même quand elle ne brûlait pas... »

Il dut se mordre les joues pour contenir le rire sauvage qu'il sentait monter en lui. La chose la plus cruelle aurait été de rire en ce moment, sans aucun doute, car effectivement il *savait*. Son succès d'écrivain, après plusieurs années difficiles, avait été pour lui une récompense immense ; il avait parfois l'impression d'avoir trouvé son chemin dans une jungle dangereuse, où la plupart des autres aventuriers périssaient, et remporté un fabuleux trophée en réussissant. Si au début Amy avait été contente pour lui, le revers de la médaille était amer pour elle : impression de perdre son identité non seulement comme personne privée, mais aussi comme personne *séparée*.

« Oui », dit-il aussi doucement que possible, sans cesser de se mordre les joues pour contenir le rire qui le chatouillait. Ce qui l'amusait était l'humour involontaire de sa phrase, mais elle ne le comprendrait pas ainsi. Elle avait si souvent mal interprété son rire, au cours de ces années ! « Oui, je sais, mon chou. Dis-moi ce qui s'est passé.

— Quelqu'un a mis le feu à notre maison, voilà ce qui s'est passé ! cria-t-elle au milieu de ses sanglots.

— Elle a entièrement brûlé ?

— Oui. Elle est complètement perdue, d'après le chef des pompiers. » Elle hoqueta et s'efforça de reprendre le contrôle d'elle-même, mais une nouvelle rafale de sanglots la secoua. « Complète-te-tement p-per-perdue !

— Même mon bureau ?

— C'est l-là que ça a com-commencé, dit-elle avec un reniflement. En tout cas, c'est ce que p-pense le chef des pompiers. Et ça concorde avec ce que Patty a vu.

— Patty Champion ? »

Les Champion possédaient la maison voisine des Rainey, sur la droite ; les deux terrains étaient séparés par une haie d'ifs qui s'était épaissie avec les années.

« Oui. Une seconde, Mort. »

Il l'entendit se moucher bruyamment, et lorsqu'elle revint en ligne, elle lui parut un peu remise. « Patty était en train de promener le chien. Un peu après la tombée de la nuit. Elle est passée devant notre maison et elle a vu une voiture garée sous notre portique. Puis elle a entendu une sorte de fracas à l'intérieur, et elle a vu du feu par la grande fenêtre de ton bureau.

— Est-ce qu'elle a vu le genre de voiture que c'était ? » demanda Mort. Une sensation désagréable lui monta du creux de l'estomac. Plus il mesurait l'étendue de la catastrophe, plus l'affaire John Shooter perdait de son importance. Ce n'était pas simplement le foutu numéro de juin 1980 de EQMM qui était en cause ; mais aussi tous ses tapuscrits, *tous*, ceux qui avaient été publiés comme ceux qui étaient inachevés, la plupart de ses premières éditions, ses éditions étrangères, les doubles de ses articles.

Mais ce n'était que le début. Ils avaient perdu leur bibliothèque, soit quelque chose comme quatre mille volumes. Tous les vêtements d'Amy avaient dû brûler, si les dommages étaient aussi importants qu'elle le disait, et les meubles anciens qu'elle avait rassemblés (parfois avec son aide, mais seule, la plupart du temps) devaient être réduits en cendres. Ses bijoux et leurs papiers personnels, polices d'assurance et ainsi de suite, ne devaient pas avoir souffert (le coffre-fort dissimulé dans le placard, sous l'escalier, était supposé résister à un incendie) mais des tapis turcs, il ne restait sans doute qu'un magma carbonisé, et des quelque mille vidéo-cassettes, des coulures ignobles de plastique... sans parler de son équipement audio-visuel... de ses vêtements... de leurs photos — des milliers...

Seigneur Jésus ! Et la première chose à laquelle il avait pensé était le foutu magazine !

« Non. » Amy répondait à la question qu'il venait de poser et que lui avait presque fait oublier la prise de conscience de l'énormité de leur perte. « Non, elle n'a pas pu dire quel genre de voiture c'était. Elle a dit que quelqu'un avait dû lancer un cocktail Molotov ou quelque chose comme ça. A cause de la manière dont les flammes ont jailli juste après le bruit du verre qui se brisait. Elle a dit qu'elle s'était alors engagée dans l'allée, et qu'elle avait vu la porte de la cuisine s'ouvrir. Un homme est sorti en courant. Bruno s'est mis à aboyer, mais Patty a eu peur et s'est accrochée à la laisse. Le chien tirait si fort qu'elle a failli lâcher.

L'homme est monté dans la voiture et a fait démarrer le moteur. Il a mis les phares, et Patty a dit qu'elle ne voyait presque plus rien, qu'elle était aveuglée. Elle a mis la main devant les yeux, et la voiture a bondi de dessous le portique... c'est ce qu'elle a dit... elle a été obligée de s'aplatir contre notre barrière de devant en tirant de

toutes ses forces sur la laisse de Bruno, sans quoi l'homme l'aurait
écrasé. Puis il s'est engagé dans la rue, à toute vitesse.

— Et elle n'a pas pu voir quel genre de voiture c'était ?

— Non. Tout d'abord parce qu'il faisait noir, et ensuite, quand les
flammes ont commencé à éclairer la fenêtre, parce qu'elle a été
aveuglée par les phares. Elle est repartie en courant chez elle pour
appeler les pompiers. Isabelle a dit qu'ils étaient venus vite, mais tu
sais que notre maison était vieille, et que... et que... le bois sec brûle
vite... surtout si on met de l'essence dessus... »

Oui, il le savait. Vieille, sèche, toute en bois, la maison était un rêve
d'incendiaire. Mais qui ? Si ce n'était pas Shooter, qui donc ? La
terrible nouvelle, venue couronner les événements de cette journée
comme un hideux dessert à la fin d'un abominable repas, avait
presque complètement paralysé toute pensée rationnelle en lui.

« Il a dit qu'on avait dû se servir d'essence... le chef des pompiers,
je veux dire... il est arrivé le premier, puis la police est arrivée après et
n'a pas arrêté de poser des questions, Mort, surtout à ton sujet... sur
des ennemis que tu aurais pu te faire... des ennemis... et j'ai dit que je
ne pensais pas que tu en avais... des e-ennemis... J'ai essayé de
répondre à toutes leurs questions.

— Je suis sûr que tu as fait du mieux que tu as pu », dit-il
doucement.

Elle continua comme si elle n'avait pas entendu, par longues
phrases, sans reprendre sa respiration, comme un télégraphiste
transmettant les nouvelles au fur et à mesure qu'elles tombent sur sa
machine. « Je ne savais même pas comment leur dire que nous étions
divorcés... et évidemment, ils ne le savaient pas... c'est finalement
Ted qui le leur a appris... Mort... la Bible de ma mère... elle était sur la
table de nuit, dans la chambre... Il y avait des photos de ma famille
dedans... et... et c'était la seule chose... la seule chose d'elle que j'a-a-
avais... »

Sa voix se perdit dans de pitoyables sanglots.

« Je vais venir demain matin, dit-il. Si je pars à sept heures, je peux
arriver à neuf heures et demie. Peut-être même à neuf heures,
maintenant qu'il n'y a plus autant de circulation qu'en été. Où vas-tu
passer la nuit ? Chez Ted ?

— Oui, répondit-elle avec un reniflement. Je sais que tu ne l'aimes
pas, Mort, mais je ne sais pas ce que j'aurais fait sans lui ce soir...
Comment j'aurais pu faire face à tout ça... tu sais... toutes ces
questions...

— Alors je suis content qu'il ait été là », dit-il fermement. Il trouva le calme de sa voix, son ton *civilisé* proprement stupéfiants. « Occupe-toi de toi. As-tu tes pilules ? » Elle avait une ordonnance pour des tranquillisants, depuis six ans, mais elle n'en prenait que pour les voyages en avion... ou, se rappelait-il, si elle avait un rôle public à jouer. De ceux qui réclament la présence du Conjoint Officiel.

« Non, elles étaient dans l'armoire à pharmacie, répondit-elle d'un ton lugubre. Ça ne fait rien, je ne suis pas énervée. J'ai juste mal au cœur. »

Mort faillit lui dire qu'il ne devait pas y avoir beaucoup de différence, mais préféra s'abstenir.

« J'arrive dès que possible. Si tu crois que je peux être utile à quelque chose en venant dès maintenant...

— Non, répondit-elle. Où se rencontrer ? Chez Ted ? »

Sans y être invité, un souvenir se présenta soudain à son esprit : sa main qui tenait le passe de la femme de chambre. Qui la faisait tourner dans la serrure. La serrure de la chambre du motel. Il vit la porte qui s'ouvrait. Il vit les deux visages étonnés au-dessus du drap, celui d'Amy à gauche, celui de Ted Milner à droite. Le sommeil avait ravagé son brushing, et il ressemblait à Alflafa, personnage ébouriffé d'une vieille bande dessinée. De le surprendre ainsi, avec ses mèches tire-bouchonnées, Mort lui avait trouvé, pour la première fois, l'air bien réel. Il avait vu leur consternation et leurs épaules nues. Et soudain jaillit cette phrase dans son esprit : *Une femme qui peut vous voler votre amour quand cet amour est tout ce que vous avez...*

« Non, dit-il, pas chez Ted. Que dirais-tu du petit café sur Witcham Street ?

— Préfères-tu que je vienne seule ? » Elle ne donnait pas l'impression d'être en colère... mais d'être prête à se mettre en colère. *Comme je la connais bien, tout de même*, pensa-t-il. *Chacun de ses mouvements, chaque accentuation de sa voix, chaque tour de phrase. Et comme elle doit bien me connaître...*

« Non, viens avec Ted. Ça ira très bien. » Pas très bien, mais il survivrait.

« Neuf heures trente, alors. (Il comprit qu'elle se détendait un peu.) Chez Marchman.

— C'est le nom du café ?

— Oui. Marchman's Restaurant, exactement.

— D'accord. Neuf heures trente, ou un peu plus tôt. Si j'arrive le premier, je ferai une marque à la craie sur la porte.

— Et si c'est moi la première, je l'effacerai », répliqua-t-elle comme d'habitude, sans hésiter. Ils rirent un peu tous les deux. Mort trouva cela douloureux. Ils se connaissaient bien, d'accord. N'était-ce pas à cela que devaient aboutir tant d'années passées ensemble ? Et n'était-ce pas pour cette raison que cela faisait si mal de découvrir que, non seulement, ces années *pouvaient* s'achever, mais qu'elles l'étaient vraiment ?

Il repensa soudain à la note coincée sous l'un des bardeaux désajusté de l'abri à poubelles. N'OUBLIEZ PAS, VOUS AVEZ 3 JOURS. JE NE PLAISANTE PAS. Il songea bien à avouer. *J'ai moi aussi quelques petits ennuis par ici, Amy,* puis se dit qu'il n'allait pas ajouter encore cela à la liste de ses malheurs. C'était son problème, pas celui de son ex-femme.

« Si c'était arrivé plus tard, tu aurais pu au moins sauver tes manuscrits. Rien qu'à l'idée de tout ce que tu as perdu, Mort... Si seulement tu t'étais procuré ces tiroirs ignifugés, il y a deux ans, quand Herb t'en a parlé, peut-être que-

— Je crois que ça n'a pas d'importance. J'ai ici le manuscrit de mon nouveau roman. (Rien de plus vrai. Quatorze pages merdiques et maladroites.) Au diable le reste. On se voit demain. Amy, je-

(t'aime)

Il referma les lèvres à temps. Ils étaient divorcés. Se pouvait-il qu'il l'aimât encore ? C'était quasiment de la perversité ! Et même si c'était vrai, avait-il le droit de le lui déclarer ?

« Tu ne peux pas savoir comme je suis désolé pour tout ça, dit-il à la place.

— Moi aussi, Mort, absolument désolée. » Elle se remit à pleurer. Il entendit quelqu'un — une femme, probablement Isabelle Fortin, qui tentait de la consoler.

« Essaie de dormir, Amy.

— Toi aussi, Mort. »

Il raccrocha. Tout d'un coup, la maison lui parut beaucoup plus silencieuse qu'au cours des autres soirées où il s'était retrouvé seul ; aucun bruit, sinon le vent qui murmurait dans les chéneaux et, très loin sur le lac, l'appel désolé d'un butor. Il sortit la note de sa poche et la relut. C'était le genre de chose qu'on était supposé garder pour la police. Le genre de chose, en fait, qu'on ne devait même pas toucher avant que la police l'ait photographié et tripoté dans tous les sens. C'était, roulez tambours, sonnez trompettes, une PIÈCE À CONVICTION.

Ouais, eh bien rien à foutre ! se dit Mort en la froissant de nouveau en boule. Pas de police. Dave Newsome, le constable du coin — c'est-à-dire un garde-champêtre vaguement gendarmisé — ne devait même pas se rappeler ce qu'il avait pris au petit déjeuner trois heures après, et il ne se voyait pas soumettre l'affaire au shérif du comté ou à la police de l'Etat. Après tout, on n'avait pas attenté à sa vie ; on avait tué son chat, lequel n'était pas une personne. Et après les dévastatrices nouvelles de l'incendie, John Shooter perdait tout d'un coup beaucoup de son importance. Un membre du club des Doux Dingues, avec une araignée dans le plafond — une grosse : il pouvait être dangereux... mais Mort se sentait de plus en plus enclin à tenter de régler ce problème lui-même, même si Shooter était dangereux. *En particulier* s'il était dangereux.

La maison de Derry prenait le pas sur John Shooter et les idées insensées de ce type. Elle prenait même le pas sur la question de savoir qui avait commis cet acte — Shooter, ou un autre demeuré avec un plein sac de rancunes ou un problème mental, voire les deux. La maison et aussi Amy, sans doute. Elle était manifestement très secouée, et ça ne leur ferait de mal ni à l'un ni à l'autre qu'il lui apportât tout le réconfort qu'il pourrait. Peut-être même qu'elle...

Mais il arrêta net toute spéculation sur ce qu'Amy pourrait éventuellement faire. Il ne voyait que souffrances et malheurs dans cette voie. Autant se persuader qu'elle lui était définitivement fermée.

Il gagna la chambre, se déshabilla et s'allongea, les mains derrière la tête. Le butor appela de nouveau, encore plus lointain, encore plus désespéré. Il songea que Shooter rôdait peut-être quelque part dans le secteur, son visage réduit à un cercle pâle sous son bizarre chapeau noir. Shooter était givré, et bien qu'il se fût servi de ses mains et d'un tournevis sur Bump, il ne fallait pas en déduire qu'il était sans arme à feu.

Mais Mort ne croyait pas que Shooter fût dans les parages, armé ou non.

Les coups de téléphone. Il va falloir que j'en passe au moins deux en allant à Derry. L'un à Greg Castairs et l'autre à Herb Creekmore. Il sera trop tôt pour les faire d'ici, si je dois partir à sept heures ; je pourrais m'arrêter aux cabines téléphoniques du péage d'Augusta...

Il se tourna sur le côté, non sans se dire qu'en fin de compte, il allait probablement mettre longtemps à s'endormir, ce soir... puis le sommeil roula sur lui comme une vague noire et paisible, et si quelqu'un vint l'espionner pendant qu'il dormait, il n'en eut pas conscience.

16

Son réveil sonna à six heures et quart. Il lui fallut une demi-heure pour enterrer Bump dans la partie sableuse, entre la maison et le lac ; à sept heures, il était en route, comme prévu. Il avait parcouru moins de vingt kilomètres et se dirigeait vers Mechanic Falls, trépidante métropole avec son unique usine de textile fermée en 1970, ses cinq mille âmes et son feu jaune clignotant au croisement des routes 23 et 7, lorsqu'il remarqua que la jauge à essence de la vieille Buick était dans la zone rouge, sans doute depuis un moment. Il s'arrêta à la station Chevron de Bill, se maudissant de ne pas avoir pensé à vérifier le niveau avant de partir — si jamais il avait passé Mechanic Falls sans s'apercevoir à quel point il était bas, il aurait été bon pour une longue marche à pied et n'aurait jamais été à l'heure à Derry.

Il alla à la cabine téléphonique tandis que le pompiste essayait de remplir le réservoir apparemment sans fond de la Buick. Il tira son carnet d'adresses délabré de sa poche-revolver et composa le numéro de Greg Carstairs. Il pensait pouvoir le joindre, à une heure aussi matinale.

« Allô ?

— Salut, Greg, c'est Mort Rainey.

— Salut, Mort. J'ai entendu dire que vous aviez des ennuis à Derry, non ?

— Oui. C'est passé aux informations ?

— Canal 5.

— De quoi ça avait l'air ?

— De quoi *quoi* avait l'air ? » répliqua Greg. Mort fit la grimace... mais quitte à l'apprendre de quelqu'un, autant que ce fût de Greg. Ancien hippie aux cheveux toujours longs, ce sympathique personnage s'était converti à une obscure secte religieuse — les swedenborgiens, peut-être — peu après Woodstock. Il avait une femme et deux enfants de sept et cinq ans, tous aussi relax que lui, d'après ce que Mort avait vu. On était tellement habitué au sourire léger mais permanent qui flottait sur les lèvres de Greg, qu'il avait l'air tout nu lors des rares occasions où il ne l'affichait pas.

« A ce point-là ?

— Oui, dit Greg simplement. Elle a dû s'envoler comme une fusée. Je suis désolé, Mort.

— Merci. Je viens de partir, et je vous appelle de Mechanic Falls. Pouvez-vous me rendre un service, pendant que je ne serai pas là ?

— Si c'est pour les bardeaux, je crois que-

— Non, pas les bardeaux. Quelque chose d'autre. Il y a un type qui vient me casser les pieds depuis deux ou trois jours. Un cinglé. Il prétend que je lui ai volé une histoire qu'il aurait écrite il y a six ou sept ans. Quand je lui ai dit que la mienne était antérieure de deux ans et que je pouvais le prouver, il est devenu furax. J'espérais plus ou moins qu'il me ficherait la paix, mais pas question. Hier au soir, pendant que je dormais, il a tué mon chat.

— Bump ? » Greg paraissait légèrement surpris, réaction équivalente à un rugissement de stupéfaction chez n'importe qui d'autre. Il a tué *Bump* ?

— Tout juste.

— En avez-vous parlé à Dave Newsome ?

— Non, et je n'en ai pas envie. Je veux régler ça moi-même, si je peux.

— Il n'a pas exactement l'air d'un pacifiste, votre type.

— Entre tuer un chat et tuer un homme, il y a tout de même une grande différence, et je crois que je me débrouillerai mieux que Dave.

— On peut pas dire que vous ayez complètement tort, admit Greg. Dave tourne un peu au ralenti depuis qu'il a eu ses soixante-dix ans. Qu'est-ce que je peux faire pour vous, Mort ?

— J'aimerais savoir où il crèche, pour commencer.

— Il s'appelle ?

— Je ne sais pas. Il y a marqué " John Shooter " sur la première page de son histoire, mais il a blagué là-dessus un peu plus tard, en disant qu'il s'agissait peut-être d'un pseudonyme. Je crois d'ailleurs que c'en est un. Il sonne comme un pseudonyme. De toute façon, je ne le vois pas s'enregistrer sous ce nom s'il est descendu dans un motel du coin.

— De quoi a-t-il l'air ?

— Il mesure plus d'un mètre quatre-vingts et doit avoir quarante ans et quelques. Il a plus ou moins une tête de loup de mer burinée — des rides autour des yeux et des plis de part et d'autre de la bouche qui lui descendent jusqu'au menton. »

Tandis qu'il parlait, le visage de John Shooter se mit à flotter dans sa tête, de plus en plus net, comme celui d'un esprit s'approchant du bord incurvé d'une boule de cristal. Mort sentit la chair de poule lui hérisser le dos des mains et eut un léger frisson. Une voix, quelque part en lui, ne cessait de lui murmurer qu'il commettait une erreur ou trompait délibérément Greg. Shooter était dangereux, indiscutablement. Il n'avait pas eu besoin de voir ce qu'il avait fait à Bump pour le savoir ; il l'avait lu dans ses yeux, hier après-midi. Pourquoi jouait-il au petit soldat, dans ce cas ?

Parce que, répondit une voix enfouie plus profondément, avec une sorte de menaçante fermeté. *Parce que, c'est tout.*

La première voix parla de nouveau, inquiète : *As-tu l'intention de lui faire du mal ? C'est ça, ton idée ? Veux-tu lui faire du mal ?*

Mais la voix la plus profonde ne répondit pas.

« C'est le portrait de la moitié des fermiers du coin, remarqua Greg, dubitatif.

— Attendez, il y a encore deux ou trois choses qui peuvent le faire remarquer. C'est un méridional pour commencer, avec un accent à couper au couteau. Il porte un grand chapeau noir — en feutre, je crois, avec une calotte ronde. Le genre de chapeaux que portent les hommes, chez les Amish.

— Les Amish ?

— Oui, vous devriez connaître. Une secte fondamentaliste du Sud. Et il conduit un vieux break Ford des années soixante, avec des plaques du Mississippi.

— D'accord, c'est mieux. Je vais demander autour de moi. S'il traîne dans le secteur, quelqu'un le saura bien. Les plaques des autres Etats se remarquent, à cette période de l'année.

— Je sais. (Une idée lui traversa soudain l'esprit.) Vous pourriez commencer par en parler à Tom Greenleaf. Je parlais avec ce Shooter, hier, sur Lake Drive, à moins d'un kilomètre au nord de chez moi. Tom est passé avec son quatre-quatre. Il nous a salués, et on lui a rendu son salut tous les deux. Tom doit l'avoir très bien vu.

— D'accord. Je le trouverai probablement chez Bowie vers dix heures, devant une tasse de café.

— Au fait, le type a été là, aussi. Je le sais, parce qu'il a fait allusion au tourniquet pour les livres de poche. Un modèle ancien.

— Et qu'est-ce que je fais, si je le repère ?

— Rien. Absolument rien. Je vous appellerai ce soir. Et demain soir, je devrais être de retour à Tashmore. Je ne vois pas très bien ce que je peux faire à Derry, à part farfouiller dans les cendres.

— Et Amy ?

— Elle a un type, répondit Mort, s'efforçant de prendre un ton dégagé, sans probablement y parvenir. Ce qu'Amy va faire dépend de ce qu'ils décideront tous les deux.

— Oh, pardon.

— N'y a pas de mal. » Mort regarda en direction des pompes et vit que l'homme avait fini de remplir le réservoir et entrepris de nettoyer son pare-brise. Un spectacle qu'il n'aurait pas pensé revoir de tout le reste de sa vie.

« Régler cette affaire vous-même... êtes-vous bien sûr que c'est ce que vous voulez faire ?

— Oui, je crois. »

Il hésitait, comprenant soudain ce qui devait se passer dans l'esprit de Greg ; si jamais il retrouvait l'homme au chapeau noir et que Mort eût à en pâtir, lui, Greg, se sentirait responsable.

« Ecoutez, Greg. Vous pourriez être présent pendant que je parlerai au type, si vous voulez.

— Oui, tout à fait, répondit Greg, soulagé.

— Ce qu'il veut, c'est une preuve, et il va falloir que je la lui donne.

— Mais vous avez dit que vous en aviez une ?

— En effet, mais on ne peut pas dire qu'il m'ait cru sur parole. Je crois que je vais devoir la lui coller sous le nez pour qu'il me fiche la paix.

— Ah ! fit Greg, qui resta un instant songeur. Ce type est vraiment cinglé, hein ?

— Vraiment.

— Eh bien, je vais voir si je peux le trouver. Téléphonez-moi ce soir.

— Entendu. Et merci beaucoup, Greg.

— N'en parlez même pas. Un changement, ça repose.

— C'est ce qu'on dit. »

Ils raccrochèrent, et Mort regarda l'heure. Il était déjà presque sept heures trente, encore trop tôt pour appeler Herb Creekmore, sauf à vouloir le tirer du lit ; mais ce n'était pas urgent à ce point. Un arrêt au péage d'Augusta suffirait. Il revint à la Buick, rangea son carnet d'adresses et prit son portefeuille. Il demanda au jeune pompiste combien il lui devait.

« Vingt-deux cinquante, avec la ristourne, répondit le jeune homme avec un air intimidé. Je me demandais si je ne pourrais pas avoir un autographe de vous, Monsieur Rainey ? J'ai tous vos livres. »

Cela lui fit penser de nouveau à Amy, et à quel point elle détestait les quémandeurs d'autographes. Mort ne les comprenait pas, mais il n'y voyait pas de mal. Pour elle, ils en étaient venus à représenter un aspect de son existence qu'elle avait de plus en plus en horreur. Les derniers temps, elle avait un mouvement de recul intérieur à chaque fois que quelqu'un posait cette question-là. Parfois, il avait presque eu l'impression de l'entendre penser : *Si tu m'aimes, pourquoi ne les envoies-tu pas au diable ?* Comme s'il avait pu. Son boulot était d'écrire des livres que des gens comme ce jeune pompiste auraient envie de lire... du moins voyait-il les choses ainsi. Et depuis qu'il avait réussi, on lui demandait des autographes.

Il griffonna son nom au dos d'un formulaire de carte de crédit pour le pompiste (lequel, après tout, avait nettoyé son pare-brise) et se dit que si Amy lui en avait voulu de faire quelque chose qui faisait plaisir aux gens (et c'était probablement cela, même si elle n'en avait pas eu conscience), il devait se supposer coupable. Mais ainsi était-il fait.

Juste était juste, et correct, correct, après tout.

Il remonta dans la Buick et démarra.

17

Il paya ses soixante-quinze *cents* au péage d'Augusta, puis alla se garer à proximité de cabines téléphoniques. La journée s'annonçait ensoleillée, fraîche et venteuse ; arrivant directement des plaines du sud-ouest sans obstacle pour l'arrêter, le vent était assez fort pour lui faire venir les larmes aux yeux. Il n'en jouissait pas moins de le sentir sur sa peau ; c'était tout juste s'il n'avait pas l'impression qu'il balayait la poussière accumulée dans sa tête, restée fermée et claquemurée trop longtemps.

Il se servit de sa carte de crédit pour appeler Herb Creekmore à New York — à l'appartement, pas au bureau. Herb ne se rendrait pas à l'agence littéraire de Mort Rainey — James & Creekmore —

avant une bonne heure, mais l'écrivain connaissait son agent depuis assez longtemps pour savoir qu'il avait probablement fini de prendre sa douche et devait boire son café pendant que la buée se dissipait sur le miroir de sa salle de bains ; après quoi il se raserait.

Pour la deuxième fois de suite, il eut de la chance. Herb répondit d'une voix qui n'avait pratiquement plus rien d'ensommeillé. *Je suis en veine, ce matin, ou quoi ?* se dit Mort, souriant sous la morsure du vent d'octobre. De l'autre côté de l'autoroute, il apercevait des hommes en train d'installer des barrières de neige, en vue de l'hiver que le calendrier annonçait pour bientôt.

« Salut, Herb. Je t'appelle d'une cabine téléphonique, au péage d'Augusta. Mon divorce vient d'être prononcé, ma maison de Derry vient de brûler jusqu'aux fondements hier au soir, un cinglé m'a tué mon chat, et il fait plus froid que dans la glacière de ma grand-mère. C'est fou ce qu'on se marre. »

Il ne se rendit compte de l'absurdité du catalogue de ses malheurs qu'après en avoir fait l'énumération à voix haute, et il faillit éclater de rire. Seigneur, oui, il faisait froid ici, mais est-ce qu'il ne se sentait pas bien ? Est-ce qu'il ne se sentait pas propre ?

« Mort ? » fit Herb d'un ton circonspect, comme un homme qui soupçonne une mystification.

— A ton service, mon vieux.

— C'est quoi, cette histoire de maison ?

— Je vais t'expliquer, mais je ne recommencerai pas deux fois. Prends des notes si tu veux, parce que j'ai prévu de retourner dans ma voiture avant de me transformer en bloc de glace ici. » Il commença par John Shooter et son accusation de plagiat. Il finit par la conversation qu'il avait eue avec Amy la veille.

Herb, qui avait souvent été l'invité du couple (et que leur séparation avait atterré, soupçonnait Mort), exprima sa surprise et sa tristesse pour ce qui était arrivé à la maison de Derry. Il demanda à Mort s'il avait une idée sur l'identité de l'incendiaire.

« Est-ce que tu soupçonnes ce type, Shooter ? demanda l'agent. Je comprends que le fait que le chat ait été tué peu avant ton réveil te fasse hésiter, cependant-

— Je crois que c'est techniquement possible, et je ne l'exclue pas complètement, dit Mort, mais j'en doute beaucoup. Peut-être parce que je n'arrive pas à me faire à l'idée qu'on puisse brûler une maison de vingt-quatre pièces simplement pour se débarrasser d'un exemplaire de revue. Mais surtout, aussi, parce que je l'ai rencontré. Il

croit vraiment que je lui ai volé son histoire, Herb. Il n'éprouve pas le
moindre doute, comprends-tu ? Son attitude, quand je lui ai dit que
j'en avais la preuve, a été : " Essaie donc, enfoiré, que je me marre un
peu. "

— Pourtant... tu as appelé la police, n'est-ce pas ?

— Ouais, ce matin. » Cett réponse était un peu malhonnête, mais
pas complètement fausse. Il avait bien téléphoné à quelqu'un, ce
matin. A Greg Castairs. Mais s'il avouait à Herb Creekmore, qu'il
visualisait parfaitement, assis dans le séjour de son appartement de
New York, en pantalon de tweed impeccable et en gilet de corps style
débardeur, qu'il avait l'intention de régler cette affaire lui-même avec
la seule aide de Greg, il était sûr que l'agent ne comprendrait pas.
Herb était un homme bon et un excellent ami, mais avec un côté très
stéréotypé : un Civilisé, version fin du vingtième siècle, urbain aux
deux sens du terme. Le genre d'homme qui croyait à la négociation, à
la méditation, à la médiation. Le genre d'homme qui croyait à la
discussion lorsque la raison était présente, et à la délégation
immédiate du problème à l'Autorité Compétente dès qu'elle était
absente. Pour Herb, l'idée qu'un homme devait parfois retrousser les
manches et faire ce qu'il avait à faire avait certes sa place... mais dans
les films avec Sylvester Stallone.

« Tu as bien fait. (Herb paraissait soulagé.) Tu as déjà assez de
problèmes comme ça sans avoir à t'inquiéter d'un cinglé sorti du
Mississippi. S'ils le trouvent, qu'est-ce que tu vas faire ? Déposer une
plainte pour harcèlement ?

— J'essaierai plutôt de le convaincre de rengainer ses accusations
et de les ramener dans son cher Mississippi. » Son optimisme et sa
bonne humeur, aussi injustifiés qu'ils fussent et pourtant bien réels,
persistaient néanmoins. Il se disait qu'il n'allait pas tarder à
s'effondrer, mais pour le moment, il n'arrivait pas à s'arrêter de
sourire. Il essuya son nez enchiffrené du revers de sa manche et
continua donc à garder l'air béat. Il avait oublié à quel point c'était
bon d'avoir le sourire aux lèvres.

« Comment vas-tu t'y prendre ?

— Avec ton aide, j'espère. Tu as bien tous mes trucs, non ?

— Oui, mais-

— Eh bien, tu n'as qu'à tirer le numéro de juin 1980 de *Ellery
Queen's Mystery Magazine* de tes tiroirs. C'est celui dans lequel se
trouve " Sowing Season ". A cause de l'incendie, je ne peux pas lui
sortir le mien, alors-

— Je ne l'ai pas, dit doucement Herb.

— Tu ne l'as pas ? » Mort cilla. Il ne s'était pas attendu à ça. « Comment ça, tu ne l'as pas ?

— Parce qu'en 1980, je n'étais pas encore ton agent, Mort. J'ai tout ce que que tu as publié par *mon* intermédiaire depuis 1982, mais ça, c'est une histoire que tu as vendue toi-même.

— Oh, merde ! » Mort revoyait le détail de la page des droits de « Sowing Season », dans *Everybody Drops the Dime*. Pour la plupart des autres nouvelles, il y avait écrit : « Reproduit avec la permission de l'auteur et des agents de l'auteur, James & Creekmore. » Mais pour « Sowing Season » (et deux autres histoires du recueil) on lisait : « Reproduit avec la permission de l'auteur. »

« Désolé, dit Herb.

— Evidemment, c'est moi qui l'ai envoyée en personne. Je me souviens d'avoir écrit la lettre d'information avant... C'est simplement que j'ai l'impression de t'avoir depuis toujours comme agent. » Il rit un peu et ajouta : « Sans vouloir te vexer.

— Ça n'a rien de vexant. Est-ce que tu veux que j'appelle *EQMM* ? Il doit leur rester des numéros dans leurs archives.

— Tu ferais ça ? Ce serait sensationnel !

— Dès ce matin. Simplement...

— Quoi ?

— Promets-moi de ne pas essayer de régler l'affaire tout seul avec ce type dès que tu l'auras reçu.

— Promis », accepta Mort sans hésiter. Il était de nouveau hypocrite, mais qu'est-ce que ça pouvait faire ? Il avait demandé à Greg d'être présent, Greg avait accepté : il ne serait donc pas seul. Et Herb Creekmore était son agent littéraire, pas son papa, non ? La manière dont Mort réglait ses problèmes personnels ne le regardait pas, au fond.

« Alors c'est d'accord, reprit Herb. Je m'en occupe. Appelle-moi de Derry, Mort. Ce n'est peut-être pas aussi terrible que ça en a l'air.

— J'aimerais bien te croire.

— Mais tu ne me crois pas.

— J'ai bien peur que non.

— Bon, d'accord. » Herb soupira. Puis d'un ton hésitant, il ajouta : « Puis-je me permettre de te demander de transmettre mes amitiés à Amy ?

— Tu le peux, et je les lui transmettrai.

— Bien. Va vite te mettre à l'abri du vent, Mort. Je l'entends hurler dans le téléphone. Tu dois te geler.

— Pas loin. Merci encore, Herb. »

Il raccrocha, et resta quelques instants dans la contemplation du combiné. Il avait oublié que la Buick avait besoin d'un plein, ce qui n'était pas grave, mais il avait également oublié que Herb Creekmore n'était devenu son agent littéraire qu'en 1982, ce qui l'était davantage. Trop de pression, se dit-il. De quoi se demander ce qu'il avait bien pu oublier d'autre.

La voix dans sa tête, pas celle de la zone intermédiaire, mais la voix qui montait du plus profond de lui-même, s'éleva soudain : *Et si tu avais réellement volé cette histoire, toi le premier ? Tu l'as peut-être oublié...*

Il eut un bref ricanement, tandis qu'il se dépêchait de regagner sa voiture. Il n'avait jamais mis les pieds dans le Mississippi de toute sa vie, et même maintenant, alors qu'il se débattait dans un blocage d'écrivain, il n'aurait jamais envisagé d'avoir recours au plagiat. Il se glissa derrière le volant et lança le moteur, non sans se dire que l'esprit humain était capable d'engendrer de temps en temps les conneries les plus délirantes.

18

Mort ne croyait pas que les gens — même ceux qui déployaient de réels efforts pour être honnêtes envers eux-mêmes — sachent quand les choses étaient terminées. Ils les croyaient capables de continuer de le croire, ou de se forcer à le croire, même lorsque c'était écrit noir sur blanc, même lorsque c'était en lettres grandes comme ça, lisibles à plus de cent mètres. Quand il s'agit de choses auxquelles on tient beaucoup, de choses dont on pense que l'on a besoin, il est facile de tricher, facile de confondre sa vie avec un feuilleton-télé et de se convaincre que ce qui nous paraît aller tellement de travers finira par s'arranger... probablement, juste après la prochaine fournée de pubs. Il supposait aussi que, sans ses étonnantes capacités à se tromper soi-même, la race humaine serait encore plus cinglée qu'elle ne l'était déjà.

Mais il arrivait parfois que la vérité fasse une percée en force ; et si l'on avait consacré tous ses efforts à consciencieusement se la dissimuler, par telle ou telle méthode, les conséquences pouvaient être catastrophiques : comme se trouver là lorsqu'une lame de fond non seulement passait par-dessus une jetée mise sur son chemin, mais l'emportait avec elle, vous écrabouillant au passage.

Mort Rainey fit l'expérience de l'une de ces épiphanies cataclysmiques après le départ des représentants de la police et des pompiers, lorsqu'il se retrouva seul, avec Amy et Ted Milner, en train de faire lentement le tour des ruines fumantes de la maison victorienne verte qui s'était élevée au 92, Kansas Street depuis cent trente-six ans. C'est alors qu'ils procédaient à cette lugubre inspection qu'il comprit que son mariage avec Amy Dowd de Portland, Maine, était terminé. Ce n'était pas une période de « tension domestique ». Ce n'était pas non plus une « séparation temporaire ». Pas un de ces cas dont on entend parler de temps en temps, dans lesquels les gens reviennent sur leur décision et se remarient. C'était terminé. Leur vie ensemble appartenait au passé. Même la maison dans laquelle ils avaient vécu tant de bons moments se réduisaient maintenant à quelques poutres carbonisées pas tout à fait éteintes, venues dégringoler dans le trou de la cave, comme les dents de travers d'une bouche de géant.

La rencontre chez Marchman, le café-restaurant de Witcham Street, s'était très bien passée. Amy l'avait embrassé et il l'avait prise dans ses bras, mais elle avait adroitement détourné le visage pour que les lèvres de Mort atterrissent sur sa joue et non sur sa bouche. Bisou-bisou, un point c'est tout, comme on dit dans les soirées entre collègues de bureau. C'est si bon de te voir, mon chou.

Ted Milner, le brushing impeccable ce matin (pas la moindre mèche tire-bouchonnée en vue), les regardait depuis la table du coin où il était resté assis. Il tenait à la main la pipe que Mort avait vue coincée entre ses dents pendant diverses soirées et réceptions, au cours des trois dernières années. L'écrivain avait la conviction qu'il posait, qu'il s'agissait d'un petit truc n'ayant pour but que de le faire paraître plus vieux. Et au fait, quel âge pouvait-il avoir ? Mort n'en était pas sûr, mais Amy avait trente-six ans, et il pensait que Ted, avec son jean impeccablement délavé et sa chemise à col ouvert J. Press, avait au moins quatre ans de moins qu'elle, davantage, peut-être. Il se demanda si Amy avait songé qu'elle pourrait avoir quelques problèmes dans une dizaine d'années, voire même dans cinq ans — puis il se dit qu'il était plutôt mal placé pour le lui faire remarquer.

Il demanda s'il y avait du nouveau. Non, dit Amy. Puis Ted prit

la parole, s'exprimant avec un léger accent méridional, beaucoup
moins prononcé que le parler nasal de John Shooter. Il lui dit que le
chef des pompiers et un lieutenant du département de police de
Derry devaient les rencontrer sur ce que Ted appelait « le site ». Ils
voulaient poser quelques questions à Mort. Mort dit, très bien. Ted
lui demanda s'il voulait un café : ils avaient le temps. Mort répéta,
très bien. Ted lui demanda comment il allait. Très bien aussi. A
chaque fois que les deux mots sortaient de sa bouche, ils paraissaient
un peu plus dénués de sens. Amy suivait cet échange avec une
certaine appréhension, ce que Mort comprenait. Le jour où il les
avait découverts ensemble dans un lit, il avait dit à Ted qu'il le tuerait.
En fait, il avait même peut-être dit qu'il les tuerait tous les deux. Il
n'avait qu'un souvenir complètement brumeux de l'événement. Il
soupçonnait les leurs de l'être autant. Il ignorait ce qu'en pensaient
les deux autres coins du triangle, mais quant à lui, il trouvait ce nuage
épais non seulement compréhensible, mais aussi miséricordieux.

Ils prirent du café. Amy lui demanda ce qu'il en était de John
Shooter. Mort lui répondit qu'il avait la situation bien en main. Il ne
mentionna ni le chat, ni la note, ni le magazine. Au bout d'un
moment, ils quittèrent l'établissement pour le 92, Kansas Street,
foyer familial, il n'y avait pas si longtemps.

Le chef des pompiers et le policier se trouvaient là, comme prévu,
et il y eut des questions, comme prévu aussi. La plupart tournaient
autour de gens qui auraient pu le détester suffisamment pour jeter un
cocktail Texaco dans son bureau. Si Mort avait été tout seul, il
n'aurait pas mentionné le nom de Shooter, mais Amy était là et aurait
fini par le faire, si bien qu'il raconta leur première rencontre
exactement comme elle s'était déroulée.

Wickersham, le chef des pompiers, demanda : « Le type était très
en colère ?

— Oui, très.

— Au point de foncer en voiture jusqu'à Derry et de mettre le feu
à votre maison ? » fit à son tour Bradley, le policier.

Il était à peu près convaincu que Shooter n'était pas l'incendiaire,
mais il ne tenait pas à donner davantage de détails sur ses brèves
rencontres avec l'homme. Il aurait fallu commencer par dire ce qu'il
avait fait à Bump, ce qui bouleverserait Amy. Ce qui la bouleverserait même beaucoup... et cela ouvrirait une boîte de Pandore qu'il
préférait voir rester fermée. Il était temps, dut-il admettre, de faire
l'hypocrite.

« Il aurait pu, au début. Mais après avoir découvert que les deux histoires étaient vraiment presque identiques, j'ai regardé la date originale de publication de la mienne.

— La sienne n'a jamais été publiée ? demanda Bradley.

— Non, je suis sûr que non. Hier, il a de nouveau rappliqué. Je lui ai posé la question de la date, avec l'espoir qu'il m'en donnerait une plus tardive que la mienne. Vous me suivez ? »

Le détective Bradley acquiesça. « Vous espériez prouver que vous l'aviez battu au poteau.

— Exactement. " Sowing Season " figure dans un recueil de nouvelles qui a été publié en 1983, mais la publication *originale* date de 1980. Mon espoir était que le type prendrait une date juste un peu antérieure à 1983. J'ai eu de la chance. Il m'a dit qu'il l'avait écrite en 1982. Vous voyez, je le tenais. »

Mort avait aussi espéré que ça se terminerait là, mais Wickersham insista. « Nous le voyons et vous le voyez, Monsieur Rainey. Mais lui, est-ce qu'il l'a vu ? »

Intérieurement, Mort soupira. Il se dit qu'il avait toujours su qu'on ne pouvait être hypocrite bien longtemps ; si les choses se prolongeaient, elles en arrivaient toujours à un point ou soit il fallait dire la vérité, soit inventer un bon gros mensonge. C'est à ce point qu'il était rendu. Mais qui est-ce qu'elle regardait, cette affaire ? Eux ou lui ? Lui. Très bien. Et il avait l'intention que cela restât ainsi.

« Oui, répondit-il, il l'a vu.

— Qu'est-ce qu'il a fait ? » demanda Ted. Mort lui jeta un regard ou perçait un léger ennui. Ted détourna les yeux, l'air de regretter de ne pas avoir sa pipe à tripoter. Il l'avait laissée dans la voiture. La chemise J. Press ne comportait pas de poche.

« Il est parti. » D'être irrité contre Ted, lui qui n'avait vraiment pas à se mêler de ça, rendait le mensonge plus facile. Le fait de mentir à Ted arrangeait encore mieux les choses ; ça lui paraissait presque normal. « Il a grommelé des conneries du genre c'est une coïncidence incroyable, puis il a sauté dans sa voiture comme s'il avait le feu aux cheveux et que ça lui gagnait les fesses, et il a fichu le camp.

— Vous n'auriez pas relevé la marque de la voiture et le numéro des plaques minéralogiques, par hasard, Monsieur Rainey ? » C'était Bradley ; il tenait déjà un stylo au-dessus d'un calepin ouvert.

— Une Ford, oui, mais pour le numéro... Ce n'était pas une

plaque du Maine, c'est tout ce que je peux dire... » Il haussa les épaules et essaya de prendre l'air de quelqu'un qui s'excusait. Au fond de lui-même, la tournure que prenait la discussion le rendait de plus en plus mal à l'aise. Cela lui avait semblé acceptable tant qu'il avait finassé et esquivé le mensonge — acceptable aussi dans la mesure où cela lui évitait de dire à Amy que le type avait cassé le cou de Bump avant de le clouer sur l'abri à poubelles avec un tournevis. Mais il venait de se mettre dans une situation où il avait donné des versions différentes à des personnes différentes. Si jamais ces personnes se retrouvaient et les comparaient, il ne serait plus aussi faraud. S'expliquer sur les raisons de ses mensonges pourrait s'avérer délicat. Le risque que cela se produisît était faible, tant qu'Amy ne parlait ni à Greg Carstairs ni à Herb Creekmore. Mais si jamais une bagarre éclatait avec Shooter au moment où, en présence de Greg, il lui collait sous le nez l'exemplaire de juin 80 de *EQMM* ?

T'en fais pas, on brûlera ce pont-là lorsque nous y arriverons, mon grand. A cette pensée il eut une nouvelle bouffée de cette même bonne humeur qu'il avait ressentie pendant son coup de téléphone avec Herb, et il faillit pousser un ricanement. Il se retint. Ils allaient se demander pour quelle raison il riait, et ils n'auraient peut-être pas tort de se poser la question.

« A mon avis, en ce moment Shooter est en train de rouler vers *(le Mississippi)* l'Etat d'où il est venu, acheva-t-il sans presque avoir hésité.

— Vous avez sans doute raison, admit le lieutenant Bradley, mais j'ai envie de pousser un peu plus loin dans cette direction, Monsieur Rainey. Vous avez peut-être convaincu ce type qu'il se trompait, mais ça ne signifie pas qu'il soit reparti en ne nourrissant que les meilleurs sentiments à votre égard. Il est possible qu'il soit venu jusqu'ici mettre le feu à votre maison, simplement parce qu'il était fou de rage, ce connard — oh, pardon, Madame Rainey. »

Amy esquissa un petit sourire de travers et eut un geste de la main pour signifier que c'était sans importance.

« Cela ne vous paraît-il pas possible ? »

Non. S'il avait décidé d'incendier la maison, je crois qu'il aurait tué Bump avant de partir pour Derry, au cas où je me réveillerais avant son retour. Dans ce cas, le sang aurait été sec et le corps de Bump raide au moment où je l'ai trouvé. Mais ce n'est pas ainsi que ça s'est passé... sauf que je ne peux pas le leur expliquer. Pas même si j'en avais envie. Ils se demanderaient pour quelle raison j'ai gardé si longtemps pour moi le meurtre de Bump, pour commencer. Et aussi si je ne perds pas un peu les pédales.

« C'est toujours possible, d'accord ; mais j'ai rencontré ce type. Il ne me paraît vraiment pas du genre à mettre le feu à une maison.

— Autrement dit, ce n'était pas un Snopes », dit soudain Amy.

Mort la regarda, surpris, puis sourit. « Exact, un méridional, mais pas un Snopes.

— Ce qui veut dire ? demanda Bradley, sur la défensive.

— Une vieille plaisanterie, lieutenant, répondit Amy. Les Snopes sont des personnages de plusieurs romans de Faulkner. Ils commencent leur carrière en incendiant quelques granges.

— Ah ! » fit Bradley d'un ton neutre.

Wickersham prit la parole à son tour. « Le type de l'incendiaire, ça n'existe pas, Monsieur Rainey. On trouve vraiment de tout parmi eux, croyez-moi.

— Eh bien...

— Essayez de me donner davantage de détails sur son véhicule, dit Bradley, dont le crayon était toujours suspendu au-dessus du calepin. Je veux que la police d'Etat ait un début de signalement à se mettre sous les dents. »

Mort décida soudain qu'il allait encore un peu mentir. Non, beaucoup mentir.

« Eh bien, une Ford quatre portes, ça, j'en suis sûr.

— D'accord, Ford sedan. L'année ?

— Des années soixante-dix, il me semble. » Mort aurait parié que le break avait été assemblé à l'époque où un type du nom de Oswald avait élu Lyndon Johnson président des Etats Unis. Il fit une courte pause et ajouta : « La plaque était de couleur claire. La Floride, peut-être ; mais je ne pourrais en jurer.

— Et le type lui-même ?

— Taille moyenne. Cheveux blonds, lunettes. Du même genre que celles que portaient John Lennon, rondes cerclées d'acier. C'est vraiment tout ce dont-

— Tu ne m'as pas parlé d'un chapeau ? » intervint soudain Amy.

Mort sentit ses dents s'entrechoquer. « Oui, dit-il avec un sourire. J'avais oublié. Gris foncé ou noir. Plutôt du genre casquette, avec une visière.

— Bien. (Bradley referma son calepin.) C'est un début.

— Est-ce qu'il ne pourrait pas s'agir simplement d'un acte de vandalisme ? Un pyromane qui fiche le feu juste pour l'excitation que ça lui procure ? demanda Mort. Dans les romans, tout a un rapport, mais dans la vie réelle, l'expérience montre que les coïncidences existent aussi.

— C'est toujours possible, admit Wickersham, mais ça ne fait pas de mal de vérifier une piste plausible. (Il adressa un clin d'œil à Mort.) La vie imite l'art, parfois, vous savez.

— Avez-vous besoin de quelque chose d'autre ? » demanda Ted en passant un bras autour des épaules d'Amy.

Le policier et le pompier échangèrent un coup d'œil, puis Bradley secoua la tête. « Je ne crois pas, du moins pas pour le moment. ·

— Je pose la question simplement parce que Amy et Mort auront à passer quelque temps avec leur agent d'assurance. Probablement aussi avec un enquêteur de la compagnie mère. »

Mort trouvait l'accent méridional de Ted de plus en plus énervant. Il devait venir d'un Etat nettement plus au nord que le pays de Faulkner, mais c'était une coïncidence dont il se serait bien passé.

Les deux officiels serrèrent la main à Amy et à Mort, exprimant leur sympathie, et leur dirent de ne pas hésiter à les contacter au cas où un élément nouveau... bref, la formule habituelle. Puis ils laissèrent le trio devant les restes calcinés de la maison.

« Je suis vraiment navré pour toute cette histoire, Amy », dit soudain Mort, pendant qu'ils faisaient lentement le tour des ruines. Amy marchait entre les deux hommes. Elle se tourna vers lui, apparemment surprise par quelque chose qu'elle avait senti dans sa voix. Sa sincérité, peut-être, tout simplement. « Vraiment navré pour tout. »

— Moi aussi, répondit-elle doucement, lui effleurant la main.

— Eh bien, avec Ted, ça fait trois », déclara Ted avec une cordiale solennité. Amy se tourna vers lui, et à cet instant-là, il aurait volontiers serré le cou de l'individu jusqu'à ce que les yeux lui sortent des orbites et viennent pendre au bout du nerf optique.

Ils étaient maintenant du côté ouest de la maison et revenaient vers la rue. Là se trouvaient le coin où le bureau et la maison se rejoignaient, et non loin, le jardin d'Amy. Il ne contenait plus de fleurs, maintenant. Mort songea que c'était aussi bien. Le feu avait été suffisamment intense pour faire cramer ce qui restait d'herbe, dans la bordure de quatre mètres de large qui entourait la maison ;

s'il y avait eu des fleurs écloses, il les aurait fait griller aussi, et le spectacle aurait été insupportable. Cela leur aurait fait un effet-

Mort interrompit soudain le cours de ses pensées. Il se souvenait des deux histoires. On pouvait les appeler « Sowing Season » ou « Vue imprenable sur jardin secret », mais elles étaient identiques si l'on regardait ce qu'il y avait dessous. Il leva les yeux. Il n'y avait rien à voir que le ciel bleu, du moins pour le moment, mais hier encore, il y avait une fenêtre à cet endroit-là. La fenêtre de la petite pièce, à côté de la lingerie. La petite pièce qui servait de bureau à Amy. Là où elle faisait ses comptes, là où elle écrivait son journal, là où elle donnait ses coups de téléphone.... la pièce où, soupçonnait-il, Amy avait commencé un roman, quelques années auparavant. Et quand celui-ci était mort de sa belle mort, la pièce dans laquelle elle l'avait enterré décemment et sans bruit, au fond d'un tiroir. Le bureau se trouvait près de la fenêtre. Amy aimait à s'y rendre le matin. Elle mettait la machine à laver en route, à côté, et faisait son courrier jusqu'au moment où la sonnerie l'avertissait qu'il était temps de vider le lave-linge et de remplir le sèche-linge. L'endroit était à l'écart des pièces d'habitation du corps principal de la maison, et elle en aimait le calme, disait-elle. Son calme, sa lumière claire et saine du matin. Elle aimait à regarder de temps en temps par la fenêtre, regarder ses fleurs qui poussaient dans le coin profond formé par la maison et l'aile du bureau de Mort. Il se rappela l'avoir entendu dire : *C'est la pièce la plus agréable de la maison, au moins pour moi, parce qu'à part moi, à peu près personne n'y vient. Elle a une fenêtre secrète et une vue imprenable sur un jardin secret.*

« Mort ? » disait Amy. Pendant quelques instants, Mort n'y fit pas attention, comme s'il confondait sa voix réelle avec celle dans son esprit, la voix du souvenir. Mais ce souvenir était-il authentique ou non ? Telle était la véritable question, non ? Il avait l'air d'un souvenir authentique, mais il avait été soumis à beaucoup de tensions, avant même l'histoire avec Shooter, Bump et l'incendie. N'était-il pas possible qu'il fût victime d'une hallucination... de mémoire ? N'était-il pas en train d'essayer de faire plus ou moins se conformer son passé avec Amy, avec une foutue histoire dans laquelle un homme devenait fou et tuait sa femme ?

Seigneur, j'espère bien que non, parce que si c'est le cas, on frôle d'un peu trop près la dépression nerveuse pour mon goût.

« Mort, est-ce que ça va ? » demandait Amy. Elle le tira par la

manche, l'air contrarié, rompant au moins momentanément son
état de transe.

« Oui, commença-t-il par répondre, puis, abruptement : Non.
Pour dire la vérité, je ne me sens pas très bien.

— Le petit déjeuner, peut-être », dit Ted.

Amy lui adressa un regard qui fit plaisir à Mort ; il n'était pas très
amical. « Non, ce n'est pas le petit déjeuner », dit-elle avec une
pointe d'indignation. Du geste elle balaya les ruines noircies.
« C'est ça. Partons d'ici.

— Les gens des assurances doivent venir à midi, objecta Ted.

— C'est dans plus d'une heure. Allons chez toi, Ted. Je ne me
sens pas non plus tellement en forme. J'aimerais bien m'asseoir.

— Très bien. » Ted avait répondu d'un ton légèrement vexé,
genre c'est-pas-la-peine-de-crier, qui fit aussi chaud au cœur de
Mort. Et en dépit de ce qu'il aurait pu dire le matin même, à savoir
que le domicile de Ted était le dernier endroit au monde où il avait
envie d'aller, il les accompagna sans protester.

19

Ils restèrent silencieux pendant la traversée de la ville jusqu'au
duplex du quartier est où Ted avait ses pénates. Mort ignorait à
quoi Ted et Amy pensaient (Amy à la maison, sans doute, et Ted
s'ils seraient à l'heure au rendez-vous fixé par les assureurs,
certainement), mais savait, lui, ce qui le préoccupait. Il se demandait
si, oui ou non, il n'était pas en train de devenir fou. Souvenir réel,
ou Memorex ?

Il décida finalement qu'Amy avait bien prononcé cette phrase à
propos de son petit bureau à côté de la lingerie, que c'était un
souvenir authentique. L'avait-elle dite avant 1982, avant la date à
laquelle « John Shooter » prétendait avoir écrit une histoire intitulée « Vue imprenable sur jardin secret » ? Il l'ignorait. Il avait beau
se creuser la tête, solliciter son cerveau douloureux et en proie à la
confusion, il n'obtenait qu'une unique et laconique réaction :
réponse insatisfaisante. Mais si elle l'avait dite (et peu importait
quand), le titre de Shooter ne pouvait-il pas être une simple
coïncidence ? Soit, mais les coïncidences commençaient à s'accumuler, non ? Il avait décidé que l'incendie était, devait être, une
coïncidence. Mais le souvenir qu'avait évoqué à son esprit le jardin

d'Amy avec ses fleurs mortes… eh bien, il devenait de plus en plus difficile d'admettre que tout cela n'avait pas un rapport, un lien étrange, éventuellement surnaturel, même.

Et à sa manière, est-ce que Shooter lui-même n'avait pas fait preuve de confusion ? *Comment êtes-vous tombé dessus ?* avait-il demandé d'un ton de voix violent, tant il était en colère et abasourdi. *C'est ça et pas autre chose que je veux savoir. Comment un trou du cul d'écrivain qui fait plein de fric comme vous a-t-il pu débarquer dans une cambrousse comme Perkinsburg pour me voler ma foutue histoire ?* Sur le moment, Mort avait pensé qu'il s'agissait soit d'un signe supplémentaire de la folie du type, soit d'un numéro d'acteur de première force. Maintenant, dans la voiture de Ted, il lui vint pour la première fois à l'esprit que c'est ainsi que lui-même aurait réagi, si les circonstances avaient été inversées.

Comme elles l'avaient été, d'une certaine manière. Le seul endroit où les deux histoires différaient complètement était le titre. Ils convenaient l'un et l'autre, mais maintenant, Mort découvrait qu'il avait une question à poser à Shooter, une question très semblable à celle que celui-ci lui avait posée le premier : *Comment avez-vous trouvé ce titre, M. Shooter ? Voilà ce que je voudrais vraiment savoir. Comment se fait-il qu'à deux mille kilomètres de votre trou perdu du Mississippi, la femme d'un écrivain que vous prétendez n'avoir jamais connu avant cette année ait eu sa propre fenêtre secrète avec sa vue imprenable sur un jardin secret ?*

Eh bien, il n'y avait qu'une façon de le découvrir, évidemment. Lorsque Greg aurait repéré Shooter, Mort n'aurait qu'à le lui demander.

20

Mort refusa la tasse de café que Ted lui offrait et lui demanda s'il n'avait pas un Coke ou un Pepsi. Ted en avait, et Mort, après avoir bu, sentit son estomac se décontracter. Il s'était attendu à ce que le seul fait d'être ici, Ted et Amy jouant les hôtes maintenant qu'ils n'avaient plus à se donner des rendez-vous clandestins dans des motels minables de la périphérie, lui portât sur les nerfs et le mît en colère. Il n'en fut rien. Ce n'était qu'une maison, dont chaque pièce semblait proclamer que son propriétaire était un jeune célibataire dans le vent à qui rien ne résistait. Mort constata qu'il n'avait aucun mal à l'accepter, mais qu'en revanche cela le rendait à nouveau plutôt nerveux pour Amy. Il repensa à son petit bureau à la lumière claire et saine, au ronronnement soporifique qui, à travers la cloison, provenait du sèche-linge ; à son petit bureau dont la fenêtre secrète était la seule de la maison à donner sur l'angle fermé constitué par les deux corps de bâtiment... et il songea à quel point elle semblait y avoir été à sa place, à quel point, en revanche, elle avait peu l'air à sa place ici. Mais c'était quelque chose qu'elle devrait régler seule et il se dit, au bout de quelques minutes passées dans cet autre domicile qui n'avait rien d'un antre abominable d'iniquité, qui n'était qu'une maison ordinaire, qu'il pourrait vivre avec ça... qu'il pourrait même s'en satisfaire.

Elle lui demanda s'il comptait passer la nuit à Derry.

« Non. Je vais repartir dès que nous en aurons fini avec les assureurs. S'il y a du nouveau, ils pourront me joindre... ou tu pourras m'appeler. »

Il lui sourit. Elle lui sourit et lui effleura brièvement la main. Ça ne plut pas à Ted, qui foudroya la fenêtre du regard en tripotant sa pipe.

21

Ils arrivèrent à l'heure pour la rencontre avec les assureurs, ce qui soulagea incontestablement Ted Milner. Mort n'avait aucune envie d'avoir l'agent immobilier dans les jambes ; il n'avait après tout rien à voir avec cette maison qu'il n'avait jamais habitée, même pas après le divorce. Mais comme sa présence paraissait faire du bien à Amy, il laissa faire.

Après un rapide tour sur « le site », la réunion se déroula dans le bureau de Don Strick, l'agent d'assurance avec lequel ils avaient fait affaire. Y assistait également un enquêteur de la compagnie spécialisée dans les incendies criminels, Fred Evans. La raison pour laquelle celui-ci ne s'était pas manifesté le matin, lors de la rencontre avec le policier et le pompier, non plus que plus tard sur le site avec Don strick, devint rapidement évidente : il avait passé une bonne partie de la nuit à fouiller les décombres, avec l'aide d'un puissant projecteur et d'un appareil photo Polaroïd. Il était retourné à son motel pour faire un petit somme, expliqua-t-il, avant de rencontrer les Rainey.

Evans plut beaucoup à Mort. L'enquêteur semblait réellement prendre fait et cause pour la perte qu'ils venaient de subir, alors que tous les autres, Monsieur Teddy Numéro Trois y compris, s'étaient contentés de débiter les formules habituelles de sympathie avant de s'attaquer aux choses sérieuses (et pour Ted Milner, songea Mort, il n'y avait rien de plus sérieux que de veiller à ce que l'ex-mari d'Amy retournât au plus vite à Tashmore Lake). Fred Evans, lui, disait « la maison », et non « le site », lorsqu'il parlait du 92, Kansas Street.

Même si ses questions étaient fondamentalement les mêmes que celles de Wickersham et de Bradley, il avait une manière plus délicate et plus précise de les poser ; plus approfondie, aussi. Alors qu'il n'avait eu tout au plus que quatre heures de sommeil, son regard brillait, son élocution restait rapide et claire. Après avoir parlé pendant vingt minutes avec lui, Mort décida que si jamais il décidait de brûler une maison pour toucher l'argent de l'assurance, il s'adresserait à une autre compagnie que celle qui employait Evans. Ou qu'il attendrait que l'homme prît sa retraite.

Son interrogatoire terminé, Evans leur sourit. « Vous vous êtes montrés très coopératifs, et je tiens encore à vous remercier, autant pour la qualité de vos réponses que pour la gentillesse dont vous avez fait preuve envers moi. Dans la plupart des cas, les gens se hérissent quand ils entendent prononcer le nom d'enquêteur. Ils sont déjà bouleversés, ce qui est bien compréhensible, et ils prennent souvent notre présence comme une accusation d'avoir mis eux-mêmes le feu à leur maison.

— Etant donné les circonstances, cela nous paraît parfaitement normal », dit Amy. Ted Milner hocha la tête avec tant de vigueur qu'on l'aurait dite manipulée par un marionnettiste atteint d'une crise d'épilepsie.

« Voici le moment le plus difficile », reprit Evans. De la tête il adressa un signe à Strick, qui ouvrit l'un des tiroirs de son bureau et en sortit une liste imprimée sur papier d'ordinateur. « Lorsque nous avons la preuve, comme c'est hélas ! le cas ici, qu'un incendie a ravagé complètement une maison, nous montrons à nos clients la liste de leurs objets assurés. Vous l'étudiez, puis signez une déclaration sur l'honneur certifiant que tous ces objets vous appartenaient encore, et qu'ils se trouvaient toujours dans la maison au moment du sinistre. Vous marquez d'une croix le ou les objets que vous auriez revendus depuis le moment où vous les avez assurés chez nous, ainsi que ceux qui ne se seraient pas trouvés sur place pendant l'incendie. (Evans porta la main fermée à sa bouche et s'éclaircit la gorge avant de continuer.) J'ai cru comprendre qu'il y avait eu récemment une séparation de corps, si bien que ce dernier point pourrait être important.

— Nous sommes divorcés, dit Mort abruptement. Je vis en ce moment dans une maison que nous avons au lac Tashmore. Nous ne l'occupons d'ordinaire que l'été, mais elle a le chauffage et on peut y passer l'hiver. Malheureusement, je ne m'étais pas encore décidé à déménager le gros de mes affaires... Je ne cessais de retarder le moment de m'y mettre. »

Don Strick acquiesça, l'air de sympathiser. Ted croisa les jambes, joua avec sa pipe, et fit tout ce qu'il put pour donner l'impression d'un homme qui essaie de ne pas paraître se barber autant qu'il se barbe réellement.

« Faites du mieux que vous pouvez avec cette liste », dit Evans. Il la prit des mains de Strick et la tendit par-dessus le bureau à Amy. « Cela risque d'être désagréable — un peu comme une chasse au trésor à l'envers. »

Ted avait posé sa pipe et louchait sur la liste, toute trace d'ennui disparue, au moins pour le moment ; ses yeux avaient l'avidité de ceux de badauds se rassasiant d'un accident spectaculaire. Amy le vit faire et tourna obligeamment la liste vers lui. Mort, qui se trouvait assis de l'autre côté de son ex-femme, la redressa d'un geste sec.

« Vous permettez ? » demanda-t-il à Ted. Il était furieux, réellement furieux, et tout le monde put l'entendre dans sa voix.

« Mort-, commença Amy.

— Je ne vais pas en faire un drame, la coupa Mort, mais ceci nous regarde nous deux, Amy. C'était *nos* affaires.

— Je ne peux croire-, fit Ted, indigné.

— Non, intervint à son tour Evans avec une douceur dans le ton à laquelle Mort se dit qu'il ne fallait pas se fier. Il en a parfaitement le droit, Monsieur Milner. La loi précise que vous n'avez aucun droit, aucun, de consulter cette liste. Nous ne nous formalisons pas si personne ne s'en formalise... mais j'ai l'impression que Monsieur Rainey n'est pas d'accord.

— Vous pouvez le dire, que Monsieur Rainey n'est pas d'accord », lança Mort. Il avait les poings serrés sur les genoux, et il sentait ses ongles imprimer des sourires dans la paume de ses mains.

Le regard suppliant d'Amy passa de Mort à Ted. Mort s'attendit à ce que l'agent immobilier fît des histoires, mais il s'en abstint. Mort se dit que sa supposition devait donner une bonne mesure de l'hostilité qu'il ressentait pour lui ; il ne connaissait pas très bien Ted (même s'il savait qu'il ressemblait un peu à Alfalfa lorsqu'on le réveillait en sursaut dans un motel minable), mais il connaissait Amy. Si Ted n'avait été qu'une grande gueule, elle l'aurait déjà laissé tomber.

Avec un léger sourire qui ignorait complètement Mort et les autres personnes présentes, Ted s'adressa à Amy : « Est-ce que cela arrangerait les choses, si j'allais faire le tour du pâté de maisons ? »

Mort fut incapable de se retenir de répliquer. « Pourquoi ne pas en faire deux, tant que vous y êtes ? » demanda-t-il avec une fausse amabilité.

Amy lui jeta un regard noir meurtrier, puis se retourna vers Ted. « Tu veux bien ? Ça rendrait peut-être les choses plus faciles...

— Avec plaisir », dit-il. Il l'embrassa haut sur la joue et Mort eut une nouvelle et douloureuse révélation : ce type se souciait d'elle. Il ne s'en souciait peut-être pas *toujours* autant, mais en ce moment, c'était à son bien qu'il pensait. Mort se rendit compte qu'il n'avait pas été loin de croire qu'Amy n'avait été pour Ted qu'un jouet l'ayant fasciné pendant quelque temps, un jouet dont il n'allait pas tarder à se lasser. Mais cela ne collait pas non plus avec ce qu'il savait d'Amy. Elle avait trop de finesse de jugement pour cela... et plus de respect pour elle-même.

Ted se leva et partit. Amy jeta à Mort un regard de reproche. « Es-tu satisfait ?

— Je suppose. Ecoute, Amy. Je ne m'en suis probablement pas aussi bien sorti que je l'aurais voulu ou pu, mais mes motifs n'ont rien de déshonorant. Nous avons partagé beaucoup de choses pendant des années. Je crois que c'est la dernière fois, et je pense que ce moment n'appartient qu'à nous deux. D'accord ? »

Strick paraissait mal à l'aise. Fred Evans, non ; il regardait tour à tour Mort et Amy avec l'intérêt soutenu de quelqu'un qui assiste à un match de tennis.

« D'accord », répondit Amy à voix basse. Il lui toucha légèrement la main, et elle lui adressa un sourire. Un sourire un peu contraint, certes, mais c'était mieux que pas de sourire du tout, non ?

Il rapprocha sa chaise de celle d'Amy et ils se penchèrent sur la liste, leurs deux têtes rapprochées comme des écoliers étudiant une leçon. Il ne fallut pas longtemps à Mort pour comprendre le sens de l'avertissement d'Evans. Il croyait avoir saisi l'étendue de leur perte. Il s'était trompé.

En regardant le froid alignement de colonnes de l'imprimante, Mort se dit qu'il ne se serait pas senti davantage effondré si quelqu'un avait vidé la maison du 92, Kansas Street de son contenu, et l'avait répandu dans la rue pour que le monde entier le contemplât. Il n'arrivait pas à croire qu'il avait oublié tant de choses, et qu'elles avaient toutes disparu.

Sept appareils de gros électro-ménager. Quatre télés, dont une avec magnétoscope et table de montage. Les porcelaines Spode, et tout un mobilier américain colonial authentique, acheté pièce à pièce par Amy. La seule armoire ancienne de leur chambre était évaluée à 14 000 dollars. Sans être des collectionneurs fanatiques d'œuvres d'art, ils étaient de véritables amateurs, et avaient perdu douze œuvres originales. Elles se montaient à 22 000 dollars, mais leur valeur marchande importait peu à Mort ; il pensait au dessin de N. C. Wyeth, deux jeunes garçons mettant un petit bateau à la mer. Il pleuvait, dans le tableau. Les deux gamins, en cirés et caoutchoucs, arboraient un grand sourire. Mort avait adoré ce dessin. Disparu. Les cristaux Waterford, le matériel de sport remisé dans le garage, skis, vélos de course dix vitesses, et le vieux canoë Old Town. Les trois fourrures d'Amy figuraient sur la liste. Il la vit faire de petites marques en face du castor et du vison (encore sous la garde de son fourreur, donc) mais elle passa la veste en renard. Elle était accrochée dans le placard, élégante, parfaite pour l'extérieur à l'automne, lorsqu'on commençait à rallumer le chauffage. Il se souvint de la lui avoir offerte pour son anniversaire, six ou sept ans auparavant. Disparue. Le téléscope Celestron. Disparu. Le grand édredon comme un puzzle que la mère d'Amy leur avait offert pour leur mariage... La mère d'Amy était morte, et l'édredon n'était plus, lui aussi, que cendres jetées au vent.

Le pire, au moins pour Mort, se trouvait à mi-chemin de la deuxième colonne, et une fois de plus ce n'était pas la valeur marchande qui lui faisait mal. 124 BOUTEILLES DE VIN, VALEUR 4 900 DOLLARS, lisait-on. Tous deux aimaient le vin. Sans être là non plus des fanatiques, ils avaient conçu ensemble la petite cave à vin ; ensemble ils l'avaient remplie, et ensemble ils en avaient bu de temps en temps une bouteille.

« Même le vin, dit-il à Evans, même ça. »

L'assureur eut un regard étrange que Mort ne sut comment interpréter, puis acquiesça. « Le cellier lui-même n'a pas brûlé, parce que vous n'aviez presque pas de fioul dans le réservoir et qu'il n'y a pas eu d'explosion. Mais la chaleur a été extrême, et la plupart des bouteilles ont explosé. Celles qui ont résisté... Je ne m'y connais pas beaucoup en vin, mais j'ai bien peur qu'elles soient devenues imbuvables. Je me trompe peut-être.

— Non, vous ne vous trompez pas », dit Amy. Une larme unique roula sur sa joue, et elle l'essuya distraitement.

Evans lui tendit son mouchoir. Elle secoua la tête et se pencha à nouveau sur la liste avec Mort.

Dix minutes plus tard, c'était terminé. Ils signèrent là où ils devaient signer, et Strick authentifia l'acte. Ted Milner ne fit sa réapparition qu'un instant plus tard, comme s'il avait suivi les événements en secret.

« Est-ce qu'il y a quelque chose d'autre ? demanda Mort à Evans.

— Non, pas pour le moment ; mais cela peut se produire. Votre numéro de Tashmore est-il en liste rouge, Monsieur Rainey ?

— Oui. (Il le lui écrivit.) N'hésitez pas à m'appeler si je peux vous être utile.

— Je le ferai. (Il se leva, la main tendue.) C'est toujours un sale boulot. Je suis désolé que vous ayez dû subir cela, tous les deux. »

Tout le monde se serra la main, et ils laissèrent Strick et Evans rédiger leur rapport. Il était une heure largement passée, et Ted demanda à Mort s'il ne voulait pas déjeuner avec Amy et lui. Mort secoua la tête.

« Je préfère repartir. Je voudrais travailler et voir si je ne peux pas oublier tout ça pendant un moment. » Il avait vraiment l'impression qu'il pourrait peut-être écrire. Pas surprenant. Pendant les périodes difficiles — du moins jusqu'à son divorce, exception, semblait-il, à la règle générale — il avait toujours pu écrire sans peine. Cela lui était même nécessaire. Il était bon de pouvoir se retourner vers un monde imaginaire lorsque le monde réel vous avait blessé.

Il s'attendait à demi à ce qu'Amy insistât, mais elle n'en fit rien. « Fais attention au volant », dit-elle après lui avoir planté un chaste baiser au coin de la bouche. « Merci d'être venu et d'avoir été... si raisonnable à propos de tout.

— Est-ce que je peux faire quelque chose pour toi, Amy ? »

Elle secoua la tête, sourit un peu, et prit la main de Ted. S'il avait eu besoin d'un message, il ne pouvait guère se tromper sur le sens de celui-ci.

Ils retournèrent lentement vers la Buick de Mort.

« Ça se passe sans problème, là-bas ? lui demanda Ted. Besoin de rien de spécial ? »

Pour la troisième fois, l'accent méridional de l'homme le frappa. Encore une coïncidence.

« Non, rien de spécial », répondit-il. Il ouvrit la portière et pêcha ses clefs au fond de sa poche. « D'où êtes-vous originaire, Ted ? Vous ou Amy avez dû me le dire, mais je n'arrive pas à m'en souvenir. Du Mississippi ? »

Ted rit de bon cœur. « Vous n'y êtes pas du tout, Mort. J'ai passé mon enfance dans le Tennessee. Une petite ville du nom de Shooter's Knob. »

22

Mort revint à Tashmore les mains agrippées au volant, le dos droit comme un I, sans quitter un seul instant la route des yeux. Il avait mis la radio à fond et se concentrait avec fureur sur la musique à chaque fois que se manifestaient les signes avant-coureurs d'une quelconque activité mentale derrière son front. Au bout de moins de soixante kilomètres, il commença à sentir une pression au niveau de sa vessie. Il accueillit cette gêne avec plaisir, et n'envisagea pas un instant de s'arrêter pour se soulager. L'envie de pisser était un autre et excellent moyen de se distraire.

Il arriva chez lui vers seize heures trente et gara la Buick à l'endroit habituel, sur le côté de la maison. Eric Clapton se vit couper la chique en plein milieu d'un solo de guitare endiablé lorsque Mort arrêta le moteur, et le silence lui tomba dessus comme un chargement de briques dans un emballage en mousse synthétique. Pas un seul bateau sur le lac, pas un seul grillon dans les buissons.

Penser et pisser ont beaucoup en commun, songea-t-il tandis qu'il sortait de la voiture et ouvrait sa braguette. *On peut les repousser, mais pas éternellement.*

Debout devant le paysage, Mort Rainey pissait et pensait à des fenêtres secrètes, à des jardins secrets ; à ceux qui possédaient peut-être ceux-ci, à ceux qui regardaient peut-être par celles-là. Il pensait au fait que le magazine dont il avait besoin pour prouver à certain individu qu'il était un fou ou un escroc venait justement de brûler le soir même où il avait essayé de mettre la main dessus. Il pensait au fait que l'amant de son ex-épouse, un homme qu'il détestait cordialement, venait d'un patelin qui s'appelait Shooter's Knob et que Shooter était comme par hasard le pseudonyme du sus-mentionné fou ou escroc qui avait débarqué dans la vie de Mort Rainey au moment précis où celui-ci commençait à prendre conscience que son divorce n'était pas un concept académique mais une réalité simple avec laquelle il allait falloir vivre jusqu'à la fin des temps. Il pensa même au fait que « John Shooter » prétendait avoir découvert le soi-disant plagiat à peu près à l'époque où Mort Rainey découvrait que sa femme le trompait.

Question : s'agissait-il d'une série de coïncidences ?

Réponse : techniquement, c'était possible.

Question : croyait-il que tous ces faits fussent des coïncidences ?

Réponse : non.

Question : croyait-il qu'il devenait fou, alors ?

« La réponse est non, dit Mort à voix haute. Il ne le croit pas. Du moins pas encore. » Il remonta la fermeture de sa braguette et retourna vers la façade de la maison.

23

Il prit la clé de la maison, commença à l'introduire dans la serrure, puis la retira. Sa main gauche alla se refermer sur le loquet ; quand elle le toucha, il eut la certitude qu'il allait tourner tout seul. Shooter était venu ici... à moins qu'il n'y fût encore. Et il n'aurait pas eu besoin de forcer la serrure. Oh non. Pas cet enfoiré. Mort conservait un double de la clé dans une vieille boîte à savon sur l'étagère la plus haute de sa cabane à outils, là où Shooter avait pris le tournevis pour crucifier le pauvre Bump sur le toit de l'abri à poubelles. Il était maintenant dans la maison, et surveillait les alentours... ou bien il se cachait. Il était-

Le loquet, un bouton de porte rond, refusa de bouger. Les doigts de Mort glissèrent dessus. La porte était toujours fermée.

« D'accord, dit Mort, d'accord. C'est pas un drame. » Il rit même un peu en enfonçant la clé dans la serrure. Il la tourna. La porte fermée ne signifiait pas que Shooter ne se trouvait pas dans la maison. En fait, cela rendait plus vraisemblable sa présence, lorsqu'il y réfléchissait vraiment. Il aurait très bien pu ouvrir avec le double, remettre celui-ci en place et verrouiller la porte de l'intérieur pour endormir les soupçons de son ennemi. Pour cela, il suffisait d'enfoncer le taquet au centre du bouton. *Il essaie de me rendre marteau.*

Dans la maison, régnait le silence et le poudroiement d'or de la fin de l'après-midi. Mais ce n'était pas un silence de lieu inoccupé.

« Tu cherches à me rendre maboul, eh ? » lança-t-il. Il s'attendait à se trouver cinglé : un homme seul en pleine parano s'adressant à un intrus qui n'existe après tout que dans son esprit. Mais il ne se trouva pas si fou que cela. Au contraire, il trouva qu'il avait l'air d'un homme qui vient d'éventer la première moitié d'une supercherie. Ce n'était sans doute pas aussi bien que de l'avoir complètement déjouée, mais mieux que rien.

Il s'avança dans la salle de séjour avec son plafond en voûte, sa grande baie vitrée donnant sur le lac et, bien entendu, le mondialement célèbre canapé Mort Rainey, aussi connu sous le nom de Vautroir de l'Ecrivain Comateux. Un sourire mesuré lui releva le coin des lèvres. Il sentait ses couilles toutes contractées, haut entre ses cuisses.

« C'est mieux que rien d'avoir pigé, hein, Monsieur Shooter ? » lança-t-il.

Ses paroles moururent aussitôt dans le silence poudré d'or. Une odeur de tabac froid se mêlait à celle de la poussière. Ses yeux tombèrent sur le paquet de cigarettes tout chiffonné repêché au fond d'un tiroir de son bureau. Il lui vint à l'esprit qu'une odeur régnait dans la maison — une puanteur, presque —, odeur horriblement négative. Odeur anti-féminine. Puis il pensa : *Non. C'est une erreur. Pas ça du tout. C'est Shooter que tu sens, mon vieux. L'odeur de Shooter et celle de ses cigarettes. Pas les tiennes, les siennes.*

Il tourna lentement sur lui-même, la tête redressée. Une chambre donnait en mezzanine sur le séjour, derrière une balustrade de bois brun. Celle-ci avait pour fonction d'empêcher les distraits d'aller s'étaler sur le sol du séjour, et elle était supposée constituer un élément décoratif. En ce moment, Mort la trouvait tout sauf décorative ; on aurait dit les barreaux d'une cellule. Tout ce qu'il voyait de ce que lui et Amy avaient appelé la chambre d'amis, par la porte entrouverte, était le plafond et l'un des quatre montants du lit.

« Vous êtes là-haut, Monsieur Shooter ? » cria-t-il.

Pas de réponse.

« Je sais que vous me faites la guerre des nerfs ! (Il commençait maintenant à se sentir légèrement ridicule.) Mais je vous préviens, ça ne marchera pas ! »

Six ans auparavant, ils avaient fait installer la grosse cheminée en pierre des champs, avec dans le foyer un poêle Blackstone Jersey. A côté, se trouvait un ratelier d'ustensiles. Mort prit tout d'abord la pelle à cendre, qu'il examina un instant avant de la remettre en place et de s'emparer du tisonnier. Il se tourna ensuite vers la mezzanine fermée par ses barreaux, le tisonnier brandi comme quelque chevalier saluant une reine. Puis il se dirigea lentement vers l'escalier dont il entama l'ascension. Il sentait la tension qui s'accumulait dans ses muscles, mais il comprenait que ce n'était pas de Shooter qu'il avait peur ; ce qu'il craignait était de ne rien trouver.

« Je sais que vous êtes ici et que vous essayez de me faire craquer ! La seule chose que je ne sais pas, Toto, c'est le but que vous recherchez. Mais quand je vous aurai trouvé, vous aurez intérêt à me le dire ! »

Il s'arrêta une fois sur le palier, le cœur cognant dans sa poitrine. La porte de la chambre d'ami se trouvait sur sa droite, celle de la salle de bains attenante sur sa gauche. Et il comprit soudain que Shooter était bien dans la maison, mais pas dans la chambre. Non, la porte ouverte était un subterfuge. Ce qu'il voulait lui faire croire.

Shooter se cachait dans la salle de bains.

Et tandis qu'il restait immobile sur le palier, étreignant le tisonnier de la main droite, de la transpiration inondant son front et ses joues, Mort l'entendit. Un bruit de frottement presque imperceptible. Il était là-dedans : très bien. Debout dans le bac à douche, d'après le bruit. Il avait dû légèrement bouger. *Coucou, mon voyou, je t'ai entendu. Es-tu armé, tête de nœud ?*

Mort se dit qu'il l'était probablement, mais pas avec une arme à feu. Mort avait la conviction que son nom de plume était le rapport le plus proche qu'il eût avec une arme à feu. Shooter avait l'air du genre de type davantage à l'aise avec des instruments d'une nature plus rustique. Ce qu'il avait fait à Bump semblait le confirmer.

Je parie que c'est un marteau, songea Mort, qui essuya de sa main libre la sueur qui lui inondait la nuque. Il sentait ses yeux battre dans leur orbite au rythme de son cœur. *Un marteau qu'il aurait pris dans la cabane à outils.*

Il n'y pensa plus lorsqu'il vit Shooter, lorsqu'il le vit clairement, debout dans le bac à douche avec son chapeau noir à calotte ronde et ses écrase-merde jaunes, les lèvres étirées sur son dentier de pacotille en un sourire qui était en réalité une grimace, la sueur dégoulinant sur sa figure, le long de ses rides profondes, comme de l'eau dans des chéneaux galvanisés, le marteau brandi à hauteur d'épaule comme celui d'un juge. Qui se tenait là dans le bac à douche, n'attendant que d'abattre le marteau. Greffier, faites entrer l'accusé suivant.

Je te connais, mon pote. J'ai pigé ton numéro. Je l'ai pigé dès la première fois où je t'ai vu. Et tu sais quoi ? Je ne suis pas le bon écrivain qu'il fallait venir emmerder. Je crois que j'ai très envie de tuer quelqu'un depuis le milieu du mois de mai, et tu feras l'affaire aussi bien qu'un autre.

Il tourna la tête vers la porte de la chambre. En même temps, il tendit la main gauche (après l'avoir essuyée sur sa chemise pour que la sueur ne la fît pas glisser au moment crucial) et la referma sur le bouton de porte.

« Je sais que vous êtes là-dedans ! cria-t-il en direction de la porte entrouverte de la chambre. Si vous êtes sous le lit, vous feriez mieux d'en sortir ! Je vais compter jusqu'à cinq ! Si vous n'êtes pas sorti d'ici là, je vais rentrer... et ça va barder ! Vous m'entendez ? »

Il n'y eut pas de réponse... mais il ne s'était pas attendu à en avoir. Il n'en avait même pas désiré. Tout en étreignant la poignée de porte de la salle de bains, il cria les chiffres en direction de la chambre. Il ne savait pas si Shooter sentirait la différence, mais ce n'était pas exclu. L'homme était indiscutablement très fort. Diaboliquement fort.

Juste au moment où il allait se mettre à compter, il entendit un autre mouvement léger dans la salle de bains. Il ne l'aurait pas capté, même à cette distance, s'il n'avait tendu l'oreille avec toute la concentration dont il était capable.

« Un ! »

Bon Dieu qu'est-ce qu'il transpirait ! Comme un cochon !

« Deux ! »

Le bouton de porte était comme un caillou froid dans son poing crispé.

« Tr- »

Il tourna le bouton et enfonça la porte, laquelle alla rebondir si violemment sur le mur qu'elle entailla le papier peint et fit sauter le gong inférieur... et il était là, juste là, se jetant sur lui avec son arme brandie, les dents dénudées dans une grimace de tueur, le regard fou, monstrueusement fou, et Mort abattit le tisonnier, lui faisant décrire une boucle sifflante — juste le temps de se rendre compte que Shooter balançait également un tisonnier, qu'il ne portait pas son chapeau noir à calotte ronde, que ce n'était pas du tout Shooter mais lui-même, que le fou, c'était lui — puis le tisonnier fracassa le miroir au-dessus du lavabo et des morceaux de verre au dos argenté volèrent dans tous les sens avec des tintements, tandis que l'armoire à pharmacie s'effondrait dans la vasque. La porte démolie béait, dégorgeant ses flacons de sirop, d'iode et de listerine.

« J'ai tué un putain de miroir ! » hurla-t-il. Il était sur le point de jeter le tisonnier, furieux, lorsque quelque chose bougea dans le bac, derrière le panneau coulissant translucide. Il y eut un petit couinement effrayé. Avec un ricanement, Mort frappa de biais avec le tisonnier, ouvrant une déchirure irrégulière dans le plastique et faisant sauter la porte de son rail. Il releva le tisonnier à hauteur d'épaule, le regard écarquillé et fixe, les lèvres tirées en arrière dans la grimace qu'il avait imaginée sur la figure de Shooter.

Puis il rabaissa lentement le tisonnier. Il lui fallut se servir de sa main gauche pour détacher les doigts de sa main droite du manche de l'arme improvisée. Elle tomba bruyamment sur le sol.

« Infime bestiole peureuse et affolée, dit-il au mulot qui tournait en tous sens dans le bac lisse, quelle panique dans ta minuscule poitrine* ! » Sa voix avait un timbre insolite, rauque, plat. On n'aurait pas du tout dit sa voix. Il ressentait la même impression que la première fois que l'on écoute un enregistrement de sa propre voix.

Il fit demi-tour et sortit lentement de la salle de bains, sans un regard pour la porte branlante, dans un crépitement de verre écrasé.

Brusquement, il n'eut plus qu'une envie, descendre se coucher sur le canapé et faire un somme. Brusquement, il n'y eut plus rien au monde, lui sembla-t-il, de plus désirable.

---

* Stephen King cite un poème de Robert Burns, *To a Mouse* (A une souris) (*N.d.T.*).

24

C'est le téléphone qui le réveilla. Le crépuscule était sur le point de laisser place à la nuit, et il passa lentement à côté de la table à café à plateau de verre (celle qui aimait tant à lui mordre les tibias) avec le sentiment bizarre que le temps avait fait machine arrière. Son bras droit lui faisait horriblement mal. Son dos ne valait guère mieux. Avec quelle force avait-il frappé ? Quelle intensité avait eu la panique qui l'avait poussé ? Il n'eut pas envie de s'y attarder.

Il souleva le téléphone sans même se demander qui pouvait bien appeler. Il venait de vivre une période tellement mouvementée — désagréablement mouvementée, c'était rien de le dire — qu'il pouvait tout aussi bien s'agir du président. Celui des Etats-Unis. « Allô ?

— Comment ça va, Monsieur Rainey ? » demanda la voix. Mort eut un mouvement de recul, éloignant momentanément le téléphone de lui comme s'il tenait un serpent qui aurait essayé de le mordre. Il remit lentement l'écouteur à l'oreille.

« Je vais très bien, Monsieur Shooter, répondit-il d'une voix trahissant une gorge sèche. Et vous, comment ça va ?

— Me porte comme un charme, répondit Shooter avec ce lourd accent méridional qui produisait le même effet brutal qu'une vieille grange à la peinture écaillée debout au milieu d'un champ. « Mais je pense que vous, vous n'allez pas si bien. Piquer quelque chose à quelqu'un, ça ne vous a jamais gêné, on dirait, mais vous faire prendre la main dans le sac... ça m'a l'air que vos petits malheurs ont commencé.

— Mais de quoi vous parlez ? »

Shooter parut légèrement amusé. « Eh bien, j'ai entendu dire à la radio qu'on aurait brûlé votre maison. Votre autre maison. Ensuite, quand vous êtes rentré chez vous, on dirait que vous avez piqué votre crise... vous avez hurlé... cassé des choses... ou peut-être c'est simplement que les auteurs à succès comme vous ne supportent pas que les choses ne se passent pas comme ils l'auraient voulu. Bien possible, non ? »

Mon Dieu, il était ici. Ici !

Mort se surprit à regarder par la fenêtre comme s'il pouvait encore se trouver quelque part là dehors... Caché dans les buissons, peut-être, et parlant à Mort grâce à un radio-téléphone. Ridicule, évidemment.

« Le magazine avec mon histoire va arriver. Quand vous l'aurez vu, est-ce que vous me ficherez la paix ? »

Shooter avait toujours son ton légèrement amusé lorsqu'il répondit : « Il n'y a aucun magazine avec cette histoire dedans, Monsieur Rainey. Vous et moi, nous le savons parfaitement. Pas en 1980. Comment pourrait-elle y être, vu que mon histoire date de 1982 ?

— *Mais nom de Dieu, je n'ai jamais volé vot-*

— Quand j'ai entendu parler de l'incendie, j'ai été acheter l'*Evening Express*. Il y avait une photo de ce qui restait. Pas grand-chose. Y' avait aussi une photo de votre femme. (Il y eut un silence prolongé et songeur.) Elle est jolie, reprit-il avec une prononciation paysanne, exagérée et sarcastique. Comment un fils de pute aussi moche que vous a-t-il pu avoir la chance de dégoter une aussi jolie femme, Monsieur Rainey ?

— Nous avons divorcé, je vous l'ai déjà dit. Elle a peut-être fini par se rendre compte à quel point j'étais moche. Pourquoi ne pas laisser Amy en dehors de tout ça ? C'est entre vous et moi, cette histoire. »

Pour la deuxième fois en deux jours, il se rendit compte qu'il avait répondu au téléphone alors qu'il était à demi endormi et presque sans défense. Si bien que Shooter menait la conversation à peu près à sa guise. Et Mort par le bout du nez.

Raccroche, alors.

Mais il ne pouvait pas. Du moins, pas pour le moment.

« Entre vous et moi, n'est-ce pas ? Alors je suppose que vous n'avez parlé de moi à personne ?

— Mais qu'est-ce que vous voulez, à la fin ? Parlez ! Dites-le moi, et qu'on en finisse !

— Vous voulez connaître la deuxième raison qui fait que je suis venu, hein ?

— Oui !

— Je veux que vous m'écriviez une histoire, répondit Shooter calmement. Vous y mettrez mon nom dessus et vous me la donnerez. Vous me devez bien ça. Juste, c'est juste et correct, c'est correct. »

Mort resta paralysé dans le vestibule, étreignant le téléphone à s'en faire mal aux doigts, tandis qu'une veine battait à sa tempe. Il se trouva pendant quelques instants sous le coup d'une rage si absolue qu'il avait l'impression d'y être enseveli vivant, et qu'il ne fut capable que d'une seule pensée, qu'il ne cessa de se répéter : *C'est donc ça ! C'est donc ça ! C'est donc ça !*

« Vous êtes toujours là, Monsieur Rainey ? » demanda Shooter de sa voix calme aux intonations traînantes.

— La seule chose que j'écrirai jamais pour vous, rétorqua Mort, sa propre voix étouffée par la rage, ce sera une condamnation à mort, si vous ne me laissez pas tranquille.

— Vous employez les grands mots, l'ami, fit Shooter du ton patient que l'on prend pour expliquer un problème à un enfant stupide, parce que vous savez que je ne peux vous faire aucun mal, à vous. Si vous m'aviez volé mon chien ou ma voiture, je pourrais vous voler votre chien ou votre voiture. Aussi facilement que j'ai cassé le cou à votre chat. Et si vous essayiez de m'arrêter, je pourrais vous taper et vous voler tout de même. Mais là, c'est différent. Les choses que je veux sont dans votre tête. Aussi bien enfermées que dans un coffre-fort. Sauf que je ne peux pas faire sauter la porte ou découper le fond au chalumeau. Il faut que je trouve la bonne combinaison. N'est-ce pas ?

— Je ne sais pas de quoi vous voulez parler, mais je vous donnerai une histoire le jour où la statue de la liberté portera des couches-culottes. *L'ami.* »

D'un ton méditatif, Shooter répondit : « Je l'aurais bien laissée en dehors de tout ça si j'avais pu, mais je commence à me dire que vous ne me donnez pas le choix. »

Soudain, il n'y eut plus une goutte de salive dans la bouche de Mort ; sa gorge le brûlait, lisse et sèche. « Qu'est-ce que vous... ? qu'allez-vous... ?

— Est-ce que vous avez envie de vous réveiller de l'une de vos stupides siestes pour trouver Amy clouée à l'abri à poubelles ? demanda Shooter. Ou ouvrir la radio un matin et entendre dire qu'elle s'est battue avec la tronçonneuse du garage et que c'est elle qui a perdu ? A moins que le garage ait brûlé, aussi ?

— Faites attention à ce que vous dites », murmura Mort. Des larmes de rage et de terreur commençaient à picoter ses yeux exorbités.

« Il vous reste deux jours pour y penser. Et à votre place, j'y penserais sérieusement, Monsieur Rainey. Et je m'occuperais sérieusement d'elle, aussi. Et je crois que je ne parlerais de tout ça à personne d'autre. Ce serait comme se planter debout sous un orage et attirer la foudre. Divorcé ou pas, quelque chose me dit que vous en pincez encore pour la petite dame. Il est temps pour vous de grandir un peu. Vous ne pouvez pas vous en tirer comme ça, vous n'avez pas encore compris ? Je sais ce que vous avez fait, et je ne laisserai pas tomber tant que ça ne sera pas réglé.

— Vous êtes cinglé ! hurla Mort.

— Bonsoir, Monsieur Rainey. » Shooter raccrocha.

25

Mort resta immobile, tandis que l'écouteur s'éloignait lentement de son oreille. Puis il souleva brutalement la base de l'appareil. Il était sur le point de jeter tout le bidule contre le mur, lorsqu'il fut capable de se maîtriser de nouveau. Il reposa l'appareil et prit une douzaine d'inspirations profondes, au point d'en avoir la tête qui tournait. Puis il composa le numéro de Herb Creekmore.

C'est Dolores, la petite amie de Herb, qui décrocha dès la deuxième sonnerie. Elle appela Herb.

« Salut, Mort, dit Herb. Alors, la maison ? Qu'est-ce qui s'est passé exactement ? (Sa voix eut l'air de s'écarter un peu du micro.) Dolores, est-ce que tu veux bien pousser la casserole sur le feu du fond ? »

L'heure du dîner à New York, et il veut que je le sache. Eh bien, j'en ai rien à foutre. Un maniaque vient juste de me menacer de débiter ma femme en côtelettes, mais la vie continue, hein ?

« Il n'y a plus de maison, dit Mort. L'assurance va couvrir les pertes. Financièrement, ajouta-t-il après un bref silence.

— Je suis désolé. Est-ce que je peux faire quelque chose ?

— Pour la maison, rien, mais merci de me le proposer. En revanche, à propos de l'histoire...

— Quelle histoire, Mort ? »

Il sentit sa main qui se contractait de nouveau sur le combiné, et il se força à la desserrer. *Il ignore quelle est la situation ici. Tu ne dois pas oublier ça.*

« Celle qui met mon cinglé d'ami dans tous ses états, fit-il, s'efforçant de conserver un ton léger et insouciant. " Sowing Season ". Dans *Ellery Queen's Mystery Magazine*.

— Oh, ça ! » s'exclama Herb.

Une onde de peur traversa Mort. « Tu n'as pas oublié d'appeler, au moins ?

— Non, j'ai bien appelé, le rassura l'agent. J'avais juste oublié l'affaire, une minute. Tu viens de perdre ta maison et tout ça, et...

— Eh bien ? Qu'est-ce qu'on t'a répondu ?

— Tu n'as pas à t'inquiéter. Ils vont m'envoyer une photocopie en express demain, et je te la renverrai par express aussi. Tu devrais l'avoir vers dix heures après-demain. »

Un instant, il put croire que tous ses problèmes étaient résolus, et il commença à se détendre. Puis il repensa à la manière dont le regard de Shooter avait flamboyé. A la manière dont son visage s'était rapproché du sien, jusqu'à ce que leurs deux fronts soient en contact. Il pensa à l'haleine de Shooter parfumée à la cannelle et à la manière dont il avait dit : « Vous mentez. »

Une photocopie ? Il n'était même pas sûr que Shooter accepterait le verdict d'un *original*. Mais une photocopie ?

« Non, Herb, ça ne colle pas. Pas de photocopie, pas de coup de fil de l'éditeur. Il faut que ce soit un numéro original du magazine.

— Ce sera un peu plus difficile. Ils ont évidemment leurs bureaux dans Manhattan, mais ils conservent les exemplaires d'archive dans leur service d'abonnement, en Pennsylvanie. Ils ne gardent que cinq numéros de chaque exemplaire — c'est vraiment tout ce qu'ils peuvent se permettre de conserver, si tu considères que *EQMM* est publié depuis 1941. Ils ne tiennent pas beaucoup à les prêter.

— Voyons, Herb ! On te vend ces magazines au mètre dans toutes les librairies d'occasion des Etats-Unis !

— Mais jamais une collection complète. (Herb se tut un instant.) Pas même un coup de téléphone, hein ? Es-tu en train de me dire que ce type est tellement parano qu'il croirait parler à l'un de tes nombreux nègres ? Est-il dangereux ? »

Une voix, à l'arrière-plan, demanda : « Est-ce que je sers le vin, Herb ? »

Herb se détourna une fois de plus du micro. « Attends une minute, Dolores.

— Je t'empêche de passer à table, dit Mort. Je suis désolé.

— Ce sont les risques du métier. Réponds-moi franchement,

Mort. Est-ce que ce type est aussi cinglé que ça ? Est-il dangereux ? »

A votre place, je ne parlerais de ça à personne d'autre... Ce serait comme se planter sous un orage et attirer la foudre.

« Je ne pense pas, mais je ne veux plus l'avoir sur le dos, Herb. » Il hésita. Il cherchait le ton juste. « J'ai passé les six derniers mois à crapahuter dans un merdier total. C'est un truc que je pourrai régler. Je ne veux pas avoir cet emmerdeur sur le dos.

— D'accord, fit Herb, d'un ton soudain décidé. J'appellerai Marianne Jaffery, à *EQMM.* Je la connais depuis un bon bout de temps. Si je lui demande de demander au conservateur de la bibliothèque — je blague pas, c'est comme ça qu'ils l'appellent — de nous envoyer un exemplaire du numéro de juin 1980, elle le fera. D'accord pour leur dire qu'ils auront une nouvelle de toi dans un futur pas trop éloigné ?

— Bien sûr », dit-il, pensant à part lui : *Dis-lui que ce sera sous le nom de John Shooter.* Il faillit éclater de rire.

« Bon. Elle s'arrangera pour que le conservateur te l'envoie directement en express de Pennsylvanie. Il faudra simplement le rendre en bon état, sinon tu devras trouver l'un de ces exemplaires d'occasion dont tu parlais à l'instant.

— Y a-t-il une chance pour que je l'aie après-demain ? » demanda Mort. Il se sentait pitoyablement sûr que Herb allait le trouver cinglé, rien que pour poser une telle question... et qu'il devait certainement penser que Mort faisait une grosse montagne d'une petite taupinière.

« Il y a toutes les chances. Je ne peux pas te le garantir, mais presque.

— Merci Herb, dit Mort avec une gratitude sincère. T'es un chou.

— Mais voyons, c'est tout naturel, M'dam. » Herb n'avait pu s'empêcher de répondre sans se livrer à la mauvaise imitation de John Wayne dont il était si absurdement fier.

« Bon, maintenant, va dîner. Une bise à Dolores de ma part. »

Herb était toujours d'humeur John Waynesque. « Tu peux toujours courir ! Je lui ferai la bise de la mienne, l'ami. »

Vous employez les grands mots, l'ami.

Une bouffée d'horreur et de peur le submergea, d'une telle force qu'il faillit crier. Même expression, même voix plate et traînante. Shooter avait dû installer une dérivation sur sa ligne de téléphone, et peu importait qui Mort tentait de joindre : c'était toujours John Shooter qui répondait. Herb Creekmore n'était que l'un de ses noms de plume et-

« Mort ? Tu es toujours là ? »

Il ferma les yeux. Maintenant que l'agent se dispensait de son mauvais numéro d'imitation, ça allait. C'était ce bon vieil Herb, tel qu'il l'avait toujours connu. Le fait qu'il eût employé cette expression n'était simplement...

Quoi ?

Qu'un char de plus dans la grande parade des coïncidences ? D'accord. Evidemment. Pas de problème. Je n'ai qu'à sagement rester sur le trottoir pour la regarder passer. Et pourquoi pas ? J'en ai déjà vu défiler une demi-douzaine encore plus grosses.

« Je suis bien là, Herb, dit-il en ouvrant les yeux. J'étais juste en train de me dire que je t'aimais beaucoup, et de compter les raisons que j'avais pour cela, noble sire.

— Mon Dieu qu'il est bête ! répliqua Herb, manifestement ravi. Et j'espère que tu seras prudent avec ce type, hein ?

— Ne t'inquiète pas.

— Bon. Je crois que je vais aller dîner avec la lumière de ma vie.

— Bonne idée. Au revoir, Herb — et merci.

— De rien. Je vais m'arranger pour que ce soit après-demain. Tu as les amitiés de Dolores.

— Je te parie qu'elle a déjà servi le vin », répondit Mort, et tous deux raccrochèrent en riant.

Dès qu'il eut reposé le combiné, son fantasme lui revint. Shooter. Il le surveillait en imitant toutes les voix. Bien entendu, il était seul et la maison était plongée dans l'obscurité, des conditions qui favorisent le travail de l'imagination. Néanmoins il ne croyait pas — rationnellement, du moins — que John Shooter fût un être surnaturel ou un super-criminel. Dans le premier cas, il aurait certainement su que Morton Rainey n'avait commis aucun plagiat — en tout cas, pas en ce qui concernait l'histoire en question — et dans le second, il aurait été en train d'attaquer une banque ou de faire un coup de ce genre, et non de glander dans le Maine occidental, à essayer d'arracher une nouvelle à un écrivain qui gagnait beaucoup plus d'argent avec ses romans.

Il repartait lentement vers le séjour, avec l'intention de regagner son bureau et de se mettre à son traitement de texte, lorsqu'une idée *(en tout cas, pas en ce qui concernait l'histoire en question)* le frappa soudain et l'arrêta.

Qu'est-ce que cela signifiait exactement, l'histoire en question ? Aurait-il jamais volé une histoire à quelqu'un ?

Pour la première fois depuis le jour où Shooter s'était présenté sur le porche de sa maison, sa liasse de feuilles à la main, Mort envisagea sérieusement la question. Nombreux étaient les articles consacrés à ses livres laissant entendre qu'il n'était pas un écrivain très original ; que la plupart de ses œuvres n'étaient qu'une mouture nouvelle de vieux scénarios. Il se souvenait d'Amy lisant un article consacré à *The Organ Grinder's Boy* qui, s'il commençait par reconnaître ses qualités (action rondement menée, lisibilité) suggérait que l'intrigue n'était pas sans précédents. Elle lui avait dit : « Et alors ? Est-ce que ces gens ne savent pas qu'il n'existe que quatre ou cinq bonnes intrigues, que les écrivains ne cessent de reprendre sous toutes les formes, avec des personnages différents ? »

Mort lui-même estimait qu'il y avait au moins six types d'histoire : succès ; échec ; amour et perte de l'amour ; vengeance ; méprise sur l'identité ; recherche d'une puissance plus grande, Dieu ou le diable. Il avait multiplié les variations sur les quatre premiers, obsessionnellement, et, maintenant qu'il y réfléchissait, il se rendait compte que « Sowing Season » s'inspirait d'au moins trois de ces idées. Mais pouvait-on pour autant parler de plagiat ? Dans ce cas, tous les écrivains de l'univers étaient des plagiaires.

Le plagiat, décida-t-il, était un vol qualifié. Et jamais il n'avait commis un tel vol de sa vie. Jamais.

« Jamais », dit-il à voix haute, se dirigeant vers son bureau la tête haute et les yeux grands ouverts, comme un guerrier qui arrive sur le champ de bataille. Il y resta assis pendant une heure, sans écrire un seul mot.

26

Cette tentative infructueuse le convainquit d'une chose : autant boire son repas du soir que le manger. Il en était à son deuxième bourbon à l'eau lorsque le téléphone sonna de nouveau. Il s'en approcha, méfiant, regrettant tout d'un coup de ne pas avoir de répondeur automatique, en fin de compte. Ces appareils ont au moins une qualité fondamentale : on peut contrôler les appels et séparer le bon grain de l'ivraie, les amis des ennemis.

Il resta debout à côté de l'appareil, indécis, se perdant en considérations sur le bruit désagréable, à son oreille, des sonneries modernes. Il était une fois des téléphones qui sonnaient vraiment — joyeusement, même. Ils lançaient maintenant un hululement suraigu qui avait tout d'une migraine annonçant son arrivée.

Bon, alors ? vas-tu décrocher, ou rester planté là à l'écouter te casser les oreilles ?

Je ne veux pas lui reparler. Il me fait peur et il me rend furieux, et je ne sais pas ce que je déteste le plus des deux.

Mais ce n'est peut-être pas lui.

Peut-être que si.

Ecouter ces deux pensées qui tournaient en rond était encore pire que d'avoir à supporter le piaillement mécanique du téléphone. Il prit donc le combiné et lança un « Allô ! » aussi bourru que possible. Mais en fin de compte, ce n'était personne de plus dangereux que Greg Carstairs, son homme à tout faire.

Greg lui posa les inévitables questions sur la maison, et Mort y répondit une fois de plus, non sans se dire que la relation d'un tel événement ressemblait à ce qu'on dit à propos de la mort soudaine d'un proche ; s'il est une chose qui peut vous aider à surmonter le choc, c'est bien la répétition constante des faits connus.

« Ecoutez, Mort, j'ai finalement pu joindre Tom Greenleaf vers la fin de l'après-midi, dit Greg d'une voix que l'écrivain trouva un peu curieuse, comme prudente. Il était en train de repeindre le Centre communautaire de l'Eglise méthodiste avec Sonny Trotts.

— Alors ? Vous lui avez parlé de mon pote ?

— Ouais, je lui en ai parlé, répondit Greg, d'un ton encore plus précautionneux.

— Eh bien ? »

Il y eut un bref silence, puis Greg reprit : « Tom pense que vous avez dû vous tromper de jour.

— Me tromper de... qu'est-ce qu'il a voulu dire ?

— Eh bien..., fit Greg d'un ton d'excuse, il est bien passé par Lake Drive hier après-midi, et il vous a bien vu ; il m'a dit qu'il vous a salué de la main et que vous avez répondu. Seulement voilà, Mort-

— Mais quoi ? (Il craignait de connaître déjà la réponse.)

— Tom dit que vous étiez seul. »

27

Mort resta un long moment sans rien dire. Il se sentait incapable de proférer une seule parole. Greg ne disait rien, non plus, lui laissant le temps de réfléchir. Tom Greenleaf, n'était pas né d'hier ; il comptait au moins trois ans de plus que Dave Newsome, sinon six. Mais il n'était pas sénile non plus.

« Seigneur Jésus », finit par dire Mort. Il avait parlé très doucement. A la vérité, il se sentait un peu hors d'haleine.

« A mon idée, dit Greg d'une voix mesurée, c'est peut-être bien Tom qui se mélange un peu les pinceaux. Vous savez, il n'est-

— Pas né d'hier, finit Mort. Oui, je le sais. Mais s'il y a quelqu'un à Tashmore qui repère mieux les étrangers que lui, j'aimerais bien le connaître. Il a passé sa vie à se souvenir des étrangers qui passaient dans le coin, Greg ! C'est bien l'une des caractéristiques du métier de gardien, non ? (Il hésita, puis explosa.) Mais il nous a regardés, bon sang ! Il nous a regardés tous les deux ! »

Prudemment, s'exprimant comme s'il ne faisait que plaisanter, Greg répondit : « Etes-vous bien sûr que ce type, vous ne l'avez pas rêvé, Mort ?

— Je n'avais même pas envisagé cela jusqu'à maintenant, fit Mort lentement. Si rien de ce que je crois n'est arrivé, et si je cours partout en disant le contraire aux gens, c'est que je deviens cinglé.

— Oh ! ce n'est pas du tout ce que...

— Moi, si », répliqua Mort. Il songea : *Mais c'est peut-être ce qu'il cherche. A faire en sorte que les gens me croient cinglé. Et aussi à faire en sorte, peut-être, que ce soit en fin de compte la vérité.*

Oh ! oui. Tout juste. Et il s'est mis en cheville avec Tom Greenleaf pour monter son coup. En fait, c'est probablement Tom qui est allé à Derry mettre le feu à la maison pendant que Shooter restait ici et massacrait le chat, non ?

Bon, ça suffit. Réfléchis. Réfléchis vraiment. Etait-il là ? S'y trouvait-il vraiment ?

Mort réfléchit donc. Il y réfléchit plus intensément qu'il n'avait jamais réfléchi à quoi que ce fût de toute sa vie ; plus intensément, même, qu'il n'avait réfléchi à Amy et Ted et à ce qu'il devrait faire, après qu'il les avait découverts ensemble dans un lit par cette belle journée de mai. Aurait-il *halluciné* John Shooter ?

Il pensa de nouveau à la vitesse avec laquelle il l'avait attrapé et collé contre la voiture.

« Greg ?

— Je suis toujours là, Mort.

— Tom n'a pas vu la voiture, non plus ? Un vieux break, immatriculé dans le Mississippi ?

— Il dit qu'il n'a pas vu une seule voiture sur Lake Drive de toute la journée. Qu'il n'a vu que vous, au bout du chemin qui descend vers le lac. Il a pensé que vous admiriez le paysage. »

Souvenir réel, ou Memorex ?

Il ne cessait de revenir aux deux mains de Shooter qui l'agrippaient solidement aux bras, à la vitesse à laquelle l'homme l'avait plaqué contre la voiture. « Vous mentez », avait dit Shooter. Mort avait lu de la rage dans son regard, il avait senti son haleine parfumée à la cannelle.

Ses mains.

La pression de ses mains.

« Restez en ligne une seconde, Greg.

— Bien sûr. »

Mort posa le combiné sur la table et essaya de rouler ses manches de chemise. Il n'y arrivait pas, tant ses mains tremblaient. Finalement, il la déboutonna, l'enleva et tendit les bras. Tout d'abord, il ne vit rien. Puis il les fit tourner sur eux-mêmes au maximum, et il les aperçut : deux ecchymoses jaunissantes à l'intérieur de chacun de ses bras, juste au-dessus du coude.

Les marques laissées par les pouces de John Shooter lorsqu'il l'avait attrapé et jeté contre la voiture.

Il songea soudain qu'il était peut-être sur le point de comprendre, et eut peur. Pas pour lui, cependant.

Pour le vieux Tom Greenleaf.

28

Il reprit le téléphone. « Greg ?

— Toujours là.

— Est-ce que Tom vous a paru aller bien quand vous lui avez parlé ?

— Il était épuisé, répondit aussitôt Greg. Ce n'est plus un boulot pour ce vieux fou, que de grimper sur des échafaudages et de peindre toute la journée avec un vent glacial. Pas à son âge. Il avait l'air d'être prêt à tomber sur le premier tas de feuilles mortes venu, s'il ne se couchait pas rapidement. Je vois où vous voulez en venir, Mort, et je me dis qu'il était assez fatigué pour avoir un trou de mémoire, mais-

— Non, ce n'est pas à cela que je pense. Etes-vous sûr que ce n'était que de la fatigue ? N'aurait-il pas eu peur, aussi ? »

C'est maintenant à l'autre bout du fil qu'il y eut un long silence songeur. En dépit de son impatience, Mort ne le rompit pas. Il voulait laisser à Greg tout le temps dont il avait besoin.

« Il ne paraissait pas lui-même, finit par répondre l'ex-hippie. Il avait l'air distrait... la tête ailleurs. J'ai attribué ça uniquement à la fatigue, mais il s'agissait peut-être d'autre chose. De tout autre chose.

— Aurait-il pu vous cacher quoi que ce soit ? »

Cette fois-ci, le silence dura moins longtemps. « Je ne sais pas. C'est possible. C'est tout ce que je peux dire, Mort. Je regrette de ne pas lui avoir parlé plus longtemps et de ne pas avoir insisté davantage.

— Je crois que ce serait une bonne idée si nous allions chez lui, Greg. Tout de suite. Les choses se sont passées comme je vous les ai racontées. Si la version de Tom est différente, c'est peut-être parce que mon collègue lui a fichu une frousse de tous les diables. On se retrouve là-bas.

— D'accord. (De nouveau, Greg paraissait inquiet.) Mais vous savez, Tom n'est pas du genre à avoir facilement peur.

— Je suis sûr que c'était vrai autrefois, mais Tom a ses soixante-quinze printemps bien sonnés. Je crois que plus on est âgé, plus on a facilement peur.

— Alors, on se retrouve là-bas ?

— Me paraît une excellente idée. » Mort raccrocha, jeta le reste de bourbon dans l'évier et prit la Buick pour aller chez Tom Greenleaf.

29

Greg était déjà garé dans l'allée lorsque Mort arriva. Le quatre-quatre de Tom se trouvait rangé à l'arrière de la maison.

Greg portait une veste de flanelle dont il avait relevé le col ; le vent qui venait du lac était désagréablement frisquet.

« Il va bien, lui dit aussitôt Greg.

— Comment le savez-vous ? »

Ils parlaient tous deux à voix basse.

« J'ai vu son quatre-quatre, et j'ai donc été à la porte de derrière. Il a accroché un mot, dans lequel il dit qu'il a eu une journée pénible et qu'il est allé se coucher tôt. (Greg sourit et repoussa ses longs cheveux de son visage.) Il y dit aussi que si on a besoin de lui, on n'a qu'à m'appeler.

— La note est bien de sa main ?

— Ouais. Une grande écriture de vieux. Je la reconnaîtrais partout. J'ai fait le tour jusqu'à la fenêtre de sa chambre. La fenêtre est fermée, mais c'est un miracle que la vitre ne soit pas cassée, tellement il ronfle fort. Vous voulez vérifier vous-même ? »

Mort soupira et secoua la tête. « Il y a pourtant quelque chose qui cloche, Greg. Tom nous a vus. Nous a vus *tous les deux*. Le type s'est énervé peu après le passage de Tom et m'a attrapé aux bras. J'ai encore les bleus. Je peux vous les montrer, si vous voulez les voir. »

Greg secoua à son tour la tête. « Je vous crois. Plus j'y pense, moins j'aime l'air qu'il avait quand il m'a dit que vous étiez tout seul, lorsqu'il vous a vu. Je lui parlerai demain matin. Ou bien on pourrait lui parler tous les deux, si vous voulez.

— Ce serait mieux. A quelle heure ?

— On a qu'à se retrouver au Centre communautaire vers neuf heures et demie. Il aura eu ses deux tasses de café — pas question d'en tirer quelque chose tant qu'il n'a pas pris son café — et nous pourrons le faire descendre de son foutu échafaudage pendant un moment. On lui sauvera peut-être la vie ! Ça vous va ?

— Oui. (Mort lui tendit la main.) Désolé de vous avoir amené à la chasse au dahut. »

Greg lui secoua la main. « Mais non. Il y a quelque chose qui ne colle pas dans cette affaire. Je suis fichtrement curieux de découvrir ce que c'est. »

Mort remonta dans la Buick, et Greg se glissa derrière le volant de sa camionnette. Chacun partit dans une direction opposée, laissant le vieil homme à son sommeil épuisé.

Mort lui-même ne put s'endormir avant trois heures du matin. Il se tourna et se retourna dans le lit jusqu'à ce que les draps fussent sens dessus dessous et qu'il ne pût plus les supporter. Il descendit alors dans le séjour, pris d'une sorte d'hébétude, pour aller se coucher sur le canapé. Il se cogna les tibias à cette salope de table à café, jura sans conviction, s'allongea, ajusta les coussins sous sa tête et s'enfonça presque immédiatement dans un trou noir.

30

Lorsqu'il se réveilla à huit heures, le lendemain matin, il eut l'impression de se sentir bien. Du moins jusqu'au moment où il pivota pour s'asseoir sur le canapé et poser les pieds sur le sol. Le grognement qui lui échappa fut un véritable cri rentré et il ne put que rester assis pendant un moment, sans savoir si c'était son dos, ses genoux ou son bras droit qui lui faisaient le plus mal. Le bras droit, semblait-il, et il choisit de se le tenir. Il avait lu un jour que les gens sont capables, sous l'effet de la panique, de déployer des efforts surhumains ; qu'ils ne sentent rien tandis qu'ils soulèvent une voiture sous laquelle un enfant est prisonnier ou étranglent un doberman tueur à mains nues ; qu'ils ne se rendent compte à quel point ils ont sollicité leurs muscles qu'une fois que la vague de fond de l'émotion s'est retirée. Maintenant, il le croyait. Il avait ouvert la porte de la salle de bains avec tant de violence qu'un des gonds avait sauté. Avec quelle force avait-il abattu le tisonnier ? Plus qu'il ne préférait y penser, à sentir les protestations de son dos et de son bras droit, ce matin. De même qu'il ne préférait pas trop penser à l'aspect que devait avoir la salle de bains de la mezzanine pour un œil plus froid que le sien. Il savait qu'il allait réparer lui-même les dégâts — du moins ce qu'il pourrait. Mort songea que Greg Carstairs devait commencer à nourrir des doutes sérieux sur sa santé mentale, en dépit de ses protestations. Il lui suffirait d'examiner la porte, l'armoire à pharmacie et la porte coulissante de la douche pour qu'il perdît encore un peu plus sa foi en la rationalité de Mort. Il se souvint d'avoir pensé que Shooter essayait peut-être de faire croire aux gens que lui, Mort, était fou. L'idée ne semblait plus aussi délirante, maintenant qu'il l'examinait à la claire lumière du jour ; au contraire, jamais elle ne lui avait paru aussi logique et vraisemblable.

Il avait cependant promis à Greg de le retrouver au centre communautaire dans quatre-vingt-dix minutes — moins que ça, maintenant — afin de parler à Tom Greenleaf. Il n'avait pas le loisir de rester ici à compter ses courbatures.

Mort s'obligea à se mettre debout et se rendit d'un pas précautionneux jusqu'à la salle de bains principale. Il fit couler la douche à une telle température que de la vapeur en montait et, après avoir pris trois aspirines, il passa dessous.

Le temps d'en émerger, l'aspirine avait commencé à produire son effet, et il se dit qu'après tout, il arriverait peut-être à tenir jusqu'au soir. Ça n'allait pas être drôle, et il risquait d'avoir l'impression que la journée s'éternisait, mais il pensait pouvoir tenir.

C'est le deuxième jour, songea-t-il tout en s'habillant. Une petite contraction d'appréhension le fit tressaillir. *C'est demain la date limite.* Cela lui fit penser à Amy, puis à la phrase qu'avait prononcée Shooter : *Je l'aurais bien laissée en dehors de tout ça si j'avais pu, mais je commence à me dire que vous ne me donnez pas le choix.*

Les crampes revinrent. Tout d'abord ce fils de pute barjot avait tué Bump, puis il avait menacé Tom Greenleaf (il l'avait certaine-ment menacé !) et, commença-t-il à soupçonner fortement, il devenait bien possible que Shooter eût mis le feu à la maison de Derry. Il se dit qu'il avait dû s'en douter depuis le début, et qu'il n'avait tout simplement pas voulu l'admettre. Incendier la maison pour se débarrasser du magazine avait été sa mission principale — évidemment : un homme aussi cinglé que Shooter ne songeait pas aux autres exemplaires qu'on pouvait trouver ici et là. Ce genre de raisonnement était incompatible avec la vision du monde d'un dément comme lui.

Et Bump ? L'idée d'assassiner le chat n'avait dû lui venir qu'après coup. Shooter revient, voit le chat perché sur la cabane à poubelles, attendant qu'on lui ouvre, se rend compte que Mort dort encore et tue le chat sur une impulsion. Faire l'aller et retour pour Derry avait dû être juste, mais restait possible. L'enchaînement était logique.

Et maintenant il menaçait de s'attaquer à Amy.

Il va falloir que je l'avertisse, songea-t-il en enfonçant les pans de sa chemise dans son pantalon. *Faudra l'appeler dès ce matin et mettre ça au net. M'occuper moi-même de cette affaire est une chose ; mais rester coi pendant qu'un cinglé s'en prend à la seule femme que j'ai jamais vraiment aimée, à propos de quelque chose dont elle ignore tout en est une autre...*

Oui. Mais il allait tout d'abord parler avec Tom Greenleaf et lui tirer les vers du nez. Sans Tom pour confirmer que Shooter traînait bien dans les environs et qu'il était réellement dangereux, le propre comportement de Mort n'allait pas tarder à prêter à soupçons, ou à paraître délirant. Voire les deux. Probablement, les deux. Donc, Tom d'abord.

Mais avant de retrouver Greg au Centre communautaire des Méthodistes, il avait l'intention de s'arrêter chez Bowie et de se faire servir par Gerda sa célèbre omelette au bacon et au fromage. Une armée ne marche que l'estomac plein, soldat Rainey. Exact, mon capitaine. Il se rendit dans le vestibule de la façade, ouvrit la petite boîte accrochée au mur au-dessus de la table du téléphone, et voulut y prendre les clés de la Buick. Elles ne s'y trouvaient pas.

Sourcils froncés, il revint à la cuisine. Elles l'attendaient sur le plan de travail, à côté de l'évier. Il les prit et les fit sauter dans sa main, songeur. Ne les avait-il pas remises à leur place en revenant de chez Tom, hier au soir ? Il essaya de s'en souvenir, sans y parvenir vraiment. Remettre les clés dans leur boîte en rentrant à la maison était un geste tellement habituel que sa succession, jour après jour, en brouillait le souvenir. Demandez à un homme qui aime les œufs mollets ce qu'il a pris au petit déjeuner trois jours auparavant, il ne s'en souviendra pas : il supposera qu'il a pris des œufs mollets, parce qu'il en mange presque tout le temps, mais il ne pourra le dire avec certitude. C'était comme ça. Il était revenu fatigué, courbatu, soucieux. Le souvenir le fuyait.

Ça ne lui plaisait pas, cependant.

Pas du tout.

Il retourna vers la porte de derrière et l'ouvrit. Là, posé sur les planches du porche, se trouvait le chapeau noir de Shooter.

Mort resta sur le seuil, sans le quitter des yeux, étreignant le trousseau de clés dans sa main ; la pendeloque de cuivre du porte-clé renvoyait de temps en temps un rayon du soleil matinal. Il entendait son cœur battre jusque dans ses oreilles. Des pulsations lentes et délibérées. Tout au fond de lui, il s'y était attendu.

Le chapeau gisait à l'endroit exact où Shooter avait laissé le manuscrit. Un peu plus loin, dans l'allée, était garée la Buick. Pourtant, il l'avait rangée au-delà de l'angle, à son retour, hier au soir — de cela, il était sûr. Or maintenant, elle se trouvait ici.

« *Mais qu'est-ce que tu as fabriqué ?* » s'exclama soudain Mort Rainey dans la lumière du matin. Les oiseaux qui, insouciants, pépiaient dans les arbres voisins, se turent tous en même temps.

« *Au nom du ciel, qu'est-ce que tu as fabriqué ?* »

Mais si Shooter se tenait dans les parages, il ne répondit pas. Peut-être avait-il l'impression que Mort trouverait bien assez tôt la réponse à cette question.

31

Le cendrier de la Buick était tiré, et contenait deux mégots de cigarettes. Des cigarettes sans filtre. Mort en pêcha un entre deux ongles, une grimace de dégoût sur le visage, sûr qu'il s'agirait de la marque préférée de Shooter, des Pall Mall. Il ne s'était pas trompé.

Il tourna la clé et le moteur démarra sur-le-champ. Mort n'avait pas remarqué les cliquetis que produit un moteur qui se refroidit, en arrivant, mais celui-ci s'était mis en route comme s'il était encore chaud. Le chapeau de Shooter se trouvait maintenant dans le coffre, où Mort l'avait placé en le tenant avec le même dégoût que le mégot de cigarette — par le bord, entre deux doigts. Rien ne se dissimulait dessous, et l'intérieur ne comportait que la bordure habituelle, tachée de transpiration. Il s'en dégageait une autre odeur, cependant, plus âpre et forte que celle de la sueur. Une odeur que Mort reconnaissait sans pouvoir la situer. Peut-être cela allait-il lui revenir. Il avait tout d'abord posé le chapeau sur le siège arrière, puis s'était souvenu qu'il allait voir Greg et Tom dans moins d'une heure. Il valait peut-être mieux qu'ils ne le vissent pas. Il ne savait pas exactement pour quelle raison, mais il lui semblait plus sûr, ce matin, de suivre ce que lui dictait son instinct que de se poser trop de questions ; il avait donc finalement mis le chapeau dans le coffre, avant de partir pour la ville.

32

Il passa devant la maison de Tom en allant chez Bowie. Le quatre-quatre n'était plus dans l'allée. Un instant, cela le rendit nerveux, puis il se dit que c'était plutôt bon signe : Tom devait se trouver déjà au travail. Ou bien s'était-il rendu chez Bowie ; veuf, il prenait souvent ses repas au comptoir du magasin général, qui faisait aussi restaurant.

C'était presque l'équipe au complet du département des travaux publics de Tashmore qui se trouvait au comptoir, chez Bowie, mais Tom

(mort il est mort Shooter l'a tué et devine de quelle voiture il s'est servi)

ne figurait pas dans le groupe.

« Mort Rainey ! » Gerda Bowie le salua de son mugissement rauque habituel. C'était une grande femme avec des masses de cheveux châtains frisottés et une opulente poitrine ronde. « Ça fait une paye qu'on vous a pas vu ! Vous nous avez écrit un bon livre, ces temps derniers ?

— J'ai essayé, répondit Mort. Vous ne me feriez pas l'une de vos omelettes spéciales, par hasard ?

— Putain, non ! » répliqua Gerda en s'esclaffant, pour montrer qu'elle ne faisait que plaisanter. Les types des travaux publics en salopette vert olive rirent avec elle. Mort regretta brièvement de ne pas avoir un gros pétard comme celui que Dirty Harry portait sous sa veste de sport en tweed. Boum-bing-bang, et peut-être le calme reviendrait-il. « Une minute, Mort.

— Merci. »

Lorsqu'elle servit l'omelette, accompagnée de rôties, de café et de gelée, elle lui glissa sur le ton de la confidence : « On m'a dit, pour votre divorce. Je suis désolée. »

Il porta la tasse de café à ses lèvres d'une main qui ne tremblait presque pas. « Merci, Gerda.

— Est-ce que vous prenez soin de vous, au moins ?

— Heu... j'essaie.

— Parce que vous m'avez l'air un peu pâlot.

— C'est dur de trouver le sommeil, certains soirs. Je crois que je ne suis pas encore habitué au silence.

— Des clous. Ne pas dormir tout seul, voilà à quoi vous n'êtes pas habitué. Mais un homme n'a pas à dormir seul pour l'éternité, Mort, simplement parce que sa femme ne sait pas apprécier une bonne chose quand elle en a une. J'espère que vous ne m'en voulez pas de vous parler ainsi-

— Pas du tout », la coupa Mort. Mais il lui en voulait. Comme conseillère matrimoniale, Gerda Bowie était nulle.

« ... vous comprenez, vous êtes le seul écrivain célèbre que nous ayons dans le patelin.

— C'est sans doute déjà un de trop. » Elle rit et lui pinça

l'oreille. Mort se demanda fugitivement ce qu'elle dirait et ce que les hommes en salopette diraient, s'il lui prenait la fantaisie de mordre la main qui le pinçait. Il fut un peu choqué de trouver cette idée aussi puissamment attrayante. Etaient-ils tous en train de parler de lui et d'Amy ? Certains disant qu'elle n'avait pas su garder ce qu'elle avait de bien, d'autres que la pauvre femme avait fini par en avoir assez de vivre avec un cinglé et décidé de ficher le camp, mais aucun d'eux n'ayant la moindre foutue idée de ce dont ils parlaient, ni de ce qu'il y avait eu entre lui et Amy à l'époque où ça marchait bien. Evidemment, qu'on parlait de lui, conclut-il à regret. C'est à ce petit jeu que les gens étaient les meilleurs. De grandes discussions sur les personnes dont les noms apparaissaient dans les journaux.

Il baissa les yeux sur son omelette. Il n'en avait plus envie.

Il piocha néanmoins dedans, et réussit à en ingurgiter les trois quarts. La journée allait être longue. Les opinions de Gerda sur son aspect et l'état de sa vie sentimentale n'y changeraient rien.

Lorsqu'il eut terminé, payé son petit déjeuner et un journal et quitté le magasin (l'équipe de travaux publics avait décampé en masse cinq minutes avant lui, l'un d'eux s'arrêtant juste le temps de récupérer un autographe en vue de l'anniversaire d'une nièce), il était neuf heures cinq. Il s'assit derrière le volant et chercha s'il n'y avait pas un article sur l'incendie de la maison de Derry ; il le trouva en page trois. AUCUNE PISTE DANS L'INCENDIE CRIMINEL DE LA MAISON RAINEY, DÉCLARE LA POLICE, disait le titre. L'article lui-même faisait moins d'une demi-colonne. « Morton Rainey, connu pour des best-sellers comme *The Organ-Grinder's Boy* et *The Delacourt Family,* n'a pu être joint pour nous faire part de ses sentiments », lisait-on à la fin. Ce qui signifiait qu'Amy ne leur avait pas donné le numéro de Tashmore. Bonne idée. Il la remercierait lorsqu'il l'appellerait, plus tard.

Mais Tom Greenleaf d'abord. Il serait presque neuf heures vingt lorsqu'il arriverait au centre communautaire méthodiste. Pas loin de neuf heures trente. Il démarra.

33

Lorsqu'il arriva au Centre, il n'y avait qu'un seul véhicule de garé dans l'allée, une vieille Ford Bronco avec une caravane en remorque et SONNY TROTTS — PEINTURE — MENUISERIE écrit sur chaque portière. Mort aperçut Sonny lui-même, un homme d'une quarantaine d'années au regard pétillant déjà chauve, perché sur son échafaudage. Il peignait à grands coups de brosse au rythme d'une stéréo portative posée à côté de lui, qui jouait quelque chose à propos de Las Vegas ; le chanteur était Ed Ames ou Tom Jones — l'un de ces types, en tout cas, qui ne savent pas roucouler sans avoir auparavant déboutonné les trois premiers boutons de leur chemise.

« Salut, Sonny ! » lança Mort.

Sonny Trotts continua de peindre, sa brosse allant et venant presque parfaitement en mesure tandis qu'Ed Ames (ou Machin) se posait musicalement la question de savoir ce qu'était un homme et ce qu'il avait. Des questions que Mort lui-même s'était posées à une ou deux reprises, mais sans accompagnement de la section des vents.

« *Sonny !* »

Sonny sursauta. De la peinture blanche jaillit de son pinceau, et pendant une angoissante seconde, Mort crut bien qu'il allait dégringoler de son échafaudage. Puis le peintre s'accrocha à l'une des cordes, se tourna et regarda en bas. « Eh bien, Monsieur Rainey ! s'exclama-t-il. M'avez fait faire un sacré demi-tour ! »

Pour une mystérieuse raison, Mort pensa à la poignée de porte dans *Alice au pays des merveilles* et dut se retenir pour ne pas hennir violemment de rire.

« Monsieur Rainey ? Ça va ?

— Oui, ça va », fit Mort en déglutissant de travers. C'était une astuce qu'il avait apprise dans sa petite école de campagne, il y avait mille ans, et le seul moyen vraiment sûr de s'empêcher de rire qu'il eût jamais trouvé. Comme toutes les bonnes astuces qui marchaient, ça faisait mal. « J'ai bien cru que vous alliez tomber.

— Moi ? Jamais ! » répliqua Sonny en riant à cette seule idée. Il coupa net la voix qui montait de la stéréo et s'apprêtait à balancer une nouvelle charretée d'émotions. « Tom, peut-être, mais sûrement pas moi.

— Et où est Tom ? Je voulais justement lui parler.

— Il m'a appelé tôt ce matin et m'a dit qu'il fallait pas compter sur lui aujourd'hui. Je lui ai répondu que c'était OK pour moi, que de toute façon il y avait pas assez de boulot pour deux. »

Sonny regardait Mort, une expression confiante sur le visage.

« En fait, c'est pas vrai, y a du boulot pour deux, mais Tom a vu un peu trop grand, ce coup-ci. C'est pas un boulot pour un type de son âge. Il a dit qu'il avait le dos tout noué. Ça doit. L'avait pas l'air dans son état normal.

— Quelle heure était-il ? demanda Mort, s'efforçant de prendre un ton naturel.

— Tôt. Dans les six heures. J'étais juste sur le point de passer dans mon vieux merdatorium, pour procéder à ma petite cérémonie habituelle. Réguliers comme une horloge, mes intestins. (Le peintre en paraissait extrêmement fier.) Evidemment, Tom sait à quelle heure je me lève et commence à m'occuper de mes affaires.

— Et il ne vous a pas paru tellement en forme ?

— Non. Il n'était vraiment pas lui-même. » Sonny se tut, fronçant les sourcils. Il avait l'air de produire de gros efforts pour se souvenir de quelque chose. Puis il eut un petit haussement d'épaules et poursuivit : « Le vent qui venait du lac était fort, hier. Il a dû prendre froid. Mais le vieux Tom est bâti à chaux et à sable. Dans deux jours, il sera sur pied. Je m'inquiète davantage de ses distractions quand il se balade sur l'échafaudage », ajouta Sonny avec un geste du pinceau vers les planches. Une pluie de gouttelettes vint les maculer de blanc à côté de ses chaussures. « Est-ce que je peux faire quelque chose pour vous, Monsieur Rainey ?

— Non. » Il y avait comme une sinistre boule d'effroi, semblable à un morceau de toile chiffonné, qui lui pesait sur le cœur. « Au fait, avez-vous vu Greg ?

— Greg Carstairs ?

— Oui.

— Pas ce matin. Evidemment, lui, il n'est pas dans les mêmes affaires. (Il éclata de rire.) Il se lève plus tard que nous autres, pour sûr.

— C'est parce qu'il avait été question qu'il passe lui aussi pour voir Tom, dit Mort. Ça ne vous ennuie pas que j'attende un moment ? Il va peut-être arriver.

— Faites comme chez vous. La musique ne vous gêne pas ?

— Pas du tout.

— On peut s'offrir de sacrées bandes avec la télé, de nos jours. Tout ce que vous avez à faire, c'est de leur donner votre numéro de carte de crédit. Vous payez même pas pour l'appel. C'est un numéro vert. (Il se pencha sur la stéréo et regarda Mort, l'air des plus sérieux.) C'est Roger Whittaker, fit-il d'un ton grave et plein de respect.

— Ah ! »

Sonny appuya sur PLAY. Roger Whittaker leur apprit qu'il y avait des moments (il était sûr qu'ils comprenaient) où il avait eu les yeux plus grands que le ventre (où il avait mordu plus qu'il ne pouvait mâcher, disait-il exactement). Quelque chose que Mort avait également fait, mais toujours sans accompagnement des vents. Il alla à pas lents jusqu'au bout de l'allée et tapota sans y songer la pochette de sa chemise. Il fut légèrement surpris d'y trouver le vieux paquet de L & M, réduit maintenant à un unique et coriace survivant. Il alluma cette dernière cigarette, avec une grimace à l'idée de l'âcreté qui allait lui emplir la bouche. Mais elle n'était pas mauvaise du tout. En fait, elle n'avait pratiquement aucun goût... comme si les années l'avaient fait disparaître.

Ce n'est pas la seule chose qu'ont fait disparaître les années.

Combien vrai. Réflexion sans objet, mais combien vraie. Il fuma en observant la route. Roger Whittaker l'informait maintenant qu'un bateau chargé attendait dans le port, et que bientôt, pour l'Angleterre, ils allaient appareiller. Sonny Trotts chantait le dernier mot de chaque vers. Pas plus ; juste le dernier. Voitures et camions allaient et venaient sur la route 23. La Ford Ranger de Greg n'apparaissait toujours pas. Mort jeta sa cigarette, regarda sa montre et vit qu'il était dix heures moins le quart. Il comprit que Greg, dont la ponctualité était quasi religieuse, ne viendrait pas non plus.

Shooter les avait eus tous les deux.

Arrête tes conneries ! Qu'est-ce que t'en sais ?

Si, je le sais. Le chapeau. La voiture. Les clés.

Quand tu sautes aux conclusions, c'est à la perche, mon gars. Le chapeau. La voiture. Les clés.

Il fit demi-tour et revint vers l'échafaudage. « Je crois qu'il a oublié », cria-t-il à Sonny. Mais celui-ci ne l'entendit pas. Il se balançait d'un côté et de l'autre, tout à l'art de la peinture en bâtiment et noyé dans l'âme de Roger Whittaker.

Mort remonta dans la Buick et s'éloigna. Perdu dans ses propres pensées, il n'entendit pas Sonny qui l'appelait.

De toute façon, la musique aurait couvert sa voix.

34

De retour chez lui à dix heures et quart, il descendit de voiture et se dirigea vers la maison. A mi-chemin, il revint sur ses pas et ouvrit le coffre. Le chapeau était toujours posé à l'intérieur, noir et définitif, authentique crapaud d'un jardin imaginaire. Il le prit, faisant preuve de moins de répugnance, cette fois, referma le coffre et entra dans la maison.

Il resta dans le vestibule, incertain sur ce qu'il voulait faire... et soudain, sans raison aucune, il se mit le chapeau sur la tête. Il fut pris d'un frisson, comme on peut frissonner parfois en ingurgitant un petit verre de tord-boyaux. Le frisson passa.

Et le chapeau paraissait lui aller tout à fait bien.

Il se rendit lentement dans la salle de bains, alluma et se plaça face au miroir. Il faillit éclater de rire : il avait l'allure de l'homme à la fourche du tableau de Grant Wood, « American Gothic*. » Oui, il lui ressemblait, même si le bonhomme du tableau était tête nue. Le chapeau dissimulait complètement les cheveux de Mort, comme il avait dissimulé ceux de Shooter (en admettant qu'il eût des cheveux, ce qui restait à prouver, mais Mort pensait qu'il le découvrirait à leur prochaine rencontre, vu qu'il détenait son chapeau), et venait effleurer ses oreilles. Très amusant. A se tordre.

Puis la voix impatiente, dans sa tête, demanda : *Pourquoi l'as-tu mis ? A qui pensais-tu que tu allais ressembler ? A lui ?* Son envie de rire s'évanouit. Oui, pour quelle raison avait-il posé le chapeau sur sa tête ?

C'était lui qui le voulait, fit la voix inquiète.

Oui ? Mais pourquoi ? Pourquoi Shooter aurait-il voulu que Mort mît son chapeau ?

Il veut peut-être que tu...

« Que je quoi ? » demanda-t-il à la voix inquiète. Il pensa que celle-ci s'était tue, et il tendait déjà la main vers l'interrupteur lorsqu'elle s'éleva de nouveau.

... que tu t'embrouilles.

Le téléphone sonna à cet instant, et il sursauta. Il ôta précipitam-

---

* Sur fond de cadre champêtre austère, on voit un couple de paysans au visage d'ascètes et à l'expression sinistre. (*N.d.T.*)

ment son chapeau (se sentant coupable un peu comme un homme qui craindrait d'être surpris essayant les sous-vêtements de sa femme) et alla répondre ; il supposait que c'était Greg qui l'appelait ; peut-être même de chez lui, où Tom s'était réfugié. Oui, bien sûr, voilà ce qui était arrivé : Tom avait appelé Greg, lui avait parlé de Shooter et des menaces que celui-ci avait proférées, et Greg avait décidé de faire venir le vieil homme chez lui. Pour le protéger. Cela tombait tellement sous le sens que Mort se demanda pour quelle raison il n'y avait pas pensé plus tôt.

Sauf que ce n'était pas Greg, mais Herb Creekmore.

« Tout va bien, fit Herb d'un ton joyeux. Marianne m'a arrangé ça. C'est un chou.

— Marianne ? demanda Mort.

— Marianne Jaffery de *EQMM ! EQMM* ? Sowing Season ? Juin 1980 ? Vous comp'enez ce que je dis, Bwana ?

— Oh... Oh, parfait ! Merci, Herb. C'est bien sûr ?

— Ouaip. Tu l'auras demain — le magazine authentique, pas une photocopie de la nouvelle. Il arrive par Federal Express. As-tu des nouvelles de Monsieur Shooter ?

— Pas encore », répondit Mort en regardant le chapeau noir qu'il tenait à la main. L'arôme insolite et évocateur qui s'en dégageait lui parvenait encore.

« Pas de nouvelles, bonnes nouvelles, à ce qu'on raconte. As-tu parlé de cette affaire à la police du coin ? »

Avait-il promis à Herb de le faire ? Il n'arrivait pas à s'en souvenir avec certitude, mais ça lui paraissait bien possible. Autant jouer la sécurité. « Oui. On ne peut pas dire que ça lui a coupé la digestion, au vieux Dave. Il m'a dit que le type devait chercher à s'amuser. » Il trouvait parfaitement écœurant de mentir à Herb, en particulier après ce que l'agent venait de faire pour lui, mais à quoi cela aurait-il servi de lui dire la vérité ? Elle était trop délirante, trop compliquée.

« Au moins, tu as porté plainte. Je crois que c'est important, Mort, sincèrement.

— Oui.

— Quelque chose d'autre ?

— Non. Un million de fois merci pour ça. Tu m'as sauvé la vie. » Peut-être, pensa-t-il, n'était-ce pas une figure de style.

« Un plaisir, Mort. N'oublie pas que dans les petites villes la

Federal Express livre habituellement dans les bureaux de poste.
D'accord ?

— Ouais.

— Et le nouveau livre ? Comment ça se présente ? Je meurs
d'envie de le savoir.

— Au poil ! répondit chaleureusement Mort.

— Eh bien, parfait. Débarrasse-toi de ce casse-pieds et remets-
toi au boulot. Le travail en a sauvé plus d'un, des meilleurs que toi
ou moi, Mort.

— Je sais. Mes amitiés à Madame.

— Merci. Les miennes à- » Herb s'interrompit brutalement, et
Mort crut presque le voir se mordre les lèvres. Il est dur de
s'habituer aux séparations. Les amputés conservent la sensation du
pied qu'on leur a coupé, paraît-il. « ... à toi, finit-il.

— Bien reçu. Fais attention à toi, Herbert. »

Il sortit sans se presser sur le porche qui donnait vers le lac.
Aucun bateau ne le sillonnait, aujourd'hui. *Il peut arriver n'importe
quoi, j'ai un atout imparable. Je vais pouvoir lui montrer le foutu
magazine. Ça ne le calmera peut-être pas... mais sait-on jamais. Il
est cinglé, après tout, et l'on ne sait jamais ce que les membres de la
mythique tribu des Doux Dingues feront ou pas. Tel est leur charme
équivoque. Tout est possible.*

Il était même possible que Greg fût chez lui et qu'il eût oublié
leur rendez-vous au Centre communautaire, ou que quelque chose
sans aucun rapport avec cette affaire se soit produit. Soudain plein
d'espoir, Mort retourna au téléphone et composa le numéro de
Greg. Ce ne fut qu'à la troisième sonnerie qu'il se souvint de ce que
Greg lui avait dit la semaine précédente ; sa femme et ses gosses
étaient partis rendre visite à ses beaux-parents. Megan commence-
rait l'école l'année prochaine, il leur deviendrait plus difficile de
s'échapper.

Si bien que Greg était seul.

(le chapeau)

Comme Tom Greenleaf.

(la voiture)

Le jeune mari et le veuf âgé.

(les clés)

Et comment ça s'est passé ? Eh bien, aussi simple que de
commander une cassette de Roger Whittaker à la télé. Shooter se
rend chez Greg Carstairs, mais pas dans son break, oh non ! Autant

crier ses intentions sur les toits. Il laisse son tacot dans l'allée de Mort Rainey et prend la Buick pour aller chez Tom. Il force Tom à appeler Greg. Oblige probablement Greg à sortir du lit, mais Greg est inquiet pour Tom et se dépêche de venir. Puis Shooter oblige Tom à appeler Sonny Trotts et à lui dire qu'il ne se sent pas en état de venir travailler. Shooter met la pointe d'un tournevis contre la jugulaire de Tom, et lui dit de bien faire les choses, sans quoi il aura tout lieu de le regretter. Tom s'exécute... mais même Sonny, qui n'est pas une lumière et qui sort à peine du lit, se rend compte que Tom n'est pas du tout lui-même. Shooter tue Tom avec le tournevis. Et lorsque Greg Carstairs arrive, il en fait autant, avec le tournevis ou autre chose. Et-

Tu déconnes complètement, mon vieux. Une bonne crise de delirium tremens, et c'est tout. Je répète : c'est TOUT.

Raisonnable, mais il n'arrivait pas à se sentir convaincu. Ce n'était pas satisfaisant.

Mort redescendit rapidement au rez-de-chaussée, se tripotant les cheveux.

Et les véhicules ? Le quatre-quatre de Tom, celui de Greg ? Ajoutez la Buick, et ça nous fait trois véhicules — quatre, si l'on compte le vieux break Ford de Shooter, et Shooter n'est qu'un homme.

Il ne savait toujours que faire... mais assez était assez, il s'en rendait compte.

Lorsqu'il arriva de nouveau auprès du téléphone, il prit l'annuaire, dans le tiroir, et commença à chercher le numéro du constable. Il s'interrompit soudain.

L'un de ces véhicules était la Buick. MA Buick.

Il reposa lentement l'annuaire. Il essaya d'imaginer comment Shooter avait pu jongler avec tous ces véhicules. Rien ne lui vint à l'esprit. Comme s'il avait été assis devant son traitement de texte, à la recherche d'idées, et que l'écran restait désespérément vide. Il savait néanmoins qu'il ne voulait pas appeler Dave Newsome. Pas encore. Il s'éloignait du téléphone, sans aller vers quelque part en particulier, lorsque la sonnerie retentit.

C'était Shooter.

« Allez à l'endroit où nous nous sommes rencontrés l'autre jour, dit-il. Continuez sur une courte distance par le petit chemin. Vous me faites l'effet d'un homme qui pense comme les vieux remâchent leur nourriture, Monsieur Rainey, mais je suis d'accord pour vous donner tout le temps dont vous avez besoin. Je vous rappellerai en fin d'après-midi. Si vous appelez quelqu'un d'ici là, ce sera sous votre responsabilité.

— Qu'avez-vous fait ? » demanda-t-il de nouveau. Sa voix, cette fois-ci, était dépourvue de toute force, presque réduite à un murmure. « Au nom du ciel, qu'avez-vous fait ? »

35

Il se rendit à l'endroit où le chemin rejoignait la route, celui où il avait parlé avec Shooter lorsque Tom Greenleaf avait eu le malheur de les voir. Sans trop savoir pourquoi, il n'eut pas envie de prendre la Buick. D'un côté du sentier, les buissons, écrasés et squelettiques, ouvraient un passage irrégulier. Il s'engagea d'une démarche saccadée dans cette voie, sachant ce qu'il trouverait dans le premier bosquet d'arbres suffisamment touffu... et il le trouva. Le quatre-quatre de Tom Greenleaf. Les deux hommes étaient à l'intérieur.

Assis derrière le volant, Greg Carstairs avait la tête renversée en arrière, un tournevis — un Phillips, cette fois — enfoncé jusqu'à la garde dans le front, juste au-dessus de l'œil droit. L'outil venait d'une commode de la resserre, dans la maison de Mort. Impossible de ne pas reconnaître sa poignée de plastique rouge, profondément écaillée.

Tom Greenleaf, lui, était à l'arrière avec une hachette plantée dans le crâne. Il avait les yeux ouverts. De la matière grise avait coulé le long de ses oreilles. Sur le manche de frêne de la hachette était marqué, en lettres rouges décolorées mais encore lisibles : RAINEY. Elle venait de la cabane à outils.

Mort resta paralysé. Une mésange pépia. Un pic envoya un message en morse sur un tronc d'arbre creux. Le vent qui forcissait diaprait le lac de petits moutons blancs ; les eaux étaient d'un cobalt soutenu, aujourd'hui, et les moutonnements faisaient un contraste charmant.

Il y eut un bruit de froissement derrière lui. Mort exécuta un demi-tour si précipité qu'il faillit tomber — qu'il serait tombé, s'il ne s'était pas appuyé sur le quatre-quatre. Ce n'était pas Shooter, mais un simple écureuil. Le petit animal l'observait, un éclat de haine dans le regard, de l'endroit où il s'était pétrifié, à mi-chemin d'un tronc d'érable paré des couleurs incendiaires de l'automne.

Mort attendit que son cœur emballé ralentît. Et que l'écureuil filât en haut de l'arbre. Le premier se calma, le second ne bougea pas. « Il les a tués tous les deux, dit enfin Mort, s'adressant à l'écureuil. Il est allé chez Tom avec ma Buick. Puis il est allé chez Greg avec le quatre-quatre de Tom. C'était Tom qui conduisait. Il a tué Greg. Puis il a obligé Tom à conduire jusqu'ici, et il l'a tué à son tour. Les deux fois, avec mes outils. Puis il est revenu à pied jusque chez Tom... peut-être en courant. Il a l'air assez coriace pour ça. Sonny a trouvé que Tom n'était pas lui-même, et je sais pourquoi. Lorsqu'il a reçu son coup de téléphone, le soleil allait se lever et Tom était déjà mort. C'était Shooter, imitant Tom. Ce n'était probablement pas si difficile. A la manière dont Sonny faisait gueuler sa stéréo, ce matin, on comprend qu'il doit être un peu sourd. Une fois réglée la question Sonny Trotts, il a repris la Buick et l'a ramenée chez moi. Le Ranger de Greg se trouve toujours garé dans son allée, dont il n'a pas bougé. Et voilà comment...

(L'écureuil escalada le tronc à toute vitesse et disparut dans l'éclatant feuillage.)

— ... comment les choses se sont passées », acheva Mort, d'un ton sinistre.

Il se sentit soudain des jambes de coton. Il fit deux pas en arrière dans le chemin, repensa à la cervelle de Tom lui coulant le long des joues, et ses genoux le trahirent. Il s'effondra, tandis que le monde faisait relâche pendant un moment.

36

Lorsqu'il reprit connaissance, Mort roula sur lui-même et s'assit, encore hébété ; puis il fit pivoter son poignet pour regarder sa montre. Elle marquait deux heures et quart. Elle avait évidemment dû s'arrêter dans la nuit ; il avait trouvé le véhicule de Tom dans le milieu de la matinée, et il ne pouvait pas déjà être l'après-midi. Il s'était évanoui, ce qui, étant donné les circonstances, n'avait rien de surprenant. Mais on ne reste pas évanoui pendant trois heures et demie !

La grande aiguille de la montre continuait cependant sa progression régulière.

J'ai dû la faire repartir en m'asseyant.

Mais ce n'était pas tout. Le soleil avait changé de position et

n'allait pas tarder à disparaître derrière les nuages qui s'accumulaient. La couleur du lac avait viré au chrome morne.

Autrement dit, il s'était évanoui et ensuite... Ensuite, aussi
incroyable que cela parût, il s'était probablement endormi. Les trois
derniers jours avaient été une rude épreuve pour ses nerfs et il
n'avait pu s'endormir avant trois heures du matin, la nuit dernière.
On pouvait appeler ça une combinaison de fatigue psychologique et
physique. Son esprit avait tout simplement tout débranché. Et-

Shooter ! Bon Dieu, Shooter a dit qu'il allait appeler !

Il essaya de se mettre debout, puis retomba en émettant un petit
« ouf ! » mi-surpris, mi-douloureux, lorsque sa jambe gauche céda
sous son poids. Elle grouillait d'épingles et d'aiguilles dansant dans
tous les sens. Il devait avoir dormi dans une mauvaise position.
Pourquoi ne pas avoir pris la Buick, bon sang ? Si Shooter appelait
et ne le trouvait pas, il était capable de faire n'importe quoi.

Il poussa de nouveau sur ses pieds et arriva, cette fois, à se mettre
complètement debout. Mais lorsqu'il voulut s'appuyer sur sa jambe
gauche pour marcher, elle le trahit de nouveau et il retomba à terre.
Il faillit heurter le véhicule de la tête, et se retrouva face à son reflet
déformé dans l'enjoliveur de la roue. La surface convexe transfor-
mait sa tête en grotesque masque de carnaval. Au moins avait-il
laissé le foutu chapeau à la maison ; s'il l'avait eu sur la tête, il
n'aurait pas pu s'empêcher de hurler, il en était sûr.

Tout d'un coup, il se souvint qu'il y avait deux morts dans le
quatre-quatre. Ils se tenaient au-dessus de lui, de plus en plus
raides, des outils plantés dans la tête.

Il rampa hors de l'ombre du quatre-quatre et tira sa jambe gauche
par-dessus la droite avec les mains ; puis il se mit à la marteler de
coups de poing, comme quelqu'un cherchant à attendrir un
morceau de viande coriace.

Arrête ça ! cria une petite voix, ultime étincelle de rationalité qui
restât sous son contrôle, faible lumière de bon sens au milieu d'un
vaste banc de cumulus noirs tourbillonnant entre ses oreilles. *Arrête
ça ! Il a dit qu'il appellerait tard dans l'après-midi, et il n'est que
deux heures et quart ! Tu as tout le temps !*

Et si jamais il appelait plus tôt ? Et si jamais le concept de « fin de
l'après-midi » n'était pas le même dans le Sud profond des ploucs ?

*Arrête de taper sur ta jambe ou bien tu vas finir avec une crampe
monumentale. Tu verras alors ce que c'est que de rentrer chez toi en
rampant — assez tôt pour prendre l'appel.*

Le raisonnement fut efficace. Il réussit à s'arrêter. Cette fois-ci, il se leva avec plus de précaution et resta debout, immobile, pendant un moment (prenant bien soin de tourner le dos au quatre-quatre de Tom, à l'intérieur duquel il n'avait aucune envie de regarder une deuxième fois), avant d'essayer de marcher. Les aiguilles et les épingles se calmaient. Il avança tout d'abord en boitant bas, puis sa démarche redevint plus normale au bout d'une douzaine de pas.

Il était presque sorti des buissons que Shooter avait écrasés et dépouillés avec le quatre-quatre de Tom, lorsqu'il entendit un véhicule qui s'approchait. Mort tomba à genoux sans même y penser et vit passer une vieille Cadillac rouillée. Elle appartenait à Don Bassinger, propriétaire d'une maison à l'autre bout du lac, alcoolique invétéré qui consacrait l'essentiel de son temps à boire ce qui restait d'un héritage jadis substantiel ; il empruntait souvent Lake Drive comme raccourci pour rejoindre le chemin que l'on appelait depuis longtemps Bassinger Road. Don était la seule personne à résider en permanence ici.

Une fois la Caddy hors de vue, Mort se releva une nouvelle fois et se dépêcha de regagner la route. Il était content, maintenant, de ne pas être venu avec la Buick. De même qu'il connaissait la Cadillac de Bassinger, l'ivrogne connaissait sa Buick. Il était encore trop tôt dans la journée pour que Don fût dans le cirage total, et il aurait très bien pu se souvenir d'avoir vu la voiture de Mort garée non loin de l'endroit où, avant peu de temps, quelqu'un finirait par faire une découverte extrêmement macabre.

Il fait tout pour t'impliquer dans cette affaire, pensa Mort tout en se traînant vers sa maison. *Il n'a pas arrêté de le faire. On peut être sûr que si quelqu'un se rappelle avoir vu une voiture près du domicile de Tom Greenleaf, cette nuit, ce sera ta Buick, mon vieux. Il les a tués avec tes outils-*

Je pourrais m'en débarrasser, songea-t-il soudain. *Les jeter dans le lac. Je risque de gerber une ou deux fois pour les extraire, mais je crois que je pourrais y arriver.*

Ah, tu crois ? Je me demande. Et même dans ce cas... qu'est-ce que tu paries que Shooter a envisagé cette possibilité ? On dirait d'ailleurs qu'il a pensé à toutes. Et il sait très bien que si tu tentais de te débarrasser de la hachette et du tournevis, et que la police s'avisait de draguer le fond du lac et les trouvait, les choses seraient encore pire pour toi. Comprends-tu enfin ce qu'il a fait ? Le comprends-tu ?

Oui, il le comprenait. Il lui avait fait un cadeau. Un pot de colle avec la colle à l'extérieur. Un bon gros pot de colle bien brillant en forme de baigneur. Mort lui avait collé son poing gauche en pleine figure, et le poing gauche était resté pris. Alors il avait balancé un crochet du droit dans le ventre du baigneur à la colle, et sa main droite avait connu le même sort que la gauche. Engluée. Il s'était montré — quel était le mot qu'il n'avait cessé d'employer avec tant de malsaine satisfaction ? « Malhonnête », non ? Oui, c'était ça. Et pendant tout ce temps, il s'était trouvé de plus en plus empêtré dans le baigneur à la colle de John Shooter. Et maintenant ? Eh bien, il avait raconté toutes sortes de mensonges à des tas de gens, ce qui ferait mauvais effet quand on s'en apercevrait ; en plus, à quatre cents mètres derrière lui, il y avait un homme avec une hache enfoncée dans le crâne et le nom de Mort écrit sur le manche, ce qui ferait encore plus mauvais effet.

Mort imagina le téléphone qui sonnait dans la maison vide et se força à prendre un petit trot.

37

Shooter n'appelait pas.

Les minutes s'étiraient comme du caramel mou, et Shooter n'appelait pas. Mort allait et venait nerveusement dans la maison, tortillant des mèches de cheveux entre ses doigts. Il se figurait que c'était à peu près ce que devait ressentir un drogué qui attend le passage de son revendeur.

Par deux fois, il se dit que c'était une erreur d'attendre et voulut appeler les autorités — non pas le vieux Dave Newsome, ni même le shérif du comté, mais la police d'Etat. Il s'en tiendrait au vieil axiome de la croisade des Albigeois, revu et corrigé au Vietnam : Tuez les tous, Dieu reconnaîtra les siens. Et pourquoi pas ? Il avait une bonne réputation, après tout ; il était un membre respecté de deux communautés du Maine, tandis que Shooter n'était-

Mais au fait, qu'était Shooter ?

Le mot « fantôme » lui vint à l'esprit.

Le mot « feu follet » lui vint aussi à l'esprit.

Mais ce ne fut pas cela qui l'arrêta. Ce qui l'empêcha de décrocher fut l'horrible certitude que Shooter appellerait dès que Mort lui-même soulèverait le combiné... qu'il entendrait le signal occupé, raccrocherait, et que Mort n'entendrait plus jamais parler de lui.

A quatre heures moins le quart, il commença à pleuvoir ; une pluie régulière, froide et légère qui, descendant d'un ciel blanc, murmurait ses chuchotis sur le toit et les feuilles raides autour de la maison.

A moins dix, le téléphone sonna. Mort bondit pour décrocher. C'était Amy.

Amy voulait lui parler de l'incendie. Amy voulait lui raconter à quel point elle se sentait malheureuse, non pas pour elle seule, mais pour tous les deux. Amy voulait lui dire que Fred Evans, l'enquêteur de la compagnie d'assurances, se trouvait toujours à Derry, continuait à fouiller le site et à poser des questions, aussi bien sur les dernières vérifications de lignes électriques que sur le nombre de jeux de clés de la cave ; Ted commençait à se demander où l'homme voulait en venir. Amy voulait que Mort se demandât avec elle si les choses auraient été différentes au cas où ils auraient eu des enfants.

Mort réagit à cette avalanche de questions du mieux qu'il put, et pendant tout le temps qu'il parla avec elle, il sentit ce temps — on était, si l'on peut dire, au début de la fin de l'après-midi — qui filait inexorablement. Il était à moitié fou d'inquiétude à l'idée que Shooter allait appeler, trouver la ligne occupée, et se livrer à quelque atrocité inédite. Finalement, il lui raconta la seule chose qui lui vint à l'esprit pour se débarrasser d'elle : que s'il n'allait pas aux toilettes dans les plus brefs délais, il allait avoir un accident.

« L'alcool ? demanda-t-elle, inquiète. Est-ce que tu as bu ?

— Le petit déjeuner, je crois. Ecoute, Amy, je-

— Chez Bowie ?

— Oui », répondit-il, s'efforçant de prendre la voix étranglée de quelqu'un qui se retient. A la vérité, il se sentait bien pris à la gorge. Une vraie comédie, quand on y pensait. « Vraiment, Amy, je-

— Bon Dieu, Mort, c'est la cantine la plus cradingue de la ville. Je te rappelle dans un moment. » La ligne fut coupée. Mort reposa le combiné, resta un moment planté à côté du téléphone, puis eut la stupéfaction navrée de s'apercevoir que l'inconvénient fictif dont il venait de se plaindre devenait soudainement réalité : ses intestins se nouaient en un douloureux écheveau d'élancements.

Il courut à la salle de bains tout en détachant sa ceinture.

Ce fut de justesse, mais il y parvint à temps. Il se retrouva assis sur le trou, dans la riche odeur de ses propres déjections, le pantalon aux chevilles, reprenant sa respiration... lorsque le téléphone se remit à sonner.

Il bondit comme un diable de sa boîte, heurtant sèchement le lavabo du genou, et courut à menues enjambées de fille en jupe étroite, tenant son pantalon d'une main. Il était submergé par cette sensation pénible et embarrassante de ne pas avoir eu le temps de se torcher, et il se dit que de tels incidents devaient arriver à tout le monde. Tout d'un coup, il songea que c'était le genre de choses dont on ne parlait jamais dans les romans — jamais, dans un livre, un personnage ne s'était retrouvé dans une telle situation.

Oh, quelle comédie que la vie, tout de même !

Cette fois-ci, c'était Shooter.

« Je vous ai vu là-bas », dit Shooter. Sa voix était aussi calme et sereine que d'habitude. « Là où je les ai laissés, pour être précis. On dirait que vous avez eu une insolation, et pourtant on n'est pas en été.

— Qu'est-ce que vous voulez ? » Mort changea l'écouteur d'oreille. Son pantalon glissa de nouveau jusqu'à ses chevilles. Il ne chercha pas à le retenir et resta debout, son caleçon Jockey retenu au-dessus de ses genoux par son élastique. Quelle belle photo de l'auteur cela ferait ! se dit-il.

« J'ai failli agrafer un mot à votre chemise, mais j'y ai renoncé. » Il se tut un instant, puis reprit, avec une note de mépris inconscient dans la voix : « Vous avez trop facilement peur.

— Qu'est-ce que vous voulez ?

— Mais je vous l'ai déjà expliqué, monsieur Rainey. Une histoire pour remplacer celle que vous m'avez volée. Vous n'êtes pas encore prêt à le reconnaître ? »

Oui, réponds-lui oui ! Dis-lui n'importe quoi, que la terre est plate, que John Kennedy et Elvis Presley sont vivants, en bonne santé et font un duo de banjo à Cuba, que Meryl Streep est en fait un travesti, dis-lui n'importe quoi !

Mais pas question.

Tout ce qu'il y avait en lui de fureur, de frustration, d'horreur et de confusion se propulsa hors de sa bouche en un hurlement.

« C'EST FAUX, ARCHI-FAUX ! VOUS ÊTES CINGLÉ, ET JE PEUX LE PROUVER ! J'AI LE MAGAZINE, ESPÈCE DE BARJOT ! VOUS M'ENTENDEZ ? J'AI CE FOUTU MAGAZINE ! »

Réaction : néant. La ligne était silencieuse, morte, sans même le lointain bredouillis d'une voix fantôme pour rompre ces ténèbres lisses comme celles qui grignotaient de bas en haut la baie vitrée, tous les soirs, depuis qu'il était seul.

« Shooter ? »

Silence.

« Shooter, vous êtes encore là ? »

Rien. Il avait raccroché.

Mort écarta le combiné de son oreille. Il était sur le point de le reposer sur sa fourche, lorsque la voix de Shooter, lointaine et menue, presque inaudible, lui parvint : « ... maintenant ? »

Mort rapprocha de nouveau l'écouteur de son oreille. On aurait dit qu'il pesait cent kilos. « Quoi ? Je croyais que vous aviez raccroché.

— Vous l'avez ? Vous avez ce soi-disant magazine ? En ce moment même ? » Il eut l'impression, pour la première fois, que Shooter était déstabilisé. Déstabilisé, et ne sachant trop que faire.

« Non, répondit Mort.

— Tiens, pardi ! (Il paraissait soulagé.) J'ai toujours pensé que vous finiriez par-

— Il arrive demain en express, le coupa Mort. Il sera au bureau de poste vers dix heures.

— Qu'est-ce qui sera au bureau de poste ? Une cochonnerie toute floue, supposée être une photocopie ?

— Non. » La sensation d'avoir secoué l'homme, d'avoir réussi à franchir ses défenses et à le toucher suffisamment fort pour qu'il ait mal, était aussi puissante qu'indéniable. Pendant quelques instants, Shooter avait presque paru effrayé, et Mort éprouva une jubilation sauvage. « Un numéro du magazine. Le *véritable* magazine. »

Il y eut un autre long silence, mais cette fois Mort garda l'écouteur vissé à son oreille. Shooter était là. Il était là, très bien, et cette fois-ci c'était lui qui menait le jeu. Mort avait oublié son derrière non torché. Il n'avait pas oublié Greg et Tom, mais presque. Soudain, c'était *la nouvelle,* la question essentielle, la nouvelle et l'accusation de plagiat ; Shooter le traitant comme un vulgaire potache qui aurait copié sa version latine, voilà ce qui importait, et peut-être l'homme était-il enfin aux abois. Enfin.

Autrefois, dans la même école de campagne où il avait appris à avaler de travers, il avait vu un de ses petits camarades enfoncer une aiguille dans le corps d'un insecte qui arpentait son bureau. La bestiole, clouée sur place, s'était tortillée et débattue avant de mourir. A l'époque, Mort s'était senti horrifié. Maintenant, il comprenait. Maintenant, il ne désirait qu'une chose, faire de même avec cet individu. Ce cinglé.

« Un tel magazine ne peut pas exister, déclara finalement Shooter. Pas avec cette nouvelle dedans. Cette histoire est à moi ! »

Mort devinait l'angoisse dans la voix de l'homme. Une réelle angoisse. Il s'en réjouissait. C'était maintenant Shooter que l'épingle fouaillait. Il se tortillait autour.

« Il sera là-bas à partir de dix heures demain matin, ou un peu après, dès que la Federal Express aura livré le bureau de poste de Tashmore. Je serai très content de vous voir. Vous pourrez regarder. Aussi longtemps que vous voudrez, foutu barjot.

— Non, pas là. Chez vous, répondit Shooter après un nouveau silence.

— N'y comptez pas. Lorsque je vous montrerai ce numéro de *Ellery Queen*, je veux me trouver dans un endroit où je puisse appeler au secours si vous piquez votre crise.

— Vous ferez comme j'ai dit. » Shooter semblait un peu plus maître de lui-même, mais Mort était convaincu qu'il n'avait pas regagné la moitié du contrôle qu'il détenait auparavant. « Sinon, je m'arrangerai pour que vous vous retrouviez en prison. Pour meurtre.

— Ne me faites pas rire. » Mais Mort sentit néanmoins ses boyaux qui recommençaient à se nouer.

« Je vous ai accroché ces deux cadavres dans le dos par plus de ficelles que vous ne l'imaginez, Monsieur Rainey, et vous avez raconté pas mal de mensonges. Je n'ai qu'à disparaître, et vous allez vous retrouver un nœud coulant autour du cou et les pieds sur une planche pourrie.

— Vous ne me faites pas peur.

— Si, je vous fais peur, rétorqua Shooter, mais d'un ton presque doux. La seule chose, c'est que vous commencez aussi à me faire un petit peu peur. Je n'arrive pas à vous comprendre. »

Mort garda le silence.

« Ce serait tout de même drôle, reprit Shooter d'une voix étrange et songeuse, si nous avions écrit la même histoire en deux endroits et à deux moments différents.

— Cette pensée m'a effleuré.

— Ah oui ?

— Je l'ai rejetée. Trop de coïncidences. Si encore c'était la même intrigue, je ne dis pas. Mais pratiquement les mêmes mots ? Les mêmes foutues phrases ?

— Ouais-ouais. J'ai pensé la même chose, l'ami. C'est un peu trop. Ça exclut une coïncidence. Vous me l'avez volée, c'est un fait, mais que je sois pendu si j'arrive à me figurer comment et quand.

— Oh, arrêtez ça ! éclata Mort. J'ai le magazine. J'ai une preuve. Pourquoi ne pas vouloir le comprendre ? C'est terminé ! Qu'il s'agisse d'un canular dément de votre part ou que vous soyez victime d'une illusion, c'est terminé ! Je dispose du magazine ! »

Après encore un long silence, Shooter répondit : « Non, pas encore. Vous ne l'avez pas encore.

— Ce n'est que trop vrai. » Mort éprouva brusquement un sentiment de fraternité aussi indésirable qu'inattendu pour l'individu. « Alors, qu'est-ce qu'on fait, ce soir ?

— Eh bien, rien. Le deux types peuvent attendre. La femme et les enfants du premier sont en visite chez des parents. Quant au deuxième, il vivait seul. Vous allez chercher votre magazine demain matin. Je viendrai chez vous vers midi.

— Vous allez me tuer », dit Mort. Il se rendit compte que l'idée n'avait rien de tellement terrifiant — pas ce soir, en tout cas. « Si l'illusion dans laquelle vous vivez s'effondre, vous allez vouloir me tuer.

— Non ! » répliqua Shooter qui, cette fois, parut manifestement surpris. « Vous ? Non, *Monsieur !* Mais les autres, vous comprenez, ils allaient se mettre en travers de notre chemin. Je ne pouvais pas les laisser faire… et j'ai vu que je pouvais m'en servir pour vous obliger à négocier avec moi. Pour vous mettre en face de vos responsabilités.

— Vous êtes astucieux, je dois le reconnaître. Je vous crois cinglé, mais je crois aussi que vous êtes le type le plus astucieux que j'ai jamais rencontré de toute ma vie.

— Vous pouvez, vous pouvez. Si en arrivant demain, je ne vous trouve pas chez vous, monsieur Rainey, je mettrai toute mon astuce au service d'une seule chose : détruire toutes les personnes au monde que vous aimez. Votre vie sera ravagée comme par un incendie de forêt quand il fait grand vent. Vous irez en prison pour avoir tué ces deux hommes, mais la prison sera la plus légère de vos souffrances. Vous me suivez ?

— Oui. Je vous suis. L'ami.

— Alors soyez là.

— Mais supposez un instant — juste supposez — que je vous montre le magazine, avec mon nom dessus et l'histoire dedans. Qu'est-ce qu'on fait, alors ? »

Il y eut un bref silence. « J'irai à la police et j'avouerai toute l'affaire. Mais je réglerai mon sort bien avant le procès, Monsieur Rainey. Parce que si c'est vous qui avez raison, cela veut dire que je suis fou. Et un fou dans ce genre... (il soupira)... un fou de ce genre n'a aucune raison de vivre. Aucune excuse. »

Ce dernier propos frappa Mort avec une étrange force. *Il n'est pas sûr de lui. Pour la première fois, il n'est plus sûr du tout de lui... moi, je n'en ai jamais été réduit à ce point.*

Mais il coupa net cette ligne de réflexion. Lui n'avait jamais eu de *raison* de douter de lui-même. C'était de la faute de Shooter. Tout était de sa faute.

« Comment savoir que vous n'allez pas prétendre que le magazine est un faux ? » demanda-t-il.

Il n'attendait pas vraiment une réponse à cette question, sinon la vague protestation qu'il faudrait bien que Mort se contentât de sa parole ; mais Shooter le surprit. « S'il est authentique, je m'en rendrai compte, et si c'est un faux, nous le verrons bien tous les deux. Je ne vous crois pas capable d'avoir pu faire fabriquer un faux magazine en trois jours, quel que soit le nombre de personnes qui travaillent pour vous à New York. »

Ce fut au tour de Mort de réfléchir, et il le fit pendant un très long moment. Shooter attendit.

« Je vais vous faire confiance, finit par dire Mort. J'ignore pour quelle raison, en vérité. Peut-être parce que je tiens moins à la vie que d'habitude, depuis quelque temps. Je vais vous faire confiance, mais jusqu'à un certain point. Vous venez ici, d'accord. Mais vous resterez dans l'allée afin que je puisse vous voir, et vérifier que vous êtes sans arme. Je sortirai alors. Cela vous convient-il ?

— Ça me convient.

— Dieu nous vienne en aide, à tous les deux.

— Amen. Que je sois damné si je sais à quoi je m'expose... ce n'est pas une impression agréable.

— Shooter ?

— Toujours là.

— Je voudrais que vous répondiez à une question. »

Silence... mais Mort crut y déceler une invitation à parler.

« Est-ce vous qui avez brûlé ma maison de Derry ?

— Non, répondit-il aussitôt. Je vous surveillais.

— Et Bump aussi, fit Mort d'un ton amer.

— Ecoutez, vous avez bien mon chapeau ?

— Oui.

— Je vous le réclamerai, d'une manière ou d'une autre. »

Sur quoi, Shooter raccrocha.

Juste comme ça.

Mort reposa le combiné lentement, avec soin, et retourna dans la salle de bains — toujours en tenant son pantalon à la main — pour finir ce qu'il y avait commencé.

38

Amy rappela bien, vers sept heures, et cette fois-ci Mort fut en mesure de lui parler tout à fait normalement — tout comme si le cabinet de toilette du premier était dans un ordre impeccable, tout comme s'il n'y avait pas eu deux cadavres dissimulés derrière un écran de buissons, non loin de la route du lac, en train de raidir alors que le crépuscule laissait place à la nuit autour d'eux.

Elle avait elle-même parlé avec Fred Evans depuis son dernier appel, dit-elle, et était convaincue qu'il savait ou soupçonnait quelque chose, à propos de l'incendie, qu'il ne voulait pas leur dire. Mort essaya d'être rassurant, et pensa y être arrivé, au moins en partie ; mais il se sentait lui-même inquiet. Si Shooter n'avait pas mis le feu — et Mort avait tendance à croire que l'homme disait la vérité là-dessus — il devait alors s'agir d'une pure coïncidence... non ?

Vrai, faux ? Aucune idée.

« Mort, je suis tellement inquiète pour toi », dit-elle soudain.

Il fut brusquement tiré de ses pensées. « Moi ? Je vais bien.

— Tu en es bien sûr ? Quand je t'ai vu hier, j'ai trouvé que tu avais l'air... tendu. (Elle se tut un instant.) En fait, j'ai eu la même impression qu'à l'époque où tu as eu... tu sais.

— Amy, je n'ai *pas* eu de dépression nerveuse.

— Non, bien sûr, dit-elle à la hâte. Mais tu sais ce que je veux dire. Quand les types des studios ont été aussi ignobles à propos de *The Delacourt Family*. »

Il s'agissait de l'une des expériences les plus pénibles que Mort avait connues. La Paramount avait pris une option de 75 000 dollars sur le livre, pour des droits totaux de 750 000 dollars — une sacrée somme. Et ils avaient été sur le point de confirmer l'option lorsque quelqu'un avait dégotté un vieux script de fond de tiroir, une œuvre intitulée *The Home Team,* qui ressemblait suffisamment à *The Delacourt Family* pour soulever un problème de droits. Ce fut la seule fois de sa carrière — avant ce cauchemar, évidemment — où il aurait pu être accusé de plagiat. Les pontes de la Paramount avaient renoncé à l'option au dernier moment. Mort ne savait toujours pas s'ils avaient réellement redouté un procès en plagiat ou s'ils n'avaient pas éprouvé des doutes, en fin de compte, sur le potentiel du livre. Dans la première hypothèse, il se demandait comment cette bande d'enfoirés pouvait tourner le moindre film. Herb Creekmore s'était procuré une copie du scénario de *Home Team,* et Mort n'y avait trouvé que des ressemblances très superficielles. Amy avait partagé cette opinion.

Cette affaire s'était produite à un moment où il se trouvait dans une impasse : il n'arrivait pas à terminer un roman auquel il tenait désespérément. En outre, il avait dû faire une tournée de promotion pour l'édition en poche de *The Delacourt Family* à la même époque. Tout cela l'avait soumis à de très grandes tensions.

Mais il n'avait pas eu de dépression nerveuse.

« Je vais très bien », insista-t-il sans se fâcher. Il avait découvert quelque chose de stupéfiant et d'assez touchant chez Amy, quelques années auparavant : si on lui parlait avec gentillesse et douceur, elle avait tendance à croire à peu près n'importe quoi. Il avait souvent songé que s'il s'était agi d'un trait caractéristique de toute l'espèce humaine, comme le fait de montrer les dents pour signifier la rage ou l'amusement, l'humanité aurait mis un terme aux guerres depuis des millénaires.

« Tu en es bien sûr, Mort ?

— Oui. Rappelle-moi si tu as d'autres nouvelles de notre ami l'assureur.

— Bien sûr.

— Es-tu chez Ted ? demanda-t-il après un instant d'hésitation.

— Oui.

— Comment te sens-tu vis-à-vis de lui, en ce moment ? »

Ce fut au tour d'Amy d'hésiter, avant de répondre simplement : « Je l'aime.

— Oh !

— Je n'ai jamais été avec d'autres hommes, déclara-t-elle brusquement. C'est quelque chose que j'ai toujours voulu te dire. Jamais avec aucun autre homme. Mais Ted... Il ne s'est pas arrêté à ton nom. Il m'a vue, moi. Il m'a vue.

— Autrement dit, moi, je ne te voyais pas ?

— Si, quand tu étais présent, répondit-elle d'une petite voix perdue. Mais tu étais si souvent absent. »

Les yeux de Mort s'agrandirent et il fut instantanément prêt à livrer bataille. A livrer une *juste* bataille. « Quoi ? Je n'ai pratiquement pas quitté la maison depuis la tournée pour *The Delacourt Family* ! Et elle n'a pas été bien longue, en plus !

— Je ne veux pas discuter avec toi, Mort, dit-elle doucement. Tout cela, c'est terminé. Tout ce que j'essaie de te dire, c'est que même lorsque tu étais là, tu étais absent, la plupart du temps. Tu avais ta propre maîtresse : ton travail, ton œuvre. (Sa voix ne tremblait pas, mais il sentait les larmes refoulées en dessous.) Si tu savais comme je la haïssais, cette garce ! Elle était plus jolie que moi, plus intelligente, plus drôle. Comment aurais-je pu être à la hauteur ?

— Tout est de ma faute, si je comprends bien ? lui demanda-t-il, navré de se rendre compte qu'il était lui-même au bord des larmes. Qu'aurait-il fallu que je fasse ? Que je sois plombier, peut-être ? On aurait été pauvres, j'aurais été chômeur. Je n'étais pas capable de faire quoi que ce soit d'autre, nom de Dieu ! Tu comprends ça ? Je suis toujours incapable de faire autre chose ! » Il avait espéré en avoir fini avec les larmes, au moins pour un bon moment, mais voici qu'elles étaient de retour. Qui donc avait de nouveau frotté cette lampe magique ? Lui ou elle, cette fois ?

« Je ne te critique pas. J'ai aussi des choses à me reprocher. Tu ne nous aurais jamais trouvés... comme tu nous as trouvés... si je n'avais pas été faible et froussarde. Ce n'était pas Ted. Lui, il voulait aller te voir et qu'on te dise tout. Il n'arrêtait pas de me le demander. Et je n'arrêtais pas de le rembarrer. Je lui disais que je n'étais pas sûre. A moi, je me disais que je t'aimais encore, que les choses pourraient s'arranger, redevenir ce qu'elles étaient... mais ça n'arrive jamais, sans doute. Je n- » Elle reprit sa respiration, et Mort comprit qu'elle aussi pleurait. « Je n'oublierai jamais l'expression de ton visage, au moment où tu as ouvert la porte de la chambre, dans ce motel. Ce souvenir me poursuivra jusqu'à ma mort. »

Parfait ! eut-il envie de lui crier. *Parfait ! Il fallait bien que tu le voies ! Il fallait bien que je l'arbore !*

« Cette maîtresse, tu n'ignorais pas que je l'avais, dit-il d'un ton

mal assuré. Je ne te l'ai jamais cachée. Tu l'as su depuis le début.
— Mais je ne m'étais jamais douté à quel point elle pouvait
t'accaparer.
— Eh bien, réjouis-toi, répondit Mort. On dirait qu'elle vient de
me larguer, elle aussi. »
Amy pleurait sans retenue. « Mort... Mort... je veux que tu vives
et que tu sois heureux, c'est tout. Ne le vois-tu pas ? Ne peux-tu y
arriver ? »
Ce qu'il avait vu ? Son épaule nue effleurant l'épaule nue de Ted
Milner. Il avait vu leurs yeux, agrandis, pleins de frayeur, et les
mèches de cheveux tirebouchonnées à la Alfalfa de Ted. L'idée de le
lui dire, ou du moins d'essayer, le traversa, mais il y renonça. Assez.
Ils s'étaient assez fait mutuellement de mal. Une autre fois, peut-
être, pourraient-ils faire une autre tentative. Il regrettait qu'elle eût
fait allusion à cette histoire de dépression nerveuse. Il n'avait jamais
fait de dépression nerveuse.
« Amy, je crois que je dois raccrocher.
— Oui. Moi aussi. Ted est en train de faire visiter une maison,
mais il ne va pas tarder à rentrer. Je dois préparer le dîner.
— Je suis désolé pour cette dispute.
— Est-ce que tu appelleras si tu as besoin de moi ? Je suis encore
inquiète.
— Oui. » Il lui dit au revoir et raccrocha. Il resta un moment
auprès du téléphone, se disant qu'il allait sans aucun doute éclater
en sanglots d'un moment à l'autre. Mais ça passa. C'était peut-être
cela, le plus horrible.
Que ça passait.

39

La pluie qui tombait régulièrement le rendait stupide et apathique.
Il alluma un petit feu dans le poêle, en approcha une chaise et
voulut lire le dernier numéro de *Harper's,* mais il ne cessait de
plonger de la tête pour se réveiller en sursaut, lorsque son cou, en se
pliant, lui écrasait la trachée-artère et déclenchait un ronflement.
*J'aurais dû m'acheter des cigarettes, aujourd'hui. Quelques cibiches
m'auraient aidé à me tenir éveillé.* Mais il n'en avait pas acheté, et il
n'était pas sûr qu'elles l'auraient maintenu éveillé. Il était juste
fatigué, en état de choc.

Il finit par gagner le canapé, ajuster les oreillers et s'allonger. Tout près de sa joue, la pluie plic-ploquait contre le vitrage noir.

Je ne l'ai fait qu'une fois, pensa-t-il. *Seulement une fois.* Puis il tomba profondément endormi.

40

Dans son rêve, il se trouvait dans la plus grande salle de classe du monde.

Les murs s'allongeaient sur des kilomètres. Chaque bureau était une mesa, ces plateaux tabulaires surélevés de l'Arizona, et le dallage gris, la plaine infinie sur laquelle elles étaient dispersées. Au mur, l'horloge était un énorme soleil froid. La porte donnant sur le couloir était fermée, mais Mort Rainey distinguait ce qui était écrit sur le verre cathédrale :

SALLE D'ÉCRITURE HOME TEAM
PROF. DELLACOURT

Ils l'ont mal épelé, songea Mort. *Trop de L.*

Mais une autre voix lui dit que non.

Mort se tenait dans le vaste porte-craie du tableau noir géant, se redressant de toute sa hauteur. Il tenait à la main une craie de la taille d'une batte de base-ball. Il aurait voulu laisser retomber son bras, qui lui faisait affreusement mal, mais il ne pouvait pas — pas tant qu'il n'aurait pas écrit cinq cents fois la même phrase sur le tableau : *Je ne copierai plus sur John Kintner.* Il devait en être déjà à la quatre centième, estima-t-il, mais quatre cents ne suffisaient pas. Voler le fruit de son travail à un homme quand tout ce que possédait réellement cet homme était ce travail, voilà qui était impardonnable. Il fallait donc qu'il écrivît, écrivît, et peu importait la voix qui, au fond de son esprit, lui disait que tout cela n'était qu'un rêve, que son bras droit lui faisait mal pour d'autres raisons.

La craie grinçait monstrueusement. La poussière de craie, à l'odeur âcre familière — si familière — lui tombait sur la figure. A la fin, il ne put plus tenir. Il laissa retomber son bras comme s'il tenait un sac de plomb. Il se tourna sur lui-même, dans la rainure du porte-craie, et constata que seulement l'un des bureaux de la classe titanesque était occupé. Derrière se trouvait un homme jeune au visage de paysan ; un visage comme on s'attendrait à en voir dans les plaines de l'Ouest, derrière le cul d'une mule. Ses cheveux brun clair se dressaient en mèches hirsutes sur sa tête. Ses mains noueuses, tout en articulations, aurait-on dit, étaient croisées devant lui, sur le bureau. Il regardait Mort de ses yeux pâles à l'expression absorbée.

Je te connais, dit Mort dans son rêve.

C'est exact, l'ami, répondit John Kintner avec son accent traînant du Sud. *Tu m'as mis dans une sale situation. Alors maintenant, continue d'écrire. Ce n'est pas cinq cents. C'est cinq mille.*

Mort voulut se tourner de nouveau, mais son pied glissa sur le bord du porte-craie et il se retrouva soudain en train de dégringoler, hurlant dans l'air sec et crayeux, tandis que John Kintner riait et -

41

... il s'éveilla sur le sol, la tête presque passée sous la saloperie de table à café, s'agrippant au tapis et poussant des cris suraigus et geignards.

Il était à Tashmore. Non pas dans quelque délirante classe cyclopéenne, mais au bord du lac... et l'aube commençait à pointer au milieu des brumes, à l'est.

Tout va bien. Ce n'était qu'un rêve, et je n'ai rien.

Que non pas ! Il ne s'agissait pas juste d'un rêve, car John Kintner avait bel et bien existé. Comment donc, au nom du ciel, avait-il pu oublier John Kintner ?

Mort avait été au collège de Bates, où il avait passé son diplôme en écriture créative. Plus tard, lorsqu'il s'était adressé à des classes d'aspirants écrivains (corvée qu'il s'efforçait d'éviter autant que possible), il avait expliqué que suivre cet enseignement était la pire erreur que l'on pût commettre, si l'on voulait vivre de sa plume.

« Trouvez-vous un boulot à la poste, disait-il. Ça a marché pour Faulkner. » Et tout le monde riait. Les étudiants aimaient l'écouter, et il pensait qu'il se défendait pas mal comme conférencier. Cela lui semblait important, car il doutait fort qu'il fût possible d'apprendre à quelqu'un à écrire *créativement.* Il était cependant toujours soulagé quand sa conférence, son séminaire ou son atelier s'achevait. Les jeunes le rendaient nerveux. Il supposait que c'était à cause de John Kintner.

John Kintner était-il originaire du Mississippi? Mort ne s'en souvenait pas, mais il lui semblait que non. Néanmoins, il venait de quelque coin paumé du Sud profond, Alabama, Louisiane, ou nord de la Floride. Le souvenir était imprécis. Le collège de Bates était loin, et cela faisait des années qu'il n'avait pas pensé à John Kintner, lequel avait lâché l'école pour des raisons connues de lui seul.

Ce n'est pas vrai. Tu as pensé à lui la nuit dernière.

Tu as rêvé de lui, tu veux dire. Mort s'était rapidement corrigé, mais la diabolique petite voix à l'intérieur de lui ne voulait pas céder.

Non, avant ça. Tu as pensé à lui lorsque tu parlais à Shooter, au téléphone.

Justement, il ne voulait pas y penser. Il n'était pas question d'y penser. John Kintner appartenait au passé; John Kintner n'avait rien à voir avec ce qui se passait actuellement. Il se leva et se dirigea d'un pas incertain vers la cuisine, dans la lumière laiteuse du petit matin, pour se faire un café bien fort. Sauf que la petite voix diabolique ne voulait pas lâcher prise. En voyant le service de couteaux de cuisine d'Amy et les lames bien rangées sur leur plot magnétique, il songea que s'il pouvait découper la petite voix et l'extraire, il tenterait immédiatement l'opération.

Tu t'imaginais avoir déstabilisé ce type; qu'enfin, tu avais pris le dessus. Tu t'imaginais que la nouvelle était redevenue la question essentielle, la nouvelle et l'accusation de plagiat. Que Shooter te traitant comme un morveux de potache était le problème à résoudre. Comme un morveux de potache. Comme un-

« Oh, la ferme, nom de Dieu, la ferme! » s'exclama-t-il d'une voix enrouée.

La petite voix se tut, mais il s'aperçut qu'il était incapable d'arrêter de penser à John Kintner.

Tandis qu'il mesurait les doses de café d'une main tremblante, il songea à ses véhémentes et constantes protestations : il n'avait jamais plagié Shooter ni personne.

Mais c'était faux, évidemment.

Il avait plagié quelqu'un, une fois.

Juste une.

« Mais il y a tellement longtemps, murmura-t-il. Et ça n'a aucun rapport avec ce qui se passe aujourd'hui. »

C'était peut-être vrai, mais cela n'arrêta pas ses pensées.

42

Il était en deuxième année, et c'était pendant le semestre de printemps. Le cours d'écriture créative était centré sur la nouvelle. Le professeur, un type du nom de Richard Perkins, avait écrit deux romans qui lui avaient valu les éloges des critiques mais s'étaient vendus à très peu d'exemplaires. Mort avait tenté (vainement) d'en lire un, et en avait conclu que les bonnes critiques et les mauvaises ventes tenaient à une cause commune : l'ouvrage était incompréhensible. Perkins, cependant, n'était pas un mauvais professeur — au moins les amusait-il.

Douze étudiants fréquentaient ce cours, et l'un d'eux était John Kintner. Celui-ci n'était qu'en première année, mais il avait obtenu une dérogation pour suivre la classe. Dérogation sans doute méritée, supposait Mort. Sorti ou non d'un trou du Sud profond, l'animal était doué.

Le cours exigeait que chacun d'eux écrivît soit six nouvelles courtes, soit trois longues. Chaque semaine, Perkins sélectionnait l'une de celles qui, à son avis, susciterait la discussion la plus vivante, et en distribuait des photocopies à la fin de la classe. On attendait des étudiants qu'ils revinssent la semaine suivante, prêts à l'analyser et à la critiquer. Il s'agissait là d'une pratique habituelle dans ce genre de cours. Une semaine, Perkins leur avait donné une nouvelle de Kintner. Elle s'appelait... comment s'appelait-elle, au fait ?

Mort avait ouvert le robinet pour remplir la machine à café, mais il restait immobile, les yeux perdus dans le brouillard, de l'autre côté de la fenêtre, écoutant l'eau qui coulait.

Tu sais très bien comment elle s'appelait : « Vue imprenable sur jardin secret. »

« Jamais de la vie ! » s'écria-t-il avec force dans la maison vide. Il se mit à réfléchir furieusement, bien déterminé à faire taire une fois pour toutes la petite voix diabolique... et soudain, le titre lui revint.

« " Crowfoot Mile ! " » s'exclama-t-il. Le nom de l'histoire était " Crowfoot Mile ", et ça n'a rien à voir avec rien ! »

Sauf que... ce n'était pas tout à fait vrai, et qu'il n'avait pas besoin de la petite voix diabolique camouflée quelque part au fond de sa tête douloureuse pour le lui faire remarquer.

Kintner avait produit trois ou peut-être quatre histoires avant de disparaître (où ? Si on le lui avait demandé, Mort aurait parié sur le Vietnam, l'endroit où disparaissaient la plupart des jeunes gens, à la fin des années soixante). « Crowfoot Mile » n'était pas la meilleure des histoires de Kintner... mais c'était tout de même une bonne histoire. Kintner était indiscutablement le plus doué des élèves de Richard Perkins, lequel traitait le jeune homme presque en égal ; et de l'avis dépourvu de toute fausse modestie de Mort Rainey, Perkins avait tout à fait raison, car il considérait que le jeune Kintner était même légèrement meilleur que le professeur. Mort, d'ailleurs, estimait être également *meilleur* que lui, pour tout dire.

Mais était-il meilleur que John Kintner ?

« Eh non, grommela-t-il dans sa barbe en branchant la cafetière électrique. Je n'étais que le deuxième. »

Oui, le deuxième, et il avait eu cela en horreur. Il savait que la plupart des étudiants inscrits en écriture créative n'étaient ici que pour passer le temps et satisfaire un caprice, avant d'abandonner ces occupations enfantines pour se mettre à étudier les matières qui leur procureraient plus tard leur gagne-pain. Les travaux d'écriture créative auxquels la plupart d'entre eux auraient à se livrer plus tard dans la vie consisteraient en articles pour les pages du Calendrier Communautaire du journal local, ou en textes publicitaires pour la lessive Machin ou Chose. Mort était arrivé dans la classe de Perkins, bien persuadé qu'il serait le meilleur, car il en avait toujours été ainsi pour lui. Ce qui explique le choc désagréable qu'avait constitué l'arrivée de John Kintner.

Il se souvenait d'avoir essayé une fois de lui parler... Mais Kintner, qui ne participait aux débats de la classe que lorsqu'on l'interrogeait, s'était révélé presque incapable de former une phrase. Il grommelait et bafouillait comme le fils d'un petit blanc qui n'aurait pas dépassé l'école élémentaire. L'écriture était la seule manière de prendre la parole qu'il maîtrisait, apparemment.

Et tu la lui as volée.

« La ferme, je t'ai dit, la ferme ! »

Tu étais le deuxième, et tu avais ça en horreur. Tu as été ravi de le voir partir, car tu pouvais de nouveau être premier. Comme tu l'avais toujours été.

Oui, exact. Et un an plus tard, alors qu'il préparait l'examen final, il avait vidé le placard de l'ignoble appartement Lewiston qu'il avait partagé avec deux autres étudiants et était tombé sur une pile de photocopies des cours de Perkins. Une seule des histoires de Kintner se trouvait dans le tas. « Crowfoot Mile. »

Il se souvenait de s'être assis sur le tapis miteux, imprégné d'une odeur de bière, de la chambre, d'avoir lu la nouvelle, et d'avoir été une fois de plus envahi du vieux sentiment de jalousie.

Il avait balancé les autres photocopies mais conservé celle-ci... pour des raisons qu'il n'était pas sûr de vouloir examiner de près.

En deuxième année, Mort avait soumis une nouvelle à un magazine littéraire, le *Aspen Quarterly*. Elle lui était revenue accompagnée d'une note précisant que les lecteurs l'avaient trouvée tout à fait bonne, bien que la fin leur eût paru « plutôt insuffisante ». On lui demandait, d'une manière que Mort trouva condescendante mais aussi excitante, s'il n'avait pas d'autres œuvres à présenter.

Au cours des deux années suivantes, il leur avait envoyé quatre autres histoires. Ils n'en prirent aucune, mais une note personnelle accompagnait chacun des refus. Mort connut les affres secrètes de l'écrivain qui passe de l'optimisme au plus profond pessimisme. Certains jours, il était convaincu qu'il réussirait à forcer les portes du *Aspen Quarterly*, que ce n'était qu'une question de temps ; à d'autres, il était tout autant convaincu que l'équipe éditoriale, dans sa totalité — rien qu'une bande de tarés — ne faisait que jouer avec lui, le taquinant méchamment comme on taquinerait un chien affamé en lui tendant un bout de viande qu'on maintiendrait hors de sa portée. Il imaginait parfois l'un d'eux tenant l'un de ses manuscrits, tout frais sorti de son enveloppe de papier kraft, et criant : « Encore une autre de ce crétin du Maine ! Qui veut écrire la lettre, aujourd'hui ? » Et toute la bande se pliant en deux et roulant même par terre de rire, sous leurs posters, Joan Baez ou Moby Grape au Fillmore.

La plupart du temps, néanmoins, il ne se laissait pas aller à ces sombres fantasmes paranos. Il savait qu'il était bon, et que ce n'était qu'une question de temps. Et pendant l'été suivant, alors qu'il travaillait comme garçon dans un restaurant de Rockland, il pensa à l'histoire de Kintner. Qu'elle se trouvait probablement toujours au fond de sa malle, donnant des coups de pied pour en sortir. Il eut une idée. Il en changerait le titre et la soumettrait à *Aspen Quarterly* sous son propre nom ! Il se souvenait d'avoir pensé que ce serait une plaisanterie subtile à leur faire — bien que, maintenant, il n'arrivât pas à imaginer en quoi la chose pouvait être si drôle.

Il se souvenait de ne jamais avoir eu l'intention de faire publier cette nouvelle sous son propre nom... ou alors, s'il l'avait eue, c'était de manière inconsciente. Dans l'éventualité d'une réponse positive, il aurait repris son histoire sous prétexte de la retravailler. Dans celle d'un refus, il aurait au moins eu la satisfaction de penser que pas plus que lui, John Kintner n'était assez bon pour *Aspen Quarterly*.

Il avait donc envoyé la nouvelle.

Et ils l'avaient acceptée.

Et il avait accepté leur acceptation.

Et ils lui avaient envoyé un chèque de vingt-cinq dollars. « Comme honoraires », précisait la lettre d'accompagnement.

Et ils l'avaient publiée.

Et Morton Rainey, submergé par un sentiment de culpabilité tardif, avait encaissé le chèque et fourré les billets dans le tronc des pauvres de l'église Sainte-Catherine, à Augusta.

Mais il n'avait pas ressenti que de la culpabilité. Oh, non !

Mort restait accoudé à la table de la cuisine, la tête dans la main, attendant que soit filtré le café. Il avait mal au crâne. Il ne voulait ni penser à John Kintner, ni à l'histoire de Kintner. L'affaire de « Crowfoot Mile » était l'un des événements de sa vie les plus honteux ; était-il si étonnant qu'il l'eût enterré pendant tant d'années ? Il aurait aimé pouvoir l'inhumer une deuxième fois. Après tout, il allait vivre aujourd'hui un grand jour — peut-être le plus grand de toute sa vie. Voire même le dernier. Il aurait mieux valu penser à aller au bureau de poste. Il aurait mieux valu penser à son affrontement imminent avec Shooter, mais son esprit n'arrivait pas à s'arracher à ce (pas très) bon vieux temps.

Lorsqu'il avait vu le magazine, un véritable exemplaire, avec son nom au-dessus de la nouvelle de Kintner, il s'était senti comme un homme qui s'éveille après une horrible crise de somnambulisme au cours de laquelle il a fait quelque chose d'irrévocable. Comment avait-il laissé les choses aller aussi loin ? Il ne s'agissait que d'un simple canular, au début, d'une petite plaisanterie...

Mais il les avait bel et bien laissé aller trop loin. L'histoire avait été publiée, et il y avait au moins une douzaine de personnes au monde qui savaient que cette nouvelle n'était pas de lui, y compris Kintner lui-même. Si jamais l'une d'elles jetait un coup d'œil dans *Aspen Quarterly*...

Lui-même n'en parla bien entendu à personne. Il se contenta

d'attendre, malade de terreur. Il dormit et mangea très peu, au cours de l'été et de l'automne qui suivirent ; il perdit du poids et des cernes foncés se dessinèrent sous ses yeux. Son cœur faisait le triple saut à chaque fois que le téléphone sonnait. Si l'appel était pour lui, il se rapprochait de l'instrument en traînant les pieds, une sueur froide au front, sûr et certain que ce serait Kintner et que les premières paroles qu'il articulerait seraient : *Vous m'avez volé mon histoire, et il faut faire quelque chose. Je crois que je vais commencer par aller raconter à tout le monde le genre d'escroc que vous êtes.*

Ce qu'il y avait de plus incroyable, dans cette affaire, était qu'il n'avait jamais ignoré les risques encourus. Il connaissait les conséquences éventuelles d'un tel acte, pour un jeune homme se destinant à la carrière d'écrivain. Autant jouer à la roulette russe avec un bazooka. Et cependant... cependant...

La fin de l'automne arriva : toujours pas de réaction. Il commença à se détendre un peu. Un nouveau numéro du *Aspen Quarterly* remplaçait celui où « sa » nouvelle était parue. La revue ne figurait plus sur les rayons des bibliothèques de tout le pays, section des périodiques ; elle avait été mise en réserve, voire transférée sur micro-fiches. Le risque d'avoir des ennuis n'avait pas totalement disparu — il supposait, déprimé, qu'il lui faudrait vivre avec ce risque jusqu'à la fin de ses jours — mais il avait beaucoup diminué : loin des yeux, loin des esprits.

Puis, en novembre de la même année, arriva une lettre du *Aspen Quarterly*.

Mort la tint dans sa main, regardant son nom sur l'enveloppe qu'il n'osait pas ouvrir, et se mit à trembler de tout son corps. Ses yeux se remplirent d'un liquide trop chaud et corrosif pour n'être que des larmes ; l'enveloppe se dédoubla, se détripla.

Coincé. Ils m'ont coincé. Ils me demandent ce que je pense d'une lettre que leur a envoyée Kintner... ou Perkins... ou l'un des autres de la classe... je suis fait.

Il avait alors pensé au suicide — tout à fait calmement, tout à fait rationnellement. Sa mère avait des somnifères. Il les avalerait tous. Quelque peu rasséréné à l'idée de cette porte de sortie, il avait déchiré l'enveloppe et en avait tiré une unique feuille de papier. Il la tint longtemps dans la main, encore pliée, et envisagea de la brûler sans même l'ouvrir. Il n'était pas sûr de pouvoir supporter de lire noir sur blanc l'accusation portée contre lui, et craignait qu'elle ne le rendît fou.

Vas-y, bon Dieu, regarde! Le moins que tu puisses faire est d'envisager les conséquences en face. Tu ne seras peut-être pas capable de les supporter, mais au moins tu peux voir de quoi elles ont l'air.
Il déplia la lettre.

> Cher Monsieur Rainey,
> Votre nouvelle, « Eye of the Crow », a reçu ici un accueil extrêmement favorable. Je suis désolé que cette lettre ait attendu si longtemps avant de partir, mais, à dire vrai, nous attendions de vos nouvelles, si je puis dire! Vous nous aviez jusqu'ici si fidèlement envoyé vos travaux que votre silence, juste au moment où vous venez de « franchir le pas », nous a rendus un peu perplexes. S'il y a quelque chose dans la manière dont votre histoire a été présentée — emplacement, type de lettres, format, etc. — qui vous a déplu, il faut nous le faire savoir. En attendant, que diriez-vous de nous envoyer quelque chose ?
>
> Meilleurs sentiments,
>
> *Charlie*
> Charles Palmer
> Assistant de rédaction

Mort avait lu cette lettre par deux fois, puis avait bruyamment éclaté de rire, dans la maison heureusement vide. Il connaissait l'expression « Rire à s'en faire péter la sous-ventrière », et il comprenait que c'était bien ça : il avait l'impression, s'il ne s'arrêtait pas rapidement, que son ventre éclaterait et que ses intestins se répandraient sur le sol. Un instant auparavant, il était prêt à se supprimer à l'aide des somnifères de sa mère, et voilà qu'ils lui demandaient si le type de caractères choisi ne l'avait pas rendu furieux! Il s'était attendu à apprendre que sa carrière était ruinée avant même d'avoir réellement commencé, et ils en voulaient davantage! Davantage!
Il hurla de rire — il n'y a pas d'autre expression — jusqu'à ce que les spasmes qui le secouaient se transformassent en sanglots hystériques. Puis il s'assit sur le canapé, relut une fois de plus la lettre de Charles Palmer, et pleura jusqu'à ce que le rire le secouât de nouveau. Il avait fini par aller dans sa chambre où il s'était

allongé, avait disposé ses oreillers exactement de la façon qu'il aimait, et s'était endormi.

Il avait liquidé la question. Tel avait été le dénouement. Il avait liquidé la question, et plus jamais il ne s'était livré, de près ou de loin, à un exercice semblable. Toute cette affaire s'était déroulée des milliers d'années auparavant ; comment se faisait-il qu'elle revînt le hanter aujourd'hui ?

Il l'ignorait, mais avait la ferme intention de ne plus y penser.

« Et tout de suite, en plus », déclara-t-il à la pièce vide tout en se dirigeant d'un pas décidé vers la machine à café. Il s'efforçait de ne pas prêter attention à son douloureux mal de tête.

Tu sais très bien pour quelle raison tu y penses maintenant.

« La ferme. » Il parlait sur le ton presque enjoué d'une conversation banale... mais ses mains tremblaient tandis qu'elles ramassaient le Silex.

Il est certaines choses que l'on ne peut dissimuler éternellement. Tu es peut-être malade, Mort.

« Je te dis de la fermer ! » répéta-t-il du même ton enjoué.

Tu es peut-être très gravement malade. En fait, on peut se demander si tu ne fais pas une dépression ner-

« La ferme ! » hurla-t-il, jetant le Silex de toutes ses forces. L'allume-gaz vola par-dessus le comptoir, traversa la pièce, tournant sur lui-même, et alla s'écraser contre la baie vitrée avant de tomber au sol, en morceaux. Mort vit une longue fissure argentée qui partait de l'impact et se dirigeait, avec des zig-zags, jusqu'en haut de la vitre. Il se sentait tout à fait comme quelqu'un dont le cerveau serait zébré du même genre de fêlure.

Mais la voix s'était tue.

Il se rendit dans la chambre d'une démarche flegmatique, prit le réveille-matin, et revint dans le séjour. Il régla la sonnerie à dix heures trente. A cette heure-là, il irait jusqu'au bureau de poste, prendrait le paquet du Federal Express et entreprendrait — flegmatiquement — de mettre un terme définitif à ce cauchemar.

En attendant, cependant, il dormirait.

Sur le canapé, l'endroit où il dormait toujours le mieux.

« Je ne fais absolument pas une dépression nerveuse », mumurat-il à l'adresse de la petite voix, laquelle ne se laissa pas entraîner sur ce terrain. Mort songea qu'il avait peut-être effrayé la petite voix ; il l'espérait, car la petite voix, elle, l'avait indiscutablement effrayé.

Ses yeux retombèrent sur la fissure argentée de la baie vitrée et la suivirent d'un regard morne. Il se rappela comment il avait utilisé le passe de la femme de chambre. Combien la pièce avait été sombre. Qu'il avait fallu du temps pour que sa vision s'accommodât. Leurs épaules nues. Leurs yeux pleins de frayeur. Il avait hurlé — quoi, il ne s'en souvenait pas et n'avait jamais osé le demander à Amy, mais certainement de terrifiantes monstruosités à en juger par l'expression de leur regard.

Si j'avais dû jamais avoir une dépression nerveuse, c'était bien ce jour-là, songea-t-il sans cesser de contempler l'éclair qui zigzaguait absurdement sur la vitre. *Oui, ce jour-là. Bon Dieu, cette lettre du magazine n'était rien par rapport au jour où j'ai ouvert la porte du motel et où j'ai vu ma femme en compagnie d'un autre homme, un petit malin d'agent immobilier venu de son trou à merde du Tennessee...*

Mort ferma les yeux, et quand il les rouvrit, ce fut aux clameurs véhémentes d'une autre voix : celle de son réveille-matin. Le brouillard s'était dispersé, le soleil brillait et il était temps de se rendre au bureau de poste.

43

En chemin, il fut pris de la certitude que le Federal Express était déjà venu et reparti... et que Juliet passerait la tête par son guichet et la secouerait, et lui dirait que non, elle était désolée, mais elle n'avait rien pour lui. Et sa preuve ? Dissipée comme de la fumée. Ce sentiment était irrationnel — Herb était quelqu'un de prudent, du genre à ne pas faire de promesses qu'il n'aurait pu tenir — mais il était trop puissant pour être nié.

Il dut se forcer pour descendre de voiture, et la distance qui séparait la porte de la poste du guichet derrière lequel Juliet Stoker triait le courrier lui parut faire au moins mille kilomètres.

Une fois au guichet, il voulut parler ; cependant, aucun mot ne sortit de sa bouche. Ses lèvres bougèrent, mais il avait la gorge trop sèche pour produire le moindre son. Juliet leva les yeux vers lui et recula d'un pas, l'air inquiet. Pas autant, tout de même, que l'avaient paru Amy et Ted lorsqu'il avait forcé la porte du motel en pointant un revolver sur eux.

« Monsieur Rainey... Vous vous sentez bien, Monsieur Rainey ? »

Il s'éclaircit la gorge. « Désolé, Juliet, je viens juste d'avaler de travers.

— Je vous trouve bien pâle », remarqua-t-elle. Il décela, dans sa voix, ce ton que prenaient avec lui tant d'habitants de Tashmore — une sorte d'orgueil avec, sous-jacentes, un peu d'irritation et de condescendance, comme s'il était un enfant prodige nécessitant une nourriture et des soins spéciaux.

« Quelque chose que j'ai mangé hier au soir, je crois. Le Federal Express n'a rien laissé pour moi ?

— Non, rien. »

Il empoigna désespérément le dessous du comptoir et crut pendant un instant qu'il allait s'évanouir, bien qu'il eût presque immédiatement compris que ses derniers mots lui avaient échappé.

« Je vous demande pardon ? »

Elle s'était déjà tournée et lui présentait son solide arrière-train campagnard tandis qu'elle traînait des pieds au milieu des paquets posés sur le sol.

« J'ai dit, rien d'autre que celui-ci », répondit-elle. Elle se tourna de nouveau et fit glisser le paquet vers lui, sur le comptoir. Il vit que l'adresse de l'expéditeur était *EQMM*, en Pennsylvanie et sentit le soulagement l'envahir ; on aurait dit qu'une eau fraîche coulait dans son gosier desséché.

« Merci.

— De rien. Vous savez, ils en feraient une maladie, à la poste, s'ils savaient qu'on a tripoté le courrier du Federal Express.

— Je vous en suis très reconnaissant », répondit Mort. Maintenant qu'il tenait le magazine, il était pris d'une envie folle de partir, de retourner chez lui. Une envie si forte qu'elle en était viscérale. Il ne savait pas pourquoi — il avait encore une heure et quart devant lui — mais il en était ainsi. Dans sa détresse et sa confusion, il envisagea même un instant de donner un pourboire à Juliet pour la faire taire... ce qui n'aurait pas manqué de la faire bondir, tant elle était yankee jusqu'au fond de l'âme.

« Vous ne leur direz pas, n'est-ce pas ? demanda-t-elle d'un air espiègle.

— Sûrement pas. (Il réussit à esquisser un sourire.)

— Bon, dit-elle en lui rendant son sourire, parce que je vous ai vu faire. »

Il était déjà sur le seuil, mais il s'arrêta. « Je vous demande pardon ?

— Moi je vous dis, ils me tueraient si vous parliez. (Elle le regarda attentivement.) Vous devriez rentrer chez vous et vous coucher, Monsieur Rainey. Vous avez l'air de quelqu'un qui ne va pas bien du tout. »

Je me sens comme un type qui vient de passer les trois derniers jours couché, Juliet — sauf pendant les moments où j'étais occupé à tout casser, ça va de soi.

« Je crois que ce n'est pas une mauvaise idée. Je ne me sens en effet pas très bien.

— Il y a un virus qui se promène. Vous avez dû l'attraper. »

C'est alors que les deux femmes de Camp Wigmore — celles que tout le monde soupçonnait d'être lesbiennes, même si elles se montraient discrètes — entrèrent dans le bureau de poste, et Mort en profita pour s'échapper. Il resta un moment assis dans la Buick, le paquet bleu sur les genoux ; il commençait à trouver désagréable cette manière que tout le monde avait de lui dire qu'il avait l'air malade, et encore plus désagréable la manière dont avait fonctionné son cerveau.

Ça n'a pas d'importance. C'est presque terminé.

Il voulut ouvrir l'enveloppe, mais les deux dames de Camp Wigmore sortirent à cet instant-là et l'observèrent. Puis elles échangèrent un regard ; l'une sourit, l'autre éclata de rire. Et Mort décida soudain qu'il attendrait d'être de retour chez lui.

44

Il gara la Buick à sa place habituelle, sur le côté de la maison, coupa le contact... et une brume grise et douce descendit sur ses yeux. Lorsqu'il reprit connaissance, il se sentit bizarre et se mit à avoir peur. Et si quelque chose ne tournait pas rond, chez lui ? Quelque chose de physique ?

Non — ce n'était que le stress, décida-t-il.

Il crut entendre un bruit, et regarda vivement autour de lui. Il ne vit rien. *Contrôle tes nerfs, mon vieux. C'est tout ce que tu as à faire. Contrôle tes cons de nerfs.*

Puis il pensa : *J'avais bien un revolver, ce jour-là. Mais il n'était pas chargé. Je leur ai dit, plus tard. Amy m'a cru. Milner, je n'en sais rien, mais Amy, si. Et-*

En es-tu sûr, Mort ? Es-tu sûr qu'il n'était pas chargé ?

Il repensa à la craquelure de la baie vitrée, à ce stupide éclair qui zigzaguait au milieu du paysage. *C'est comme ça que les choses arrivent, c'est comme ça qu'elles arrivent dans la vie des gens.*

De nouveau, il reporta son regard sur le paquet du Federal Express. C'était à ça qu'il fallait penser, et non à Amy et à Monsieur Baise-mon-cul de Shooter's Knob dans le Tennessee.

Le paquet était déjà à moitié ouvert — de nos jours personne ne fait attention à rien. Il finit de dégager l'ouverture et fit tomber le magazine sur ses genoux. *Ellery Queen's Mystery Magazine*, lisait-on en lettres d'un rouge éclatant. Dessous, en caractères beaucoup plus petits : *Juin 1980*. Et encore au-dessous, les noms de quelques-uns des écrivains figurant au sommaire. Edward D. Hoch. Ruth Rendell. Ed McBain. Patricia Highsmith. Lawrence Block.

Son nom ne figurait pas sur la couverture.

Bien entendu : il était encore presque un inconnu, en tant qu'écrivain, en particulier en tant qu'auteur de nouvelles policières. « Sowing Season » restait un cas unique dans sa production. Son nom n'aurait rien signifié pour les lecteurs assidus du magazine, et les éditeurs n'avaient donc pas cru bon de le mettre sur la couverture. Il tourna la couverture.

Derrière, la page du sommaire avait disparu.

Plus précisément, on l'avait découpée.

Il se mit à feuilleter frénétiquement le magazine, qu'il laissa même échapper avec un petit cri. Il ne remarqua pas l'ablation au premier passage ; mais au deuxième, il constata que les pages 83 à 97 avaient aussi disparu.

« Tu les as coupées ! » hurla-t-il — s'égosillant au point que les yeux lui sortaient de la tête. Il commença à marteler le volant de coups de poing et l'avertisseur se mit à couiner. « Tu les as coupées, espèce de salopard ! Comment es-tu arrivé à... ? Tu les as coupées ! Tu les as coupées ! Tu les as coupées ! »

45

Il n'était pas à mi-chemin de la maison que déjà la petite voix perfide se demandait de nouveau comment Shooter avait bien pu faire. Le paquet était arrivé de Pennsylvanie par le Federal Express, et Juliet l'avait réceptionné ; dans ce cas, comment-

Il s'immobilisa.

Bon, parce que je vous ai vu faire, avait dit Juliet.

Mais bien sûr ; ceci expliquait cela. Juliet était dans le coup. Sauf que...

Sauf que Juliet habitait Tashmore depuis toujours.

Sauf que ce n'était pas ce qu'elle avait dit. C'était son esprit qui lui jouait des tours. Des flatulences paranos, en quelque sorte.

« Et pourtant, il l'a fait », dit Mort. Il pénétra dans la maison et, dès qu'il fut sur le seuil de la porte, jeta le magazine aussi violemment qu'il le put. Il partit comme un oiseau affolé, dans un bruissement de pages, et alla atterrir sur le sol. « Oh ouais, tu parles, que cet enfoiré se gêne ! Mais je ne vais pas attendre tranquillement qu'il rapplique. Je- »

Il vit alors le chapeau de Shooter. Posé à terre, devant la porte de son bureau.

Mort resta un instant immobile sur place, assourdi des battements de son propre cœur, puis s'élança en direction du poêle en grandes enjambées précautionneuses dignes d'un personnage de dessin animé. Il prit le tisonnier dans le râtelier, avec une grimace lorsqu'il tinta contre la pelle à cendre. Le tenant comme lorsqu'il avait pris d'assaut le cabinet de toilette du premier, il se dirigea lentement vers la porte fermée, et dut contourner le magazine en chemin.

Il s'arrêta une fois devant la porte.

« Shooter ? »

Il n'y eut pas de réponse.

« Vous avez intérêt à sortir de vous-même, Shooter ! Si je dois venir vous chercher, vous n'aurez plus jamais l'occasion de sortir de quelque part autrement qu'en fauteuil roulant. »

Toujours pas de réponse.

Il resta encore quelques instants là où il se tenait, rassemblant son énergie (mais il n'était pas sûr d'en avoir beaucoup), puis il tourna la poignée. Il enfonça la porte d'un coup d'épaule et bondit en hurlant, brandissant le tisonnier.

La pièce était vide.

Mais Shooter était bien passé par ici. Oui. L'écran du traitement de texte de Mort gisait au sol, fracassé, le regardant de son œil mort. Shooter l'avait démoli. Sur le bureau, se trouvait la vieille machine à écrire Royal. Les parties planes de ce dinosaure étaient mates et poussiéreuses. Posé contre le clavier, un manuscrit : celui de Shooter, celui qu'il avait laissé sous un caillou à l'abri du porche, un million d'années auparavant.

« Vue imprenable sur jardin secret. »

Mort lâcha le tisonnier. Il avança vers la machine à écrire, hypnotisé, et prit le manuscrit. Il le feuilleta lentement et finit par comprendre pour quelle raison Mme Gavin avait été tellement sûre qu'il lui appartenait... sûre au point de le récupérer dans la poubelle. Peut-être ne l'avait-elle pas su consciemment, mais son œil avait reconnu la frappe irrégulière de la machine. Et pourquoi pas ? Cela faisait des années qu'elle voyait des manuscrits qui avaient l'aspect de « Vue imprenable sur jardin secret ». Le traitement de texte et l'imprimante à laser étaient, relativement, des nouveaux venus. Il avait travaillé avec la vieille Royal pendant l'essentiel de sa carrière littéraire. L'usure des années avait presque eu raison d'elle, et elle était dans un état pitoyable ; si l'on s'en servait, les lettres étaient aussi de travers que les chicots dans la bouche d'un vieillard.

Mais voilà : elle s'était toujours trouvée ici, remisée dans le fond du placard, derrière des piles d'épreuves et de manuscrits... ce que les directeurs de collection appellent « le rebut ». Shooter devait la lui avoir volée pour taper son texte dessus ; puis il l'avait rapportée pendant que Mort allait au bureau de poste. Cela paraissait logique, non ?

Non, Mort, ce n'est pas logique. Aimerais-tu faire quelque chose de logique, pour une fois ? Appelle la police. Voilà qui serait logique. Appelle la police, dis-leur de venir ici et demande-leur de te faire enfermer. Et qu'ils fassent vite, avant que tu commettes d'autres dégâts. Avant que tu n'abattes encore quelqu'un.

Mort laissa tomber les feuillets avec un cri sauvage, et ils voletèrent en tous sens autour de lui, paresseusement, tandis que la vérité de ce qui se passait lui tombait dessus d'un seul coup, comme un éclair déchiqueté de foudre argentée.

46

John Shooter n'existait pas.

N'avait jamais existé.

Non, dit Mort. Il allait et venait à grands pas dans le séjour. Son mal de tête lançait des vagues successives d'élancements douloureux. « Non, je ne l'accepte pas, je ne l'accepte pas du tout. »

Mais qu'il l'acceptât ou le refusât, cela ne faisait guère de différence. Toutes les pièces du puzzle étaient présentes, et la vue de la vieille Royal les avait fait voler à leur place. Maintenant, un quart d'heure plus tard, elles continuaient à s'assembler, et il semblait être impuissant à les chasser.

L'image qui ne cessait de lui revenir à l'esprit était celle du petit pompiste de Mechanic Falls, nettoyant son pare-brise à l'aide d'une raclette en caoutchouc. Un spectacle qu'il n'aurait jamais pensé revoir de sa vie. Plus tard, il avait conclu que le gamin lui avait fait cette faveur parce qu'il l'avait reconnu et qu'il aimait ses livres. Peut-être, mais son pare-brise avait aussi eu bien besoin d'un nettoyage. L'été était fini, mais toutes sortes de petites saletés venaient se coller dessus, pourvu que l'on roulât assez longtemps et assez vite sur les routes secondaires. Et il devait avoir emprunté celles-ci. Il avait accompli l'itinéraire Tashmore-Derry-Tashmore en un temps record, ne s'arrêtant que le temps de mettre le feu à sa propre maison ; il n'avait même pas pris la peine de refaire le plein sur le chemin du retour. Que voulez-vous, il avait plein de choses à faire, tuer un chat, notamment. Débordé, absolument débordé.

Il s'immobilisa soudain au milieu de la pièce et fit demi-tour pour regarder par la baie vitrée. « Mais si c'est moi, comment se fait-il que je ne m'en souvienne pas ? demanda-t-il à la fêlure argentée de la vitre. Comment se fait-il que je ne m'en souvienne pas au moins *maintenant ?* »

Il l'ignorait... Mais il savait en revanche d'où provenaient les noms, n'est-ce pas ? En partie du Méridional dont il avait volé l'histoire au collège ; en partie de l'homme qui lui avait volé sa femme. On aurait dit quelque bizarre plaisanterie littéraire codée.

Elle dit qu'elle l'aime, Mort. Elle dit que maintenant, elle l'aime.

« Rien à foutre. Un type qui couche avec la femme d'un autre homme est un voleur. Et la femme est sa complice. »

Il regarda la fêlure avec un air de défi.

La fêlure ne dit rien.

Trois ans auparavant, Mort avait publié un roman intitulé *The Delacourt Family*. L'adresse de l'expéditeur, sur la nouvelle de Shooter, était Dellacourt, Mississippi. Elle-

Il se précipita soudain dans son bureau, manquant de peu glisser sur les feuillets éparpillés par terre, pour consulter son encyclopédie. Le volume M ; vite, Mississippi. Il fit courir un doigt tremblant le long de la liste des villes — qui couvrait une page complète — espérant contre toute espérance.

Inutile.

Il n'y avait ni Dellacourt ni Delacourt au Mississippi.

Il songea un instant à chercher un Perkinsburg, la ville où Shooter, selon ses dires, aurait acheté l'exemplaire de poche de *Everybody Drops the Dime* avant de monter dans le car Greyhound, mais il se contenta finalement de refermer l'encyclopédie. Pourquoi se donner ce mal ? Qu'il y eût ou non un Perkinsburg dans le Mississippi, cela n'aurait rien changé.

Le nom du romancier qui donnait le cours d'écriture créative — dans lequel Mort avait rencontré John Kintner — était Richard Perkins : c'était de là que venait le nom de la ville.

D'accord, mais je ne me souviens de rien de tout cela ! Alors comment se fait-il-

Oh Mort ! gémit la petite voix. *Tu es très malade. Tu es très gravement malade.*

« Je n'accepte pas ça », répéta-t-il, horrifié par la faiblesse et les tremblements de sa propre voix ; mais existait-il d'autres possibilités ? N'avait-il pas déjà songé que c'était presque comme s'il faisait certaines choses et commettait des actes irrévocables pendant son sommeil ?

Tu as tué deux hommes, murmura la petite voix. *Tu as tué Tom parce qu'il savait que tu étais seul ce jour-là, et tu as tué Greg pour qu'il ne puisse vérifier. Si tu t'étais contenté de tuer Tom, Greg aurait appelé la police. Et cela, tu n'en voulais pas, il n'en était pas question. Pas tant que cette horrible histoire que tu montais n'était pas terminée. Tu étais tellement mal en point, quand tu t'es levé, hier ! Courbatu, raide et mal en point. Mais ce n'était pas simplement pour avoir démoli la salle de bains à coups de tisonnier, n'est-ce pas ? Tu avais été beaucoup plus occupé. Il avait fallu te charger de régler le sort de Tom et Greg. Et tu avais raison quant au manège des véhicules... Sauf que c'est toi qui as appelé Sonny Trotts et qui as fait semblant d'être Tom. Un homme débarquant de son Mississippi natal n'aurait pu savoir que Sonny était un peu sourd, mais toi, oui ! Tu les as tués, Mort, tu as tué ces hommes !*

« Je ne l'accepte pas ! hurla-t-il. Tout ça, ça fait partie de son plan ! Ça fait partie de son petit jeu ! De sa partie d'échecs ! Et je n'accepte pas... je n'accepte pas... »

Tais-toi, murmura la petite voix. Mort s'arrêta.

Pendant quelques instants, un silence absolu régna dans deux univers : celui à l'intérieur de sa tête, celui à l'extérieur.

Puis au bout d'un moment, la petite voix demanda calmement :

Pourquoi avoir fait tout cela, Mort ? Pourquoi ces homicides compliqués ? Shooter ne cessait de réclamer une histoire, mais Shooter n'existe pas. Qu'est-ce que tu veux, TOI ? Dans quel but as-tu créé John Shooter ?

Puis, de l'extérieur, lui parvint le bruit d'une voiture qui s'engageait dans l'allée. Mort regarda sa montre et vit que les aiguilles marquaient midi juste. Un éclair de triomphe et de soulagement flamboya en lui comme un incendie montant d'une cheminée. Qu'il eût le magazine mais pas la preuve promise n'avait plus d'importance. Que Shooter pût le tuer, pas davantage. Il mourrait heureux, du seul fait de savoir qu'il existait un John Shooter et qu'il n'était donc pas responsable des horreurs commises.

« Le voilà ! » s'écria-t-il joyeusement en se précipitant hors du bureau. Il agitait follement les mains au-dessus de la tête et exécuta même un petit entrechat lorsqu'il arriva dans le vestibule.

Il s'arrêta, regardant l'allée par-dessus le toit de l'abri à poubelles sur lequel avait été cloué le corps de Bump. Ses mains retombèrent lentement sur ses côtés. Une horreur noire l'envahit. L'envahit comme si une main impitoyable abaissait un store opaque. La dernière pièce du puzzle se mettait en place. Quelques instants auparavant, dans son bureau, il lui était venu à l'esprit qu'il aurait pu créer cet assassin chimérique pour ne pas avoir eu le courage de se suicider. Il comprenait maintenant que Shooter avait dit la vérité, lorsqu'il avait déclaré que jamais il ne tuerait Mort.

Ce n'était pas le vieux break déglingué de Shooter qui s'immobilisait dans l'allée, mais la petite Subaru bien réelle d'Amy. Elle-même était au volant. Elle lui avait volé son amour, et une femme qui vous vole votre amour quand cet amour est en réalité tout ce que vous possédez ne vaut pas grand-chose.

Il ne l'en aimait pas moins.

C'était Shooter qui la haïssait. C'était Shooter qui avait eu l'intention de la tuer puis de l'enterrer près du lac, à côté de Bump, où elle ne tarderait pas à devenir un mystère pour tous les deux.

« Va-t'en, Amy, murmura-t-il de la voix chevrotante d'un très grand vieillard. Va-t'en avant qu'il ne soit trop tard. »

Mais Amy descendit de la voiture, refermant la portière derrière elle, et la main qui descendait le store l'abaissa jusqu'à ce que les ténèbres fussent complètes.

47

Amy essaya la poignée, et se rendit compte que la porte n'était pas fermée. Elle entra, ouvrit la bouche pour appeler Mort — et s'interrompit. Elle regarda autour d'elle, les yeux agrandis, stupéfaite.

On aurait dit que la maison avait été saccagée. La poubelle, trop pleine, débordait sur le sol. Quelques grosses mouches d'automne arpentaient paresseusement un plat d'aluminium dont les coins avaient été écrasés. Une odeur de cuisine rance et de moisi emplissait l'atmosphère. Elle crut même déceler celle de la nourriture gâtée.

« Mort ? »

Pas de réponse. Elle avança de quelques pas mesurés, pas très sûre d'avoir envie de regarder le reste. Madame Gavin était passée trois jours auparavant ; comment les choses avaient-elles pu se dégrader à cette vitesse ? Que s'était-il passé ?

Mort l'avait inquiétée pendant toute la dernière année de leur mariage, mais son inquiétude avait redoublé depuis le divorce. Inquiétude évidemment accompagnée de culpabilité. Elle portait une part de responsabilité dans les événements, croyait-elle, et elle soupçonnait qu'elle porterait ce fardeau toute sa vie. Morton, cependant, n'avait jamais été bien solide... mais sa plus grande faiblesse était son refus entêté (frisant parfois l'hystérie) de reconnaître ce fait. Il lui avait donné l'impression, ce matin, d'être un homme sur le point de se suicider. Et elle avait résisté à Ted, qui avait insisté pour l'accompagner, pour une bonne raison, à son avis : elle craignait que la seule vue de l'agent immobilier ne suffît à le faire basculer, s'il était sur le point de commettre l'irréparable.

La pensée d'une folie meurtrière ne lui avait jamais traversé l'esprit, ni avant ni maintenant. Même lorsqu'il avait brandi son revolver vers eux dans cette affreuse scène du motel, elle n'avait pas eu peur. Pas de *ça*. Mort n'était pas un tueur.

« Mort ? M- »

Elle arriva au coin du comptoir de la cuisine, et sa voix mourut. Ses yeux s'agrandirent encore de stupéfaction en regardant dans le vaste séjour. Le sol était entièrement jonché de feuilles de papier. On aurait dit que Mort avait exhumé chaque exemplaire de chacun des manuscrits enfermés dans ses tiroirs et ses archives, et éparpillé les feuilles comme des confettis, dans une célébration macabre d'un nouvel An new-yorkais. Les assiettes sales s'amoncelaient sur la table. Le Silex traînait sur le sol, déglingué, au pied de la baie vitrée, laquelle était fêlée sur presque toute sa hauteur.

Et partout, partout, on ne lisait qu'un mot. SHOOTER.

Il était écrit sur les murs avec les craies de couleurs qui devaient provenir de la boîte de pastels. Il était écrit deux fois sur les vitres avec ce qui semblait être de la crème fouettée en bombe — d'ailleurs, oui, celle-ci, de la Redi-Whip, gisait sous le poêle, où elle avait roulé. Il était répété à l'encre sur le comptoir de la cuisine, au crayon sur les poteaux en bois qui soutenaient le toit, de l'autre côté du séjour, en une colonne impeccable comme une longue addition, et qui répétait SHOOTER SHOOTER SHOOTER.

Pis que tout, il était gravé sur le plateau en cerisier poli de la table, en grandes lettres irrégulières de près d'un mètre de haut, comme une grotesque déclaration d'amour.

Le tournevis dont il s'était servi dans ce dernier cas était posé sur une chaise voisine. Il y avait quelque chose de rouge sur la tige du tournevis — sans doute des traces de bois de cerisier, supposa-t-elle.

« Mort ? » Elle avait murmuré le nom, cette fois, en regardant autour d'elle.

Elle avait peur, maintenant, de le trouver mort. Tué de ses propres mains. Et où ? Dans son bureau, bien entendu. C'était là qu'il avait vécu les moments les plus importants de son existence ; il avait certainement choisi d'y mourir.

Bien qu'elle n'eût aucune envie d'y entrer, aucune envie d'être celle qui le trouverait, ses pieds ne l'entraînèrent pas moins dans cette direction. Au passage, elle heurta l'exemplaire de *EQMM* que Herb Creekmore s'était donné tant de mal pour le faire parvenir à Mort. Elle ne baissa pas les yeux. Elle arriva à hauteur de la porte, et la poussa lentement.

48

Mort se tenait devant sa machine à écrire ; le clavier et l'écran de son ordinateur gisaient, renversés sur le sol, dans un bouquet hirsute de plastique et de verre. Son ex-mari avait l'aspect insolite d'un évangéliste campagnard. Cela tenait en partie à la posture qu'il avait adoptée, se dit-elle : debout, l'air collet monté, les mains derrière le dos. Mais surtout, cela tenait au chapeau. Un chapeau noir, tiré si bas qu'il lui effleurait le haut des oreilles. Elle songea qu'il ressemblait vaguement à l'homme de ce tableau, « American Gothic », même si celui-ci était tête nue.

« Mort ? » fit-elle d'une voix faible et incertaine.

Il ne répondit pas, se contentant de la fixer du regard. Un regard sinistre et brillant. Elle ne lui avait jamais vu cette expression, pas même lors de l'horrible après-midi, au motel. On aurait dit qu'un parfait étranger la contemplait par ses yeux, en dépit de la ressemblance.

Néanmoins, elle reconnut le chapeau.

« Où as-tu trouvé cette vieillerie ? Dans le grenier ? » Son cœur battait jusque dans sa gorge et faisait trembler sa voix.

Il devait forcément l'avoir trouvé dans le grenier. L'odeur de la naphtaline était si forte qu'elle la sentait de là où elle se tenait. Mort avait acheté ce chapeau des années auparavant, comme souvenir, dans une boutique de Pennsylvanie. Au cours d'un voyage en pays amish. Dans l'angle formé par les deux corps de bâtiment de la maison de Derry, elle avait créé un petit jardin ; c'était son domaine propre, mais toutefois il arrivait souvent à Mort d'y faire un tour pour désherber, quand il était à court d'idées. D'ordinaire, il portait ce couvre-chef, qu'il appelait son feutre-à-penser. Elle se souvenait d'un jour où, se regardant ainsi coiffé dans un miroir, il avait dit en plaisantant qu'il devrait se faire photographier avec, pour une quatrième de couverture. « Quand je le mets, j'ai l'air d'un type des plaines du nord, qui marche dans son sillon, au cul d'une mule. »

Puis le chapeau avait disparu. Il devait avoir émigré ici avant d'y être rangé quelque part. Mais-

« C'est mon chapeau, dit-il enfin d'une voix rouillée et amusée. L'a jamais été à quelqu'un d'autre.

— Morton ? Qu'est-ce qui ne va pas ? Est-ce-

— Vous vous êtes trompée de numéro, la petite dame. Y a pas de Morton ici. Morton est mort. (Les yeux qui vrillaient Amy ne cillèrent pas un instant.) Il a fait des tas de manières et de chichis, mais à la fin il s'est rendu compte qu'il ne pouvait se mentir plus longtemps, et encore moins me mentir, à moi. Je ne l'ai pas touché, Ma'am Rainey. Il a pris la poudre d'escampette.

— Pourquoi parles-tu comme ça, Mort ?

— Parce que c'est comme ça que je parle, répondit-il, l'air légèrement surpris. Dans le Miss'ippi, tout le monde parle comme ça.

— Arrête, Morton !

— Est-ce que tu ne comprends pas ce que je te dis ? T'es pas sourde, pourtant ? Il est mort. Il s'est suicidé.

— Arrête, Mort, je t'en supplie, dit-elle en se mettant à pleurer. Tu me fais peur et j'ai horreur de ça.

— Ça fait rien. » Il sortit les mains de derrière son dos. Dans l'une d'elle, il tenait les ciseaux rangés d'habitude dans son bureau. Il les brandit. Le soleil, qui avait percé les nuages depuis un moment, lança un reflet aveuglant sur les lames que Mort ouvrit et referma. « T'auras pas peur longtemps. » Il commença à avancer vers elle.

49

Pendant un instant, elle resta paralysée sur place. Mort ne pouvait pas la tuer ; s'il avait dû le faire, ç'aurait été ce jour-là, au motel.

Puis elle vit son regard et comprit que Mort, lui aussi, savait cela.

Morton ne pouvait pas la tuer, non, pas *lui*.

Mais ce n'était pas *lui*.

Elle hurla, fit brusquement demi-tour et se précipita vers la porte.

Shooter se jeta derrière elle, son bras armé décrivant un arc de cercle argenté. Il aurait enfoncé les ciseaux jusqu'à la garde entre ses omoplates, s'il n'avait glissé sur les papiers éparpillés sur le plancher. Il s'étala de toute sa longueur avec un cri de perplexité et de colère mêlées. Les deux lames entaillèrent la page neuf de « Vue imprenable sur jardin secret », et leur pointe se brisa. La figure de Shooter heurta le bois dur et sa bouche se mit à saigner. Le paquet de Pall Mall — la marque que John Kintner fumait en silence pendant les inter-classes du cours d'écriture créative — jaillit de sa poche et glissa sur le plancher lisse comme le poids d'un jeu de *shuffleboard*. Il se remit sur ses genoux, un rictus aux lèvres, souriant malgré le sang qui dégoulinait sur ses dents et son menton.

« Ça ne servira à rien, Madame Rainey ! » cria-t-il en se remettant debout. Il regarda les ciseaux, les ouvrit pour en examiner les pointes ébréchées, et les jeta de côté d'un geste impatient. « Il y a un endroit qui vous attend dans le jardin ! Tout est prêt ! Ne m'embêtez pas, maintenant ! »

Il courut derrière elle.

50

C'est à mi-chemin du séjour qu'Amy tomba à son tour par terre. L'un de ses pieds glissa sur l'exemplaire de *EQMM* et elle s'étala sur le côté, se faisant mal à la hanche et au sein droits. Elle poussa un cri.

Derrière elle, Shooter courut jusqu'à la table et s'empara du tournevis qui lui avait servi pour le chat.

« Restez ici et tenez-vous tranquille », dit-il tandis qu'elle se retournait pour se mettre sur le dos, et le regardait avec des yeux écarquillés qui lui donnaient un air de droguée. « Si vous arrêtez pas de bouger, tout ce que vous gagnerez c'est d'avoir eu mal avant que ce soit terminé. Je ne veux pas vous faire mal, ma petite dame, mais s'il le faut, tant pis pour vous. J'ai droit à quelque chose, vous comprenez. J'ai fait tout ce chemin jusqu'ici, et j'ai droit à quelque chose pour tout le mal que je me suis donné. »

A son approche, Amy se redressa sur les coudes et recula en se poussant des pieds. Ses cheveux pendaient devant sa figure ; elle était inondée d'une transpiration qu'elle sentait jaillir d'elle, chaude et malodorante. La tête qui la dominait était celle-là même de la folie : son expression solennelle était, d'une condamnation sans appel.

« Non, Mort ! Je t'en supplie, Mort, non ! »

Il se jeta sur elle et abattit le tournevis qu'il brandissait. Amy poussa un hurlement et roula sur le côté gauche. La douleur traça une ligne de feu le long de sa hanche, lorsque la pointe lacéra le tissu de sa robe et entama la chair. Puis elle se mit précipitamment à genoux, sentant (et entendant) une longue lanière de tissu se déchirer.

« Non, Ma'am ! » haleta Shooter. Sa main se referma sur l'une des chevilles d'Amy. « Non, Ma'am ! » Elle regarda par-dessus son épaule et vit, entre ses cheveux emmêlés, que Shooter s'efforçait d'arracher, de son autre main, le tournevis fiché dans le plancher. Le chapeau noir était posé de travers sur sa tête.

Il réussit à dégager l'outil qu'il plongea dans son mollet droit. La douleur fut horrible. L'univers entier se réduisait à cette douleur. Elle hurla, donna un coup de pied qui l'atteignit au nez et le lui cassa. Shooter poussa un grognement sourd et tomba de côté, en tâtant son visage. Amy se releva. Elle entendait une femme hurler. Hurler comme un chien hurle à la lune. Elle se dit qu'il n'y avait pas de chien et pas de lune. Elle se dit que ce devait être elle.

Shooter, à son tour, se relevait. Le bas de son visage était un masque de sang. Le masque se fendit, exhibant les dents de devant, plantées de travers, de Mort Rainey. Elle se souvenait d'avoir passé la langue entre ces dents.

« T'es une coriace, hein, ma grande ? dit-il avec un ricanement. C'est comme vous voudrez, Ma'am. Z'avez qu'à continuer. »

Il se jeta sur elle.

Amy recula d'un pas chancelant. Le tournevis tomba de son mollet et roula sur le plancher. Shooter détourna un instant les yeux, mais sans arrêter son mouvement ; il avait presque l'air de s'amuser. Amy saisit l'une des chaises du séjour et la jeta devant lui. Pendant un instant, ils ne firent que se regarder par-dessus... puis d'un geste brusque, il essaya de l'attraper par le devant de sa robe. Amy recula.

« Je commence à en avoir assez de faire joujou avec toi », dit-il, haletant.

Amy fit demi-tour et bondit vers la porte.

Il se jeta à sa suite, une main tendue vers son dos ; il s'efforçait de la saisir à la nuque, par le col de sa robe, mais ses doigts glissaient dessus et n'arrivaient pas à trouver la prise qui lui aurait permis de l'agripper définitivement.

Amy passa au pas de course devant le comptoir de la cuisine, se dirigeant vers la porte de derrière. Sa chaussure de sport, poisseuse de sang, gargouillait à chaque enjambée. Shooter la talonnait, sa respiration saccadée accompagnée des bulles ensanglantées qui se formaient à ses narines.

Elle enfonça la porte-moustiquaire des deux mains, puis trébucha et alla s'étaler de toute sa longueur sous le porche, à l'endroit exact où Shooter avait laissé le manuscrit. Elle roula sur le dos et le vit arriver. Il n'avait plus que ses deux mains nues, maintenant, mais à le voir, on pouvait penser qu'elles suffiraient largement. Son regard était sinistre, inflexible, et en même temps horriblement doux sous le rebord de son chapeau.

« Je suis tellement désolé, ma petite dame.

— Rainey ! cria une voix. Arrêtez ! »

Elle voulut regarder derrière elle mais en fut incapable. Elle s'était foulé quelque chose dans le cou. Shooter ne leva même pas les yeux, et continua simplement d'avancer vers elle.

« Arrêtez, Rainey !

— Il n'y a pas de Rainey — il... », commença Shooter, lorsqu'un coup de feu retentit sèchement dans l'air automnal. Shooter s'immobilisa sur place et jeta un regard vaguement curieux, presque indifférent, à sa poitrine. Un petit trou venait de s'y ouvrir. Aucun sang n'en sortait — du moins pour le moment — mais le trou était bien là. Il y porta la main ; quand il la retira, il avait l'index taché d'une goutte de sang. On aurait dit un point de ponctuation, comme celui qui finit une phrase. Il l'examina, songeur. Puis il laissa retomber sa main et regarda Amy.

« Chérie ? » souffla-t-il. Puis il s'effondra de tout son poids à côté d'elle, sur le plancher du porche.

Elle roula sur elle-même, réussit à se mettre sur les coudes et rampa jusqu'à lui, des sanglots lui montant dans la gorge.

« Morton ? Morton ? Je t'en prie, Morton, dis quelque chose ! »

Mais Mort n'allait plus jamais répondre, et au bout de quelques instants, elle en prit progressivement conscience. Elle rejetterait le fait brut de sa mort pendant encore des semaines, des mois, même ; puis le sentiment de révolte s'affaiblirait, et de nouveau sa disparition deviendrait un fait. Il était mort. Morton était devenu fou, ici, et il était mort.

Lui, et la chose qu'il y avait en lui.

Elle posa la tête sur la poitrine de celui qui avait été son époux et se mit à pleurer. Lorsque quelqu'un s'approcha derrière elle et posa sur son épaule une main qui se voulait réconfortante, Amy ne se retourna même pas.

Epilogue

Ted et Amy Milner vinrent rendre visite à l'homme qui avait tiré sur le premier époux d'Amy, et avait tué l'écrivain bien connu Morton Rainey, environ trois mois après les événements de Tashmore Lake.

Ils l'avaient déjà rencontré une autre fois, au cours de cette période, lors de l'enquête ; mais c'était dans un contexte officiel, et

Amy n'avait pas eu envie de lui parler dans un tel cadre. Elle lui était reconnaissante de lui avoir sauvé la vie... mais Morton avait été son mari, elle l'avait aimé pendant des années et, au plus profond de son cœur, elle avait le sentiment que le doigt de Fred Evans n'avait pas été le seul à appuyer sur la gâchette.

Elle aurait de toute façon fini par venir, pensait-elle, ne serait-ce que pour mettre le plus d'ordre possible dans ses idées. Au bout d'un an, de deux, voire de trois ; mais des événements intervenus entre-temps avaient hâté les choses. Elle avait espéré que Ted Milner la laisserait aller seule à New York, mais il fut inflexible. Il ne se souvenait que trop, disait-il, de la dernière fois où il l'avait laissé partir seule quelque part : elle avait failli être tuée.

Amy lui avait fait remarquer, non sans une pointe d'ironie mordante, qu'il aurait eu du mal à « la laisser partir », dans la mesure où elle ne lui avait pas demandé son avis, mais Ted avait haussé les épaules. Ils se rendirent donc ensemble à New York, montèrent ensemble jusqu'au cinquante-troisième étage d'un gratte-ciel géant, et furent introduits ensemble dans la pièce minuscule qui servait de bureau à Fred Evans, à la Consolidated Insurance Company, lorsqu'il n'était pas sur le terrain.

Elle s'assit aussi loin qu'elle le put dans un coin et, en dépit de la température agréable qui régnait, garda son châle drapé sur les épaules.

Evans avait des manières tranquilles et affectueuses — il lui rappelait un peu le médecin de campagne qui avait soigné ses maladies infantiles — et il lui plut. *Mais c'est quelque chose qu'il ne saura jamais. Je pourrais trouver la force de le lui dire, et il acquiescerait, mais son geste n'indiquerait pas qu'il me croirait pour autant. Il sait seulement que, pour moi, il est l'homme qui a tué Morton, et qui m'a vue pleurer sur la poitrine de Morton jusqu'à l'arrivée de l'ambulance... au point que l'un des infirmiers a dû me faire une piqûre pour que je le lâche. Mais ce qu'il ne saura pas, c'est que je l'aime bien tout de même.*

Evans fit venir du thé. On était en janvier, et dehors soufflait un vent glacial. Amy pensa, avec une bouffée de nostalgie, à l'aspect que devait présenter Tashmore, le lac enfin gelé et le blizzard chassant devant lui, sur la glace, de longs serpents fantomatiques de neige poudreuse. Puis son esprit fit une obscure et abominable association, et elle revit Morton heurtant le plancher, le paquet de Pall Mall filant sur le bois poli comme un poids de *shuffleboard*.

Elle frissonna ; la bouffée de nostalgie s'était complètement dissipée.

« Vous allez bien, Madame Milner ? » demanda l'assureur.

Elle acquiesça.

Prenant son air sérieux des grandes occasions et jouant avec sa pipe, Ted dit : « Ma femme aimerait apprendre tout ce que vous savez sur ce qui s'est passé, Monsieur Evans. J'ai tout d'abord essayé de la décourager, mais j'ai fini par me dire que ce serait peut-être mieux ainsi. Elle fait de mauvais rêves depuis-

— Evidemment », répondit Evans, qui, s'il n'ignora pas tout à fait Ted, s'adressa directement à Amy. « Je suppose que vous aurez des cauchemars pendant encore un certain temps. J'en ai eu moi-même, pour ne rien vous cacher. C'était la première fois que je tuais un homme. (Il se tut un instant.) J'ai manqué le Vietnam d'un an ou deux. »

Amy lui adressa un sourire. Un sourire faible, mais tout de même un sourire.

« Elle a déjà été mise au courant de tout lors de l'enquête, reprit Ted, mais elle tenait à l'entendre de votre propre bouche, sans tout le galimatias judiciaire.

— Je comprends. Vous pouvez l'allumer, si vous voulez », ajouta Evans avec un geste en direction de la pipe.

Ted regarda l'objet, puis le mit vivement dans la poche de son manteau, comme s'il en avait légèrement honte. « En fait, j'essaie d'arrêter de fumer. »

Evans se tourna de nouveau vers Amy. « A quoi cela va-t-il servir ? demanda-t-il, toujours du même ton doux et amical. Ou peut-être vaudrait-il mieux formuler la question autrement : dans quel but en avez-vous besoin ?

— Je ne le sais pas. » Elle avait répondu à voix basse, d'un ton étudié. « Mais nous étions à Tashmore, il y a deux semaines, Ted et moi, pour nettoyer la maison, que nous avons mise en vente ; et quelque chose est arrivé. Ou plutôt, deux choses se sont produites. (Elle regarda son époux et eut ce même sourire incertain.) Ted sait que *quelque chose* est arrivé, car c'est à ce moment-là que j'ai pris contact avec vous pour ce rendez-vous. Mais il ne sait pas quoi, et je crois qu'il m'en veut un peu. Il a peut-être raison. »

Ted Milner ne nia pas qu'il en voulait un peu à Amy. Sa main se glissa dans la poche de son manteau, commença à y prendre la pipe, et la laissa retomber au fond.

« Mais ces deux choses ont-elles un rapport avec ce qui s'est passé en octobre à Tashmore ?

— Je l'ignore. Monsieur Evans... qu'est-ce qui s'est passé, en fait ? Que savez-vous, exactement ?

— A vrai dire, répondit l'assureur en s'inclinant dans son siège, la tasse de thé à la main, si vous êtes venue en espérant que je vous fournirais toutes les réponses, vous risquez d'être sérieusement déçue. Je peux vous parler de l'incendie, certes, mais les raisons pour lesquelles votre mari a fait ce qu'il a fait... vous êtes probablement plus en mesure que moi de remplir l'emplacement réservé à la réponse, comme nous disons dans nos formulaires. Ce qui nous a le plus intrigués, dans l'incendie, a été l'endroit d'où il est parti ; non pas dans le corps principal de bâtiment, mais dans l'aile où se trouvait le bureau de monsieur Rainey, aile qui est un élément rapporté. Cela faisait songer à un acte dirigé contre lui, mais il n'était même pas là.

Puis nous avons découvert un fragment important d'une bouteille, parmi les débris de son bureau. Elle avait contenu du vin — du champagne, pour être exact — mais il ne faisait aucun doute que le dernier liquide qu'on y avait mis était de l'essence. Une partie de l'étiquette était intacte, et nous en avons envoyé une copie à New York par Fax. Moët et Chandon, 1980 et quelque chose. Ce n'était pas la preuve indiscutable que la bouteille ayant servi de cocktail Molotov provenait de votre cave, madame Milner, mais c'était tout de même une bonne présomption, étant donné que votre liste de vins comprenait une douzaine de bouteilles de Moët et Chandon, 1983 et 1984.

Ce qui nous a conduits à faire une supposition qui avait l'avantage de la clarté et l'inconvénient de paraître illogique : à savoir que votre ex-mari avait mis lui-même le feu à votre maison. Madame Milner, vous avez déclaré être sortie en oubliant de fermer la maison à clef-

— C'est un détail qui m'a valu quelques nuits blanches, confirma Amy. J'oubliais souvent de fermer quand je ne sortais pas pendant longtemps. J'ai été élevée dans une petite ville au nord de Bangor, et on a du mal à perdre ses vieilles habitudes. Mort disait toujours... » Ses lèvres tremblèrent et elle s'interrompit quelques instants, les pressant si violemment l'une contre l'autre qu'elles blanchirent. Lorsqu'elle eut repris le contrôle d'elle-même, elle acheva sa pensée. « Il me grondait à ce propos. »

Ted lui prit la main.

« On serait peut-être arrivé plus vite aux conclusions si la porte avait été fermée, mais il est impossible d'en être sûr. Refaire le lundi matin le match du dimanche avec des " si " et des " mais ", est un vice dont nous essayons de nous débarrasser, dans notre métier. Certains prétendent que ce n'est bon qu'à vous donner des ulcères, et je le crois volontiers. Le fait est que madame Rainey — pardon, madame Milner — nous ayant dit qu'elle avait laissé la maison ouverte, nous avons tout d'abord pensé que l'incendiaire pouvait être littéralement n'importe qui. Mais une fois que nous avons commencé à jouer avec l'idée que la bouteille utilisée provenait de votre propre cave, le champ d'investigation s'est sérieusement rétréci.

— Parce que la cave était fermée à clef », observa Ted.

Evans acquiesça. « Est-ce que vous vous souvenez que je vous ai demandé qui possédait les clefs de cette pièce, madame Milner ?

— Je vous en prie, appelez-moi Amy. »

De nouveau, il acquiesça. « Vous en souvenez-vous, Amy ?

— Oui. Nous avions fait poser une serrure, il y a trois ou quatre ans, lorsqu'on s'est aperçu de la disparition de quelques bouteilles de vin rouge. Mort soupçonnait la femme de ménage. L'idée ne me plaisait pas, parce que je l'aimais bien, mais je savais qu'il pouvait avoir raison — il avait probablement raison. En fermant la cave à clef, personne n'était tenté. »

Evans se tourna vers Ted Milner.

« Amy possédait l'une des clefs, et pensait que monsieur Rainey avait toujours la sienne. Cela limitait donc les possibilités. Bien entendu, si ç'avait été Amy, il aurait fallu que vous soyez son complice, monsieur Milner, puisque vous étiez votre alibi mutuel pour la soirée. Monsieur Rainey n'avait pas d'alibi, sinon qu'il se trouvait à une distance considérable ; mais surtout, nous ne pouvions trouver le moindre mobile à un tel acte. Grâce à son travail, Amy et lui étaient largement au-dessus du besoin. Malgré tout, nous avons recherché des empreintes digitales sur le fragment de bouteille. Nous en avons trouvé deux bonnes, le lendemain du jour où nous nous sommes rencontrés à Derry. Les deux appartenaient à monsieur Rainey. Ce n'était toujours pas une preuve-

— Comment ça ? » demanda Ted, l'air surpris.

Evans secoua la tête. « Les tests de laboratoire ont pu confirmer que les empreintes avaient été faites avant l'incendie, mais pas combien de temps avant. Vous comprenez, la chaleur avait cuit les dépôts gras. Et si notre supposition, à savoir que la bouteille venait bien de la cave, était correcte, il fallait bien que quelqu'un l'ait sortie de son carton pour la déposer sur le casier. Ce quelqu'un pouvait être soit monsieur, soit madame Rainey ; et il aurait pu affirmer que les empreintes dataient de cette manipulation.

— Il n'était pas en état d'affirmer quoi que ce soit, dit doucement Amy. Pas à la fin.

— Je crois que c'est vrai, mais nous ne le savions pas. Nous savions simplement que lorsqu'on transporte une bouteille, on la tient habituellement par le col. Or ces deux empreintes étaient près du cul de la bouteille, disposées selon un angle insolite.

— Comme s'il l'avait portée de côté ou même à l'envers, intervint Ted. N'est-ce pas ce que vous avez dit lors du procès ?

— En effet. Et les gens qui s'y connaissent en vins ne font pas ainsi. Avec la plupart des vins, cela ne fait qu'agiter le dépôt ; mais avec le champagne-

— Ça le secoue », dit Ted.

Evans acquiesça. « Et si l'on secoue une bouteille de champagne vraiment très fort, la pression finit par la faire exploser.

— Mais il n'y avait de toute façon pas de champagne dedans, dit doucement Amy.

— Non. Cependant, ce n'était pas une preuve. J'ai fait le tour des stations-service de la région pour vérifier si quelqu'un ayant l'allure de Morton Rainey n'aurait pas acheté une petite quantité d'essence cette nuit-là, mais sans résultat. Je n'étais pas tellement surpris ; il pouvait aussi bien l'avoir achetée à Tashmore où dans l'une des quatre douzaines de stations-service entre les deux villes.

C'est alors que j'ai été voir Patricia Champion, l'un de nos témoins. Je lui ai montré une photo d'une Buick 1986 — du même type que celle qu'aurait pu conduire monsieur Rainey. Elle nous a déclaré qu'il pouvait peut-être s'agir de ce véhicule, mais qu'elle n'en était pas sûre. Ce n'était pas concluant. Je suis revenu à la maison pour l'inspecter un nouvelle fois, et c'est alors que vous êtes arrivée, Amy. Il était tôt le matin. Je voulais vous poser quelques questions, mais vous étiez manifestement bouleversée. Je vous ai cependant demandé pour quelle raison vous étiez venue, et vous m'avez fait une réponse un peu curieuse. Vous m'avez dit en effet que vous alliez à Tashmore voir votre ex-mari, mais que vous étiez passée auparavant pour donner un coup d'œil au jardin.

— Au téléphone, il n'arrêtait pas de me parler de ce qu'il appelait ma fenêtre secrète... celle qui donnait sur le jardin. Il disait qu'il y avait laissé quelque chose. Mais il n'y avait rien. Rien que je puisse voir, en tout cas.

— J'ai éprouvé une impression bizarre quand je l'ai rencontré, remarqua Evans, d'une voix lente. L'impression qu'il marchait à côté de ses pompes, si vous me permettez l'expression. Ce n'était pas tant ses mensonges — j'étais convaincu qu'il nous mentait — qui me gênaient. Non, il y avait autre chose ; comme une distance.

— Oui, je la sentais de plus en plus chez lui. Un éloignement.

— Vous paraissiez quasiment malade d'inquiétude. J'ai décidé qu'il ne serait peut-être pas inutile de vous suivre jusqu'à votre deuxième maison, Amy, en particulier après que vous m'avez demandé de ne pas parler de votre escapade à monsieur Milner, si jamais je le voyais ; j'ai pensé que cette idée n'était pas de vous. Je me suis dit aussi que je pourrais peut-être glaner quelques indices. Et que... » Il n'acheva pas sa phrase, une expression amusée sur le visage.

« Vous avez craint qu'il ne m'arrive quelque chose, continua Amy. Je vous remercie, monsieur Evans. Il m'aurait tuée, vous savez. Si vous n'étiez pas arrivé, il m'aurait tuée.

— Je me suis garé en haut de l'allée, puis j'ai continué à pied. Tout d'un coup j'ai entendu un vacarme terrible en provenance de la maison, et je me suis mis à courir. C'est en gros à ce moment-là que vous êtes tombée de l'autre côté de la porte-moustiquaire, talonnée par lui. »

Evans les regarda l'un après l'autre, l'expression sérieuse.

« Je lui ai demandé de s'arrêter, dit-il. Deux fois. »

Amy tendit la main et serra celle de l'assureur pendant quelques instants, doucement, puis la relâcha.

« Et voilà, reprit Evans. Je connais quelques détails supplémentaires, essentiellement grâce aux journaux et à deux conversations que j'ai eues avec monsieur Milner-

— Appelez-moi Ted.

— Avec Ted, donc. » Evans ne parut pas utiliser le prénom de l'agent immobilier avec autant de facilité que celui d'Amy. « Je sais que monsieur Rainey a probablement été victime d'un épisode de schizophrénie aiguë dans lequel il était deux personnes, et que ni l'une ni l'autre ne se doutaient qu'elles habitaient en réalité le même corps. Je sais que l'un d'eux s'appelait John Shooter. Grâce à la déposition de Herbert Creekmore, je sais également que monsieur Rainey s'imaginait poursuivi par le Shooter en question, à cause d'une nouvelle intitulée " Sowing Season ", et que monsieur Creekmore lui a fait envoyer un exemplaire du magazine dans lequel elle avait paru, afin que Morton puisse prouver l'avoir écrite le premier. Cet exemplaire est arrivé peu de temps avant vous, Amy ; on l'a retrouvé dans la maison. L'enveloppe du Federal Express se trouvait encore sur le siège de la Buick de votre ex-mari.

« Mais il avait découpé la nouvelle, n'est-ce pas ? demanda Ted.

— Pas seulement la nouvelle ; la page du sommaire, également. Il mettait le plus grand soin à effacer toutes traces de lui-même. Il avait un six-lames suisse sur lui, et c'est sans doute de ce couteau qu'il s'est servi. Les pages manquantes se trouvaient dans la boîte à gants de la Buick.

— A la fin, l'existence de cette histoire était devenue un mystère même pour lui », murmura Amy.

Evans la regarda, les sourcils levés. « Je vous demande pardon ? »

Elle secoua la tête. « Non, rien.

— Je crois vous avoir dit tout ce que je savais. Tout ce que je pourrais ajouter ne serait que pure spéculation. Je suis un enquêteur de compagnie d'assurances, après tout, pas un psychiatre.

— Il était deux hommes, dit Amy. Lui-même... et un personnage qu'il avait créé. Ted pense que son nom, Shooter, vient d'un détail que Morton avait enregistré, lorsqu'il avait appris que Ted venait d'une ville du nom de Shooter's Knob, dans le Tennessee. Je suis sûre qu'il a raison. Mort prenait toujours les noms de ses personnages de cette façon... presque comme des anagrammes.

» Quant au reste, poursuivit Amy, moi aussi je ne peux faire que des spéculations. Certes, je sais que lorsqu'une compagnie de cinéma renonça à tirer un scénario de son roman *The Delacourt Family,* il fut à deux doigts de la dépression nerveuse. Ils dirent de manière très claire — tout comme son agent, Herb Creekmore — qu'ils craignaient la ressemblance accidentelle avec un autre scénario, *The Home Team,* mais qu'ils savaient bien qu'il n'avait jamais pu l'avoir sous les yeux. Il n'était donc pas question de l'accuser de plagiat... pourtant, dans sa tête, c'était ce que Mort ressentait. Sa réaction fut exagérée, anormale. On aurait dit que l'on remuait les cendres d'un feu de camp apparemment éteint et qu'on mettait au jour un charbon ardent.

— Vous ne pensez pas qu'il aurait créé Shooter simplement pour vous punir ? demanda Evans.

— Non. Il l'a créé pour se punir lui-même. Je crois... » Elle se tut un instant, resserra le châle autour de ses épaules, et prit sa tasse de thé d'une main qui tremblait un peu. « ... Je crois que Mort a dû s'emparer de l'histoire d'un autre à un moment de son passé. Probablement vers ses tout débuts, car tout ce qu'il a écrit à partir de *The Organ-Grinder's Boy* a connu la faveur du public. On s'en serait aperçu, il me semble. En fait, je ne pense même pas qu'il ait publié l'histoire volée. Mais j'ai l'impression que c'est ainsi que les choses se sont passées, et que John Shooter est né de là. Non pas de l'histoire de la compagnie de cinéma renonçant au scénario, ou à cause de ma... de ma liaison avec Ted, ou encore du divorce. Tout cela y a peut-être contribué, mais je crois que la racine de son comportement remonte à une époque où je ne le connaissais pas encore. Si bien que lorsqu'il s'est retrouvé seul dans la maison du lac...

— ... Alors, Shooter est arrivé, continua tranquillement Evans. Il est venu et l'a accusé de plagiat. Celui à qui monsieur Rainey a volé une histoire ne l'avait jamais fait, si bien qu'à la fin il a été obligé de se punir lui-même. Mais je doute que ce soit tout, Amy. Il a aussi essayé de vous tuer.

— Non, dit-elle, c'était Shooter. »

L'assureur releva les sourcils. Ted se mit à la regarder attentivement, et ressortit machinalement la pipe de sa poche.

« Le véritable Shooter.

— Je ne vous comprends pas. »

Elle lui adressa son esquisse de sourire. « Je ne comprends pas très bien moi-même. C'est pour cette raison que je suis ici. Je ne crois pas qu'essayer d'éclaircir ceci puisse avoir de grandes incidences pratiques — Morton est mort, et l'histoire est classée — mais cela m'aidera peut-être. Ne serait-ce qu'à mieux dormir.

— Alors expliquez-vous, du mieux que vous pourrez, l'encouragea Evans.

— Voyez-vous, lorsque nous sommes retournés nettoyer la maison, nous avons fait un arrêt chez Bowie, le petit magasin de la ville. Ted a fait le plein — Bowie fait aussi station-service — et je suis entrée faire quelques achats dans la boutique. Je suis tombée sur un autre client, un certain Sonny Trotts, qui travaillait souvent avec Tom Greenleaf. Tom était le plus âgé des deux gardiens de maison qui ont été tués. Sonny voulut me dire à quel point il était désolé pour moi, mais il tenait aussi à ajouter autre chose, car il avait vu Morton la veille du jour de sa mort et avait toujours eu l'intention de m'en parler. C'est du moins ce qu'il m'a dit. C'était au sujet de Tom Greenleaf — quelque chose que Tom aurait raconté à Sonny pendant qu'ils repeignaient le centre communautaire méthodiste, tous les deux. Sonny avait vu Morton peu après, mais il ne pensa pas tout de suite à le lui dire. Puis il se souvint que cela avait quelque chose à voir avec Greg Carstairs-

— L'autre homme assassiné ?

— Oui. Il s'est donc retourné pour en parler à Mort, mais il était parti. Et le jour suivant, Mort disparaissait.

— Et qu'est-ce qu'aurait dit monsieur Greenleaf à ce type ?

— Qu'il avait eu l'impression de voir un fantôme », répondit Amy calmement.

Les deux hommes la regardèrent sans mot dire.

« Sonny disait que Tom avait des trous de mémoire depuis quelque temps, ce qui l'inquiétait beaucoup ; Sonny pensait que ce n'était rien de plus que les petits oublis liés à l'âge, mais Tom avait soigné sa femme, morte quelques années auparavant de la maladie d'Alzheimer, et était terrifié à l'idée de finir comme elle. D'après Sonny, si Tom oubliait un pinceau, il y pensait toute la journée ; ça l'obsédait. Tom lui aurait dit que c'était pour cette raison que lorsque Greg Carstairs lui avait demandé s'il connaissait l'homme à qui Mort Rainey avait parlé la veille, ou s'il le reconnaîtrait s'il le voyait de nouveau, Tom avait répondu n'avoir vu *personne* avec Mort, que Mort était tout seul. »

Il y eut le craquement d'une allumette. Ted Milner, en fin de compte, avait décidé d'allumer sa pipe. Evans l'ignora. Il s'était penché en avant et observait attentivement Amy Milner.

« Disons les choses nettement. D'après ce Sonny Troots-

— Non, Trotts.

— Oui, Trotts. D'après lui, Tom Greenleaf aurait donc vu Morton avec quelqu'un ?

— Pas exactement. Sonny pensait que si Tom l'avait cru sans hésitation, il n'aurait pas menti à Greg Carstairs. Mais que disait Tom ? Qu'il ne savait pas ce qu'il avait vu. Que c'était confus dans son esprit. Qu'il lui avait semblé plus sûr de ne rien dire du tout. Il ne voulait pas que quelqu'un — et Greg Carstairs, son concurrent en affaires, moins que quiconque — se doute à quel point il perdait la tête, et plus que tout, il ne voulait pas qu'on pense qu'il était atteint de la même maladie que sa défunte femme.

— Je ne suis pas sûr d'avoir très bien compris — désolé.

— D'après Sonny, reprit patiemment Amy, voilà comment les choses se seraient passées : Tom emprunte Lake Drive avec son quatre-quatre. Il voit Mort, debout à l'intersection avec le chemin qui descend vers le lac.

— Près de l'endroit où l'on a trouvé les corps ?

— Oui. Tout près. Mort le salue de la main. Tom lui rend son salut. Il passe devant lui. Puis (toujours d'après ce que raconte Sonny) Tom regarde machinalement dans son rétroviseur et voit un autre homme avec Morton, ainsi qu'une vieille voiture, un break. Or il n'avait vu ni l'homme ni la voiture dix secondes auparavant. D'après Tom, l'homme portait un chapeau noir... *mais on pouvait voir à travers lui, ainsi qu'à travers la voiture.*

— Oh, Amy, fit doucement Ted. Ce type racontait ces conneries pour faire l'intéressant. »

Elle secoua la tête. « Je ne crois pas Sonny assez intelligent pour inventer une histoire de ce genre. Il m'a aussi dit que Tom pensait qu'il aurait dû contacter Greg et lui raconter qu'il avait peut-être vu quelqu'un d'autre, en fin de compte ; qu'il n'aurait qu'à ne pas mentionner le coup du type et de la voiture transparents. Il était convaincu que c'était ou l'un ou l'autre : soit il était atteint de la maladie d'Alzheimer, soit il avait vu un fantôme.

— D'accord, elle est un peu inquiétante, cette histoire, admit Evans (et même pas mal : pendant quelques instants, il avait senti la chair de poule lui hérisser les bras et le dos), mais ce ne sont que des racontars... des racontars qui nous viennent d'un mort, qui plus est.

— Oui, mais il y a autre chose. » Elle posa sa tasse de thé sur le bureau, prit son sac à main et commença à fouiller dedans. « Lorsque j'ai nettoyé le bureau de Morton, j'ai trouvé le chapeau — cet affreux chapeau noir — derrière son bureau. Ça m'a fait un choc, car je ne m'y attendais pas. J'aurais cru que la police l'aurait gardé comme pièce à conviction, ou quelque chose comme ça. Je l'ai retiré de derrière le bureau avec un bâton, si bien qu'il est sorti à l'envers. Et je l'ai transporté ainsi, au bout de ce bâton, jusqu'aux poubelles. Vous comprenez ? »

Ted, manifestement, ne comprenait pas ; mais Evans, si. « Vous ne vouliez pas le toucher.

— Exact. Je ne voulais pas le toucher. Il a atterri bien droit sur l'un des sacs poubelle verts, je suis prête à le jurer. Ensuite, environ une heure plus tard, je suis ressortie avec un sac plein de vieux médicaments, de shampooings périmés et de choses de ce genre venant de la salle de bains. Lorsque j'ai rouvert le couvercle de la poubelle, le chapeau se trouvait de nouveau à l'envers. Et voilà ce qu'il y avait de glissé dans la bande intérieure. » Elle tira de son sac à main une feuille de papier pliée, et la tendit à Evans d'une main qui tremblait encore un tout petit peu. « Ce papier n'était pas dans le chapeau lorsque je l'ai sorti de derrière le bureau. J'en suis sûre. »

Evans le prit et se contenta de le tenir pendant quelques instants. Le papier ne lui plaisait pas ; il donnait l'impression d'avoir un poids anormal, et la texture avait quelque chose qui clochait.

« Ce que je crois, c'est que ce John Shooter a existé, reprit-elle. Ce que je crois, c'est qu'il a été la plus grande création de Morton — un personnage tellement criant de vérité qu'il est devenu bien réel. Et que ceci est un message laissé par un fantôme. »

Evans déplia la feuille de papier. Au milieu de la page, il y avait ces mots :

Ma petite dame — désolé pour tout ce qui s'est passé. J'ai perdu le contrôle des événements. Je retourne chez moi, maintenant. J'ai mon histoire, et c'est la seule raison pour laquelle je suis venu. Elle s'appelle « Crowfoot Mile », et elle est gratinée.

Bien à vous,

La signature se réduisait à un gribouillis sous le texte bien calligraphié.

« Est-ce que c'est la signature de feu votre époux, Amy ? demanda Evans.

— Non, pas du tout. »

Tous trois restèrent immobiles, échangeant des regards sans dire un mot. Fred Evans essaya de trouver une remarque à faire, sans y parvenir. Au bout d'un moment, le silence leur devint encore plus insupportable que l'odeur de la pipe de Ted. Monsieur et madame

Milner renouvelèrent donc leurs remerciements, dirent au revoir et quittèrent le bureau de l'assureur pour aller vivre leur vie du mieux qu'ils pourraient, tout comme Evans continua de vivre du mieux qu'il put. Mais parfois, la nuit, Fred Evans et la femme qui avait été l'épouse de Morton Rainey s'éveillaient sur des rêves dans lesquels un homme coiffé d'un chapeau à calotte ronde les regardait de ses yeux d'un bleu de porcelaine pris au milieu d'un réseau de rides en pattes d'oie. Il n'y avait pas d'amour dans ce regard... néanmoins, avaient-ils tous deux l'impression, on y lisait une sorte d'étrange pitié lugubre.

Une expression dénuée de gentillesse et ne laissant place à aucun réconfort : mais ils avaient le sentiment, chacun de son côté, qu'ils pouvaient s'accommoder de vivre sous ce regard. Et continuer de cultiver leur jardin.

Achevé d'imprimer en juillet 1991
N° d'édition : 11747. N° d'impression : 1263-933.
Dépôt légal : août 1991.

Achevé   Imprimerie
d'imprimer   Gagné Ltée
au Canada   Louiseville